KNAUR

PHILIPPA GREGORY

GEZEITEN LAND

ROMAN

Aus dem britischen Englisch
von Ute Brammertz

Die amerikanische Originalausgabe erschien 2019 unter dem Titel
»Tidelands« bei Simon & Schuster, New York.

Besuchen Sie uns im Internet:
www.knaur.de

Aus Verantwortung für die Umwelt hat sich die Verlagsgruppe
Droemer Knaur zu einer nachhaltigen Buchproduktion verpflichtet.
Der bewusste Umgang mit unseren Ressourcen, der Schutz unseres Klimas
und der Natur gehören zu unseren obersten Unternehmenszielen.
Gemeinsam mit unseren Partnern und Lieferanten setzen wir uns für
eine klimaneutrale Buchproduktion ein, die den Erwerb von Klima-
zertifikaten zur Kompensation des CO_2-Ausstoßes einschließt.
Weitere Informationen finden Sie unter: www.klimaneutralerverlag.de

Deutsche Erstausgabe April 2021
Knaur HC
© 2019 by Levon Publishing Ltd.
© 2021 der deutschsprachigen Ausgabe Knaur Verlag
Ein Imprint der Verlagsgruppe
Droemer Knaur GmbH & Co. KG, München
Alle Rechte vorbehalten. Das Werk darf – auch teilweise – nur mit
Genehmigung des Verlags wiedergegeben werden.
Redaktion: Susanne Kiesow
Covergestaltung: Guter Punkt, München / Sabine Dunst
Coverabbildung: Sabine Dunst, Guter Punkt, unter Verwendung von
Motiven von Getty Images, iStockphoto und Shutterstock
Satz: Adobe InDesign im Verlag
Druck und Bindung: CPI books GmbH, Leck
ISBN 978-3-426-22724-4

2 4 5 3

Für Anthony

Wattenmeer, Sussex, Mittsommerabend, Juni 1648

Die Kirche erhob sich grau vor einem Himmel in hellerem Grau, der Glockenturm dunkel vor noch dunkleren Wolken. Als die Flut flüsternd über das Watt kam und mit einem kleinen Zischen wieder vom Strand zurückwich, vernahm die junge Frau das leichte Knirschen des Kieses.

Es war der Vorabend des Johannistags, dem Höhepunkt des Jahres, und obwohl die Nacht warm war, fröstelte sie. Denn sie war hier, um einen Geist zu treffen. In dieser Nacht wandelten die Toten herum, in dieser Nacht und an den Tagen ihrer Namenspatrone.

Allerdings bezweifelte sie, dass ihr versoffener, brutaler Ehemann unter dem Schutz eines bestimmten Heiligen gestanden hatte. Sie konnte sich nicht vorstellen, dass auf seinem unsteten Weg zwischen Meer und Wirtshaus himmlische Augen auf ihn geblickt hatten. Sie wusste nicht, ob er weggelaufen oder tot war, oder ob er gewaltsam von der treulosen Flotte, die sich gegen ihren König gewandt hatte und nun unter der Rebellenflagge fürs Parlament segelte, als Matrose angeworben worden war.

Sollte sie seinen Geist sehen, wüsste sie endlich mit Sicherheit, dass er tot war. Sie könnte sich zur Witwe erklären lassen und frei fühlen. Falls er ertrunken war, würde sein Geist ganz gewiss in dieser Mittsommernacht kommen. Während der fahle Schimmer aus dem Westen davon sprach, dass die Sonne sich weigerte unterzugehen, würde er auf dem nebligen Friedhof herumirren und dabei Wasser vertropfen. Alles fiel aus Raum und Zeit an diesem Mittsommerabend mit seinem Vollmond. Die Sonne war nicht versunken, der Thron war leer, die Welt aus den Fugen: ein König im Gefängnis, Rebellen an der Macht und ein blasser Mond, weiß wie ein Totenkopf inmitten grauer, fliegender Wolkenfetzen.

Falls sie dem Geist ihres Ehemannes begegnen sollte, der wie Seenebel durch die dunklen Eiben trieb, wäre sie so glücklich, wie sie es seit ihrer Kindheit nicht mehr gewesen war. Falls er ertrunken war, war sie frei. Falls er unter den Wiedergängern weilte, würde sie ihn ganz bestimmt treffen, denn wie schon ihre Mutter, ihre Großmutter, wie seit Generationen alle Frauen ihrer Familie, die seit jeher hier in den Wattgebieten der angelsächsischen Küste gelebt hatte, besaß sie das Zweite Gesicht.

In dem überdachten Kirchenportal standen zu beiden Seiten des Eingangs alte Holzbänke aus verzogenen Schiffsplanken. Sie wickelte sich das Tuch fester um die Schultern und setzte sich. Sie wollte darauf warten, dass der Mond seinen mitternächtlichen Höchststand über dem Kirchdach erreichte. Mit dem Rücken lehnte sie sich an die kalten Steine. Sie war siebenundzwanzig Jahre alt und so erschöpft wie eine Sechzigjährige. Ihre Augen fielen zu, und sie begann einzudämmern.

Das Knarren des überdachten Kirchhoftors und schnelle Schritte auf dem Kiesweg des Friedhofs rissen sie jäh aus dem Schlaf und ließen sie aufspringen. Sie hatte nicht geglaubt, dass der Geist ihres Ehemannes so früh käme – im Leben war er stets zu spät gewesen –, doch falls er es sein sollte, musste sie mit ihm reden.

Atemlos trat sie aus dem Kirchenportal hervor und nahm ihren Mut zusammen. Sie war entschlossen, jeglicher Erscheinung, die ihr aus dem Dunkel des Friedhofs entgegenkam, die Stirn zu bieten. Sie konnte das Salzwasser in der Luft riechen, den flüsternden Atem des hereinkommenden Meers hören und sein Herannahen spüren. Vielleicht war er vom Meerwasser durchtränkt, vielleicht zog er eine Seetangspur hinter sich her – doch dann bog ein junger Mann um die Ecke, wich beim Anblick ihres weißen Gesichts zurück und rief aus: »Gott bewahre! Seid Ihr von dieser Welt oder aus dem Jenseits?«

Im ersten Moment war sie zu entsetzt, um etwas zu erwidern. Völlig reglos stand sie da und starrte ihn an, als würde sie durch ihn hindurchblicken, die Augen zusammengekniffen bei dem Versuch, über ihre irdische Sicht hinauszusehen. Vielleicht war er einer der Untoten: Einst ertrunken, einst erhängt, war er in dieser Nacht unterwegs, der Nacht dieser Geister, unter dem Mittsommermond, ihrem Mond. Er war so schön wie ein Prinz aus dem Märchen, mit langem, dunklem, im Nacken zusammengebundenem Haar und dunklen Augen in einem vornehm blassen Gesicht. Hinter dem Rücken verschränkte sie die Daumen zwischen den Fingern im Zeichen des Kreuzes, ihre einzige Waffe, um nicht verführt oder davongetragen zu werden, während dieser junge Lord aus einem Königreich in der anderen Welt ihr das Herz brach.

»Sprecht!« Er war atemlos. »Wer seid Ihr? *Was* seid Ihr? Eine Erscheinung?«

»Nein, nein!«, widersprach sie ihm. »Ich bin eine Frau, eine sterbliche Frau, die Schwester des Fährmanns, die Witwe von Zachary, dem vermissten Fischer.«

Viel später würde sie sich daran erinnern, dass sie ihm als Erstes gesagt hatte, sie sei eine sterbliche Frau, eine verheiratete Frau, eine Witwe, kraft eines Mannes in dieser Welt verankert.

»Wer? Was?«, wollte er wissen. Er war ein Fremder: Die Namen sagten ihm nichts, wohingegen jeder vom Watt sie auf Anhieb gekannt hätte.

»Wer seid Ihr?« An seiner gut geschnittenen dunklen Jacke und dem Spitzenkragen erkannte sie, dass er dem Adel angehörte. »Was macht Ihr hier, Sir?« Hinter ihm hielt sie nach seinem Bediensteten, seinem Begleitschutz Ausschau.

Im gespenstischen Halbdunkel erstreckte sich der leere Friedhof bis hin zu der niedrigen Mauer aus gespaltenen Flintsteinen, die dunkel im Mondschein glänzten, als seien sie überspült und nass zurückgelassen worden. Die Bäume mit ihren dichten Kronen beugten sich und warfen einen dunkleren Schatten auf den ohnehin dunklen Boden. Das Licht des Mondes warf die Konturen der Grabsteine auf das Gras, zu hören war nichts außer dem sanften Seufzen der hereinkommenden Flut.

»Ich darf nicht gesehen werden«, murmelte er.

»Niemand ist hier, der Euch sehen könnte.« Als sie seine Angst so wegwerfend abtat, betrachtete er abermals ihr ovales Gesicht, ihre dunkelgrauen Augen: eine Frau, so schön wie eine Madonna, doch das Haar unter ihrem Kopftuch verborgen, ihre Gestalt in der schäbigen Kleidung formlos.

»Was macht Ihr zu dieser Nachtstunde hier?«, fragte er misstrauisch.

»Ich bin zum Beten gekommen.« Sie würde diesem Fremden nicht auf die Nase binden, dass eine Witwe, die sich am Mittsommerabend auf dem Friedhof aufhielt, bekanntermaßen darauf wartete, ihrem toten Ehemann zu begegnen.

»Beten?«, wiederholte er. »Gott segne Euch für den Vorsatz. Dann lasst uns reingehen. Ich werde mit Euch beten.«

Er drehte an dem schweren Türknauf und fing, um kein Geräusch zu verursachen, den Riegel auf, als dieser sich auf der anderen Seite hob. Leise wie ein Dieb betrat er vor ihr die Kirche. Sie zögerte, doch er wartete auf sie, hielt ohne ein weiteres Wort die Tür auf, und sie folgte ihm. Als er die Tür hinter ihnen schloss, war da nur das trübe Licht von den Buntglasfenstern, golden und bronzefarben auf dem Steinplattenboden. Das Geräusch des ansteigenden Meers war verstummt.

»Lasst die Tür auf«, bat sie nervös. »Hier drinnen ist es so dunkel.«

Er öffnete sie einen Spalt, und ein Band aus blassem Mondschein erstreckte sich zu ihren Füßen den Mittelgang entlang.

»Weshalb seid Ihr hier?«, fragte sie. »Seid Ihr ein Gentleman aus London?« Es war die einzige Erklärung für seinen sauberen Kragen und die guten Lederstiefel, den kleinen Rucksack, den er trug, und die warme Intelligenz auf seinem Gesicht.

»Das darf ich nicht sagen.«

Er konnte einer der Agenten sein, die entweder für das Parlament oder den König auf der Suche nach Rekruten durchs Land reisten, bloß dass niemand je auf die Insel Sealsea kam. Außerdem war er allein, ohne Begleiter oder auch nur ein Pferd, als wäre er vom Himmel gefallen.

»Seid Ihr ein Schmuggler, Sir?«

Seine Antwort kam in Form eines kurzen Lachens, das beim gespenstischen Echo seiner Stimme in der leeren Kirche schlagartig abbrach.

»Was denn dann?«

»Ihr dürft niemandem sagen, dass Ihr mich gesehen habt.«

»Und Ihr auch nicht, dass Ihr mich gesehen habt«, erwiderte sie.

»Könnt Ihr ein Geheimnis für Euch behalten?«

Sie seufzte einen nebligen Atemzug in die kalte, abgestandene Luft. »Gott weiß, dass ich viele bewahre.«

Er zögerte, als wisse er nicht, ob ihr zu trauen war oder nicht. »Und seid Ihr vom neuen Glauben?«, fragte er.

»Ich weiß nicht, was daran richtig oder verkehrt ist«, sagte sie vorsichtig. »Ich bete, wie der Pfarrer es mich gelehrt hat.«

»Ich bin vom alten Glauben, dem wahren Glauben«, gestand er im Flüsterton. »Ich bin hierher eingeladen worden, doch die Leute, mit denen ich mich treffen wollte, sind fort. Ihr Haus, wo ich in Sicherheit gewesen wäre, ist verschlossen und dunkel. Heute Nacht muss ich mich irgendwo verstecken, und wenn ich mich gar nicht mit ihnen treffen kann, muss ich irgendwie zurück nach London gelangen.«

Alinor starrte ihn an, als sei er in Wahrheit ein Elfenlord und eine Gefahr für eine sterbliche Frau. »Wollt Ihr damit sagen, dass Ihr Priester seid, Sir?«

Er nickte, als vertraue er Worten nicht.

»Einer, der aus Frankreich geschickt wurde, um mit den heimlichen Papisten die ketzerischen Gottesdienste abzuhalten?«

Er schnitt eine Grimasse. »Unsere Feinde würden das so sagen. Ich würde sagen, ich diene den wahren Gläubigen Englands und bin dem König von Gottes Gnaden treu verbunden.«

Verständnislos schüttelte sie den Kopf. Der Bürgerkrieg war nicht näher als bis nach Chichester gekommen, eine kleine Stadt sechs Meilen entfernt auf dem Festland, die unter der Belagerung parlamentarischer Streitkräfte zusammengebrochen war.

»Bei der Niederlage von Chichester sind alle Papisten ausgeliefert worden«, warnte sie ihn. »Sogar der Bischof ist auf und davon. Hier in der Gegend sind alle fürs Parlament.«

»Und Ihr nicht?«

Sie zuckte mit den Schultern. »Für mich und die Meinen hat keiner je was getan. Aber mein Bruder ist ein Mann der Armee und ihnen sehr treu ergeben.«

»Aber Ihr werdet mich nicht ausliefern?«

Sie zögerte. »Schwört Ihr, dass Ihr kein Franzose seid?«

»Durch und durch Engländer. Und meinem Land treu.«

»Aber am Spionieren für den König?«

»Ich bin dem geweihten König gegenüber loyal«, erklärte er. »Wie es jeder Engländer sein sollte.«

Sie schüttelte den Kopf, als bedeuteten ihr große Worte nichts. Der König war vom Thron vertrieben worden, seine Herrschaft auf seinen Haushalt zusammengeschrumpft, sein Palast die kleine Burg Carisbrooke Castle auf der Insel Wight. Alinor kannte niemanden, der einem solchen König, der sechs lange Jahre Krieg über das Land gebracht hatte, die Treue geloben würde.

»Wolltet Ihr in der Propstei unterschlüpfen, Sir?«

»Das darf ich Euch nicht verraten. Es steht mir nicht zu, dieses Geheimnis zu lüften.«

Seine übermäßige Geheimniskrämerei entlockte ihr ein leises, ungeduldiges Geräusch. Auf der Insel Sealsea lebte eine derart kleine Gemeinde, nicht mehr als einhundert Familien.

Sie kannte jede einzelne davon. Ganz offensichtlich hätte nur ihr Grundherr den Mut gehabt, einen Papistenpriester und royalistischen Spion verstecken zu wollen. Nur die Propstei, das einzige prächtige Haus auf der Insel, hatte ein Bett und Bettwäsche, die eines solchen Gentlemans würdig waren. Nur dem Grundherrn, Sir William Peachey, würde im Traum einfallen, den besiegten König zu unterstützen. All seine Pächter waren fürs Parlament und für die Befreiung von der niederdrückenden Besteuerung, die vom König und den Lords ausging. Es war typisch für Sir William, ein solch riskantes Angebot zu machen, sich dann jedoch nicht daran zu halten und seinen heimlichen Gast gedankenlos in Lebensgefahr zu bringen. Falls dieser junge Mann den Parlamentsleuten in die Hände fallen sollte, würden sie ihn als Spion aufhängen.

»Weiß jemand, dass Ihr hier seid?«

Er schüttelte den Kopf. »Ich habe das Haus aufgesucht, zu dem ich gehen sollte, das sichere Versteck, doch es lag im Dunkeln und war abgesperrt. Es war ein Klopfzeichen an der Gartentür vereinbart, aber niemand kam. Über den Baumwipfeln habe ich den Kirchturm gesehen, also bin ich hergekommen, um zu warten. Vielleicht wird man mir später die Tür öffnen, wenn jetzt gerade alle schlafen. Ich wusste nicht, wohin ich mich sonst wenden sollte. Als ich zur Flut mit dem Schiff hergekommen bin, sah die Gegend Meile um Meile wie ein Ödland aus Meer und Schlick aus. Ich besitze noch nicht einmal eine Landkarte!«

»Oh, eine Landkarte gibt es nicht«, erklärte sie ihm.

Er sah entgeistert aus. »Keine Landkarte? Warum ist die Gegend denn nicht kartografiert worden?«

»Es ist das Watt«, erklärte sie ihm. »Gezeitenland. Die Kiesbank vorm Hafen und der Hafen selbst ändern sich bei jeder Sturmflut. Die Bewohner von Chichester nennen ihn ›Wandering Haven‹, den wandernden Hafen. Das Meer dringt in die Felder vor und holt sich das Land zurück. Die Gräben laufen über und bilden neue Seen. Hier bleibt nichts lang genug gleich, um vermessen zu werden. Das hier ist das Watt: halb Land, halb Meer, zu nichts zu gebrauchen, nach Westen bis hinüber zum New Forest, nach Osten bis zu den weißen Klippen.«

»Ist der Pfarrer dieser Kirche einer der neuen Männer?«

»Er ist schon seit Jahren hier und tut, was man ihm sagt. Jetzt bekommt er seine Befehle vom neuen Parlament. Er hat die Heiligenbilder noch nicht entfernt oder die Fenster verhängt. Aber er hat die Statuen heruntergenommen, statt des Altars verwendet er einen einfachen Holztisch, und er betet auf Englisch. Er hat gesagt, der gute König Henry habe uns vor hundert Jahren von Rom befreit, und König Charles wolle uns dorthin zurückbringen, aber es werde ihm nicht gelingen. Er sei besiegt. Er sei ruiniert, und das Parlament habe den Krieg gegen den König gewonnen.«

Vor Zorn verfinsterte sich das Gesicht des Fremden. »Sie haben nicht gewonnen«, sagte er bestimmt. »Sie werden niemals gewinnen. Sie können nicht gewinnen. Es ist noch nicht vorüber.«

Sie schwieg. In ihren Augen war es für den König längst vorüber: er in Gefangenschaft, seine Frau nach Frankreich geflohen, zwei kleine Kinder zurückgelassen, und sein Sohn, der Prinz, in die Niederlande gereist. »Ja, Sir.«

»Würde er mich denunzieren, dieser Pfarrer?«

»Das müsste er wohl.«

»Gibt es hier irgendjemanden vom alten Glauben? Versteckt? Auf dieser Insel?«

Sie breitete die Hände aus, wie um ihre Unwissenheit zu zeigen. Ihre Handflächen waren von den Panzern von Hummern und Krebsen und den rauen Fischernetzen zerschrammt und narbenübersät.

»Ich weiß nicht, was Menschen im Herzen tragen«, sagte sie. »In Chichester waren viele für den König, manche von ihnen Papisten, aber sie wurden umgebracht oder sind davongelaufen. Ich kenne niemanden außer ein oder zwei alten Frauen, die sich noch an den alten Glauben erinnern. Die meisten Leute sind wie mein Bruder: gottselige Männer. Mein Bruder hat in der New Model Army unter dem General gekämpft. General Cromwell heißt er. Ihr werdet von ihm gehört haben?«

»Ja, ich habe von ihm gehört«, sagte er grimmig. Er hielt inne und dachte angestrengt nach. »Kann ich heute Nacht nach Chichester gelangen?«

Sie schüttelte den Kopf. »Die Flut kommt gerade herein, und für mitten im Sommer ist sie heute Nacht hoch. Man kann die Furt zur Straße nach Chichester bis zum Morgen nicht überqueren, und dann würde man Euch sehen. Wird Euer Boot nicht zurückkommen, um Euch abzuholen?«

»Nein.«

»Dann werdet Ihr Euch bis zur Ebbe morgen Abend verstecken und in der Dämmerung über die Furt gehen müssen. Die Fähre könnt Ihr nicht nehmen. Mein Bruder ist der Fährmann, und er würde Euch sofort festnehmen.«

»Woran würde er mich als Kavalier erkennen?«

Ihr Lächeln ließ ihr Gesicht erstrahlen. »Sir, niemand auf Sealsea sieht aus wie Ihr! Nicht einmal Sir William ist so vornehm.«

Er errötete. »Nun, wenn ich auf der Insel bleiben muss, wo kann ich mich verstecken?«

Sie überlegte einen Augenblick. »Ihr könnt bis morgen Abend im Schuppen meines Ehemanns bleiben«, bot sie an. »Das ist der einzige Ort, der mir einfällt. Eigentlich taugt er nicht für Euch. Dort hat mein Mann seine Netze aufbewahrt und seine Eimer. Aber er wird nun schon seit Monaten vermisst, und mittlerweile geht keiner mehr dorthin. Ich kann Euch am Morgen etwas zu essen und Wasser bringen. Und wenn es hell ist, könnt Ihr vielleicht zur Propstei gehen, gleich dort drüben. Ihr könntet am Morgen heimlich hingehen und darum bitten, mit dem Verwalter zu sprechen. Seine Lordschaft ist auswärts, aber vielleicht nimmt Euch der Verwalter auf. Ich weiß es nicht. Woran sie glauben, kann ich nicht sagen. Ich weiß es nicht.«

Dankbar neigte er den Kopf. »Gott segne Euch«, sagte er. »Ich glaube, Gott muss Euch mir als Retterin geschickt haben.«

»Zuerst zeige ich Euch den Netzschuppen, bevor Ihr mich dafür segnet, dass ich Euch dort schlafen lasse«, sagte sie. »Für Leute wie Euch ist der nichts. Dort stinkt es nach altem Fisch.«

»Einen anderen Ort habe ich nicht«, sagte er schlicht. »Ihr seid meine Retterin. Sollen wir gemeinsam beten?«

»Nein«, sagte sie schroff. »Am besten bringen wir Euch in das Versteck. Ich glaube zwar nicht, dass noch jemand zu dieser Nachtzeit kommt, aber man weiß nie. Manche halten sich gern für sehr gottselig. So jemand könnte herkommen, um im Morgengrauen zu beten.«

»Ihr seid zum Beten hergekommen«, rief er ihr ins Gedächtnis. »Seid Ihr gottselig? Seid Ihr eine der gottseligen Gläubigen?«

Sie errötete angesichts ihrer eigenen Lüge. »Eigentlich bin ich nicht deswegen hergekommen.«

»Weswegen denn dann?«

»Egal.«

Ihre Verlegenheit ließ ihn vermuten, sie habe sich im Rahmen irgendeiner schmutzigen Dorfaffäre zu einem Stelldichein eingefunden. »Wo sind der Netzschuppen und Euer Zuhause?«

»Oben am Watt, in der Nähe des Fährhauses, von der Mühle aus über den Rife.«

»Den Rife?«

»Der Broad Rife«, sagte sie. »Der Fluss, der oben in das Watt fließt. Er richtet sich nach den Gezeiten, ebbt ab und schwillt an, aber er trocknet niemals aus. Gerade ist der Pegel hoch. Es war so ein nasser Sommer, dass die Furt schon seit Wochen nicht mehr trocken gewesen ist.«

»Die Fähre Eures Bruders überquert den Rife bei Flut?«

»Und bei Ebbe gibt es eine Furt, auf der Menschen zu Fuß hinüberkönnen.«

»Ich will Euch nicht in Gefahr bringen. Ich werde den Weg schon finden, wenn Ihr mir die Richtung beschreibt. Ihr müsst mich nicht führen.«

»Das schafft Ihr nicht. Das Wattland ist wie ein Irrgarten aus Pfaden, und es gibt tiefe Tümpel und Kanäle«, erklärte sie. »Das Meer kommt schneller herein als ein trabendes Pferd und breitet sich schneller über das Land aus, als ein Mensch laufen kann. Man kann im Schlamm stecken bleiben oder auf einem Pfad abgeschnitten werden, eingeschlossen vom Wasser. Es gibt Treibsand, den man nicht sieht, bis der Fuß darin versinkt und man ihn nicht mehr herausziehen kann. Nur wir, die wir hier geboren und aufgewachsen sind, überqueren je den Sumpf. Ich werde Euch hinbringen müssen.«

Er nickte. »Gott wird Euch hierfür segnen. Er muss Euch geschickt haben, damit Ihr mich führt.«

Sie sah skeptisch aus, als sei Gott in ihrem Leben nicht gerade großzügig mit seinem Segen gewesen. »Sollen wir jetzt gehen? Wir werden eine Weile brauchen.«

»Gehen wir«, entschied er. »Wie soll ich Euch nennen? Ich bin Pater James.«

Vor der Priesteranrede schauderte sie zurück. »So kann ich Euch nicht nennen! Da könnte ich genauso gut zu den Richtern gehen und mich auf der Stelle verhaften lassen! Wie lautet Euer richtiger Name?«

»Ihr könnt mich James nennen.«

Sie zuckte leicht mit den Schultern, als empfände sie seine Diskretion als kränkend. »Ich trage den Namen meines Ehemannes«, erwiderte sie. »Alle nennen mich Mrs Reekie.«

»Wie soll ich Euch nennen?«

»Nennt mich so«, sagte sie trotzig. »Da Ihr mir Euren wahren Namen nicht verratet, warum sollte ich Euch meinen verraten?«

Sie wandte sich von seinem überraschten Gesicht ab und ging vor ihm aus der Kirche, geduldig wartend, während er sich tief vor dem Altar verneigte, auf ein Knie ging und die Hand auf den Boden legte. Sie hörte, wie er im Flüsterton ein Gebet für seine und ihre Sicherheit sprach und für alle, die in dieser Nacht dem wahren Glauben Englands dienten, für den König in seiner grausamen Gefangenschaft und den Prinzen im Ausland.

»Mein Mann wird vermisst«, erklärte sie, als er zu ihr an die Tür trat. »Er ist schon seit über einem halben Jahr verschwunden.«

»Gott segne ihn und schütze Euch.« Er machte das Zeichen des Kreuzes über ihrem Kopf. Da sie die Geste noch nie zuvor gesehen hatte, wusste sie nicht, dass sie den Kopf neigen und sich selbst bekreuzigen sollte. Seit beinahe hundert Jahren hatte sich in England niemand mehr öffentlich bekreuzigt. Man hatte die Angewohnheit abgelegt, und diejenigen, die immer noch römisch-katholischen Glaubens waren, waren sorgsam darauf bedacht, ihn im Verborgenen zu halten.

»Danke«, sagte sie verlegen.

»Habt Ihr Kinder?«

Sie öffnete die schwere Tür zum Portal, um sich zu vergewissern, dass der Friedhof verlassen dalag, und bedeutete ihm dann, ihr zu folgen. Im Gänsemarsch gingen sie zwischen Gräbern hindurch, wo die Steine so stark von Moos und Flechten überwuchert waren, dass sich nur vereinzelte Buchstaben erkennen ließen.

»Zwei, die noch am Leben sind«, sagte sie über die Schulter. »Ich danke Gott für sie. Meine Tochter ist dreizehn, und mein Sohn ist zwölf.«

»Und fischt Euer Sohn anstelle seines Vaters?«

»Das Boot ist auch verschwunden«, sagte sie, als sei das der eigentliche Verlust. »Deshalb können wir nur vom Strand aus mit einer Schnur angeln.«

»Der Herr rief einen Fischer zu sich, bevor er irgendjemanden sonst zu sich rief.«

»Ja«, sagte sie. »Aber wenigstens hat der das Boot zu Hause gelassen.«

Ihre Respektlosigkeit brachte ihn zum Lachen, und sie drehte sich um und fiel in das Gelächter ein, und abermals sah er die helle Wärme ihres Lächelns. Es war so heftig und strahlend, dass er am liebsten ihre Hand ergriffen und sie dazu gebracht hätte, ihn weiter anzulächeln.

»Das Boot ist nun einmal so wichtig.«

»Das weiß ich sehr wohl.« Er packte die Schulterriemen seines Rucksacks, um seine Hände vor Versuchungen zu schützen. »Wie kommt Ihr ohne Boot oder Ehemann über die Runden?«

»Schlecht«, sagte sie kurz angebunden.

An der niedrigen Mauer aus rauen Flintsteinen am Rand des Friedhofs lüpfte sie ihren braunen Rock samt Hanfschürze und schwang, gelenkig wie ein Knabe, die Beine über den Zaunübertritt. Er kletterte ihr hinterher und fand sich wieder auf dem Strand, auf einem kleinen Pfad, nicht breiter als eine Schafstiege, mit Weißdornhecken, die sich von den Seiten neigten und oben trafen, sodass sie beide in einem Tunnel aus dichtem Laubwerk und krummen Dornenästen verborgen waren. Sie ging voraus, den Kopf gesenkt und die Ellbogen in ihr Tuch gewickelt, machte große Schritte in ihren Holzschuhen und folgte der launischen Bahn des schmalen Wegs. Das Meeresrauschen wurde ein wenig lauter, als sie eine Böschung hinunterkletterte, und dann befanden sie sich auf einmal auf freier Flur, im Schein des unbeständigen Mondes am blassen Himmel, auf einem Strand aus weißem Kiesel.

Oben auf der Böschung hinter ihnen stand eine große Eiche, deren Wurzeln sich durch den Schlamm schlängelten und deren nach unten schwingende Äste sich tief zum Strand bogen. Vor ihnen lag die Marsch: stehendes Gewässer, Sandbänke, Gezeitentümpel, Schlamm, Schilfinseln und ein breiter, sich windender Kanal aus Wasser mit abzweigenden verschlickten Bächen, die über dem Schlamm anschwollen und daran leckten, in kleinen Wellen, die sich an ihren Füßen brachen.

»Foulmire«, verkündete sie.

»Ich dachte, Ihr hättet gesagt, der Hafen heiße Wandering Haven?«

»So nennen sie den Hafen in Chichester, weil er wandert. Sie wissen nie, wo die Inseln sind, sie wissen nie, wo die Riffe sind. Die Flüsse ändern bei jedem Unwetter ihr Bett. Aber wir, die wir darauf leben und all seine Veränderungen kennen, die wir unsere Pfade seinen Launen anpassen, die wir ihn als Schinder hassen, wir nennen ihn Foulmire.«

»Nach den Vögeln? Fowlmire? Vogelmarsch?«

»Nach dem Schlamm: faulig«, antwortete sie. »Beim geringsten Fehltritt hält er einen, bis das Meer kommt, und man ertrinkt und verfault. Wenn man sich befreit, stinkt man das restliche Leben lang nach Fäulnis.«

»Lebt Ihr schon immer hier?«, fragte er und wunderte sich über den Groll in ihrer Stimme.

»Oh, ja«, sagte sie. »Ich stecke im Schlamm fest. Als Pächterin unterstehe ich einem nachlässigen Herrn und kann nicht fort. Ich bin das Weib eines verschwundenen Mannes und kann nicht heiraten, und ich bin die Schwester des Fährmanns, und er wird mich niemals ans Festland übersetzen und ziehen lassen.«

»Ist die ganze Küste so wie hier?«, fragte er und dachte an seine Überfahrt, wie der Kapitän sie im Dunkeln gesteuert hatte, an Riffen vorbei und über Untiefen. »Ist alles so unsicher?«

»Watt«, bestätigte sie. »Gezeitenland. Weder Meer noch Küste. Weder nass noch trocken, und keiner geht je von hier fort.«

»Ihr könntet fortgehen. Ich werde ein Schiff haben«, sagte er leichthin. »Wenn ich mit meiner Arbeit hier fertig bin, werde ich zurück nach Frankreich segeln. Ich könnte Euch die Überfahrt ermöglichen.«

Sie drehte sich um und sah ihn an, und erneut überraschte sie ihn, diesmal durch ihre Ernsthaftigkeit. »Ich wünschte zu Gott, dass ich es könnte«, sagte sie. »Aber ich würde meine Kinder niemals verlassen. Und außerdem habe ich entsetzliche Angst vor tiefem Wasser.«

Sie ging vor ihm, knirschend auf dem Kiesstrand, der sich zwischen dem Uferdamm und dem Schlamm mit dem versickernden Wasser wand. Vor ihnen wirbelte eine Möwe mit einem gespenstischen Schrei in die Lüfte. Der Fremde folgte dem Schatten der Frau über Kies und Schlamm und Treibholz, hörte das gleichmäßige Zischen, während das Meer irgendwo draußen im Dunkeln zu seiner Rechten stetig näher kam, Schlammbänke überflutete, das Schilf überspülte, unaufhaltsam weiter vordrang.

Sie kletterte einen Uferdamm hoch zu einem Pfad, der oberhalb verlief, über der Gezeitenmarke, und der Fremde ging hinter ihr zwischen Ginsterbüschen hindurch, wo die Farben der nächtlichen Blüten ausgewaschen waren und sie silbern statt golden leuchteten, doch in der Luft hing immer noch ihr Honigduft. Beim Schrei einer Eule ganz in der Nähe fuhr er zusammen. Da erblickte er sie, dunkel in der Dunkelheit, wie sie auf weiten stillen Flügeln davonkreiste.

Sie wanderten lange Zeit, bis der Rucksack auf seinem Rücken schwer wurde und er sich vorkam, als sei er in einem Traum und folge den hölzernen Absätzen ihrer Schuhe, dem dreckigen Saum ihres Rocks auf einem sich trostlos schlängelnden Weg durch eine Welt, die nicht nur ihre Farbe, sondern auch ihre Bedeutung verloren hatte.

Er richtete sich auf und flüsterte ein *Ave Maria* als Mahnung, dass es eine Ehre war, das Wort Gottes, die kostbaren Gegenstände für die Messe und ein Lösegeld für den König zu tragen. Er war froh, sich auf einem schlammigen Pfad an einer nicht kartierten Küste entlangzuschleppen.

Das Meer sickerte weiter ins Landesinnere, als kenne es keine

Grenze. Er konnte sehen, wie das Wasser durch das Treibholz und Stroh auf dem Kies unter ihnen kroch, und jenseits des Uferdamms schwollen die Gräben und Tümpel an und flossen nach hinten ins Land, als sei dies, wie sie gesagt hatte, ein Ort, der weder Meer noch Küste war, als ebbe das Land selbst mit den Gezeiten ab und schwelle an.

Ihm wurde ein seltsames Zischen bewusst, das er schon eine Weile gehört hatte. Es übertönte das Plätschern des Wassers wie das Sieden eines riesigen Schmortopfes, wie das Blubbern eines Kessels.

»Was ist das? Was ist dieses Geräusch?«, flüsterte er und legte ihr eine Hand auf die Schulter. »Hört Ihr das? Ein schreckliches Geräusch! Seltsam, als würde das Wasser kochen.«

Völlig unerschrocken blieb sie stehen und deutete hinaus, mitten in das sich bewegende Wasser. »Oh, das. Seht, dort, dort draußen im Morast, könnt Ihr die Blasen sehen?«

»Ich kann nichts außer Wellen sehen. Gott bewahre uns! Was ist das? Es hört sich wie ein Brunnen an.«

»Es ist der Zischbrunnen«, sagte sie.

Er empfand eine kindliche Angst. »Was ist es? Was ist das?«

»Das weiß keiner«, antwortete sie gleichgültig. »Eine Stelle in der Mitte des Sumpfes, wo das Meer beim Hereinkommen kocht. Bei jeder Flut, also fällt es uns nicht weiter auf. Manchmal erregt es das Interesse eines Fremden. Ein Mann hat meinem Bruder gesagt, dass es wahrscheinlich eine Höhle ist, die unter dem Morast liegt, und die Blasen daraus emporströmen, wenn das Meer in sie hineinfließt. Aber keiner weiß es. Keiner hat die Höhle je gesehen.«

»Es klingt wie ein siedender Topf!« Das seltsame Geräusch entsetzte ihn. »Als würde die Hölle überkochen!«

»Ja, es ist wohl unheimlich.«

»Wie sieht es aus, wenn das Meer zurückweicht?«, fragte er neugierig. »Ist der Boden heiß?«

»Bei Ebbe hat es noch keiner gesehen«, erklärte sie geduldig.

»Hingehen kann man nicht. Man würde versinken, und der Morast würde einen festhalten, bis man bei der nächsten Flut ertrinkt. Vielleicht ist es eine Höhle – und man würde reinfallen. Wer weiß? Vielleicht gibt es wirklich eine Höhle, die das ganze Meer in sich aufnimmt, das Wasser, das unter der Welt abebbt und anschwillt. Vielleicht ist es das Ende der Welt, hier in Foulmire versteckt, und wir leben die ganzen Jahre schon an der Schwelle zur Hölle.«

»Aber das Geräusch?«

»Man kann mit dem Boot drüberfahren«, schlug sie vor. »Es brodelt wie ein großer Kessel und zischt heftig. Manchmal ist es so laut, dass man es in einer stillen Nacht auf dem Friedhof hören kann.«

»Man kann raussegeln und es sich ansehen?«

»Nun, ich würde es nicht tun«, stellte sie klar. »Aber es ist machbar, wenn man sonst nichts zu tun hat.«

Er ging davon aus, dass in ihrem Leben nie ein Tag verstrich, an dem sie sonst nichts zu tun hatte.

Sie drehte sich um und setzte ihren Weg fort. An dem bedrohlichen Zischen, das lauter wurde, als der Uferdamm sich auf das Watt zukrümmte, und leiser, als sie sich entfernten, hatte sie keinerlei Interesse.

»Seid Ihr je zur Schule gegangen?«, fragte er, weil er versuchte, sich ihr Leben vorzustellen, wie sie hier in dieser trostlosen Landschaft lebte, so unwissend wie eine Blume. Als der Pfad breiter wurde, machte er ein paar größere Schritte und ging neben ihr.

»Ein paar Jahre. Ich kann lesen, und ich kann schreiben. Meine Mutter hat mir ihr Rezeptbuch und die Kräuter und ihre Fähigkeiten beigebracht.«

»Sie war Köchin?«

»Eine Kräuterfrau. Eine Heilerin. Jetzt mache ich ihre Arbeit.«

»Hat man Euch jemals vom alten Glauben erzählt? Hat man Euch die Gebete beigebracht?«

Sie zuckte mit den Schultern. »Meine Großmutter hatte mehr für die alten Bräuche übrig. Als ich noch ein Mädchen war, kam manchmal ein fahrender Priester ins Dorf und nahm den Leuten heimlich die Beichte ab. Manche der Älteren sprechen noch die alten Gebete.«

»Wenn wir zum Netzschuppen kommen, möchte ich gern mit Euch beten.«

Er sah den Anflug eines Lächelns. »Ihr tätet besser daran, für Euer Frühstück zu beten«, erwiderte sie. »Viel zu essen haben wir nicht.«

Der Pfad wurde schmaler, und sie gingen wieder im Gänsemarsch zwischen den von beiden Seiten auf sie zudrängenden Dornen hindurch. Irgendwo im Wald zu seiner Linken vernahm er das laute Zwitschern der Nachtigall, die zum blassen Himmel hinauf sang.

Noch nie, so dachte er bei sich, war er durch eine derart seltsame Landschaft mit einer derart fremdartigen Gefährtin gezogen. Er war seiner Berufung durch ganz England gefolgt, war von einem wohlhabenden Haus zum nächsten gefahren, hatte die Beichte abgenommen und den Gottesdienst gefeiert, gewöhnlich im Verborgenen, aber immer unter behaglichen Umständen. Dabei war ihm sein gutes Aussehen zuträglich gewesen. Er war von den reichsten Damen des Königreiches umhegt und von ihren Vätern und Brüdern respektiert worden, weil er für seinen Glauben sein Leben aufs Spiel setzte. Mehr als ein schönes Mädchen war auf die Knie gesunken und hatte verstörende Träume von ihm gebeichtet. Ihr Verlangen hatte ihn kaltgelassen. Er war Gott versprochen und gestattete sich keine Ablenkung. Als junger Mann von erst zweiundzwanzig Jahren genoss er die Gelegenheit, seine leidenschaftlichen Überzeugungen auf die Probe stellen zu können, und das Gefühl seiner eigenen Rechtschaffenheit.

Von Kindesbeinen an war er für die Kirche vorgesehen gewesen. Seine Lehrer hatten ihn unterwiesen und inspiriert und dann in die Welt geschickt, damit er im Geheimen reiste, sich mit Royalisten traf und sie über ihre Absichten aufklärte. Von einem belagerten Palast war er zum nächsten gereist, Gelder der vertriebenen Königin im Gepäck, Pläne vom gefangenen König, Versprechen vom Prinzen. Er war schon an gefährlichen und angsteinflößenden Orten gewesen – hatte in geheimen Kammern geschlafen, sich in Kellern versteckt, die Messe auf Dachböden und in Stallungen abgehalten –, doch er hatte noch nie einen Tag ohne Zufluchtsstätte verbracht, allein an einer nicht kartierten Küste, oder war den Schritten einer einfachen Frau gefolgt, die seine Sicherheit in ihren schwieligen Händen hielt.

Er tastete nach dem goldenen Kruzifix, das er unter seinem leichten Batisthemd trug, und umschloss den unhandlichen Umriss. Abergläubisch warf er dem Schlamm unter den Füßen der Frau einen Blick zu, um sicherzugehen, dass sie wie eine Sterbliche Fußabdrücke hinterließ. Obwohl er die scharf umrissenen Spuren der Holzschuhe sah, bekreuzigte er sich, weil er fürchtete, sie sei eine gespenstische Führerin in ein gottloses Land. Wenn er nicht die Kraft seines Glaubens hätte, würde er sich in der Tat verloren vorkommen, wie er so durch eine Welt aus uralten Elementen wanderte: Wasser, Luft und Erde.

Schweigend gingen sie weiter, vielleicht eine Stunde lang. Dann bog sie scharf nach links und kletterte den Hafendamm hinauf, und er erblickte eine baufällige Hütte, Wände aus Treibholz, verfugt mit getrocknetem Schlamm, ein Strohdach aus Schilf aus dem Marschland. Die Hütte sah wie ein von der Flut angespültes Schiffswrack aus. Seine Begleiterin stemmte sich gegen die schlecht eingepasste, beim Aufgehen knarrende Tür.

»Der Netzschuppen«, verkündete sie.

Drinnen war es pechschwarz, das einzige Licht kam vom Mond und drang schimmernd durch die Ritzen in den Wänden.

»Habt Ihr eine Kerze?«

»Nur im Haus. Ihr könnt hier kein Licht machen. Es würde von der Mühle auf der andere Seite des Sumpfes aus gesehen werden. Ihr werdet im Dunkeln sitzen müssen, aber bald wird der Morgen dämmern, und ich bringe Euch Frühstück und etwas Ale.«

»Ist Euer Haus in der Nähe?«

»Bloß ein Stück den Uferdamm entlang. Und es wird bald hell sein«, versicherte sie ihm. »Ich werde zurückkommen, sobald ich kann. Ich muss das Feuer entfachen und Wasser holen. Dann muss ich meine Kinder wecken und ihnen ihr Frühstück geben. Wenn sie dann für den Tag aufgebrochen sind, komme ich zurück. Ihr könnt hier auf den Netzen sitzen und ein wenig schlafen.«

Sie nahm seine Hand – er spürte die Rauheit ihrer narbigen Handfläche – und zog daran, bis er sich bückte, dann schob sie seine Finger auf die groben Schnüre eines Haufens aus Netzen zu. »Da«, sagte sie. »Die alten Netze. Gut genug ist es nicht für Euch, aber ich weiß nicht, wohin Ihr sonst könnt.«

»Natürlich ist es gut genug für mich«, versicherte er ihr, seine Stimme eifrig und nicht sehr überzeugend. »Ich weiß nicht, was ich getan hätte, wäre ich Euch nicht begegnet. Ich hätte im Wald geschlafen und wäre von dem zischenden Wasser weggespült worden.« Er versuchte zu lachen, sie tat es nicht.

»Falls Ihr jemanden kommen hört oder sich jemand an der Tür zu schaffen macht, könnt Ihr die Rückwand eintreten. Wir sind am Rand des Grabens. Ihr könnt Euch hineinrollen lassen. Wenn Ihr am Uferdamm entlang nach rechts lauft, wird er Euch landeinwärts zur Fähre und zur Furt führen, links zum Wald. Aber hier kommt nie jemand vorbei, niemand wird Euch stören.«

Er nickte, doch in der Dunkelheit konnte sie ihn nicht sehen.

»Ich weiß, dass es nicht gut genug ist«, sagte sie unbehaglich.

»Ich bin dankbar dafür. Ich bin Euch dankbar«, antwortete er. Er merkte, dass er immer noch ihre Hand hielt, und drückte sie an seine Lippen. Sofort entriss sie ihm die Hand, und er errötete im Dunkeln über seine Torheit, ihr eine Höflichkeit zu erweisen, die ihr völlig fremd war. Die wohlhabenden Damen in den geheimen Verstecken waren es gewohnt, geküsst zu werden. Sie streckten ihm ihre weißen Hände entgegen und hoben ihre Fächer an die Augen, um ihr Erröten zu verbergen. Manchmal gingen sie auch in einem Wirbel aus Seide auf die Knie und küssten seine Hand, hielten sie an die aus Buße über irgendeine belanglose Sünde feuchten Wangen.

»Verzeihung«, versuchte er zu erklären. »Ich wollte nur sagen, dass ich weiß, welch großes Geschenk dies ist. Gott wird nicht vergessen, was Ihr für mich getan habt.«

»Ich werde Euch etwas Haferbrei bringen«, sagte sie harsch. Er hörte, wie sie in Richtung Tür zurückwich, und sah den Spalt Mondschein, als die Tür aufging. »Viel gibt es nicht.«

»Nur, wenn Ihr etwas übrig habt«, sagte er in dem Wissen, dass es bei ihr zu Hause keine Essensreste geben würde. Sie würde auf ihre Portion verzichten, um ihm etwas zu geben.

Geräuschlos schloss sie die Tür, und er tastete nach dem Haufen Netze und zog ein wenig daran, um sie auszubreiten. Der Gestank nach altem Fisch und verfaultem Schlamm erhob sich zusammen mit dem Summen schläfriger Fliegen. Er biss die Zähne gegen seinen Ekel zusammen und ließ sich nieder. Dann zog er den Umhang fester um sich, da er sicher war, dass es in dem Schuppen Ratten gab. Obwohl er schrecklich müde war, konnte er sich nicht überwinden, sich auf die übel riechenden Knoten zu legen. Er schalt sich, ein Narr zu sein, ein ungeeigneter Priester ohne jede Weisheit oder Erfahrung, ein törichter Junge, losgeschickt, damit er Gewaltiges in großen Zeiten vollbrachte.

Er hatte Angst zu versagen, besonders jetzt, da so viel von ihm abhing. Er musste Beichten abnehmen und Geheimnisse bewahren, und im Kopf, gut verborgen, verwahrte er einen Plan zur Befreiung des Königs. Er fürchtete, weder den Mut noch die Entschlossenheit zu besitzen, ihn in die Tat umzusetzen, und wollte schon darum beten, ein starker Emissär, ein guter Spion zu sein, als ihm klar wurde, dass er sich irrte: Er hatte keine Angst zu versagen, er hatte Angst wie ein Kind – Angst vor allem, vor den Ratten im Netzschuppen, dem Zischbrunnen draußen, und irgendwo jenseits davon vor den rachsüchtigen Armeen Cromwells, dieses schwarzäugigen Tyrannen.

Wartend saß er im Dunkeln.

Alinor zögerte vor der Tür des Netzschuppens und lauschte auf seine Bewegungen drinnen, als sei er ein seltsames Tier, das sie eingesperrt hatte. Als alles ruhig war, drehte sie sich um und rannte am Uferdamm entlang zu dem Ort, wo ihre eigene Hütte stand: dem Sumpf zugewandt, ein einstöckiges Häuschen mit einem Reetdach, mitten in einem kleinen Kräutergarten mit einem Zaun aus Treibholz.

In ihrer Hütte war alles genau so, wie sie es zurückgelassen hatte: die Glut in der Feuerstelle unter einem irdenen Deckel, die gegen Funken in die Asche gezeichneten Runen, die Kinder im Bett in der einen Zimmerecke, neben der Feuerstelle der Topf Haferbrei mit festgeklemmtem Deckel, um ihn vor Ratten zu schützen, und in der anderen Ecke die schlafenden Hühner, die müde gackerten, als mit ihr die kühle, nach Schlamm und Salzwasser riechende Luft hereinwehte.

Sie nahm einen Eimer von der Feuerstelle und ging nach draußen, landwärts, an der Küstenlinie entlang, wo die Flut gegen den Schlamm und das Schilf schlug. Auf grob gehauenen Stufen kletterte sie den Uferdamm hoch und auf der anderen Seite wieder hinunter zum tiefen Süßwasserteich. Sie hielt sich an einem abgenutzten Pfosten fest, um ihren Eimer zu füllen, und schleppte dann die überschwappende Last zurück zur Hütte. Dort goss sie eine Schüssel voll Wasser, stellte sie auf den Tisch, zog ihren Umhang aus und wusch sich Gesicht und Hände mit der hausgemachten grauen, fettigen Seife. Sie schrubbte sich die Finger mit besonderer Sorgfalt, und ihr wurde schmerzlich bewusst, dass der Priester sie an seine Lippen gehalten und den lebenslangen Geruch nach Fisch, Rauch, Schweiß und Dreck bemerkt haben musste.

An einem Leinenfetzen trocknete sie die Hände ab und saß dann eine Weile da, starrte durch die offene Tür, wo der Himmel immer heller wurde. Sie fragte sich, warum sie sich derart verhext vorkam, wo sie doch gar keinem Geist begegnet war.

Sie schüttelte den Kopf, als wolle sie sich selbst aus dem Schattenreich zurückholen, und erhob sich von ihrem Schemel, um sich vors Feuer zu knien und mithilfe eines Lumpens die irdene Abdeckung von der Glut zu heben. Mit dem Rücken der anderen Hand verwischte sie die Runen gegen Feuer, die in die kalte Asche gezeichnet waren. Sie nährte das glühende Herz in der Mitte mit kleinen Spänen und dann mehr Treibholz, und als es Feuer fing, stellte sie den dreibeinigen Eisentopf in die Hitze, fügte Wasser aus dem Eimer hinzu und rührte die eingeweichte Hafergrütze um, während sie langsam aufkochte.

Die Kinder in dem einen Bett schliefen trotz der Kochgeräusche weiter. Sie versuchte, sie aufzuwecken, indem sie sie nacheinander an der Schulter berührte. Ihre Tochter lächelte im Schlaf und rollte sich zur rauen Holzwand hin, doch ihr Junge setzte sich auf und fragte: »Ist schon Morgen?«

Sie beugte sich hinunter, um ihn zu umarmen, und vergrub das Gesicht in seinem warmen Nacken. Er roch nach sich selbst, süß wie ein Welpe. »Ja«, antwortete sie. »Zeit zum Aufstehen.«

»Ist Vater wieder zu Hause?«

»Nein«, antwortete sie tonlos. Die immer wiederkehrende Frage ihres Sohnes versetzte ihr keinen traurigen Stich mehr. »Noch nicht. Zieh dich an.«

Gehorsam setzte Rob sich an die Kante der Matratze und zog

seine Jacke über das Leinenhemd. Er zog seine Kniehose hoch und band sie mit einer Schnur fest. Heute würde er mit nackten Beinen und barfuß zur Arbeit gehen. Nach der Schule am Morgen würde er auf der Mill-Farm Vögel verscheuchen. Er setzte sich an den Tisch, und sie goss Grütze in seine Schüssel.

»Kein Speck?«, fragte er.

»Heute nicht.«

Er griff nach dem Löffel und begann zu essen, blies auf jeden einzelnen und schlürfte ihn geräuschvoll. Sie gab ihm einen Becher Dünnbier. Niemand in Foulmire trank Wasser. Dann wandte sie sich wieder zum Bett um, setzte sich auf die Kante und berührte die Schulter ihrer Tochter.

Alys rollte sich herum und öffnete die dunkelblauen Augen. Sie sah ihre Mutter an, als sei diese Teil eines eindringlichen Traums. »Bist du unterwegs gewesen?«, erkundigte sie sich.

Alinor war überrascht. »Ich dachte, du hättest geschlafen.«

»Ich habe dich reinkommen gehört.« Das Mädchen seufzte, als wolle es gleich wieder einschlafen. »In meinem Traum.«

»Was hast du geträumt?«

»Ich habe geträumt, dass du auf dem Friedhof einem Kater begegnet bist.«

Die beiden waren hoch konzentriert. »Welche Farbe?«

»Schwarz«, antwortete das Mädchen.

»Was ist passiert?«

»Nichts. Das war alles. Du hast vor ihm gestanden, und er hat dich gesehen.«

Alinor dachte darüber nach, stellte es sich vor ihrem seherischen Auge vor. »Er hat mich gesehen?«

»Er hat dich gesehen, er hat alles gesehen.«

Alinor nickte. »Sprich nicht darüber«, sagte sie.

Das Mädchen lächelte. »Natürlich nicht.« Sie schob die Bettdecke zurück und erhob sich, lehnte sich aufrecht an die Schulter ihrer Mutter, ihr blondes Haar in einem Zopf im Rücken, die Haut angelsächsisch-blass. Sie wandte sich zu ihrem Kleiderstapel am Fuß des Bettes, zog ihren Filzrock mit schlammverkrustetem Saum und ein geflicktes Hemd an. Dann setzte sie sich auf ihren Schemel am Tisch, um sich das Gesicht und die Hände zu waschen, trug anschließend die Schüssel zur Tür und goss sie über die Kräuter draußen.

Alinor nahm auf ihrem Schemel neben den Kindern Platz und faltete die Hände. »Vater, wir danken dir für unser täglich Brot«, sagte sie leise. »Bewahre uns von unseren Sünden, jetzt und in alle Ewigkeit. Amen.«

»Amen«, sagten alle im Chor, und Alinor tat ihrer Tochter und sich auf, wobei sie eine Portion im Topf ließ.

»Kann ich das haben?«, fragte Rob.

»Nein«, sagte Alinor.

Er schob den Schemel zurück und kniete sich für ihren Segen auf den Boden. Sie legte die Hand auf seine verfilzten Locken und sagte: »Gott segne dich, mein Sohn.«

Ohne ein weiteres Wort nahm er seine Kappe von einem Haken hinter der Tür, setzte sie auf den Kopf und öffnete die Tür. Möwengeschrei und die salzige Morgenluft strömten in das verdunkelte Zimmer. Er trat ins Freie und knallte die Tür hinter sich zu.

»Er wird zu früh in der Schule sein«, stellte Alys fest. »Er wird wieder am Kirchentor Ball spielen.«

»Ich weiß«, erwiderte Alinor.

»Du siehst seltsam aus«, erklärte das Mädchen seiner Mutter. »Anders.«

Alinor wandte lächelnd das Gesicht zu ihrer Tochter. »In welcher Hinsicht?«, fragte sie. »Ich bin die Gleiche wie gestern.«

»Du siehst wie in meinem Traum aus. Wohin bist du gegangen?«

Alinor sammelte die leeren Schüsseln ein und stapelte sie auf dem Tisch. »Ich bin zur Kirche gegangen, um für Euren Vater zu beten.«

Das Mädchen nickte. Sie wusste sehr gut, dass Mittsommertag war. »Und hast du ihn gesehen?«, fragte sie ganz leise.

Alinor schüttelte den Kopf. »Nichts.«

»Dann lebt er vielleicht noch? Wenn du ihn nicht gesehen hast, dann ist er nicht tot. Er könnte immer noch nach Hause kommen.«

»Oder vielleicht habe ich kein Zweites Gesicht.«

»Vielleicht das. Vielleicht bist du einem schwarzen Kater begegnet, und er hat wahrhaftig dein Wesen erkannt.«

Alinor lächelte. »Sprich nicht davon«, ermahnte sie ihre Tochter. Sie dachte an den Priester, der im Netzschuppen auf seine Grütze wartete. Sie fragte sich, ob er wahrhaftig ihr Wesen erkannt hatte, wie der schwarze Kater aus dem Traum ihrer Tochter.

Das Mädchen fuhr mit den Fingern durch sein dichtes blondes Haar und schob es sich aus dem Gesicht, zog dann seine Haube über den goldenen Zopf. Sie setzte sich, um die Stiefel anzuziehen. »Ich wünschte bei Gott, wir wüssten Bescheid«, sagte sie verärgert. »Ich vermisse ihn nicht, aber ich würde gern wissen, dass ich aufhören kann, Ausschau nach ihm zu halten. Und Rob gegenüber ist es ungerecht.«

»Ich weiß«, sagte Alinor. »Jedes Mal, wenn ein Schiff zur Landestelle der Gezeitenmühle kommt, frage ich nach Neuigkeiten von ihm, aber es gibt nichts.«

Das Mädchen hob einen Stiefel hoch und steckte den Finger durch das Loch in der Sohle. »Es tut mir leid, Ma, aber ich brauche neue Stiefel. Die hier sind an den Zehen und an der Sohle kaputt.«

Alinor betrachtete das geflickte Obermaterial und die reparierten Sohlen. »Das nächste Mal, wenn ich Geld habe, das nächste Mal, wenn ich auf den Markt gehe«, versprach sie.

»Jedenfalls vor dem Winter.« Das Mädchen zog die abgetragenen Stiefel an. »Vielleicht bringe ich heute Abend ein Kaninchen mit nach Hause. Gestern habe ich eine Falle gestellt.«

»Nicht auf Sir Williams Feldern?«

»Nicht dort, wo der Wildhüter je hingehen würde«, sagte sie schelmisch.

»Bring es nach Hause, und ich schmore es«, versprach Alinor, die an das zusätzliche Maul dachte, das es zu stopfen galt, sollte der Priester nicht bis zur abendlichen Ebbe fort sein.

Die Tochter kniete vor ihrer Mutter, und Alinor legte die Hand auf den zarten Nacken des Mädchens. »Gott segne dich und beschütze dich«, sagte sie in Gedanken an die jugendliche Schönheit ihrer Tochter und den Müller und seine Männer, die ihr beim Überqueren des Hofs mit den Blicken folgten und scherzten, wer in ein paar Jahren ihr Ehemann sein werde.

Das Mädchen lächelte zu ihrer Mutter hoch, als wisse es um ihre Ängste. »Ich kann auf mich selbst aufpassen«, sagte sie sanft und ging nach draußen, wobei sie die Hühner durch die Tür scheuchte und dann aus dem Tor, sodass sie sich einen Weg nach unten zum Strand picken konnten.

Alinor wartete, bis das Knirschen von ihren Schritten auf dem Kies schwächer wurde. Erst als sie draußen außer den Schreien der Meeresvögel nichts mehr vernahm, löffelte sie die warme Grütze in die extra Schüssel, die Schüssel ihres vermissten Ehemanns, nahm seinen geschnitzten Holzlöffel und seinen Holzbecher mit Ale und trug sie am Uferdamm entlang zurück zum Netzschuppen.

Alinor klopfte an die Tür und trat ein, den Kopf tief unter den schiefen Türsturz geduckt. Er schlief der Länge nach auf den Netzen, sein gutes Wollcape unter sich ausgebreitet, und seine schönen Locken fielen um sein Gesicht. Sie bemerkte seine Blässe und die dunklen langen Wimpern, die schlafende Kraft seines Körpers, seine Brust und Arme und die langen Beine in den teuren Reitstiefeln. Niemand würde ihn für etwas anderes als einen Fremden halten, keinen Einheimischen von dieser verarmten Insel an der englischen Südküste. Auf den ersten Blick wäre klar, dass er ein Adliger war. Er war so fehl am Platz, ausgestreckt auf den stinkenden Netzen in dem baufälligen Schuppen, wie sie es inmitten der Seidenstoffe und Parfüms des Königshofes gewesen wäre, damals, als der König noch einen Hof in London gehabt hatte.

Ihn zu wecken, kam ihr respektlos vor, andererseits war die abkühlende Schüssel in ihrer Hand eine Mahnung, dass ihm übel werden würde, wenn sie die Grütze neben ihm stehen ließe und er sie bei seinem Erwachen kalt und geronnen vorfände. Also bückte sie sich, stellte den Becher mit Ale auf den Boden und schüttelte behutsam die Spitze seines Stiefels.

Sofort zuckten seine Wimpern, er öffnete die Augen und sprang in einem Satz auf die Beine. »Ach! Gute Frau«, sagte er.

Sie hielt ihm die Schüssel und den Becher Dünnbier entgegen. »Grütze«, sagte sie. »Ich weiß, dass sie nicht gut genug für Euch ist.«

»Sie kommt von Euch, und sie kommt von Gott, und ich bin dankbar«, erwiderte er. Er stellte die Schüssel mit dem Löffel und den Becher auf den Boden und sprach im Knien ein langes, geflüstertes Tischgebet auf Latein. Alinor, die nicht wusste, was sie tun sollte, neigte den Kopf und flüsterte »Amen«, als er fertig war, obwohl ihnen der Pfarrer eingetrichtert hatte, dass Gott nicht Latein spreche, dass Gott Englisch spreche und auf Englisch angesprochen werden sollte und dass alles andere Ketzerei sei und eine papistische Verhöhnung der Wahrheit des göttlichen Wortes.

Im Schneidersitz setzte er sich auf die Netze, als wären sie nicht voller Ungeziefer, und schlang die Grütze wie ein Ausgehungerter hinunter. Er kratzte die Holzschüssel mit dem Holzlöffel aus und trank den Becher Ale leer.

»Es tut mir leid, dass es nicht mehr gibt«, sagte sie verlegen. »Aber wenn Ihr zum Abendessen noch hier seid, werde ich Euch etwas Fischsuppe bringen.«

»Es war sehr gut. Ich hatte Hunger«, sagte er. »Ich bin Euch dankbar, dass Ihr Euer Essen mit mir teilt. Ich hoffe, dass Ihr nicht auf Essen verzichten musstet, um mir etwas abzugeben?«

Beim Gedanken an ihren Jungen, der mehr zum Frühstück hätte essen wollen, regte sich kurz ihr schlechtes Gewissen. »Nein«, sagte sie. »Meine Tochter bringt vielleicht Fleisch zum Abendessen nach Hause.«

Er verengte die Augen, als versuchte er, einen Kalender heraufzubeschwören und zu sehen, ob es einen Feiertag oder einen Fastentag einzuhalten galt. Er lächelte. »Heute ist Johannistag. Ein gutes Abendessen wäre mir recht, aber wenn es nur wenig gibt, flehe ich Euch an, dass Ihr es für Euch und Eure Kinder behaltet. Ihr leistet einen großen Dienst an mir und für Gott, indem Ihr mich hier versteckt. Ich möchte nicht, dass Ihr hungert. Ich bin daran gewöhnt.«

Ihr Gesicht hellte sich auf, als sie lachte, und wieder einmal überraschte ihn die jähe Verwandlung. »Ich wette, ich bin mehr daran gewöhnt als Ihr!«

Er musste sich zurückhalten, um nicht ihre lächelnden Wangen zu berühren. »Ihr habt recht«, räumte er ein. »Das Fasten ist meine eigene Wahl, Teil meines Glaubens.«

»Ich habe mir gedacht, ich führe Euch heute Morgen zur Propstei«, schlug sie vor. »Wenn Ihr es beim Verwalter dort versuchen und sehen wollt, ob er Euch aufnimmt.«

»Eure Hilfe wäre mir sehr recht. Ich würde ihn gern treffen. Geht es den Weg zurück, den wir gekommen sind?«

»Ja«, sagte sie.

»Dann finde ich ihn. Ich werde allein gehen. Ich will Euch nicht in Gefahr bringen.«

»Es ist das Sumpfland«, rief sie ihm ins Gedächtnis. »Ich muss Euch führen. Aber ich kann vorausgehen, damit man uns nicht zusammen sieht.«

Er nickte. »Ihr müsst unbedingt Abstand halten.«

»Also gut.«

Einen Augenblick herrschte Schweigen. »Wollt Ihr Euch setzen?«, lud er sie ein. »Euch setzen und mit mir reden?«

Sie zögerte. »Ich muss mich an meine Arbeit machen.«

»Nur einen Moment?« Er wunderte sich über sich selbst, dass er ihre Gesellschaft suchte, obwohl er die Einsamkeit zum Gebet hätte nutzen sollen.

Sie sank zu Boden und zog die Füße unter den groben Wollrock. Der Raum lag im Schatten, roch nach Salz und Tang und fauligem Marschschlamm. Der Boden bestand aus festgestampfter Erde, die Netze waren unordentlich eins über das andere geworfen, und die Hummerfangkörbe verrotteten mit ihrer Ladung aus altem Seetang und Muscheln.

»Was solltet Ihr gerade tun, wenn ich Euch nicht aufhielte?«, fragte er sie.

»Heute Morgen würde ich im Garten Unkraut jäten und das Haus putzen, Kräuter sammeln zum Trocknen oder Destillieren, wahrscheinlich spinnen. Heute Nachmittag gehe ich zum Haus meines Bruders bei der Fähre, um im Brauhaus Gerste für unser Ale anzusetzen. Mit der Hefe werde ich Brot backen. Manchmal arbeite ich auf der Mill-Farm – in der Molkerei oder der Backstube –, oder ich jäte Unkraut oder grabe oder ernte, je nach Jahreszeit.« Sie zuckte mit den Schultern. Offensichtlich gab es zu viele Aufgaben, als dass sie alle hätte auflisten können. »Da Mittsommertag ist, werde ich heute Abend wieder Kräuter pflücken, die in meinem eigenen Garten und die, die ich beim Fährhaus angepflanzt habe, und werde sie in der Vorratskammer des Fährhauses destillieren. Manchmal schickt jemand nach mir wegen einer Geburt oder Krankheit. An manchen Abenden gehe ich zur Kirche. Es tut gut, einmal zu sitzen, nur für einen Moment.«

»Ihr müsst einsam sein?«

»Nein – auch wenn ich meine Mutter vermisse«, räumte sie ein.

»Vermisst Ihr Euren Ehemann denn nicht?«

»Ich bin froh, ihn los zu sein«, sagte sie einfach. »Abgesehen vom Verlust des Bootes.«

»Hat er Euch schlecht behandelt?« Er verschränkte die Finger im Schoß, um nicht ihre verkrampfte Hand zu ergreifen. Der Mann musste ein Ungeheuer sein, fand er, um einer solchen Frau wehzutun – und was tat der Pfarrer der Kirche, was tat ihr Bruder, anstatt sie zu beschützen?

Doch sie schüttelte den Kopf. »Nicht schlimmer als viele andere. Ich habe mich nie beklagt. Aber er hat viel zu essen gebraucht und viel Arbeit gemacht. Es war ermüdend, seine Frau zu sein, anstrengend. Aber ohne ihn haben wir sehr wenig Geld und kaum Möglichkeiten, welches zu verdienen, und es ist unmöglich zu sparen. Ich habe Angst um meine Tochter – jeden Tag bei der Arbeit auf der Mill-Farm –, so hübsch, wie sie ist. Sie muss in zwei oder drei Jahren heiraten, und woher ich ihre Mitgift nehmen soll, weiß ich nicht. Und ich habe Angst um meinen Sohn, wie er ohne Vater aufwächst und noch nicht einmal sein Fischerboot erben wird. Er wird wohl nach meinem Bruder die Fähre übernehmen, aber erst in vielen Jahren, und das ist ein hartes Leben. Ich weiß nicht, was aus den beiden werden soll.« Sie schüttelte den Kopf, als habe sie schon häufig darüber gerätselt. »Oder auch aus mir. Gott bewahre uns vor dem Betteln.«

»Ihr könnt nicht betteln«, erwiderte er entsetzt. »Ihr dürft nicht an den Bettelstab kommen.«

»Nun, wir borgen uns gelegentlich Dinge«, gab sie zu, und ihr leises Lächeln verriet ihm, dass sie sich auf Sir Williams Ländereien bezog.

»Gott verbietet das Borgen nicht, wenn es nur Kaninchen sind«, erklärte er ihr und wurde von einem verschmitzten Funkeln belohnt. »Aber Ihr müsst vorsichtig sein ...«

»Das sind wir«, sagte sie. »Und Sir William liegt nur an seinen Hirschen und den Fasanen. Vielleicht werden wir irgendwie ein Boot kaufen. Vielleicht werden die Zeiten einmal besser werden.«

»Gibt es denn keinen Mann, der den Platz Eures Ehemanns einnehmen würde?« Er dachte daran, wie sie am Mittsommerabend bei der Kirche auf jemanden gewartet hatte.

Die Geringschätzung, mit der sie den Kopf abwandte, schockierte ihn. Er war schon Herzoginnen mit weniger Hochmut begegnet.

»Ich werde nicht wieder heiraten.«

»Noch nicht einmal für ein Boot?« Er lächelte.

»Niemand mit einem Boot würde mich mit meinen beiden Kindern nehmen«, stellte sie fest. »Drei Mäuler zu stopfen.«

»Ist Eure Tochter wie Ihr?«, fragte er und dachte, sie müsse so hübsch wie eine Prinzessin aus dem Märchen sein.

»Eigentlich nicht«, antwortete sie mit einem Lächeln. »Sie hat große Hoffnungen, sie hört auf ihren Onkel, glaubt, dass jeder alles werden kann, dass ihr die Welt offensteht, dass sich alles geändert hat. Sie ist Feuer und Flamme für Parlament und Volk. Verübeln kann ich es ihr nicht. Aber natürlich erhoffe ich mir Besseres für sie und Rob.«

»Euer Sohn?«

Ihr Gesicht erwärmte sich bei seinem Namen. »Er ist dazu geboren, Heiler zu werden. Er hat die Gabe meiner Mutter. Schon als Kleinkind war er mit mir draußen im Garten und hat die Namen und die Heilkraft der Kräuter gelernt. Ich habe ihm beigebracht, wie man sie verwendet, und manchmal begleitet er mich zu einer Krankheit oder einem Todesfall. Wenn ich ihn nur in der Schule lassen könnte, damit er sich die Weisheit der Bücher aneignet! Ein gewitzter Mann mit Bildung kann in einer Stadt unter Leuten mit Geld gut verdienen.« Sie zuckte mit den Schultern. »Hier nicht. Für die Kräuter werde ich in Lebensmitteln und Pennys bezahlt, und meine Patienten sind allesamt arme Leute. Der einzige Landadel lebt in der Propstei. Ich habe Ihre Ladyschaft gepflegt, bevor sie starb, und vor ein paar Monaten habe ich den Sohn behandelt. Zweimal im Jahr gehe ich in den Destillierraum, fülle alles wieder auf und sorge für Ordnung, aber wenn Seine Lordschaft krank ist, schickt er nach dem Arzt in Chichester.«

»Ihr seid eine weise Frau?«, fragte er. »Was könnt Ihr?«

»Nur Kräuter und Heilkunst«, antwortete sie vorsichtig. Vermutlich kannte er sich nicht aus bei den vielen Abstufungen zwischen Heilerinnen, die natürliche Heilmittel verwendeten, und denjenigen, die auf dunkle Künste zurückgriffen und ein ganzes Dorf krank machen konnten. »Ich bin Hebamme. Früher, als der Bischof noch in seinem Palast war und eine Genehmigung erteilen konnte, war ich zugelassen. Ich kann einen Zahn ziehen und einen Knochen richten, eine eiternde Wunde rausschneiden und ein Geschwür heilen, aber sonst mache ich nichts. Ich bin Heilerin und Finderin verlorener Dinge.«

»Ihr habt mich gefunden«, sagte er.

»Wart Ihr denn verloren?«

»Ich glaube, die Engländer sind verloren«, antwortete er ernst. »Wir können unseren König nicht einfach vom Thron werfen, und wir können uns nicht aussuchen, wie wir Gott huldigen. Wir können nicht das Parlament über alles stellen. Wir können nicht gegen den König, der von Gott als Herrscher über uns eingesetzt wurde, Krieg führen.«

»Davon verstehe ich nichts.«

Er zögerte. »Gestern Nacht habt Ihr gesagt, Euer Bruder sei fürs Parlament?«

»Er ist fortgezogen, um zu kämpfen, und wäre bei der New Model Army geblieben. Doch als mein Vater starb, musste er wieder nach Hause kommen, um nicht sein Recht auf die Fähre zu verlieren. Unsere Familie hat seit Generationen die Rechte an der Fähre, wir sind die Pächter des Fährhauses.«

»Es ist der einzige Weg, um zum Festland überzusetzen? Die Jolle Eures Bruders?«

»Es ist keine Jolle«, verbesserte sie ihn. »Es ist eher ein Floß an einem Seil über den Broad Rife«, erklärte sie. »Der Broad Rife fließt zwischen der Insel Sealsea und dem Festland. Er ist nicht tief – bei Ebbe kann man hinüberwaten. Die Furt ist gepflastert, damit man nicht im Schlamm stecken bleibt. Mein Bruder hält die Furt instand. Er befördert Leute, die sich nicht die Füße nass machen wollen, und Frauen auf dem Weg zum Markt, die ihr gesponnenes Garn oder ihre Waren tragen, und bei Flut die Fuhrleute oder Sir William, der seine Pferde und die Kutsche auf die Fähre lädt, wenn das Wasser zu hoch steht.«

»Er rudert Leute hinüber?«

Sie schüttelte den Kopf. »Er zieht an einem Seil. Es ist wie ein großes Floß, eine schwimmende Brücke, groß genug für ein Fuhrwerk. Bei mittlerem Wasserstand ist die Strömung sehr stark. Die Fähre hängt längsschiffs an einem hohen Seil, sodass sie nicht von der Flut mitgerissen und in den Sumpf getrieben wird, oder hinaus aufs Meer.«

Bei dem Gedanken erbleichte sie. »Hattet Ihr schon immer Angst vor Wasser?«, fragte er. »Obwohl Ihr hier lebt, an der Küste?«

»Die Tochter eines Fährmanns und die Ehefrau eines Fischers.« Sie lächelte. »Ich weiß sehr wohl, dass es töricht ist, aber ich hatte schon immer schreckliche Angst davor.«

»Wie wollt Ihr dann fischen, wenn Ihr Euer Boot bekommt?«, fragte er.

Lächelnd zuckte sie kaum merklich die Schultern, stand auf und hob seine Schüssel und den Becher auf. »Ich werde den Mut finden müssen«, erwiderte sie. »Ich kann rudern und ein Netz auswerfen, und die Kinder können mir helfen. Raus aufs Meer zu den Untiefen werde ich niemals fahren. Ich werde innerhalb der Hafensandbank bleiben. Und wenn Eure Seite siegt, der König wieder zu seinem Recht kommt und die Kirche papistisch wird, kann ich Fisch auf dem Markt und an allen Fastentagen von Haus zu Haus verkaufen.«

»Ich werde Euch Geld für ein Boot schicken, wenn ich nach Hause komme«, versprach er ihr.

Sie lächelte, als sei es nur eine höfliche Floskel. »Wo ist Euer Zuhause?«

Nach kurzem Zögern entschied er, ihr die Wahrheit anzuvertrauen. »Ich lebe in Frankreich«, sagte er. »Meine Familie hat mich ans Englische Kolleg in Douai geschickt, als ich zwölf Jahre alt war, und ich bin dortgeblieben und habe mein Ordensgelübde als Priester abgelegt. Als der Krieg in England ausbrach, waren sie froh, dass ich in Frankreich in Sicherheit war. Mein Vater hat gegen das Parlament gekämpft, doch sie wurden in der Schlacht von Naseby geschlagen. Jetzt sind er und meine Mutter mit der Königin in Paris im Exil, und ich bin Seminarpriester und habe geschworen, nach England zu kommen und die Menschen hier zum wahren Glauben zurückzuführen.«

»Ist es nicht sehr gefährlich, nach England zu kommen?«

Er zögerte. Auf Spionage stand die Todesstrafe, und auf Ketzertum ebenfalls. Das Kolleg war stolz auf seine Geschichte an Märtyrern und ließ Kerzen vor einer Wand mit ihren eingemeißelten Namen brennen. In seiner Jugend hatte er sich danach gesehnt, einer der heiliggesprochenen Toten zu werden. »Mein Kolleg hat schon viele Märtyrer nach England geschickt, seit König Henry der wahren Kirche den Rücken gekehrt hat. Die Kirche hat sich verändert, entgegen den Wünschen des Volkes. Aber wir haben uns nie verändert. Ich trete in die Fußstapfen vieler Heiliger.« Er lächelte über ihren fragenden Blick. »Wahrlich, ich habe es mir ausgesucht. Und es gibt viele sichere Verstecke und viele Freunde, die mir helfen. Ich kann das Land durchqueren, ohne auch nur einmal römisch-katholischen Boden zu verlassen. Ich kann jeden Abend in einer versteckten geweihten Kapelle beten. Das Parlament ist, was den König betrifft, zu weit gegangen, die Armee erst recht. Jetzt ist unsere Stunde gekommen. Im ganzen Land erklären Städte und Dörfer sich für den König und verkünden, dass sie ihn zurück auf dem Thron haben wollen. Die Menschen wollen Frieden, und sie möchten frei ihren Gottesdienst besuchen können.«

»Werdet Ihr bis dahin nicht zu Eurem Kolleg zurückkehren?«, fragte sie.

»Nein. Es gibt eine Sache, eine große Sache, die ich tun muss, bevor ich nach Hause fahren kann.« Er widerstand der Versuchung, ihr mehr zu erzählen.

Sie erriet es sofort. »Ihr reist doch nicht etwa auf die Insel Wight?«, flüsterte sie. »Zum König?«

Sein Schweigen verriet ihr, dass sie recht hatte.

»Ihr begreift also, warum Ihr nicht mit mir gesehen werden solltet«, sagte er. »Und ich werde nie zugeben, dass ich Euch begegnet bin, dass Ihr mich versteckt habt. Was immer geschieht, was immer mir zustößt, ich werde Euch niemals verraten.«

Feierlich nickte sie. »Wenn Ihr zur Propstei wollt, sollten wir während der Ebbe durch den Sumpf gehen. Wir können mit dem Verwalter sprechen, während er beim Frühstück sitzt, und wenn er Euch nicht ins Haus lässt, wird immer noch genug Zeit sein, um durch den Sumpf zurückzulaufen, bevor der Wasserstand zu hoch wird.«

Er erhob sich von seinem Sitzplatz auf den Netzen, klopfte sich die Jacke ab und schwang sich den Umhang um die Schultern. »Wir gehen durch den Sumpf?«

Sie nickte abermals. »Wir sollten niemandem begegnen. Hierher verirrt sich kaum jemand. Vor der Propstei gehen wir durch einen Hohlweg aus Büschen. Falls Ihr dort jemandem begegnet, könnt Ihr Euch einfach über die Böschung in den Graben fallen lassen und Euch verbergen. Falls Ihr die Flucht ergreifen müsst, folgt dem Graben, und er wird Euch landeinwärts führen. Ihr könnt Euch im Wald verstecken.«

»Und was werdet Ihr tun?«

»Ich werde behaupten, ich hätte nicht gemerkt, dass Ihr mir gefolgt seid. Dass ich auf dem Weg zum Strand sei, auf der Suche nach Seeschwalbeneiern.« Sie drehte sich um und öffnete die Tür. »Wartet hier.«

Auf einmal wurde die stille Luft durch einen explosionsartigen Lärm zerrissen, man vernahm eine Sturzflut aus Wasser und dann ein schreckliches Donnern.

»Was ist das?«, wollte er wissen. Er war zusammengefahren und hatte die Hand an seinem Rucksack.

»Nur die Mühle«, erwiderte sie gelassen. »Sie haben den Mühlbach geöffnet, und jetzt mahlen die Mühlsteine. An einem ruhigen Tag ist es laut.«

Er folgte ihr nach draußen in den hellen Morgen. Die Schlammbänke und Wassertümpel glänzten matt wie angelaufenes Silber und erstreckten sich, funkelnd und seltsam, bis zum Horizont. Der knirschende und scheppernde Lärm ging weiter, als rolle jemand die Eisentore der Hölle über ein Steinpflaster.

»Das ist schrecklich laut!«, rief er.

»Man gewöhnt sich dran.« Sie stieg vor ihm den Uferdamm hinunter auf eine kleine Landzunge aus Kies, die in den schlammigen Sumpf führte und sich dann in einem flachen Flussbett verlief. Er ging an ihrer Seite, seinen Rucksack auf dem Rücken, die Absätze seiner Reitstiefel versanken in dem Schlamm und kamen mit einem lauten Schmatzen wieder heraus. Auf einmal stürzte ein Schwall Wasser durch den Graben neben ihm und ließ ihn zusammenzucken.

Sie lachte. »Das ist der Mühlbach, das Wasser von der Gezeitenmühle.«

»Alles hier ist so seltsam.« Er schämte sich, vor dem Wasser zurückgeschreckt zu sein, das jetzt neben ihnen, in der ansonsten so stillen Landschaft, entlangströmte. »Meine Heimat liegt im Norden, hohe Hügel, Moorlandschaft, es ist sehr trocken ... Das hier ist für mich wie ein fremdes Land, wie das schottische Tiefland.«

»Der Müller öffnet die Schleusentore am Mühlteich, damit das Wasser hereinströmt und sein Rad dreht«, erklärte sie. »Die Nachfrage nach Mehl ist bei uns nicht groß genug. Aber er lagert es hier und schickt es nach London, wenn der Preis stimmt.«

Er vernahm den Groll in ihrer Stimme. »Ihr meint, er kauft das Getreide billig und liefert es nach London, um es dort zu einem höheren Preis zu verkaufen?«

»Er ist auch nicht schlimmer als alle anderen«, sagte sie. »Aber es ist hart, mit anzusehen, wie das Getreideschiff mit gehissten Segeln ausläuft, wenn man selbst nicht das Geld für einen Brotlaib hat und auch nicht genug verdient, um Mehl zu kaufen.«

»Bestimmt Seine Lordschaft nicht den Preis für den Laib?«

Sie zuckte mit den Schultern. Ein guter Grundherr würde den Preis festlegen und dafür sorgen, dass der Müller nicht mehr als einen Scheffel Weizen als Entgelt nahm. »Sir William ist nicht immer hier. Er ist in London. Wahrscheinlich weiß er es nicht einmal.«

Er konnte keinen Weg mehr erkennen, als Alinor vom Mühlbach weg mitten durch eine Öde aus weichem Schlamm zu einer höher gelegenen kleinen Insel aus Kies lief. Das Hafenwasser gurgelte und wich ständig zu allen Seiten zurück. Manchmal hatten sie den festen Boden einer Kieslandzunge unter den Füßen, mit einem tiefen Tümpel auf der dem Meer zugewandten Seite, wo er Schwärme aus winzigen Fischen sah, die das sinkende Wasser zurückgelassen hatte. Manchmal gingen sie über Sand, der vom zurückweichenden Meer zerfurcht war, und er entsann sich der Gefahr von Treibsand und folgte in ihren Fußspuren. Oft hielt er es für unmöglich, dass sie den richtigen Weg um die tiefen Wasserläufe kannte, die sich durch das eintönige Marschland zogen. Doch sie schlug unbeeindruckt die eine Richtung ein und dann die andere, ging ihren Weg, manchmal auf dem Meeresboden, manchmal durch die Schilfbänke, manchmal auf dem unsteten Küstenstreifen, wo halb überschwemmte Pfosten und unter Schlamm begrabene Buhnen zeigten, dass jemand früher einmal einen Deich gebaut und Land erobert, es dann jedoch wieder an das ungerührte Meer verloren hatte.

Als sie nach über einer Stunde Fußmarsch landeinwärts bog, betraten sie einen überwachsenen Weg, wo Weißdornbäume sich auf beiden Seiten zu ihnen herabneigten. Als sie den gewundenen Pfad einschlug, der auf die hohen, knapp über den dichten Bäumen sichtbaren Dächer der Propstei zuführte, blieb er absichtlich so weit zurück, dass er sich augenblicklich wegducken konnte, wenn ihnen jemand entgegenkam. Er hielt sich allerdings nah genug hinter ihr, um ihr folgen zu können. Brombeersträucher zogen sich quer über den Weg und zupften an seinen Ärmeln. Dieser Pfad wurde kaum je benutzt: Die Feldarbeiter zogen die Straße vor, und als der König noch auf dem Thron gesessen und Sir William in seiner Gunst gestanden hatte, hatten alle vornehmen Besucher vom Festland ihre Kutschen bei Ebbe über die Furt gefahren und waren durch die verzierten Tore gekommen, um schließlich vor der zweiflügligen Eingangstür zu halten, wo sich beim Öffnen der Kutschentüren eine Reihe livrierter Dienstboten verneigte. Doch die livrierten Dienstboten waren weggelaufen, um für die New Model Army zu kämpfen, und es hatte keine vornehmen Besuche mehr gegeben, seit der Krieg ausgebrochen war und Sir William sich der Verliererseite angeschlossen hatte.

Die Bäume wichen einer von struppigen Hecken umgebenen Wiese mit schlecht gemähtem Gras. Die beiden überquerten rasch das offene Feld und traten in den Schutz der hohen Mauer aus gespaltenen, von roten Backsteinen eingefassten Flintsteinen. Mit der Hand auf dem ringförmigen Griff der Holztür hielt Alinor inne.

»Ist das hier Euer Unterschlupf? Erwartet man Euch? Soll ich dem Verwalter Euren Namen nennen?«

»Ich hatte tatsächlich gehofft, hierherzukommen«, räumte James ein. »Sir William meinte, er werde mich hier treffen. Aber ich weiß nicht, inwieweit er seinen Verwalter ins Vertrauen gezogen hat. Ich weiß nicht, ob es sicher für Euch ist, hineinzugehen und von mir zu erzählen. Vielleicht sollte ich lieber allein gehen.«

»Es ist sicherer, wenn Ihr hierbleibt. Ich kann sagen, ich wäre Euch zufällig begegnet. Wartet hier.« Sie wies auf einen Heuhaufen, den man auf der Küstenwiese errichtet hatte. »Geht dahinter und haltet die Augen auf. Wenn ich nicht innerhalb der nächsten Stunde zurückkomme, ist etwas schiefgegangen, und Ihr solltet besser verschwinden. Geht an der Küstenlinie entlang zurück, bleibt auf dem Uferdamm. Ihr könnt Euch verstecken, bis heute Abend wieder Ebbe herrscht, und in der Dämmerung über den Damm waten.«

»Gott schütze Euch«, sagte er nervös. »Ich schicke Euch nicht gern in Gefahr. Seine Lordschaft hat mir versichert, dass ich hier in Sicherheit wäre. Ich weiß nur nicht, ob er seinen Verwalter eingeweiht hat.«

»Falls er mich herschickt, um Euch eine Falle zu stellen, um Euch zu Eurer Verhaftung hineinzubringen, werde ich zum Zeichen meine Schürze abnehmen«, sagte sie. »Wenn ich komme und meine Schürze in der Hand halte, lauft weg.«

Sie war blass vor Angst, die Lippen fest zusammengepresst. Ohne ein weiteres Wort drehte sie sich um und betrat durch die Tür in der Mauer den Küchengarten. Sie ging an den ordentlichen Beeten mit Kräutern und Gemüse vorbei zur Küchentür der Propstei, stieg aus ihren Holzschuhen und klopfte an die Tür.

Die Köchin öffnete die obere Hälfte der Tür, lächelte bei Alinors Anblick und sagte: »Ich brauche heute nichts. Seine Lordschaft ist bis morgen nicht zu Hause, und für jemand anderen mache ich keine Aalpastete.«

»Ich bin hier, um mit Mr Tudeley zu sprechen«, sagte Alinor. »Es geht um meinen Jungen.«

»Es gibt keine Arbeit«, sagte die Köchin schroff, hob den Deckel von einem gewaltigen Schmortopf und rührte den Inhalt um. »Nicht beim derzeitigen Zustand der Welt, wenn keiner weiß, was als Nächstes passiert, wenn der König verschwunden ist und das Parlament Sturm läuft, wenn unser eigener Herr jeden Werktag nach London reist, um zu versuchen, sie zur Vernunft zu bringen, aber niemand auf irgendjemanden hört außer auf den Leibhaftigen.«

»Ich weiß«, sagte Alinor und folgte ihr in die heiße Küche. »Aber trotzdem muss ich mit ihm sprechen.« Bei dem Geruch nach Rinderbrühe zog sich ihr Magen vor Hunger zusammen. Die Köchin hob den Kopf von der Arbeit, wischte sich das verschwitzte Gesicht mit der Schürze ab und rief jemandem im Haus zu, er solle nachsehen, ob Mr Tudeley für die Hebamme Reekie zu sprechen sei. Alinor wartete an der Tür, und dann steckte ein Lakai den Kopf in die Küche und sagte: »Ihr sollt reinkommen, Mrs Reekie.«

Alinor folgte dem Burschen, vorbei an den Vorratskammern, den Korridor entlang zur getäfelten Tür des Verwalters. Der Lakai schwang sie auf, und Alinor trat ein. Mr Tudeley saß an seinem Schreibtisch, vor sich Papiere ausgebreitet. »Mrs Reekie«, sagte er, fast ohne den Blick zu heben. »Ihr wolltet mich sehen?«

Alinor machte einen Knicks. »Guten Tag, Sir«, sagte sie. »Das wollte ich. Das will ich.«

Der Bursche verließ das Zimmer, schloss die Tür hinter sich, und der Verwalter wartete darauf, welche Bitte sie diesmal vorzubringen hatte. Jeder wusste, dass die Reekie und ihre Kinder von der Hand in den Mund lebten. Großes Mitleid hatte niemand mit der verlassenen Frau eines Säufers.

»Gestern Abend war ich in der Kirche und bin einem Mann begegnet, der sich mir als James vorgestellt hat«, sprudelte es verängstigt aus ihr heraus. »Pater James. Ich habe ihn hergebracht. Er wartet beim Heuhaufen auf der Küstenwiese.«

»Ihr habt ihn hergebracht, damit ich ihn als einen sich dem anglikanischen Gottesdienst verweigernden Priester verhafte?«, fragte Mr Tudeley sie kalt und betrachtete sie über seine gefalteten Finger hinweg.

Alinor schluckte mit trockenem Mund, das Gesicht erstarrt. »Wie Ihr wünscht, Sir. Ich weiß in diesen Dingen nicht, was richtig und was falsch ist. Er sagte, er wolle hierhergebracht werden, also habe ich ihn hergebracht. Wenn er ein Freund Seiner Lordschaft ist, dann muss ich ihm gehorchen. Wenn er ein Feind ist, dann melde ich ihn hiermit bei Euch.«

Mr Tudeley lächelte über ihre Nervosität. »Dann handelt Ihr nicht aus Prinzip? Habt Ihr Euch nicht der Partei Eures Bruders angeschlossen, Hebamme Reekie? Seid zu einer dieser wahrsagenden Predigerfrauen geworden? Wollt Ihr, dass er wegen Ketzerei verbrannt wird? Wollt Ihr, dass er wegen Verrats gehängt und ausgeweidet wird?«

»Ich will niemandem übel«, sagte Alinor hastig. »Und ich glaube, wie immer es Sir William für richtig hält. Mir steht nicht zu, ein Urteil zu fällen. Ich will kein Urteil fällen. Ich habe ihn zu Euch gebracht, damit Ihr das Richtige tut, Mr Tudeley. Ich habe ihn zu Euch gebracht, damit Ihr ein Urteil fällen könnt.«

Ihre Ernsthaftigkeit beruhigte ihn. Er stand auf. »Das habt Ihr sehr gut gemacht.« Er griff in seine Tasche und holte eine Handvoll Pennys hervor. Er zählte zwölf ab, zwei Tage Lohn für eine Landarbeiterin wie Alys. »Das hier ist für Euch«, sagte er. »Weil Ihr Seiner Lordschaft einen Dienst erwiesen habt, auch wenn Ihr es nicht wusstet. Dafür, dass Ihr eine gute Dienerin in tiefster Unwissenheit seid.« Er lachte kurz. »Dafür, dass Ihr das Richtige getan habt, auch wenn Ihr nicht wisst, was Ihr tut, so unwissend wie ein kleines Vögelchen!«

Alinor konnte den Blick nicht von dem Münzstapel losreißen.

Er griff in die Schublade und holte einen Geldbeutel heraus, öffnete die Kordel und legte eine kleine Silbermünze neben den Stapel aus Pennys. »Und schaut«, fuhr er fort. »Ein Silbershilling. Um Euer Schweigen zu erkaufen. Ihr seid eine arme Frau, aber Ihr seid keine Närrin und keine Klatschbase. Kein Sterbenswort hiervon, gute Frau. Das ist von größter Wichtigkeit. Wir befinden uns immer noch im Krieg, und keiner weiß, wer als Sieger hervorgehen wird. Wenn irgendjemand hiervon spricht, werdet Ihr die schlimmsten Konsequenzen tragen. Nicht ich – ich werde es abstreiten, und niemand würde Eurem Wort Glauben schenken. Nicht Seine Lordschaft, der noch nicht einmal hier ist. Nicht der Mann, der beim Heuhaufen wartet – er wird weit weg sein, so flink wie ein Hase vor den Hunden. Euch werden sie wegen falschen Glaubens, wegen falscher Händel, wegen falscher Aussage ins Wasser werfen. Euch werden sie als Spionin bezeichnen, als Verräterin oder zumindest als Klatschweib. Euch werden sie im Rife schwimmen lassen, während Eure Röcke Euch nach unten ziehen und das Meer hereinkommt. Versteht Ihr mich?«

»Ja«, krächzte Alinor, deren Kehle vor Angst zugeschnürt war. »Gott gebe, dass es nie eintritt. Ich schwöre, ich werde nichts verraten. Ja, Sir.«

»Dann werden wir also sagen, Ihr wärt heute zu mir gekommen, um zu sehen, ob ich Arbeit für Euren Jungen habe, und ich hätte gesagt, ihr beide könntet herkommen und den Kräutergarten jäten, pflücken, was diesen Sommer getrocknet werden muss, und die Destillierkammer aufräumen. Und wir werden ihm und Euch den üblichen Satz zahlen: für jeden Sixpence am Tag. Ihr werdet diese Pennys umsichtig ausgeben, immer nur einen nach dem anderen, und niemandem erzählen, woher sie gekommen sind. Und Ihr werdet den Shilling sparen und niemandem sagen, dass er von mir stammt.«

»Ja, Sir«, versicherte sie abermals.

Er nickte. »Und ich werde Euch für dieses Quartal die Pacht erlassen.«

Er zog Alinors Pachtbuch heraus und setzte einen Haken neben ihren Namen. »So.«

»Danke«, sagte Alinor wieder, vor Erleichterung ganz atemlos. »Gott segne Euch, Sir.«

»Ihr könnt jetzt gehen. Sagt dem Mann auf der Wiese, er soll leise durch die Tür, die die Pächter am Pachttag benutzen, ins Haus kommen. Verstanden? Sagt ihm, er soll darauf achten, dass ihn niemand sieht. Und Ihr und ich, wir werden nie wieder über diese Sache reden. Und Ihr werdet überhaupt niemals mit irgendjemandem darüber reden.«

»Ja, Sir«, sagte sie ein letztes Mal und griff schnell wie ein Dieb nach dem Geld, ließ die Münzen in ihre Tasche gleiten und war im nächsten Moment lautlos durch die Tür verschwunden.

Sie verließ das Haus durch die sonst nur an Pachttagen benutzte Seitentür, um sicherzustellen, dass er sie unverschlossen vorfinden würde, und ging durch den Küchengarten zurück, um ihre Holzschuhe zu holen. Nachdem sie die Füße in die hölzernen Überschuhe geschoben hatte, trat sie durchs Tor auf die Wiese. Ein jeder Beobachter würde bloß glauben, dass sie den direkten Weg zurück zu ihrem Haus am anderen Ende des Watts einschlug. Pater James beobachtete von hinter dem Heuhaufen, wie sie aus der kleinen Holztür in der Flintsteinmauer kam: leichten Schrittes, den Kopf gereckt, die Schürze um die Taille gebunden, mit raschelndem Rock auf den geschnittenen Gräsern, die den Duft nach Heu und getrockneten Wiesenblumen verströmten. Sobald er sie erblickte, die mühelose Anmut ihres Gangs, wusste er, dass er in Sicherheit war. Kein Judas konnte so gehen. Sie strahlte wie eine Heilige in einem Buntglasfenster.

»Ich bin hier«, sagte er, als sie um den Heuhaufen bog.

»Ihr sollt reingehen«, sagte sie atemlos. »Ihr seid in Sicherheit. Durch die Tür da in der Mauer, wo ich rausgekommen bin, und links durch den Küchengarten. Es gibt eine kleine Tür aus schwarzer Eiche, seitlich am Haus auf der linken Seite. Geht dort hinein. Sie ist nicht zugesperrt. Das Zimmer des Verwalters befindet sich nur zwei Schritte den Korridor weiter auf der rechten Seite. Sein Fenster geht auf den Küchengarten hinaus. Er wartet auf Euch. Sein Name ist Mr Tudeley.«

»Er hat nicht ... er war nicht ... Ihr seid jetzt nicht in seiner Gewalt?«

Sie schüttelte den Kopf. »Er hat mich bezahlt«, sagte sie, zitternd vor Erleichterung, »weil ich Euch hergebracht habe. Er ist auf Eurer Seite. Und er hat für mein Schweigen gezahlt. Durch meine Begegnung mit Euch bin ich viel reicher.«

Er ergriff ihre beiden Hände. »Und ich durch meine mit Euch.«

Einen Moment lang standen sie sich an den Händen haltend da, dann ließ er sie los. »Gott segne Euch und verhelfe Euch zu Erfolg«, sagte er förmlich. »Ich werde für Euch beten und Geld schicken, wenn ich wieder in Frankreich bin.«

»Ihr schuldet mir nichts«, sagte sie. »Und Mr Tudeley hat mir schon zwei Shilling gegeben. Ganze zwei Shilling!«

Er dachte an sein Priesterseminar, den Goldteller auf dem Altar, die glitzernden Diamanten und Rubine an den Schreinen, das goldene Kruzifix und die Goldkette um seinen Hals. Heute Abend würde er von Silber essen und auf dem feinsten Leinen schlafen, während jemand sein Hemd wusch und seine Stiefel putzte. Morgen oder tags darauf würde er Sir William treffen, und sie würden ein Boot mieten und Männer mit dem Vermögen bestechen, das er bei sich trug. Und da feierte diese Frau den Umstand, dass sie zwei Shilling verdient hatte. »Ich werde für Euch beten.« Er zögerte. »Wen soll ich in mein Gebet einschließen?«

»Ich heiße Alinor. Alinor Reekie.«

Er nickte. Ihm fiel nichts mehr ein, um sie aufzuhalten, doch gehen lassen wollte er sie auch nicht. »Ich werde für Euch beten. Und dass Ihr Euer Boot bekommt.«

»Vielleicht werde ich das«, erwiderte sie.

»Ich rechne nicht damit, hierher zurückzukommen«, gab er zu. »Ich muss gehen, wohin man mich schickt.«

»Ich werde nicht nach Euch Ausschau halten«, versicherte sie ihm. »Ich weiß, dass das hier kein Ort für Euch ist.«

»Ihr seid …«, setzte er an, doch es gab immer noch nichts, was er sagen konnte.

»Was?«, fragte sie. Ihr Hals war leicht gerötet, gleich über dem rauen, selbst gesponnenen Gewand.

»Ich wusste nicht …«, setzte er an.

»Was?«, fragte sie leise. »Was habt Ihr nicht gewusst?«

»Ich wusste nicht, dass es eine Frau wie Euch geben könnte, an einem solchen Ort.«

Das Lächeln begann langsam, in ihren dunkelgrauen Augen, dann bogen sich ihre Lippen, und ihr schoss die Farbe in die Wangen.

»Lebt wohl«, sagte sie unvermittelt, als wolle sie nach diesen Worten kein weiteres mehr hören. Sie drehte sich um und ging über die Wiese aufs Meer zu, wo die Flut gerade hereinkam, eine dunkle Linie vor einem wolkenverhangenen Himmel.

Ihre Hochstimmung aufgrund seiner Worte – *eine Frau wie Ihr, an einem solchen Ort* – hielt tagelang an, während sie in der Sommerhitze ihrer Arbeit nachging: Unkraut jäten in ihrem Garten, Kräuter schneiden und im Fährhaus trocknen, eine der Bauersfrauen besuchen, die nach der Ernte ihr erstes Kind erwartete. Ihr Mann, Bauer Johnson, war wohlhabend, besaß sein eigenes Land und hatte gleichzeitig einen Teil der Ländereien des Grundherrn gepachtet. Er gab Alinor einen Shilling im Voraus, damit sie seiner Frau jeden Sonntag einen Besuch abstattete, und versprach ihr einen weiteren Shilling für ihre Hilfe bei der Geburt. Sie knotete die beiden Silbershillings in ein Lumpentuch und versteckte es unter einem der Steine der Feuerstelle. *Eine Frau wie Ihr, an einem solchen Ort,* hallte es in den langen Stunden des sommerlichen Tageslichts in ihrem Kopf. Sobald sie genug gespart hatte, überlegte sie, würde sie mit ihrem Bruder über den Kauf eines Boots reden. *Eine Frau wie Ihr, an einem solchen Ort.*

Sie wiederholte die Worte insgeheim so oft, dass sie mit der Zeit ihre Bedeutung verloren. Was war eine Frau »wie sie«? Wie war dieser Ort beschaffen, dass es dem Fremden widersprüchlich erschien, dass sie hier lebte? Sie erinnerte sich wieder an seinen Blick am Hals ihres Kleids, die Wärme seiner Augen, und wusste genau, was er meinte, verspürte von Neuem die Freude über seine Worte.

Es kam ihr nie in den Sinn, dass ihm die Worte gegen seinen Willen entschlüpft waren, dass es für ihn eine Sünde war, sie laut zu sagen, sie auch nur zu denken. Sie war in einer Kirche getauft worden, in der Pfarrer heiraten durften: Es hatte seit hundert Jahren keine zölibatären Priester oder Klöster mehr in England gegeben. Sie begriff nicht, dass es für ihn eine Sünde war, eine Frau auch nur anzusehen, ganz zu schweigen davon, ihr etwas voller Verlangen zuzuflüstern. Sie hörte das Zwanghafte in seiner Stimme, als könne er nicht anders, als die Worte auszusprechen. Doch sie hatte keine Ahnung, dass er sie bei seiner Rückkehr im Kloster würde beichten müssen. Er würde seinem Beichtvater sagen müssen, dass er einer Todsünde erlegen war: Er hatte Verlangen verspürt.

Was sie empfand, wusste sie selbst nicht. Sie hatte jung geheiratet, zwei Kinder zur Welt gebracht und dabei nichts als Schmerzen empfunden. Sie wusste nicht, woran es lag, dass sie seine Worte flüsterte, als seien sie eine Beschwörungsformel, oder weshalb ihr die Worte im Kopf herumschwirrten, als handele es sich um ein immer wieder erklingendes Musikstück.

Ihr Sohn Rob kam mit drei Pennys für sein Tagewerk vom Vogelverscheuchen zurück, und ihre Tochter Alys steuerte ihren Wochenlohn von zwei Shilling und Sixpence bei. Beide händigten ihren Verdienst ohne Klagen aus, da sie wussten, dass ihre Mutter die Waren für ihren Lebensunterhalt bar bezahlen musste: Schaffelle fürs Spinnen, Butter und Käse, da sie keine Kuh hatten, Schinken und Schweineschmalz, da sie kein Schwein besaßen, eine Gebühr fürs Brotbacken im Ofen der Mühle, eine Zahlung an den Müller fürs Mahlen von einem Viertelscheffel Weizen, eine Gebühr an die Propstei für das Recht, Treibholz an der Küste und Seeschwalbeneier am Strand zu sammeln, ein Bußgeld, weil sie im letzten Frühjahr am Watt keine Gräben ausgehoben hatte. Pacht, wenn sie wieder fällig war, den Zehnten jeden Monat an die Kirche, neue Sohlen für Alys' Stiefel.

»Ich werde ein Boot kaufen«, erklärte sie ihnen. »Sobald ich kann.«

Wattenmeer, Sonntag, Juli 1648

Am ersten Sonntag im Juli ging die ganze Gemeinde zur Kirche und betrachtete die leeren weißen Wände, während der Prediger in den nüchternen Worten betete, die seit den Kürzungen durchs Parlament noch vom Gebetbuch übrig waren. Er erzählte ihnen, der König in Carisbrooke Castle auf der Insel Wight sei gedemütigt durch seine Sünden und dass Gott sein störrisches Herz beugen werde. Sie könnten sicher sein, dass Gott nie zulassen werde, dass die Schotten nach Süden marschierten – obwohl der böse König sie gerufen habe, um unschuldige englische Städte zu plündern und zu schänden. Gott werde sie abhalten, und ganz besonders werde er die Iren schlagen, falls auch sie zur Unterstützung des Königs einfallen sollten. Die Gemeindemitglieder bräuchten sich nicht zu fürchten. Alinor, die sich verstohlen nach den Gesichtern ihrer Nachbarn umsah, stellte fest, dass diese Versicherung ihnen besonderes Unbehagen bereitete. Es waren einfache Leute: Wenn ihnen jemand sagte, sie hätten nichts zu befürchten, wussten sie, dass sie in Schwierigkeiten steckten.

Es stimme, erklärte ihnen der Pfarrer, stimme wahrhaftig, dass Verräter im ganzen Land zu den Waffen griffen, dass sich in jedem County royalistische Aufstände ereigneten und zwei ausländische Armeen einfielen. Doch die fromme Armee des Parlaments werde sie besiegen, die Royalisten würden nicht gegen ernste Männer, gute Männer, fromme Männer obsiegen. Es werde keine Papisten mehr bei Hofe geben. Der König werde um Verzeihung bitten und wieder eingesetzt werden, seine papistische Königin werde lernen, gottselig zu sein, und ihr werde verboten, ketzerische Priester ins Land zu holen. Ihre Kapelle, die nachweislich das Zentrum von Ketzerei und Unordnung gewesen sei, werde ihre Pforten schließen, und der König werde sich von seinen Versuchungen abwenden und die Richtlinien ehrlicher Berater akzeptieren. Die königliche Familie werde wiedervereint, wie es sich für eine gottselige Familie gehörte. Der kleine Prinz und die Prinzessin, die von ihren Eltern zurückgelassen worden waren, würden ihnen wieder gebracht werden. Nichts könne dies aufhalten, versprach der Pastor, auch wenn es schlechte Neuigkeiten aus Essex und Kent gebe, wo königliche Verräter Städte für den König einnähmen. Am schlimmsten sei, dass die gesamte Flotte zum König übergelaufen sei und nun der Prinz, sein Sohn, die Schiffe befehlige und mit Englands eigener Marine in England einfallen werde. Doch trotz allem, trotz dieser zunehmend schlechten Chancen, würden die Gottseligen obsiegen. Die Schlacht sei geschlagen und gewonnen, der König müsse nun lernen die Kapitulation als seine Pflicht anzuerkennen.

Alinor bemerkte Sir William Peachey, frisch eingetroffen aus London, wo er seine neu gefundene Hingabe für das Parlament demonstriert hatte, ganz reglos und aufmerksam in seinem großen Stuhl, sein Haushalt in einer Reihe hinter ihm. Er schüttelte kein einziges Mal den Kopf, kein Schatten huschte über sein erschöpftes Gesicht, er blinzelte noch nicht einmal. Man hätte ohne Weiteres meinen können, dass er mit Leib und Seele ein Mann des Parlaments war, so still und leise, wie er dort saß, während ihr Sieg als Gottes Wille gepredigt wurde.

Der Pfarrer sprach das Schlussgebet und ermahnte sie: Auf dem Kirchhof sei das Spielen untersagt, sonntägliche Festessen gebe es nicht mehr. Der Sabbat habe jetzt heilig zu sein, und heilig bedeute ruhig und besinnlich – keine Pfarrbierfeiern und kein Tanz an Heiligenfesten. Schlechtes Betragen vonseiten irgendeines Gemeindemitglieds solle den Gemeindevorstehern gemeldet werden. Besonders Frauen hätten gehorsam und still zu sein. Ein gottseliger Sieg setze gottselige Menschen voraus. Sie seien jetzt alle Soldaten in der New Model Army, sie marschierten im Gleichschritt ins gelobte Land.

Während sie der Reihe nach die Kirche verließen, träge vor Langeweile, stand der Verwalter Mr Tudeley am überdachten Friedhofstor hinter Sir William und nannte die Pächter beim Namen, während sie vorübergingen, sich verbeugten und Knickse machten. Alinor wartete, bis sie an der Reihe war, ihre Kinder hinter ihr. Als verlassene Frau, die an der äußersten Grenze des Sumpfes lebte, am Rande der Armut, kam sie hinter so gut wie jedem anderen. Schweigend machte sie einen Knicks vor dem Lord und seinem Verwalter. Seine Lordschaft musterte sie ernst von Kopf bis Fuß, nickte und wandte sich ab, doch Mr Tudeley winkte sie mit einem gekrümmten Finger heran.

»Sir William wird einen Kaplan ernennen, der in seiner privaten Kapelle dienen und seinen Sohn unterrichten soll«, erklärte er ihr.

Wortlos hielt Alinor den Blick zu Boden gerichtet.

»Euer Junge ist genauso alt wie Master Walter Peachey, nicht wahr?«

»Ein wenig jünger.« Sie deutete auf ihren Sohn, der stockstill hinter ihr stand.

»Welche Arbeit verrichtet er, außer, dass er Euch bei den Kräutern zur Hand geht?«

Sie antwortete ihm gelassen, ohne sich die Überraschung über sein unvermitteltes Interesse an Rob anmerken zu lassen. »Morgens geht er zur Schule, und nach der Schule arbeitet er auf der Mill-Farm: Vögel verscheuchen und Unkraut jäten. Er ist ein gescheiter Junge. Er kann lesen und schreiben. Nächste Woche wird er mit mir in den Destillationsraum der Propstei kommen, wie Ihr es angeordnet habt, und er wird derjenige sein, der die Etiketten auf den Flaschen beschriftet. Er kennt die Namen der Kräuter auf Englisch und Latein und hat eine schöne Schrift.«

»Ist er jemals in Schwierigkeiten gewesen?«

Alinor schüttelte den Kopf.

»Er wird im Haushalt dienen«, verkündete Mr Tudeley. »Er

wird mit Master Walter Unterricht erhalten, sein Leibdiener und sein Gefährte hier in der Propstei sein, bis Master Walter nach Cambridge geht. Er wird fünfzehn Shilling im Quartal erhalten, fünf Shilling Vorschuss.«

Alinor verschlug es den Atem.

»Der Tutor hat sich einen Gefährten für Master Walter erbeten«, fuhr er gebieterisch fort. »Ich habe Euren Jungen vorgeschlagen. Dies ist ein Gefallen Seiner Lordschaft, um Euch zu helfen, da Euer Ehemann als vermisst gilt. So ist es, wenn man einem guten Lord dient. Vergesst das nicht.«

Sie machte einen tiefen Knicks. »Ich bin sehr dankbar.«

Er bedachte sie mit einem strengen Blick. »Sollte jemand fragen, werdet Ihr sagen, dass Seine Lordschaft armen Pächtern gegenüber großzügig ist.«

Abermals vollführte sie einen Knicks. »Ja, Sir. Ich weiß, Sir.«

Sie drehte sich um und ging zum Friedhofstor, mit Alys auf der einen Seite, Rob auf der anderen. Die beiden Frauen, Mutter und Tochter, hielten den Blick zu Boden gerichtet, die Köpfe mit den weißen Hauben gesenkt, der Inbegriff unterwürfigen Gehorsams.

»Dann weiß er wohl nichts von dem Kaninchen«, stellte Alys voller Genugtuung fest.

Wattenmeer,
Juli 1648

Rob hatte nichts Standesgemäßes, was er in der Propstei tragen konnte. Er widersetzte sich den Vorbereitungen stur mit den Worten, er wolle nicht beim Sohn und Erben der Peacheys in Dienst gehen. Er sagte, er kenne ihn überhaupt nicht und dass sie nicht miteinander würden spielen können, denn wie könnte ein Sprössling der Familie Peachey mit dem Sohn eines Fischers ringen oder Froschrennen veranstalten?

Doch als seine Mutter ihm von den Speisen erzählte, die er im großen Saal aufgetischt bekäme, von den fünf Shilling, die sie sofort erhalten würden, und dass es die Pacht des nächsten Quartals bezahlen, der Familie ein Boot finanzieren und sie vor der Armut bewahren würde, die immer vor ihnen klaffte wie das Tal einer lebensbedrohlichen Welle, stellte er das Klagen ein und ging nach dem Abendessen zum Fährhaus, um sich eine Jacke auszuleihen, die früher einmal Alinors Vater gehört hatte, dazu ein Paar von Neds alten Stiefeln.

Bei Ebbe kam Ned mit seinem Neffen zurückgelaufen, und sein Hund, ein Wasserhund mit glänzendem rotbraunem Fell, trottete bei Fuß.

»Schwester«, sagte er und streifte Alinors Stirn mit den Lippen.

»Bruder«, erwiderte sie.

Sie goss ihm einen Becher Ale ein, und er trank es auf der Bank neben dem Eingang, den Rücken an der Wand der Hütte, mit Blick auf das Wattland. Sein Hund, Red, saß zu seinen Füßen und betrachtete sehnsüchtig die Hühner, die am Rand der Niedrigwasserlinie entlangpickten.

»Ich habe dir eine dieser kleinen Münzen mitgebracht, die du so magst.« Er kramte in seiner Jackentasche und brachte eine winzige Metallscheibe zum Vorschein, die vom vielen Gebrauch ganz formlos und schwarz angelaufen war.

»Oh, danke, Ned«, sagte sie freudig. »Wo hast du sie gefunden?«

»Im Teich hinter dem Haus. Es ist so nass gewesen, ich glaube, sie muss aus dem Graben gespült worden sein. Da habe ich sie entdeckt. Wie hat wohl jemand eine Münze neben einem Teich verloren?«

»Vor so langer Zeit«, sagte sie und drehte das Geldstück in der Hand. »Man fragt sich, was derjenige dort getrieben hat, nicht wahr? Vor so vielen Jahren. Hat dort gestanden, mit dieser Münze in der Hand. Vielleicht hat er sie für einen Wunsch hineingeworfen.«

Es war eine Münze aus der Zeit des sächsischen Königreiches, als die Sachsen die Wattgebiete beherrscht hatten, sich in ihren langen Booten durch die Schilfbänke und den Schlamm geschoben und ihre Gehöfte auf den Inseln errichtet hatten. Alinor sammelte die Münzen seit ihrer Kindheit und bewahrte sie in ihrer Schatzkiste auf. Ihre Mutter hatte sie als Geizkragen mit einem Haufen Katzengold verlacht, hatte jedoch ihre scharfen Augen gelobt und ihr gesagt, sie solle sorgsam Ausschau halten für den Fall, dass sie eines Tages eine Münze fand, die etwas wert war. Nur ein einziges Mal hatte Alinor eine abgenutzte Silbermünze gefunden, und sie hatten sie nach Chichester gebracht, um sie prüfen und wiegen zu lassen. Der Goldschmied hatte ihr Sixpence dafür gegeben, ein Vermögen für das kleine Mädchen. Alle anderen Münzen in ihrer Sammlung waren aus Bronze oder versilbert, wobei das wertvolle Metall im Lauf der Jahre abgerieben worden war. Doch um den eigentlichen Wert war es ihr nie gegangen. Sie liebte sie wegen ihres Alters, weil sie in eine vergessene Zeit gehörten, zu Menschen, an die man sich nicht mehr erinnerte, mit fremdartigen Symbolen und Formen, die bis zur Unkenntlichkeit abgerieben waren.

Die Menschen auf der Insel Sealsea nannten die Münzen »Elfengold« und erzählten sich Geschichten über Schätze aus unsagbar wertvollen Münzen und dunkle Reiter, die sie bewachten, jedem Dieb die Augen ausstachen und seine Lider mit geschmolzenem Silber versiegelten. Aber jeder wusste, dass es sich nur um Treibgut handelte: vom Meer an Land und wieder zurückgespült, im Uferschlamm gefunden und ohne Wert.

»Warum sollte Seine Lordschaft Rob in Dienst nehmen?«, fragte Ned, als Alinor auf die kleine Münze spuckte und sie am Saum ihres Kleids polierte, dann nach oben in die untergehende Sonne hielt und versuchte, das undeutliche Bild zu entziffern. »Warum ihn so gut bezahlen?«

»Das hier sieht wie ein Löwe aus«, sagte sie bewundernd.

»Wirklich. Meinst du, es ist eine Münze aus dem alten England?«

»Ja, vielleicht. Aber warum Rob?«

»Warum nicht?«, wollte sie wissen. »Erinnerst du dich, wie ich Master Walter letzten Mai von seinem Krupp geheilt habe? Damals hat Rob mich begleitet. Er hat die Kräuter in ihrem Garten gepflückt und mir im Destillationsraum geholfen. Seit dem Tod Ihrer Ladyschaft sind wir ein paarmal dort gewesen. Morgen gehen wir wieder hin, um Kräuter zu ernten und zu trocknen. Mr Tudeley meinte, es sei, um uns wegen Zacharys Verschwinden unter die Arme zu greifen.«

»Sie hätten schon früher helfen können. Er ist seit über einem halben Jahr fort.«

Sie zuckte mit den Schultern. »Die zählen die Tage nicht wie wir.«

»Die zählen gar nichts«, sagte er verbittert.

»Ich weiß, aber wenn Rob gutes Geld verdienen und gleichzeitig zur Schule gehen kann, dann wird er es vielleicht einmal weiter bringen als sein Vater. Vielleicht kann er von hier fort, vielleicht sogar nach Chichester.«

»Wenn sie ihn nicht zur Sünde verführen. Sir William war

für den König, nicht fürs Parlament. Er mag sich ergeben und Abbitte geleistet haben, aber er dient nicht im neuen Parlament, und er hat niemanden für die New Model Army eingezogen. Von Rechts wegen sollte er seine Männer einberufen und nach Norden gegen die Schotten marschieren. Wenn er sein Versprechen dem Parlament gegenüber je ernst gemeint hat, ist das hier seine Chance, es unter Beweis zu stellen. Aber ich bezweifle, dass es sich um einen gottseligen Haushalt handelt.«

Alinor betrachtete ihren Bruder von der Seite, seinen Schopf dichten braunen Haars und seine stämmigen Schultern. Er war verbittert, weil er just da von der Armee weggerufen worden war, als sie siegreich waren, weil er zur Rückkehr gezwungen gewesen war, um eine Fähre über einen schlammigen Fluss zu ziehen – und das, wo er endlich von der Insel weggekommen war und geglaubt hatte, die Welt werde sich für immer ändern und er sei Teil dieser Veränderung.

»Du wirst Rob immer ein Vorbild sein«, versicherte sie ihm. »Er wird deine Lehren nicht vergessen. Er weiß, woher er kommt und woran wir glauben.«

»Woran glaubst du denn?«, forderte er sie heraus. »Ich weiß nicht, woran du glaubst.«

Ihr Blick wich seinem aus. »Ach, ich bin wie unsere Mutter und Großmutter, Ned. Ich verstehe die Dinge nicht immer, aber manchmal spüre ich ...«

»Er wird nie ein Mann der Armee sein«, sagte Ned betrübt. »Er wird nie unter Cromwell dienen. Die Chance darauf hat er verpasst. Und jetzt schickst du ihn zu einem Royalisten ...«

»Seine Lordschaft ist begnadigt worden, und er hat sein Bußgeld für die Unterstützung des Königs entrichtet«, sagte sie und verdrängte resolut die Erinnerung an den Priester, der die Propstei als geheimen Unterschlupf für einen Papisten, einen royalistischen Spion aufgesucht hatte. »Rob schlägt nach dir. Er wird nicht vergessen, was richtig ist. Und Sir William wird in einem gottseligen Parlament dienen, sosehr er vielleicht auch den alten Zeiten nachtrauert. Für den König und seine Lords ist es aus. Das hast du selbst gesagt.«

»Ich traue ihm nicht über den Weg. Und auch keinem von denen, die behaupten, es täte ihnen leid, die ihre Ländereien zurückbekommen, als wäre kein Schaden entstanden, obwohl doch Hunderte guter Männer nie mehr nach Hause zurückkehren werden. Ich hätte Rob zur Armee geschickt, ich hätte ihn auf der Seite Gottes in den Krieg marschieren lassen. Wäre er mein Junge, würde ich ihn jetzt zu meiner alten Truppe schicken. Es besteht immer noch die Möglichkeit, dass die Schotten bei uns einfallen. Manche sagen, die Iren sind im Anmarsch.«

»Der Krieg ist aber doch gewiss vorüber?«

»Erst wenn der König einen Friedensvertrag unterzeichnet und es ihm damit auch ernst ist.«

»Ned, ich kann meinen Jungen nicht ziehen lassen«, sagte sie entschuldigend.

»Noch nicht einmal im Dienste des Herrn?«

»Er ist alles, was ich habe.«

»Und jetzt, wenn er die Livree der Peacheys trägt, kann er noch nicht mal die Fähre übernehmen, wenn ich nicht mehr bin«, sagte er verärgert. »Also bin ich umsonst zurückgekommen, um die Fähre und das Haus in der Familie zu halten.«

»Vielleicht wirst du noch einen eigenen Sohn haben«, sagte sie sanft, obwohl er mit seinen dreißig Jahren bereits Witwer war.

Er zog die Schultern hoch. »Ich doch nicht. Wir Fährleute geben schlechte Ehemänner ab.«

»Ach, Gott segne Mary«, sagte Alinor leise. Neds junge Frau war bei der Geburt gestorben, ohne dass Alinor sie hatte retten können. »Gott vergebe mir, dass es mir nicht gelungen ist ...«

»Das ist lange her.« Er tat den Schmerz mit einem Schulterzucken ab. »Aber ich würde mir nicht noch eine Frau nehmen und ihr dieses Leid antun.«

»Eine andere Frau wird vielleicht nicht ...«

»Daher sollte Rob mein Erbe sein und die Fähre übernehmen!«

»Vielleicht kann er das immer noch! Er wird den Peacheys nicht für immer dienen. Es ist nur, bis Master Walter nach Cambridge geht. Aber selbst ein paar Monate in der Schulstube werden ihn zum Mann machen. Er wird überallhin gehen können, zu jeder Familie, in ganz England. Das ist besser für ihn, als hier festzusitzen.«

»Aber du und ich, wir sitzen hier fest!«

Angesichts der Verbitterung in seiner Stimme runzelte sie die Stirn und legte die Hand auf seine. »Etwas Besseres habe ich mir nie erhofft, und ich wünsche mir auch nicht, hier wegzukommen. Aber jetzt, mit Robs Lohn, werde ich ein Fischerboot kaufen und anfangen können, etwas für Alys' Mitgift beiseitezulegen. Und bloß, weil wir hier festsitzen, heißt das nicht, dass wir uns nichts Besseres für unseren Jungen erträumen können.«

»Schon recht«, sagte er widerstrebend. »Aber träum auch für Alys. Das ist ein Mädchen mit großen Hoffnungen! Sie wird es weit bringen in der Welt.«

»Vielleicht«, sagte Alinor unbehaglich. »Aber es ist keine sonderlich gute Welt für ein Mädchen voller Hoffnungen.«

Einen Moment saßen sie schweigend da. Red, der Hund, sah sie beide an in der Hoffnung, dass jemand etwas für ihn ins Wasser werfen würde, das er apportieren könnte.

»So hast du nie gedacht, bevor du weggegangen bist«, erklärte sie. »Du hättest damals nie von ›hier festsitzen‹ gesprochen.«

»Nein. Denn damals wusste ich überhaupt nicht, dass es eine Welt nördlich von Chichester gibt. Aber als ich mit der Armee in Naseby war, habe ich mit den anderen Männern geredet – Männer, die von überallher gekommen waren, aus allen Ecken des Königreichs –, und wir waren da, um für das zu kämpfen, woran wir glaubten, wohl wissend, dass Gott uns lenkte, wohl wissend, dass der Augenblick gekommen war. Das hat mich nachdenklich gemacht. Warum sollte der König das ganze Land besitzen, jeden einzelnen Morgen, und du und ich, wir hocken auf einer Landzunge aus Kies auf halbem Weg in den Sumpf? Warum sollten den Peacheys die ganzen Felder und Wälder gehören? Sollten nicht alle Ländereien allen Menschen gehören? Sollte nicht jeder Engländer seine eigene Parzelle haben, um seine eigenen Nahrungsmittel anzubauen, damit niemand in einem reichen Land Hunger leidet?«

»Sagen sie das in der Armee?«, fragte sie neugierig.

»Genau deshalb kämpfen sie«, sagte er. »Das Gerede, das unter den reichen Männern Londons anfing, die sich über ihre Steuern beschwert haben, ist in ein Gebrüll der armen Männer Englands umgeschlagen, die wissen wollen: Was ist mit uns? Wenn der König nicht alles besitzen soll, dann sollen es die Lords aber auch nicht, ebenso wenig die Bischöfe. Wenn der König nicht alles besitzen soll, dann sollte jeder Engländer seinen eigenen Garten haben und das Recht, in seinem eigenen Fluss zu fischen.«

Seine Heftigkeit überraschte sie. »Darüber hast du noch nie geredet.«

»Mein Neffe ist ja auch noch nie bei einem royalistischen Lord in Dienst getreten!«, rief er erbost. »Während der König zwar in Gefangenschaft ist, aber Pläne schmiedet, als hätte er nie eine Schlacht verloren, und Royalisten im ganzen Land Sturm laufen, die Schotten anrücken und die Iren Truppen aufstellen! Hast du die Neuigkeiten aus Essex gehört?«

Sie schüttelte den Kopf. »Nur, was der Pfarrer gesagt hat.«

»Sie haben sich zum König bekannt, die Narren. Die Armee musste nach Colchester marschieren und eine Belagerung gegen Royalisten durchführen.«

Sie sah entsetzt aus. »Sie haben doch nicht wieder die Waffen erhoben?«

»Und die Schiffe der parlamentarischen Marine sind zum König übergelaufen. Wir haben das eigene Flaggschiff des Admirals und ein halbes Dutzend weitere verloren.«

»Was werden sie tun? Werden sie nach London segeln?«

»Wer weiß schon, was sie tun werden, die Verräter? Die Iren auf dem Seeweg herbringen? Den König von der Insel Wight holen?«

»Oh, Bruder, sag nicht, dass Krieg herrscht? Nicht schon wieder.«

»Es wird für immer Krieg herrschen, bis der König einwilligt, Frieden zu schließen, und sein Wort hält«, prophezeite Ned. »Er sagt dem Parlament das eine und schickt dann nach den Schotten und den Iren. Sogar den Walisern. Die Armee sollte ihn eigenhändig ergreifen, ihn zwingen, einen Eid auf den Frieden abzulegen, und ihn dann dazu bringen, zu seinem Wort zu stehen.«

»Ich dachte, er wäre in Carisbrooke Castle in Haft?«

Angewidert schüttelte Ned den Kopf. »Er hält Hof, als wäre er in Whitehall. Er fährt überall auf der Insel in der Kutsche herum und besucht die Lords und Ladys, als hätte er gerade den Thron bestiegen. Es heißt, er sei willkommen, wo immer er hinfährt. Ununterbrochen schreibt er Briefe und plant seine Flucht. Ich danke dem Herrgott, dass der Kommandant des Schlosses Robert Hammond ist. Er ist ein guter Mann. Ich kenne ihn persönlich, er hatte seinen eigenen Trupp in unserer Armee. Wenigstens kann man darauf vertrauen, dass er den König gut bewacht. Letztlich, das schwöre ich, werden wir ihm dafür, dass er Krieg gegen sein eigenes Volk geführt hat, den Prozess machen.«

»Unter welchem Anklagepunkt? Hat nicht das Parlament gegen den König rebelliert?«

»Er hat seine Standarte zuerst gehisst. Er hat seine Kanonen auf Lehrlinge und Amtsschreiber gerichtet. Er hat seine Lords bewaffnet und sie auf gewaltige Pferde gesetzt, damit sie uns niederreiten. Er hat sich gegen uns gewandt. Du verschreibst deinen Jungen der falschen Seite, Schwester. Niemand wird nach diesem Sommer noch etwas für einen Royalisten übrighaben, wenn sie alle geschlagen sind.«

»Ich will ihn auf keiner Seite«, sagte sie besorgt. »Ich will ihn nur an einem guten Ort und meine Tochter mit einer guten Mitgift wissen. Und für mich ein Fischerboot, um meinen eigenen Lebensunterhalt zu bestreiten.«

Ned entspannte sich und trank einen tiefen Schluck Ale. Red legte das weiche Kinn auf das Knie seines Herrchens. »Ach, ich hab gut reden. Reden ist alles, was ich heutzutage tue. Denn trotz all der Marschiererei und Beterei und Kämpferei bin ich gleich nach Vaters Tod zur Fähre zurückgekehrt. Ich war mit ganzem Herzen auf der Siegerseite, und nun schippere ich einen royalistischen Lord hin und her, wann immer er nach der Fähre ruft. Und er zahlt mir nie auch nur einen Penny, weil die Fähre ihm gehört und ich sein Pächter bin, und wahrscheinlich glaubt er, das Wasser im Sumpf gehöre ihm ebenfalls.«

»Du musstest nach Hause kommen.« Sie wollte ihm Trost spenden, ihrem einzigen Bruder. »Wir hätten die Fähre verloren, hättest du es nicht getan, und das Haus und unseren Lebensunterhalt obendrein. Es gab reichlich Leute, die froh gewesen wären, Vaters Stelle einzunehmen. In Sealsea allein waren es Dutzende. Sie hätten an den Toren zur Propstei Schlange gestanden und um das Fährrecht gebettelt. Du hast es für uns verteidigt, und du hast auch unser Haus gerettet. Ohne das Haus wäre ich – dank Zacharys Verschwinden – eine Bettlerin. Wir essen aus deiner Küche und wir trinken aus deinem Brauhaus.«

»Ach, es ist dein Zuhause, nicht nur meins. Ich will es gar nicht. Mein Trupp marschiert nach Norden gegen die Schotten, und ich bin nicht dort. Ich komme mir wie ein Feigling vor.«

»Du bist kein Feigling«, sagte sie grimmig. »Es braucht Mut, das Richtige zu tun. Und es war richtig, nach Hause zu kommen und das Fährhaus und die Fähre in der Familie zu halten. Wo stünden wir jetzt, wenn wir es verloren hätten?«

»Wir würden uns alle auf dich verlassen«, sagte er mit einem bitteren Lächeln. »Auf dich und dein neues Boot. Aber ich bin nach Hause gekommen, und wir haben die Fähre behalten, und du musst nicht mit dem Boot rausfahren, wenn du es nicht erträgst. Ich weiß, es ist das Letzte, was du tun willst, eine Frau wie du.«

Sie vernahm das Echo der Worte: *eine Frau wie Ihr, an einem solchen Ort*, und zu seiner Überraschung hellte sich ihr Gesicht auf, wie er es noch nie gesehen hatte, nicht seit ihrer gemeinsamen Kindheit.

»Du sagst, alles auf der Welt habe sich verändert«, sagte sie und klang dabei nicht ängstlich. »Vielleicht werde ich mich auch ändern.«

Wattenmeer, Juli 1648

Auf dem Küstenpfad zur Propstei ging Alinor mit ihrem Sohn durch Wolken aus Mücken und Moskitos, die sich erhoben, sobald sie mit ihren Schritten an der Hochwassermarke in Treibholz und getrocknetes Schilf traten. Die Flut kam herein. Das Blubbern des Zischbrunnens war zu hören, als sie sich landeinwärts wandten, weg von dem steigenden Wasser, über die Propsteiwiese, auf der sich die Heuhaufen im späten Sommersonnenschein blass abzeichneten.

Sie sagte: »Du wirst am Michaelistag heimkommen, und ich werde dich jeden Sonntag in der Kirche sehen.«

Er war bleich vor Angst. »Ich weiß«, erwiderte er kurz angebunden. »Das hast du ein Dutzend Mal gesagt.«

»Ich werde am Freitag in die Küche kommen und mich nach dir erkundigen. Du kannst der Köchin Bescheid geben, wenn du mich vorher sehen willst, und sie wird es mir ausrichten.«

»Das hast du gesagt.«

Sie nickte. »Wenn du wirklich nicht gehen willst, musst du nicht. Wir kommen schon klar.«

»Ich hab doch gesagt, dass ich gehe.«

Sie drehte den Griff an der Holztür in der Flintsteinmauer und erinnerte sich auf einmal daran, wie sie Pater James während ihres Gesprächs mit Mr Tudeley in seinem Versteck hinter dem Heuhaufen zurückgelassen hatte. Ihr Gefühl sagte ihr, dass es verkehrt war, an jenen Moment zu denken, an jenen Mann, während sie gerade dabei war, ihren eigenen Sohn in Dienst zu schicken.

»Dann komm schon«, sagte sie mit einem aufmunternden Lächeln.

Sie gingen durch den Garten zur Küchentür. Die Köchin sah vom Tisch auf, wo sie, bis zu den Ellbogen voller Mehl, eine gewaltige Teigkugel knetete. »Ihr werdet erwartet«, sagte sie. Sie musterte Rob von Kopf bis Fuß. »Braver Bursche«, sagte sie. »Achte auf deine Manieren, dann wird das hier eine große Chance für dich sein.«

Er zog die Mütze vom Kopf. »Ja, Mistress.«

»Es heißt ›Ja, Mrs Wheatley‹«, verbesserte ihn die Köchin.

»Ja, Mrs Wheatley«, wiederholte er.

»Stuart wird dich nach oben bringen.« Sie drehte den Kopf und rief in Richtung Flur. »Wo steckt dieser Kerl?«

Stuart erschien in der Tür, ein dünner Mann mit schäbigen Schuhen in der Livree der Peacheys.

»Wie siehst du denn aus?«, schalt sie, ohne jegliche Hoffnung auf Besserung. »Bring den Jungen von Mrs Reekie zu Mr Tudeley. Er erwartet ihn. In seinem Zimmer. Und dann komm gleich zurück. Du sollst die Servierteller runterholen.«

Er nickte Rob zu und wandte sich in Richtung der Tür, die in das Zimmer des Verwalters führte.

»Warte! Verabschiede dich.« Alinor packte ihren Sohn, als dieser ohne ein weiteres Wort gehorsam folgen wollte.

Er drehte sich zu ihr um, sein Gesicht blass und verschlossen, und sank vor ihr auf ein Knie. Sie legte die Hand zum Segen auf seinen Lockenkopf, bückte sich dann und küsste ihn. »Sei brav«, sagte sie nur. Ihr fehlten die Worte, um auszudrücken, wie sehr sie ihn liebte, wie sehr es ihr widerstrebte, ihn hierzulassen. »Gott segne dich, Sohn. Ich sehe dich am Sonntag in der Kirche.«

Er erhob sich, seine Wangen rot vor Scham über die Gefühle in ihrer Stimme, ängstlich besorgt, seine eigenen Gefühle nicht zu offenbaren, und griff nach dem kleinen Sack mit seiner Habe. Er besaß fast nichts: eine Wechselgarnitur Leinenwäsche, seinen Löffel und sein Messer. Er folgte Stuart durch die Tür.

Mrs Wheatley lachte über Alinor, die gegen die Tränen ankämpfte, als sie ihrem Sohn nachsah. »Ach, jetzt hört doch auf!«, sagte sie freundlich. »Er geht nicht zur See, um gegen den

Prinzen zu kämpfen. Er ist nicht gewaltsam von der Armee angeworben worden und marschiert in den wilden Norden, um gegen die Schotten zu kämpfen.«

»Dafür danke ich Gott.«

Mrs Wheatley klatschte den Teig in eine Schüssel, bedeckte sie mit einem Tuch und stellte sie an ein offenes Fenster, damit er im Sonnenschein gehen konnte. »Wollt Ihr einen Becher Dünnbier, bevor Ihr aufbrecht?«, fragte sie. »Wieder ein Lächeln auf Euer hübsches Gesicht zaubern?«

»Danke«, erwiderte Alinor und nahm auf der Bank am Tisch Platz. »Kann ich Ende der Woche vorbeikommen, um mich zu erkundigen, wie es ihm geht?«

»Ja, Ihr könnt mir etwas Queller bringen.«

»Mach ich. Und, Mrs Wheatley, werdet Ihr ein Auge auf ihn haben?«

Die Köchin nickte. »Es ist eine große Chance für den Burschen.«

»Das weiß ich. Aber werdet Ihr nach mir schicken, wenn es nicht geht? Beim kleinsten Anzeichen von Ärger?«

»Was könnte es schon geben? Er bekommt umsonst Unterricht – seinen eigenen Tutor, nicht die Tagesschule –, Kost und Logis, und er wird bezahlt. Dafür muss er nichts weiter tun als es mit dem jungen Master aushalten.«

»Ist er denn schwierig? Ich habe ihn letztes Jahr gesehen, als er krank war, und da war er brav wie ein Lamm ...«

»Er ist ein Peachey«, war alles, was die Köchin sagte. »Er ist der nächste Lord. Er wurde dazu geboren, schwierig zu sein. Aber er ist nicht gemein. Euer Junge hat Glück, ganz ohne Zweifel.«

Sie hörten Schritte in dem mit Steinplatten gefliesten Durchgang zur Küche, und Mrs Wheatley verstummte sofort, griff nach einem Krug Buttermilch und maß sie in eine Schüssel. Mr Tudeley steckte den Kopf durch die Küchentür.

»Ach, ich habe mir gedacht, dass ich Euch vielleicht noch

hier antreffe, Mrs Reekie. Ich habe das hier für das erste Quartal Eures Jungen.«

Alinor griff nach dem Geldbeutel, der schwer wog von den fünf Shilling, und steckte ihn in die Tasche ihrer Schürze. »Danke«, sagte sie. »Und vielen Dank für die Gelegenheit für Rob ...«

Mr Tudeley winkte ab und zog sich zurück. Mrs Wheatley nickte Alinor zu. »Nicht mehr, als Ihr verdient habt«, sagte sie entschieden. »Zwei Kinder großzuziehen, und kein Ehemann weit und breit. Rob ist ein guter Junge, da bin ich mir sicher. Ich werde ein Auge auf ihn haben, keine Sorge.«

»Ja, ich weiß.« Selbst jetzt noch widerstrebte es Alinor zu gehen.

Nach einem Knicks vor Mrs Wheatley trat sie durch die Tür in den von einer Mauer umgebenen Küchengarten und durchquerte ihn, sah zum Haus zurück und suchte die Fenster des hohen Gebäudes ab, sollte ihr Sohn womöglich heraussehen. Doch da war niemand. Die bleiverglasten Scheiben reflektierten das blendende Licht der Sonne hoch oben am Mittagshimmel. Sie konnte nichts erkennen. Für den Fall, dass er nach ihr Ausschau hielt, hob sie eine Hand, bevor sie sich umdrehte, um den Heimweg einzuschlagen. Sie hatte das Gefühl, einen Teil von sich zurückzulassen.

Am Freitagmorgen ging Alinor im Licht der Morgendämmerung nach draußen, um auf dem Kiesstrand Queller zu pflücken, solange er noch vom Seenebel frisch, feucht und salzig war. Die Ebbe hatte eingesetzt. Alinor konnte die leichten Wellen sehen, die weit draußen im Meer gegen die Sandbank schlugen, der Horizont eine herrliche Linie aus Gold mit tief hängenden Wolkenbänken, die das Licht des Sonnenaufgangs einfingen. Kleine Vögel liefen im seichten Wasser hin und her, kreisten manchmal in einem Schwarm davon, um sich ein paar

Meter weiter auf dem Strand niederzulassen. Laut der Stalluhr klopfte sie um sechs an die Küchentür der Propstei, und als Stuart sie öffnete, die Hände voller Asche vom Feuer, trat sie ein und stellte ihren Korb auf die Anrichte.

»Da seid Ihr ja«, sagte Mrs Wheatley, das Gesicht rot von der Hitze des Backofens, in den sie mithilfe einer hölzernen Backschaufel mit langem Griff Brote hineinschob. Sie schloss die Ofentür mit einem dicken Wolltuch über der Hand und kam her, um einen Blick auf den Korb zu werfen, zog die frischen grünen Blätter oben weg, um sicherzugehen, dass die Ernte darunter genauso gut war.

»Zwei Pence?«, bot sie an.

»Gewiss«, sagte Alinor freundlich, obwohl es zu wenig war.

»Ihr werdet hoffen, Euren Jungen zu sehen«, mutmaßte die Köchin. »Ihr könnt mich zum Morgengebet in der Kapelle begleiten. Dann werdet Ihr ihn sehen.«

Alinor schüttelte ihr nasses Tuch vor der Tür aus und hängte es an einen Haken, dann zog sie die Haube tiefer über ihr blondes Haar. »Wenn ich darf«, sagte sie.

»Ich wusste doch, dass Ihr ihn unbedingt sehen wollt«, sagte die Köchin schlau. »Aber er ist wohlauf. Er hat kein Heimweh. Jedenfalls isst er recht gut, der Appetit ist ihm nicht vergangen.«

Stuart stieß ein kurzes Lachen aus. »Ganz bestimmt nicht!«

»Hab ich dich gefragt?«, wollte die Köchin wissen. Stuart zog den Kopf ein und ging nach draußen, um den Holzkorb aufzufüllen, als eine Glocke in der Eingangshalle dreimal läutete.

»Wir können jetzt gehen«, sagte Mrs Wheatley, wusch die Hände unter der Pumpe in der Küchenspüle und trocknete sie an dem Tuch ab. Sie legte ihre fleckige Schürze beiseite, sodass darunter eine saubere zum Vorschein kam, und verließ die Küche. Alinor folgte ihr.

Die beiden Frauen gingen den mit Steinplatten gefliesten Korridor entlang auf die Eingangshalle zu. Drei Dienstmädchen warteten schweigend in einer Reihe an der Wand vor der geschnitzten Holztür zur Privatkapelle der Peacheys. Alinor und Mrs Wheatley gesellten sich zu ihnen. Der Kammerdiener Seiner Lordschaft, Stuart, noch ein Lakai, zwei Knechte und zwei Gärtner nahmen die gegenüberliegende Wand in Beschlag.

Alinor hörte, wie die Familie Peachey die große Holztreppe herunterkam. Zuerst Seine Lordschaft, herrschaftlich in dunkelrotem Samt mit einem prachtvollen Spitzenhalskragen, einem hohen Hut auf dem Kopf, Gehstock in der Hand, viel zu fein gekleidet für einen Morgen auf dem Land. Sein Blick huschte desinteressiert über sein Personal. Alinor fiel ihm noch nicht einmal auf. Hinter ihm kam sein Sohn, schlichter gekleidet in einem braunen Anzug aus Kniehose und Jackett, das er über einem Leinenhemd mit kurzem, weißem Kragen trug. Er war ohne Kopfbedeckung, das hellbraune Haar fiel ihm, ordentlich gebürstet, auf die Schultern. Er erkannte Alinor, die ihn im Laufe von zwei Krankheiten gepflegt hatte, und lächelte ihr zu. Dann drehte er sich um, um mit dem Jungen zu reden, der ihm die Treppe hinunterfolgte. Es war Rob. Alinor hätte ihn auf der Stelle als ihren Jungen erkannt, ihren geliebten Jungen, auch wenn er vollkommen verändert war. Er trug einen dunkelgrünen Anzug von Walter samt sauberem weißem Leinenhemd mit schmalem Spitzensaum, weiße Wollstrümpfe bis zu den Knien und schwarze Schuhe mit Schnallen. Alles war ein wenig zu klein für seine langen Beine und den wachsenden Körper, die Jackenärmel ließen seine knochigen Handgelenke hervorschauen, die Kniehose war zu weit hochgezogen. Doch er sah ganz anders aus als der Junge, der ungewaschen aus der Hütte am Sumpf getreten war, um vor der Schule barfuß auf dem Kirchhof zu spielen.

Beim Anblick seiner Mutter überzog ein breites Lächeln sein Gesicht, und Alinor erwiderte es. Mit einem winzigen Heben der Schultern präsentierte er stolz das Jackett und den weißen

Spitzenkragen, und Alinor nickte ihre stumme Bewunderung. Als Sir William den Fuß der Treppe erreichte, trat der Verwalter Mr Tudeley vor, um Seine Lordschaft zu begrüßen, und Rob kam zu seiner Mutter, kniete für ihren Segen und sprang dann hoch und umarmte sie innig.

»Ich habe gewusst, dass du kommst.« In seinem Flüstern schwang ein Kichern mit. »Ich habe es gewusst.«

»Ich musste dich sehen. Ich konnte nicht bis Sonntag warten. Ist alles in Ordnung?«

»Es ist gut«, sagte er. »Es ist sehr gut.« Er ließ sie los und reihte sich wieder in die Prozession der Peacheys ein. Seine Lordschaft ging die Halle entlang, die hohen Absätze klackerten auf dem Steinboden, hinter ihm sein Sohn, Mr Tudeley und dann Rob. Sämtliche Bedienstete vollführten einen Knicks oder verbeugten sich, als Seine Lordschaft vorüberging, und folgten dann in strikter Reihenfolge gemäß ihrem Rang, als die zweiflügige Kapellentür sich weit für sie öffnete – und dort, in einem Anzug aus dunklem Schwarz mit dem schmucklosen weißen Kragen des reformierten Predigers, stand Pater James und verbeugte sich vor Seiner Lordschaft.

Er richtete sich von seiner Verbeugung auf und schritt vor der Familie Peachey zu den kunstvoll geschnitzten Sitzen in der Kapelle. Dann trat er hinter den Altar, der fest in der Vierung der Kapelle stand. Auf dem Altar befand sich nichts außer einer Bibel auf Englisch und dem Gebetbuch, das vom Parlament bewilligt und beim Frühgottesdienst aufgeschlagen war. Es gab nichts, was ihn als Priester der römisch-katholischen Kirche verraten hätte: kein Priestergewand, keine Kerzen, keinen Weihrauch, keine Monstranz, in der die heilige Hostie gezeigt wurde. Oliver Cromwell hätte ohne Probleme in der Kirchenbank der Peacheys sitzen und beten können.

Seine Lordschaft nahm auf dem für ihn bestimmten Sitz Platz, sein Sohn neben ihm, Rob ein Stück weiter, und der Haushalt versammelte sich hinter ihnen. Alinor, die neben der Köchin stand, ein paar Kirchenbänke hinter Sir William, konnte den Blick nicht von Pater James abwenden, als er seinen dunklen Schopf neigte und die Fürbitte vorlas. Er hob den Kopf und sah sie nun zum ersten Mal.

Seine Miene änderte sich schlagartig. Sie wusste, dass ihr eigenes Gesicht erstarrt war. Ihn zu sehen, fühlte sich wie ein körperlicher Schock an, nachdem sie schon so lange insgeheim an ihn gedacht hatte. Sie hatte geglaubt, dass sie sich nie wieder begegnen würden. Und doch war er hier, unter demselben Dach wie ihr Sohn, nur ein paar Meilen entfernt von ihrem Zuhause. Gehorsam neigte Alinor den Kopf und sprach die neuen Gebete nach. Sie beobachtete ihn unter ihren Wimpern hervor, während er langsam und sicher die Abschnitte des Gottesdienstes durchging, von der Fürbitte bis hin zum Glaubensbekenntnis.

Als er vom Gebetbuch aufschaute und sich ihre Blicke erneut trafen, schien seine ganze Aufmerksamkeit ausschließlich auf die Worte des Gottesdienstes gerichtet zu sein. Alinor senkte den Kopf und versuchte, ihn nicht anzustarren, während sie sich fragte, ob er Rob die Stelle im Haushalt der Peacheys verschafft und ob er damit ihren Sohn womöglich in ernste Gefahr gebracht hatte: ein royalistischer Haushalt mit einem Priester, der sich der anglikanischen Staatskirche verweigerte.

Der Haushalt kommunizierte nacheinander in strenger Rangfolge an dem schmucklosen Holztisch, der wie ein Essplatz für gemeine Leute mitten in der Kapelle aufgestellt war – nur Brot, kein Wein. Erst Sir William, dann sein Sohn, der Verwalter nach ihm. Alinor lächelte, als sie sah, wie ihr Sohn dem Verwalter folgte. Als Gefährte des jungen Lords kam er vor allen Dienstboten. Alinor folgte Mrs Wheatley und fand sich vor Pater James wieder, während sie mit den Händen eine

Schale bildete, um das heilige Brot aus seiner Hand zu empfangen. Sie nahm es, steckte es in den Mund, schluckte es herunter und sagte »Amen«, bevor sie wegtrat. Ihre Mutter hatte sie gelehrt, dass eine weise Frau immer deutlich zeigen sollte, dass sie das Brot geschluckt hatte und es nicht hinausschmuggelte, um es bei Heilzaubern einzusetzen. Als Alinor zurückging, um sich hinter die Kirchenbank der Familie Peachey zu stellen, konnte sie beinahe die Stimme ihrer Mutter hören. »Gib den Leuten nie Anlass zu zweifeln. Du musst immer im hellsten Tageslicht stehen.«

Alinor kniete nieder und vergrub das Gesicht in den Händen. Da sie mittlerweile einen Papisten gerettet, ihn in einen royalistischen Unterschlupf gebracht, ihren Sohn bei einem königstreuen Lord in Dienst gegeben und ihren Bruder belogen hatte, hegte sie die Befürchtung, dass sie sehr weit vom hellsten Tageslicht entfernt war.

Mrs Wheatley stieß sie an. »Amen«, sagte sie laut.

»Amen.« Alinor stand auf und stimmte mit ein.

Es war die Fürbitte, die den Gottesdienst beendete. Sir William erhob sich, dachte daran, sich nicht in Richtung des alten Steinaltars zu verbeugen, der unbeachtet unter dem Ostfenster der Kapelle stand, von Gold und Silber befreit. Seine Lordschaft wandte dem geweihten Boden den Rücken zu und führte sie hinaus. Alle folgten ihm. Nur der Priester blieb in der Kapelle, den Kopf in dem stillen, weiß getünchten Raum zum Gebet geneigt.

»Ich gehe jetzt zum Frühstück.« Rob erschien an der Seite seiner Mutter, während der Haushalt sich zur Arbeit zerstreute. Sofort legte Alinor die Arme um ihn und küsste ihn auf den warmen Kopf.

»Ist alles in Ordnung?«, fragte sie ihn rasch. »Wirst du gut behandelt?«

»Ja, ja«, sagte er. »Ich bekomme Rindfleisch zum Frühstück und Schinken, wenn ich will.«

»Geh nur«, stimmte sie zu. »Ich sehe dich Sonntag in der Kirche.«

Ein rasches Lächeln, und fort war er, hinter Walter her. Als er ihn einholte, schubste er Walter absichtlich mit der Schulter, und der Junge adeliger Abstammung rempelte zurück, als wären sie zwei Dorfkinder auf dem Kirchhof. Ein Blick zeigte Alinor, dass ihr Sohn glücklich war und es sich bei seiner Kameradschaft mit dem Sohn des Grundherrn um eine richtige Freundschaft handelte.

Mrs Wheatley ging voran in die Küche, griff nach der Backschaufel und holte frisch gebackene Brote aus dem Brotofen. Sie reichte eines Alinor, die es in ihre Schürzentasche steckte und die Wärme an ihrer Hüfte spürte.

»Danke«, sagte Alinor, die für viel mehr als nur das Brot dankbar war.

Mrs Wheatley nickte. »Ich habe doch gewusst, dass Ihr Euch nach ihm sehnen würdet. Aber es geht ihm gut, wie Ihr seht, und Master Walter ist ein netter Junge. In ihm steckt keine Boshaftigkeit.«

Spontan küsste Alinor die Wange der älteren Frau.

»Danke«, sagte sie abermals, griff nach ihrem Korb und trat aus der Tür in den Küchengarten. Sie trödelte ein wenig und tat so, als betrachtete sie die üppig gedeihenden Kräuter, bis sie schließlich das Tor zur Küstenwiese erreichte. Erst als sie die Hand auf den Riegel legte und bei einem letzten Umdrehen Pater James aus dem Haus kommen sah, gestand sie sich selbst ein, dass sie ihren Aufbruch in der Hoffnung, er werde ihr nachkommen, hinausgezögert hatte.

Sie errötete und ihr wurde heiß. Ihr kam in den Sinn, dass sie nicht von ihrer ersten Begegnung sprechen sollte. Das war ein Geheimnis von gravierender Bedeutung. Doch was konnte sie dann zu ihm sagen? Sie sollte ihn respektvoll begrüßen, als völlig Fremden, einen Gast ihres Lords, einen Pfarrer der Kirche. Doch wenn sie Fremde wären, würde er jetzt nicht an den

Kräuterbeeten vorbei auf sie zuschreiten, strahlend vor Freude darüber, sie zu sehen. Sie wusste noch nicht einmal, wie sie ihn nennen sollte, doch er kam so schnell auf sie zu und nahm ihre beiden Hände in seine warme Umklammerung, dass sie nichts sagen konnte außer: »Oh.«

»Ich habe gewusst, dass ich Euch wiedersehen würde«, sprudelte es aus ihm heraus.

»Ich ...« Sie entzog ihm ihre Hände, und er ließ sie augenblicklich los.

»Sir William hat mich als Kaplan eingestellt. Ich gehe als Pfarrer der reformierten Religion durch. Niemand im Haushalt außer Mr Tudeley ahnt etwas Gegenteiliges. Euer Junge weiß auch nicht Bescheid. Er geht nicht zur Messe, Walter auch nicht. Die Messe ist völlig geheim und wird nur des Nachts abgehalten, wenn das Haus schläft. Er schwebt nicht in Gefahr. Er weiß nicht, was ich bin«, versicherte er eilig.

»Er darf es nie erfahren«, war alles, was sie sagen konnte. »Seine Erziehung ... sein Onkel hat unter Cromwell persönlich gedient. Er darf nicht ...«

»Ich weiß. Mr Tudeley hat uns gewarnt, als ich darum bat, dass Robert an Walters Unterricht teilnimmt.«

»Ihr habt Rob um meinetwillen anstellen lassen?«

»Ich stehe hoch in Eurer Schuld«, erwiderte er. »Ihr habt mich aufgenommen, mich versteckt und in Sicherheit gebracht.«

Sie nickte angesichts seines förmlichen Tonfalls. Er sprach, als hätte es nie einen Moment auf der Wiese gegeben, als hätte er nie gesagt: *eine Frau wie Ihr.*

»Es war nichts.« Sie war nun ebenfalls kühl. »Meine Pflicht Si,r William gegenüber. Ich weiß, dass ich darüber kein Wort verlieren darf.«

»Und außerdem ...«, sagte er.

»Außerdem?«

Jetzt war es an ihm, sprachlos zu sein. »Ich wollte ... ich will ... ich habe gehofft, ich könnte etwas tun, was Euch helfen würde. Ich hätte Euch Geld geschickt, aber ich dachte, das hier wäre besser.«

»Das ist sehr gütig von Euch gewesen, Sir. Aber ich brauche nichts.«

»Weil ich …« Er verstummte.

»Weil Ihr?«

Er holte Luft. »Ich habe noch nie zuvor eine Frau wie Euch gekannt.«

»*Eine Frau wie Euch an einem solchen Ort*«, zitierte sie seine eigenen Worte.

Er errötete. »So eine dumme Bemerkung.«

»Nein! Ich habe mich so gefreut! …«

»Nicht dass ich finde, irgendetwas stimme nicht mit der Insel Sealsea.«

»Es ist sehr arm hier«, sagte sie schlicht. »Es muss in Euren Augen sehr arm aussehen, da Ihr so viel Besseres gewohnt seid. Feineres.«

»Mir ist noch nie eine feinere Frau begegnet!«

Seine jähe Ehrlichkeit schockierte sie beide. Es war, als müssten sie sich erst schweigend voneinander trennen und darüber nachdenken, was die Worte zu bedeuten hatten.

»Ich sollte besser gehen«, sagte sie, die Hand am Riegel, allerdings ohne sich zu rühren.

»Ja«, sagte er. »Könnt Ihr jetzt das Fischerboot kaufen?«

Er sah, wie sie lächelte, dann hob sie den Blick und sah ihm in die Augen.

»Ich bekomme es nächste Woche«, sagte sie voller Dankbarkeit. »Ich sehe mir zusammen mit meinem Bruder ein altes Skiff in Dell Quay an.«

»Werdet Ihr es nach Hause segeln?«

»Oh, nein. Nicht den ganzen Weg um die Insel. Ich würde mich das nicht trauen. Wir werden uns einen Wagen von der Gezeitenmühle ausleihen. Auf dem Landweg ist es nicht weit, fünf Meilen.«

»Und werdet Ihr mutig genug sein, damit hinaus aufs Wasser zu fahren?«

»Das muss ich«, sagte sie fest. »Ich muss.«

»Werdet Ihr mich hinausfahren? Ich könnte die Jungen mitbringen. Euer Sohn muss wissen, wie man fischt – er könnte es Walter beibringen.«

Gemeinsam erwogen sie es, stellten sich diesen nächsten Schritt vor.

»Warum nicht«, sagte sie langsam, während sie sich ausmalte, wie es für die Dienstboten des Haushalts aussehen würde und was man in der Mühle sagen würde, wenn das Boot auf dem Wasser mit ihnen vieren an Bord gesichtet werden würde. »Würde Sir William Master Walter erlauben, auf einem kleinen Boot hinauszufahren?«

»Warum nicht? Und Robert kann uns zu Eurer Hütte führen. Es wäre nichts Falsches daran.«

»Nichts Falsches«, pflichtete sie ihm bei.

Es war eigenartig, dass ihre letzten Worte, als sie mit einem Knicks durch die Tür auf die Küstenwiese schlüpfte, lauteten, es könne nichts Falsches daran sein. Sie wussten beide, dass es falsch war, und sollten nicht hoffen, sich wiederzutreffen.

Wattenmeer, August 1648

In der Nachmittagshitze führte Rob den Kaplan und den jungen Walter am Küstenpfad entlang zur Hütte, wobei er wie eine Ziege über die salzigen Pfützen sprang und im Zickzackkurs vom Strand zum Uferdamm und von Schilfbüscheln auf trockenes Land hüpfte. Walter, in eleganten Schnallenschuhen, rutschte stolpernd hinter ihm her und beklagte sich über den Schlamm und die hereinkommende Flut. Pater James folgte als Letzter. Das Wasser schlug landwärts und kam jedes Mal ein Stück näher. Es sickerte so schnell den Strand hoch, dass sie auf den hohen Pfad am Uferdamm klettern mussten, um die Hütte zu erreichen. Sie konnten das wütend blubbernde Wasser des Zischbrunnens hören.

Rob stieß einen Schrei aus, als er erst die Barke erblickte, die am Ende des morschen Landungsstegs vor der Hütte seiner Mutter festgemacht war, und dann seine Mutter, die lächelnd auf sie zukam, den hochgesteckten blonden Zopf unter einer sauberen weißen Haube verborgen, eine frische Schürze um die Taille. Eilig sprang Rob voraus, kniete für ihren Segen nieder und hüpfte dann hoch, um sie zu küssen. »Du erinnerst dich an Master Walter«, sagte er. »Und das hier ist unser Tutor, unser Kaplan, Mr Summer.«

Alinor machte einen Knicks vor Walter. »Wie geht es Euch, Sir?«, fragte sie ihn. »Ihr seht viel besser aus als im Frühjahr.«

»Mir geht es gut«, sagte er. »Vater sagt, ich bin stark wie ein Ochse.«

Alinor vollführte einen leichten Knicks vor Pater James, doch er trat vor, ergriff ihre Hand und beugte sich darüber, als sei sie ihm ebenbürtig. »Es freut mich, Eure Bekanntschaft zu machen«, sagte er. »Von Eurem Sohn habe ich schon viel über

Euch gehört und Eure Arbeit im Destillationsraum der Propstei bewundert.«

»Oh, er ist sehr vernachlässigt«, sagte Alinor. »Seit Lady Peacheys Ableben haben wir dort sehr wenig getan.« Bei der Erwähnung seiner toten Mutter warf sie einen Blick auf Walter, doch er und Rob liefen bereits den Landungssteg hinunter zu der Stelle, wo das Boot auf dem tiefen Wasser des Kanals auf und ab wippte, wobei es gegen die fauligen Holzpfosten stieß, während die Flut es nach landwärts drückte.

»Seid Ihr schon damit draußen gewesen? Habt Ihr den Mut gefunden?«, fragte Pater James sie leise.

»Mein Bruder hat mich das erste Mal mitgenommen. Ich bin nicht mehr auf dem Wasser gewesen, seit Zachary verschwunden ist.«

»Euer Ehemann?«

»Früher habe ich für ihn gerudert, wenn er die Hummerfangkörbe ins Wasser gesetzt hat.«

»Und glaubt Ihr, Ihr werdet es allein schaffen?«

»Ich kann es.« Sie schluckte ihre Angst hinunter, damit ihre Stimme fest klang. »Solange das Wasser nicht zu tief ist oder die Tidenströmung zu schnell.«

Angesichts ihrer entschlossenen Miene lachte er beinahe. »Ach, Mrs Reekie, sogar ich sehe, dass Ihr keine Frau seid, die fürs Wasser geboren ist.«

»Das bin ich nicht.« Sie erwiderte sein Lächeln. »Aber ich weiß, dass ich mit dem Boot rausfahren und mit einer Schnur Makrelen schleppfischen oder ein Netz benutzen kann, und ich kann zu den Inseln rudern, wo die Möwen nisten, und mir Eier holen. Also ist jetzt schon klar, dass ich meinen Lebensunterhalt besser bestreiten werde als vorher. Ich muss mutig sein. Das hier ist eine große Chance für mich, für meine Kinder. Ich werde niemals das Wattland verlassen, ich werde niemals auf hoher See fahren, aber das hier ist unser Handwerk. Jeder auf der Insel ist Fischer. Ich muss es auch sein! Und falls mir das

Glück hold sein sollte und ich einen Lachs fange und ihn an Sir William verkaufe – nun, dann hätte ich mit einem Tagewerk das Boot bezahlt.«

»Ich dachte, Ihr hättet das Boot mit dem Geld aus einem Tagewerk gekauft?«, neckte er sie.

Sofort funkelten ihre Augen. »Das *ist* ein sehr dicker Fisch gewesen«, sagte sie verschmitzt und brachte ihn zum Lachen.

An der Stufe hoch zum Landungssteg legte er ihr die Hand unter den Arm, als sei sie eine Lady. Sie spürte die Wärme seiner Hand an ihrem Arm und wich nicht zurück, doch beide blickten zu Boden, bis sie nach oben gestiegen war und er sie wieder losließ.

»Die Angelleinen sind im Boot«, erklärte sie den Jungen. »Und die Köder.«

Rob stieg behände vom morschen Steg an Bord und hielt dann das schaukelnde Boot für Walter fest.

James zögerte und sah Alinor an. »Wollt Ihr als Nächstes einsteigen?«, fragte er und bot ihr erneut seine Hand.

Sie setzte sich auf die Holzplanken des Stegs, um sich ohne Hilfe hinunter ins Boot gleiten lassen zu können, wo sie sich auf dem Platz in der Mitte niederließ. James band das Tau los, stieg ebenfalls ein und setzte sich neben Alinor. Er griff nach einem der Ruder. »Sollen wir gemeinsam rudern, während die Jungen angeln?«, schlug er vor.

Sie willigte ein und wandte das Gesicht von ihm ab, doch er sah, wie sie errötete, als sie Schulter an Schulter dasaßen und sich zusammen bewegten, jeder sein Ruder im gleichen Rhythmus eintauchte, während sich das Boot vom Land löste und in den Kanal fuhr. Das Wasser im Hafen war ruhig, auch wenn sie das Brodeln des Zischbrunnens im tiefen Wasser hören konnten. Die Flut kam herein, die Strömung bewegte sich schnell, aber sie ruderten mühelos hinaus auf halbe Höhe des Kanals und hielten das Boot dann still, während die Jungen Regenwürmer als Köder an ihre Haken hängten und sie seitlich ins Wasser fallen ließen.

»Wie ekelhaft!«, rief Walter entzückt. »Woher bekommt Ihr die Würmer?«

»Ich habe sie für Euch ausgegraben.« Alinor lächelte ihn an. »Und wenn Ihr noch einmal Fische fangen wollt, könnt Ihr Eure eigenen ausbuddeln. So ekelhaft es auch ist.«

Das kleine Boot schaukelte, als die Flut es landwärts drückte, doch Alinor und James hielten es ruhig. »Ist das dort das Fährhaus?«, fragte James und nickte zu dem niedrigen Haus am anderen Ende des Watts.

»Ja, mein Elternhaus, wo jetzt mein Bruder als Fährmann lebt. Davor ist der Landungssteg, die Fähre ist auf der anderen Seite vertäut. Und seht Ihr? Gleich über dem Broad Rife, auf dem Festland, das sind der Getreidehändler am Hafendamm, die Gezeitenmühle und das Haus des Müllers.«

»Wird er heute mahlen?«

»Nein, er mahlt, wenn die Flut zurückgeht. Die Flut kommt herein und füllt den Mühlteich, und wenn Ebbe herrscht, öffnet er die Schleuse, das Wasser strömt in den Mühlbach und bewegt das Rad. Er hat zur Ebbe am Nachmittag gemahlen. Ich bin heute bei ihnen in der Molkerei gewesen und habe gebuttert. Alys, meine Tochter, ist jeden Tag dort, sie arbeitet im Haus, in der Mühle und auf dem Bauernhof.«

»Bei mir hat einer angebissen!«, rief Rob auf einmal. Er zog seine Angelleine hoch, und da war eine sich windende Makrele mit glänzenden Schuppen. Selbstsicher nahm er sie vom Haken und ließ sie in den gewebten Schilfkorb auf dem Boden des Bootes fallen.

»Sehen die so aus?«, wollte Walter wissen und spähte hinein. »Ich habe sie bisher nur gekocht zu Gesicht bekommen.«

»Es gibt bestimmt noch mehr«, versicherte Alinor ihm. »Sie sind gemeinsam unterwegs. Zieht Eure Schnur hoch und runter, Master Walter.«

James beobachtete, wie sie ihr Ruderblatt abdrehte, um das Boot an Ort und Stelle zu halten, und ahmte sie nach, damit der

Schub des hereinströmenden Wassers sie nicht in den tiefen Kanal drückte, der zum Fährhaus strömte.

»Jetzt könnt Ihr die Fähre meines Bruders sehen«, sagte Alinor und nickte zum Kanal vor ihnen und dem großen Floß, das vor dem Fährhaus vertäut lag. »Und kanalaufwärts, landeinwärts, ist die Furt. Jetzt steht sie unter Wasser, sodass Ihr nur das gepflasterte Ufer sehen könnt, das nach unten führt.«

Er sah das Wirbeln und Strömen, wo der Fluss, der am Fährhaus vorbeifloss, auf das ansteigende Meer traf.

»Ist es sehr tief?«

»Es steigt um mehr als einen Meter achtzig an, und zwar schnell. Jeder kann an der seichtesten Stelle übersetzen, und Leute fahren oder reiten hinüber. Aber bei Flut nimmt man die Fähre oder macht den Umweg übers Land. Man muss die Pferde von den Zugriemen nehmen, sie mit der Fähre übersetzen und dann die Kutsche getrennt rüberfahren, es ist also viel Arbeit.«

»Es überrascht mich, dass Seine Lordschaft keine Brücke baut.«

Sie schüttelte den Kopf, und eine Locke ihres goldenen Haars fiel aus der Haube. »Es gibt keinen festen Boden zum Bauen«, sagte sie. »Alles Sand, bis hin zum Hafendamm der Gezeitenmühle. Und der Sumpf verändert bei jedem Unwetter seine Lage. Die Furt wird bei jeder Frühjahrsflut oder im Laufe der Winterunwetter weggespült. Der Vater von Master Walter lässt sie jedes Jahr wieder neu anlegen, nicht wahr, Sir? Eine Brücke würde bei uns nie stehen bleiben. Es ist alles Sand und Schlick.«

»Euer Bruder ist also der Pförtner am Eingang zur Insel?«, stellte James fest. »Wie der Torwächter auf der Zugbrücke zu einer Burg.«

Sie lächelte. »Ja. Und unser Vater vor ihm und sein Vater vor ihm.«

»Seit wann?«

»Wohl schon seit der Sintflut«, sagte sie und rief dann aus: »Oh! Verzeiht …«

»Ihr kränkt mich nicht.« Er lachte. »Es ist mir eine Ehre, von einer Tochter Noahs gerudert zu werden.«

»Ich glaube, ich habe einen!«, rief Walter. »So ein Zerren?«

»Genau«, bestätigte Alinor. »Zieht ihn sanft heraus, ganz sanft, und schwingt ihn ins Boot.«

Er zog zu stark, der Fisch kam aus dem Wasser geschossen und segelte auf Alinors Gesicht zu.

»Passt auf!«, rief Pater James, fing die Leine und hielt sie von ihr weg. Der Junge streckte die Hand aus, um nach dem Fisch zu greifen, und fuhr zusammen, als dieser sich am Haken wand.

»Ich kann nicht ...«

»Wenn Ihr ihn essen wollt, dann packt ihn«, riet Alinor.

Der Tutor lachte. »Sie hat recht. Packt ihn, Walter, und nehmt ihn vom Haken.«

Mit einer Grimasse nahm der Junge den Fisch vom Haken und keuchte auf, als er sich aus seiner Hand wand und in den Korb fiel, während Rob rief: »Noch einer! Ich habe noch einen!«

Sie befanden sich inmitten eines Fischschwarms, und sobald sie Köder an ihren Haken befestigten, zogen sie Fische aus dem Wasser. James und Alinor hielten das Boot in der Mitte des Kanals, während die Jungen angelten, bei jedem Fang in Jubelgeschrei ausbrachen und mitzählten, wie der Korb sich füllte. Schließlich sagte Alinor: »Das reicht, das ist alles, was Ihr heute essen könnt, und alles, was ich trocknen kann.«

»Wollt Ihr sie nicht frisch verkaufen?«, fragte James.

»Wenn mein Mann an einem Freitag einen großen Fang gemacht hat, habe ich ihn immer auf den Samstagsmarkt in Chichester gebracht, aber dorthin sind es zwei Stunden Fußmarsch und wieder zwei Stunden zurück. Im Dorf Sealsea gibt es keine Kundschaft für Fische, jeder fängt hier seine eigenen, auch wenn ich sie manchmal an der Mühle verkaufe. Die Bauersfrauen kaufen Fisch, wenn sie herkommen, um ihr Getreide mahlen zu lassen. Größtenteils trockne ich sie zum Verkauf oder lege sie in Salz ein.«

»Sollen wir wieder zurückrudern?«

»Können wir nicht raus zum Zischbrunnen fahren?«, fragte Rob. »Walter hat ihn noch nie gesehen.«

Alinor schüttelte den Kopf, und sie und James stimmten ihre Ruderschläge aufeinander ab, bis sie wieder den Steg erreichten. Dort befestigte sie ihr Ruder und streckte die Hand zu den Stegplanken aus, um das Boot heranzuziehen, während Rob aufstand und das Festmacherseil mit seiner Schlinge über den abgenutzten Pfosten fallen ließ.

»Ihr werdet warten müssen, bis Ihr selbst rudern könnt, um dorthin zu fahren«, erklärte sie Walter.

»Warum fahrt Ihr nicht dorthin, Mrs Reekie?«, fragte Walter.

Sie hielt das Boot ruhig, während die Jungen an Land gingen und Pater James ihnen folgte. Dann stand sie auf und reichte ihnen den Korb mit Fischen, während sie mühelos das Gleichgewicht in dem schaukelnden Boot hielt.

»Ich bin eine törichte Frau, ich habe eine Heidenangst vor tiefem Wasser«, erklärte sie ihm. Pater James streckte ihr die Hand entgegen, um ihr auf den Steg zu helfen, und sie ergriff sie.

»Aber Ihr habt das ganze Leben auf dem Wasser verbracht«, stellte Walter fest.

»Mein ganzes Leben auf dem Sumpf«, verbesserte sie ihn. »Gezeitenland: weder Land noch Meer, aber zweimal am Tag nass und trocken, nie lange unter Wasser, aber auch nie ganz austrocknend. Ich fahre niemals aufs Meer. Ich fahre noch nicht einmal raus bis zum tiefen Herzen des Wattlandes. Meine Arbeit war schon immer an Land bei den Pflanzen und Kräutern und Blumen. Bootsbesitzerin bin ich erst, seit Euer Vater Rob eingestellt hat.«

Rob band das Boot locker fest, damit es mit der Ebbe absinken konnte.

»Und jetzt, soll ich Euch Eure Fische braten?«, fragte sie die Jungen.

»Können wir sie selbst braten? Über einem Feuer an Stöcken?«, flehte Rob.

»Oh, na schön.« Sie lächelte, und James konnte die Liebe sehen, die sie für ihren Sohn empfand. Sie wandte sich an ihn. »Werdet Ihr mit den Jungen essen?«

»Wenn ich darf«, sagte er. »Sollen wir alle gemeinsam zu Abend essen?«

»Vielleicht wollt Ihr das nicht. Rob hofft, wie die Wilden um ein Feuer herum zu essen.«

Er musste sich zurückhalten, um nicht die herabfallende Haarlocke hinter ihr Ohr zu stecken. »Dann lasst uns Wilde sein«, sagte er mit einem Lächeln.

Rob und Walter sammelten Treibholz, und Alinor holte die Glut vom erstickten Feuer in der Hütte. James, der sie begleitete, um ihr zu helfen, betrachtete den einen Raum, das Bett, das sie sich mit ihrer Tochter teilte, die Schemel, auf denen sie saßen, den Tisch, an dem sie aßen. Es war eine Hütte wie jede andere für eine mittellose Arbeiterfamilie, und ihm fiel auf, wie die trostlose Armut in seltsamem Kontrast zu dem würzigen und süßen Geruch der Behausung stand. Es roch nach Lavendel und Basilikum, wie der Destillationsraum in der Propstei. Gewöhnlich roch eine solche Hütte nach altem Essen und Exkrementen, dem schweren Gestank nach ungewaschenen Menschen, die in ihrer Arbeitskleidung schliefen, doch hier blies die Salzluft durch die offene Tür herein, und das Zimmer war angefüllt von einem Duft nach trocknenden Kräutern und Gras. In einer Zimmerecke hingen Schnüre von einem Balken zum nächsten, geschmückt mit Girlanden aus Kräutersträußchen. Darunter stand in einem Eckschrank eine Sammlung Glasgefäße, und zu beiden Seiten befanden sich Regale mit Metalltabletts voller Wachs zum Gewinnen von Heilsalben.

»Euer Destillationsraum?«, fragte er sie.

Sie zuckte mit den Schultern. »Meine Ecke. Im Fährhaus habe ich mehr Platz. Ich benutze dort den Destillationsraum meiner Mutter, wie ich es früher gemeinsam mit ihr getan habe. Das hier ist bloß für die Dinge aus meinem eigenen Garten.«

Auf ihre Weisung hin schnitt James Brot von dem großen Laib unter dem umgedrehten Topf auf dem Tisch und trug einige Scheiben nach draußen, um sie als Unterlage für den Fisch zu servieren. Das kleine Feuer brannte jetzt hell.

»Wird Eure Tochter rechtzeitig nach Hause kommen, um mit uns zu essen?«, erkundigte er sich.

»Nein, in der Sommerzeit arbeitet sie bis spät«, erwiderte Alinor. »Sie wird vor Sonnenuntergang nicht zurück sein. Ich werde ihr eine Makrele mitbraten und sie für sie aufheben.«

Alinor zerlegte und säuberte jeden Fisch, warf die Eingeweide zum späteren Gebrauch als Köder in einen Topf, ließ jedoch die Köpfe und Schwänze dran. Die ausgenommenen Fische reichte sie Rob, der jeden auf einen Stock spießte und jedem einen reichte. Alinor ging ins Haus, um die Schuppen und das Blut von ihren Händen zu waschen, und kam mit vier Bechern Dünnbier zurück. Rob beobachtete, wie sie James den Becher seines vermissten Vaters reichte, ließ es jedoch unkommentiert.

Als die Fischhaut zu einer verkohlten Kruste verbrannt und das Fleisch im Innern saftig und heiß war, erklärte Alinor den Jungen: »Es ist fertig. Ihr könnt essen.« Walter knabberte seinen Fisch von dem verkohlten Stock, doch Rob legte seinen zwischen zwei Brotstücke und aß in großen Bissen. Nach dem Essen, während die Sonne auf dem Horizont lag und die Flut zwar gegen den Steg schlug, aber nicht noch höher anstieg, saßen sie schweigend da und betrachteten das Feuer. Die Hühner kamen vom Strand hochgelaufen und stürzten auf Alinor zu, zuversichtlich, dass sie ein paar Krumen abbekommen würden. Sie begrüßte jedes einzelne mit Namen und gab ihnen ein kleines Stück von ihrem Brot. Leise gackernd pickten die Hühner um ihre Füße herum.

»Wir müssen jetzt los«, sagte Rob. Er sah zu seiner Mutter und stellte überrascht fest, dass ihr Blick von ihm zu seinem Tutor wanderte.

»Oh, müsst Ihr das?«

James erhob sich. Die Hühner stoben vor dem Fremden auseinander, doch er sah sie nicht. »Jaja, das müssen wir wohl. Die Sonne geht unter. Wir sollten aufbrechen.«

»Ich werde Euch den Weg zurück zur Propstei weisen«, bot sie an.

Am liebsten hätte James eingewilligt, doch es bestand kein Grund, sich von ihr führen zu lassen, wenn ihr Sohn mit von der Partie war.

»Ich kann ihnen doch den Weg zeigen«, sagte Rob verwirrt.

Langsam erhob sie sich von ihrem Platz am Feuer, und ihr Sohn trat zu ihr. Sie umarmte ihn, und als er für ihren Segen niederkniete, legte sie ihm die Hand auf den Kopf, flüsterte ein Gebet und bückte sich, um ihn zu küssen. Sie machte einen leichten Knicks vor Walter. »Ich bin froh, dass Ihr uns besucht habt«, sagte sie zu ihm. »Ihr seid jederzeit willkommen, genauso um Eurer Mutter wie um Euretwillen.«

Walter errötete. »Danke«, sagte er verlegen, denn sie war eine Pächterin der Peacheys, und es waren ohnehin alles seine Fische. »Rob und ich werden wieder herkommen.«

Die beiden schlugen den Pfad zur Propstei ein, Seite an Seite, in freundschaftlichem Schweigen. Alinor blieb allein mit James zurück.

»Werdet Ihr wiederkommen?«, fragte sie ihn, ihr Tonfall betont neutral.

»Ja«, antwortete er hastig. »Ja. Ich will ... ich will wirklich ... Darf ich denn? Darf ich gleich wiederkommen, sobald ich die Jungen nach Hause gebracht habe?«

Sie verspürte ein Schwindelgefühl, die Welt schien sich zu

schnell um sie zu drehen. Als sie aufblickte, wurde sie von Verlangen durchzuckt, während seine braunen Augen ihren dunkelgrauen Blick erwiderten.

»Ihr könnt nicht allein durch den Sumpf kommen.«

»Ich werde den langen Weg nehmen. Ich werde der Straße folgen«, sagte er.

»Ja, Ihr könnt heute Abend zurückkommen«, willigte sie ein, und wie um ihre Worte zu leugnen, wandte sie sich von ihm ab und trat die Glut des Feuers aus, sodass sie sich verdunkelte und abkühlte. Dann ging sie am Ufer entlang auf ihre Hütte zu, ohne zu ihm zurückzublicken.

Der zunehmende Mond hatte das Wasser des Sumpfes in ein helles Glänzen und das Land in mattes Schwarz verwandelt, als James beim Fährhaus von der Hauptstraße abbog, leise am Garten hinter Neds Haus vorüberging und dann am Meeresufer zu Alinors Hütte eilte. Er hatte die Jungen nach erledigtem Abendgebet in der Schulstube zurückgelassen, mit dem Auftrag zu lesen, ein paar Mathematikaufgaben zu lösen und dann zu Bett zu gehen. James wusste nicht, was ihn erwartete. Er wusste nicht, ob er Alinor allein vorfinden oder ob ihre Tochter anwesend sein würde. Falls er sie allein antraf, wusste er nicht, was er tun sollte. Es war ihm unerklärlich, wie er sich hatte erdreisten können, sie zu fragen, ob er zurückkehren dürfe, oder auch, warum sie eingewilligt hatte. Ihm war bewusst, dass er sein Keuschheitsgelübde nicht brechen durfte. Er war der Kirche verpflichtet; eine Liebschaft käme auf keinen Fall in Betracht, außerhalb des Beichtstuhls sollte er noch nicht einmal mit einer Frau allein sein. Doch gleichzeitig wusste er, dass er nicht fernbleiben konnte.

Während er den Pfad vom Haus ihres Bruders entlangging und sich unter den Schlehdornästen hinwegduckte, mit der

Flut, die am hohen Ufer leckte, dachte er nicht darüber nach, was er gerade tat, sondern nur, dass er nichts anderes tun konnte. Er kam sich wie ein Narr vor, wie er so durch die Dämmerung lief, um eine Frau zu sehen, eine Hüttlerin, eine arme Frau, die in den Augen der Welt weit unter ihm stand. Doch er wusste, dass er nicht anders konnte, und er genoss das Gefühl seiner eigenen Ohnmacht. Gott versprochen, an einer Verschwörung für den König von England beteiligt, sollte er keine Zeit haben, sich zu verlieben. Doch während er lief, wusste er sehr wohl, dass er im Moment genau das tat: Er war dabei, sich zu verlieben. Er konnte nicht verhindern, dass er ein freudiges Jauchzen empfand, als er erkannte, dass er sich unaufhaltsam in eine Frau verliebte, als wäre er ein imaginärer Ritter in einem Gedicht und sie das edle Burgfräulein.

Sie wartete auf ihn. Als er ihre schlanke Silhouette am äußersten Ende des morschen Holzstegs sah, ihr Kleid grau vor dem grauen Wasser, ihre weiße Haube blass gegen den Nachthimmel, wusste er, dass sie ans Ende des Stegs gegangen war, um den Uferpfad im Auge zu behalten und sehen zu können, wie er kam. Stattdessen hatte sie gesehen, dass er gelaufen war wie ein Liebender zu seiner Herzallerliebsten. Bei ihrem Anblick verlangsamte er seine Schritte. Sie kam den Steg zurück, und als er die Stelle erreichte, wo die Stufen ans Ufer führten, streckte er die Hand aus. Ihrer beider Hände umschlossen sich, bevor auch nur ein Wort gefallen war.

Bei der Berührung ihrer Hand, ihrer zerschrammten, rauen Haut, konnte er nicht anders: Er zog sie näher zu sich und legte ihr eine Hand um die Taille, spürte ihre Körperwärme durch den selbst gesponnenen Stoff. Sie widersetzte sich ihm nicht, sondern hob in seiner Umarmung das Gesicht, um ihn anzusehen. Sie betrachteten einander schweigend, und dann, als seien die getauschten Blicke getauschte Eide, neigte er den Kopf zu ihr, und ihre Münder fanden sich.

Jahre später erinnerte er sich an diesen Moment, als entbinde es ihn von seiner Schuld. Sie war willens, sehnte sich danach, geliebt zu werden, sehnte sich danach, von *ihm* geliebt zu werden.

Ihr Kuss war süß. Es war das erste Mal in seinem Leben, dass er eine Frau küsste, und er spürte ein Begehren in sich aufsteigen, als gäben seine Knie unter ihm nach. Er spürte, wie sie sich an ihn schmiegte, als ginge auch durch sie eine Welle hindurch, so unwiderstehlich wie der Strom der Gezeiten.

»Ich sollte das nicht«, sagte sie beim Einatmen. »Ich weiß nicht einmal, ob mein Ehemann noch lebt oder ob er tot ist.«

»Ich sollte das auch nicht«, kamen die Worte unbeholfen aus seinem Mund, als gäbe es keine Sprache, sondern nur die Macht der Berührung. »Ich bin geweihter Priester.«

Sie bewegte sich nicht weg von ihm, sie nahm den Blick nicht von seinem Gesicht, seinem Mund, seinen dunklen Augen.

»Küsst mich noch einmal«, sagte sie leise, und er tat es.

Sie standen eng umschlungen da, sein Körper dicht an ihrem, sein Mund auf ihrem, seine Arme immer fester um sie, und dann wich sie ein kleines Stück von ihm zurück, und er ließ sie sofort los. Schweigend, nur einen halben Schritt voneinander getrennt, warteten beide ab, ob sie sich wieder aufeinander zubewegen würden, ob er ihre Hand nehmen und sie in die kleine Hütte führen würde, um sie im Bett ihres vermissten Ehemanns zu lieben. Sie schüttelte den Kopf, doch sie sagte nichts.

»Ich werde nächsten Monat wieder zu Euch kommen, zu dieser Abendzeit«, sagte er, als werde ihn ein Monat der Trennung lehren, was er tun sollte.

»Nächsten Monat?«, wollte sie wissen, als handele es sich um ein Jahr. »Erst nächsten Monat?«

»Ich muss morgen fort«, sagte er.

Sie vollführte eine kleine Geste, als wolle sie seine Hand ergreifen und ihn aufhalten. »Zurück nach Frankreich?«

»Nein, nein. Aber ich habe zu dienen … Ich habe ein Versprechen gegeben ... Ich werde fortgehen, und ich werde zurückkehren.«

Sie erriet sofort, dass es sich um die geheime Angelegenheit seiner Kirche handelte, und den auf der Insel Wight gefangenen König. »Ist es gefährlich? Begebt Ihr Euch in Gefahr?«

»Ja«, gab er zu. »Aber ich hoffe, innerhalb eines Monats wieder hier bei Euch zu sein.«

Sie hörte das Versprechen seiner Liebe mehr als die Bedeutung des Satzes. »Hier bei mir«, wiederholte sie.

»Ganz sicher.«

»Könnt Ihr Euch nicht weigern?«, wollte sie wissen. »Könnt Ihr nicht sagen, dass Ihr Eure Meinung geändert habt?«

Er lächelte. »Aber ich habe meine Meinung nicht geändert«, sagte er. »Ich denke wie gehabt über alles, und ich kann mein Wort nicht brechen. Männer verlassen sich auf mich; ein bedeutender Mann verlässt sich auf mich. Nichts hat sich verändert ... außer ...«

Sie schwieg, während sie darauf wartete, dass er aussprach, was sich verändert hatte.

»Mein Herz«, erklärte er ihr.

Wattenmeer, August 1648

In den nächsten Wochen voller Sommergewitter und jäher Hitzetage lag ein Flimmern auf dem Sumpf, das ihn wie eine Landschaft aus Palästen und Straßen und Häusern aussehen ließ. Alinor ging wie gewöhnlich ihrer Arbeit nach. Die Trugbilder weckten in ihr die Frage, was James gerade erblicken mochte, ob er Zutritt zu prächtigen Gebäuden hatte oder schöne Straßen entlangschlenderte, viel größer und sauberer als Chichester, viel herrschaftlicher als alles, was sie je gesehen hatte. Sie überlegte, ob sich die Tore von Palästen für ihn öffneten, oder Gartentore von prächtigen Häusern.

Sie ging zu Fuß zum Markt in Chichester. Am Stand mit gebrauchter Kleidung kaufte sie Alys ein Stiefelpaar, kaum getragen und mit einer guten Sohle, das ihre Füße im kommenden Herbst und Winter warm und trocken halten würde. Sie erstand Unterkleider und Hauben für sie beide und einen Unterrock für Alys. Außerdem kaufte sie ein Band, um ihn zu verzieren, da Alys so wenige hübsche Sachen besaß. Es war zu heiß für die Vorstellung, dass der Winter jemals käme, doch die gebrauchten Kleidungsstücke waren im August am billigsten, also kaufte Alinor ihrer Tochter ein warmes Schultertuch und einen Umhang aus Wachstuch gegen die Nässe, wenn sie mit der Fähre hinüber zur Gezeitenmühle fahren oder im Freien arbeiten musste.

Alinor ging zur Kirche, wo sie Rob sah, sie pflückte Obst im Garten des Fährhauses, sie arbeitete in der Molkerei der Mill-Farm. Sie lieferte Stränge gesponnener Wolle an den Wollhändler und erhielt im Gegenzug ihre Bezahlung und ein Bündel Schaffelle zum Spinnen. Sie lief gesenkten Blickes, ihr Benehmen reserviert, als würde sie nicht von innen verbrennen, die weiße Haube auf der fiebrigen Stirn, das graue Kleid so fest wie eine Umarmung um ihre Taille geschlungen. Bei ruhigem Wellengang fuhr sie zum Gezeitenwechsel mit dem Boot hinaus, setzte vier Hummerfangkörbe ins Wasser und behielt die Nerven, obwohl das Boot schaukelte, während sie sich über die Seite beugte. Am nächsten Tag zog Alinor sie wieder hoch, indem sie sich gegen das Gewicht des Korbs stemmte, mit zwei schnappenden Hummern wie Ungeheuer darin. Sie legte wieder Köder in die Körbe, warf sie hinaus, ruderte dann mit ihrem Fang zum Hafendamm an der Mühle und verkaufte ihn an zwei Bauersfrauen für vier Pence pro Stück.

»Ihr seht gut aus«, sagte Mrs Miller, die Alinors gerötetes Gesicht musterte, während diese die Pennys einsteckte.

»Bei mir ist alles wie gehabt«, erwiderte Alinor, obwohl ihr Herz zu schnell schlug.

»Ich weiß nicht, wie Ihr die Arbeit aushaltet.« Mrs Miller blickte abschätzig von Alinors durchtränktem Saum zu dem Gefäß mit den stinkenden Ködern. »Besonders diese Arbeit. In der Hitze.«

»Oh«, sagte Alinor, als sei sie ihr gar nicht aufgefallen.

Sie ging zu ihrem Bienenstock und beobachtete das entschlossene, zielstrebige Schwirren der Bienen vor dem kleinen Eingang am Fuß des Bienenkorbs. »Mir ist etwas widerfahren«, erzählte sie ihnen. »Etwas sehr Wichtiges.« Sie lauschte dem warmen, tröstlichen Grollen des Bienenstocks, als stimme der Schwarm ihr zu, dass er es ebenfalls für wichtig hielt. Doch sie erzählte den Bienen nicht, worum es sich handelte. Auf den Knien jätete sie mit der kleinen Hacke in ihrem Gemüsebeet Unkraut, die Sonne heiß auf dem Rücken.

Der Weizen auf den Feldern war ein wogendes Meer aus Gold, reif für die Ernte, der Müller immer besorgter wegen eines Sommergewitters in diesem Jahr voller schrecklicher Regenfälle. Endlich erklärte Mrs Miller, dass sie mit der Ernte beginnen würden, und alle armen Hüttenbewohner im Umkreis wurden zur Arbeit auf die Mill-Farm gerufen.

Alys gehörte zur Truppe der Binderinnen, die den Mähern folgten, den gemähten Weizen aufsammelten, ihn zu einer Garbe banden und in den Wagen luden. Es war eine schwere Arbeit, und wenn Alys nach Hause kam, waren ihre Arme von den Halmen zerkratzt, und ihr Rücken schmerzte vom Bücken, Heben und Werfen der Garben auf den Wagen. Sie arbeitete vom Morgengrauen an, denn Erntetage waren lange Tage, und ihr Gesicht war rot vor Erschöpfung. Für die zusätzlichen Stunden wurde sie mit einem kleinen Laib Weizenbrot bezahlt, der im großen Backofen der Mühle gebacken wurde – einer für jeden Mäher und Binder, zusätzlich zum Tageslohn. Es war ein Luxus, in dessen Genuss die Reekies nur zur Erntezeit kamen. Das restliche Jahr über backten sie ihr eigenes grobes Mischbrot.

Alinor wusch Alys' Arme und Gesicht mit Holunderblütenwasser. Sie gab ihr Brennnesselsuppe zu essen, um die Steifheit in Rücken und Armen zu lindern. Schweigend löffelte Alys ihre Suppe und aß ihr Brot.

»Mir geht es gut«, sagte sie, sobald sie fertig war, schob den Schemel zurück und hielt aufs Bett zu, während sie sich den Rock und das dreckige Hemd auszog. »Es ist nur so schlimm wie immer. Ich habe vergessen, wie abscheulich die Arbeit ist. Die Felder hören nie auf.«

»Bald ist es geschafft«, erinnerte Alinor sie und griff nach den Schüsseln. »Ich werde dein Gewand und die Leinenwäsche über Nacht waschen. Du kannst morgen dein neues Unterkleid tragen.«

»Nächstes Jahr werde ich das nicht mehr machen, ich schwöre«, sagte Alys, als sie sich ins Bett rollte, beinahe schon am Schlafen. »Nächstes Jahr suche ich woanders Arbeit, saubere Arbeit, leichte Arbeit. Arbeit im Haus. Weißt du, für Arbeit drinnen würde ich meine Seele verkaufen.«

»Ich hoffe, dein Wunsch geht in Erfüllung«, sagte Alinor sanft, doch sie konnte sich nicht vorstellen, welche Arbeit Alys finden würde, mit einem Lohn, von dem sich leben ließe.

»Und diese Jane Miller ...« Alys verstummte. Sie war fast zu schläfrig zum Sprechen.

»Jane?«

»Sie verschlingt die Müllersburschen mit ihren Blicken, bloß weil ihr Vater die Mühle besitzt. Schäkert mit Richard Stoney rum. Sie ist so ein dummes Ding ... Am liebsten würde ich sie in den Mühlteich schubsen.«

Alinor lächelte. »Schlaf mit einem angenehmen Gedanken ein«, riet sie ihr. »Und träume freundliche Träume.«

»Tu ich doch«, flüsterte Alys. »Das ist ein angenehmer Gedanke.«

Alinor brachte die Waschschüssel aus der Hütte. Während sie den Rock und das grobe Leinenhemd auswrang und sie auf dem Rosmarinbusch zum Trocknen ausbreitete, erblickte sie ihren Bruder Ned auf der verborgenen Abkürzung vom Fährhaus zu ihrer Hütte. Er brachte einen halben runden Käse mit – die Gebühr, weil er einen Wagen, der zum Markt in Chichester und wieder zurückgefahren war, mit der Fähre übergesetzt hatte. Sie saßen vor der Hütte auf der Bank, die zum Sumpf hin blickte, während das Wasser immer weiter verebbte, bis es schließlich nur noch eine silbrige Linie am Horizont war. Er sah ihr zu, wie sie ein winziges Stück von dem Käse aß.

»Bist du krank?«, fragte er. »Ist es das Marschenfieber?«

Alle Menschen, die am Sumpf lebten, hatten drei- oder viermal im Jahr Wechselfieber. Sie waren an das Einsetzen von Schüttelfrost und Schweißausbrüchen gewöhnt, die vielleicht eine Woche lang anhielten und dann abklangen. Alinor gab ihren Patienten Kräutertee aus Weide und Minze gegen das Fieber und pflanzte Ringelblumen und Lavendel vor der Hütte an, um die Mücken abzuwehren, die die Krankheit mit ihren Stichen übertrugen.

»Nein, mir geht es gut«, sagte sie, auch wenn die heftige Röte ihrer Wangen und der Glanz in ihren Augen das Gegenteil besagten.

In der Ferne hörten sie das Quietschen des Schleusentorschlüssels, der den Mühlteich öffnete, und dann das Tosen des Wassers im Mühlbach. Sie hörten das Rad knarzen und sich drehen, und das Geräusch der mahlenden Steine. Dann strömte das Wasser jäh in einer großen Flutwelle hinaus in den trockenen Kanal im Sumpf.

»Du hast nichts von Zachary gehört?«, fragte Ned, der dachte, sie hätte vielleicht Nachrichten von ihrem vermissten Ehemann.

»Nein«, sagte sie, brachte ein Lächeln zustande und sah ihm in die Augen. »Nein. Es ist nichts. Das muss wohl an Rob liegen, der von zu Hause weg ist, und weil ich weiß, dass ich anfangen kann, eine Mitgift für Alys zu sparen, und weil ich ein eigenes Boot habe. Ich habe das Gefühl, als wäre ich wieder jung und frei und könnte überallhin gehen und alles tun.«

Er nickte und führte ihr hastiges Sprechen und das Strahlen ihrer Augen auf ihre Wildheit zurück, die stets eine Gefahr darstellte, selbst bei den besten Frauen. Sie waren machtlos dagegen. Er fand, seine schöne Schwester war wie die Schwalben, die immer wieder im Sturzflug herabstießen und die Oberfläche des Mühlflusses leicht berührten und kurz eintauchten, die mit der warmen Luft balzten und winzige makellose Heimstätten in Häusern und Scheunen errichteten: gleichzeitig wild und zahm, hier für den Sommer, im Winter fort, völlig unberechenbar. Sie hätte niemals an einen Ort gefesselt sein dürfen. Und ganz gewiss hätte sie nicht an diesen Mann verheiratet werden dürfen, der wahrscheinlich betrunken im Tiefenwasser versunken war und just in diesem Moment unter Rankenfußkrebsen auf dem Meeresgrund verrottete.

Doch sie hatte nie die Wahl gehabt: Sie war eine Frau und musste heiraten, wie es alle Frauen taten, und sie war eine arme Frau, die niemals irgendwohin gehen würde. Ihre Mutter, die gewusst hatte, dass ihr eigener Tod immer näher rückte, hatte darauf bestanden, dass Alinor heiratete, in der Hoffnung, sie in

Sicherheit zurückzulassen, ohne zu ahnen, dass Zachary selbst keinen Deut zuverlässiger als die Küste war, vagabundierend wie die Wattgebiete.

»Du wirst Alys nie unter die Haube bringen, wenn sie deine Wildheit geerbt hat«, sagte er streng.

»Ach, sie ist ein braves Mädchen«, nahm Alinor ihre Tochter auf der Stelle in Schutz. »Sie arbeitet so fleißig, Ned. Sie will ein besseres Leben, aber das kann man ihr nicht verübeln! Und ich träume ja auch nur.«

»Träume sind wertlos«, entschied er. »Und überhaupt, wie geht es dir mit dem Boot?«

Das Lächeln, das sie ihm schenkte, war so strahlend, dass es nichts mit dem Boot zu tun haben konnte. »Rob ist vor zwei Wochen mit Master Walter und seinem Tutor von der Propstei hergekommen, und wir sind alle angeln gefahren.«

»Und, habt ihr viel gefangen?«

»Ja.« Sie deutete aufs Ufer. »Wir haben ein Feuer gemacht. Wir haben gemeinsam gegessen. Gleich dort drüben.« Sie lachte.

Ihre Begeisterung war ihm ein Rätsel. Er trank seinen Becher Ale aus und stand ächzend unter stechenden Schmerzen auf. Es kam vom Rheuma in seinen Gelenken dank einer Kindheit, in der er bei Wind und Wetter am feuchten Seil der Fähre gezogen und bei jeder Flut gearbeitet hatte.

»Sei nicht närrisch«, warnte er sie, denn beim Gedanken an ihre Träume und das Glänzen in ihren Augen wurde ihm mulmig zumute. »Vergiss nicht, wo du bist, wer du bist. Nichts ändert sich hier, außer dem Wasser. Der Rest des Landes kann dem Wahnsinn anheimfallen, sich auf den Kopf stellen, aber hier verändert sich nur jeden Tag das Meer, nur das Wasser geht hin, wohin es will.« Das Rumpeln der Mühle, das so unheilvoll klang wie ein Donner, der über das flache, unter Wasser stehende Land grollte, unterstrich seine Warnung noch.

»Ich weiß«, beruhigte sie ihn. »Ich weiß. Es gibt keine Hoffnung, nichts kann passieren.« Doch das Leuchten auf ihrem Gesicht strafte ihre Worte Lügen.

»Wenn dein Bursche nur die Fähre bis zum Ende des Sommers für mich übernehmen würde, könnte ich losziehen und mich freiwillig bei Oliver Cromwell im Norden melden«, sagte Ned. »Es heißt, er marschiere mit seinen Männern gegen die Schotten. Ein harter Marsch von Wales aus, ein langer Marsch. Er wird Männer brauchen, die Erfahrung haben. General Lambert hält die Schotten in Schach, aber allein schafft er es nicht.«

»Rob kann die Fähre nicht übernehmen«, sagte sie rasch. »Er ist der Propstei verpflichtet, bis Walter nach Cambridge geht.«

»Ist der Tutor nicht fort?«

»Nur noch ein paar Tage, sagt mir Rob. Der Tutor hat ihnen Lektionen dagelassen.«

»Ich würde alles darum geben, um mit meiner Truppe unterwegs zu sein, um noch eine Schlacht lang an der Seite meiner Brüder zu stehen, um die Feinde des Landes zu besiegen und den König vor Gericht zu bringen«, sagte Ned. »König Charles muss zur Rechenschaft gezogen werden. Er hat die Waliser dazu aufgerufen, sich gegen uns zu erheben, und jetzt hat er uns die Schotten auf den Hals gehetzt. Gott weiß, was er den Iren versprochen hat. Er benutzt sie alle gegen uns, gegen uns Engländer, sein eigenes Volk. Damit muss Schluss sein, ein für alle Mal.«

Alinor presste ihre Lippen zusammen. »Ich weiß nicht«, sagte sie. »Ich kann nicht schlecht von ihm sprechen.«

»Von ihm?«

»Vom König.«

»Dann verstehst du nichts«, sagte er mit brüderlicher Verachtung. »Du magst sehr gelehrt bei deinen Blumen und Kräutern und in deiner Heilkunst sein, aber du bist eine törichte Frau, wenn du nicht weißt, dass Charles uns nichts als Kummer gebracht hat. Nie hat er Frieden im Sinn, wenn er behauptet, er wolle Frieden. Nie glaubt er, besiegt zu sein, wenn ihm das eigene Schwert aus der Hand genommen worden ist. Er muss aufhören! Ich schwöre bei Gott, ich glaube, es wird uns niemals gelingen, ihn aufzuhalten.«

Bei seinem Wutausbruch stand sie auf. »Ich weiß, ich weiß«, besänftigte sie ihn. »Es ist nur so, ich will nicht, dass Rob in den Krieg zieht oder dass Alys in einem Land lebt, in dem Krieg herrscht. Ich will nicht, dass du wieder fortgehst.« Sie spürte, wie hinter ihren Augen Tränen brannten. »Gute Männer schweben in Gefahr, begeben sich in Gefahr ...« Sie verstummte, da sie nicht von James und der heimlichen Verschwörung sprechen konnte, die ihn, wie sie wusste, von ihr fortführte. »Ich weiß nicht, wofür ich beten soll«, sagte sie in einem jähen Anfall von Ehrlichkeit. »Ich weiß noch nicht einmal, was ich mir wünschen soll, außer Frieden ... und dass alles vorbei ist ... und ich frei sein kann ...«

»Ach.« Neds Ärger verflog angesichts der Tränen seiner Schwester. »Ach, du betest um Frieden, du hast ja recht. Und du hast nichts zu befürchten. Colonel Hammond hält den König sicher in Carisbrooke gefangen. Das Parlament und die Armee werden sich einigen, was mit dem König geschehen soll, und selbst wenn das Parlament so närrisch ist, mit ihm eine Vereinbarung auszuhandeln, werden sie ihn keine Truppen aufstellen lassen, damit er wieder unser Blut vergießen kann. Wir haben gegen den König gewonnen, und wir werden auch gegen die Schotten gewinnen, selbst jetzt, während wir hier sitzen, dringen die Neuigkeiten von der Schlacht nach Süden. Es mag längst vorbei sein, und ich bin der Tor, weil ich mich danach sehne, nach Norden zu marschieren, angeführt von Cromwell und befehligt von Gott. Wahrscheinlich ist alles längst vollbracht.«

»Ja«, sagte sie. »Ich will beten, dass es vorbei ist.«

Alys erwachte nur langsam, ihre Arme und der Rücken schmerzten. Die beiden Frauen aßen den Rest des Weißbrots mit Neds Käse zum Frühstück.

»So köstlich.« Alys tupfte jeden Krümel auf. »Ich glaube, ich werde den Müller heiraten und mein ganzes Leben lang jeden einzelnen Tag Weizenbrot essen.«

»Du wirst erst Mrs Miller loswerden müssen«, stellte ihre Mutter fest. »Und ich glaube, du wirst feststellen, dass sie dir den Platz nicht freiwillig räumen wird.«

»Wie liebend gern ich sie los wäre!«, erklärte Alys. »Ich sollte die beiden vom Hafendamm werfen, ihren Sohn heiraten und die Mühle erben.«

Der Müllerssohn war ein kleiner Junge von sechs Jahren namens Peter. Alinor hatte ihn selbst entbunden. »Und Jane könnte deine Schwägerin sein.« Alinor lächelte. »Das wäre ein glücklicher Haushalt.«

»Sie werden sie verheiraten wollen«, behauptete Alys. »Aber keiner würde sie nehmen.«

»Oh, das arme Mädchen«, sagte Alinor. »Sei nicht gemein, Alys. Wie dem auch sei, sind sie schon bald mit der Ernte fertig?«

»Fast, nur noch ein Feld. Ich habe den ganzen Tag gebunden und aufgeschichtet. Wirst du heute Nachmittag zur Nachlese kommen?«

»Ja, ich werde dir dein Essen bringen«, versprach Alinor.

Alys neigte den Kopf zu einem Dankesgebet und erhob sich vom Tisch. »Es ist komisch, dass Rob nicht hier ist«, stellte sie fest. »Bist du nicht einsam den ganzen Tag über?«

»Ich habe so viel zu tun, dass mir keine Zeit bleibt, einsam zu sein.«

»Denn du siehst aus, als würdest du auf etwas lauschen.«

»Worauf?«

»Ich weiß es nicht. Schritte?«

Beschämt erinnerte Alinor sich daran, wie sie James beobachtet hatte, der den Uferpfad entlanggelaufen und wie ein Bursche über die nassen Pfützen gesprungen war. »Ich lausche auf niemanden«, log sie.

»Ich habe nicht gesagt, auf jemanden, ich habe gesagt, auf etwas.«

»Ich weiß.«

»Ich hätte nicht gedacht, dass du Vater noch vermissen würdest«, sagte das Mädchen sanft. »Wir tun's nicht – Rob und ich. Wegen uns musst du dir keine Sorgen machen.«

»Tue ich auch nicht«, sagte Alinor knapp.

»Wünschst du dir manchmal, dass alles anders wäre?«

»Ich wünschte, ich könnte deine Zukunft sehen«, erwiderte Alinor ernsthaft. »Ich weiß, dass du hier nicht festsitzen solltest, am Rand des Sumpfes, ohne Aussichten, jemanden außer einen Bauernburschen oder einen Fischer zu heiraten, und ohne die Möglichkeit, je mehr als ein paar Pennys zu verdienen. Aber ich habe nicht das Geld, um dich für ein Handwerk in die Lehre zu schicken, und ich weiß nicht, wo du in Stellung gehen solltest. Ich glaube nicht, dass das Dienstbotendasein etwas für dich wäre – ich hätte Angst um dich als Dienstbotin.«

Alys lachte. »Da hast du recht! Ich will niemandes Dienerin sein. Für keinen Ehemann und auch für keinen Dienstherrn.«

»Alys, ich wünsche mir so sehr mehr für dich.«

»Du wünschst mehr!«, rief das Mädchen. »Lieber Gott, ich bete auf Knien für mehr! Jetzt hat es die ganzen Kämpfe und das Geschrei und all das Gezanke unter den Männern gegeben, und die einzige Hoffnung für uns Frauen ist ein Ehemann, der ein bisschen besser als ein Tier ist, oder ein Lohn von mehr als Sixpence am Tag? Was ist mit Onkel Neds neuer Welt? Was ist mit Land für jeden?«

Alinor betrachtete das lebhafte Gesicht ihrer Tochter. »Ich weiß«, sagte sie. »Es gibt viel Gerede, aber es gibt keine neue Welt für Menschen wie dich oder mich.«

»Du meinst Frauen«, sagte Alys scharf. »Arme Frauen. Für uns ändert sich nie etwas.«

Alinor hörte die Verbitterung in der Stimme ihrer Tochter und spürte, dass es ihre Schuld war, weil sie das Mädchen in diese Welt gebracht hatte, wo Männer bevorzugt wurden. »Das stimmt«, sagte sie.

Das Mädchen kniete für den Segen der Mutter, und Alinor bückte sich und küsste die ordentliche weiße Haube ihrer Tochter. Alys erhob sich und trat durch die Tür ins Freie.

Alinor saß noch ein Weilchen länger auf ihrem Schemel am Tisch, mit Blick auf die Zimmerecke, wo sie ihre Kräuter und Öle hatte, und die kleine Holztruhe, in der sie ihre Schätze aufbewahrte. Darin lagen das Heilmittelrezeptbuch ihrer Mutter, die Vereinbarung für die Hütte zwischen ihrem vermissten Ehemann und Mr Tudeley und ihr roter Ledergeldbeutel voller wertloser alter Münzen. Viel war es nicht für ein Leben voller harter Arbeit. Dann flüsterte sie sich selbst zu: *Eine Frau wie Ihr an einem solchen Ort*, und stand auf, griff nach ihrem Korb, ihrem kleinen Messer und ging nach draußen, um noch taufrische Kräuter zu schneiden.

Es war eine kühle Morgendämmerung, mit Streifen aus grauem Dunst, der entlang der Kanäle im Sumpf waberte und die Grenzen zwischen Land und See und Luft verschmelzen ließ. Alinor zitterte in der morgendlichen Kälte und zog sich ein Tuch über den Kopf, während sie die Hühner aus der Hütte und hinunter zum Ufer scheuchte. Sie blickte über ihren kleinen Garten hinweg zum Watt, wo das Wasser gerade zurückwich, aus Tümpeln in rasch verebbende Kanäle lief, sodass Flächen aus nassem Schlamm, Sandbänken und Röhricht zurückblieben. Während die Flut Stück für Stück zurück ins Meer kroch, jagten ihr die kleinen Strandläufer hinterher, liefen auf ihren langen Beinen ins Wasser und wieder heraus, erhoben sich auf einmal unter lautem Geschrei in die Lüfte und ließen sich dann aufgeregt nieder, um abermals hin und her zu laufen.

An der Hafenmündung konnte Alinor das flache graue Meer und die indigoblaue Linie des weit entfernten Horizonts sehen. Von der anderen Seite des Sumpfes drang das donnernde Grollen des sich drehenden Mühlrads. Wenn James bereits nach Frankreich aufgebrochen war und sich auf der Heimreise befand, würde er eine ruhige Überfahrt haben. Wenn er den König in Carisbrooke Castle aufgesucht hatte, könnte er innerhalb von drei oder vier Stunden zum Hafen von Sealsea zurücksegeln. Wenn er losgefahren war, um den Prinzen von Wales mit dessen Schiffen auf See zu treffen, dann hätte er innerhalb eines Tages auslaufen und wieder zurück sein können. Da sie nicht wusste, wohin er gefahren war, war es zwecklos, am dunklen Horizont nach seinem Segel Ausschau zu halten. Als Fischersfrau wusste sie das sehr wohl, aber sie schaute trotzdem nach ihm.

Sobald der Dunst von der Sonne weggebrannt war, würde es wieder ein heißer Tag werden. Er hatte gesagt, er werde innerhalb eines Monats zurückkehren, doch sie kannte ihn so wenig. Sie wusste nicht, ob er ein Mann war, der sich an ein Versprechen einer Frau gegenüber erinnern würde, besonders einer armen Frau ohne Bedeutung. Vielleicht schwebte er in Gefahr und konnte sich nicht aussuchen, wann er abfahren oder wie lang er bleiben würde? Oder aber er war ein Mann, der gedankenlos mit seinen Worten war, wie Männer es sind, und zählte die Tage nicht auf die gleiche Art, wie Alinor sie zählte? Oder vielleicht hatte der Kuss für ihn keinerlei Bedeutung gehabt, und die Worte auch nicht.

Sie drehte dem Watt den Rücken zu und beugte sich über ihre Beete, pflückte die Kräuter, die gerade ihre frischen Blätter entrollten, band sie zu kleinen Sträußchen zusammen und warf sie in ihren Korb. Sobald sie ein Beet abgeerntet hatte, ging sie zum nächsten über, bis sie alles gepflückt hatte, was frisch war.

Dann kehrte sie ins Haus zurück und band die Kräuter an die Schnüre, die sich von einem Balken zum nächsten spannten. Die bereits getrockneten Sträuße nahm sie zuvor herunter und steckte sie in kleine Holzschachteln, eine jede in Robs sorgfältiger Handschrift mit dem Namen des Krauts beschriftet, manchmal dem lateinischen Namen, manchmal dem alten Namen, den ihre Mutter ihr beigebracht hatte: Augentrost, Stiefmütterchen und Löffelkraut.

Sie fegte die Krümel von den Holztellern aus der Haustür und spürte die wärmere Luft. Die Sonne war dabei, den Dunst wegzubrennen. Alinor beobachtete, wie die Gartenvögel zur Fütterung herabgeflogen kamen – das Rotkehlchen, das das ganze Jahr im Garten wohnte, und ein Amselpaar, das in der Schlehdornhecke hinter der kleinen Hütte nistete und seine Jungen heranzog. Die beiden Becher von ihrem Frühstück mit Alys spülte sie im letzten Rest des sauberen Wassers aus und goss die Schüssel dann über die Pflanzen an der Tür. Anschließend hob sie den leeren Eimer auf und ging zum Teich auf der Inlandseite des Uferdamms. Sie hielt sich an dem abgenutzten Pfosten fest, während sie den Eimer in das saubere Wasser hinabließ.

Den schwappenden Eimer hievte sie die Stufen wieder nach oben, stellte ihn neben die offene Tür und schöpfte Wasser in den dreibeinigen Kochtopf, der in der roten Glut stand. Sie nahm eines der frischen Kräuterbündel und ließ es im Topf kochen. Im Rezept ihrer Mutter stand Honig, und sie löffelte eine sorgfältig abgemessene Portion aus dem Gefäß, in dem die Honigwabe vor sich hin tropfte. Während die Mischung köchelte, ging sie mit einem Beutel aus Sackleinen aus dem Haus, um Treibholz fürs Feuer zu sammeln. Sie schritt die Flutgrenze ab und hob Zweige als Anmachholz und größere Holzstücke auf. Als der Sack voll war, hob sie ihn auf den Rücken und kehrte zur Hütte zurück.

Das Wasser im Topf war beinahe verkocht, die Kräuter ein

dunkelgrüner Brei am Boden. Alinor goss ihn auf ein Tablett, stellte es zum Trocknen auf den Tisch und legte als Fliegenschutz ein sauberes Musselintuch darüber.

Die Sonne ging auf und lichtete die dichten Dunstschwaden, und allmählich wurde es drückend. Alinor setzte ihre Arbeitshaube auf, mit der breiten Krempe über dem Gesicht und dem Leintuch im Nacken zum Schutz vor der Sonne, und ging wieder hinaus in den Teil des Gartens, wo sie Gemüse anbaute: Erbsen, Bohnen und Kohl. Als sie die robusten Wurzeln einer Ampferpflanze ausgrub, sahen ihre Hühner sie und eilten vom Ufer herauf. Sie scharrten um sie herum, suchten in der umgegrabenen Erde nach Würmern und kleinen Insekten und gackerten zufrieden auf Alinor ein, die das Federvieh sanft schalt. »Geht ihr nur runter zum Strand, grabt bloß nicht meine Pflanzen aus.« Eine kupferbraune Henne pickte einen kleinen Wurm auf und gab ein zufriedenes Ächzen von sich. Alinor lachte, als befände sie sich unter Freundinnen. »War das gut, Mrs Brown?«, fragte sie. »Lecker?«

Alinor arbeitete den ganzen Vormittag, und als die Sonne allmählich begann, von ihrem Scheitelpunkt zu klettern, ging sie ins Haus. Sie schnitt vier Scheiben Roggenbrot vom gestrigen Tag, holte zwei Räucherfische vom Regal am Kamin, einen Krug Dünnbier aus der kühlen, feuchten Ecke und tat die Nahrungsmittel in einen kleinen Beutel, um vor der Ährenlese gemeinsam mit Alys essen zu können.

Die Flut kam herein, und vom Zischbrunnen drang nur ein leises Geräusch herüber, als Alinor am Uferdamm entlang zum Haus ihres Bruders ging, wo sie ihn beim Pflaumenpflücken am Obstbaum antraf. »Magst du welche?«

»Ich werde welche für Alys' Abendessen mitnehmen. Morgen komme ich vorbei und pflücke den Rest zum Einmachen und Trocknen.«

»Es ist ein gutes Jahr. Schau dir die Äste an.«

Sie bewunderten den Baum, dessen Äste sich unter den violetten Früchten bogen. Alinor aß eine. »Süß«, sagte sie. »Sehr gut.«

»Auf dem Weg zur Mühle für die Ährenlese?«

Sie nickte und blickte zur Fähre, die auf und ab schaukelte, da die hereinkommende Flut auf den strömenden Fluss traf.

»Ich bringe dich rüber«, bot er an. Er ging den Weg voran zu den Stufen, wo die Fähre an einem Pfosten festgemacht war, am Seil zerrte und in der Gezeitenströmung trieb. Er band sie los und schlang die Fangleine um das Seil in der Luft, das sich von einer Seite des unruhigen, tiefen Gewässers zur anderen erstreckte.

»Es fließt schnell«, stellte Alinor fest.

»Es ist so ein nasser Sommer gewesen«, sagte er. »Ich habe den Fluss zur Erntezeit noch nie so hoch erlebt. Komm.«

Alinor stieg nach unten auf das Floß und hielt sich an dem Geländer fest, das es auf beiden Seiten gab. Ihre Angst brachte ihn zum Lächeln. »Immer noch diese Heidenangst? Die Tochter des Fährmanns?«

Sie zuckte die Schultern. »Ich weiß. Ich werde nachher übers Watt nach Hause gehen.«

»Du wirst nasse Füße bekommen«, warnte er sie. »Bis zur Abenddämmerung wird das Wasser hoch sein.«

Ned griff das Seil mit einer Hand vor der anderen, um die Fähre über den rasch dahinströmenden Fluss zu ziehen. Kurz darauf erreichten sie das andere Ufer, und Alinor war von der Fähre und die Stufen hoch auf sicherem trockenem Boden, bevor er die Fähre auch nur vertäut hatte. »Bis heute Abend«, sagte er. »Am besten nimmst du die Fähre. Es ist sinnlos, pitschnass zu werden.«

»Danke«, erwiderte sie und machte sich an der Küstenlinie entlang auf den Weg in Richtung Mühle neben dem steinernen Hafendamm, wo das tiefe Wasser gegen die Ufermauer schlug.

Ausnahmsweise einmal herrschte Ruhe auf dem Hof der Mühle. Das Wasserrad stand still, im Mühlbach rauschte keine Sturzflut. Der Mühlteich füllte sich leise auf, die große Meeresschleuse wurde vom hereinströmenden Wasser aufgestoßen, die kleinen Wellen leckten an der Teichwand, und der Wasserpegel stieg stetig. Im Innern der Mühle standen die gewaltigen Mühlsteine einen Spalt getrennt, und die Kirschholzzahnräder griffen nicht ineinander. Der Müller füllte Mehl in Säcke, und die beiden Burschen schleppten sie zur Landestelle, bereit für die Schiffe der Mehlhändler bei Flut.

»Guten Tag, Mr Miller«, rief Alinor, als sie an der offenen Tür vorüberging.

Er war weiß wie ein Gespenst vom mehlbestäubten Haar bis zum Saum seiner weißen Schürze. Doch sein Lächeln war herzlich. »Guten Tag, Mrs Reekie! Zur Ährenlese da?«

»Ja, und ich habe Alys' Essen dabei.«

»Sie ist ein Glückspilz, Euch zur Mutter zu haben. Werdet Ihr zum Ernteessen kommen? Sollen wir das Tanzbein schwingen, Ihr und ich?«

Alinor lächelte über den alten Witz. »Ich wisst, dass ich nicht tanzen werde. Aber natürlich komme ich.«

Sie winkte und überquerte den Hof zwischen Mühle und Haus, ging durch das Tor an der Nordseite des Hofs und hinaus in den Weizen. Die Felder sahen geschoren aus, auf den Weizenstoppeln lagen verstreut die Garbenhaufen. Als Alinor durch das offene Tor trat, erhob sich vor ihr ein Schwarm Krähen, eine nach der anderen wie eine Schnur aus schwarzen Rosenkranzperlen.

Alys war in der Reihe der Binderinnen und arbeitete parallel zu den anderen Frauen hinter dem Erntetrupp der Männer. Die meisten Männer hatten nackte Oberkörper, die Rücken voller Blasen von der Sonne, aber die anderen, gottseligen Männer, manche von ihnen Puritaner, trugen die Hemden sittsam in die Kniehosen gesteckt und an den schwitzenden Hälsen zugebunden. In einem gnadenlos harten Rhythmus arbeiteten sich die Männer in einer Reihe über das Feld: packten eine Handvoll Weizenhalme, bückten sich und hieben mit der Sense auf sie ein, richteten sich auf und warfen das Bündel hinter sich. Alys und die anderen Frauen folgten ihnen, sammelten die abgeschnittenen Halme in Armladungen ein, banden sie mit einem eingedrehten Halm zusammen und stapelten sie für den Wagen zu einem Haufen. Gelegentlich kamen Mrs Miller oder ihre Tochter Jane aus dem Haus. Sie stellten sich ans Tor, die Augen mit der Hand abgeschirmt, und starrten quer übers Feld, um sicherzugehen, dass die Schnitter ihre Arbeit anständig verrichteten und keinen ungemähten Weizen für die Ährenleserinnen stehen ließen.

Alys war abgezehrt vor Erschöpfung, ihre Hände und Arme von den Garbenhaufen zerkratzt, ihre Schürze verdreckt, das Haar fiel lose aus ihrer Arbeitshaube, während sie in einer Reihe mit den anderen Frauen ging, sich bückte und den geschnittenen Weizen aufsammelte, um ihn dann zu stapeln. Sie arbeitete neben Frauen von der Insel Sealsea, die sie von Kindesbeinen an kannte. Aber es gab auch Tagelöhnerinnen vom Festland, und ein halbes Dutzend Frauen war fahrendes Volk, ein Erntetrupp, der über den Sommer von einem Bauernhof zum nächsten zog. Sie wurden pro Auftrag bezahlt, nicht tageweise, und gaben ein kräftezehrendes Tempo vor, mit dem Alys Schritt halten musste: Es kostete sie Mühe, nicht zurückzufallen.

Alinor wartete am Tor, und es gesellte sich ein halbes Dutzend anderer Frauen zu ihr, die das Nachleserecht für die Felder der Mühle hatten. Sie standen beisammen, unterhielten sich über die reiche Ernte und den heißen Tag, bis Jane die Glocke im Hof der Mühle läutete, jeder auf dem Feld sich von der Arbeit abwandte und für die Essenspause den Schatten der Hecke aufsuchte. Die Ährenleserinnen betraten das Feld, manche, um ihren Ehemännern oder Kindern das Essen zu bringen. Alinor ging über die spitzen Stoppeln und hielt ihrer Tochter wortlos den Krug mit dem Dünnbier entgegen. Alys trank in tiefen Zügen.

»Die Arbeit macht durstig«, sagte Alinor und betrachtete voller Sorge ihre schöne Tochter.

»Die Arbeit macht dreckig«, erwiderte das Mädchen erschöpft.

»Es ist fast geschafft«, versprach ihre Mutter. »Kommst du dich setzen?«

Die Männer versammelten sich zu einer Gruppe, ließen Flaschen mit Ale herumgehen und aßen die Speisen, die sie von zu Hause mitgebracht hatten. Die Frauen ließen sich ein Stück weiter nieder. Eine Frau band sich einen Säugling vom Rücken und legte ihn an die Brust. Alinor lächelte ihr zu. Er war eines der Kinder, die sie im Frühjahr entbunden hatte.

»Trinkt er gut?«, erkundigte sie sich.

»Gottlob, ja«, antwortete die Frau. »Und ich schließe Euch immer noch in meine Gebete ein, weil Ihr rechtzeitig zu mir gekommen seid. Möchtet Ihr ihn sehen?«

Alinor nahm den Säugling in die Arme und drückte sanft die Lippen auf sein warmes Köpfchen, staunte über die Wärme seines Schädels und die winzigen, pummeligen Hände.

Niemand sonst sprach, während sie tranken und ihre erste Mahlzeit seit dem Frühstück zu sich nahmen. Als Alys mit den dicken Brotscheiben und dem letzten Rest Räucherfisch fertig war, gab Alinor den Säugling der jungen Mutter zurück, und Alys und sie teilten sich die Pflaumen aus Neds Garten.

»Ich wundere mich, dass Ihr Obst im Sonnenschein esst, Mrs Reekie«, stellte eine der Frauen fest. »Habt Ihr keine Angst vor Bauchgrimmen?«

»Die hier stammen von dem Pflaumenbaum meines Bruders. Wir haben sie jeden Sommer gegessen und sind nie krank geworden«, erklärte Alinor.

»Ich würde niemals Obst essen, in dem noch der Saft steckt«, erklärte eine der älteren Frauen.

»Das meiste koche ich ein oder mache Marmelade«, pflichtete Alinor ihr bei. »Manches wecke ich ein, und viel trockne ich auch.«

»Ich nehme zwei Gläser von Euren eingekochten Pflaumen«, bot eine der Frauen an. »Und ein Glas Dörrpflaumen. Wir hatten Eure getrockneten Stachelbeeren zu Weihnachten, und jeder wollte mehr. Wie viel werden sie dieses Jahr kosten?«

Alinor lächelte. »Zwei Pence pro Glas, für beides. Ich bringe sie Euch gern vorbei«, sagte sie. »Für Stachelbeeren ist es auch ein gutes Jahr gewesen.«

»Ich nehme ein Pfund«, erklärte eine andere Frau.

Die Frauen streckten ihre müden Beine aus. Manche legten sich nach hinten auf die stacheligen Stoppeln.

»Müde?«, fragte Alinor ihre Tochter leise.

»Ich bin's leid«, sagte das Mädchen gereizt.

Die Glocke, die sie ermahnte, dass die Pause vorüber war, ertönte im Hof der Mühle. Mrs Miller nahm es sehr genau mit der Zeit. Die Männer standen auf, säuberten ihre Sicheln und begannen, zum Hof der Mühle zu gehen. Sie würden den Wagen holen, die Garbenhaufen aufspießen und sie zum Dreschen in die Scheune bringen.

Alinor reichte Alys eine Tasche mit einem Schulterriemen. Die Frauen mit Nachleserecht auf den Mühlenfeldern bildeten am Fuß des Feldes eine Linie. Sie achteten sorgsam darauf, dass sie sich gleichmäßig verteilten, damit keine Frau ein breiteres Stück als die andere abbekam. Wachsam blickten sie die Reihe entlang, um zu sehen, dass sich niemand einen Vorteil verschaffte. Mütter und Töchter, wie Alinor und Alys, standen absichtlich weit voneinander entfernt, um sich möglichst viel Raum zu verschaffen. Die Reihe setzte sich in Bewegung.

Lustlos mühten sich die Frauen, die den ganzen Tag für Münzen gearbeitet hatten, jetzt für sich selbst ab, bückten sich, um jede heruntergefallene Weizenähre, sogar einzelne Körner aufzuheben. In manchen Streifen hatte ein unerfahrener

Schnitter ein Büschel Weizen nicht erwischt oder es niedergetrampelt, und dort konnten die Ährenleserinnen händeweise Körner aufklauben. Langsam bewegten sie sich wie eine Infanteriereihe über ein Schlachtfeld, ohne einander je zu überholen, immer weiter vorwärts, immer im gleichen Abstand voneinander. Alinor, den Blick starr zu Boden gerichtet, sich bückend und aufsammelnd, bückend und aufsammelnd, war beinahe überrascht, als sie die Schlehdornhecke am Ende des Feldes erreichten und ihr bewusst wurde, dass sie fertig waren. Ihre Tasche war voller reifer, blasser Weizenähren.

»Beide Richtungen«, forderte eine der älteren Frauen.

Alys stieß ein verärgertes Murmeln aus, doch Alinor nickte. Nichts sollte vergeudet, nichts übersehen werden. »Beide Richtungen«, stimmte sie zu.

Die Frauen änderten ihre Aufstellung zusammen mit der Richtung, sodass diejenigen, die an der Hecke links gewesen waren, und diejenigen, die ganz rechts gewesen waren, sich jetzt in der Mitte befanden und niemand zweimal denselben Feldabschnitt ablaufen würde. Noch einmal gingen sie schrittweise vorwärts, den Blick auf dem Boden, mit den Händen Weizenähren packend oder einzelne Körner zusammenklaubend, und drückten alles in ihre Ährenlesetaschen oder ihre hochgehaltenen Schürzen. Erst als sie abermals zur Hecke am Ende des Feldes gelangten, richteten sie den Rücken gerade und sahen sich um.

Die Sonne hing tief am Himmel und versank in Schleiern aus goldenen und rosigen Wolken. Alinor betrachtete Alys' schwere Tasche und dann ihre eigene. »Gut«, lautete ihr einziger Kommentar.

Gemeinsam gingen sie zum Hof der Mühle. Mrs Miller hatte die Waage nach draußen gebracht, wog den Weizen der Ährenleserinnen und markierte das Gewicht auf einem Kerbholz. Alinor und Alys kippten den Inhalt ihrer Taschen in die Waage und brachen die wenigen Halme ab. Mrs Miller fügte der Waage Gewichte zu, bis sie widerwillig sagte: »Drei Pfund, zwei Unzen.« Ihre Tochter Jane markierte den Haselnussstock mit drei dicken Kerben an einem Ende und zwei kleinen Schnitten unten und hieb ihn mit einem kleinen Beil entzwei. Alinor nahm ihre Hälfte dankend entgegen und steckte sie in die Tasche. Jane Miller warf die andere in die Kiste mit Kerbhölzern, als Vermerk, was man den Reekie-Frauen an Mehl schuldete, sobald der Weizen gemahlen war.

»Bringt etwas von Eurem Balsam mit, wenn Ihr morgen zum Erntefest kommt«, bat Mrs Miller Alinor, während sie sich umdrehte, um den Anteil einer anderen Ährenleserin zu wiegen. »Mein Rücken brennt höllisch, wenn ich mich hier den ganzen Tag bücke.«

Alinor nickte. »Ich komme zur Nachlese am Nachmittag. Dann bringe ich es mit.«

Das Wasser im Hafen stand tief, der Mühlteich war randvoll, die Schleusenflügel schlugen sanft aneinander, zugeschoben von der dunklen Last des Wassers in dem tiefen Teich. Als die erschöpften Frauen zum Hoftor gingen, kam einer der jungen Burschen des Müllers um die Mauer des Mühlteiches und balancierte wie ein Akrobat auf dem Schleusentor, während das dunkle Wasser unter ihm Wellen schlug. Er rief Alys keck zu: »Guten Abend! Bis morgen!«

Augenblicklich fiel sämtliche Müdigkeit von ihr ab. Zwar antwortete sie ihm nicht, neigte jedoch den Kopf und ging mit dem Anflug eines Lächelns weiter. Alinor, die sie beobachtete, sah ihre erschöpfte Tochter mit einem Mal völlig verwandelt.

»Wer war das?«, fragte Alinor, die schneller ging, um mit Alys Schritt zu halten.

»Wer?«

»Dieser junge Mann?«

»Oh, ich glaube, das ist der Sohn von Bauer Stoney, Richard«, antwortete sie.

»Bauer Stoney aus Birdham?«

»Ja.«

»Gut aussehender junger Mann«, stellte Alinor fest.

»Ist mir gar nicht aufgefallen«, sagte Alys mit ungeheurer Würde.

»Schon recht«, erwiderte ihre Mutter, die insgeheim lächelte. »Aber mir ist es aufgefallen, und ich kann dir versichern: Er ist ein sehr gut aussehender junger Mann. Er ist der einzige Sohn, nicht wahr?«

»Oh, um Himmels willen!«, rief Alys und lief vor ihrer Mutter den Pfad zur Fähre entlang, sodass Alys, als Alinor sie einholte, bereits neben ihrem Onkel Ned auf der Fähre stand, eine Hand am Seil, und auf ihre Mutter wartete.

Alinor hielt am Ufer inne, während einige der anderen Frauen und ein paar Schnitter an ihr vorüber auf die Fähre eilten, um zu ihren Häusern auf der Insel Sealsea überzusetzen. Alys ging durch die Menge, sammelte Kupfermünzen ein und rief Ned Zahlungsversprechen zu. Erst als die Fähre voll und abfahrbereit war, ging Alinor den Uferdamm hinunter und hielt sich am Seitengeländer des Fahrzeugs fest. Am anderen Ufer stieg sie als Erste wieder aus. Die Frauen lachten sie aus. »Eine gute Werbung ist sie nicht gerade für Euch!«, neckten sie Ned. »Beim Anblick des Gesichts Eurer Schwester will keiner die Fähre nehmen!«

Bei dem alten Witz hob Alinor eine Hand. »Ich werde morgen vor der Ährenlese zum Pflaumenpflücken vorbeikommen«, sagte sie zu Ned.

Er nickte. »Ich bin immer hier«, sagte er. »Der Herrgott weiß, dass ich immer hier bin.«

Unter müdem Schweigen erledigten Alys und Alinor ihre Hausarbeit in der schattigen Hütte. Alys öffnete die Tür für die leise gackernden Hühner, und sie eilten in ihre Ecke der Hütte, um ihre Schlafplätze einzunehmen. Beide Frauen tranken einen Becher Dünnbier, dann wusch Alinor sich das Gesicht und die Hände in einer Schüssel Wasser, und Alys tat es ihr nach. Sie benutzte dasselbe Wasser und schüttete es aus der Tür auf den Lavendel und die Ringelblumen. Dann kniete sie vor ihrer Mutter, während Alinor ihr das Haar auskämmte und es dann für die Nacht flocht, zum Segen eine Hand auf dem Kopf ihrer Tochter. Immer noch auf den Knien, drehte Alys sich zum Bett, sagte ihr Gebet und vergrub sich dann wie ein Maulwurf in ihrem Bettzeug.

»Süße Träume«, sagte Alinor sanft und sah das verstohlene Lächeln ihrer Tochter.

Alinor drehte ihre eigenen dichten Locken zu einem Knoten und steckte ihn unter ihre Nachthaube, legte Hemd und Kleid über ihren Schemel und stieg in ihrem Leinenunterkleid ins Bett. Gemeinsam lagen sie Seite an Seite.

»Ich bin hundemüde«, stellte Alys fest und schlief augenblicklich ein.

Alinor lag schweigend da, die Augen im Dunkeln weit offen. Vielleicht würde er morgen zurückkehren. Oder vielleicht übermorgen. Dann schlief auch sie ein.

Kurz nach Mitternacht wurde sie von lautem Klopfen an der Tür aus dem Schlaf gerissen. Ihr erster ängstlicher Gedanke war, dass ihr Ehemann Zachary im Suff wütend gegen die Tür hämmerte, wie er es früher immer getan hatte. Als sie aus dem Bett sprang, zur Tür ging und den Riegel aufschob, dachte sie, verwirrt durch den Schlaf, der Krieg sei wieder ausgebrochen und die Soldaten der Armee seien dabei, ihre Tür einzuschlagen. Ihr letzter Gedanke, als sie die Tür aufriss, galt James. Doch vor der Tür stand Bauer Johnson aus Sealsea.

»Gott sei Dank seid Ihr da. Es geht um Peg«, sagte er kurz

angebunden. »Ihr müsst kommen, Mrs Reekie. Ich glaube, ihre Zeit ist zu früh gekommen. Wir brauchen Euch auf der Stelle. Ich bin so schnell wie möglich hergeritten. Kommt schon! Könnt Ihr gleich mitkommen?«

Sofort waren ihre Träume und Ängste verschwunden. »Bauer Johnson.«

»Ich habe ein Sattelkissen auf meinem Pferd, das beim Fährhaus auf uns wartet. Kommt! Bitte kommt!«

»Einen Augenblick.« Sie schloss die Tür vor ihm und zog sich in der Dunkelheit ihren Rock und die Jacke an, die auf dem Schemel lagen. Sie fand ihre Haube und setzte sie auf.

»Was ist los?«, fragte Alys verschlafen aus dem Bett.

»Mrs Johnsons Kind, zu früh«, sagte Alinor, während sie mit den Füßen in die Stiefel fuhr.

»Soll ich mitkommen?«

»Nein, du gehst am Morgen zur Arbeit. Wenn alles gut geht – so Gott will –, treffe ich dich zur Ährenlese und beim Erntefest. Wenn ich über Nacht beschäftigt sein sollte, bleibst du im Fährhaus.«

Alys nickte im Dunkeln, drehte sich um und schlief sofort wieder ein. Alinor griff nach ihrem Beutel, einer Schachtel mit getrockneten Kräutern und ein paar Flaschen aus dem Schrank und trat nach draußen in die kalte Nachtluft. Die Flut kam gerade herein, sickerte über den Schlamm und kletterte den Uferdamm hinauf in Richtung der Hütte und des schlafenden Mädchens.

»Schnell«, sagte Bauer Johnson.

»Folgt mir«, befahl Alinor ihm und ging voraus, sicheren Schrittes oben auf dem Uferdamm, während die Wellen im Dunkeln unter ihnen plätscherten. Schließlich konnte sie das Fährhaus, ihr Elternhaus, als dunkle Masse am Horizont erkennen. Ihr Bruder, der von Bauer Johnsons Galopp auf der Straße geweckt worden war, hielt eine Laterne für die beiden in die Höhe, damit sie am dunklen Fluss entlang ums Haus nach vorn zur Straße gelangten. Dann führte er das Pferd des Bauern zum steinernen Aufsteigeblock am Weg zum Dorf Sealsea.

Bauer Johnson hievte sich in den Sattel, Alinor kletterte auf den Aufsteigeblock und setzte sich hinter ihn auf das Sattelkissen.

»Halt dich fest«, sagte ihr Bruder, und sie nickte und packte den breiten Gürtel des Bauern.

»Schau in der Früh nach Alys«, erwiderte sie. »Sie arbeitet morgen in der Mühle. Sorge dafür, dass sie etwas frühstückt.«

»Ja. Gott segne dich und das gottselige Werk, das du verrichtest.«

Der Bauer schnalzte seinem großen Pferd zu, das Tier lief los und verfiel dann in einen trottenden, leichten Galopp. Alinor hielt sich fest, eine Hand in den Gürtel des Bauern geschlungen, mit der anderen ihren Beutel mit kostbaren Flaschen und Kräutern umklammert, der auf ihrem Schoß klirrte. Auf der unbefestigten Straße zum Dorf Sealsea gab es tiefe Furchen und Pfützen, doch sie hielten sich am grasbewachsenen Rand, und da sich der Himmel allmählich lichtete, war der Weg vor ihnen auszumachen. Nach zwei Meilen erkannte das Pferd sein Zuhause, wurde langsamer und bog in das Eingangstor des Gehöfts. Die Reiter bemerkten die umherhuschenden Lichter in den Erdgeschossfenstern, wo die Dienstboten hin und her gingen. Alinor verspürte die vertraute Aufregung angesichts dessen, was vor ihr lag: Angst, dass sie es mit einer Komplikation bei der Geburt zu tun bekommen würde, Vertrauen in den Beruf, den sie von ihrer Mutter erlernt hatte, zu dem sie geboren war. Durchdrungen wurde sie von dem erhebenden Gefühl, am Tor zu Leben und Tod zu stehen und keinerlei Angst zu verspüren.

Der Bauer zügelte das Pferd, drehte sich im Sattel und hielt Alinors Beutel mit der Arznei, während sie hinunterkletterte. Dann reichte er ihr den kostbaren Sack und stieg selbst ab.

»Hier lang, hier lang«, sagte er und ließ das Pferd an der Tür stehen, während er Alinor ins Haus drängte.

»Hier ist die Hebamme, Mrs Reekie«, sagte er zu einer älteren Frau, die Alinor als seine Mutter wiedererkannte.

»Endlich!«, antwortete diese schroff. »Ihr habt Euch Zeit gelassen!«

»Guten Morgen, Mrs Johnson«, sagte Alinor höflich. »Wie geht es Margaret?«

»Schlecht«, sagte die Frau. »Sie kann nicht sitzen, und hinlegen will sie sich auch nicht. Sie erschöpft sich durch das Herumgelaufe.«

»Um Gottes willen!«, stieß Bauer Johnson aus. »Warum hast du sie nicht dazu gebracht, sich auszuruhen? Mrs Reekie, bringt Ihr sie dazu, sich auszuruhen!«

»Lasst mich nach ihr sehen«, erwiderte Alinor gelassen. »Bauer Johnson, würdet Ihr jemanden bitten, Wasser aufzukochen und es in einer Schüssel zu bringen? Mit Seife und Leinentüchern? Und etwas Warmbier, das sie trinken kann? Und habt Ihr vielleicht Wein, den Ihr für sie erhitzen könnt?«

»Ich besorge es, ich besorge alles!«, versicherte er ihr. »Gekochtes Wasser in einer Schüssel und Warmbier und Glühwein. Ich besorge alles.«

Er stürzte in Richtung der Bauernküche und brüllte nach Dienstboten, während seine Mutter Alinor die Holzstiegen hoch ins große Schlafzimmer führte.

In dem Raum war es heiß und stickig, im Kamin brannte ein Feuer aus aufgestapelten Scheiten, die Fensterläden waren geschlossen und von Wandteppichen verdeckt. In der Zimmermitte, mit einer Hand den Bettpfosten umklammernd, stand Margaret Johnson, sehr blass in einem schmutzigen Nachthemd. Ihre eigene Mutter drängte sie, sich aufs Bett zu legen und sich auszuruhen, denn das hier könne wohl sicherlich tagelang andauern, und sie werde vor Erschöpfung eingehen, bevor das Kind kam.

»Alinor«, sagte sie mit einem kleinen Keuchen, als Alinor durch die Tür trat.

»Nun, Margaret, wie geht es Euch?« Alinor sprach sanft.

»Meine Fruchtblase ist geplatzt, aber jetzt passiert nichts mehr«, sagte sie. »Und mir ist so heiß, und ich glaube, ich habe Fieber – könnte ich Fieber haben? Und ich bin ganz außer Atem.«

»Möglicherweise habt Ihr Fieber.« Alinor registrierte das unordentliche Zimmer, die kaum verhohlene Panik der beiden älteren Frauen und die Magd, die ein weiteres Holzscheit ins Feuer legte. »Aber hier drinnen ist es sehr heiß, Ihr müsst ja außer Atem sein, wenn Ihr auch noch herumlauft.«

»Das habe ich ihr auch schon gesagt«, bestätigte Margarets Mutter, »aber sie will auf niemanden hören. Wir wollten schon vor Stunden nach Euch schicken, aber Mutter Johnson hat Nein gesagt, und nun ist sie selbst müde ...«

»Habt Ihr Lavendel im Garten?« Alinor drehte sich zur Mutter von Bauer Johnson um. »Könntet Ihr mir ein paar frische Blüten für den Boden sammeln?« Sie wandte sich an Margarets Mutter. »Könntet Ihr gehen und Euch darum kümmern, dass man mir das Wasser bringt, um das ich gebeten habe?«

»Im Haus geht es drunter und drüber«, erwiderte die Frau. »Ich möchte wetten, sie haben das Küchenfeuer ausgehen lassen.«

»Wenn man mit einer Geburt nicht zurechtkommt, weiß ich beim besten Willen nicht, warum«, sagte Mrs Johnson unwirsch. »Ich hatte zehn in ebendiesem Bett. Ein Kind kam tot auf die Welt und eines zu früh ...«

Alinor scheuchte die beiden Frauen aus dem Zimmer, bevor Mrs Johnson noch mehr Furcht einflößende Geschichten erzählen konnte, und auf einmal herrschte Stille, nur vom Knacken frischen Holzes unterbrochen, das im Kamin verbrannte.

»Es ist sehr heiß«, stellte Alinor fest. »Legt kein Scheit mehr auf.«

Die Magd wich zurück, als Alinor den Wandteppich zurückzog und das Fenster öffnete.

»Nachtluft?«, fragte Margaret ängstlich.

Alinor ließ den Wandteppich wieder fallen, damit das offene Fenster nicht zu sehen war, aber eine kühle Brise ins Zimmer drang, und Margaret seufzte erleichtert auf.

»Geister werden hereinkommen«, flüsterte die Magd. »Lasst keine Geister rein!«

»Nein, werden sie nicht«, widersprach Alinor mit Nachdruck. »Sollen wir Euch ein sauberes Nachthemd anziehen?«

Margarets Mutter kam mit einer Schüssel Wasser durch die Tür. »Danke.« Alinor fing sie an der Türschwelle ab und nahm die Schüssel entgegen. »Und das Warmbier?«

»Wir könnten alle einen Becher vertragen«, pflichtete die Frau ihr bei und kehrte in die Küche zurück, während Alinor die Tür schloss.

»Warum setzt Ihr Euch nicht hin und lasst Euch Gesicht und Hände von mir waschen?«, schlug Alinor vor.

Margaret beobachtete, wie Alinor dem warmen Wasser etwas Lavendelöl beifügte. Der Geruch erfüllte das Zimmer, und Alinor betupfte sanft Margarets Schläfen und Nacken mit dem warmen Wasser, reinigte ihre Hände und wusch anschließend ihre eigenen.

Margaret seufzte und hielt sich dann mit einem Ächzen den dicken Bauch. »Ich fühle mich, als würden sich meine Eingeweide drehen.«

»So soll es auch sein«, erwiderte Alinor zufrieden.

»Ich will nicht auf dem Gebärbett liegen«, protestierte Margaret.

»Nicht, wenn Ihr nicht wollt«, sagte Alinor freundlich. »Ihr könnt stehen oder sitzen oder knien, wie es Euch beliebt. Aber lasst uns ruhig und gelassen bleiben.«

»Ich muss herumlaufen. Mir ist so rastlos zumute!«

»Wartet noch etwas damit«, schlug Alinor vor. »Jetzt sitzt lieber still, während sie Euch etwas Bier zum Trinken bringen.«

»Wird es lange Zeit dauern?«, wollte Margaret nervös wissen. »Wird es schlimm sein?«

»Oh, nein«, sagte Alinor. »Denkt an eine Henne, die ein Ei legt. Es könnte ganz leicht sein.«

Margaret, die von den älteren Frauen in Angst und Schrecken versetzt worden war, betrachtete die junge Hebamme fassungslos und bemerkte ihr zuversichtliches Lächeln. »Leicht?«, fragte sie.

»Vielleicht«, sagte Alinor lächelnd.

So leicht wie bei einer Henne, die ein Ei legte, ging es nicht vonstatten, aber Margaret sah auch nicht die Himmelspforte vor sich aufgehen, wie es ihre Schwiegermutter selbstsicher vorhergesagt hatte. Sie brachte einen Jungen zur Welt, wie es sich ihr Ehemann insgeheim gewünscht hatte. Alinor, die das Wunder des blutverschmierten, warmen, sich windenden Säuglings in ihren ruhigen Händen empfing, wickelte ihn in ein sauberes Leinentuch und legte ihn seiner Mutter auf die Brust.

»Ist er gesund?«, flüsterte Margaret, während die anderen Frauen im Zimmer – die beiden Mütter und drei Freundinnen, die eingetroffen waren, um ihnen Gesellschaft zu leisten – einen Becher Geburtsbier auf Mutter und Kind leerten.

»Er ist perfekt«, sagte Alinor, die die Nabelschnur durchtrennte und abband. »Das habt Ihr sehr gut gemacht.«

»Werdet Ihr ihn taufen?«

»Nein, er schwebt nicht in Gefahr, und die neuen Geistlichen mögen es nicht, wenn es von einer Hebamme gemacht wird.«

Still und sorgfältig wusch sie Margarets Unterleib und verband ihn mit Moos. »Ich werde später noch einmal mit frischem Moos kommen und eine Woche lang jeden Tag«, versprach Alinor.

»Kann ich meinen Sohn sehen? Kann ich ihn sehen?«, erklangen fordernde Rufe von der anderen Seite der Schlafzimmertür. Bauer Johnson würde in den nächsten vier Wochen weder Zutritt zum Schlafzimmer bekommen noch seine Frau sehen dürfen, aber seine Mutter trug das Neugeborene zu ihm hinaus. Sie konnten die lauten Ausrufe und Segenswünsche hören, daneben Liebesschwüre für seine junge Ehefrau, dann brachte Mrs Johnson das Neugeborene wieder zurück ins Zimmer.

»Er will das Kind nicht in der Kirche taufen lassen«, sagte sie mit entsetztem Unterton zu Alinor. »Es sei ein papistisches Ritual, und ein gottesfürchtiger Vater gebe seinem eigenen Kind zu Hause einen Namen. Was haltet Ihr davon, Mrs Reekie?«

Alinor schüttelte den Kopf. Sie wollte sich nicht in den neuen Streit hineinziehen lassen. »Ich weiß nicht, was richtig oder falsch ist.«

»Und er sagt, sie solle nicht kirchlich geläutert werden.« Margarets Mutter nickte in Richtung ihrer dösenden Tochter. »Wie kann das richtig sein?«

Alinor blieb bei ihrem Schweigen. Die Anhänger der neuen Kirche waren entschlossen, sich aller Rituale zu entledigen, sich von jeglichen Traditionen zu verabschieden, die nicht in der Bibel genannt wurden. »Er ist ein gottseliger Mann«, sagte sie diplomatisch. »Er muss wissen, was richtig ist.«

»Er sagt, er habe darum gebetet.« Margarets Mutter rümpfte die Nase. »Und folglich steht mein Mädchen auf und macht sich ohne Segen an die Arbeit. Und was ist damit, Dank zu sagen, weil sie Tod und Gefahr entronnen ist?«

»Wir können alle Dank sagen, dass sie eine sichere Geburt hatte«, sagte Alinor. »In der Kirche oder außerhalb.«

»Euch gebührt auch Dank«, sagte die ältere Frau. »Ihr habt sämtliche Gaben Eurer Mutter geerbt. Ihr habt eine Art, mit einer niederkommenden Frau umzugehen, die an Zauberei grenzt.«

Die Verwendung dieses Wortes war gefährlich, selbst eingebunden in ein Lob.

»Das ist keine Zauberei«, sagte Alinor mit Nachdruck. »Sagt

nicht so etwas! Es liegt nur am Gottvertrauen und daran, dass ich schon bei so vielen Geburten dabei gewesen bin.«

»Und trotzdem habt Ihr keine Genehmigung vom Bischof?«

»Ich hatte meine Genehmigung, natürlich, aber Seine Gnaden hat sich seit Monaten nicht mehr in seinem Palast in Chichester blicken lassen. Seit der Belagerung nicht mehr. Ich habe nachgefragt und nachgefragt, aber keiner weiß, wie eine Hebamme jetzt ihre Genehmigung erhält.«

Die beiden älteren Frauen schüttelten den Kopf. »Nun, jemand muss Euch eine Genehmigung erteilen«, erklärte Margarets Mutter. »Denn es gibt keine Frau auf ganz Sealsea, die sich von jemand anderem entbinden lassen würde.«

»Auch wenn die Sache mit Eurer Schwägerin schade war«, fügte Mrs Johnson hinzu.

Ein alter Kummer stieg in Alinor hoch. »Ja«, pflichtete sie bei. »Manche Dinge sind unerklärlich. Es ist Gottes Wille, nicht unserer. Ich bin so froh, dass Margaret sicher durchgekommen ist.«

»Und ein männlicher Geburtshelfer ist einfach gottlos. Welche schamlose Frau würde schon einen Mann zu einer solchen Zeit wollen?«

»Ich bin froh, dass es so gut verlaufen ist«, sagte Alinor und sammelte ihre Sachen ein: das scharfe Messer zum Durchtrennen der Nabelschnur, die saubere Schnur zum Abbinden, die Fläschchen mit Ölen, die Arnika- und die Johanniskrauttinktur. »Ich werde heute Nachmittag wiederkommen.«

»Kommt Ihr am Morgen?« Margarets verschlafene Stimme kam vom Bett.

»Es ist schon Morgen.« Alinor hob die Ecke des Wandteppichs und sah das perlmuttartige Licht des Sommertags. »Euer erster Morgen als Mutter. Die erste Morgendämmerung Eures Kindes.«

»Ihr werdet noch viele weitere Morgendämmerungen sehen«, prophezeite ihre Schwiegermutter grimmig. »Alle Säuglinge unserer Familie wachen früh auf.«

Schläfrig lag die junge Ehefrau auf dem Kopfkissen im Bett. »Verspätet Euch nicht.« Sie öffnete die Augen und lächelte Alinor an. »Ich werde heute Nachmittag Ausschau nach Euch halten.«

»Ich werde mich nicht verspäten«, versprach Alinor. »Ihr könnt auf mich zählen.«

Bauer Johnson schickte sie im klaren Licht der Morgendämmerung auf dem Sattelkissen seines Pferdes hinter dem Knecht nach Hause zum Fährhaus ihres Bruders. Alinor saß hoch auf dem Ackergaul, über ihr ein winziger Halbmond wie eine zerbrochene Silbermünze am hellen Himmel, während das Wasser im Fluss immer höher anstieg. Da erspähte sie eine Gestalt am anderen Ufer. Ein Mann ritt die Straße hinab auf die Fähre zu. Sie erkannte ihn sofort: James Summer, der Mann, den sie liebte, war innerhalb eines Monats zu ihr nach Hause zurückgekehrt, wie er es versprochen hatte.

Alinor stieg vom Pferd des Bauern ab, bedankte sich bei dem Stallburschen und beobachtete, wie ihr Bruder die Fähre übers Wasser zog, eine Hand vor die andere am Seil in der Luft. Sie sah, wie James sein Pferd den Uferdamm hinunterführte, und die nervösen Schritte des Tiers auf die schaukelnde Fähre. Die Männer überquerten schweigend den Fluss, dann traten sie zu beiden Seiten des Pferds, um es von der Fähre den gepflasterten Uferdamm hinaufzuführen.

»Er sollte es mittlerweile kennen, er hat es ein Dutzend Mal gemacht«, sagte Ned zu James und tätschelte das Pferd. »Ich habe schon gesehen, wie sich Pferde innerhalb eines Tages an Kanonen- und Musketenfeuer gewöhnt haben. Er ist ein Inselpferd, er kennt die Fähre, er spielt nur mit Euch.«

»Wart Ihr im Krieg in der Kavallerie?«, fragte James. Er drehte sich um und schenkte Alinor ein nur für sie bestimmtes Lächeln, abgeschirmt unter seinem Hut. »Guten Tag, Mrs Reekie. Ihr seid sehr früh auf.«

»Ja. Bei Marston Moor«, nannte Ned Oliver Cromwells ersten großen Sieg. »Das lag voll und ganz in den Händen der Kavallerie. Viele von uns hatten noch kein Kampfgeschehen gesehen, sondern nur auf den Feldern geübt, einem Angriff standzuhalten. Doch die Pferde hielten es aus, als wüssten sie, dass es das Richtige war.«

»Das habe ich auch schon gehört«, sagte James höflich. Er bezahlte seinen Penny für die einfache Überfahrt, und Ned steckte die Münze ein.

»Ich glaube, Euer Lord ist auf der anderen Seite gewesen«, stachelte Ned den Fremden an. »Sir William? Auf der Verliererseite. Gott schenkte den Gottseligen den Sieg! Sir William hatte unrecht. An dem Tag war er nicht der große Herr über alles.«

James wich der Herausforderung aus. »Damals habe ich ihn noch nicht gekannt. Ich bin erst letzten Monat eingestellt worden, um Walter zu unterrichten und ihn auf Cambridge vorzubereiten.«

»Was habt Ihr vorher gemacht?«, fragte Ned misstrauisch.

»In einer anderen Familie unterrichtet.« James kam die Lüge leicht über die Lippen.

»Und meinen Neffen unterrichtet Ihr auch, nicht wahr? Ich bin Robs Onkel, Mrs Reekies Bruder.«

»Das tue ich«, sagte James heiter. »Und ich habe natürlich von Euch gehört, Herr Fährmann. Robert ist ein sehr eifriger, gescheiter junger Mann. Wenn Master Walter auf die Universität geht, sollte ich meinen, dass Robert eine Lehre anfangen könnte, vielleicht als Schreibkraft eines Arztes. Er weiß mehr über Medikamente und Kräuter und Öle als ich. Er ist ein sehr ungewöhnlicher junger Mann.« Er lächelte Alinor an, die immer noch die beiden Männer betrachtete.

»Der Apfel fällt nicht weit vom Stamm«, sagte Ned stolz.

»Meine Schwester hat es von unserer Mutter gelernt, und die von ihrer, und so weiter und so fort.«

James lächelte Alinor wieder an. Seine Augen musterten forschend ihr Gesicht, da er sich über ihr Schweigen wunderte. Immer noch sagte sie nichts. Er konnte es nicht ahnen, doch sie dankte Gott für seinen Anblick, staunte, dass er wie versprochen gekommen war, und empfand eine stille Freude über sein schönes Gesicht, seinen dichten dunklen Lockenschopf, den anmutig geschwungenen Mund. Er war wie versprochen gekommen. Er hatte sein Wort gehalten, und das warm aufsteigende Verlangen fühlte sich wie Dankbarkeit an, weil er der Mann war, den sie sich erhofft hatte, weil er sich ihrer Liebe, die so natürlich und unaufhaltsam wie die hereinkommende Sommerflut war, als würdig erwiesen hatte.

»Sie ist die ganze Nacht auf gewesen und hat sich um eine Niederkunft gekümmert«, antwortete Ned für sie und wandte sich dann an sie: »Ist alles gut? Hat Gott sie in ihren Wehen gesegnet?«

»Ja, sie hat einen gesunden Jungen zur Welt gebracht«, antwortete Alinor, aus ihren Gedanken gerissen. »Ihr selbst geht es gut. Ich werde später wieder zu ihnen gehen.«

»Und werdet Ihr Euch jetzt ausruhen?«, fragte James.

Sie lächelte über seine Ahnungslosigkeit. »Nein, nein, natürlich nicht. Ich habe noch meine ganze Arbeit im Haus und im Garten zu erledigen«, sagte sie. »Und heute Nachmittag werde ich hierherkommen, um Pflaumen zu pflücken, die Mutter und das Neugeborene besuchen gehen, und dann zur Mühle für die Ährenlese und zum Erntefest. Kommt Sir William, um den Erntedank zu feiern?«

Sofort war ihm klar, dass dies eine Gelegenheit für ein Treffen war. »Ich weiß es nicht. Ich bin jetzt gerade auf dem Weg dorthin. Aber falls Sir William teilnimmt, werde ich ihn begleiten und Walter und Robert mitbringen.«

»Ich würde Rob gern sehen«, erwiderte sie. »Sir William

nimmt immer am Erntefest in der Mühle teil. Die Mühle ist der größte Hof auf seinen Ländereien.«

»Dann komme ich hoffentlich. Werden wir Euch dort sehen?«

»Bei Sonnenuntergang«, sagte Alinor.

»Gibt es Tanz?«, fragte er, als werde er sich gleich vor ihr verbeugen, ihre Hand ergreifen und sie auf die Tanzfläche führen.

»Nach dem Abendessen«, antwortete sie. »Bloß eine Geige für die Erntetänze.«

»Es wäre so schön ...«

»Was?«, fragte sie, auf der Stelle hellwach. Sie stellte sich seine Hand an ihrer Taille, ihre Schritte im Einklang vor.

»Euch beim Erntefest zu sehen«, sagte er. Dann nickte er ihrem Bruder zu, verbeugte sich vor ihr, kletterte auf den Aufsteigeblock und ritt auf seinem Pferd den Weg zur Propstei entlang, ohne noch einmal zurückzublicken.

»Recht liebenswürdig, wenn auch fein wie ein Lord«, sagte Ned vorsichtig, ohne sie aus den Augen zu lassen.

Das Gesicht, das sie ihm zuwandte, war ausdruckslos. »Ich bin so froh, dass er Rob unterrichtet«, war alles, was sie sagte. »Es ist eine großartige Gelegenheit für ihn.«

»Hat mit der Arbeit angefangen, ist aber gleich in der nächsten Woche weggefahren«, stellte er fest.

»Er hat ihnen Aufgaben dagelassen. Rob hat mir erzählt, sie lesen jeden Vormittag in der Bibliothek und erledigen die Übungen, die er ihnen gestellt hat: Übersetzen und Mathematik und Landkartenlesen – alles Mögliche.«

»Ist er ein gottseliger Mann?«, bohrte er nach.

»Oh, ich denke schon. Er hat in Sir Williams Kapelle eine schöne Predigt gehalten und stand vor einem Tisch. Er hat den Altar überhaupt nicht benutzt, das ganze Gold und Silber und alles kunstvoll bestickte Tuch muss heruntergenommen und weggepackt worden sein. Es gab keine Gobelins oder Statuen oder Heiligenbilder. Er ist einer der neuen Männer.«

»Recht so«, sagte er, indem er das Unbehagen verdrängte, das ihr strahlendes Gesicht ihm bereitete, und auch die Art, wie der Gentleman sie angesehen hatte, als überrasche es ihn, eine Frau wie sie an einem solchen Ort zu finden. »Recht so, schätze ich.«
Alinor nickte. Sie war völlig gelassen. Ned konnte sie nicht erreichen, er konnte sie nicht verstehen.
»Er wirkt sehr freundlich«, sagte er.
»Er ist bloß der Tutor Seiner Lordschaft. Er ist nur mit Master Walter unterwegs, um sich die Dinge anzusehen, über die er Bescheid wissen sollte, und Rob ist eben mit von der Partie.«
»Ein gut aussehender Mann«, stellte er fest.
»Findest du?«, fragte sie. »Das war mir gar nicht aufgefallen.«

Sobald James Summer mit Sir William, Master Walter, Rob und dem Reitknecht auf der Mill-Farm eintraf, wusste er, dass es ein Fehler gewesen war herzukommen. Es war offenkundig, dass sie die Familie vom herrschaftlichen Haus waren, die Grundherren: auf einem Ausritt, in der Stimmung, sich an einem Bauernfest zu ergötzen. Sir William saß auf seinem Kavalleriepferd, Walter ritt das Jagdpferd seines Vaters, James saß auf einem hervorragend gezüchteten schwarzen Rennpferd, und selbst Rob hatte das schöne gedrungene Pferd bekommen, das früher die Damenkutsche gezogen hatte. Alle vier mit viel zu schönen Pferden, viel zu schöner Kleidung, gefolgt vom Reitknecht, ritten sie durch das Tor auf den Hof der Mühle, als gehörten sie zur Königsfamilie: sich dazu herablassend, Dorfbräuche anzusehen, mit einem gönnerhaften Lächeln für die Vergnügungen des Volkes.
Der Müller kam auf den Hof, sein kleiner Sohn Peter neben ihm, und verbeugte sich tief vor dem Grundherrn. Mrs Miller stürzte aus der Küchentür und warf die beschmutzte Arbeitsschürze beiseite, um sich den Anschein zu geben, sie sei eine

vornehme Müßiggängerin und hätte nicht eben den Schinken im Ofen mit Bratensoße beträufelt. Jane rannte ihr hinterher und zog sich ihre beste Haube über das dunkle Haar.

Arbeiter, die sich als gottselig bezeichneten und durchaus wussten, dass Sir William Partei für den König ergriffen hatte, zogen widerwillig den Hut und nickten dem Grundherrn zu, um sich dann abzuwenden. Sie missbilligten ihn, die alte Ordnung und die alten Bräuche. Strohpuppen und Tanz und Ernteeinbringen würde es für sie nicht geben. Doch diejenigen, die die alten Bräuche mochten, gern einen über den Durst tranken und sich auf ein Festmahl freuten, jubelten Sir William zu, in der Hoffnung, dass er für das Erntebier zahlen werde. Die Frauen lächelten und machten tiefe Knickse vor Sir William. Sie konnten den Blick nicht von James Summer abwenden, hoch auf seinem schwarzen Pferd, sein Profil wie das der gemeißelten steinernen Engel in den alten Kirchen.

Alinor sog scharf die Luft ein und schlug die Augen nieder. Sie versuchte, ihrem Sohn zuzulächeln, doch sie musste feststellen, dass ihre Wangen glühten, und sie war sich des kniehohen Feldstaubs am Saum ihres selbst gesponnenen Rocks und der feuchten Flecken an den Achseln ihres Hemds schmerzlich bewusst.

»Mrs Miller«, sagte Sir William freundlich zur Müllersfrau, die wie ein Sack Getreide zu einem tiefen Knicks nach unten plumpste, »ich werde einen Becher Eures selbst gebrauten Ales trinken.«

Sie eilte ins Haus zurück, um den besten Zinnkrug zu holen, während Mr Miller am Kopf des Pferds des Grundherrn stand und darauf wartete, dass Sir William sich dazu herabließ abzusteigen.

»Gute Ernte?«, erkundigte sich Seine Lordschaft mit einem Blick auf den Getreidespeicher, die aufgeschichteten Garbenhaufen, die darauf warteten, gedroschen zu werden, und die sauber gefegte Tenne.

»Mittelmäßig«, sagte der Müller vorsichtig. Er würde den Zehnten seiner Ernte an den Grundherrn und auch an die Kirche bezahlen müssen. Prahlerei war sinnlos.

»Ihr werdet zum Abendessen bleiben, Mylord?«, fragte Mrs Miller atemlos, nickte ihrer Tochter zu, sie solle das erste Erntebier ausschenken, und reichte ihr den kostbaren Bierkrug. »Eure Lordschaft, und natürlich Master Walter und ...« Sie verstummte, während sie den elegant aussehenden Fremden musterte.

»Das ist Mr Summer«, verkündete Seine Lordschaft in die Runde. »Ein Mann aus Cambridge, der Tutor meines Sohnes.«

Interessiertes Raunen ging durch die Menge. Als Mann aus Cambridge lag es nahe, dass er ein gottseliger Mann war. Jeder wusste, dass das reformerische Herz in Cambridge schlug, wohingegen Oxford zu Kriegszeiten das Hauptquartier des Königs gewesen war. James Summer zog angesichts der allgemeinen Aufmerksamkeit den Hut und achtete darauf, nicht in Alinors Richtung zu sehen. Sie blickte sorgsam nach unten auf ihre staubigen Stiefel, die mit einem Stück Schnur zugebunden waren.

»Seid alle willkommen«, sagte der Müller würdevoll und verdrängte sein Unbehagen angesichts dessen, was ihn ein Abendessen für den Landadel insgesamt kosten würde.

Sir William stieg schwerfällig ab, und der Reitknecht nahm sein Pferd. Der Müllersbursche, Richard Stoney, trat vor, nahm die anderen und führte sie in die Stallungen. Rob ging zu seiner Mutter und seiner Schwester inmitten der Ährenleserinnen, kniete für Alinors Segen nieder und sprang anschließend hoch, um sie zu umarmen.

Alinor küsste ihn und machte dann einen Knicks vor Master Walter, Seiner Lordschaft und dem Tutor. James warf ihr einen Blick zu, konnte jedoch nicht quer über den Hof auf sie zugehen, während alle Augen auf ihm ruhten.

»Wir fahren nur den letzten Wagen ein«, erklärte Mrs Miller

freudig. »Ihr könnt gerne zusehen, Euer Lordschaft. Mr Summer, Ihr müsst wissen, dass wir hier den besten Weizen in ganz Sussex anbauen.«

»Eine mittelgute Ernte«, ergänzte ihr Ehemann rasch. »Viel Not dieses Jahr vom Regen ... schrecklicher Regen.«

»Ich verstehe«, sagte James freundlich und warf einen Blick durch das Tor des Getreidespeichers.

»Und Alys Reekie ist die Erntekönigin«, sagte Mrs Miller widerwillig. »Das junge Volk hat sie gewählt. Eine andere wollten sie partout nicht haben, auch wenn es, weiß Gott, Mädchen mit größerem Anspruch gegeben hätte.«

James, der das schöne Mädchen mit Interesse betrachtete, konnte sehen, dass es keine Konkurrenz für den Titel der Erntekönigin gab. Mit ihren ebenmäßigen, klaren Gesichtszügen und den dunkelblauen Augen war sie bei Weitem das hübscheste Mädchen unter den Ährenleserinnen. Man hatte ihr die sittsame weiße Haube abgenommen, und das goldene Haar fiel ihr über die Schultern. Über ihre Arbeitskleidung hatte man einen bestickten weißen Kittel geworfen und eine Krone aus Weizen auf ihr blondes Haar gesetzt, Gold auf Gold.

»Und Richard Stoney ist Erntekönig.«

»Sind wir so weit?«, wollte Mr Miller wissen, als der letzte Wagen auf den Hof rumpelte. Während die Männer sich mit dem Abladen beeilten, kam Richard Stoney von den Stallungen und erhielt eine Krone aus geflochtenem Weizen auf seinen braunen Lockenschopf.

Mr Miller schloss feierlich das Scheunentor, die jungen Ährenleserinnen, unter ihnen Jane Miller, und die jungen Schnitter reihten sich davor auf, als wollten sie den Zutritt verwehren, und Alys und Richard bezogen Stellung am anderen Hofende, während die Burschen ihnen hinterherpfiffen und die Mädchen Alys' Namen sangen. Seine Lordschaft, der die Erntespiele kannte, wartete, bis das junge Paar nebeneinanderstand, und rief ihnen zu: »Bereit?«

»Ja!«, antwortete Richard für beide.

Sir William rief: »Los!«, und das junge Paar rannte über den gepflasterten Hof auf das Scheunentor zu, wobei sie auswichen und die Richtung änderten, während die Freunde auf sie zusprangen, sie aus Wasserkrügen bespritzten und mit Händen voll Spreu bewarfen, um sie daran zu hindern, die Scheune zu betreten. Sie erkämpften sich ihren Weg, schubsten und duckten sich, wichen keuchend aus. Richard packte Alys' Hand, um sie unter den Anfeuerungsrufen der Erwachsenen aus einer Traube Jungen zu ziehen, bis endlich beide den großen Eisenring am Scheunentor mit einer Hand zu fassen bekamen, es aufzogen und erklärten, die Ernte sei sicher eingefahren.

Alle jubelten. Alinor sah die strahlenden Blicke, die das junge Paar austauschte, und die Art, wie sie sich sofort voneinander abwandten, um zu ihren Freunden zurückzukehren. Richard rannte überschwänglich auf die Ernteburschen zu, die ihn anrempelten und an seiner Strohkrone zogen, während Alys zu den Mädchen lief, rot im Gesicht und kichernd. Mrs Miller servierte das Erntebier, den ersten Becher für Sir William, und die durstigen Erntearbeiter versammelten sich für ihre Becher. Da drehte Alinor sich um und erblickte James an ihrer Seite.

»Eure Tochter ist ein sehr schönes Mädchen«, stellte er fest.

»Das ist sie«, sagte sie leise. »Ihr seid gut von Eurer Reise zurückgekehrt?« Mehr konnte sie nicht sagen.

»Ja«, erwiderte er verlegen. »Ja, bin ich. Seid Ihr wieder bei der jungen Mutter gewesen? Geht es ihr gut?«

»Ich war heute Nachmittag dort, und morgen werde ich wieder hingehen«, bestätigte sie. »Ich mache gern Besuche bei jungen Müttern mit ihren Neugeborenen, selbst wenn sie ihre eigene Mutter zur Seite hat.«

Gerade wollte er sie fragen, ob er sie vielleicht am Abend in ihrer Hütte besuchen dürfe, da kam ihr Bruder den Weg von der Fähre zum Hof der Mühle entlang mit seinem Hund Red, der sich durch seine Beine schlängelte.

»Ich muss Euch sehen«, sagte James eindringlich. »Nicht hier. Nicht vor all diesen Leuten. Allein.«

»Ich weiß, ich weiß«, hauchte sie.

»Kann ich heute Abend kommen?«, flüsterte er, doch bevor sie antworten konnte, trat Ned auf seine Schwester zu und grüßte James mit einem kurzen Nicken.

»Guten Tag, Sir«, sagte Ned schroff. »Wie ich sehe, seid Ihr gekommen, um den Armen der Gemeinde einen Besuch abzustatten. Euch gefallen wohl die alten Bräuche. Erntekönigin und Erntekönig.«

»Solange die Erntespiele in Maßen ablaufen.« James rang um seine Fassung.

Ned wandte sich an Alinor und forderte: »Ich nehme an, dass du nicht tanzen wirst?«

»Nein. Aber Alys kann doch, nicht wahr?«

Mit einem Stirnrunzeln wollte Ned es ihr schon abschlagen.

»Es kann keine Einwände gegen das Tanzen auf dem Erntefest geben«, mischte James sich ein. »Oliver Cromwell selbst hat nichts gegen ein Glas Wein und gottselige Belustigung einzuwenden.«

»Keine heidnischen Tänze«, erwiderte Ned steif. »Und das Erntefest mit dem Erntekönig und der Königin ist sowohl heidnisch als auch monarchisch.«

James versuchte, ein Lachen zu unterdrücken, doch Ned war rot bis zu den Ohren und sah wütend aus. »Die Situation meiner Schwester ist heikel«, ging Ned auf ihn los. »Ihr könnt Euch keinen Begriff davon machen, Mr Summer, aber das hier ist eine kleine Insel, und die Leute haben nichts Besseres zu tun, als zu tratschen.«

»Niemand hat etwas gegen mich vorzubringen«, widersprach Alinor. »Und jeder weiß, dass Alys deine Nichte und ein gottseliges Kind ist. Sie kann mit ihren Freundinnen tanzen, Bruder. Ganz gewiss!«

»Wie du willst«, sagte er verdrießlich. »Aber ihr solltet beide gehen, bevor die Erntearbeiter sich betrinken.«

»Natürlich. Du weißt doch, dass ich das immer tue.«

Im Hof der Mühle hatten sie mit Speisen beladene Tische aufgestellt. Sir William stand am Kopf der Tafel, der Müller und seine Frau am unteren Ende. »Wollt Ihr das Tischgebet sprechen, Mr Summer?«, forderte er ihn auf.

James musste Alinor ohne ein weiteres Wort stehen lassen, seinen Platz einnehmen, die Hände falten und ein Gebet sprechen.

Ned lauschte argwöhnisch auf irgendeine altmodische Doktrin, doch James Summer sprach das Tischgebet in schlichtem, verständlichem Englisch, so schmucklos und einfach wie jeder Armeegeistliche.

»Amen!«, sagten alle und setzten sich in einem wilden Durcheinander auf Bänke und Schemel, außer Sir William, der sich in dem großen Armlehnstuhl, den man aus dem Haus gebracht hatte, am Kopf der Tafel niederließ. Der Müller saß auf der einen Seite von ihm und James Summer auf der anderen. Rob saß ein Stück weiter unten an der Tafel gegenüber von Walter, Mrs Miller am Fußende mit ihrer Tochter zu ihrer Rechten. Sir William trank einen Becher vom Ale der Millers, aß jedoch nichts. Er saß ein Weilchen da und nickte dann seinem Reitknecht wegen des Pferds zu. »So, Ihr habt meine besten Wünsche, ich werde Euch nun verlassen«, verkündete er. Er warf James Summer einen Blick zu. »Die Jungen können zum Tanzen bleiben, wenn sie möchten«, sagte er.

»Ich werde sie beizeiten nach Hause bringen«, versprach James.

Sir William zwinkerte ihm wissend zu. »Lasst sie einen oder zwei Becher Ale trinken und mit einem hübschen Mädchen tanzen«, sagte er. »Vielleicht ein Kuss und ein bisschen Spaß hinter einem Heuhaufen, wenn die Väter gerade nicht hinschauen!« Ein paar Männer in der Nähe lachten schallend über die Andeutung, doch die meisten schwiegen eisig.

James wagte nicht, in Neds Richtung zu sehen, der vor Empörung bebte. »Nein, nein, sie werden sich zu benehmen wissen«, erwiderte er streng.

Seine Lordschaft lachte, wie zum Zeichen, dass ihm gutes Benehmen auf dem Erntefest gleichgültig sei, und stieg auf den Block, um auf sein Pferd zu warten. Der Reitknecht brachte sein Kavalleriepferd heran und hielt es, während Seine Lordschaft sich in den Sattel hievte, die Zügel in die Hände nahm und den Millers und den Essensgästen im Hof zunickte. »Auf die Ernte!«, sagte er und lächelte, als sie die Becher und Tassen erhoben und den Trinkspruch wiederholten. Dann machte er kehrt und ritt davon, gefolgt von seinem Reitknecht.

Alinor spürte den Blick ihres Bruders auf sich. »Was ist los?«, wollte sie wissen.

»Mir kocht das Blut, wie er redet«, entfuhr es Ned. »Er hat den Krieg verloren, sein König befindet sich in unserer Gewalt, und trotzdem reitet er immer noch herum, als gehörte ihm das alles hier – weil ihm tatsächlich immer noch alles hier gehört! Wie kann sich die Welt ändern, und nichts ändert sich? Wie kann er sagen, dass Master Walter sich ein Mädchen hinter dem Heuhaufen nehmen kann, als würden die Mädchen ihm gehören! Als wären sie so leichtlebig wie die Geliebte dieses alten Bocks in London?«

»Pst«, sagte Alinor rasch. »Verdirb es nicht.«

»Für mich ist es längst verdorben«, sagte er zornig.

»Warum das lange Gesicht, Ned?«, rief der Schmied aus Birdham ihm zu. »Ich hätte gedacht, Euch würden die Neuigkeiten aus dem Norden freuen?«

Neds Kopf fuhr hoch wie ein Jagdhund beim Erklingen des Horns. »Mir sind keine Neuigkeiten aus dem Norden zu Ohren gekommen«, sagte er. »Was habt Ihr denn gehört?«

Etliche Männer wandten sich dem Schmied zu. »Und woher wisst Ihr überhaupt Bescheid?«, wollte einer argwöhnisch wissen.

»Weil ich das Pferd eines Mannes beschlagen habe, der die Zeitungen transportierte, und er hat mir eine gegeben. Er hatte den *Moderate Intelligencer* zum Verkauf bei sich. Hat ihn mir gezeigt und vorgelesen. Hat ihn mir zur Bezahlung gegeben.« Er schwenkte eine schlecht gedruckte, doppelt gefaltete Zeitung.

»Lest vor!«, rief jemand.

»Ich lese nicht allzu gut«, gab er zu. »Aber er hat mir gesagt, es seien gute Nachrichten fürs Parlament.«

»Ich werde es lesen«, sagte Ned ungeduldig. »Her damit!«

Die Männer drängten sich um ihn, als er die Zeitung flach auf dem Tisch ausbreitete und die Wörter buchstabierte, ohne auf die Speisen zu achten, die aus der Küche der Mühle herausgebracht wurden.

»*Aus Warrington, den 20. August*«, sagte er langsam. »*Ein gottseliger Sieg.*«

»Sieg für die Armee?«, fragte jemand.

»Gottlob. Wartet, wartet, ich lese es gerade. Ja. Es sieht wie ein wahrer Bericht aus. Jemand schreibt aus der Schlacht. Es heißt, Oliver Cromwell habe sich rechtzeitig mit John Lamberts Reiterei – sie meinen seine Kavallerie – zusammengeschlossen, um die Schotten in Preston abzufangen und zu durchschlagen. Es ist ein Sieg. Gott hat uns errettet: Die Schotten sind am Boden!«

»Gott segne uns: Wir sind in Sicherheit?«

»Steht da, wie sie es geschafft haben?«

»Gab es viele Tote?«

»Schlechtes Wetter, hmmm, hmmm, hört zu ... Ich werde es vorlesen ...«

Nach einem langen und ermüdenden Marsch unter vielen Mühsalen und Bedrängnissen durch für die Jahreszeit unübliches Wetter und höchst schlechte Wege kam am Donnerstag, ganz früh am Morgen, Lieutenant General Cromwell zusam-

men mit der Northern Brigade und ließ unsere Armee Richtung Preston marschieren, wo der Feind, sowohl Schotten als auch Engländer, auf der Lauer lag. Der Feind war ausreichend gewarnt durch den energischen Fortschritt unserer Mannen, die daraufhin auf einem Moor zwei Meilen östlich von Preston aufmarschierten. Unser Vortrupp drängte dennoch voll beherzter Tapferkeit weiter, trotz der tiefen Hohlwege und Einzäunungen, die uns sehr zum Nachteil gereichten, griff mehrere der feindlichen Truppen an, schlug sie in die Flucht und gewann an Boden.
Unser Vortrupp hatte mehrere Feindesbegegnungen und verhielt sich beherzt, und gegen vier Uhr nachmittags kam unsere Infanterie zu Hilfe und stürzte sich mit außergewöhnlichem Eifer in die Hitze des Gefechts.*

»Bei Preston?«

»So steht's hier geschrieben.«

»Ist das nicht ein weites Stück im Süden für die Schotten?«, fragte jemand nervös. »Ist das nicht weit im Süden? Fast bei Manchester?«

»Ja«, antwortete Ned mürrisch. »Es ist gefährlich weit im Süden. Wir können alle Gott danken, dass er General Cromwell geschickt hat, um sie dort aufzuhalten. Bevor sie sogar noch weiter gekommen wären.«

»Er hat sie aber aufgehalten? Da steht, ganz sicher, dass er sie aufgehalten hat?«

»Ich werde Euch den Rest vorlesen ...«

Die Auseinandersetzung war schwer und verzweifelt, manche unserer Mannen wurden verwundet und die Pferde erschlagen, doch wir gewannen eine stark bemannte Hecke nach der anderen, und einen Abschnitt der Straße nach dem anderen, mit einem Übermaß an Gefahr als auch Beherztheit ...

Ned brach abermals ab. »Es hört sich an, als seien es tiefe Straßen und dichte Hecken gewesen, was einer Armee den Vormarsch erschwert, und der Feind hatte die Hecken gegen uns bemannt. Aber hört ...«

Trotzdem verlor der Feind an Boden, unsere Reiterei zwang sie durch die Stadt Preston und befreite sie.

»Preston?«, fragte wieder jemand.
»Preston«, bestätigte Ned.
»Gott bewahre uns!«, sagte eine der Frauen.
»Es ist ein Sieg«, sagte er. »Gegen eine Vielzahl.« Sein Gesicht glänzte. »Ich wünschte bei Gott, ich wäre dort gewesen. Aber allein davon zu hören, bringt mich dem Herrn näher ...«

»Herr Fährmann, ich wäre Euch dankbar, wenn Ihr diese dreckige Zeitung von meinem Tisch nähmt«, unterbrach Mrs Miller ihn scharf. »Und Euch nicht zum Narren macht und das Erntefest mit Kriegsnachrichten verderbt. Und schickt Euren Hund da von meinem Hof.«

Nichts konnte die Freude aus Neds Gesicht tilgen, doch er hob gehorsam die Zeitung hoch und befahl Red: »Schleich dich. Es sind großartige Nachrichten für das Parlament und die Armee«, murmelte er.

»Es sind weitere Kriegsnachrichten, und manche von uns hatten schon reichlich davon«, wies sie seinen Einwand zurück. »Abgesehen davon haben wir Gäste. Und die haben vielleicht nichts übrig für Eure großartigen Nachrichten.«

Walter errötete und sah verlegen aus, doch James Summer verzog keine Miene. »Zumindest wird es hier keine Kampfhandlungen geben«, sagte er glatt. »Alle guten Männer müssen Frieden wollen. Vielleicht, Herr Fährmann, lest Ihr die Zeitung denjenigen, die es hören wollen, nach dem Abendessen vollständig vor? Ich würde mich sehr über Nachrichten freuen.«

»Ihr wisst nicht längst Bescheid, Sir?«, wollte Ned scharf wissen. »Obwohl Ihr wochenlang weg gewesen und gerade erst die Straße aus Chichester heruntergekommen seid? Niemand hat es Euch gegenüber erwähnt, auf Eurem Weg hierher, von wo auch immer Ihr herkommt? Sie haben dort nicht Bescheid gewusst?«

»Nein, ich hatte nichts gehört«, log James. Man hatte ihm in einem Unterschlupf in Southampton die katastrophalen Neuigkeiten von der Niederlage der Schotten zugetragen. Sein Gastgeber war vor Entsetzen weiß geworden: »Die Schotten haben kehrtgemacht. Sie werden ihn nicht beschützen. Gott schütze den König, Gott schütze den König, denn jetzt glaube ich, dass er verloren ist.«

James verfluchte das Pech eines Königs, der so unzuverlässige Verbündete wie die Schotten antreten ließ, es jedoch versäumte, die Flotte seines eigenen Sohnes zu Wasser zu lassen. Unter der Führung eines kompetenten Generals hätte diese Invasion den Kriegsverlauf ändern können. Doch die besten royalistischen Generäle waren tot oder entlassen, und der König war nicht auf dem Schlachtfeld unter seiner Standarte, sondern im Gefängnis.

»Ich bin tatsächlich die Küste entlanggekommen, nicht aus London«, sagte James aalglatt, ohne sich seinen Verdruss anmerken zu lassen. »Ich habe gewusst, dass die Armee nach Norden marschiert ist, um auf die Schotten zu treffen, aber dieser Sieg ist mir neu.«

»Es besteht kein Grund, weshalb sich ein Gentleman dem Fährmann gegenüber rechtfertigen sollte«, unterbrach ihn Mrs Miller, die um die Tafel herumgekommen war und nun neben James Platz nahm. »Mr Summer, Euer Ehren, wärt Ihr so gut, das Fleisch zu tranchieren, Sir?«

Ein gewaltiger Schinken wurde vor James, den Hauptgast, gestellt, und er griff nach dem Messer und tranchierte ihn. Währenddessen schnitt der Müller eine große Wildpastete an, Mrs Miller löffelte Hühnerbrühe in Holzschüsseln und reichte sie herum, und Jane, ihre Tochter, ging in die Molkerei, um mehr Butter zu holen.

»Nicht zu dick«, befahl Mrs Miller, die argwöhnisch ein Auge auf die Portionen hatte.

»Es ist ein recht großer Schinken«, lobte James das Fleisch.

»Mein eigener«, sagte sie. »Ich werde diesen Winter noch vier davon im Kamin räuchern. Ich bin sehr stolz auf meine Schinken.«

Mit aller Mühe versuchte James, keine Miene zu verziehen. Er wagte nicht, die Tafel hinunterzuschauen, um zu sehen, ob Alinor diese Prahlerei gehört hatte. »Ihr habt einen sehr schönen Hof«, fing er sich und reichte den Servierteller mit dünn geschnittenen Scheiben weiter.

»Es gibt Leute, die heute Abend an meiner Tafel Fleisch vorgesetzt bekommen und bis Weihnachten keins mehr haben werden«, sagte sie. »Ich glaube an die alten Bräuche. Niedrige Löhne, aber eine üppige Festtafel: So führt man einen guten Hof.«

»Ihr habt bestimmt recht«, pflichtete er ihr bei, überzeugt, dass die Löhne bestimmt reichlich knapp bemessen waren.

»Manche unserer Nachbarn – nun, ich weiß nicht, wie sie über die Runden kommen«, gestand sie ihm. Ihr neidischer Blick wanderte die Tafel hinunter zu Alinor und ihrer Tochter.

Um sie herum nahm sich jeder Essen, reichte Brot, Fleisch, Brühe, gekochtes Gemüse herum und schenkte das besonders gesüßte Erntebier ein.

»Schwere Zeiten«, sagte James allgemein.

»Nehmt beispielsweise Mrs Reekie ...«

Obwohl er wusste, dass er die tratschende Frau zum Schweigen bringen sollte, beugte James sich unwillkürlich vor.

»Vergangenen Winter dem Hungertod nahe, das schwöre ich. Hat am Hoftor geklopft und um Arbeit gebeten, egal was. Es war ein Akt der Barmherzigkeit, ihre Kräuter zu kaufen. Doch jetzt, aus dem Nichts, hat sie ein Boot, ihr Sohn dient in der Propstei, und ihre Tochter macht Richard Stoney schöne Augen, dem Sohn eines Bauern, der einzige Sohn, der wird auf jeden Fall den Hof erben! Wie ist das passiert? Denn ich weiß genau, dass ihr Bruder nichts außer der Fähre hat, und ihr Ehemann ist seit Monaten verschwunden.«

»Robert ist mein Schüler«, warf er vorsichtig ein. »Er ist ein guter Gefährte für Master Walter und wird für seinen Dienst bezahlt. Mrs Reekie wird in der Propstei sehr geschätzt.«

»Von wem?«, rief sie empört. »Wer schätzt eine gemeine Hüttlerin so sehr, dass ihr Sohn auf einmal Master Walters Gefährte ist? Vor zwei Monaten hat der Bursche mir noch nach der Schule die Vögel verscheucht und war froh über die Arbeit. Die halbe Zeit barfuß. Woher hat sie also plötzlich das Geld, um das Boot zu kaufen? Wenn sie sich noch nicht einmal Schuhe leisten konnte?«

James, der sehr wohl wusste, dass es sich um Schweigegeld wegen ihm handelte, murmelte, sie habe vielleicht Ersparnisse.

»Ersparnisse?«, schnaubte sie verächtlich. »Sie hat keine! Ich sage meinem Mann, bitte Gott, lass sie nicht der Gemeinde zur Last fallen, denn wir sind eine arme Kirche und können nicht jeden unterstützen, besonders Frauen, die weder Witwen noch Ehefrauen sind, mit einem Sohn und einer Tochter, die sie ernähren muss. Wir können keine Frau unterhalten, die vielleicht schön sein mag, aber nicht klug genug, ihren Ehemann zu Hause zu halten.«

»Sie hat ihr Gewerbe und ihr Boot und ihre Kräuter«, widersprach er. »Ich bin mir sicher, dass sie sich selbst versorgen kann.«

»Es steht ihr nicht zu, sich selbst zu versorgen!«, protestierte Mrs Miller. »Sie ist weder Witwe noch Ehefrau, und wenn sie über den Hof läuft, gerät die Arbeit ins Stocken, als würde die Königin von Saba auf meinem Kopfsteinpflaster tanzen. Wenn ihr Mann verstorben ist, sollte sie sich zur Witwe erklären und wieder heiraten – wenn irgendwer sie haben will, bei allem, was man über sie munkelt. Wenn er am Leben ist, sollte sie ihn nach Hause holen. Dann wüssten wir alle, woran wir sind. In ihrer jetzigen Situation macht sie einem nichts als Sorgen. Nichts als Sorgen für brave Ehefrauen. Wer würde ihr Geld für ein Boot geben? Und warum? Es stammt besser nicht von Mr Miller, mehr kann ich dazu nicht sagen!«

Endlich begriff James die Einwände gegen Alinor. »Einer erfahrenen Hausfrau wie Euch kann sie doch keine Sorgen bereiten«, sagte er besänftigend. »Da kann es keinen Vergleich geben. Seht Euch doch nur das Abendessen an, das Ihr heute serviert habt! Seht Euch an, wo Ihr in der Welt steht! Der Respekt, der Euch bezeugt wird! Ihr seid in der Tat gesegnet. Mr Miller muss wissen, dass er in Euch eine vom Himmel gesandte Gehilfin hat.«

Sie errötete ein wenig unter seiner Aufmerksamkeit. »Es ist nicht leicht für mich«, rief sie ihm ins Gedächtnis. »Für alles, was ich habe, sei es nun Respekt oder Schinken im Kamin, habe ich gearbeitet. Für jeden Penny meiner bescheidenen Ersparnisse habe ich gearbeitet. Jahrelang habe ich Geld gespart. Janes Mitgift liegt bereit, für den ersten guten Ehemann, der um sie wirbt. Mich trefft Ihr nicht ohne Penny an! Aber woher hat Mrs Reekie ihr Geld? Ihr eigener Ehemann hat geschworen, sie genieße Elfenglück. Vielleicht hat er ausnahmsweise mal die Wahrheit gesagt. Wie kann sie sich ein Boot kaufen, es sei denn durch irgendeinen Betrug? Ich sage Euch eines: Jedes Mal, wenn sie etwas zu verkaufen hat, kauft mein Ehemann ihr etwas ab – als ob er ein Dutzend Lavendelsäckchen bräuchte!«

James brachte ein höfliches Lachen zustande, und unwillkürlich lächelte Mrs Miller ebenfalls. »Ach, ja«, sagte sie und erlangte ihre Fassung wieder. »Niemand ist unseren armen Nachbarn gegenüber barmherziger als ich. Ich bin stolz auf meine christliche Einstellung.«

James nickte wohlwollend. »Das macht Euch Ehre«, lobte er

sie. »Eine Frau, die in der Nachbarschaft so angesehen ist wie Ihr, muss Mitleid mit denen zeigen, die weniger haben.«

»Ist es Mr Tudeley gewesen, der ihren Jungen dazu auserkoren hat, Master Walter zu dienen?«, fragte sie mit gesenkter Stimme. »Ich habe mir überlegt, dass er es gewesen sein muss.«

»Das weiß ich wirklich nicht.«

»Aber warum sollte ein Mann wie er, der Verwalter Seiner Lordschaft, einem Jungen wie Rob so eine Chance geben?« Sie warf ihm einen Blick von der Seite zu. »Ich vertraue darauf und bete, dass sie Mr Tudeley keine Streiche gespielt hat. Es heißt, sie könne …«

James bemerkte, wie sie ihre Stimme senkte.

»… beschwören«, sagte sie.

»Rob ist aufgrund seiner Fertigkeiten im Destillationsraum ausgesucht worden«, erklärte James. »Und weil er ein sehr schlauer Junge ist.«

Sie zögerte. »Ich weiß, dass Mrs Reekie eine gute Frau ist. Ich hatte sie selbst zur Geburt meines Sohnes da. Aber die Zeiten ändern sich, und wenn sie keine Genehmigung als Hebamme bekommen kann, was soll sie tun? Jetzt mag sie eine redliche Frau sein, aber was ist in Zukunft?«

James blickte auf und stellte fest, dass Alinors dunkler Blick unverwandt auf ihnen beiden ruhte und sie sie beobachtete, als könne sie jedes Wort hören. Er brachte kein aufmunterndes Lächeln zustande, während Mrs Miller ihm Gift ins Ohr spritzte.

»Dass sie keine Genehmigung vom Bischof bekommt, liegt doch gewiss einzig und allein daran, dass es im neuen Parlament keine Bischöfe gibt?«

»Ja, das behauptet sie«, sagte Mrs Miller widerwillig. »Aber jeder weiß, dass sie mehr als eine arme Frau verloren hat, die im Kindbett gestorben sind. Ihre eigene Schwägerin …«

»Sie bekäme eine Genehmigung, wenn welche erteilt würden?«

»Aber das werden sie nicht! Also hat sie keine Genehmigung! Und es gibt alles Mögliche gegen sie einzuwenden.«

»*Bringt* denn tatsächlich jemand etwas gegen sie vor?«, fragte James. Am liebsten hätte er den Mut bewiesen hinzuzufügen: »Abgesehen von eifersüchtigen Eheweibern und Frauen, die nicht einmal halb so schön sind wie sie?«

»Es ist nur natürlich, dass sie es tun. Wo doch Männer solche Narren sind und sie im Haus ein und aus geht, wenn eine Ehefrau bettlägerig ist. Und wo sie doch aussieht ...« Sie verstummte. Alinors strahlende Schönheit anzuerkennen, brachte sie nicht über sich. »Wie sie es eben tut«, fügte sie lahm hinzu.

»Das war mir nicht aufgefallen«, sagte James mit Nachdruck.

»Tatsächlich? Ich dachte, Ihr seid mit ihr beim Fischen gewesen?«

James war entsetzt, dass er Teil der Gerüchte war, die um Alinor kursierten. »Nein, ich habe Master Walter im Boot mit Robert mitgenommen«, verbesserte er sie. »Sie hat gerudert.«

»Und so weiter«, sagte sie derb.

Er sah sie mit kalten Augen an und überlegte, dass er diese Frau sofort zum Schweigen bringen musste. Sie musste am Tratschen gehindert werden, andernfalls würden die Spione des Parlaments früher oder später von seinem Aufenthalt in der Propstei Wind bekommen, und man würde ihn, Sir William und den ganzen Verschwörerkreis verdächtigen. »Nichts und so weiter.«

»Ich weiß sehr gut, dass sie Euren Fang auf dem Strand gebraten hat.«

Man hatte ihn also bespitzelt, doch es war nicht abzusehen, wie viel diese Frau von ihm und seiner Sache wusste. »Das hat sie«, sagte er ruhig. »Genau wie Mrs Wheatley unser Abendessen in der Propstei kocht. Man kann ja wohl schlecht von Master Walter und mir verlangen, dass wir für uns selbst kochen.«

Sie schreckte vor den verachtenden Worten eines Gentlemans zurück, der einer gewöhnlichen Frau über den Mund fuhr. »Ja, natürlich, verzeiht, natürlich, ich verstehe.«

»Sir William würde keinerlei Gerüchte über Master Walters Gefährten gutheißen«, erklärte er.

Sie nickte, konnte aber nicht widerstehen fortzufahren: »Aber Ihr begreift doch, dass sie eine arme Frau ist; sie ist weder eine angemessene Gesellschaft für den Sohn des Lords noch für Euch. Wie seid Ihr ihr überhaupt begegnet?«

»Wir haben sie angeheuert, als Master Walter fischen gehen wollte«, sagte er, um ihr keines seiner eigenen Geheimnisse anzuvertrauen.

»Ihr eigener Ehemann hat gesagt, sie habe Elfenglück und dass ihre Kinder schön und schmerzlos zur Welt gekommen seien.«

»Das hat er gesagt?«

»Zur Welt gekommen wie Elfen, ohne einen Laut, und hätten mit ihren ersten Atemzügen gelacht. Ich wünsche ihr das Beste, dem armen Ding«, sagte sie. »Die Lavendelsäckchen missgönne ich ihr nicht. Es ist nur schade, dass sie gar so tief gesunken ist. Aber Ihr dürft nicht vergessen, dass sie eine Hüttlerin ist, kaum einen Deut besser als eine Bettlerin, und von einer langen Reihe weiser Frauen abstammt.«

»Hebammen und Heilkräuterkundigen«, verbesserte James sie.

»Wer weiß schon, was sie tun? Und die Tochter kann ich nicht ausstehen.«

Mit gesenktem Blick, um Alinor nicht anzusehen, nahm James sich eine Scheibe Schinken, als der Servierteller zu ihm zurückgereicht wurde. Er verspürte nichts als Übelkeit bei dem Festessen und Abscheu vor den Millers.

Sobald das Festessen zu Ende war, halfen alle Frauen, das Geschirr in die Bauernküche zu tragen und es sauber zu schrubben, während die Männer den schweren Tisch von den Auflageböcken hoben und den Hof zum Tanz freiräumten. Zwei Fässer und eine Tür bildeten ein erhöhtes Podium für die beiden Musiker mit Geige und Handtrommel, und sie spielten für die alten Reigen auf, Männer außen, Frauen innen, die langsam in die eine und dann in die andere Richtung tanzten. Erst allerdings gab es ein wenig Geziehe hierhin und dorthin, während Jungen und Mädchen sich so aufstellten, dass sie ihrem Wunschpartner gegenüberstanden. Alys fasste Richard Stoney an den Händen, und sie schritten durch den Bogengang aus erhobenen Armen, als tanzten sie auf ihrer Hochzeit. Er war ein schlaksiger, braunhaariger Junge mit einem fröhlichen Lächeln, und er ließ das große blonde Mädchen an seiner Seite keine Sekunde aus den Augen.

Alinor beobachtete ihn. Ihr Blick fand das stolze Strahlen seiner Mutter, und ihr ging durch den Kopf, dass sie nächste Woche oder vielleicht übernächste zum Hof der Stoneys gehen sollte, um zu sehen, was für eine Mitgift sie von einer Schwiegertochter erwarteten. Richard war ihr einziger Sohn – sie hatten keine anderen Kinder –, der Hof würde an ihn fallen. Sie konnten nach einer viel wohlhabenderen Braut als Alys Ausschau halten, aber ein hübscheres Mädchen würden sie in ganz Sussex nicht finden. Es waren nachsichtige Eltern, und falls Richards Wahl auf Alys fiele, würden sie vielleicht in eine Anzahlung zur Verlobung einwilligen und weitere Raten im Laufe der nächsten Jahre, während Alinor Zeit hatte, das Geld zu verdienen.

James saß bei den Millers fest und sah zu, wie Master Walter und Rob sich in den Kreis einreihten. Die Tanzenden lachten und wanden und drehten sich, während die Geige eine unwiderstehliche Melodie fiedelte. Alinor wusste, dass James sich unmöglich von seinen Gastgebern loseisen und wie seine Schüler tanzen konnte. Alle gottseligen Männer und ihre Ehefrauen waren nach Hause gegangen, sobald das Abendessen vorüber war – ein Pfarrer der reformierten Kirche sollte sich höchstens den ersten Tanz ansehen und dann gehen –, doch sie konnte den Gedanken nicht abschütteln, er könnte vielleicht doch zu ihr kommen.

Einen Augenblick lang verfiel sie in einen schwindelerregenden Tagtraum, in dem er ihre Hand ergriff und sie in den Kreis führte. Sie dachte an den aufwogenden Neid, der ihnen folgen würde, an die vertraute Röte eifersüchtigen Zorns in Mrs Millers Wange, daran, wie die jungen Frauen der Gemeinde hinter vorgehaltenen Händen tuscheln würden, dass er von all den Mädchen, die er hätte auswählen können, von all den jungen Ehefrauen, die er hätte beehren können, von all denen, die in Ohnmacht gefallen wären, sobald sie seine Hand ergriffen hätten, ausgerechnet Alinor Reekie, die große, gertenschlanke, über alle Maßen schöne Alinor Reekie aufforderte, die ihre Augen wie eine sittsame Frau niederschlug und dann hochsah und ihn anlächelte wie eine Verliebte.

Alinor war derart in diese Träumerei versunken, dass sie überrascht auffuhr, als sie James vor sich stehen sah. Das Zusammenfallen von Tagtraum und Wirklichkeit überwältigte sie. Sie war sich sicher, dass er gekommen war, um sie zum Tanz aufzufordern, dass er trotz allem ihre Hände ergreifen und, taub für ihre geflüsterte Weigerung, seine Hand um ihre Taille legen würde, woraufhin ihre Schritte im Gleichklang dahinschweben würden. Sie stieß ein leises entzücktes Seufzen aus und trat auf ihn zu, die Hand ausgestreckt, ihre Augen leuchtend, ein verheißungsvolles Lächeln auf den Lippen.

Doch er war kühl. »Ich werde jetzt Master Walter und Robert nach Hause bringen«, war alles, was er sagte.

»Ihr ... tanzt nicht?«

»Natürlich nicht.« Er klang streng. »Und ebenso wenig dürft Ihr es tun.«

»Aber ich tue es nie!«, erhob sie Einspruch. »Ich wollte es überhaupt nicht! Ich habe nur gedacht ...« Sie trat ein wenig näher. »Ihr werdet nicht bleiben?«, flüsterte sie. »Ein wenig länger noch?«

Mit einem Stirnrunzeln trat er zurück. »Nein. Ganz gewiss nicht.«

Sie war verblüfft. »Was habt Ihr gehört?«, wollte sie wissen. »Ich weiß, dass Ihr mit Mrs Miller über mich gesprochen habt. Was hat sie Euch erzählt?«

Er war beim Tratschen ertappt worden, wie eine der gehässigen Nachbarinnen. »Nichts! Sie hat nichts gesagt, was ich nicht schon gewusst hätte: dass Euer Ehemann Euch verlassen hat, dass es Euch schwerfällt, über die Runden zu kommen.«

»Wenn sie Euch erzählt hat, dass ich unkeusch bin, ist es eine Lüge!«, sagte sie grimmig. »Wenn sie Euch gesagt hat, dass Mr Miller mich favorisiert, dann ist das noch eine. Ich spreche niemals mit ihm, außer auf dem Hof vor allen anderen! Er sagt niemals ein Wort, das nicht alle hören könnten. Liegt es daran, was sie gesagt hat, dass Ihr so ... so ...«

Es beschämte ihn, dass sie erraten hatte, was gesprochen worden war. »Sie konnte mich nicht beeinflussen. Ich habe nicht hingehört. Dorftratsch kümmert mich nicht.«

»Sie hat Angst, dass ich der Gemeinde zur Last falle«, erwiderte Alinor rasch. »Ihr Ehemann ist Gemeindevorsteher: Er muss die Gelder für die Armenfürsorge aufbringen. Sie hat eine Heidenangst, dass sie für die armen Schlucker sorgen müssen, die armen Frauen ...«

»Beruhigt Euch. Es ist nicht wichtig, was sie sagt ...«

»Es ist wohl wichtig! Ja! Es ist mir wichtig! Sie schert sich nur um ihren eigenen Ruf, aber wenn sie Euch erzählt hat, sie habe Angst vor einem Bettelbankert von mir, dann verleumdet sie mich!« Ihr traten die Tränen in die Augen, und sie stieß ein ersticktes, leises Schluchzen aus. »Ich kenne sie schon seit meiner Kindheit, und sie hatte noch nie ein nettes Wort für mich übrig ...«

»Schsch!«, flehte er sie an. »Alle schauen her!«

Am liebsten hätte er sie in die Arme genommen und ihr gesagt, es gäbe keine Schande, die ihr etwas anhaben könnte. Doch noch viel mehr wollte er von ihr wegkommen, bevor sie in aller Öffentlichkeit die Stimme noch lauter erhob. Er wollte weit weg sein von dieser Frau, die in einen sinnlosen Fischweiberzank mit ihrer Nachbarin verstrickt war und auf einem Erntefest vor aller Augen weinte. Eine arme Frau mit verdreckten Fingernägeln, in einem schlammbespritzten Gewand, die ärmste Pächterin seines Freundes, vielleicht die Kupplerin der Wahl des Gutsverwalters, umgeben von ihren ebenso armen Nachbarn, die ihn alle anstarrten. Nur die jungen Leute achteten nicht auf die beiden, sondern wirbelten in einem Reigen herum, und Walter Peachey hüpfte unstandesgemäß mit irgendeinem Mädchen durch die Gegend, als gäbe es keinen Rang und keine Ordnung mehr auf der Welt, als hätte die Niederlage bei Preston zusammen mit der letzten Hoffnung der Royalisten auch den angemessenen Abstand zwischen Herren und Dienern, zwischen Gentlemen und armen Schluckern zunichtegemacht.

Es war unerträglich: »Himmelherrgott noch mal, schweigt!«

Bei seinem Fluch erstarrte sie und warf ihm von unter ihren durchnässten Wimpern einen entsetzten Blick zu.

»Ich darf nicht beobachtet werden«, flüsterte er eindringlich. »Ihr wisst doch, dass ich nicht auffallen darf. Ich muss meiner Sache dienen. Ich kann nicht zulassen, dass Leute auf mich aufmerksam werden. Ich gehe jetzt. Wenn Ihr in einer solchen Verfassung seid, kann ich nicht mit Euch gesehen werden. Alle schauen uns an. Ich kann nicht zulassen, dass Ihr die Aufmerksamkeit auf mich zieht.«

Augenblicklich durchlief sie eine Veränderung, ihre Schönheit war auf einmal blass und verächtlich, ihre Tränen gefroren. »Geht Ihr nur«, riet sie ihm. »Es ist mir egal. Geht nur gleich. Mir liegt nicht an Eurer Sache. Mir lag an Euch, und ich bin eine Närrin gewesen. Aber ich werde nicht noch einmal eine Närrin sein.«

Ohne ein weiteres Wort, mit der Verachtung einer gekränkten Königin, machte sie auf dem Absatz kehrt und entfernte sich von ihm, ging zu ihrem Bruder und ließ James völlig allein zurück, hoffnungslos entblößt vor den neugierigen Blicken des Mühlhofes, während sich alle fragten, wie Alinor Reekie – die ärmste Frau auf dem Erntefest – es wagen konnte, den vornehmsten Gast zu brüskieren.

Er konnte nicht schlafen. Er wälzte sich ständig auf den glatten Leinenlaken seines luxuriösen Bettes in der Propstei herum und wurde immer ruheloser, bis er schließlich das Fieber in seinem Puls und die Hitze unter seiner Haut spürte, barfuß nach unten in die Privatkapelle ging und sich in der Büßerhaltung auf den kalten Stein vor den Altar legte: die Füße ausgestreckt, Gesicht nach unten, Arme ausgebreitet, wie eine hingestreckte Kreuzigung. Sein Verlangen nach ihr verspürte er wie einen stechenden Schmerz im Bauch. Er drückte die Hände gegen den kalten Steinboden und stellte sich die Wölbung ihrer Wange an seiner Handfläche vor. Er presste seine Männlichkeit, die hart wie Eisen war, in den eiskalten Kalksteinboden und spürte zu seiner Erleichterung, wie sie durch die Kälte zusammenschrumpfte. Aufgrund des Eides gegenüber seinem Gott, seinem König, seiner Verschwörung, seiner Klasse und seiner eigenen Ehre war es ihm untersagt, an sie als Geliebte zu denken. Doch während die Kälte in seine heiße Haut sickerte, wusste er, dass er gegenüber seinem Gott, seinem König, seiner Verschwörung, seiner Klasse und seiner Ehre treulos war. Er konnte nur an das Strahlen ihrer Augen und die Röte ihrer Wangen denken, als sie geschworen hatte, dass ihr etwas an ihm gelegen hatte.

Selbst in seiner Hitze und Verzweiflung verspürte er einen Triumphschimmer. Er hatte es gewusst, als sie von dem morschen Steg so bereitwillig in seine Arme gekommen war, doch er war ein Gelehrter und liebte Wörter. Er liebte, dass sie gesagt hatte: »Mir lag an Euch.«

Dabei musste er es bewenden lassen, überlegte er. Eigentlich sollte er Erleichterung empfinden, weil sie ihre Liebe eingestanden und erklärt hatte, sie sei versiegt. Er sollte froh sein, dass sie ihn verworfen hatte, selbst wenn ihr Stolz völlig unangebracht war – sie hatte die soziale Ordnung vergessen, die ihr einen Platz weit unter ihm zuwies. Eine Frau wie Alinor Reekie konnte sich nicht über das Verhalten eines Gentlemans wie er beklagen. Doch in diesen gefährlichen Zeiten war es besser für ihn, wenn sie sich von ihm abwandte, als wenn sie sie beide mit töricht verliebten Blicken verriet. Es war besser, wenn er sie nie mehr wiedersähe. Vielleicht würde sie zum Gebet in die Propstei kommen und an den Abendmahlstisch treten, doch er musste nichts weiter tun, als ihr in der Privatkapelle die Kommunion zu spenden. Wenn er nicht zu ihr ging, würden sie sich nie wieder begegnen.

Natürlich würde er sie gleich am nächsten Morgen in der Kirche St. Wilfrid sehen, da Sonntag war, doch er würde weit vorn sein, der Erste in der Kirche nach Sir William, und sie würde sein, wo sie hingehörte – weit hinten, auf der Empore bei den anderen armen Frauen, von deren Tüchern sich der leichte Geruch nach Schweiß und Fisch erhob. Sie würde es niemals wagen, ihn anzusprechen. Er würde nicht nach ihr Ausschau halten. Er würde sich nie wieder unter vier Augen mit ihr unterhalten, und mit der Zeit würde dieses schmerzhafte Verlangen verklingen.

Er würde sich erholen. Seine Pflicht lag jenseits der Meerenge Solent beim König in Carisbrooke Castle. Sie hätte niemals Platz in seinen Gedanken einnehmen dürfen. Er war wahnsinnig gewesen, sie anzusehen, nur weil sie schön war, und zärtliche Gefühle für sie zu hegen, weil sie ihre eigene Sicherheit für seine Rettung aufs Spiel gesetzt hatte. Er würde die Sünde, sie begehrt zu haben, beichten, und man würde ihm vergeben, dass er der Versuchung so nahegekommen war. Er musste Mrs Millers gehässige Verleumdung als rechtzeitige Warnung betrachten und beten, dass der Wahn vorüber war und diese Liebeskrankheit denn auch schnell vergehen würde.

»Du bist so blass – bist du krank?«, fragte Alys ihre Mutter.

»Etwas, was ich bei den Millers gegessen habe«, antwortete Alinor.

»Neid? Davon serviert sie einem viel«, schlug Alys vor. »Bist du deshalb früher gegangen?«

Alinor nickte. »Jetzt geht es mir gut.«

»Aber war es nicht das wunderbarste Erntefest aller Zeiten? Noch nicht einmal sie konnte es verderben. Richard hat gesagt...«

»Richard hat gesagt?«

Alys errötete. »Er hat gesagt, ich sei so schön wie eine echte Königin.«

»Nichts als die Wahrheit! Du hast wunderschön ausgesehen, und du hast wunderschön getanzt.«

Alys strahlte. »Und es ist fein, Rob zu sehen.«

»Ja.«

»Sie waren alle verrückt nach diesem Tutor, Mr Summer, nicht wahr? Mary konnte ihr Abendessen gar nicht aufessen, weil sie ihm ständig schöne Augen gemacht hat. Jane Miller hat kein einziges Wort herausbekommen.«

Alinor zwang sich zu einem Lächeln. »Er ist ein gut aussehender Gentleman. Hast du noch einmal mit Richard Stoney getanzt, nachdem ich fort war?«

Alys senkte den Kopf. »Ich habe mit keinem anderen getanzt.

Ich konnte einfach nicht. Und er wollte keine andere auffordern. Ich liebe ihn, Ma, das tue ich wirklich.«

Alinor holte kurz Luft. »Mein kleines Mädchen, verliebt?«

»Ich werde immer dein Mädchen sein, aber ich liebe ihn tatsächlich. Und er liebt mich.«

»Das hat er gesagt?«

Das Mädchen lief dunkelrot an. »Oh, Ma, er hat mit seinen Eltern gesprochen. Schon vor Wochen hat er mit ihnen geredet. Er will mich heiraten! Er hat gestern Abend um meine Hand angehalten, Ma. Er hat mir sein Heiratsversprechen gegeben.«

»Er hätte mit mir reden sollen, bevor er dir etwas sagt. Du bist noch nicht vierzehn. Ich habe mir überlegt, mich mit seinen Eltern zu treffen und sie um eine lange Verlobungszeit zu bitten, damit ...«

»Er macht mir schon seit Wochen den Hof«, sagte das Mädchen stolz. »Das ist lange genug für mich, um mir sicher zu sein. Und ich habe ihn von Anfang an gemocht. Aber wie dem auch sei, sie wollen ein Mädchen, das Land in die Ehe einbringen würde, das Möbel besitzt, eigene Zinnteller, das ein eigenes Erbe hat. Dinge, die ich nie haben werde.«

»Wir können sparen«, sagte Alinor tapfer.

Sie sahen sich beide in der kleinen Hütte um, betrachteten die spärlichen abgenutzten Dinge, die hölzernen Schneidebretter auf dem einfachen Schrank, den Tisch und die Stühle, die Alinor von ihrer Mutter geerbt hatte, die hängenden Sträuße aus trocknenden Kräutern, die Schatzkiste, in der sich die Pachtpapiere befanden, und die rote Lederbörse, angefüllt mit nichts als alten Münzen.

»Wir haben keine Ersparnisse außer getrockneten Blättern und Katzengold«, stellte Alys fest.

»Ich könnte mit ihnen reden«, schlug Alinor vor.

»Mein Vater sollte hingehen«, sagte Alys verärgert. »Nicht du, allein.«

»Ich weiß«, erwiderte Alinor. »In der Beziehung haben wir Pech.«

Die beiden Frauen zogen ihre Umhänge und ihre Holzschuhe an und machten sich auf den Weg zur Kirche. Hinter ihnen auf dem Uferpfad kam Alinors Bruder Ned, seinen Hund bei Fuß, und hinter ihm ein paar Bauern vom Festland mit ihren Familien. Die Frauen warteten, bis Ned sie eingeholt hatte. Dann setzten sie ihren Weg zu dritt fort.

»Die Nachrichten aus Preston werden dich freuen, Ned«, stellte Alinor fest. »Es hört sich nach einem großen Sieg an.«

»Gottlob«, antwortete er. »Wenn die Schotten an Cromwell vorbeigekommen wären, weiß ich nicht, wie man sie hätte aufhalten können. Wir hätten ganz England an sie verlieren können, und sie hätten den König wieder auf den Thron gesetzt. Aber, gottlob, wir haben gewonnen, und sie sind zurückgeschlagen, und der König wird wissen, dass er keine Freunde mehr auf der Welt hat.«

»Ein König ohne Freunde«, sagte Alinor staunend, als empfände sie Mitleid mit ihm.

»Freunde hatte er nie«, sagte Ned schroff. »Bloß Höflinge und bezahlte Favoriten. Manche der bösesten und niederträchtigsten Männer von ganz England waren in seinen Diensten.«

Gemeinsam blieben sie stehen und blickten zum Meer, wo die Wellen sich weiß an der Hafenmündung brachen.

»Gleich dort drüben«, sagte Ned verwundert. »Stell ihn dir vor, so nah, bloß drei Stunden Segelzeit, auf der Insel Wight. Mittlerweile muss er wissen, dass ihn niemand mehr holen kommt. Die Flotte seines Sohnes kann nicht anlegen, die Schotten ziehen gerade zurück nach Edinburgh, seine Frau kann die Franzosen nicht für ihn zu den Fahnen rufen, und die Iren sind nicht gekommen. Er wird uns um seine Begnadigung anflehen und mit unserer Erlaubnis regieren müssen.«

»Und wenn er gerettet werden würde?«, fragte Alinor.

»Es gibt niemanden, der ihn retten und zu den Schiffen seines Sohnes bringen könnte«, entschied ihr Bruder. »Nicht einer von ihnen besitzt den Mut oder den Verstand, um ihn zu befreien.«

»Es sieht hoffnungslos für ihn aus?«, fragte Alinor, die an James Summer dachte, den Freund eines Königs ohne Freunde.

»Er hat verloren«, erwiderte Ned, der die Gedanken seiner Schwester nicht kannte. »Er hat hoffnungslos verloren.«

Sie kletterten über den Durchbruch in der Kirchenmauer und gingen schweigend den Pfad an den Gräbern ihrer Eltern, Großeltern und weiteren Generationen von Ferrymans vorbei. Das Portal, wo Alinor auf den Geist ihres Ehemannes gewartet hatte, war voller heller Getreidegarben, auch wenn ein paar der gottseligen Männer der Kirche dies als heidnischen Brauch kritisierten. Das alte schwarze Tor der Kirche stand weit offen. Red, Neds Hund, legte sich an seinen Stammplatz gleich vor dem Portal und ließ die rosafarbene Zunge heraushängen. Die Dorfbewohner suchten wortlos ihre üblichen Plätze auf: Ned stellte sich hinten links zu den Männern, Alinor und Alys gingen mit den anderen armen Frauen die Treppe hoch zur Galerie. Niemand verneigte sich vor dem Altar, niemand bekreuzigte sich noch.

Dann betraten Sir William und sein Haushalt die Kirche. Alle Männer zogen die Hüte, und alle Frauen machten einen Knicks, abgesehen von dem einen oder anderen sehr Gottseligen, der sich nicht vor einem weltlichen Herrn verbeugen wollte. Alinor hielt nach ihrem Sohn Ausschau, sah sein flüchtiges Lächeln und achtete nicht auf seinen Tutor, dessen Blick unverwandt nach unten auf seine gut polierten Stiefel gerichtet war. Die Peacheys betraten ihre Kirchenbank, und Mr Miller, der Gemeindevorsteher, schloss die Kirchentür hinter ihnen. Der Pfarrer von St. Wilfrid trat hinter den schlichten Abendmahlstisch und begann den neuen, autorisierten Gottesdienst mit einem langen Gebet, in dem er Gott dafür dankte, dass er seinen Streitkräften den Sieg gegen die fehlgeleiteten Schotten in der Grafschaft Lancashire geschenkt hatte.

Der Gottesdienst war lang, die Predigt endlos. Alinor und Alys saßen auf den harten Bänken der Galerie im hinteren Teil der Kirche und verbargen jegliche Anzeichen von Ungeduld. Aus dem Schutz der Flügel ihrer Haube warf Alinor nur einmal einen Blick nach unten auf die Kirchenbank der Peacheys, wo sie James' tief geneigten Kopf sehen konnte und seine vor ihm gefalteten Hände. Entweder war er ins Gebet vertieft, oder es war die Haltung eines Mannes, der gottselige Frömmigkeit vortäuschte, während in seinem Kopf ketzerisches und gefährliches Gedankengut herumschwirrte. Für sie fühlte es sich an, als wäre er sehr weit weg, als hätte er längst die Segel zu einem unbekannten Ziel gesetzt, um an einem geheimen Komplott mitzuwirken. Er hatte ihr gesagt, dass seine Sache wichtiger sei als ihrer beider neu entdecktes Begehren. Alinor neigte den Kopf und betete darum, dass der Schmerz vorübergehen möge.

Am Ende der Predigt, während die besonders strenggläubigen Gemeindemitglieder »Gott sei gelobt!« und »Dem Herrn sei Dank!« riefen, trat der Pfarrer nach vorn auf die Kirchenbank der Peacheys zu und wartete darauf, dass Sir William sich erhob. Dann wandten die beiden sich zum Ausschelten der Gemeinde um, wobei der eine die weltlichen Mächte repräsentierte, der andere die religiöse Autorität.

»Und an diesem Sabbat, von dem der Herr will, dass wir ihn als heilig ehren, müssen wir eine Schwester an den Altar rufen und ihr Vorhaltungen machen«, sagte der Pfarrer. »So lautet unsere Pflicht und der Befehl des Kirchengerichts.«

Alys warf ihrer Mutter einen raschen Seitenblick zu. Alinor bekundete ihre Unwissenheit mit weit aufgerissenen Augen. Beide harrten der Dinge und fragten sich, wer als Schuldige genannt werden würde.

»Eine Frau, über die sich ihre Nachbarn beklagt haben, deren eigener Ehemann gesagt hat, sie gehorche ihm nicht«, stimmte der Pfarrer an. »Ihr Gewerbe ist Aufbegehren, und es wird ihr vorgeworfen, sie sei unkeusch gewesen. Wer hat vor dem Kirchengericht gegen sie ausgesagt?«

»Ich.« In der Mitte der Kirche, wo die wohlhabenden Pächter ihre Plätze hatten, stand Mrs Miller auf. Rechts und links von ihr saßen ihre Tochter und ihr kleiner Junge.

»Natürlich hat sie das«, hauchte Alys ihrer Mutter zu. »Sie hat über jeden was Schlechtes zu sagen.«

»Mrs Miller von der Gezeitenmühle«, verkündete sie unnötigerweise den Nachbarn, die sie von Kindesbeinen an kannten.

»Und was habt Ihr vor diesem Gericht vorgebracht?«, fragte der Pfarrer. »Kurz«, ermahnte er sie. Jeder wusste, dass es, wenn Mrs Miller erst einmal in Fahrt kam, kein Halten mehr gab.

»Ich habe gesagt, dass ich sie beim Erntedankfest gesehen habe, wie sie mit einem Mann aus der Gemeinde hinter eine Hecke gegangen ist und mit in Unordnung gebrachtem Kleid und offenem Haar wieder hervorgekommen ist.«

Unter Geraune wurde überall in der Kirche spekuliert, um wen es sich bei dem »Mann aus der Gemeinde« handeln könne, doch seine Identität sollte offensichtlich geheim bleiben. Die sündige Frau würde angeprangert werden, der Mann seinen guten Ruf behalten, denn für einen Mann war es im eigentlichen Sinne keine Sünde, es war seine Natur.

»Und davor«, fuhr Mrs Miller fort, »hat sie ihren Ehemann verleumdet, indem sie ihn einen alten Narren schimpfte, und auf dem Markt in Sealsea hat sie ihm am Markttag seinen Geldbeutel abgenommen, ihm einen Schlag verpasst und gesagt, sie werde ihm eine Lektion erteilen.«

»Hat sonst jemand vor Gericht gegen sie ausgesagt?«, wollte Sir William wissen.

»Ich.« Eine der Bäuerinnen der Insel Sealsea stand auf. »Am Abend meiner Spinnrunde mit Freundinnen ist sie zu mir nach Hause gekommen und hat mich eine kindische Närrin genannt, weil ich meinen Ehemann das Geld von meiner Spinnarbeit behalten lasse. Sie hat mir ins Gesicht geschlagen und an meiner Haube gezogen, als ich ihr gesagt habe, ihr Kind sei nicht von ihrem Ehemann, was jeder weiß.«

»Ich habe gegen sie ausgesagt, Sir.« Die Köchin der Peacheys, Mrs Wheatley, erhob sich hinter den Plätzen der Peacheys. »Sie ist zur Tür der Propstei gekommen, und ihr fehlten vier Eier zum Zehnten, und sie hat gesagt, wenn es keinen König gebe und keinen Bischof, dann gebe es auch keinen Lord und sie müsse den Zehnten nicht bezahlen, Ihr solltet ohne Eure Eier auskommen.«

»Und dann ist da der Ritt gewesen«, rief eine Stimme aus dem hinteren Teil der Kirche, wo die armen Pächter standen. »Vergesst das nicht!«

»Es hat einen Eselsritt gegeben«, erklärte Mrs Miller Sir William. »Die Jungen haben einen Esel rückwärts geritten, an ihrem Haus vorbei, und ein Bursche hat einen Petticoat über dem Kopf getragen, um zu zeigen, dass sie unkeusch und eine Schande für unser Dorf ist.«

Sir William sah so ernst aus, man hätte meinen können, er hielte sich in London keine kostspielige Geliebte in Räumlichkeiten in der Nähe des Haymarket. »Das ist sehr schlimm«, sagte er.

»Und so hat das Kirchengericht sie dazu verurteilt, den restlichen Tag bis Sonnenuntergang in ihrem Hemd vor dieser Gemeinde zu stehen und eine angezündete Wachskerze zu halten, um ihre Reue zu demonstrieren«, brachte der Pfarrer rasch die

Zusammenfassung der Gerichtsverhandlung zu einem Ende, indem er sich der Urteilsverkündung zuwandte.

Die Gemeindevorsteher, darunter Mr Miller, öffneten das Tor der Kirche, und Mrs Whiting kam in ihrem besten Leinenunterkleid herein, eine angezündete Kerze in der Hand, barfuß und mit offenem Haar, um ihre Bußfertigkeit zu zeigen. Sie war eine Frau in der Mitte des Lebens, an Hüften und Bauch breit und mit grauen Strähnen im langen Haar. Vor Kummer war sie aschfahl.

»Ach, Gott möge ihr Kraft geben«, flüsterte Alinor, hoch über ihr auf der Galerie. »Sie derart bloßzustellen!«

»Isabel Whiting, Ihr müsst vor Eure Nachbarn und diese Gemeinde treten, um Eure Schande auszutilgen. Bereut Ihr?«

»Ja«, sagte sie mit sehr leiser Stimme.

»Schwört Ihr, in Zukunft weder lüstern noch gewalttätig zu sein?«

»Ja.«

»Und Gott zu gehorchen und Eurem Ehemann, der von Gott selbst über Euch gestellt worden ist, auf dass er Euer Herr und Meister sei?«

Beinahe hörte man sie seufzen angesichts der ermüdenden Schufterei, die er ihr abverlangen würde. »Ja.«

»Dann müsst Ihr hier in der Kirche stehen, und zwar bis Sonnenuntergang, wenn die Gemeindevorsteher kommen, um Euch freizulassen. Steht barfuß und in Schande da, während Eure Kerze niederbrennt, während jeder herkommen und Euch Vorhaltungen machen kann, aber Ihr nichts erwidern oder auch nur ein Wort sprechen dürft. Blickt in Euer Herz, Schwester, und kränkt Gott oder Eure Nachbarn nicht noch einmal.«

Der Pfarrer wandte sich an die Gemeinde, breitete die Arme aus und leierte das Fürbittgebet herunter. Die Frau stand vor ihm, den Nachbarn zugewandt, die sie angeprangert hatten, ihr Gesicht steinern und verbittert, das Licht zitternd in ihrer

Hand, während irgendwo in der Kirche ihr Ehemann, der sie geschlagen hatte, und der Mann, der sie hinter der Hecke genommen hatte, mit den Füßen scharrten und darauf warteten, aufbrechen zu können.

Nach dem Gottesdienst hielt Sir William auf dem Kirchhof inne, während seine Pächter herankamen und sich vor ihm verbeugten oder einen Knicks vollführten. Alinor und Alys folgten Ned, um Sir William ihren Respekt zu bezeugen, und er bedeutete Rob mit einem Wink, beiseitezutreten, um für den Segen seiner Mutter niederzuknien und für ihren Kuss auf seine Stirn aufzustehen. Alinor war blass und zerstreut, da sie an die Frau dachte, die als Ehebrecherin verurteilt und zurückgelassen worden war, um barfuß in der Kirche hinter ihnen Buße zu tun, nur in ihrem Hemd, in der zitternden Hand eine Kerze. Alinor war sich der Macht der Millers und der Gemeinde schmerzlich bewusst, wenn sie am gleichen Strang zogen, denn sie wusste, dass sie es nach Lust und Laune taten, gegen jeden, den sie verachteten, und eine Frau nicht für sich selbst sprechen konnte.

»Wir werden segeln gehen!«, verkündete Rob seiner Mutter. »Übers Meer.«

Unwillkürlich huschte ihr Blick in James' Richtung, doch sie richtete die Augen schnell auf den Verwalter, Mr Tudeley.

»Segeln?«

»Mr Summer nimmt die Jungen nächste Woche zu einem Besuch der Insel mit«, erklärte er. »Sie segeln zur Insel Wight.«

»Oh.« Alinor wandte sich wieder ihrem Sohn zu, der vor Aufregung auf und ab hüpfte.

»Zuerst fahren wir nach Newport«, frohlockte Rob. »Wir werden dort übernachten. Vielleicht zwei Nächte.«

»Aber warum?«, fragte Alinor. »Wozu?«

»Geografie«, verkündete Rob großspurig. »Und Kartenzeichnen. Mr Summer sagt, vielleicht werden wir sogar den König sehen! Wäre das nicht ein Anblick? Sir William kennt ihn, aber Walter ist ihm nie vorgestellt worden. Natürlich können wir nicht mit ihm sprechen. Aber vielleicht werden wir ihn auf der Straße sehen. Mr Summer sagt, dass er das Haus verlässt.«

»Ich dachte, er sei in Carisbrooke Castle«, stellte Alinor fest, die den Blick unverwandt auf das strahlende Jungengesicht richtete und weder ihren Bruder noch James Summer ansah, die beide aufmerksam lauschten. »Ich dachte, er befände sich in Gefangenschaft.«

»Seine Majestät hat Ausgang zu einem Privathaus in Newport, um sich mit den Gentlemen vom Parlament zu treffen und eine Einigung mit ihnen zu erzielen«, erklärte Mr Tudeley ihr.

»Und wir werden ihn wahrscheinlich sehen!«, fügte Rob hinzu.

»Mir wäre es lieber, wenn ihr nicht fahrt«, sagte Alinor eindringlich, legte den Arm um Robs Schultern und drehte ihn von dem Kreis um Sir William weg. »Du weißt doch, dass es deinem Onkel Ned gar nicht zusagen wird!«

»Ich muss mit Walter mitfahren«, stellte Rob fest. »Ich bin sein Gefährte. Ich muss ihn begleiten!«

»Ja, aber ...«

»Und es ist ja nicht so, als wäre der König noch im Krieg. Er ist in Newport, um sich mit den Männern vom Parlament zu treffen. Sie treffen sich mit ihm in Newport, um Frieden zu schließen, und er wird freikommen. Denk nur, ich werde den König von England sehen!«

»Es wäre mir trotzdem lieber, du tätest es nicht«, wiederholte Alinor.

Auf einmal horchte Rob auf. Er betrachtete ihr blasses Gesicht. »Warum? Was ist los? Ist es das Zweite Gesicht, Mam?«, fragte er leise.

Sie schüttelte den Kopf. »Nein, nichts dergleichen. Es ist bloß ...«

»Was?«

»Oh, die arme Mrs Whiting, und dann muss sie vor der Kirche stehen ...«

»Das hat nichts mit uns zu tun«, sagte er.

»Ich kenne sie, und trotzdem habe ich nichts zu ihrer Verteidigung gesagt«, erwiderte sie.

»Es gab nichts zu sagen.« Alys trat leise auf die beiden zu. »Jeder hätte sich gegen dich gewandt, und gegen uns drei, wenn du Partei für sie ergriffen hättest. Und außerdem ist sie tatsächlich hinter der Hecke verschwunden. Ich habe sie gesehen.«

»Ja, aber ...«

»Wieso hat das irgendetwas damit zu tun, dass ich zur Insel Wight fahre?«, wollte Rob wissen.

»Hat es nicht!«, räumte Alinor ein. »Du weißt, wie ich empfinde, Rob ... es ist bloß ...«

»Ist es das Meer?«, riet er. »Das tiefe Wasser?«

»Das Meer«, sagte sie und klammerte sich an das Wort, als könnte ihre Angst vor dem Ozean die Furcht erklären, die sie empfand, weil ihr Sohn eine Fahrt nach Newport unternahm, um den besiegten König zu sehen. Eine Fahrt nach Newport in Gesellschaft seines Tutors – des Spions des Königs.

Wattenmeer, September 1648

Von der Landestelle bei der Mühle aus gingen James Summer, Rob und Walter an Bord eines Küstenhandelsschiffs, das zur Insel Wight, nach Southampton und weiter westwärts fuhr. Alys, Richard und zwei Mühlenmädchen blickten ihnen nach. Während der zweimastige Frachtsegler langsam den tiefen Kanal hinunterfuhr und die Besatzung auf beiden Seiten nach Sandbänken Ausschau hielt, winkte Rob so übertrieben wild, als breche er nach Übersee auf und werde möglicherweise niemals zurückkehren.

James ging nach Steuerbord, um nach der kleinen Hütte Ausschau zu halten, die auf dem Hafendamm stand. Die Tür stand offen, und er fragte sich, ob Alinor das Schiff aus dem Innern heraus beobachtete. Er ging davon aus, dass ihr Robs Segelfahrt missfiel, doch sie hatte ihn nicht gebeten, den Jungen zurückzulassen. Sie hatte überhaupt nicht mit ihm gesprochen. Noch nicht einmal nach der Kirche, als sie ihren Knicks vor Sir William gemacht und beim Aufrichten festgestellt hatte, dass James' braune Augen auf ihr ruhten. Sie hatte eine eisige Zurückhaltung an den Tag gelegt, als hätte sie ihn nie gekannt, als hätte sie ihn nie im Arm gehalten, als hätte sie seinem fordernden Mund nie die Lippen geöffnet. Er hatte darum gebetet, freizukommen, und sie hatte ihn auf der Stelle gehen lassen, als wäre nichts geschehen. Selbst als sie einen Knicks vor ihm machte, sah sie durch ihn hindurch. Es hatte den Anschein, als bedeutete er ihr nichts, als hätte er ihr nie etwas bedeutet. Es hatte den Anschein, als wäre er unsichtbar.

Und natürlich, sobald sie sich von ihm zurückgezogen hatte, wollte er ihre Hand fassen, ihren Namen rufen, diese grauen Augen dazu bringen, ihn wieder anzusehen. Doch es war, als sei er Luft für sie. Er musste an der Seite von Sir William stehen und geschehen lassen, dass diese Frau von ihm wegging, als wäre er nichts.

Nun, da der Wind die Schiffssegel blähte und sich das Gefährt vorwärtsbewegte, suchte sein Blick die ärmliche Hütte, die ihr Zuhause war. Eine Rauchfahne stieg aus dem Kamin, und als er genauer hinsah, konnte er im dunklen Innern sogar Bewegung erkennen: das Aufblitzen ihrer weißen Haube. Dann trat sie aus der Tür und hob die Hand, um die Augen abzuschirmen. Er konnte es kaum fassen: Sie hielt nach ihm Ausschau. Sie sah das Schiff, das ihren geliebten Sohn in Gefahr brachte, der ihm als Tarnung diente, als Alibi für den unglaublichen Hochverrat, den zu verüben er im Begriff stand. Sie musste ihn verfluchen dafür, dass er das tat, wovor ihr graute – Rob mitzunehmen auf hohe See. Doch dann sah er, wie sie die Hand in Richtung seines Schiffes hob, zu einem Segen, wie jede Seemannsfrau einem Segel zuwinkte und flüsterte: »Behüte dich Gott! Komm unversehrt nach Hause!« Er sah sie dastehen, ihn beobachten. Es war unverkennbar. Sie liebte ihn. Und ihre Liebe war größer als seine, denn sie vergab ihm und wünschte ihm Gottes Schutz auf dieser Reise, obwohl er ihren Jungen übers Wasser mitnahm.

Er sprang hoch auf die Reling, hielt sich an der Takelage fest, beugte sich über das dunkle Wasser, das unter dem Bug hindurchströmte. Er konnte das unheimliche Zischen der sich zurückziehenden Flut hören, während sie das Schiff zur Hafenmündung sog, doch er wollte, dass Alinor ihn sah. Er streckte den Arm aus, um ihr zu winken. Sie sollte wissen, dass beim Verlassen von Foulmire der einzige Gedanke in seinem Kopf weder seiner Sache galt, die er über sie gestellt hatte, noch dem König, der über allem stehen sollte, sondern ihr: Alinor.

Newport, Insel Wight, September 1648

In Newport herrschte so viel Trubel wie an einem Jahrmarkttag. Etwas Derartiges hatte die Insel noch nie erlebt. Das Eintreffen des Königs im Haus des wohlhabenden Stadtbewohners Mr Hopkins verlieh der Provinzstraße den Status von Whitehall Palace. Laut den aufgeregten Royalisten der Stadt würde Newport beim Eintreffen der parlamentarischen Unterhändler mitten im Zentrum des Königreiches stehen – »der Welt«, nach ihrem Dafürhalten. Der gesamte Landadel strömte scharenweise aus den abgelegenen Städten und Dörfern herbei, um bei Freunden oder Cousins zu wohnen, in der Hoffnung, einen Blick auf den König zu erhaschen, während sie durch die engen Straßen bummeln. Sie besuchten die Kirche St. Thomas, um zum Gebet hinter Seiner Majestät zu knien, sie schickten ihre Dienstboten zur Hopkins'schen Küchentür, um in Erfahrung zu bringen, was für das königliche Abendessen gekocht wurde.

Adelige segelten auf ihren eigenen Schiffen vom Festland oder buchten Überfahrten, um dem König, der zwar besiegt war, aber niemals bezwungen werden konnte, ihren Respekt zu zollen. Alle Royalisten, die dem König in London beigestanden hatten, in Oxford, im Sieg und im Angesicht der Niederlage, tauchten jetzt wieder auf, da sie erfuhren, dass er abermals auf freiem Fuß war. Was auch immer man sagen mochte und wie auch immer er selbst sich verhielt, der König war der König, und es war für jeden offensichtlich, dass er früher oder später nach London und auf seinen Thron zurückkehren würde.

Und würde er sich nicht mit Sicherheit an die Gentlemen und Ladys erinnern, die ihm in Zeiten der Not beigestanden hatten? Würde er nicht diejenigen belohnen, die ihn zu sich eingeladen und seinen Ausgang so in lange Ausflüge auf die ganze Insel verwandelt hatten? Die ihm Wild von ihren Gütern sowie Obst aus ihren Gewächshäusern geschickt hatten? Würde er sich nicht denjenigen wenigen Günstlingen erkenntlich zeigen, die mit ihm in seiner gewaltigen, klobigen königlichen Kutsche gefahren waren, die unter solchen Schwierigkeiten per Schiff hergebracht worden war, um nun die schmalen Wege auf der Insel zu blockieren? Wenn er wieder Charles, der König, war, würde er sich nicht an diejenigen Günstlinge erinnern, die ihm mit dem unterwürfigsten Respekt begegnet waren, als er noch Charles, der Gefangene, gewesen war?

Sich Zutritt zum Haus von Mr Hopkins zu verschaffen, war so einfach, wie es in den herrlichen alten Zeiten am Königshof in London gewesen war, als jeder wohlhabende Mann hineinspazieren konnte, um seinen Monarchen und die Königsfamilie zu sehen. Die Tafel in seinem Speisesaal, so glaubte der König, sollte zur Schau gestellt sein, wie ein Altar in einer Kirche zur Schau gestellt sein sollte. In beidem wohnte Göttlichkeit. Hier in Newport standen zwar zwei Wachen an jeder Tür, doch sie verlangten von niemandem eine Losung: Wenn ein Mann reich gekleidet war, durfte er eintreten. Dem König stand frei, nach Belieben zu kommen und zu gehen, gebunden war er nur durch sein gegebenes Wort, die Insel nicht zu verlassen.

Auf der Straße draußen drängten sich den ganzen Tag prächtig gekleidete Anhänger, stolzierten das frisch gefegte Kopfsteinpflaster auf und ab und äußerten sich laut über die Schlichtheit der Stadt und die Armseligkeit der Häuser. Überall war einfaches Volk, das einen Blick auf einen Mann erhaschen wollte, der von sich behauptete, halb göttlich zu sein. Ständig belagert wurde die Straße außerdem von Bettlern und Kranken, denn König Charles war berühmt für die heilenden Kräfte seiner langen, blassen Finger. Ein kranker Mann oder eine kranke Frau konnte vor ihm niederknien und durch eine leichte Berührung der Hand und einen geflüsterten Segen wieder genesen. Niemandem wurde der Zugang zu den Kräften des Königs verwehrt. Eine junge Frau behauptete bereits, er habe durch seine göttliche Gnade ihre Blindheit kuriert. Jeder wusste, dass der König kein sterblicher Mensch war. Er hatte das heilige Öl auf der heiligen Brust, er war der Nachkomme geweihter Könige, er stand nur eine Stufe unter den Engeln.

James achtete darauf, die Jungen von den siechenden Armen fernzuhalten, und zahlte einer Wache eine kleine Münze, um unter dem Fenster stehen zu dürfen, wo, wie man ihnen versicherte, der König ein Schreiben des Parlaments studierte. Jeder sagte, die parlamentarischen Bevollmächtigten würden im Laufe der Woche eintreffen und die vielen Klauseln einer Vereinbarung mit dem König durcharbeiten, sodass er auf seinen Thron zurückkehren und mit der Zustimmung der Parlamentskammern regieren könne. Da nun die Schotten besiegt waren, mussten sich der König und das Parlament einigen: Er hatte sein letztes Wagnis verloren. König würde er immer sein, aber er konnte nicht länger dem Volk seinen Willen auferlegen. Endlich würde er einem Abkommen zustimmen müssen. Nach zwei Bürgerkriegen würde sich endlich Frieden im Land einstellen.

Die Jungen sahen mit gereckten Hälsen zu dem Erkerfenster hoch. Um sechs Uhr begannen in ganz Newport die Kirchenglocken zu läuten. Ein aufgeregtes Murmeln durchlief die Menge, eine Seite des bleiverglasten Fensters schwang auf, und der angegraute Kopf des Königs von England schaute heraus. Charles sah zu den Menschen herab, die unten warteten, lächelte matt und hob eine schwer mit Ringen geschmückte Hand.

»Ist er das?«, fragte Rob, unfähig, die Enttäuschung in seiner Stimme zu unterdrücken.

»Ja«, bestätigte James, der den Hut vom Kopf zog und nach oben sah, in der Hoffnung, von leidenschaftlicher Hingabe durchdrungen zu werden, doch nichts als Nervosität empfand.

»Trägt er denn keine Krone?«

»Nur wenn er auf dem Thron sitzt, glaube ich.«

»Wie könnt Ihr Euch dann sicher sein, dass er es ist?«, hakte Rob nach. »Ohne Krone? Es könnte sonst wer sein.«

James sagte nicht, dass man den Novizen in seinem Seminar ein Porträt des Königs nach dem anderen gezeigt hatte, damit sie ihn in ihre Gebete einschließen konnten. Er sagte nicht, dass er von dem Tag geträumt hatte, an dem endlich die Verschwörung zwischen Königstreuen auf der Insel, der Flotte des Prinzen von Wales vor der Küste und einem loyalen Schiffskapitän vonstattenginge, mit dem Ziel, um Mitternacht mit einem geheimnisvollen Passagier loszusegeln und die Insel zu verlassen.

»Ich weiß es einfach«, war alles, was er sagte. »Niemand sonst würde aus seinem Fenster winken.«

»Hurra!« Unvermittelt sprang Walter jubelnd auf und nieder. »Hurra!«

Die schwerlidrigen Augen richteten sich auf den plötzlichen Jubel, und der König hob angesichts der inbrünstigen Loyalität des Jungen abermals die Hand. Dann zog er sich zurück, das Fenster wurde zugeschlagen und die Läden geschlossen.

»Das ist alles?«, fragte Rob.

»Jeden Tag das Gleiche«, antwortete eine Frau neben ihm. »Gott segne ihn. Und ich komme jeden Tag her, um sein Heiligengesicht zu sehen.«

»Wir gehen zu Abend essen«, sagte James, der nicht wollte, dass sie Aufmerksamkeit erregten. »Kommt.«

Sie kehrten zum »Old Bull On The Street« zurück, wo James Privatgemächer reserviert hatte, und James bestellte den beiden Jungen ein herzhaftes Abendessen, wobei er ihnen je ein Glas Wein gestattete. »Während Ihr esst, gehe ich aus«, sagte er. »Ich möchte mich umsehen und ein Schiff finden, das uns morgen oder übermorgen nach Hause bringt.«

»Können wir nicht mitkommen?«, fragte Walter. »Ich möchte mich auch umsehen.«

»Ich komme zurück und hole Euch ab«, versprach James.

»Wir können über den Markt und am Flussufer entlangspazieren, bevor wir zu Bett gehen.« Er zog den Hut tief ins Gesicht und verließ das Haus.

Auf den Straßen herrschte immer noch reger Betrieb, als er die schmalen Gassen zum Hafen hinunterging und die am Hafendamm auf und nieder schaukelnden Boote betrachtete. Das dumpfe Klappern der Klampen an den Holzmasten erinnerte ihn an all die anderen Häfen, an die vielen Schiffe, die vielen Reisen in seinem jungen Leben. An jedem Hafen gab es das gleiche Scheppern der Takelage, genau wie es in jeder Stadt ein stündliches Glockenspiel aus Kirchengeläut gab.

»Liegt da ein Schiff, die *Marie*, im Hafen?«, fragte er einen Mann, der sich mit einer Rolle Seil unter dem Arm an ihm vorbeischob.

»Ist gekommen und wieder weg«, sagte der Mann kurz angebunden. »Wolltet Ihr sie treffen?«

»Nein«, log James. »Ich dachte, sie sei immer hier.«

»Denn wenn Ihr sie hättet treffen wollen, hätte ich Euch ausgerichtet, dass der Kapitän jedem erzählt hat, sein guter Freund würde wohl doch nicht kommen, und dass er heute Morgen in See gestochen ist.«

»Oh«, sagte James. Eine kleine Münze fand ihren Weg aus seiner Tasche in die wartende Hand. Der Mann hob das Seil hoch und machte Anstalten weiterzugehen.

»Irgendeine Idee, wie ich ein anderes Schiff anheuern kann?«

»Fragt Euch durch«, sagte der Mann wenig hilfreich und schob sich an ihm vorbei.

James hielt einen Moment inne, die katastrophalen Neuigkeiten hatten ihm beinahe den Atem genommen. Alles hatte davon abgehangen, dass das Schiff wie vereinbart um Mitternacht auslief, doch jetzt hatte es ihn im Stich gelassen. Sein einziger Trost war, dass die Offenheit, mit der man ihn versetzt hatte, nahelegte, dass sie nicht aufgeflogen waren. Der Kapitän hatte zwar bei dem Gedanken, den König von England zu retten, kalte Füße bekommen und war in See gestochen, doch er war nicht verhaftet worden. Mit einem neuen Schiff konnte die Verschwörung immer noch vonstattengehen. Er würde einen Kapitän finden müssen, der dem König gegenüber so treu ergeben war, dass er das Risiko einging, oder aber so leicht käuflich, dass er es für Geld tat. James blickte den Kai hinauf und hinunter und überlegte sich, dass es unmöglich war, dies einzuschätzen oder auch nur die Frage offen zu stellen, ohne sich in Gefahr zu begeben.

Er wagte nicht, Aufmerksamkeit zu erregen, indem er vor dem Abendessen am Kai auf und ab ging. Am besten, dachte er, würde er später zurückkommen, um die Hafentavernen herumschlendern und eine Möglichkeit suchen, ein diskreteres Gespräch zu führen. Einen Moment lang schloss er die Augen vor dem Wald aus Masten. Sein Leben stand nun schon so lang auf Messers Schneide, dass ein weiteres riskantes Unternehmen keinen Reiz mehr auf ihn ausübte. Er fühlte sich lediglich völlig erschöpft. Vor allem aber wollte er, dass diese Rettung endlich erfolgreich beendet wäre. Er wandte dem Hafen den Rücken zu und machte sich auf den Weg zum Haus von Mr Hopkins. Die in die Gartenmauer eingelassene Tür war unverschlossen und unbewacht, und James schlüpfte in den dunklen Garten und ging leise auf die Küchentür zu, die für die kühle Abendluft offen stand.

Drinnen herrschte Chaos. Der König war heikel beim Essen, doch seine Bedeutung musste demonstriert werden, indem zu jeder Mahlzeit zwanzig verschiedene Gerichte serviert wurden. Das setzte die Provinzköchinnen, denen die Rezepte und Zutaten ausgingen, unter starken Druck. Durch die offene Tür in den Speisesaal konnte James ein paar Wachen erkennen, doch deren Aufgabe bestand darin, dem König zu folgen, wenn er ausging, nicht aber, jemanden am Betreten des Hauses zu hindern. Die Verantwortung, unerwünschte Fremde aus den Gemächern des Königs fernzuhalten und adelige Gäste vorzulassen, lag bei seinen eigenen Bediensteten, doch diese kannten sich in dem weitläufigen Haus nicht aus oder wussten, wer Freund und wer Fremder war. Seit seiner Entlassung aus der Burg hatte der König seinem Gefolge ein halbes Dutzend Höflinge hinzugefügt, und diese hatten ebenfalls ihre Diener und ihren Anhang, die ungefragt ein und aus gingen. Es gab zu viele Fremde, als dass ein weiterer aufgefallen wäre.

James wartete ein paar Momente im Garten ab und beobachtete das Durcheinander, das Hin- und Herlaufen der Diener aus der Küche, durch den Speisesaal und die Treppe hoch zu den Gemächern des Königs. Dann nahm er den Hut ab, richtete seine Jacke und schritt forsch durch die Hintertür, als gehöre er dorthin. Es war stickig: Am Spieß über dem Feuer drehte sich ein Braten, Töpfe brodelten auf kleinen Kohlenpfannen aus rot glühender Holzkohle, Gemüse dünstete am Kamin, und aus den Öfen wurde Brot geschaufelt. Die Diener eilten hinein und hinaus, forderten Speisen für ihre eigenen Tische und griffen sich manchmal eine für Mr Hopkins' Tisch vorgesehene Speise. Inmitten des Treibens stand Mr Hopkins' Köchin mit fleckiger Schürze, das Gesicht schweißnass vor Nervosität und Hitze, und versuchte, Ordnung zu schaffen.

»Vorschneider des Königs«, erklärte James ihr respektvoll. »Kann ich Euch behilflich sein, Köchin?«

Sie drehte sich erleichtert um. »Herr, ich weiß noch nicht einmal, was er schon hatte. Habt Ihr den Braten noch nicht zu ihm hochgebracht?«

»Ich bin deswegen hier«, erwiderte James aalglatt.

»Nehmt ihn! Nehmt ihn!«, rief sie und wies auf eine Lammkeule, die auf dem Tisch stand und von einem Küchendiener unbeholfen mit Büscheln von Brunnenkresse garniert wurde.

»Die hier ist für die Lords!«, rief der Diener.

»Nehmt sie!« Sie schob sie James hin. »Und gebt mir Bescheid, ob irgendetwas an seiner Tafel fehlt.«

James verbeugte sich und ging durch die Tür, vorbei an der

Wache am Fuß der Treppe, nach oben zur Tür der Gemächer des Königs. Die Dienstleute an der königlichen Tür zögerten, doch James hielt den Servierteller hoch und sagte: »Schnell! Bevor es kalt wird!« Als er, ohne zu zögern, auf die geschlossene Tür zuging, rissen die Dienstleute sie ihm auf.

Augenblicklich wurde sie hinter James geschlossen, und er betrat das Speisezimmer des Königs, wo er die Servierschale vor ihn auf den Tisch stellte.

Der Diener hinter seinem Stuhl, der Page, der seine Handschuhe hielt, der Servierer mit dem Wein, sein Bursche mit dem Wasser warfen James keinen zweiten Blick zu, als er nach dem langen, scharfen Messer griff, hauchdünne Lammscheiben absäbelte und sie fächerförmig auf dem besten Silberteller aus dem Hause Hopkins ausbreitete. Mit einer Verbeugung stellte er den Teller vor den König, indem er sich über seine Schulter beugte. Das Gesicht so dicht an seinem Ohr, dass er das Kitzeln grauer Löckchen spürte und die französische Pomade roch, flüsterte er: »Heute um Mitternacht. Öffnet Eure Tür.«

Der König wandte nicht den Kopf und gab kein Anzeichen, dass er die Worte gehört hatte.

»*Fanfare*«, nannte James das Losungswort, das er aus Frankreich erhalten hatte und das besagte, dass die Verschwörung von der Königin, Henrietta Maria, persönlich ausging.

Der König neigte den Kopf wie zum Tischgebet, und seine unter dem Tisch verborgene Hand vollführte eine kleine Geste der Zustimmung. James ging rückwärts zur Tür, neigte den Kopf tief nach unten und zog sich zurück.

In der Herberge Old Bull aßen die Jungen gerade gezuckerte Pflaumen und knackten Nüsse. Bei seinem Eintreten sprangen sie auf.

»Gibt es einen Jahrmarkt?«

»Es gibt einen Markt und ein paar fahrende Schauspieler«, sagte James. »Wir können hingehen und uns ansehen, was los ist.« Unwillkürlich musste er vor Erleichterung breit grinsen, weil die erste Etappe – sich Zutritt zum König zu verschaffen – so einfach gewesen war. Er hatte das Unterfangen zusammen mit großen Männern geplant und jeden Schritt ausgetüftelt, doch letztlich war er einfach auf eine Tür zugeschritten, und der Dienstbote hatte sie ihm geöffnet. Dass er kein Schiff hatte, war ihm fast einerlei. Wenn das Glück ihm hold war, würde es den ganzen Weg bis auf hohe See und zum Treffpunkt mit der Flotte des Prinzen halten.

»Wird der König heute Abend noch einmal herauskommen?«, fragte Walter.

»Nein, er winkt nur vor dem Abendessen aus dem Fenster, und dann schließen sie über Nacht die Läden. Aber vielleicht werden wir ihn morgen sehen. Ich glaube, morgens verlässt er immer das Haus«, sagte James, wohl wissend, dass der König dann bereits auf dem Schiff des Prinzen sein würde. »Er geht zur Kirche.«

»Darf er überall frei herumlaufen?«, erkundigte sich Walter.

»Als das Parlament sich entschied, eine Abmachung mit ihm zu treffen, mussten sie ihn freilassen, damit er die Dokumente als freier Mann unterschreiben kann. Jetzt kann er sich nach Lust und Laune überall auf der Insel bewegen, aber er hat sein Wort gegeben, sie nicht zu verlassen.«

»Gibt es einen Tanzbären?«, wollte Rob wissen. »Ich habe noch nie einen Bären gesehen.«

»Ich glaube nicht«, erwiderte James. »Das hier ist eine gottselige Stadt, oder zumindest ist sie das früher gewesen. Aber wir können über den Markt spazieren, und du kannst ein Mitbringsel für deine Mutter kaufen. Vielleicht ein paar Bänder für ihr Haar.« Bei dem Gedanken an Alinors blondes Haar musste er feststellen, dass seine Kehle auf einmal trocken war.

»Nein, sie trägt immer eine Haube«, antwortete Rob. »Aber

wenn ein paar kleine Münzen angeboten werden, würde ich sie kaufen. Sie mag alte Münzen. Kommt schon.«

Die beiden Jungen gingen über den Markt, besahen sich die Stände und lachten über die Kunststücke eines kleinen Hundes, der darauf abgerichtet war, durch einen Reifen zu springen und sich auf die Hinterbeine zu stellen. Die Stände führten die engen Gassen hinunter in Richtung Hafen, wo der Fluss Medina sich durch die Stadt schlängelte und die Boote am Kai auf und nieder wippten. James hielt nach Schiffen Ausschau, die neu eingetroffen oder möglicherweise auslaufbereit waren, als Rob auf einmal rief: »Vater! Mein Vater!«

James wirbelte herum und erspähte einen Mann mit dunklen Haaren und wettergegerbter Haut, dessen Kopf bei der vertrauten Stimme hochzuckte. Er erhaschte einen Blick auf das Gesicht des Fremden, auf dem sich Verblüffung widerspiegelte. Dann drehte der Mann sich um und tauchte blitzschnell in der Menschenmenge unter.

»Das war mein Vater! Das war mein Vater!«, rief Rob. »Vater! Ich bin's! Rob! Warte auf mich!« Er rannte los und wand sich durch die Menge, und obwohl der dunkle Schopf ein gutes Stück vor ihm auf und ab hüpfte, war Rob letztlich schneller. Als James und Walter ihn einholten, hatte er den Mann erreicht und warf sich ihm in die Arme. »Ich bin's!«, verkündete er in der freudigen Gewissheit, willkommen zu sein. »Ich bin's! Ich bin's, Vater! Rob.«

Die schuldbewussten Augen des Mannes suchten über dem Kopf seines Sohnes James' Blick. »Rob«, sagte er und tätschelte dem Jungen den Rücken. »Oh, Rob.«

Rob umschwänzelte ihn wie ein Welpe. »Wo hast du gesteckt?«, fragte er. »Wir hatten keine Ahnung! Wir haben gewartet und gewartet! Wir haben gedacht, du seist ertrunken!«

James sah, wie der Fremde ihn voller Verzweiflung anstarrte, von einem Mann zum anderen.

»Sie haben geglaubt, man habe Euch gewaltsam für die Marine angeworben«, sagte James ihm vor.

»Ach! So war's. So ist's gewesen!«, erklärte der Mann, auf einmal schlagfertig. Er umarmte seinen Sohn und trat dann zurück, um sich dessen Gesicht anzusehen. »Ich habe dich nicht erkannt, du bist so groß geworden. Und so fein gekleidet! Wie ich sehe, ist es euch ohne mich gut ergangen!«

»Ist es nicht! Wo bist du nur gewesen?«, fragte Rob beharrlich.

»Es ist eine lange Geschichte«, sagte der Mann. »Und eines Tages werde ich sie dir ausführlich erzählen.«

»Warum bist du nicht nach Hause gekommen?«

»Warum ich nicht nach Hause gekommen bin? Na, ich konnte nicht nach Hause kommen, deshalb!«

»Aber wieso nicht?«

»Weil ich zum Dienst gepresst war, mein Sohn. Von den Marinewerbern von meinem Boot geschnappt und mitgenommen, um fürs Parlament bei der Marine zu dienen. Habe als einfacher Matrose gedient und bin dann durch die Ränge aufgestiegen, da ich das Meer um Sealsea und den ganzen Weg bis zu den Downs kenne.«

»Aber wieso hast du Ma keine Nachricht geschickt?«

»Gott segne dich, sie lassen einen nicht an Land gehen! Feiertage und Urlaub gibt's da nicht! Ich bin auf meinem Schiff gewesen und habe mit niemandem geredet außer den anderen armen Kanaillen, die zusammen mit mir zum Dienst gezwungen waren.«

James sah, wie Alinors zu Liebe und Vertrauen erzogener Sohn sich große Mühe gab, seinem Vater Glauben zu schenken. »Du konntest uns noch nicht einmal eine Nachricht zukommen lassen? Denn wir haben auf deine Rückkehr gewartet und gewartet, und Ma weiß immer noch nicht, ob du am Leben bist oder tot. Ich werde es ihr sagen, wenn ich wieder nach Hause komme. Sie wird mir kaum glauben! Sie hat gewartet. Wir haben alle darauf gewartet, dass du nach Hause kommst!«

»Oh, sie weiß Bescheid.« Er nickte schnell. »Es ist besser für sie, so zu tun, als wüsste sie es nicht. Aber du kennst doch deine Ma, mein Sohn. Eine solche Frau – sie spürt es in den Knochen. Sie braucht keine Nachricht, die ihr sagt, was los ist. Der Wind und die Wellen sagen es ihr. Der Mond flüstert es ihr zu. Die Vögel in ihrer Hecke sind ihre Begleiter. Gott weiß, was sie weiß und was sie nicht weiß, aber um sie musst du dir keine Sorgen machen.«

Dem Jungen fiel es sichtlich schwer, dies zu glauben. Beim Anblick des verwirrten Stirnrunzelns auf seinem jungen Gesicht brach James aus purem Hass eisiger Schweiß aus.

»Ich glaube nicht, dass sie tatsächlich Bescheid weiß«, sagte Rob zögernd. »Sie hätte es uns gesagt, als wir gefragt haben, wo du bist.«

»Nun, du kommst jedenfalls bestens über die Runden«, sagte sein Vater fröhlich. »Feine Kleidung und feine Freunde.« Er wandte sich an James. »Ich bin Zachary Reekie«, stellte er sich vor. »Kapitän des Küstenhandelsschiffs *Jessie*.«

»Ich bin James Summer«, sagte James, ohne ihm die Hand anzubieten. »Tutor von Master Walter Peachey hier und von Eurem Sohn, der der Leibdiener und Gefährte Seiner Lordschaft ist.«

»Im Haushalt der Peacheys?«, wollte Zachary von seinem Sohn wissen. »Habe ich nicht gesagt, dass man sich um deine Mutter keine Sorgen zu machen braucht? Was hat sie tun müssen, um dich dort unterzubringen? Ich kann's mir wohl denken! Ist Mr Tudeley immer noch der Verwalter?«

Rob lief scharlachrot an. »Meine Mutter führt den Destillationsraum für die Propstei«, brachte er stockend hervor.

»Ich war derjenige, der darum bat, dass Rob Master Walters Gefährte wird«, erklärte James in der Hoffnung, dass sein geschmeidiger Tonfall nicht seine kalte Wut verriet. »Es ist klug von Mrs Reekie gewesen, die Stelle für ihn anzunehmen. Er steht in Diensten und wird jedes Quartal bezahlt, und wenn

Master Walter auf die Universität geht, hoffe ich, Rob in die Lehre bei einem Arzt zu geben. Er kennt sich mit Kräutern und Arznei sehr gut aus, und bei mir lernt er Latein.«

»Oh, ja, so ist das also, ja?«, erwiderte Zachary unwirsch. »Es freut mich, dass die Dinge sich für uns alle so gut entwickelt haben.« Er drehte sich weg, als glaubte er, nun gehen zu können, doch sofort packte Rob seinen Arm.

»Aber du wirst doch jetzt nach Hause kommen, Vater? Da du nun nicht mehr in der Marine bist?«

»Ich kann nicht gleich«, sagte er und sah James Hilfe suchend an. »Ich bin aus der Marine raus, als sie zum Prinzen übergelaufen sind. Als die Schiffe zu Prinz Charles gingen, bin ich auf und davon. Ich hätte deinem Onkel Ned nicht in die Augen sehen können, wenn ich dem König gedient hätte! Oder? Aber ich musste mich für die Passage auf der *Jessie* verpflichten, und so habe ich noch ein Jahr auf ihr zu dienen. Sie ist ein Küstenhandelsschiff, überall um England und um Frankreich. Ich bin nie hier. Immer auf hoher See. Aber sobald ich meine Zeit abgedient habe, werde ich zu euch zurückkehren, ganz bestimmt.«

»Aber was soll ich Ma sagen?«, drängte Rob ihn.

»Sag ihr das! Bitte deinen Tutor hier, es zu erklären. Er versteht es, nicht wahr, Sir?«

»Sehr gut«, erwiderte James ruhig.

Rob sah ihn hoffnungsvoll an. »Ach ja?«

»Ich verstehe, dass dein Vater in die Marine gezwungen wurde und jetzt einem Handelsschiff verpflichtet ist. Das ist nicht unüblich. Er wird nach Hause kommen, wenn sein Dienst vorüber ist, aber wir können deiner Mutter sagen, dass er am Leben ist und es ihm gut geht und dass er zurückkehren wird.«

»Wenn sie das überhaupt will«, sagte Zachary. Er drehte sich zu James und zwinkerte ihm zu, ohne dass sein Sohn es sah.

James schluckte seine Verachtung hinunter. »Aber Ihr müsst etwas mit uns trinken und Euch mit Eurem Sohn unterhalten, da wir uns nun durch eine derart glückliche Fügung gefunden

haben«, sagte er herzlich. »Es ist so ein Zufall! Wir sind nur nach Newport gekommen, um uns die Sehenswürdigkeiten auf der Insel anzusehen und einen Blick auf den König zu werfen, und stattdessen haben wir Euch gefunden.«
Walter sah nicht sonderlich erfreut aus, doch Zacharys Miene hellte sich bei der Einladung auf. »Wir können hier hineingehen.« Er deutete auf eine der Bierstuben am Kai. »Ich lasse hier anschreiben und hätte nichts dagegen, ihnen Kundschaft zu bringen.« Abermals zwinkerte er James zu. »Adelige Kundschaft«, fügte er hinzu. »Kutschenkundschaft. Das wird sie wundern.«

»Gewiss«, sagte James freundlich und ging als Erster in die Stube, wobei er sich rasch umsah, um sicherzugehen, dass das ärmliche Haus, in dem Fischersleute und die Hafenhändler einkehrten, nicht sittenlos oder ein unsicherer Ort für die Jungen war.

Walter und Rob nahmen an einem kleinen Tisch in der Ecke Platz, während die Männer an der Tür zur Küche standen, um ihre Getränke zu bestellen. Zachary führte mit dem Wirt im Flüsterton eine Debatte, der James mit den Worten ein Ende setzte: »Sagt ihm, ich werde Eure Schulden tilgen.«

»Wie freundlich von Euch«, sagte Zachary, der auf der Stelle argwöhnisch wurde.

»Ich habe möglicherweise Arbeit für Euch«, fügte James hinzu.

»Einem Freund der Peacheys helfe ich gern. Oder vielleicht seid Ihr ein Freund meiner Frau?«

James' Miene versteinerte. »Ich arbeite für die Peacheys«, erklärte er. »Ich glaube, ich könnte dafür sorgen, dass Ihr ein gutes Geschäft macht.«

»Oh, aha«, sagte Zachary gefällig. »Jungs, möchtet ihr eine Scheibe Brot mit Rindfleisch? Ich weiß doch, dass Jungen immer Hunger haben.«

Walter, dem unbehaglich zumute war, schüttelte den Kopf.

»Wir haben eben zu Abend gegessen«, erklärte James. »Sie nehmen einen Becher Dünnbier, und dann werden sie zu unserem Gasthof zurückkehren.«

»Na schön«, sagte Zachary. »Ich nehme einen Schnaps, da es auf Eure Rechnung geht.« Er nickte dem Wirt zu, der ihm aus einer schwarzen Flasche unter dem Tisch einschenkte. Zachary hob seinen irdenen Becher, um mit seinem Sohn anzustoßen. »Es ist schön, dich zu sehen, mein Junge«, sagte er liebevoll. »Und dann siehst du noch so fein aus!«

Rob nahm den Blick nicht vom Gesicht seines Vaters, stellte allerdings keine Fragen mehr. Nach einer Weile sagte James ihnen, sie sollten zurück zum Gasthof und zu Bett gehen. »Ich habe etwas mit deinem Vater zu vereinbaren«, versprach er Rob.

»Macht Ihr das, Sir?« Robs braune Augen ruhten vertrauensvoll auf seinem Gesicht. »Werden wir ihn morgen sehen?«

»Ich werde ihn bitten, zusammen mit uns zu frühstücken.«

»Danke, Sir, denn ... Ich muss meiner Mutter erklären können, was sich zugetragen hat.«

James dachte an Alinors Armut und die Gefährdung ihres guten Rufs, seit dieser Mann sie und die beiden Kinder verlassen hatte. »Ich werde mit ihm reden«, versprach er und schämte sich für sein falsches Spiel, als sich Robs Gesicht aufhellte.

Die Männer warteten, bis die Jungen fort waren und sich die Tür hinter ihnen geschlossen hatte.

»Was wollt Ihr von mir?«, fragte Zachary unverblümt. »Ihr müsst nicht um den heißen Brei herumreden.«

»Ich brauche Euer Schiff«, antwortete James. »Ich hatte hier ein Treffen mit einem Küstenhändler vereinbart, aber er hat mich im Stich gelassen. Ich muss eine Seereise in Auftrag geben.«

»In welche Richtung?«, fragte Zachary.

»Südwärts, Richtung Frankreich.«

»Das mache ich, einmal die Woche.«

»Ihr bestimmt über das Schiff?«, vergewisserte sich James. »Ihr könnt segeln, wann und wohin Ihr wollt?«

»Vorausgesetzt, ich habe eine Ladung und kann Profit machen«, sagte Zachary. »Mein Eigentümer vertraut darauf, dass ich das Geschäftliche regele.«

»Ich möchte, dass Ihr ein Schiff vor der Küste trefft und Güter übergebt«, sagte James. »Mehr braucht Ihr nicht zu wissen.«

»Schmuggelei?«, fragte Zachary leise. »Machbar ist das, aber es ist teuer.«

»Ich werde Euch entlohnen«, versprach James ihm. »Ich werde Euch gut entlohnen.«

»Würde es sich dabei um Güter in Fassform handeln? Oder in Kistenform? Oder eher in Gestalt einer Person?«

»Das braucht Ihr nicht zu wissen«, sagte James. »Ihr müsst nur wissen, dass die Bezahlung gut ist und Ihr ein paar Minuten nach Mitternacht auslauft. Ich werde mitkommen. Die Jungen nicht.«

»Und wie viel bekomme ich für diesen nächtlichen Ausflug? Mit Euer Ehren als Schiffskamerad? Mit diesen Gütern?«

»Zwanzig Kronen bei unserer Abfahrt, zwanzig Kronen am Kai bei unserer Rückkehr. Und ohne dass jemand etwas davon erfährt«, sagte James.

Zachary kippte den Stuhl nach hinten und legte seine Seemannsstiefel auf das Fass, das als Tisch diente. »Nein, ich denke nicht, dass ich das Geschäft annehmen werde«, sagte er und lächelte James über den Rand seines Bechers hinweg an. »Es ist zu viel für gewöhnliches Schmuggeln, und ich bin kein Schmuggler, müsst Ihr wissen. Und zu wenig, um den König auf dem Seeweg von der Insel zu bringen. Falls das Euer Anliegen sein sollte, werdet Ihr deswegen am Galgen enden.«

»Es ist die Summe, die meinem anderen Schiff bezahlt worden wäre«, sagte James kühl. »Es ist der richtige Preis.«

»Nein, das ist es nicht. Denn – seht Ihr? Er wollte es zu dem Preis nicht machen. Euer feiner Freund ist nicht aufgetaucht.

Ihr wisst nicht, warum?« Ein scharfer Blick auf James' Gesicht verriet ihm, dass der gut aussehende junge Mann nicht wusste, warum sein Schiff ihn versetzt hatte. »Wenn er es für das Geld nicht tun wollte, glaube ich auch nicht, dass ich es tun werde.«

»Ich glaube schon«, sagte James. »Denn ich kann die Wache rufen, um Euch verhaften zu lassen, und ich kann dem Richter sagen, dass Ihr Eure Frau im Stich gelassen und Eure Kinder der Gemeinde in Sealsea aufgebürdet habt. Ich kann ihnen sagen, dass Ihr von der parlamentarischen Marine desertiert seid und als Schmuggler arbeitet. Ich kann ihnen sagen, dass Ihr ein Ehebrecher und möglicherweise ein Bigamist seid. Ich kann ihnen sagen, dass Ihr auf der Insel Sealsea gesucht werdet, vielleicht überall. Euer eigener Sohn würde bezeugen, dass seine Mutter darauf wartet, dass Ihr nach Hause kommt und dass die Gemeindevorsteher in Sealsea Euch wegen Eurer Zehnten suchen.«

»Das tut sie nicht!« Zachary schlug mit der flachen Hand auf den Tisch. »Sie wartet nicht! Zum Teufel mit Euch wegen des Rests, aber erzählt mir nicht so was. Sie vermisst mich nicht, sie will mich nicht. Der Junge hält vielleicht nach mir Ausschau, aber sie nicht.«

»Ich weiß, dass sie es tut«, erwiderte James ruhig, während er an die blasse Frau dachte, die auf den Geist dieses Mannes gewartet hatte, um in der Mittsommernacht von ihm zu hören.

Vertraulich beugte Zachary sich vor. »Die nicht, denn sie ist eine Hure«, sagte er offen. »Von einem ehrlichen Mann zum anderen: Sie ist eine Hure und eine Hexe. Man hat mich mit ihr verheiratet, obwohl ich meine Zweifel hatte, aber ihre Mutter – noch so eine Hexe – wollte mein Boot und meine Netze und meinen Fang. Sie hat geglaubt, ich würde in schwierigen Zeiten für ihr Mädchen sorgen. Hat geglaubt, ich würde ein Vermögen machen. Vielleicht habe ich geschworen, dass ich es würde. Vielleicht habe ich alle möglichen Versprechungen gemacht. Ich bin so verrückt nach ihr gewesen – und wem gebe ich die

Schuld daran, hä? Ich habe unser Haus gleich nebenan vom Fährhaus und ihrer Mutter gebaut, damit sie ihr Gewerbe als weise Frauen fortführen konnten, und habe weggesehen, wenn sie getan haben, was sie getan haben. Ich habe Fische nach Hause gebracht, sie für mich auf den Markt geschickt und das Geld genommen, das sie zurückgebracht hat. Eigentlich hatte ich Pläne für ein weiteres Boot, aber ich hatte ein paarmal Pech. Ich war ein ebenso guter Ehemann wie jeder andere auf der Insel. Ich wusste nicht, welche Streiche sie mir spielen würden. Meine Frau und ihre Mutter, Gott verfluche die beiden!

Ein Kind haben wir bekommen: eine Tochter, so schön wie ein Elfenkind. Was wusste ich schon? Nur vom ersten Augenblick an, als ich sie sah, war mir klar, dass sie mir einen Wechselbalg aufgezwungen hatten. Dann kam Rob – seht ihn Euch an! Er konnte lesen, sobald er laufen konnte, obwohl ich nicht einmal meinen eigenen Namen buchstabieren kann. Er kannte die Kräuter, sobald er als Kleinkind in ihren Garten getapst ist. Hat sie immer am Geruch erkannt. Wer außer einem Elfenkind riecht an Blättern? Sie sind nicht meine Kinder. Niemand hätte je glauben können, dass es meine Kinder sind! Seht sie Euch doch an!«

»Wessen Kinder sind sie denn dann?«, wollte James scharf wissen.

»Fragt sie! Sie weiß, mit wem sie sich trifft, wenn sie bei Vollmond hinausgeht, wenn sie am Mittsommerabend hinausgeht, wenn sie in den dunkelsten Winternächten zum Tanzen hinausgeht. Sie weiß, woher sie diese Kinder hat. Aber ich schwöre Euch, von mir sind sie nicht.«

James straffte die Schultern gegen einen abergläubischen Schauder. Er zwang sich, ruhig zu sprechen: »Das ist Unsinn. Wollt Ihr damit sagen, dass Ihr sie aus keinem besseren Grund als diesem verlassen habt?«

»Verdammt soll sie sein in alle Ewigkeit! *Sie* hat *mich* verlassen!«, rief Zachary. »Ich mag derjenige sein, den man aus dem

Wirtshaus geholt und in die Marine gesteckt hat, aber sie war diejenige, die mich verlassen hat, schon Jahre zuvor. Sie hat mich entmannt, und das mit nur einem Blick. In ihrer Gegenwart konnte ich nichts. Einmal habe ich sie gepackt und wollte sie zwingen, aber meine Hand wurde schwach, und mein Blut wurde wie Eis. Ich wollte sie dazu bringen, ihre Pflicht mir gegenüber zu erfüllen – Ihr wisst, was ich meine, ein Mann hat Rechte über seine Frau –, aber ich konnte nicht. Sie hat mich mit diesem Blick angesehen, und ich wurde weich wie ein toter Fisch. Ich schwöre Euch, sie wollte mich umbringen. Ich konnte ihr nichts anhaben. Sie hat mir das Leben ausgesaugt, sag ich Euch.«

»Hat sie?«

»Ich konnte ihr kein Ehemann sein, und wenn ich zu irgendeiner Dirne gegangen bin, konnte ich dort auch nichts ausrichten, weil ich an sie denken musste. Was ist das, wenn nicht ein auf mir lastender Fluch? Und nach dem Tod ihrer Mutter ist es noch schlimmer geworden. Ich dachte, als ihre Mutter starb, würde ihre Macht verschwinden, aber es war, als wäre die Macht der alten Hexe zu ihrer eigenen hinzugekommen. Die Werber brachten mich fort, aber bei Gott, ich war froh wegzukommen!«

»Würdet Ihr je zurückkehren?«, fragte James.

»Niemals! Niemals! Ich würde eher sterben, als zu ihr zurückzugehen. Ich würde eher ertrinken. Sie ist eine Hure, sag ich Euch. Eine Hure für das Elfenvolk. Sie ist eine Hexe. Sie kann ein Kind ohne Mann bekommen, sie kann ein Kind trotz Mann verhindern. Sie kann ein Kind im Mutterleib umbringen und das Gemächt eines Mannes mit einem eisigen Atemhauch vernichten.«

»Lieber Gott, was sagt Ihr da?« James konnte seine Angst angesichts der Worte des Mannes nicht mehr verhehlen – die schlimmsten Dinge, die einem Mann zu Ohren kommen konnten: eine Frau, die seine Potenz schrumpfen, seine Kinder töten konnte. »Ich kenne sie! Das ist nicht möglich bei einer Frau wie ihr. Es ist bei keiner sterblichen Frau möglich!«

»Ihr könnt das sagen, Priester«, erwiderte der Mann mit leiser Stimme. »Ihr könnt das sagen, der Ihr sie nie nackt gesehen, der nie ihre warme Haut berührt, der Ihr Euch nie nach ihr verzehrt habt. Doch der Geschmack ihres Mundes ist wie Bilsenkraut trinken – sie macht einen durstig nach immer mehr, und dann treibt sie einen in den Wahnsinn.«

»Ich bin kein Priester«, sagte James rasch.

Zacharys Oberlippe kräuselte sich. »Wie Ihr wünscht«, sagte er kalt. »Aber irgendwas stinkt hier nach Weihrauch, und ich bin's nicht.«

Zwischen den beiden Männern herrschte Schweigen.

»Wie dem auch sei«, sagte James und versuchte, seine Autorität zurückzugewinnen, versuchte, die Vorstellung von Alinor bei der Hurerei mit einem Elfenlord zu verbannen. »Ich habe keine Zeit für diesen Unsinn. Ich biete Euch eine Reise oder die Verhaftung. Was soll es sein?«

»Zwanzig Kronen, um das Handelsgut wegzuschaffen, zu einem Treffpunkt, den Ihr bestimmt. Zwanzig Kronen, um Euch zurückzubringen?«

»Ja«, sagte James.

»Und wir sprechen nie wieder davon, und Ihr bringt den Jungen zu ihr zurück und sagt ihr, Ihr hättet mich nie gesehen?«

»Ich kann ihn nicht dazu bringen zu lügen, aber ich kann mir einen Vorwand einfallen lassen.«

»Sodass sie nicht nach mir sucht?«

»Sie würde nicht herkommen und nach Euch suchen.«

»Sie hat das Zweite Gesicht. Sie kann mich sehen, wenn sie möchte, es sei denn, die Tiefsee liegt zwischen uns. Durch tiefes Wasser kann sie mich nicht sehen, das weiß ich. Sie hat Angst vor tiefem Wasser, weil sie keine Macht darüber hat. Aber wenn ich jemals wieder zum Watt segle, wird der Sumpf unter meinem Kiel brodeln und mich wie Seetang vor ihre Tür werfen, und sie wird mich mit einem Blick vernichten.«

»Ihr redet wie ein Irrsinniger.«

»Was, glaubt Ihr, hat ihre Schwägerin umgebracht?«, wollte der Mann auf einmal wissen.

»Was?« James war erneut aus dem Konzept gebracht. »Welche Schwägerin?«

»Seht Ihr, wie wenig Ihr sie kennt?« Er drehte sich um und rief über die Schulter nach einem weiteren Getränk. Der Wirt kam herüber, und James wartete, bis er eingeschenkt und Zachary getrunken hatte.

»Fahrt fort«, sagte James durch die Zähne.

»Dann wisst Ihr also auch das nicht! Ihre Schwägerin. Neds Ehefrau. Die sie nicht mochte. Was hat sie umgebracht, wisst Ihr das?«

»Ich habe noch nicht einmal gewusst …«

»Genau. Ihr wisst nichts. Sie hat sie aus Eifersucht getötet. Damit die arme sterbliche Frau nicht das Kind, mit dem sie schwanger war, zur Welt bringt.«

»So etwas würde sie niemals tun.«

»Sie hat es getan. Ich weiß es. Denn es war mein Kind.«

»Ihr habt die Frau des Fährmanns geschwängert?«

»Ja, und meine Frau hat das Kind aus Boshaftigkeit umgebracht.«

Es folgte ein langes Schweigen. Zachary leerte seinen Becher und schob ihn zu James, da er auf mehr hoffte.

Schaudernd atmete James angesichts dieser beiläufigen Bemerkung ein. »Hört mit dieser Verleumdung auf. Sie bedeutet mir nichts. Ich kenne diese Leute nicht, und mir liegt nichts an ihnen. Wir sind hier, um eine Abmachung zu treffen: dass Ihr für mich in See stecht.«

»Ihr seid wegen einer Abmachung hier. Ich bin zum Trinken hier.«

James nickte dem Wirt über die Schulter zu, noch einen Becher einzuschenken. »Werdet Ihr für mich in See stechen oder nicht?«, wollte er kaum hörbar wissen.

»Ja.«

»Und wenn ich mich bereit erkläre, ihr zu sagen, dass Ihr niemals zurückkehren werdet, schwört Ihr, dass Ihr es nicht tun werdet?«

»Gern. Habt Ihr mir nicht zugehört? Ich werde niemals zu ihr zurückgehen.«

Zachary streckte eine verdreckte Hand aus. Widerwillig schlug James ein. Als die warme Handfläche mit den alten Narben gegen seine eigene drückte, erinnerte sie ihn zu seinem Entsetzen an Alinors Haut.

»Ach, Ihr habt sie berührt«, rief Zachary mit boshafter Genugtuung, als James erbleichte. »Ihr habt sie berührt, und sie hat Eure Seele auch in ihrer Gewalt.«

James ging zum Gasthof Old Bull zurück und stieg die morsche Treppe zum Zimmer der Jungen mit seiner niedrigen Decke hinauf. In ihren Nachthemden lagen sie zusammen in dem großen Bett.

»Ich habe für meinen Vater gebetet«, vertraute Rob ihm an.

»Das war gut«, sagte James. »Wir werden ihn morgen wiedersehen. Er wird zum Frühstück herkommen. Schlaft jetzt.«

Er betrachtete die beiden Jungen: Walter der Länge nach ausgestreckt, die Arme quer über dem Bett, die Füße zu den Ecken hin, und Rob zu einer Kugel zusammengekrümmt. Dann verließ James leise das Zimmer und ging nach unten in das private Speisezimmer.

Zwei Männer saßen zu beiden Seiten des Feuers. Bei James' Eintreten erhoben sie sich und ergriffen seine Hand, doch Namen fielen keine.

»Ihr habt ihn gesehen?«

»Ja. Ich habe ihm gesagt, dass es um Mitternacht losgeht. Und ich habe mich mit dem Bootsmann getroffen und mich auf einen Preis geeinigt«, bestätigte James. »Ihr habt die Wache bestochen?«

»Ohne Schwierigkeiten«, sagte der andere. »Er wird nicht bewacht, wie es in Carisbrooke der Fall war. So lautet die Vereinbarung mit dem Parlament, und sie halten sich daran. Sie haben angeboten, dass er hier frei ein und aus gehen kann, beschränkt nur durch sein Ehrenwort. Sie glauben, eine Vereinbarung sei seine einzige Hoffnung: diese Narren.«

»Falls ich im Hopkins'schen Haus gefangen genommen werde, wartet nicht auf mich. Bringt ihn schnell weg. Das Schiff ist die *Jessie,* auslaufbereit am Kai.«

»Ich dachte, es sei die *Marie?*«, wandte der zweite Mann ein.

»Sie hat uns im Stich gelassen. Jetzt ist es die *Jessie.*«

»Habt ihr ihn bezahlt?«

»Zwanzig Kronen für die Hinfahrt, zwanzig, wenn wir sicher zurück sind.«

»Ich fahre mit ihm nach Frankreich«, sagte der erste Mann, »wenn er es mir erlaubt. Ich komme nicht zurück.«

»Ich muss mit dem Bootsmann zurückkehren, um meine Mission hier zu Ende zu bringen«, sagte James. Er kramte in seiner Tasche und gab dem zweiten Mann einen schweren Geldbeutel. »Aber Ihr könnt den hier für mich verwahren. Seid am Kai, um die *Jessie* bei ihrer Rückkehr zu bezahlen.«

»Ihr wollt den Beutel nicht bei Euch tragen?«

James schüttelte den Kopf.

»Ihr misstraut ihm?« Der Mann war entsetzt. »Was für ein Kamerad ist das? Bei einer solchen Unternehmung?«

Einen Moment schwieg James. »Ich traue niemandem«, antwortete er, und seine Worte klangen aufrichtig. »Ich traue niemandem in diesem Land, das eigentlich Meer ist, in diesen Häfen, die keine sicheren Häfen sind, in diesem verebbenden Gezeitenland.«

»Was?«

»Wie dem auch sei, wenn ich nicht zum Kai hinunterkomme, bringt die Person, um die es uns geht, sicher an Bord und bezahlt den Bootsmann.«

»Was meint Ihr damit, wenn Ihr nicht zum Kai hinunterkommt?«

»Falls ich geschnappt werde«, sagte James tonlos. »Falls ich tot bin.«

Um fünf Minuten vor Mitternacht zogen die drei Männer ihre hohen Hüte auf und schlangen sich die dicken Umhänge um die Schultern. James nahm an, es lag an der feuchten Luft, dass er zitterte und sich danach sehnte, einen Moment, nur noch einen Moment beim Feuer zu verweilen.

»Ich gehe voraus«, sagte er. »Ihr kommt mir nach und wartet unter seinem Fenster, und Ihr«, er deutete auf den anderen Mann, »wartet am Kai.«

»Wie vereinbart«, antwortete der erste Mann. »Um Himmels willen, können wir endlich los?«

Im Hopkins'schen Haus waren alle Fenster dunkel. Wachen waren keine zu sehen, doch James hegte den Verdacht, dass der Kommandant von Carisbrooke Castle, ein erfahrener Armeemann, trotz jeglicher Versprechen des Parlaments bezüglich der Freiheit des Königs die Türen bewachen ließ. Der Hopkins'sche Dienstbote an der Eingangstür war bestochen worden, damit er gegen Mitternacht nicht hinaussah, aber es war unmöglich zu wissen, ob Spione in den dunklen Eingängen verborgen waren oder an den dunklen Mauern lehnten. James bog von der Hauptstraße ab, trat durch das Gartentor und ging um die Gemüse- und Kräuterbeete herum zur Küchentür. Sie war für frühe Lieferungen unversperrt. James drehte am Knauf und betrat die stille Küche.

Der Küchengehilfe erhob sich von seinem Lager neben dem Kamin. »Wer da?«

»Pst, ich bin's«, sagte James vertraut. »Ich war mir nicht sicher, ob jemand an sein in Wein getunktes Brot gedacht hat?«

»Was?«

»Der König. Er nimmt um Mitternacht Brot und Wein zu sich. Hat es jemand hochgebracht?«

»Nein!«, rief der Junge. »Herrgott! Das passiert dauernd. Und seine Diener sind ins Wirtshaus gegangen, und die Köchin ist im Bett.«

»Dann werde ich es tun«, murrte James. »An mir bleibt immer alles hängen.«

»Habt Ihr den Schlüssel zum Keller? Soll ich den Servierer wecken: Mr Wilson?«

»Nein. Der König trinkt nicht aus eurem Keller. Er hat seinen eigenen Wein, auf seinem Zimmer. Ich habe den Schlüssel. Leg du dich wieder schlafen. Ich werde ihn bedienen.«

Er holte ein Glas und eine Karaffe aus dem Schrank in der Diele und stieg die Treppe hoch. Die Tür zum Zimmer des Königs war von innen verschlossen, doch als er sich ihr über die knarzenden Dielenbretter des Treppenabsatzes näherte, hörte er die Uhr der Kirche St. Thomas Mitternacht schlagen und gleichzeitig das Geräusch eines geölten Riegels, der zurückglitt. Ihn überkam eine überwältigende Hochstimmung. Er stand an der Schwelle des königlichen Schlafgemaches, der König war im Begriff, die Tür zu öffnen, das Boot wartete. »Dies ist Triumph«, schoss es James durch den Kopf. »So fühlt es sich an, zu siegen.«

Der König öffnete die Tür und spähte in den Gang.

»*Fanfare*.« James sagte das Losungswort und ließ sich auf ein Knie sinken.

»Erhebt Euch«, erwiderte der König ungerührt. »Ich komme nicht mit.«

James sah ungläubig zum König hoch. »Eure Majestät?«

Der König trat in sein Zimmer zurück und winkte James herein, bedeutete ihm mit einem Nicken, er solle die Tür schließen. Sein faltiges Gesicht strahlte: ein in die Enge getriebener Mann, der zuletzt lachte. »Nicht heute Nacht.«

»Der Dienstmann wacht nicht an der Tür. Euer Sohn, Seine Königliche Hoheit, wartet mit seiner Flotte auf Euch. Ich habe einen Mann unter Eurem Fenster und noch einen am Kai, ein Schiff, um Euch zum Prinzen zu bringen. Es ist sicher, wenn wir jetzt aufbrechen ...«

Seine Majestät winkte alles beiseite. »Jaja. Sehr gut, sehr gut. Wir werden es an einem anderen Tag tun, sollte es nötig sein. Ich habe sie in die Flucht geschlagen, müsst Ihr wissen. Sie bringen mir eine Vereinbarung.«

Vor Bestürzung konnte James keinen klaren Gedanken fassen. Doch dann fiel ihm wieder der verängstigte Mann ein, der unter dem Fenster des Königs wartete. »Ich muss ein paar Männer wegschicken«, sagte er. »Männer in Gefahr, die auf Euch warten. Ich selbst kann nicht bleiben, falls Ihr nicht mitkommt. Aber ich flehe Euch an, mich zu begleiten, Majestät. Dies ist Eure Gelegenheit ...«

»Ich schaffe mir meine eigenen Gelegenheiten.« Der König hatte sich bereits abgewandt. »Ihr könnt gehen.«

»Ich flehe Euch an«, wiederholte James. Er hörte das Beben in seiner Stimme und errötete, voller Scham vor seinem König. »Bitte, Majestät ... Ihre Majestät, die Königin, hat selbst Geld geschickt, damit ich das Schiff anheuere. Sie hat mich beauftragt, Euch zu retten. Ich handele auf ihren Befehl.«

Der König drehte sich wieder um, sein Lächeln war verschwunden. »Ich bedarf keiner Rettung«, sagte er gereizt. »Ich kann mein Tun am besten beurteilen. Ich weiß, was gespielt wird. Ihre Majestät hat nur den Verstand einer Frau: Sie kann nicht Bescheid wissen. Sie kommen mit vortrefflichen Vorschlägen auf den Knien zu mir gekrochen. Die Invasion der Schotten hat sie gelehrt, dass sie sich mit mir einigen müssen, ansonsten hetze ich ihnen als Nächstes die Iren auf den Hals. Sie haben gesehen, dass sich das Land in meinem Namen erhebt. Allmählich beginnen sie, meine Macht zu begreifen: Sie endet niemals, sie ist ewig. Sie können tausend Schlachten gewinnen – aber mir gehört immer noch das Recht. Das Parlament weiß, dass es nicht ohne König herrschen kann. Ohne mich.«

James wurde von Wut erfasst. Am liebsten hätte er den Mann gepackt und ihn in Sicherheit geschleift. »Vor Gott, Eure Majestät, schwöre ich, dass Ihr jetzt mitkommen solltet, und dann könnt Ihr von einem sicheren Ort aus verhandeln, mit Eurer Gemahlin und Eurem Sohn an Eurer Seite. Ihre Zukunft hängt von Euch ab, wie auch unser aller Zukunft. Wie gut das Angebot auch sein mag, was auch immer das Parlament Euch verspricht, Ihr wäret am sichersten, wenn Ihr von Frankreich aus mit ihnen redet.«

Der König richtete sich auf. »Ich werde mein Königreich niemals verlassen«, sagte er entschieden. »Mein Königreich kann mich niemals verlassen. Gott hat mich zum König bestimmt. Das lässt sich nicht ignorieren. Wir werden eine Vereinbarung treffen, meine Untertanen und ich. Ich werde nach London zurückkehren, und Ihre Majestät, die Königin, wird dort zu mir stoßen, in meinem Palast in Whitehall. Ich werde mich nicht wie ein Dieb in der Nacht davonstehlen. Richtet ihr das aus.« Er nickte zur Tür, wie um James zu entlassen.

»Ich kann nicht ohne Euch gehen! Ich habe es geschworen!«

»Es ist mein Befehl.«

»Eure Majestät, bitte!«

Charles machte eine kleine Geste mit der Hand, eine kleine wegwerfende Geste. James blieb nichts anderes übrig, als zu gehen: vorsichtig rückwärtsschreitend, wie das königliche Protokoll es verlangte, ohne sich umzudrehen, bis er den Messingriegel der Tür im Rücken spürte und nach hinten griff.

»Eure Majestät, ich habe mein Leben riskiert, um Euch zu

befreien«, sagte er leise. »Und ein treuer Mann wartet am Kai, um mit Euch nach Frankreich zu reisen. Er hat sich von seiner eigenen Familie und seinem Land verabschiedet. Er wird mit Euch ins Exil gehen und nicht von Eurer Seite weichen, bis Ihr in Sicherheit seid. Wir haben ein Boot, wir werden Euch zu Eurem Sohn bringen. Er wartet mit seiner Flotte auf hoher See auf Euch. Eure Sicherheit und Freiheit warten. Eure Zukunft – unser aller Zukunft – hängt davon ab, dass Ihr jetzt mitkommt.«

»Ich danke Euch für Euren Dienst.« Doch der König hatte bereits Platz genommen und sich seinen Briefen zugewandt. »Ich bin dankbar. Und wenn ich wieder zu meinem Recht komme, werde ich Euch belohnen. Dessen könnt Ihr Euch sicher sein.«

James, der fiebrig dachte, er werde sich nie wieder irgendeiner Sache sicher sein, verbeugte sich tief und verließ das Zimmer. Während er im Schatten des Treppenabsatzes stand, vernahm er, wie sich die Tür leise hinter ihm schloss und der Riegel zuglitt. Es war das endgültigste Geräusch, das er je gehört hatte, wie der dumpfe Schlag einer Henkersaxt auf den Block.

Unten auf der Straße fuhr der namenlose Mann wie ein verängstigter Hund zusammen, als er die Gestalt aus dem dunklen Eingang treten sah. »Eure Majestät«, hauchte er und sank auf ein Knie.

»Steht auf, ich bin's.« James schob die Krempe seines Hutes hoch, um sein Gesicht zu zeigen. »Er will nicht mitkommen.«

»Bei der heiligen Mutter Gottes!«

»Kommt«, flüsterte James. »Zurück zum Gasthof.«

Auf Umwegen eilten sie schnellen Schritts die dunklen Gassen hinunter und dann am Kai entlang, um ihren Kameraden aus seinem Versteck zu holen. Die drei schlüpften durch die unverschlossene Eingangstür und ins Speisezimmer. Sobald die

Tür zu war, zog James den Hut ab und schleuderte seinen Umhang zu Boden. Er warf sich in einen Sessel und vergrub das Gesicht in den Händen.

»Warum habt Ihr ihn nicht dazu gebracht, mitzukommen?«, wollte einer der Männer wissen.

»Wie denn?«

»Himmel! Ihr hättet es ihm erklären müssen!«

»Das habe ich.«

»Weiß er nicht um die Gefahr, in der er schwebt? In der *wir* schweben? Wie konnte er uns das alles für ihn durchmachen lassen und dann nicht mitkommen? Wir planen das nun bereits seit Wochen!«

»Monaten. Er glaubt, sie werden eine Vereinbarung treffen.«

»Warum habt Ihr nicht darauf bestanden?«

»Er ist der König. Was konnte ich schon sagen?«

»Was ist, wenn sie sich nicht einigen können?«

»Er ist sich sicher, dass sie es werden«, sagte James durch zusammengebissene Zähne. »Ich habe ihn angefleht, uns zu begleiten. Ich habe ihn gewarnt. Ich habe alles getan, was in meiner Macht stand. Er war fest entschlossen. Ich bete zu Gott, dass er recht behält.«

»Aber warum nicht mitkommen? Warum aus der Gefangenschaft in Hampton Court fliehen und seinen Schwur brechen, sein Ehrenwort, aber nicht von hier? Wo wir doch ein wartendes Schiff haben und seinen Sohn auf hoher See?«

»In Gottes Namen, ich weiß es nicht!«, fluchte James verzweifelt. »Ich wäre nicht hier, wenn ich es nicht für das Richtige hielte, das Sicherste, das Einzige, was er tun kann. Aber wie hätte ich ihn dazu bringen sollen, mit uns zu kommen? Wie?«

Der zweite Mann hatte den Hut nicht abgenommen, noch nicht einmal seinen Umhang geöffnet. »Ich gehe«, sagte er brüsk. »Ich werde dies nicht noch einmal tun. Versucht nicht, mich zu finden oder einzuladen. Zählt nicht auf meine Hilfe.

Ich werde diese Nacht nicht wiederholen. Ich bin fertig mit seiner Sache. Er hat mich verloren. Ich kann ihm nicht dienen. Man hat mich gewarnt, er sei wankelmütig und geschwätzig wie ein Weib. Aber ich hätte niemals geglaubt, dass er seine Freunde, Männer, die sich seiner Sache verschworen haben, in Todesgefahr auf der Straße stehen lässt, während er sich lieber nicht die Mühe macht.«

James nickte wortlos, als der Mann durch die Tür schlüpfte. Sie hörten, wie seine Schritte quer durch die Diele verhallten und die Eingangstür sich öffnete und wieder schloss.

»Werdet Ihr zurückkommen?«, fragte der erste Mann bedrückt. »Es erneut versuchen?«

»Wenn mir befohlen wird, muss ich gehorchen. Aber nicht noch einmal so. Nie wieder so. Ich habe sogar zwei Jungen in Gefahr gebracht, um die Verschwörung zu tarnen. Ich habe mein Leben aufs Spiel gesetzt, Eures, sogar das des Schurken auf der *Jessie*. Ich bin der größte Narr für einen Mann gewesen, der meine Dienste nicht wünscht, der sich nicht einmal nach meinem Namen erkundigt hat, der mir noch nicht einmal eine Botschaft für seine Frau anvertraut hat, die ihre Juwelen verkauft hat, um hierfür zu bezahlen. Ich werde zu ihr zurückkehren und ihr sagen müssen, dass er nicht mitkommen wollte. Ich habe versagt. Ich habe ihm gegenüber versagt, und ich habe ihr gegenüber versagt.«

»Gute Nacht«, sagte der Mann unvermittelt. »Ich bete zu Gott, dass wir uns nie wieder begegnen. Ich werde schwören, dass wir uns nie begegnet sind, und ich werde nie ein Wort darüber verlieren. Falls ich gefangen genommen werde, werde ich alles abstreiten, und Ihr werdet das Gleiche tun.«

»Amen«, sagte James, in seinem Sessel zusammengesackt.

An der Tür hielt der Mann inne. »Selbst wenn sie Euch verbrennen, vertraue ich darauf, dass Ihr meinen Namen nicht preisgebt, und ich werde Euren nicht nennen. Ich will keinesfalls für nichts sterben.«

»Abgemacht«, antwortete James bitter. Der Mann fand allein den Weg hinaus in die Nacht.

James saß schweigend am sterbenden Feuer, und während sein Mut dahinschwand, wurde ihm übel. Er stellte fest, dass seine Hände zitterten, und dass er beim Betrachten der Glut nur eines sehen konnte: das triumphierend düstere Gesicht des Königs mit seinen dunklen, traurigen Augen. James hielt sich selbst für einen Narren, weil er sein Leben solch einem Mann und einem derart versponnenen Netz aus Verschwörungen anheimgegeben hatte. Der König, dem zu dienen er geschworen hatte, wollte seine Loyalität nicht, und die Frau, die er begehrte, war eine Hure der Elfen und hatte die Ehefrau und das ungeborene Kind eines sterblichen Mannes gemordet. Ihm ging durch den Kopf, dass er sehr fern von Gott war, sehr fern von Gnade, und sehr, sehr weit weg von seinem Zuhause.

In der Dämmerung am nächsten Morgen, wenn ein Mann rechtens draußen unterwegs sein konnte, ging James zum Kai hinunter. Die Luft war kühl und roch in der leichten Brise nach Salz. Der Himmel war pfirsichrosa. Es würde ein schöner Tag werden. Wenn sie wie geplant über Nacht gesegelt wären, hätten sie auf der Heimfahrt einen guten Wind gehabt und die Sonne im Rücken. Sie hätten an einem friedlichen Kai angelegt, Zachary ausbezahlt und wären getrennter Wege nach Hause gegangen. Niemand hätte gewusst, dass der König fort war, bis man ihm das Frühstück brachte, spät am Morgen. Der König hätte in Frankreich gefrühstückt, die Monarchie der Stuarts sicher im Exil, eine Invasion gewiss; Cromwells Rebellion dem Untergang geweiht. James betrachtete die rosafarbenen Wolken im Osten. Ihm kam in den Sinn, dass er noch nie im Leben einen Sonnenaufgang gesehen hatte und ihm dabei so finster ums Herz gewesen war.

Zachary schlief, unter einem Segel zusammengerollt im Heck des kleinen Handelsschiffs. Er öffnete die Augen und setzte sich auf, als er James' Reitstiefel auf dem steinernen Kai hörte.

»Fehlgeburt«, stellte er fest. »Wie bei den Ungeborenen, von denen sie behauptet, sie werde sie entbinden, die aber blau herauskommen.«

»Ja«, sagte James kurz angebunden. »Allerdings weiß ich nichts von irgendwelchen Ungeborenen.«

Zachary räusperte sich und spuckte über die Bootsseite. »Ihre Hände sind von ihnen besudelt«, sagte er im Plauderton. »Sie riecht danach: nach toten Säuglingen. War Euch das nicht aufgefallen? Aber wie dem auch sei – was ist Euch widerfahren? Nichts Gutes wohl. Hat man Euch erwischt? Bei was auch immer Ihr getan habt?«

»Nein.«

»Wahrscheinlich weiß sowieso die halbe Insel Bescheid«, sagte Zachary pessimistisch. »Er ist nicht bekannt für seine Diskretion, Euer Herr. Jeder, den ich kenne, hat einen Brief von ihm entgegengenommen und seinen ach so geheimen Code gelernt.«

»Das glaube ich nicht.«

»Nun, Ihr werdet mir die vierzig Kronen für mein Schweigen zahlen«, stellte er fest.

»Zwanzig«, sagte James tonlos. Er nahm den Geldbeutel aus der Tasche und warf ihn hinüber. Zachary fing ihn geschickt und ließ ihn in den Falten seiner Lumpenjacke verschwinden. »Dann habt Ihr also versagt«, stellte er fest. »Eure Mission war ein Reinfall, und Ihr seid auch einer.«

»Ich habe versagt«, antwortete James. »Aber keiner weiß etwas, und es ist kein Schaden entstanden.«

»Aber ich weiß etwas. Ich weiß von Euch und woher Ihr kommt. Von wem Ihr kommt. Wo Ihr wohnt. Ich glaube, Ihr werdet noch sehen, dass da durchaus Schaden entstanden ist.«

»Ihr wisst Bescheid«, stimmte James ihm zu. »Aber ich weiß von Euch, also sind wir quitt. Werdet Ihr zum Frühstück in den Gasthof kommen und Euren Jungen heute Morgen sehen?«

Zachary schüttelte den Kopf. »Ich doch nicht.«

»Was soll ich ihm sagen?«

»Sagt ihm, ich sei letzte Nacht rausgefahren und ertrunken.«

»Das kann ich nicht tun.«

»Dann tischt ihm irgendeine Lüge auf, zu der Ihr Euch nicht zu schade seid. Denn der Wahrheit habt Ihr Euch offensichtlich nicht verschrieben. Ihr habt Euer Gelübde gebrochen, und Ihr belügt diejenigen, die Euch vertrauen. Ihr belügt Eure Gastgeber und deren Diener. Wenn Ihr eine Geliebte habt, und ich glaube, wir kennen beide ihren Namen …«, er hielt inne und grinste beim Gedanken an Alinor anzüglich, »… dann belügt Ihr sie bestimmt auch, denn sie ist keine Royalistin. Sie kann keiner Sache und keinem Sterblichen treu sein. Ihr seid keinen Deut besser als ich. Ja, Ihr seid schlimmer als ich, denn ich bin vor einer Hexe um mein Leben gerannt, aber Ihr rennt zu ihr zurück. Sie wird Eure lügende Seele auffressen und Euer Kind stehlen!«

»Ich renne nicht zu ihr zurück!«

»Dann belügt Ihr Euch auch selbst.«

»Und es gibt kein Kind.«

»Es wird eines geben, wenn sie eines haben will.«

James hielt inne und biss hasserfüllt die Zähne zusammen. »Ich werde ihr nicht helfen, Euch auf irgendeine Art und Weise zu finden, und ich werde Eurem Sohn sagen, dass Ihr eine Botschaft für mich überbracht habt und noch nicht zurückgekommen seid.«

Zachary nickte gleichgültig. »Ich laufe sowieso mit der Flut am Morgen aus«, sagte er. »Ich werde tagelang, wochenlang weg sein. Wenn der Junge nach mir suchen kommt, wird er mich nicht finden.«

»Lebt wohl«, sagte James knapp.

»Geht mit Gott, Priester.« Zachary legte eine Drohung in das letzte Wort, als James sich wegdrehte und ging.

James durchlebte den Tag wie im Nebel. Die Jungen wollten zuschauen, wie der König zur Kirche ging, doch James ertrug den Anblick dieses trübsinnigen Gesichts nicht noch einmal, also schickte er sie allein los, und sie kamen ganz aufgeregt zurück: Der König habe die Sympathisantenmenge gegrüßt, jemand habe seine Stimme gegen ihn erhoben, ein paar Royalisten hätten eine Schlägerei angefangen, der König habe gelacht und sei zu seinem Haus zurückgekehrt, habe dann der Menge von seinem Fenster aus gewinkt, und es heiße überall, die Parlamentarier würden in der nächsten Woche kommen, um ihm seine Krone zurückzugeben.

»Möchtet Ihr nach Cowes reiten?«, fragte James. Jede weitere Minute in Newport empfand er unerträglich. »Wir könnten von Cowes ein Schiff nach Portsmouth nehmen und dann Pferde mieten, um nach Hause zu reiten.«

»Können wir?« Walter war überschwänglich. Er nahm Rob in den Schwitzkasten. »Sag ›Ja‹!«

»Ja! Ja!«, rief Rob. »Aber habt Ihr nicht gesagt, mein Vater werde zum Frühstück kommen? Kann ich ihn sehen, bevor wir abreisen?«

»Er hat für mich eine Botschaft nach Southampton gebracht, und er ist noch nicht wieder zurück«, log James ungerührt. »Er hat gesagt, er könnte sich möglicherweise verspäten. Vielleicht sehen wir ihn in Cowes. Vielleicht auch nicht. Aber ich fürchte, dass er nicht nach Hause zu deiner Mutter zurückkehren wird, Robert. Er hat gesagt, er werde nicht nach Hause kommen. Es tut mir leid.«

»Aber was soll sie denn machen?«, wollte Rob wissen. »Was

ist, wenn er niemals nach Hause kommt? Von den Kräutern und der Geburtshilfe allein kann sie nicht leben. Hat er gesagt, er werde Geld schicken? Und für Alys muss gesorgt werden. Sie braucht eine Mitgift. Ihr Vater sollte ihr eine Mitgift geben, Sir.«

James schluckte seine eigene Verzweiflung hinunter. »Ich werde mit deiner Mutter reden«, sagte er. Ihm war klar, dass er sich danach sehnte, mit ihr zu reden. »Wenn wir dir eine Lehrstelle besorgen können, dann wirst du gutes Geld verdienen. Aus dir könnte etwas werden, Robert. Du könntest ihr eine Stütze sein. Wenn deine Schwester eine gute Heirat macht, dann kommt eure Mutter zu Hause mit weniger Geld aus. Sie hat jetzt das Boot, sie kann ihren eigenen Lebensunterhalt verdienen. Sie ist nicht von eurem Vater abhängig. Sie ist geschickt, und wenn sie Arbeit bekommen kann, wird sie gut bezahlt.«

»Die Frauen wollen keine Hebamme, die weder Ehefrau noch Witwe ist«, sagte Rob, der bis zu den Ohren rot anlief. »Sie glauben, es bringt Unglück.«

»Das habe ich nicht gewusst«, sagte James leise, als ihm klar wurde, wie wenig er über Alinor und ihr Leben wusste. »Vielleicht könnte sie auf dem Festland leben, wo die Leute sie nicht kennen, wo sie sich als Witwe ausgeben kann?«

»Warum kommt er nicht einfach nach Hause, damit alles wieder gut wird?« Die Worte brachen laut aus dem Jungen hervor, als seien sie ihm gewaltsam entrungen worden.

James konnte ihm nicht in die Augen sehen. »Das sind Probleme zwischen einem Mann und seiner Ehefrau«, sagte er lahm. »Es tut mir leid um dich und deine Mutter. Aber wenn dein Vater seiner Pflicht nicht nachkommt, kann ich ihn nicht dazu zwingen. Und du auch nicht, Robert. Es ist nicht deine Schuld.«

»Die Gemeindevorsteher würden ihn doch bestimmt zwingen!«

»Das würden sie, aber er wird nicht zurückkommen und sich ihnen stellen.«

»Sie wird entehrt werden«, sagte der Junge trostlos. »Und mich werden sie einen Bankert schimpfen.«

Sie ritten nach Cowes, Walter heiterer Laune, doch Rob war sehr still. Dort übernachteten sie in einem Gasthof am Kai und nahmen ein Schiff über die Meerenge Solent. Es war eine ruhige Überfahrt, und als sie in Portsmouth landeten, liehen sie Pferde aus und nahmen die Küstenstraße immer ostwärts. Sie ritten durch Felder und kleine Dörfer am Wasser mit hübschen Kirchen. Die Nacht verbrachten sie in einer alten Fischerherberge in Langstone. Als James erwachte, waren da der Geruch des Meeres und die Schreie von Möwen, und er glaubte, dieses traurige Rufen werde sich sein restliches Leben wie der Klang der Niederlage anhören. Dann ritten sie weiter, nach Osten durch die sumpfigen Wattgebiete von Hampshire und über die Grafschaftsgrenze nach Sussex. Als sie die Straße entlangkamen, die zur Fähre von Alinors Bruder führte, blinzelte James gegen die tief stehende Sonne und hielt nach Alinor Ausschau.

Es herrschte Ebbe, das Wasser im Fluss funkelte. Beinahe glaubte er, sie würde auf ihn warten, ihr blasses Gesicht bei seinem Anblick freudestrahlend. Das Licht auf dem Wasser war so hell, und er war sich so sicher, dass sie ihm entgegeneilen würde, dass er sie tatsächlich sah, die Kapuze von ihrer weißen Haube zurückgeschoben, den Blick über den Sumpf in seine Richtung. Doch es war ein Trugbild, eine Luftspiegelung im Dunst des Wassers, eine Chimäre. Es war ihr Bruder, der vom Fährhaus kam, den Hund bei Fuß. Er zog die Fähre zu ihnen herüber und half, die geliehenen Pferde aufzuladen.

»Du kannst am Uferdamm entlanggehen und deine Mutter besuchen, wenn du willst«, sagte James leise zu Rob, während

Ned die Fähre zog, eine Hand nach der anderen am Seil. »Walter und ich werden schon einmal zur Propstei weiterreiten. Ich kann dein Pferd führen.«

Rob nickte.

»Was ist denn bloß mit dir los?«, wollte Ned wissen, als er Robs hängenden Kopf bemerkte. »Bist du krank, Rob? Stimmt was nicht, Mr Summer?«

»Er ist bloß erschöpft«, antwortete James. »Ich glaube, wir sind alle erschöpft.«

»Also hat der Anblick des Königs Euch nicht aufgeheitert?«, stellte der Fährmann fest. »Seine Berührung hat Euch nicht von jedwedem Übel geheilt?«

James rief sich ins Gedächtnis, dass hier niemand von seiner gescheiterten Mission wusste. »Die Jungen haben ihn gern gesehen.«

»Bist du jetzt ein Royalist, Rob?«, wollte sein Onkel wissen, während die Fähre am Ufer auf Grund lief.

»Nein, Onkel«, erwiderte Rob leise. »Aber es war schön, den König einmal persönlich zu sehen.«

»Und seinen Mantel!«, warf Walter ein. »Ihr hättet seinen Hut sehen sollen!«

Die Jungen führten ihre Pferde von der Fähre auf trockenes Land.

»Sieht aus, als werde er weiter mit den Parlamentariern feilschen«, sagte Ned zu James. »Aber ich gehe davon aus, dass die Armee bei jeglicher Übereinkunft ein Wörtchen mitzureden haben wird. Die Armee wird er nicht um den kleinen Finger wickeln, welche Possen er auch immer mit dem Parlament treibt. Die Soldaten werden es ihm nicht verzeihen, dass er die Kriege wieder angefangen hat, nachdem wir alle glaubten, es herrsche Frieden. Das Land hat sich mehr denn je gegen ihn gewandt, aus ebendiesem Grund. Verzeihen wird ihm das niemand.«

»Ich weiß es nicht«, sagte James matt, während er ans Ufer

trat und am Zaumzeug seines Pferdes zog. »Gott weiß, was sie vereinbaren werden und was es uns alle kosten wird.«

»Auf meiner Fähre wird der Name des Herrn nicht missbraucht«, wies Ned ihn zurecht.

»Verzeihung«, sagte James und führte sein Pferd nach oben zum Aufsteigeblock. Er kletterte auf den Sattel und griff nach Robs Zügeln. »Einen schönen Gruß an deine Mutter, Rob.«

Alinor war gerade auf dem Uferpfad zum Garten des Fährhauses unterwegs, um Brombeeren zu pflücken, als sie vor dem Nachmittagshimmel die Silhouette ihres geliebten Sohnes erblickte, der zu Fuß vom Fluss kam. Er sprang nicht wie üblich auf und ab, sondern ging wie mit bleiernen Füßen, den Kopf gesenkt, als sei er verletzt.

»Rob!«, schrie sie und rannte auf ihn zu. Sobald sie ihn in die Arme schloss, wusste sie, dass etwas nicht stimmte. Sie trat zurück, um in sein Gesicht zu blicken, und bemerkte, dass er betrübt blickte und den Kopf hängen ließ. »Was ist los, mein Sohn?«, fragte sie ihn sanft. »Was fehlt dir?«

»Oh, nichts, nichts«, sagte er tonlos.

»Komm nach Hause, komm rein.« Ohne ein weiteres Wort ging sie vor ihm zur Hütte zurück, denn sie begriff, dass er unter dem weiten Himmel mit den schreienden Möwen und dem gegen das Ufer schlagenden Meer nicht reden würde.

»Wohin wolltest du?«, fragte er sie.

»Bloß Brombeeren pflücken. Ich kann später gehen.«

Alinor schloss die Eingangstür des kleinen Raums nicht, sondern ließ sie offen, um sein Gesicht im hellen Nachmittagslicht sehen zu können. Er sackte matt auf seinen Schemel. Dort hatte er immer als kleiner Junge gesessen und wegen einer kleinen Verletzung geweint. Am liebsten hätte sie ihn jetzt gehalten, wie sie es damals getan hatte.

»Wo ist Alys?«, fragte er.

»Sie isst auf der Stoney-Farm mit der Familie zu Abend und übernachtet dort. Ihr geht es gut. Aber was ist mit dir?«

»Ich ... Es ist ... Wir sind ...«

Innerlich verfluchte sie den Priester, der ihren Jungen übers Meer fortgeholt und sprachlos vor Kummer zurückgebracht hatte. »Hast du Hunger?«, fragte sie ihn, um ihnen beiden Zeit zu geben.

»Nein!«, sagte er.

»Dann trink einen Becher Ale«, sagte sie sanft, ging zum Krug und schenkte ihnen beiden ein. Anschließend setzte sie sich neben ihn und verschränkte die Hände im Schoß. »Sag's mir, Rob. Es ist wahrscheinlich gar nicht so schlimm. Es ist nie so schlimm ...«

»Es ist schlimm«, beharrte er. »Du hast ja keine Ahnung.«

»Dann erzähl's mir«, sagte sie unerschütterlich. »Damit ich es weiß.«

»Ich habe meinen Vater gesehen«, sagte er leise mit niedergeschlagenem Gesicht. »In Newport, auf der Insel. Er hatte ein Schiff, er ist Kapitän eines Kohlehandelsschiffs. Es heißt *Jessie*.« Rasch warf er einen Blick auf ihr Gesicht. »Hast du das gewusst?«

»Nein, natürlich nicht, ich hätte es euch doch gesagt.«

»Er hätte vor Monaten zu uns nach Hause kommen können«, sagte er. »Aber das hat er nicht gemacht.«

Sie stieß einen kleinen Seufzer aus. »Das schockiert mich nicht«, versprach sie ihm. »Und es tut mir auch nicht weh.«

»Ich habe ihn gesehen, habe seinen Namen gerufen, und obwohl er mich gesehen hat, ist er weggelaufen.« Robs Stimme bebte ein wenig. »Zu dem Zeitpunkt habe ich es nicht gedacht, aber jetzt glaube ich, dass er mich gleich erkannt hat und vor *mir* weggelaufen ist. Aber ich bin ihm wie ein Narr hinterher, und Walter und Mr Summer mir nach.«

Jetzt errötete sie, eine tiefe Schamesröte, die von ihrem Hals bis zur Stirn kroch. »Master Walter und Mr Summer sind auch dort gewesen?«

»Aber klar doch! Sie haben ihn kennengelernt.«

»Oh, nein!«

»Ja.« Er nickte. »Wir sind alle mit ihm in ein Wirtshaus gegangen, eine kleine dreckige Spelunke, wo er anschreiben lässt. Ich glaube, Mr Summer ist für alle seine Schulden aufgekommen. Er hat gesagt, er sei in die Marine gepresst worden, die Marine des Parlaments, und sei vor ihnen geflohen, als sie zum Prinzen überliefen, und dann hat er eine Überfahrt auf einem Küstenhandelsschiff bekommen. Er hat gesagt, er werde am nächsten Morgen kommen und mit uns frühstücken, aber das hat er nicht gemacht. Er hat einen Botengang für Mr Summer erledigt und ist nie zurückgekehrt. Wir dachten, wir würden ihn vielleicht in Cowes sehen, aber obwohl ich zum Kai gegangen bin, war er nicht da. Mr Summer sagt, dass er nicht hierher zurückkommen wird.«

Rob streckte die Hand nach seiner Mutter aus, und sie umklammerte sie.

»Ich weiß noch nicht einmal, ob das mit dem Botengang stimmt.« Er drückte die Handfläche fest über die Augen. »Vielleicht haben sie mich belogen, weil sie dachten, ich sei ein Kind, weil sie dachten, ich sei ein Narr. Vielleicht ist er bloß auf und davon, und Mr Summer hat für ihn gelogen.«

»Das hier ist nicht deine Schuld. Die Schuld liegt bei deinem Vater, nicht bei dir. Er kann nicht mit mir leben: Vielleicht ist das meine Schuld. Aber es ist nichts, wofür du verantwortlich bist. Du bist ein Sohn gewesen, auf den jeder stolz wäre, und Alys eine Tochter, die jeder lieben würde. Zachary kann nicht mit mir leben, und ich nicht mit ihm. Aber das ist unsere Schuld. Es hat nichts mit euch zu tun.«

»Hast du jemals geglaubt, er würde zurückkommen?«

»Ich wusste es nicht«, gestand sie. »Im Laufe der Monate habe ich es für immer unwahrscheinlicher gehalten. Gerade erst am Mittsommerabend bin ich auf den Friedhof gegangen, um mit Sicherheit zu erfahren, dass er tot ist. Als sein Geist nicht erschienen ist, wusste ich, dass er noch am Leben sein musste und sich dazu entschieden hat, nicht zu uns nach Hause zu kommen. Aber es ist trotzdem nicht deine Schuld, Rob.«

Kurzzeitig erfasste sie Scham, weil sie dem Priester auf dem Friedhof begegnet war, obwohl sie eigentlich Wache für den Geist ihres Ehemanns hätte halten sollen. Nun war er Zachary begegnet, und sie hatten sich bestimmt über sie unterhalten. Sie konnte sich nicht vorstellen, was Zachary gesagt haben mochte. Wenn er die wilden Anschuldigungen wiederholt hatte, die er früher immer vorgebracht hatte – dass sie Elfengold für ihre Hurerei in der anderen Welt nahm, dass sie Hexerei betrieb und ihn entmannt hatte –, würde sie sich bis in alle Ewigkeit vor James Summer schämen. Wenn er James davon überzeugt hatte, dass Neds Ehefrau gestorben war, weil sie fahrlässig gehandelt hatte, oder schlimmer noch: vorsätzlich – dann würde es Fragen geben. Sie schloss die Augen angesichts der Schande und der Gefahr, in die Zachary sie immer noch bringen konnte. Rob und sie saßen einen Moment stumm da.

»Es ist nicht deine Schuld«, wiederholte sie ruhig.

»Was werden wir tun?«, fragte Rob ängstlich. »Wenn er nicht zurückkommt? Du hast jetzt das Boot, aber du kannst den Fischern keine Fische verkaufen, und wenn Walter zur Universität geht, werde ich mir eine andere Arbeit suchen müssen, aber nichts wird so gut bezahlt sein. Und Alys kann ohne Mitgift nicht heiraten.«

»Ich weiß nicht recht, was wir tun werden.« Sie versuchte, zuversichtlich zu klingen. »Aber ich habe die Kräuter und die Geburten. Ich bin von Bauer Johnson bezahlt worden. Alle werden weiterhin Kinder bekommen, Gott segne sie. Und wenn wieder Friede herrscht und der Bischof in seinen Palast zurückkehrt, dann erhalte ich meine Genehmigung von ihm zurück, kann mehr verlangen und werde wieder in mehr Häuser gerufen.«

»Nicht, wenn sie wissen, dass Vater uns verlassen hat«, widersprach Rob. »Nicht, wenn sie wissen, dass du weder Witwe noch Ehefrau bist. Dann wirst du niemals deine Genehmigung bekommen. Selbst wenn der Bischof zurückkehrt. Du wärst keine Frau mit gutem Leumund. Sie werden dich noch nicht einmal in die Kirche lassen, du wirst im Portal stehen müssen. Sie werden dir die Kommunion verweigern.«

»Vielleicht wird es den Leuten gar nicht so viel ausmachen. Niemand konnte Zachary leiden.«

»Sie werden mich einen Bankert nennen!«, brachte er erstickt hervor.

»Sie werden unrecht haben«, sagte sie unerschütterlich. »Und du darfst nicht darauf hören.«

Einen Moment lang schwieg er. »Sollten wir wegziehen?«, fragte er. »Irgendwohin, wo du dich als Witwe ausgeben könntest, Alys und ich Arbeit finden könnten und die Leute nicht Bescheid wüssten?«

»Keine Gemeinde würde uns aufnehmen!« Sie versuchte zu lächeln, doch ihr Sohn konnte die Pein an ihrem Gesicht ablesen. »Keine Gemeinde würde eine verwitwete Frau mit zwei Kindern zulassen! Sie hätten zu große Angst, dass wir der Gemeinde zur Last fallen und Geld kosten. Mrs Miller hat schon Angst deswegen, und wir sind hier geboren und aufgewachsen und haben seit Generationen unseren Zehnten bezahlt. Und außerdem würden uns die Gerüchte folgen, und es würde sich für Fremde schlimmer anhören, für Menschen, die Zachary nicht gekannt haben und nicht wissen, wie er ist.«

»Hier halte ich es nicht mehr aus.«

»Ja, das verstehe ich. Ich verstehe es sehr wohl, Rob. Aber zumindest haben wir hier den Garten und das Boot und deinen Onkel. Ich habe meinen Destillationsraum und meine Molkerei und das Brauhaus im Fährhaus. Ich bestelle mit deinem Onkel den Garten. Es gibt immer Arbeit in der Mühle. Man hält große Stücke auf dich in der Propstei, und Mrs Wheatley, die Köchin, ist mir eine gute Freundin. Wir müssen uns einfach durchringen, allen zu erzählen, dass Zachary mich verlassen hat, damit es kein Gerede mehr darüber gibt, ob er nun tot ist oder nicht. Für ein oder zwei Monate wird es schlimm sein; aber dann wird etwas anderes passieren, und die Leute werden über etwas anderes reden.« Sie versuchte, ihn beruhigend anzulächeln. »Du wirst schon sehen. Irgendeine arme Frau wird in der Klemme stecken und vor uns allen in der Kirche entehrt werden. Sie werden neues Futter für ihre Gerüchteküche finden, sie werden sich die Mäuler über jemand anderen zerreißen.«

»Sie werden dir die Schuld geben, und sie werden auf dich hinabsehen, dabei hast du nichts Falsches getan!«, ereiferte er sich.

Sie nickte grimmig. »Ja, vielleicht. Aber ich habe einen guten Ruf als fleißige Frau mit gewissen Kenntnissen, und daran wird sich nichts ändern. Zachary war nicht sehr beliebt, und keiner wird ihn vermissen. Noch nicht einmal ich habe ihn vermisst, abgesehen von dem Boot und seinem Verdienst.«

Rob nickte. »Du wirst den Rest deines Lebens ohne Ehemann leben müssen. Und du bist – ich weiß nicht – dreißig?«

Sie lächelte. »Ich bin siebenundzwanzig Jahre alt. Ja, ich werde mein restliches Leben lang eine alleinstehende Frau sein, aber das ist für mich keine Entbehrung. Ich habe dich und Alys, und mehr brauche ich nicht.«

»Du könntest vielleicht jemanden finden, den du liebst«, sagte er scheu. »Jemand könnte dich finden.«

»Niemand wird mich je hier finden.« Sie wies zur offenen Tür und dem langsam zurückweichenden, brackigen Wasser draußen, während das tiefe Grollen der Gezeitenmühle wie Donner einsetzte und ein jäher Schwall grünen Wassers in den Fluss schoss. »Niemand wird je eine Frau wie mich an einem solchen Ort finden.«

Nachdem Walter zu Bett gegangen war, traf James Sir William in der Bibliothek. Die Kerzen waren in ihren Wandleuchtern heruntergebrannt, und der Deerhound schlief vor dem Feuer. Sir William saß in seinem großen Sessel am Kamin, James auf der anderen Seite. Beide Männer hatten Gläser mit französischem Brandy, Schmugglerware der Handelsschiffe, die in dunklen Nächten bei Flut zur Landestelle der Gezeitenmühle kamen, ohne ein Licht sehen zu lassen. James erläuterte resigniert den Plan des Königs, das Parlament an der Nase herumzuführen, und seine Weigerung, nach Frankreich zu reisen.

»Er wollte nicht mitkommen? Noch nicht einmal mit dem Losungswort?«, wiederholte Sir William fassungslos.

James schüttelte den Kopf. »Nein, Sir, das wollte er nicht.«

»Ihr habt ihn davor gewarnt, was vielleicht eintreten wird?«

»Ich habe ihn gewarnt, und ich habe ihm gesagt, dass es sich um den Plan seiner Gattin und seines Sohnes persönlich handelt, der auf seinem Schiff vor der Küste wartet. Ich habe ihn angefleht. Er wollte nicht mitkommen.«

»Gott schütze ihn, denn dies ist ein grässlicher Fehler.« Sir William hielt sein Glas hoch. James stieß mit ihm an und setzte sich in seinem Sessel zurück.

»Seid Ihr krank?« Sir William betrachtete das blasse Gesicht des jüngeren Mannes.

»Vielleicht ein leichtes Fieber. Nicht der Rede wert.«

»Glaubt Ihr, es besteht die geringste Chance, dass er recht haben könnte? Dass das Parlament zu einer Übereinkunft mit ihm kommen wird?«

»Newport ist voller Royalisten, die damit prahlen, es sei einerlei, was er unterschreibe. Sie behaupten, er werde alles unterzeichnen, und sobald er zurück in seinem Palast sei, werde er Rache für seine Berater nehmen, die das Parlament hingerichtet hat, die Königin wieder einsetzen und die königliche Familie zurück nach London bringen. Er werde sich seine Macht zurückholen und seine Feinde vernichten. Jeder sagt, es sei einerlei, was er jetzt unterschreibt – er werde wieder an die Macht kommen.«

»Das bezweifle ich. Ich bezweifle es wirklich. Die Männer vom Parlament sind keine Narren. Was sie erreicht haben, ist sie teuer zu stehen gekommen. Auch sie haben Söhne und Brüder verloren. Sie werden es nicht für eine leere Abmachung wegwerfen, nachdem er ihnen jeden Grund gegeben hat, ihm auf keinen Fall zu vertrauen. Mein eigener Fährmann vertraut ihm nicht! Alles, was sie anbieten, müsste bindend sein. Sie werden ihn mit Eiden fesseln. Sie werden ihm die Staatskasse und die Armee nicht einfach für eine Handvoll Versprechen aushändigen.«

»Mir wurde gesagt, er werde sich auf nichts Geringeres einlassen«, sagte James müde.

»Unmöglich!«, sagte Sir William vernichtend. »Abgesehen davon ist es nicht mehr seine Armee. Dies ist die New Model Army, es sind alles Cromwells Leute. Sie werden niemals unter einem König dienen, sie haben ihre eigenen Vorstellungen! Sie sind eine eigene Macht, sie denken eigenständig. Noch nicht einmal das Parlament kann sie kontrollieren – wie soll es ihm dann gelingen?«

James ballte die Hände an den geschnitzten Armlehnen seines Sessels, während er versuchte, einen Schwindelanfall niederzukämpfen. »Ja, Sir. Aber eben aus diesem Grund wird das Parlament eine Vereinbarung mit ihm treffen müssen: um die Forderungen der Armee zu umgehen. Manche Parlamentarier hassen die Armee mehr, als sie am König zweifeln. Manche hätten lieber einen tyrannischen König als eine tyrannische Armee – wer nicht? Sie sind untereinander uneinig, wohingegen er entschlossen ist ...«

Der ältere Mann nickte. »Es ist ein Wagnis«, sagte er. »Ein königliches Glücksspiel. Man muss ihn dafür bewundern, dass er es eingeht.«

Von jeglicher Bewunderung weit entfernt, trank James einen

Schluck Brandy. »Ich weiß nicht, was es für uns bedeutet«, sagte er. »Ich weiß nicht, was es für mich bedeutet.«

»Ich werde warten, bis ich wieder dazu aufgerufen werde, ihm zu dienen«, sprach Sir William für sich. »Aber meinen Sohn werde ich nie wieder in Gefahr bringen. Es ist schwer hinnehmbar, dass er uns bis zu seiner Tür kommen lässt und sich dann weigert. Hat er nicht an die Gefahr für uns gedacht? Und was ist mit Euch? Werdet Ihr für neue Befehle in Euer Seminar zurückkehren müssen?«

»Ich schätze schon.« James legte eine Hand an die Stirn und stellte fest, dass sie schweißnass war. »Sie werden niemals begreifen, wie ich versagen konnte. Man hat mir aufgetragen, einen Löwen zu befreien. Ich hätte nie gedacht, dass er freiwillig in seinem Käfig bleiben würde. Unter all den Dingen, deren Misslingen ich befürchtet habe, ist mir das nie in den Sinn gekommen. Ich bin ratlos. Ich sollte ihn sicher zum Schiff seines Sohnes bringen und dann nach London fahren. Mein Befehl lautet, in London Meldung zu erstatten, sobald er sicher unterwegs ist. Jetzt werde ich sagen müssen, dass er geblieben ist und ich versagt habe. Ich werde zur Königin gehen und ihr sagen müssen, dass ich ihr Vermögen für nichts ausgegeben habe.«

»Ihr könnt sehr gern hierbleiben. Die Kapelle braucht einen Kaplan. Walter braucht einen Tutor. Niemand hegt Zweifel an Euch. Hier seid Ihr in Sicherheit.«

»Ich würde gern die Nacht bleiben, aber ich stehe unter Eid. Morgen muss ich nach London reiten.«

»Ihr seht nicht aus, als wärt Ihr in der nötigen Verfassung.«

James empfand Schmerzen bis in die Knochen. »Ich muss Meldung machen. Es wird noch eine Verschwörung geben. Es wird weitere Reisen auf verborgenen Pfaden geben. Es wird wieder eine Aufgabe für mich geben: Ich habe Gehorsam geschworen.«

»Nun, so Gott will, verlangen sie nichts weiter von Euch, als dass Ihr Euch im Verborgenen bereithaltet und auf bessere Zeiten wartet. Ihr lebt nun schon seit Monaten am Rande der Gefahr, und Ihr seht hundsmiserabel aus.«

»Es war eine anstrengende Arbeit«, räumte James ein.

»Und wenn sie Euch zu ihm zurückschicken, damit Ihr es noch einmal tut?«

»Ich habe geschworen zu dienen«, wiederholte James, dem die Worte sauer aufstießen und dessen Herz hämmerte. »Ich bete für den Frieden.«

»Das tun wir alle«, sagte Seine Lordschaft. »Aber immer zu unseren Bedingungen. Sollen wir jetzt beten?«

»Frühmette?«, schlug James mit einem Blick auf die französische Uhr vor, die auf dem steinernen Kaminvorsprung tickte. Es war nach Mitternacht.

»Ja«, sagte Sir William und erhob sich. »Und werdet Ihr morgen abreisen?«

»Im Morgengrauen«, sagte James, in Gedanken bei den beiden Jungen in seiner Obhut, seinen Plänen für sie, die sich jetzt nicht erfüllen würden, und der Frau, die nie wiederzusehen er geschworen hatte und die er nun tatsächlich nie mehr wiedersehen würde.

James, in weißem Hemd und Reithosen, aber mit der Priesterstola um den Hals, schritt auf leisen Sohlen durch die Privatkapelle und zündete Kerzen an. Sir William kniete mit geschlossenen Augen, das Gesicht in den Händen vergraben, vor seinem Platz. Während James ihm den Rücken zukehrte, bereitete er das Brot und den Wein für die Messe auf dem alten Steinaltar am östlichen Ende der Kirche vor und sprach die Gebete auf Latein, seine Stimme leise und monoton. Sir William musste ihn nicht deutlich hören. Er schloss sich dem Glaubensbekenntnis und der Vorbereitung der Hostie auf Lateinisch an, jedes Wort bekannt aus der Kindheit in einer Familie, die nie ihren Glauben abgelegt hatte, nicht während der Jahre unter Elizabeth, nicht während der Jahre unter Edward, nicht während der Jahre unter Henry.

Die Verzweiflung darüber, dass er Monate mit der Vorbereitung einer Flucht für einen König verbracht hatte, der nicht wegwollte, fiel von James ab, während seine Hände sich geschickt bewegten, die Seite umblätterten, den Wein einschenkten, das Brot brachen. Als er sich umdrehte, kniete Sir William auf den Stufen des Altarraums, und er gab ihm das heilige Brot und einen Schluck vom geheiligten Wein. James wusste zweifelsfrei, dass in dem Augenblick Jesus Christus, der auferstandene Herr, in dem Brot und in dem Wein war, dass es sein Leib und sein Blut waren, dass der Tod selbst überwunden war. Er wusste, dass er ein Sünder war, und er wusste, dass er tief im Zweifel versunken war; aber dennoch wusste er, dass er erlöst und gerettet war.

Er murmelte das Abschlussgebet auf Latein: »Bleib bei uns, o Herr«, und hörte Sir William die Erwiderung flüstern: »Denn es wird bald Abend, der Tag hat sich schon geneigt.«

»Meine Seele wartet auf den Herrn ...«

»Mehr als die Wächter auf den Morgen.«

»Komm bei Tagesanbruch ...«

»Und lass dich daran erkennen, wie du das Brot brichst.«

James verspürte ein Gefühl unter den Rippen, bei dem es sich, wie er glaubte, um sein brechendes Herz handeln musste. Er hatte die Frau, die er liebte, aufgegeben, um den König zu retten, doch es war ihm nicht gelungen. Er würde seinen König nie wiedersehen; er würde sie nie wiedersehen. Sie würde er in Armut und den König in Gefangenschaft zurücklassen. Er war erst zweiundzwanzig Jahre alt und hatte bei allem versagt, wozu ihn seine Pflicht und sein Herz gedrängt hatten. »Gott vergebe mir«, sagte er, und ohne ein weiteres Wort sank er zu Boden, als seine Knie unter ihm nachgaben, und verlor das Bewusstsein.

Sie schickten Stuart, den Lakaien, um Alinor zu holen. Er lief drei Meilen die Straße entlang, da er die Pfade über das Watt nicht kannte und Angst davor hatte, in der hereinkommenden Flut zu ertrinken oder von den Geistern Ertrunkener verfolgt zu werden. Doch als er an die Tür der Hütte hämmerte, fand er Alinor und Rob im Halbdunkel des schwelenden Feuers vor, Stunden nachdem brave Christen längst hätten im Bett sein sollen. Beim Anblick der weisen Frau, die in den dunklen Stunden wach war, ihren Sohn an ihrer Seite, schauderte er ängstlich.

»Seid Ihr nicht im Bett?«, fragte er furchtsam.

Alinor erhob sich. »Ist jemand krank?«

»Es ist der Tutor«, erwiderte er. »Sir William hat gesagt, Ihr sollt sofort kommen.«

Rob reichte Alinor ihren bereits mit Ölen und Kräutern gefüllten Arzneikorb, und sie gingen im Schein des Halbmonds, der auf dem ansteigenden Wasser schimmerte, auf dem verborgenen Pfad über den Sumpf, an der Küste und am Ufer entlang. Sie erreichten die Küstenwiese der Propstei, als der Mond hinter einer Wolkenbank hervorbrach und das östliche Gewässer des Watts erglänzen ließ, und durchquerten in dem gespenstischen Licht den Küchengarten.

Die Kapelle lag geschlossen und still da. Sie hatten James zurück in die Bibliothek gebracht, ihm seine Priesterstola abgenommen und ihn auf dem Läufer vor dem Feuer liegen lassen.

»Hat er etwas gesagt, bevor er ohnmächtig wurde?« Alinor konnte ihn nicht ansehen, so leichenblass, wie er war; auf dem Kaminvorleger ausgestreckt, genau wie damals in ihrem Netzschuppen, als er unter ihrem Dach geschlafen und sie ihn für so schön wie einen gefallenen Engel gehalten hatte.

»Er hat gesagt, ›Gott vergebe mir‹«, antwortete Sir William. »Aber er konnte nicht von Teufeln besessen sein. Er ist ein gottseliger Mann, und er war im … im Zustand der Gnade Gottes.«

Ein rascher Blick aus ihren grauen Augen sagte ihm, dass sie begriff, was er und der erschöpfte Priester um Mitternacht getan hatten. »Hat er sich über Fieber oder Schüttelfrost beklagt?«, fragte sie und legte ihre warme raue Hand auf sein kaltes, schweißgebadetes Gesicht.

»Ja, und er war müde«, sagte Sir William. »Und traurig.«

Sie konnte sich gut vorstellen, warum er müde und traurig war. »Darf ich das Inventar aus Eurem Destillationsraum verwenden?«

»Selbstverständlich. Nehmt, was immer Ihr benötigt. Aber, Mrs Reekie: Ihr glaubt doch nicht, dass es die Pest ist?«

Es war die eine Frage, die Alinor fürchtete, schlimmer noch als die, ob ein Kind in Steißlage oder missgestaltet sein könnte. Falls es die Pest war, war sie mit ziemlicher Sicherheit für jeden im Zimmer Anwesenden tödlich, für den halben Haushalt, für den Großteil des Dorfes. Ihr Todesurteil wäre bereits geschrieben worden und ließe sich nicht widerrufen. Es gab nichts, was sie gegen die Pest tun könnte. Wahrscheinlich würde sie als Erste sterben. Das wusste jeder.

»Ich kann es nicht sagen«, erklärte sie. »Erst, wenn ich seinen Körper nach den Malen abgesucht habe.«

»Aber wäre es möglich?«, wollte Sir William wissen. Er war hinter seinen Sessel zurückgewichen. »Er ist in Newport gewesen. Lieber Gott, er hat meinen Sohn Walter nach Newport und nach Cowes mitgenommen.«

»Und den meinen«, rief Alinor ihm ins Gedächtnis.

»Er könnte die Pest von einem Schiff mitgebracht haben. Sie könnten sich alle drei angesteckt haben. Sie sind auf dem Heimweg mit dem Schiff nach Portsmouth gefahren.«

»Ich werde ihn untersuchen müssen«, wiederholte sie, indem sie ihre eigene Angst verbarg. »Ich kann es noch nicht sagen.«

Sir William wollte nicht das Risiko eingehen, den Mann auch nur einen Moment länger im Haus zu haben. »Lasst ihn in die Stallungen hinübertragen.« Er wandte sich an Mr Tudeley.

»Tragt ihn auf dem Vorleger, damit er nicht verletzt wird. Lasst den Vorleger dort. Wir werden ihn sicherheitshalber einsperren, bis wir Bescheid wissen.« Er wandte sich an Alinor. »Mrs Reekie, ich muss Euch fragen, werdet Ihr mit ihm hineingehen und ihn pflegen, bis er genesen ist?«

»Das kann ich nicht«, lehnte Alinor kategorisch ab. »Ich habe selbst einen Sohn und eine Tochter. Ich werde ihn untersuchen, aber wenn er die Anzeichen hat, kann ich mich nicht mit ihm einsperren lassen. Ich bin keine Pestheilerin.«

»Ich bitte Euch«, sagte er. »Ich werde Euch gut bezahlen, sehr gut. Geht jetzt mit ihm mit und untersucht ihn. Wenn er sie hat – was Gott bewahre –, soll eine Pestheilerin aus Chichester kommen und mit ihm eingesperrt werden, und Ihr sollt herauskommen, bevor sie eintrifft, bevor wir es verkünden, und zu Eurer eigenen Hütte gehen und Euch nicht vom Fleck rühren, bis es vorüber ist. Falls er sie nicht hat, werde ich Euch trotzdem drei Shilling am Tag dafür bezahlen, dass Ihr ihn pflegt, bis es ihm besser geht.«

Sie zögerte.

»Ihr wollt doch nicht, dass er in sein Bett ins Zimmer der Jungen gelegt wird«, ermahnte er sie. »Nicht mit Eurem Sohn und meinem darin. Es ist besser für uns alle, wenn Ihr ihn auf dem Dachboden im Stall pflegt.«

Sie betrachtete James' weißes Gesicht, seine herabfallenden dunklen Locken, seine schwarzen Wimpern, die auf seiner blassen Wange auflagen, und die sich abzeichnenden Schatten an Kinn und Oberlippe, die ihn als sterblichen Mann und nicht als Engel auswiesen. Sie sah das rasche Heben und Senken seiner Brust, und ihr war klar, dass sie es nicht ertragen würde, ihn zu verlassen. Sie würde es nicht ertragen, ihn der groben Pflege einer fremden Frau zu übergeben.

»Zehn Shilling«, erhöhte Seine Lordschaft um der Sicherheit seines Haushalts willen sein Angebot. »Zehn Shilling am Tag, bis die Pestheilerin kommt. Jeden Tag.«

»Ich mache es«, entschied sie. »Rob kann alles, was ich brauche, aus Eurem Destillationsraum holen, aber anschließend soll er sich fernhalten.«

Die Zimmer über dem Stall, die rasch von den Reitknechten geräumt wurden, waren hell und luftig mit Fenstern, nicht aus Glas, sondern aus dünn geschnittenem Horn, die an beiden Enden in den Dachvorsprung eingelassen waren. Unten regten sich die Jagdpferde und schnaubten in ihren Verschlägen, während das Zimmer wohltuend nach sauberem Stroh und Heu und dem warmen Hafergeruch von Pferden duftete. Stuart und zwei der Reitknechte schleppten James die Leiter nach oben und legten ihn aufs Bett.

»Ich werde Essen herüberschicken«, sagte Mr Tudeley, der auf Abstand blieb, auf halber Höhe der Leiter. »Ihr könnt es am Seil hochziehen.«

»Und einen Eimer mit heißem Wasser zum Waschen und einen Krug mit kaltem Wasser. Eine große Kanne mit Dünnbier und ein paar kleine Schüsseln zum Mischen. Ich werde frisches Brot brauchen, Käse und Fleisch für den Zeitpunkt, wenn er aufwacht, und zur Mittagszeit muss jemand Frühstück bringen«, wies Alinor ihn an. »Ich werde einen Eimer als Nachttopf brauchen und Spreukräuter.«

»Selbstverständlich wird er wie ein Ehrengast bedient werden, und Ihr ebenso, Mrs Reekie«, sagte Mr Tudeley. »Soll Euer Junge herkommen und hier bei Euch schlafen?«

»Nein«, sagte sie bestimmt. »Er wird im Haus bei Master Walter bleiben. Ich werde heute Nacht bei Mr Summer sitzen, und wenn es ihm morgen besser geht, so Gott will, kann er wieder ins Haus, und ich werde zu mir nach Hause zurückkehren. Das hier ist nur für die eine Nacht.«

»Ihr werdet uns sofort Bescheid geben«, sagte der Verwalter nervös. Das Wort »Pest« wollte er nicht in den Mund nehmen.

»Ich gebe Euch Bescheid, sobald sich Male zeigen, und Ihr werdet eine andere Heilerin rufen, an die ich die Pflege übergeben kann«, versicherte Alinor.

»Ich lasse alles herüberschicken«, versprach Mr Tudeley, stieg dann die Leiter hinunter und schloss die Luke hinter sich. Alinor wartete einen Moment, bevor sie hinüberging und sie von innen verriegelte, sodass niemand unerwartet heraufkommen konnte. Sie und James waren ganz allein.

Sie trat ans Bett und befreite ihn von dem Teppich, als würde sie ein kostbares Paket auspacken. James seufzte und schien nach Luft zu ringen. Alinor hob seinen Kopf und die Schultern ein wenig an und ließ eine Rolle hinter seinen Kopf gleiten. Er schien leichter zu atmen, und in seine Wangen kam ein wenig Farbe. Beim Anblick seines blassen Mundes musste sie unwillkürlich daran denken, wie er sie geküsst hatte.

Sie knöpfte sein erlesenes Batisthemd auf. Die Knöpfe waren aus Perlmutt. Sie berührte jeden einzelnen, betrachtete ihren schimmernden Glanz und öffnete dann sein Hemd, um sich seine Brust und den Bauch ansehen zu können.

Seine Schultern waren breit, seine Brust und der Bauch flach. Er war muskulös wie ein Mann, der jeden Tag ritt und viel lief. Eine dunkle Spur aus Haaren verlief von seinem Bauch auf seine Kniehose zu, und Alinor, die ihren betrunkenen Ehemann mehr als einmal ausgezogen hatte, schnürte, ohne zu zögern, seine Hose auf und zog den Latz zurück. Zum ersten Mal sah sie ihn nackt. Sie erblickte das Dunkel seines dichten Haars, die Stärke seines schlafenden Gliedes, die muskulöse Linie seiner Hüften. Sie sah ihn nicht länger als einen Moment an und verspürte das Verlangen, als hätte sie selbst Fieber. Vorsichtig zog sie die Kniehose unter ihm hervor, bückte sich über ihn und roch seinen sauberen warmen Mannesduft; sie musste sich zurückhalten, um nicht den Kopf zu senken, seinen Bauch zu küssen und ihre Wange an seine heiße Haut zu legen.

Sie streifte die Reithose von ihm ab, hinunter zu seinen Stiefeln, und dann schnürte sie die Stiefel auf und zog sie von seinen Füßen, dann die feinen Strümpfe. Abgesehen von seinem offenen Hemd lag er nackt vor ihr.

Es gab keine roten Pockenflecken. Sie hob einen Arm und dann den anderen und betastete seine Achseln. Eine Schwellung der Lymphdrüsen, ein sicheres Anzeichen für die Pest, war nicht vorhanden. Nirgends auf seiner glatten weißen Haut gab es einen Hinweis darauf, dass etwas nicht mit ihm stimmte, abgesehen von der Hitze: Er brannte vor Fieber.

Behutsam hob sie ihn höher auf die Rolle und spürte, wie er sich an sie schmiegte und stöhnte, als litte er Schmerzen. Sie knöpfte sein Hemd wieder zu, um ihn vor der Kälte zu schützen, und empfand dabei eine leidenschaftliche Zärtlichkeit, als würde sie sich um Rob oder Alys kümmern, als sie noch Säuglinge gewesen waren. Den prachtvollen Vorleger ließ sie unter ihm und deckte ihn mit einem Laken von dem anderen Bett zu. Die meisten Ärzte würden einen fiebernden Patienten mit Decken überhäufen und auch noch einen Bettwärmer verwenden, um das Fieber auszuräuchern. Alinor behandelte ihre Patienten, wie sie ihre Kinder behandelt hatte, indem sie sie kühl und ruhig hielt. Wieder legte sie ihm die Hand auf die Stirn. Beinahe konnte sie spüren, wie die Hitze durch die blauen Venen an seinen Schläfen pulsierte. Sie steckte zwei Finger in seinen Hemdkragen am Hals und ertastete das Hämmern seines Herzschlags.

Draußen auf dem Hof wurde gerufen. Sie ging ans Fenster und öffnete es. Es war Stuart, der Dienstbote, mit Leinen und Dünnbier, einem Eimer mit heißem Wasser und ein paar Waschschüsseln, mehreren Leinenhandtüchern und einer Schachtel mit Kräutern und Ölen, die Rob im Destillationsraum zusammengesucht hatte. Über dem Fenster gab es einen Flaschenzug und ein Seil, um Getreidesäcke hochzuziehen. Alinor ließ den Haken hinunter, und Stuart schickte den Korb, gefüllt mit einer Suppenterrine sowie Brot und Käse, nach oben. Dann folgten all die anderen Dinge, die er mitgebracht hatte, bis er sagte: »Darf es sonst noch etwas sein, Mrs Reekie?«, als wäre Alinor ein Gast und keine Bedienstete wie er.

»Das ist alles«, sagte sie. »Sagt Rob, er soll nach dem Frühstück herkommen. Ich werde von hier aus mit ihm sprechen. Aber niemand darf hereinkommen, bis ich weiß, was dem Tutor fehlt.«

»Verzeihung, Mrs Reekie, aber glaubt Ihr, es könnte die Pest sein?«, flüsterte Stuart ängstlich.

»Im Moment gibt es dafür keine Anzeichen«, antwortete sie vorsichtig. »Ich werde ihn heute im Auge behalten, für den Fall, dass sich etwas zeigen sollte. Er hat noch keine Flecken. Wartet dort.« Sie ging zu ihrem Korb mit Kräutern, holte einen Bund getrockneten Salbei heraus und warf ihn zu Stuart hinunter. »Zündet das hier am Küchenfeuer an«, sagte sie, »und blast es dann aus und bringt es mir immer noch rauchend her.«

Er war nur kurze Zeit fort und brachte den Salbei zurück, der in einer irdenen Schüssel glomm. Er stellte die Schüssel in den Korb, und sie zog ihn hoch.

»Beschwört es Geister herauf?«, flüsterte er. »Ruft Ihr sie herbei?«

Alinor schüttelte den Kopf. »Es reinigt die Luft«, sagte sie mit Nachdruck. »Ich arbeite nicht mit Geistern oder dergleichen. Nur mit Kräutern und Ölen, wie jeder andere auch.«

Er nickte, aber er glaubte ihr nicht.

»Das ist alles«, sagte Alinor und dachte, sooft sie die Gerüchte über Magie auch abstritt, hafteten sie ihr und sämtlichen Frauen ihrer Familie dennoch an wie der Nebel dem Sumpf.

»Gott segne uns alle«, stieß Stuart keuchend hervor und hastete zur Küchentür.

Alinor nahm den glimmenden Salbei an den Stängeln und ging im Zimmer herum, schüttelte die Blätter, dass der reinigende Duft in jeden Winkel drang. Dann legte sie ihn zurück in die Schüssel und ließ ihn weiter rauchen. Sie öffnete den Arzneibeutel, um zu sehen, was Rob ihr geschickt hatte. Da waren eine Zimtstange, ein Glas mit einer in Öl eingemachten Zitrone und eine Flasche mit destilliertem Königsbasilikum aus dem Destillationsraum der Peacheys. Alinor hegte den Verdacht, James könne sich womöglich das Marschenfieber zugezogen haben, eine Krankheit, die im Sumpf lauerte, Besucher befiel und ihnen ein Leben lang zu schaffen machte. Die erste Krankheitsattacke war immer die schlimmste und verlief häufig tödlich. Die anderen laugten den Patienten aus, da er Fieber bekam und ins Delirium fiel.

Die meisten Familien aus Foulmire bekamen es im Kindesalter: Rob war als Kind daran erkrankt, und Zachary bekam in jeder Jahreszeit das Viertagefieber. Alinors Mutter glaubte, es käme von den Stichen der Fliegen, die einem während des Schlafens laut im Ohr herumsurrten, und riet ihrer Tochter, Ringelblumen und Lavendel an den Fenstern und Türen zu pflanzen, damit sie nicht ins Haus kamen. Alinor wunderte es nicht, dass der Mann, den sie liebte, von den Fliegen, die auf den Gewässern ihrer Heimat lebten, vergiftet worden war. Dies bewies, dass er niemals hätte herkommen sollen. Und sobald er einmal fort gewesen war, hätte er nie mehr zurückkehren sollen. Es war ein Zeichen für sie beide.

Das Fieber ging die ganze Nacht nicht zurück. Sie wusch ihn mit Wasser und ihrem eigenen Lavendelöl. Der Suppe fügte sie das Zitronenöl hinzu und rieb Zimt darüber, als sie ihn mit dem Löffel fütterte, doch er blieb halb bewusstlos, in einem fiebrigen Schlaf, drehte den Kopf von einer Seite auf die andere und sprach Wörter, lateinische Wörter, die sie nicht verstand.

Still war er nur, wenn sie ihn hielt, einen Arm um seine Schultern, und ihm half, das Dünnbier zu trinken, das sie ebenfalls mit Zitronenöl versetzt hatte. Nur dann war er ruhig, als würde ihre Berührung ihn kühlen. So hielt sie ihn, während sich die Nacht der Dämmerung zuneigte, lehnte sich nach hinten an die raue Holzwand, sein Kopf heiß auf ihrer Schulter, ihre Arme um ihn. Er schmiegte den Kopf an ihren Hals, als genieße er ihre kühle Haut an seinem Gesicht, und schlief.

Alinor döste und träumte unzusammenhängende Träume von einem Mann, der von *einer Frau wie Ihr, an einem solchen Ort* sprach, von einer Welt, wo Frauen nicht in der Kirche vor den Männern verurteilt wurden, den Sündern, die mit ihnen gesündigt hatten. Sie träumte von Alys und Richard Stoney, von Rob und dem Leben, das ihm vielleicht vergönnt wäre, wären sie nicht arm, von Zachary, der weit weg segelte und in den Wind des Traums rief, was er einst ihr so verbittert gesagt hatte: »Dein Problem ist, dass dir nichts jemals genügt.«

Bei Tagesanbruch wachte sie völlig verkrampft und erschöpft auf. Sie dachte, Zachary hatte recht, er hatte die Wahrheit gesagt. Ihr ganzes Leben lang hatte sie mehr gewollt als das Leben, zu dem sie geboren war. Doch an diesem Morgen wusste sie, dass sie zu tief gesunken war: eine arme Frau, über die demnächst vor ihren Nachbarn Schande gebracht werden würde und die als dieses besonders niedrige Wesen arbeitete – als Pestheilerin, fast eine Leichenfrau, nur eine Stufe über einem Pestknecht mit seinem Pestkarren, auf dem sich die Leichen türmten, und der den Leuten zurief, sie sollten ihre Toten herausbringen. Sie kannte keine niedrigere Arbeit als die der Pestheilerin, doch ihre Narrheit und ihre Liebe hatten sie so weit gebracht: eingesperrt mit einem Sterbenden, der ihr abgeschworen hatte und ihr nie gesagt hatte, dass er sie liebte.

Dennoch hielt sie ihn; obwohl sie wusste, dass sie eine Närrin war, und sich ihrer Narrheit schämte. Doch dann bemerkte sie, dass James in ihren Armen warm war, nicht kalt, nicht schweißnass und sterbend. Er war warm und roch wie ein Mann, der leben würde. Seine Augen öffneten sich, seine Gesichtsfarbe war rosig.

»Alinor«, krächzte er, als spräche er ihren Namen zum ersten Mal aus.

»Geht es Euch besser?«, fragte sie ungläubig.

»Ich kann kaum reden. Ich weiß es nicht. Ja.«

»Sprecht nicht. Ihr seid sehr krank gewesen.«

»Ich dachte, ich würde sterben.«

»Ihr werdet nicht sterben. Es ist nicht die Pest.«

»Gott sei Dank. Ich danke Gott.«

»Amen«, sagte sie.

Benommen sah er sich um. »Sind wir wieder im Netzschuppen?«

»Nein! Auf dem Heuboden in der Propstei. Ihr seid krank geworden. Wisst Ihr noch?«

»Nein. Nichts.« Er runzelte die Stirn. »Ich habe die Jungen aus Cowes nach Hause gebracht.«

»Das habt Ihr. Sie sind in Sicherheit. Dann hattet Ihr starkes Fieber.«

Unter Mühen versuchte er, sich der Lügen zu entsinnen, die er aufrechterhalten musste, doch er konnte sich nicht mehr daran erinnern. »Ich habe solchen Durst.«

Sie bot ihm Dünnbier an, und er trank es dankbar, doch sie gestattete ihm nur einen Becher. »Langsam, langsam, Ihr könnt später mehr davon haben.«

»Ich bin mir nicht sicher, was ich gesagt habe, was ich vielleicht im Schlaf dahergeredet habe ...«

»Nichts, was Sinn ergeben hätte«, beruhigte sie ihn. »Sir William hat mich nach Mitternacht holen lassen. Ihr habt auf einem Teppich vor dem Feuer gelegen. Er sagte nur, Ihr wärt in Ohnmacht gefallen. Als ich hier eintraf, wart Ihr benommen vom Fieber.«

Er nickte. »Ich kann mich an nichts erinnern.«

»Seine Lordschaft hat nach mir geschickt und mich gebeten,

mit Euch hier oben zu bleiben, um sicherzugehen, dass es nicht die Pest ist.«

»Ihr seid zu mir gekommen ... obwohl Ihr gesagt habt ...«

»Ja«, sagte sie ruhig. »Sir William hat nach mir geschickt. Ich musste es tun.«

»Aber Ihr habt eingewilligt, mich zu pflegen.«

»Seine Lordschaft hat mich darum gebeten.«

»Ihr seid zu mir gekommen«, sagte er beharrlich. »Ihr habt Euch entschieden herzukommen.«

Sie schenkte ihm ein aufrichtiges Lächeln. »Ich bin zu Euch gekommen«, bestätigte sie.

»Und habt mich ausgezogen.«

»Ich musste Euch nach den Anzeichen von Pocken oder der Pest absuchen.«

»Und seid die ganze Nacht bei mir geblieben.«

»Um ein Auge auf Euer Fieber zu haben.«

»Ihr habt mich in den Armen gehalten.«

»Es war die einzige Möglichkeit, damit Ihr still bleibt, statt Euch herumzuwerfen und die Decke abzuschütteln.«

»Ich bin nackt in Euren Armen gewesen.«

Sie spitzte die Lippen. »Zu Eurem eigenen Wohl.«

Einen Moment lang schwieg er. »Mein Gott, ich wünschte, ich könnte wieder nackt in Euren Armen sein.«

»Pst.« Sie fragte sich, wie viel man in den Stallungen unten hören konnte. »Schweigt.«

»Ich werde nicht schweigen«, flüsterte er. »Ich muss sprechen. Alinor, ich dachte, ich würde abreisen, ohne Euch noch einmal zu sehen, ich dachte, wir würden uns nie wiedersehen. Ich habe meinen Glauben verloren – meinen Gott –, ich bin auf so viele Arten abtrünnig geworden. Ich habe meinen König und meinen Gott und mich selbst verloren. Aber ich habe mir gedacht, mein Leben hätte einen gewissen Sinn, wenn ich nur Euch wiedersehen könnte – und hier seid Ihr nun.«

»Ich bin weder Glaube noch Gott noch König«, erklärte sie

ihm. »Ich bin noch nicht einmal eine Frau von gutem Ruf. Ich weiß, dass Ihr in Newport Zachary begegnet seid. Er wird Euch gesagt haben, dass ich eine schlechte Frau bin: weder Witwe noch Ehefrau.«

»Er hat alle möglichen Schrecken beschworen. Es kümmert mich nicht«, versprach er. »Ich habe ihm nicht zugehört. Ich kann mich an nichts erinnern, was er gesagt hat.« Er merkte noch nicht einmal, dass er sie belog. »Ich dachte, ich würde Euch nie mehr wiedersehen – mein Befehl lautete, Foulmire zu verlassen –, und nun sind wir hier, gemeinsam eingesperrt, beinahe, als sei es Gottes Wille, dass wir niemals auseinandergehen sollen. Ich schwöre in seinem Namen, dass ich nirgends sonst sein möchte. Ich habe alles außer Euch verloren. Ich dachte, ich würde sterben, und in meinem allerdunkelsten Moment wollte ich nur eines: Euch. Ich konnte nicht sprechen, ich konnte nicht denken, ich konnte nicht beten: Alles, was ich wollte, wart Ihr. Ich dachte, ich würde träumen, in Euren Armen zu liegen. Ich hielt es für einen Fiebertraum. Ohne Eure Berührung wäre ich nicht ins Leben zurückgekehrt.«

Angesichts der Ungeheuerlichkeit dessen, was er gesagt hatte, schwiegen sie einen Moment.

»Wenn ich ihnen sage, dass Ihr genesen seid, steht es Euch frei zu gehen«, warnte sie ihn. »Und ich werde fortmüssen. Ihr werdet in Euer Schlafgemach in der Propstei übersiedeln, um Euch auszuruhen und wieder zu Kräften zu kommen, und ich werde heimgehen und morgen zurückkehren, um zu sehen, ob Eure Genesung voranschreitet. Sir William ruft vielleicht den Arzt aus Chichester.«

»Dann sagt ihnen, dass Ihr es bis morgen nicht wissen werdet«, erwiderte er sofort, und als sie zögerte, fuhr er fort: »Alinor, ich flehe Euch an. Wir haben keine Chance, wir beide. Wir haben keine Chance, in der Welt da draußen zusammen zu sein, aber wir können den heutigen Tag und die Nacht haben. Wenn Ihr nur diese eine, diese kleine Lüge vorbringt, können wir beieinander sein. Sagt ihnen, Ihr würdet darauf warten, dass das Fieber nachlässt oder sich die Flecken zeigen. Und schenkt uns den heutigen Tag und die Nacht, hier allein. Nichts weiter. Ich bitte Euch um nichts weiter. Aber darum flehe ich Euch an.«

Sie zögerte.

»Ihr müsst nicht bei mir liegen, es sei denn, Ihr wollt es«, bot er an. »Ich bitte Euch einzig und allein darum, hier mit Euch zusammen sein zu dürfen.« Er schüttelte den Kopf. »Ich möchte Euch nicht gewaltsam zwingen. Ihr werdet zu nichts genötigt werden. Ich werde Euch noch nicht einmal berühren, wenn Ihr es nicht erlaubt. Aber, Alinor, gebt mir einen Tag und eine Nacht mit Euch, bevor ich hinaus in die Welt gehe, wo ich alles verloren habe.«

Ohne etwas zu erwidern, erhob sie sich vom Bett und öffnete das Band vorne an ihrem Leinenhemd, sodass er zum ersten Mal die Wölbung ihrer Brüste sah. Sie band den Bund ihres Rocks auf und ließ ihn zu Boden fallen. Abgesehen von ihrem offenen Hemd war sie nun nackt, darunter sah er den Umriss der langen Linie ihrer Hüften und Oberschenkel.

»Wenn Ihr wollt, werden wir den heutigen Tag und die Nacht haben«, willigte sie ein, wie eine Frau, die sich bereit machte, in tiefem Wasser zu ertrinken. »Den heutigen Tag und die Nacht.«

Zur Mittagszeit kam Rob in den Hof unter das Fenster. Alinor lehnte sich hinaus, lächelte zu ihrem Sohn hinunter und erklärte ihm, sie sei sich sicher, dass es nicht die Pest sei, aber dass sie bleiben und Mr Summer pflegen werde, bis das Fieber heruntergegangen sei. Sie lobte ihn für die Kräuter, die er ausgewählt hatte, und sagte, dass sie keine weiteren mehr brauche, nur noch ein Glas mit Zitronenöl, um das Fieber zu senken. Sie trug ihm auf, Mrs Wheatley um mehr Ale zu bitten und darum, dass

Stuart ihr Abendessen in einem Korb hinaufschickte. Mr Summer schlafe und sei fiebrig, sagte sie, aber es gehe ihm nicht schlechter.

»Aber wie geht es dir, Rob? Du hast es nicht?«

»Mir geht's gut«, antwortete Rob, der zu ihr heraufsah. »Und Walter geht es auch gut. Ich habe seine Temperatur überprüft und mir seinen Hals angesehen. Keine Entzündung, keine Flecken. Woran auch immer Mr Summer leidet, ich glaube nicht, dass Walter und ich es haben.«

»Gottlob«, sagte Alinor. »Und, Rob«, sie senkte die Stimme, während er näher an die Wand trat und vertrauensvoll zu ihr hochblickte. »Mach dir keine Sorgen wegen deines Vaters. Mr Summer wird nicht davon sprechen, dass er ihn getroffen hat, und wir müssen nichts sagen. Erwähne Zachary mit keiner Silbe, bis ich herauskomme und wir uns darauf einigen können, was wir sagen wollen. Vor allem, Rob ... sei nicht unglücklich wegen ihm. Er hat seine Wahl getroffen und wird sein Leben leben. Wir werden uns unseres einrichten. Du solltest froh sein. Es gibt so viel, worauf du dich freuen kannst.«

Er nickte, seine Augen auf ihrem Gesicht.

»Und geh und sag Alys, sie soll die Nacht im Fährhaus verbringen«, wies sie ihn an. »Ich werde morgen wieder zu Hause sein. Und erzähl ihr auch noch nichts.«

Sie warf ihm eine Kusshand zu, und er neigte verlegen den Kopf, winkte ihr und verließ den Hof.

Von seinem behelfsmäßigen Bett aus beobachtete James, wie sie das Fenster schloss und zurücktrat.

»Alles in Ordnung mit ihm?«, fragte er sie.

»Gottlob«, antwortete sie. »Ich sollte Euch wohl ein neues Bett mit frischem Bettzeug richten«, fuhr sie fort. »Und soll ich Stuart bitten, Wasser zu bringen, damit Ihr Euch waschen könnt?«

»Ja«, sagte er. »Wir werden den ganzen Tag und die ganze Nacht haben«, fuhr er fort. »Dies ist wie ein Traum, als hätte ich immer noch Fieber.«

Sofort legte sie ihm den Handrücken auf die Stirn. »Nein«, sagte sie. »Kein Fieber, und es ist kein Traum.«

»Und morgen ...«

»Lass uns nicht an morgen denken, bis wir es müssen«, flüsterte sie, und er zog sie zu sich hinab und drückte sie an sich.

Die Stunden verflogen unbemerkt. Zwei oder drei Mal rief Stuart vom Hof unten, und Alinor warf sich ihr Gewand über und ließ das Seil vom Fenster hinab. Er schickte Essen nach oben, Wasser zum Waschen, Ale zum Trinken, doch sie bemerkten kaum, wie oft er kam oder was er brachte. Alinor bezog das Bett mit sauberem Leinenbettzeug, und sie legten sich beide zusammen nackt nieder, liebten sich, schliefen ein und wachten auf, um sich abermals zu lieben. Durch das westliche Fenster beobachteten sie, wie die Sonne über dem Marschland unterging, und sie sahen, wie der Mond aufging. Die ganze Nacht liebten sie sich, schliefen ein und erwachten wieder, als gebe es weder Tag noch Nacht. Sie brauchten kein Licht außer der flackernden Kerze, die ihre sich bewegenden Leiber erstrahlen ließ.

»Ich habe nie geahnt, wie es ist«, gestand James.

»Ist dies dein erstes Mal gewesen? Das allererste?«, fragte Alinor, die von Schuldgefühlen erfasst wurde, als hätte sie sich an James versündigt und ihm seine Unschuld geraubt.

»Ich bin in Versuchung geführt worden«, sagte er. »Als ich mich versteckt habe und von einem Haus zum anderen gereist bin. Da war eine Dame in London, und noch eine in einem Haus in Essex. Zwar wusste ich, dass ich Verlangen verspürte, aber es hat sich immer wie Sünde angefühlt, und ich konnte widerstehen. Aber das hier fühlt sich richtig an.«

Alinor glaubte sofort, dass der schöne junge Priester von mehr als einer Frau, die ihn in ihrem Haus empfing, begehrt worden war. Die Vorstellung brachte sie zum Lachen, und sogleich hellte sich sein Gesicht auf. »Du musst mich für einen Toren halten«, stellte er fest. »In meinem Alter noch Jungfrau zu sein!«

»Nein«, versicherte sie ihm. »Ich habe gelernt, einen Mann zu verachten, der mit vielen Frauen zusammen war und keine geliebt hat. Zachary ist der einzige Mann gewesen, mit dem ich je zusammen war, und er war ein harter Ehemann. Hart und verbittert und ... undankbar.« Sie fand das Wort, das es am treffendsten beschrieb. »Zacharys Ehefrau zu sein war eine undankbare Aufgabe.«

Er nahm eine helle Locke ihres Haars und wand sie wie einen Ring um den Finger. »Und hast du seit ihm keinen Mann mehr gehabt?«

Sie sah ihn an. »Hat er dir etwas anderes erzählt?«

Er schüttelte den Kopf. »Er hat mir von allen möglichen Ängsten und Schrecknissen erzählt«, antwortete er. »Wegen seiner Lügen habe ich nicht gefragt, sondern weil ich nicht glauben kann, dass dir niemand den Hof gemacht hat.«

»Ich hatte kein Verlangen«, erklärte sie ihm. »Wenn mich jemand gefragt hätte – aber niemand spricht auf Foulmire von derlei Dingen –, hätte ich gesagt, dass ich eine dieser Frauen bin, die kein Begehren verspüren. Für mich hat es immer aus Schmerz und Grobheit bestanden. Zachary meinte, ich sei kalt wie ein Stein, aber ich habe geglaubt, es gebe keine andere Art zu lieben. Ich habe nie geahnt, dass es so sein könnte.«

Er lächelte sie an und berührte ihre warme Wange mit dem Finger.

»Wenn ich manchmal ein Kind entbunden habe und die Frau mich dann fragte, wann sie wieder ihrem Ehemann beiwohnen könne, habe ich nie begriffen, warum sie das will. Ich habe ihr dann gesagt, sie müsse zwei Monate lang warten, bis sie ihren ersten Kirchgang hinter sich habe, und habe mich immer über die Klagen gewundert, dass es bis dahin so lang sei.«

»Käme es dir jetzt lang vor?«

»Jetzt käme mir jeder Tag Wartezeit zu lang vor.«
»Dann verstehst du jetzt die Liebe?«
»Zum ersten Mal.« Sie lächelte ihn an. »Also ist es für mich in gewisser Weise auch das erste Mal.«
Er küsste ihre Hand. »Die Frau aus Stein ist geschmolzen?«
»Ich bin zu einer Frau des Begehrens geworden.«

Später in der Nacht wachten sie auf, völlig ausgehungert, und aßen das restliche Brot und den Käse; gutes Weißbrot aus dem Brotofen, glatten Hartkäse mit einer salzigen Kruste aus der Molkerei der Propstei.

»Zachary hat von etwas gesprochen«, sagte James zögerlich.

»Oh, er ist einer, der nie den Mund halten konnte«, erwiderte sie mit einem Lächeln.

»Er hat gesagt, Ned habe eine Ehefrau gehabt ...«, setzte er an.

Seine Worte waren wie ein Schlag, wischten ihr Lächeln fort. Auf der Stelle wurde sie weiß wie die Wand.

»Es tut mir leid. Ich wollte nicht ... Sag nichts«, flehte er sie an. »Du musst nichts sagen. Es war nur ...«

»Hast du ihm geglaubt? Wirst du Sir William gegenüber wiederholen ... was er gesagt hat? Was auch immer er gesagt haben mag? Bist du durch deine Gelübde dazu verpflichtet, es dem Pfarrer von St. Wilfrid zu erzählen?«

»Nein, ich werde nie etwas sagen. Ich hätte auch jetzt nichts gesagt, aber ...«

»Aber er hat dich ins Grübeln gebracht«, sagte sie langsam. »Trotz deiner Bildung und deines Glaubens hat er dich ins Grübeln gebracht. Er hat dir ... Angst eingejagt.«

»Ich habe keine Angst!«, setzte er an, doch sie legte ihm sanft eine Hand auf die Schulter.

»Wenn die Welt so wäre, wie Zachary sie sieht, wäre uns allen angst und bange«, erklärte sie behutsam. »Denn wie ein armer Tor hat er sie mit Ungeheuern bevölkert. Er redet von mir als einer Frau, die Elfenvolk beiwohnt. Er verleugnet seine eigenen Kinder. Er behauptet, ich hätte ihn mithilfe eines Zaubers entmannt. Er behauptet, ich hätte meine arme Schwägerin Mary umgebracht. Ist dir klar, dass mich die Leute aus der Gegend, wenn sie auch nur eines davon glauben würden, einer Hexenprobe unterzögen?«

Angesichts der schrecklichen Anschuldigungen gegen sie schüttelte er abwehrend den Kopf. »Sie müssen doch wissen, dass du unschuldig bist!«

»Du hast es nicht gewusst.«

»Das habe ich!«

»Weißt du, was sie mir antun würden?«

»Ich weiß es nicht.« Er wollte es nicht wissen.

»Sie haben einen Tauchstuhl auf dem Kai von Sealsea. Dort schnallen sie eine Frau auf den Sitz, fesseln sie wie ein Kätzchen zum Ertränken. Der Sitz befindet sich auf einem großen Balken, den der Schmied – gewöhnlich ist es der Schmied – am anderen Ende nach unten drückt. Die Frau fährt hoch in die Luft, wo jeder sie sehen kann, dann lässt er sie ins Wasser sinken, unter die Oberfläche. Sie lassen sich Zeit, und wenn sie befinden, die Probe sei lang genug gewesen, holen sie sie hoch und heben sie wieder in die Luft. Wenn sie Meerwasser hervorwürgt, behaupten sie, der Teufel habe sie beschützt, und schicken sie nach Chichester vor die Richter, die sich die Beweise anhören und sie möglicherweise zum Tod durch den Strang verurteilen. Doch wenn sie weiß wie Meeresgischt hochkommt und blau wie Tinte an den Lippen und Fingernägeln, den Mund offen vom Schreien unter Wasser, die Hände wie Klauen, weil sie an den Seilen gerissen hat, dann wissen sie, dass sie unschuldig war, und sie begraben sie auf dem Friedhof in heiliger Erde.«

»Ich habe von derlei Dingen gehört, aber ...«

»Es ist Gesetz, dass jede Gemeinde einen Tauchstuhl hat. Das musst du doch wissen.«

»Ich habe gedacht, es handele sich nur um ein Eintauchen?«

Sie schenkte ihm ein schmales Lächeln. »Ja, so heißt es. Das lässt es harmlos klingen, nicht wahr? Und manche Frauen werden auch nur eingetaucht. Aber manche ertrinken.«

»Sir William sollte dafür sorgen, dass es sich nur um ein Eintauchen handelt.«

Sie zuckte die Schultern und schüttelte den Kopf. »Er ist ein zivilisierter Mann – er würde einem Hexenprozess Einhalt gebieten. Und er ist Magistrat – er würde das Gesetz wahren. Er ist ein gebildeter Mann, ein Anwalt. Einer unschuldigen Frau würde er nichts zuleide tun«, erklärte er geduldig.

Sie lächelte ihn an, als sei er ein Kind. »Keine Frau ist unschuldig«, stellte sie fest, und ihre Worte ließen ihn erschaudern, als spräche Zachary. »Keine Frau ist unschuldig. Die Bibel spricht der Frau die Schuld daran zu, dass Sünde auf die Welt gebracht wurde. Alles ist unsere Schuld: Sünde und Tod werden uns in die Schuhe geschoben, von jetzt bis zum Jüngsten Gericht. Sir William wird seine eigene Autorität nicht aufs Spiel setzen, indem er einschreitet, um eine arme alte Dirne vor dem Ertrinken zu bewahren.«

Ihr Zynismus erschreckte ihn. Sie war verhärtet von ihrem grausamen Leben.

»Aber uns betrifft das nicht«, warf er ein. »Und ich meine, es war doch sowieso nichts dran an dem, was Zachary über deine Schwägerin gesagt hat?«

»Mary ist in meiner Obhut gestorben«, erklärte sie ihm offen. »Und die Welt wusste gut, dass wir wie Hund und Katze in derselben Scheune gewesen sind und uns ständig gestritten haben, jeden Tag, seitdem Ned sie ins Fährhaus brachte und anstelle meiner Mutter setzte. Ich mochte sie nicht, und sie hat mich nicht leiden können. Aber trotzdem habe ich sie gepflegt, so gut ich konnte. Ich wusste nicht, was für sie getan werden musste.

Ich glaube nicht, dass es irgendwer gewusst hätte. Ihr Kind ist zu früh gekommen, es war eine bittere Totgeburt für uns alle. Dann konnte ich ihre Blutung nicht stillen. Sie ist in meinen Armen verstorben, und ich konnte sie nicht retten. Ich weiß noch nicht einmal, was den Tod der beiden verursacht hat. Ich bin kein Arzt, ich bin nur Hebamme.«

»Zachary hat behauptet, es sei sein Kind gewesen und dass du eifersüchtig gewesen bist.« Er bereute seine Worte auf der Stelle.

Sie sah ihn sehr kühl und ruhig an. Dann zog sie das Laken um ihre Schultern, als sei es eine Seidenstola. »Das hat er dir erzählt?« Auf einmal war ihr kalt. »Nun, du musst das, was dir zu Ohren kommt, selbst beurteilen. Ich habe mich noch nie gegen Zacharys Lügen verteidigt, und ich werde nicht auf seine abscheulichen Worte aus deinem Mund antworten. Aber falls es sein Kind gewesen ist – wie er auch vor mir geprahlt hat, nachdem sie tot war und nicht widersprechen konnte –, dann bezweifle ich, dass sie willens gewesen war.«

Angewidert erschauderte er. Er hatte das Gefühl, das unschöne Leben dieser Menschen am äußersten Rand der Küste nicht ertragen zu können, deren Liebe und Hass verebbten und anstiegen wie die schlammigen Gezeiten, deren Wut wie das Wasser im Mühlbach brüllte, ihr Hass und ihre Ängste so tückisch wie der Zischbrunnen. Dass Zachary möglicherweise seine Schwägerin vergewaltigt hatte, dass er seiner eigenen Frau ohne deren Einverständnis beiwohnte, dass Alinors eigener Ehemann leugnete, ihre Kinder gezeugt zu haben! Sein Schaudern verriet James, dass er nichts mit diesen Menschen zu tun haben wollte. Er wünschte sich in seine eigene Welt zurück, wo Grausamkeit im Geheimen verübt wurde, Gewalt im Verborgenen geschah und der gute Schein wichtiger als alles andere war.

Zögernd streckte er die Hand nach ihr aus. Er wollte, dass sie wieder die Geliebte aus seinem Fiebertraum war, nicht die Frau, die sich in dieser verkommenen Welt abkämpfte. »Ich glaube dir. Ich glaube dir, Alinor.«

Das Gesicht, das sie ihm zuwandte, war warm und vertrauensvoll, in ihren Augen standen Tränen. »Das kannst du«, lautete ihre schlichte Antwort, und er hatte das Gefühl, in die tiefste Sünde zu stürzen, als er ihren weichen Mund und ihre nassen Wimpern mit Küssen bedeckte.

Danach hielten sie sich an ihr Versprechen, nicht an die Welt außerhalb des Stallbodens zu denken; nicht an den morgigen Tag. Doch in der Morgendämmerung, während sie sich liebten, erblickte Alinor, als ihre Augenlider vor Wonne aufflatterten, das trübe Licht am Fenster und sagte leise, schwermütig: »Ach, mein Liebster, es ist Morgen.«

»Noch nicht«, sagte er, während er sich langsam über ihr bewegte. »Das ist der Mond, der so hell scheint.«

»Nein. Es ist die Morgendämmerung. Ich muss heute zu mir nach Hause zurückkehren, und wir müssen Sir William Bescheid geben, dass du gesund bist.«

Er legte den Kopf auf ihre Schulter, während er sich in ihr bewegte. »Ich ertrage es nicht.«

»Du erträgst das Vergnügen nicht oder du erträgst den Abschied nicht?«

»Beides. Können wir nicht sagen, dass ich immer noch krank bin? Können wir uns nicht noch einen Tag nehmen? Alinor, Liebste, können wir uns nicht noch einen gemeinsamen Tag stehlen?«

»Nein. Du weißt, dass das nicht geht. Keiner von uns beiden darf unter Verdacht geraten.«

»Ich werde dich nicht gehen lassen.«

Sie reckte sich hoch zu einem Kuss, und ihr dichtes Haar fiel aus ihrem Gesicht zurück. »Lass mich dich noch einmal küssen«, sagte sie, »dann werde ich aufstehen und mich anziehen.«

Er wollte sie festhalten, doch sie schüttelte den Kopf, und so rollte er sich auf den Rücken, verschränkte die Hände hinterm Kopf, während sie sich über ihn beugte und ihn leidenschaftlich küsste. Dann legte sie die Stirn auf seine Brust, sog seinen Duft ein, als wäre er eine Rose unter ihren Lippen. Schließlich löste sie sich von ihm und drehte sich weg, um ihr Leinenhemd über den Kopf zu ziehen. Der grobe Stoff fiel nach unten und bedeckte ihre Blöße.

»Ich kann das nicht«, sagte er leise. »Ich kann nicht von dir getrennt sein.«

Sie sagte nichts, sondern stieg in ihren Rock, schnürte die Bänder an ihrer Taille mit äußerster Sorgfalt zu und setzte sich dann auf die Bank an der Seite des Raumes, um ihre wollenen Strümpfe anzuziehen.

»Alinor«, hauchte er.

»Stör mich nicht beim Anziehen!« Ihre Stimme klang erstickt. »Ich kann mich nicht anziehen und sprechen. Ich kann deine Stimme nicht hören und denken.«

Schweigend setzte er sich im Bett auf, während sie ihr Haar am Hinterkopf zu einem Knoten wand und ihre weiße Haube, zerknittert, wie sie war, aufsetzte. Als sie sich zu ihm umdrehte, war sie wieder die anständige Hebamme der Insel Sealsea, und die in Leidenschaft entbrannte Geliebte der Nacht war unter der gestaltlosen, unförmigen Kleidung verborgen.

»Jetzt du«, sagte sie.

Er machte Anstalten, auf sie zuzugehen, und sie streckte abwehrend die Hand aus. »Berühr mich nicht«, flehte sie ihn an. »Kleide dich einfach an.«

Er zog sein Leinenhemd an. Zum ersten Mal im Leben fiel ihm auf, was für erlesenen Stoff er trug, und er überlegte, nach seiner Genesung als Erstes nach Chichester zu fahren und ihr ein paar schöne Unterhemden zu kaufen, so glatt wie ihre makellose Haut. Er zog seine Strümpfe an, schlüpfte in die Kniehose, fuhr in die Reitstiefel und drehte sich zu ihr.

»Ich bin angekleidet«, erklärte er. »Bist du zufrieden?«

Ihre dunklen Augen in dem bleichen Gesicht blickten traurig. »Nein«, sagte sie leise. »Ich sehne mich jetzt schon nach dir. Aber wir müssen bereit sein, uns der Welt und dem Tag zu stellen.«

»Wohin wirst du gehen?«, fragte er, als gäbe es irgendeinen Ort, an den sie gehen könnte, außer der armen Fischerhütte.

»Nach Hause.«

»Ich werde ein paar Tage hierbleiben, dann muss ich nach London und anschließend zu meinem Seminar«, vertraute er ihr an, wie er ihr seine Sünden anvertraut hatte. »Aber Alinor, Liebste, für mich hat sich alles geändert. Ich habe meinen Glauben verloren, und ich habe bei meiner Mission versagt. Ich werde hinfahren und es ihnen sagen, ich werde beichten, und dann werde ich wohl fortgehen müssen. Ich werde sie anflehen, mich freizugeben.«

Sie sah erschrocken aus. »Du musst beichten? Du musst hiervon sprechen?«

Er verzog das Gesicht. »Das sind Todsünden. Ich habe so viele meiner Gelübde gebrochen. Ich muss beichten. Mein verlorener Glaube ist schlimmer, aber das hier werde ich auch beichten und meine Strafe hinnehmen müssen.«

»Werden sie mich auch bestrafen?«, fragte sie.

Er hätte über ihre Unwissenheit lachen können. »Ich werde deinen Namen nicht nennen«, versicherte er ihr. »Sie werden noch nicht einmal wissen, wo du lebst. Sie können dich nicht anzeigen.«

»Musst du von uns sprechen?«

»Ich muss eine vollständige Beichte ablegen, große Sünden und kleine.«

Sie überlegte, was wohl die größere Sünde war und was die kleinere. Doch sie fragte nicht nach. »Wenn du ihnen beichtest, werden sie dich nicht vielleicht dortbehalten?«

»Ich glaube nicht, dass sie mich dann noch wollen«, sagte er verzweifelt. »Ich habe bei allem versagt, was sie mir aufgetragen haben. Und meinen Glauben habe ich auch verloren.«

»Aber trotzdem, werden sie dich nicht doch vielleicht behalten? Können Sie dich dazu bringen, dortzubleiben? Und wenn sie dich einsperren?«

»Sie würden mich nicht gegen meinen Willen behalten, das weiß ich. Aber sie werden mir den Abschied sehr schwer machen. Sie werden überzeugt sein müssen, dass ich mir sicher bin. Ich kann nämlich nie mehr zurückkehren. Wenn ich gehe, gibt es kein Zurück. Sie werden es als Verrat an meiner Pflicht und an meinem Glauben erachten. Und sie sind für mich nicht nur mein Weg zu Gott gewesen, sondern auch Vater und Mutter und Schulmeister. Es wird ihnen leidtun, wie es auch mir leidtut.«

Sie sah sehr ernst aus. »Es tut dir leid?«

»Aber ich werde zu dir zurückkommen.«

Die Röte in ihrem Gesicht zeigte ihm, was ihr das bedeutete, aber sie schüttelte den Kopf. »Komm nicht wegen mir zurück«, sagte sie leise. »Das hier hat mir unendlich viel bedeutet, aber du kannst nicht wegen mir hierher zurückkommen. Ich bin deiner nicht würdig. Ich könnte nicht in deiner Welt leben, und du niemals in meiner.«

»Aber wir haben uns geliebt, als werde die Welt untergehen!«

»Aber sie geht nicht unter«, stellte sie vernünftig fest. Sie brachte ein kleines Lächeln zustande. »Draußen geht alles weiter. Ich muss in mein Leben zurückkehren, du musst in deines zurück, wie auch immer es aussehen mag. Glaube oder kein Glaube. König oder kein König. Und selbst wenn sich für dich alles verändert hat, ändert sich für mich nichts. Für mich ändert sich nie etwas.«

»Habe ich keine Veränderung bei dir bewirkt?«, wollte er wissen. »Bist du nicht eine Frau des Begehrens, wie du gesagt hast? Wirst du wieder zu Stein werden?«

Sie wandte den Kopf von ihm ab. »Ich werde in meinem Innern nie mehr tot sein«, versprach sie. »Ich werde mich nicht mehr in Stein verwandeln. Aber als Frau des Begehrens würde ich in meiner Welt nicht lang überleben. Ich muss hart werden, sonst wird mich jemand vernichten.«

»Meine Familie ist im Exil«, erklärte er ihr mit ganz leiser Stimme. »Meine Mutter und mein Vater sind im Exil, unsere Ländereien und Häuser vom Parlament beschlagnahmt – weißt du, was das bedeutet?«

Sie schüttelte den Kopf.

»Mein Vater ist vom König dazu ernannt worden, den Prinzen von Wales zu beraten«, sagte er. »Als der Prinz ins Exil ging, sind mein Vater und meine Mutter mit ihm gegangen. Mein Vater und meine Mutter befinden sich jetzt am Hof der Königin in Paris. Aber wenn wir die königlichen Höfe verlassen, eine Vereinbarung mit dem Parlament treffen, uns ihnen ergeben und eine Strafe zahlen würden, genau wie Sir William es getan hat, könnten wir unsere Ländereien zurückerhalten, genau wie er es getan hat. Ich könnte auf meinem Familiensitz leben. Er befindet sich in Yorkshire, weit weg von hier – ein schönes Haus und gutes Ackerland. Ich könnte es zurückbekommen. Meine Mutter und mein Vater könnten nach England zurückkehren.«

»Würden sie das wollen?«, fragte sie. »Würden sie mit einem neuen Pfarrer in ihrer Kirche und neuen Männern an der Macht leben wollen? Unter einem Parlament statt einem König?«

Er winkte ihren Einwand fort. »Was ich damit sagen will, ist, dass *ich* unser Haus zurückbekommen könnte, *ich* könnte nach Hause zurückkehren. Ich wäre wieder in England, kein Exilant, kein Spion, nicht versteckt.«

Sie versuchte, ein Lächeln zustande zu bringen. »Ich würde mir gern vorstellen, dass du in eurem Haus mit euren Ländereien um dich herum lebst. Ich würde zum Mond aufblicken und wissen, dass er auf dich herabscheint, wie er auch auf mich herabscheint. Ich würde mir gern dich bei Ebbe am Ufer vorstellen, während ich an der Gezeitenmarke in Foulmire stehe.«

»Es sind andere Gezeiten, und überhaupt liegt es im Landesinneren.« Ihre Unwissenheit rührte ihn. »Aber das meine ich nicht. Ich will damit sagen: Ich werde dich nicht hierlassen. Ich werde nicht ohne dich zu meinem Haus zurückkehren. Ich werde dich dorthin mitnehmen, zu mir nach Hause.«

Sie sah ihn an, als spräche er auf Latein, als sei er völlig unverständlich. »*Was?*«

»Würdest du mit mir nach Yorkshire kommen? Willst du mich heiraten?«

»Heiraten?«, fragte sie verwundert. »Heiraten?«

»Ja«, sagte er ruhig. »Warum nicht? Wenn es keinen König auf dem Thron und keine Bischöfe in ihren Palästen gibt, wenn es weder ein Königshaus noch eine Kirche gibt, wenn alle Titel gleichgemacht sind und es weder Herren noch Diener gibt, wie die Radikalen behaupten, warum sollte ich dich dann nicht heiraten?«

Sie streckte ihm die Hände entgegen, um ihm die Rauheit der Handflächen einer Arbeiterin zu zeigen. Sie breitete ihren zerschlissenen braunen Rock aus, der am Saum von fauligem Schlamm verdreckt war. »Sieh mich an«, sagte sie düster. »Du wirst sehen, dass die Radikalen sich irren. Herren und Diener gibt es sehr wohl immer noch und wird es immer geben. Du kannst mich nicht zu deiner Mutter bringen und sie bitten, mich als ihre Schwiegertochter zu akzeptieren. Ich kann nicht mit dir gehen und in deinem Haus eine Dame sein. Deine zukünftige Gattin steht weit über mir. Du kannst mich nicht an ihre Stelle setzen.«

Er machte Anstalten zu widersprechen, doch sie fuhr fort: »Und hast du vergessen? Ich kann sowieso nicht heiraten – ich bin mit Zachary verheiratet, und wir wissen beide, dass er noch am Leben ist. Wir könnten nicht vor einen Altar treten und das Ehegelöbnis ablegen. Ich habe zwei Kinder, und sie kennen ihren Vater. Ich könnte nicht als redliche Frau, als Witwe, zu dir nach Hause kommen. Ich bin keine redliche Frau. Ich bin hier deine Dirne gewesen, ich bin deine Hure gewesen. Ich habe ohne Heiratsversprechen bei dir gelegen. Ich verlange auch jetzt keines. Ich könnte noch nicht einmal deine Geliebte sein. Noch nicht einmal dessen bin ich würdig.«

»Sag nicht so etwas! Du bist keine Dirne! Du bist keine Hure! Ich habe noch niemals jemanden geliebt, wie ich dich liebe! Das hier ist heilig gewesen! Heilig! Das hier hat mir *alles* bedeutet!«

»Ich weiß! Ich weiß!« Seine ersten Worte von Liebe beruhigten sie. Einen Moment lang sah er ihr flüchtiges Lächeln. »Mir auch. Oh, James – mir auch. Und das wird mir ein Trost sein, wenn du fort bist und ich hier zurückbleibe.«

»Ich kann dich hier nicht zurücklassen«, sagte er. »Ich muss mit dir zusammen sein.«

Sie zuckte mit den Schultern, als sei die Welt voller Enttäuschungen und dies nur eine weitere. »Ich wünschte, es wäre anders«, war alles, was sie sagen konnte. Er kam näher, und sie streckte ihm die Hand entgegen und berührte seine Wange mit den Fingerrücken. Er ergriff ihre Hand und drückte sie fest an seine Lippen.

»Halt mich nicht fest«, sagte sie sehr leise. »Ich kann nicht gehen, wenn du mich festhältst. Ich kann mich dir nicht entziehen. Ich glaube, ich werde sterben, wenn ich dich von mir stoßen muss. Bitte lass mich gehen. Ich muss jetzt los.«

»Ich werde heute Abend zu deiner Hütte kommen«, flüsterte er. »Wir können uns nicht so verabschieden.«

»Ich bin nicht für dich bestimmt. Unsere Welten sind himmelweit voneinander entfernt.«

»Ich werde zu dir kommen. Ich werde heute Abend kommen.«

»Dann werden wir noch einmal Abschied nehmen müssen.«

»Ich möchte noch einmal Abschied nehmen. Dies kann nicht das letzte Mal gewesen sein, dass ich dich sehe.«

»Heute Abend, wenn es dunkel ist«, willigte sie widerstrebend ein. »Aber ich werde zu dir kommen. Es ist Flut, der Pfad ist nicht sicher für dich. Ich werde dich auf der Küstenwiese bei der Propstei treffen. Wo wir uns schon einmal verabschiedet haben.«

»Heute Abend«, sagte er abermals, als sie sich umdrehte, die Luke entriegelte und sich auf den Weg die Leiter hinunter in den Stallhof machte, wo die Reitknechte verschlafen die Pferde tränkten und striegelten.

Er sah ihr nach, den Korb an ihrem Arm, ihre ordentliche weiße Haube auf dem Kopf. Er beobachtete, wie sie den Reitknechten freundlich »guten Morgen« wünschte, und sah, wie diese sich umdrehten und sie beobachteten, während sie quer über den Hof zum Haus ging.

»Seine Lordschaft möchte Euch sehen«, sagte Mrs Wheatley zu Alinor, als diese die Küche betrat. »Du meine Güte! Mrs Reekie! Ihr habt noch nie so gut ausgesehen. Ihr strahlt ja!«

»Eure gute Küche«, sagte Alinor leichthin. »In den letzten beiden Tagen habe ich besser gegessen, als ich es seit Wochen getan habe. Ich komme gern wieder zur Krankenpflege in die Propstei, wenn ich darf.«

»Gebe Gott, dass uns weitere Krankheit erspart bleibt«, erwiderte Mrs Wheatley.

»Amen«, antwortete Alinor. »Seine Lordschaft ist wohlauf?«

»Ja, aber er hat darum gebeten, dass Ihr in seine Waffenkammer kommt, bevor Ihr heute Morgen geht. Ihr könnt jetzt hinein. Stuart wird Euch den Weg weisen.«

»Warum will er mich sehen?«, fragte Alinor zögerlich.

»Es kann nur darum gehen, dass er sich bei Euch bedanken will«, entgegnete die Köchin. »Ihr habt uns allen große Sorge erspart, und vielleicht habt Ihr die Insel vor schlimmer Krankheit bewahrt. Geht, Ihr habt nichts zu befürchten.«

»Danke«, sagte Alinor und ging zu der Tür, die ins Haus führte.

»Kommt auf diesem Weg zurück, dann gebe ich Euch einen Brotlaib mit, auf dass die Farbe in Euren Wangen erhalten bleibe«, sagte Mrs Wheatley.

Alinor lächelte und folgte Stuart den Gang hinunter zur Waffenkammer Seiner Lordschaft.

Sir William saß am Tisch und reinigte sein Steinschlossgewehr. Er sah auf und nickte, als Alinor klopfte, eintrat und vor ihm stehen blieb.

»Mrs Reekie, ich bin Euch dankbar.« Er spähte in den Gewehrlauf. »Gott sei Dank war es nichts Schlimmeres als ein Fieber.«

Sie nickte.

»Euer Sohn, Robert, hat sich gut im Destillationsraum zurechtgefunden. Er ist ein gescheiter Knabe. Er hat alles geholt, was Ihr brauchtet?«

»Ja, er hat gewusst, was bei einem Fieber benötigt wird«, antwortete sie. Ihre Stimme hörte sich dünn an, fand sie, als sei das Licht zu hell und Sir William zu laut.

»Niemand hat ihm gesagt, was er holen soll. Er hat die Dinge selbst ausgewählt?« Er griff nach einem Stück Tuch und polierte den schönen, emaillierten Gewehrkolben.

»Er hat mir zugesehen, seitdem er ein Kleinkind war. Er hat ein Talent für Kräuter und ihre Anwendung.«

»James Summer hat vor einer Weile gesagt, er sei geeignet, Diener eines Arztes oder Lehrling bei einem Apotheker zu werden.«

Alinor neigte den Kopf. »Ich glaube schon, aber wir können uns sein Lehrgeld nicht leisten.«

Seine Lordschaft legte das Putztuch beiseite, stellte das Gewehr in einen Schrank und ließ sich wieder in seinem Sessel nieder. Er musterte sie von Kopf bis Fuß und verspürte nicht zum ersten Mal Bedauern, dass sie eine ehrbare Frau und die

Schwester eines frommen Mannes war.« »Ich sage Euch was, gute Frau, ich werde es für Euch übernehmen. Er ist ein braver Bursche, macht Euch alle Ehre. Er ist Master Walter ein munterer Gefährte, und Ihr habt mir und meinem Haus sehr geholfen. Gerade eben mit dem erkrankten Tutor ... und ich weiß über die Sache davor Bescheid.«

Im ersten Moment fehlten ihr die Worte. »Eure Lordschaft!«

Er nickte. »Mr Tudeley soll sich darum kümmern, dass er Lehrling wird, Lehrling bei einem Apotheker, damit er eine Ausbildung bekommt und ein Handwerk erlernen kann. Chichester oder vielleicht Portsmouth, denke ich.«

Vor Erschütterung verschlug es ihr den Atem.

»Ja.« Er nickte und überlegte wieder, dass sie eine schöne Frau war. Wenn nur die Insel Sealsea keine solche Gerüchteküche wäre und so verdammt gottselig, hätte er sie vielleicht in seinen Haushalt holen, sie zur Haushälterin ernennen und als seine Hure benutzen können.

»Es tut mir leid, aber ich kann das nicht annehmen. Ich kann mir noch nicht einmal die Kleidung leisten, die er bräuchte«, sagte sie. »Ich verfüge nicht über die nötigen Ersparnisse ...«

»Tudeley wird sich darum kümmern«, sagte er und winkte ihren Einspruch ab. »Wir stellen ihm die Kleidung und bezahlen seine Lehre als Bezahlung für Eure ... Hilfe. Wie wär's?«

Ihr Gesicht hellte sich auf. »Das würdet Ihr tun?«

Im Stillen dachte Seine Lordschaft, dass er noch viel, viel mehr täte, wenn sie willens wäre. Doch er nickte lediglich.

»Er wird sich so freuen. Ich weiß, dass er fleißig arbeiten wird«, stotterte sie ihren Dank. »Wir werden in Eurer Schuld stehen ... für immer ... Ich kann Euch gar nicht genug danken ...«

»Ich werde es in die Wege leiten«, schloss Sir William. »Dies sind für uns alle schwierige Zeiten, müsst Ihr wissen.«

Sie nickte ernst und fragte sich, was er damit meinte.

»Für manche auch gefährliche Zeiten.«

»Ja, Sir.«

»Während seines Fiebers hat der Tutor wohl gar nicht gesprochen?«

Alinor warf unter der Krempe ihrer Haube einen verstohlenen Blick auf den Grundherrn, da sie wusste, dass diese Frage der wichtigste Moment in der ganzen Unterhaltung war.

»Gesprochen? Sir?«

»Im Fieber. Menschen sagen seltsame Dinge, wenn ihr Geist durch Krankheit beeinträchtigt ist, nicht wahr? Er hat nichts gesagt, oder? Etwas, von dem ich nicht wollen würde, dass es weithin bekannt wird? Oder überhaupt bekannt? Etwas, von dem ich nicht wollen würde, dass es wiederholt wird? Noch nicht einmal hier?«

»Ich habe ihn gar nichts sagen gehört.« Alinor wählte ihre Worte mit Bedacht, wohl wissend, von welcher Bedeutung sie waren. Sie fühlte sich gefährlich schlecht auf den Umgang mit einem mächtigen Mann wie dem Grundherrn vorbereitet. »Sir, Menschen im Fieberwahn reden häufig aus der Luft gegriffene Dinge – Dinge, die sie in wachem Zustand nicht von sich geben würden. Ich achte nie darauf. Ich würde nicht über Dinge reden, die ich im Krankenzimmer sehe oder höre. Taub und stumm zu sein ist Teil meines Gewerbes. Ich will keinen Ärger. Von dem Tag, an dem ich ihn gepflegt habe, werde ich nicht sprechen, mit niemandem.«

Er nickte und erwog ihre Verlässlichkeit. »Auch nicht mit Eurem Bruder?«

Sie erwiderte seinen Blick verständnisvoll. »Ganz besonders nicht mit ihm«, bestätigte sie.

»Dann verstehen wir uns. Ihr könnt davon ausgehen, dass Euer Sohn bei einem Apotheker in Chichester in die Lehre gehen wird.«

Sie neigte den Kopf und verschränkte die Hände. »Ich danke Euch, Sir«, sagte sie schlicht.

Er steckte die Hand in die Tasche und holte eine Handvoll

Shillings heraus. Dann schichtete er die Münzen zu einem kleinen Turm auf und schob sie über den Tisch zu ihr.

»Euer Lohn, weil Ihr ihn gepflegt habt. Zehn Shilling am Tag. Hier ist ein Pfund. Und mein Dank.«

Sie ergriff die Münzen mit einem leichten Nicken und steckte sie in ihre Schürzentasche. »Danke.«

Er erhob sich und kam um den Tisch. Als er nun vor ihr stand, legte er eine Hand auf ihren Arm. »Ihr könntet heute Abend zurückkommen«, sagte er, da er nicht widerstehen konnte, und blickte vorne hinunter in ihr Leinenhemd auf die Wölbung ihrer Brust. »Um mich zu besuchen.«

Er packte fester zu und zog sie zu sich, doch zu seiner Überraschung bewegte sie sich nicht; doch ebenso wenig wich sie zurück.

»Ihr wisst, dass ich das nicht tun kann, Sir«, sagte sie. »Täte ich es, könnte ich meine Bezahlung nicht annehmen: Es wäre Hurengold. Ich könnte den Kopf nicht hochhalten, ich könnte Euch nicht Robs Wohltäter sein lassen. Ich würde mich nicht für die gute Pächterin eines guten Herrn halten. Das möchte ich nicht.«

Sein Griff fühlte sich schwach an, als seien seine Finger vor Kälte kraftlos. Immer noch blieb sie wie angewurzelt stehen und betrachtete ihn mit ihrem dunklen, selbstsicheren Blick, bis er sich verlegen abwandte.

»Ja«, sagte er. »Das mag sein.«

Kurz herrschte Schweigen. Alinor stand da und wartete darauf, dass er die Hand von ihrem Arm nahm und sie losließ. Er vermutete, dass Männer sie ständig begehrten und dass sie eine Berührung an der Brust, einen Griff an ihre Taille als ganz normale Unannehmlichkeit betrachtete.

»Was soll's.« Er ließ sie los und kehrte auf seinen Platz hinter dem Tisch zurück, wie um seine Autorität wiederherzustellen. »Also: Euer Knabe. Er kann seine Lehre anfangen, wenn Walter auf die Universität geht.«

Sie nickte. »Und wann wird das sein, Sir?«, fragte sie so gelassen, als habe er ihr gerade kein eindeutiges Angebot gemacht, als sei auch das nur eine weitere Sache, die sie nicht gehört hatte und nicht wiederholen würde.

Trotz seiner eigenen Enttäuschung lächelte er über ihre kühle Anmut. »Er wird im Frühjahrstrimester gehen«, sagte er. »Nach Weihnachten.«

Von der Propstei aus ging Alinor rasch auf den verborgenen Pfaden über den Sumpf nach Hause. Die Ebbe hatte eingesetzt, und während Alinor auf den dunklen Wegen tiefer in das Watt vordrang, konnte sie den Sog und das Zischen der Wellen hören, die widerwillig die Insel verließen. Als sie am Netzschuppen vorüberkam, hörte sie das Brüllen der anlaufenden Gezeitenmühle und sah den Wasserstrahl aus dem Mühlbach hervorschießen, direkt auf sie zu.

Sie wandte sich landwärts und kletterte den Pfad zu ihrer Hütte hoch, öffnete die Tür und sah sich um. Auf einmal kam ihr der Ort im Vergleich zum Boden der Reitknechte in der Propstei sehr klein und ärmlich vor. Selbst die einfachsten Dienstboten lebten besser als sie. Sie legte den Laib Propsteibrot unter die Brotabdeckung und sah, dass die Feuerstelle dunkel und kalt war. Sie stemmte den Herdstein hoch und fand ihren kleinen Geldbeutel mit den Ersparnissen. Sie nahm die zwanzig Shilling für die Pflege von James aus der Schürzentasche und steckte sie unter dem Klimpern der Münzen in den Geldbeutel. Dann drückte sie den Herdstein wieder an seinen Platz und fegte die Asche darüber.

Sie erhob sich, klopfte ihr Gewand ab und ging zur Eingangstür. Einen Moment lang ließ sie den Blick durch den beengten Raum gleiten, über die niedrige Decke, den festgestampften Erdboden. Dann verdrängte sie die Scham über ihre

Armut und trat ins Freie, schloss die Tür hinter sich und ging am Ufer entlang zur Fähre.

Die Tür des Fährhauses war geschlossen, und die Fähre zog in der abklingenden Flut am Seil. Die erhobene Furt war beinahe trocken, und Alinor lüpfte den Rock und watete im kalten Wasser hinüber. Dann ging sie den Weg hinab zur Mühle.

Alys überquerte gerade den Hof der Mühle. Sie trug einen Korb voller Eier. Da nun die Ernte eingefahren war, arbeitete sie als Magd für Mrs Miller, kümmerte sich um den Gemüse- und Kräutergarten, fütterte die Hühner und die Enten, pflückte und lagerte das Obst, räucherte Schinken und Fleisch. In der Molkerei arbeitete sie auch, und im Brauhaus. Wenn in der Mühle Arbeiter fehlten, half sie aus, das Mehl zu wiegen und in Säcke zu füllen. Sie half Mrs Miller beim Backen im Mühlenofen, und immer gab es die endlose Aufgabe, die Werkzeuge für die Molkerei, für das Brauhaus und die Küchenutensilien zu schrubben und abzuspülen, auszukochen und abzutrocknen.

Alinor beobachtete, wie Richard Stoney aus der Mühle gelaufen kam und versuchte, Alys den Korb mit den Eiern abzunehmen. Sie wehrte ihn ab, doch er fasste ihre Hand und küsste sie. Alys blickte auf und sah ihre Mutter, während Richard mit einem leichten Nicken eine Verbeugung andeutete und zur Mühle zurücklief. Das Mädchen kam an das Hoftor mit den fünf Querbalken, neigte den Kopf für den Segen der Mutter, richtete sich auf und küsste sie.

»Dann also nicht die Pest«, sagte sie, denn sie wusste, ihre Mutter hätte niemals die Kleidung behalten, die sie getragen hatte, während sie einen Pestkranken pflegte. Wenn Alinor von einem Todesfall nach Hause kam, wusch sie immer die Hände und schnitt sich die Spitzen ihres Haars, um nicht vom Pech verfolgt zu werden.

»Nein, gottlob. In der Propstei waren sie heilfroh. Es war der Tutor, James Summer, und sie müssen Angst um Master Walter gehabt haben.« Sie lächelte Alys an. »Wie ich sehe, ist der junge Richard Stoney sehr arbeitswillig.«

Sie hatte gedacht, Alys werde lachen, doch das Mädchen errötete und senkte den Blick. »Er sieht es nicht gern, wenn ich hier schwere Arbeit leiste. Er will ein besseres Leben für mich. Für uns beide.«

»Ach ja?«, fragte Alinor. »Hattest du einen schönen Abend auf seinem Hof?«

»Ja, sie sind nett zu mir gewesen, und wir sind ...« Ihre Stimme verlor sich, und ihr Gesicht erstrahlte. »Du weißt schon, was ich meine.«

»Ich verstehe«, sagte Alinor leise.

»Was fehlt also Mr Summer?«

»Irgendein Fieber. Über Nacht ist es zurückgegangen. Aber, Alys ...«

»Soll ich dann heute Abend nach Hause kommen?«

Es gab keinen Grund, ihre Tochter von zu Hause fernzuhalten. Schuldbewusst erkannte sie, dass sie noch nie zuvor den Wunsch gehegt hatte, die Hütte für sich allein zu haben. »Ja, natürlich«, sagte sie. »Ich habe einen Brotlaib aus der Propstei für dich zum Abendessen.«

»Ich werde Weißkäse mitbringen«, versprach Alys. »Jane Miller und ich machen welchen, heute Nachmittag. Mrs Miller wird mir ein Stück geben.«

»Ist sie hier?«, fragte Alinor.

»In der Küche, sauer wie ein Holzapfel«, erwiderte Alys leise.

»Bereitet ihr Rücken ihr Beschwerden?«

»Ihr Hintern«, erwiderte Alys, und Alinor versetzte ihr einen kleinen Knuff.

»Du solltest besser wie eine anständige Frau reden, wenn du möchtest, dass ich den Eltern von Richard Stoney einen Besuch abstatte.«

Sofort hellte sich das Gesicht des Mädchens auf. »Wirst du sie besuchen?«

»Wenn er es dir versprochen hat und du es wünschst, sollte ich besser mit seinen Eltern reden.«

»Oh, Ma!« Das Mädchen warf sich in die Arme seiner Mutter. »Aber warum jetzt? Warum meinst du, dass wir sie fragen können? Hat dir Seine Lordschaft viel für die Krankenpflege bezahlt?«

»Ja, ein Vermögen. Und etwas, das sogar noch besser als Geld ist. Er hat gesagt, er werde Rob bei einem Apotheker in Chichester in die Lehre schicken. Das ist so gut, als hätte er mir zehn Pfund gegeben. Da ich nun weiß, dass Rob versorgt ist, kann ich all meine Ersparnisse in deine Mitgift stecken.«

Alys erwog nicht einen Moment, dass es ihrer Mutter auf diese Weise nicht möglich wäre, etwas gegen Unfälle zurückzulegen. Sie dachte nur daran, dass sie den jungen Mann, den sie liebte, heiraten konnte.

»Wie viel hast du?«, wollte sie wissen.

»Ein Pfund und fünfzehn Shilling«, sagte Alinor stolz. »Bauer Johnson hat mich gut für die Geburt seines Sohnes bezahlt, und das Boot hat uns bloß drei Shilling gekostet. Insgesamt ein ganzes Pfund und fünfzehn Shilling. Sir William hat mir ein Pfund für die Pflege des Tutors gegeben. Das ist mehr, als ich je im Leben gehabt habe.«

»Wie in aller Welt hast du das alles zusammengespart?«

»Robs Lohn.« Alinor verlor kein Wort über die Bezahlung dafür, dass sie James an Mittsommer zur Propstei geführt hatte. »Und Bauer Johnson, die Krankenpflege von Mr Summer gerade eben und die Kräuter und die Fischerei, vor allem die Hummer.«

»Aber es wird trotzdem nicht annähernd genug sein.«

»Fünfunddreißig Shilling als Anzahlung, und mit der Zeit mehr?«, wollte Alinor wissen. »Sie werden überrascht sein, dass wir so viel haben. Wir können ihnen sagen, dass Rob Apotheker wird. Er wird in Zukunft gut verdienen. Er wird einen Teil seines Lohns versprechen.«

»Es wird nicht reichen. Sie haben gehofft, ein Mädchen zu bekommen, das einmal Land erbt. Sie wollen das Mädchen irgendeines Nachbarn, dessen Vater die Felder in der Umgebung besitzt. Richard hat geschworen, er werde sie nicht nehmen. Er hat ihnen gesagt, dass er mich heiraten will. Wir müssen sie nur dazu zwingen einzuwilligen.«

»Wir werden unser Möglichstes tun«, sagte Alinor leise. »Sag Richard, dass wir morgen auf dem Weg zum Markt bei ihnen vorbeischauen werden.«

»Ma!« Alys stieß ein Keuchen aus, drehte sich mit strahlendem Gesicht um und sprang über den Hof zur Mühle, während Alinor an die Küchentür klopfte und eintrat.

Mrs Miller lehnte am Küchentisch, rollte Teig aus und walkte ihn gründlich durch. Alinor ging durch den Kopf, dass der Teig so hart wie das Herz der Frau werden würde.

»Mrs Reekie«, sagte sie bei Alinors Eintreten widerstrebend. »Alys hat mir erzählt, Ihr wärt zur Krankenpflege in der Propstei.«

»Der Tutor des jungen Lords hatte schweres Fieber«, sagte Alinor. »Der, der beim Erntefest gewesen ist, Mr Summer.«

Keine der beiden Frauen sprach den eifersüchtigen Blick an, den Mrs Miller der schönen jüngeren Frau quer über den Tisch zugeworfen hatte, und auch nicht, dass der Tutor zu Alinor gegangen war, um mit ihr zu reden, sobald die Tafel abgeräumt war, oder dass sie vom Erntefest fortgestürmt war und Alys ohne Aufsicht zurückgelassen hatte, während diese den ganzen Abend über mit Richard Stoney getanzt hatte.

»War es schlimm?«, fragte Mrs Miller. »Ist er in Newport krank geworden? Das würde mich nicht wundern. Die Insel wird im Sommer immer vom Marschenfieber heimgesucht.«

»Ja, er hatte hohes Fieber«, antwortete Alinor. »Ganz plötzlich, sehr hoch, aber jetzt geht es ihm besser.«

»Ihr habt ihn gepflegt?«

»Sir William hat darauf bestanden. Er hat gleich nach mir geschickt, um sicherzugehen, dass es nicht die Pest ist.«

»Gott bewahre uns!«

»Amen.«

»Und das ist es nicht gewesen?«

»Nein. Ich wäre nicht hier, wenn auch nur die geringste Gefahr bestünde. Ich würde keine Krankheit in Euer Haus bringen, Mrs Miller.«

»Sprecht nicht davon«, sagte sie rasch und klopfte auf den Holztisch, als könne Alinor durch die bloße Erwähnung Krankheit bringen.

Alinor klopfte ebenfalls. »Nein, natürlich nicht. Ich bin nur hergekommen, um zu sehen, ob Ihr ein paar Eurer Gartenkräuter gepflückt und destilliert haben möchtet. Ich werde einen Schwung für mich selbst machen und ein paar aus dem Fährhausgarten. Und ich wollte fragen, ob Alys morgen vielleicht den Tag freibekommen könnte.«

»Ich könnte Basilikum- und Beinwellöl gebrauchen«, sagte Mrs Miller. »Selbstverständlich kann Alys den Tag freihaben. Ich habe ohnehin nicht genug Arbeit, um sie beschäftigt zu halten. Sie trödelt ständig auf dem Hof herum und schwatzt mit den Männern. Ich muss Euch schon sagen, Mrs Reekie, sie rennt diesem Richard Stoney den lieben langen Tag hinterher.«

»Das tut mir leid.« Alinor widerstand der Versuchung, ihre Tochter zu verteidigen. »Ich werde mit ihr reden. Aber ich weiß, dass sie viel von Euch lernt. In der Molkerei und in der Bäckerei.«

»Nun, natürlich, ich kann mehr in einer großen Küche bewerkstelligen als Ihr in Eurer kleinen Hütte.« Mrs Miller genoss die Schmeichelei. »Ich möchte meinen, meine Küche ist sogar doppelt so groß wie die im Fährhaus. Geht Ihr beide auf den Markt in Chichester?«

»Ja. Kann ich Euch irgendetwas mitbringen?«

»Nichts, nichts. Ich kann es mir nicht leisten, mein Geld für Tand zu verschwenden. Aber falls Ihr ein Stück Spitze seht, gerade genug, um einen Kragen und eine Schürze zu besetzen, nicht zu prachtvoll, nicht zu elegant – Ihr wisst schon, was mir gefällt –, könnt Ihr es mir kaufen, wenn es nicht zu teuer ist. Und für Jane auch ein Stück. Ich kann es in die Lade für ihre Aussteuer legen.«

»Das mache ich«, versprach Alinor. »Falls ich etwas Hübsches sehe.«

»Ich gebe Euch das Geld«, sagte Mrs Miller. »Ihr könnt es zurückbringen, wenn es nichts Schönes gibt.«

»Oh, ich werde es vorstrecken, und Ihr könnt mir das Geld zurückzahlen, wenn ich etwas finde.«

»Nein, das wäre zu teuer für Euch«, erwiderte die ältere Frau selbstgefällig. »Ich möchte etwas, das mindestens drei Shilling wert ist, und ich weiß, dass Ihr das nicht haben werdet. Dreht Euch um, dann hole ich meinen Geldbeutel heraus.«

Gehorsam drehte Alinor das Gesicht zur Anrichte, wo das auf Hochglanz polierte Zinn und ein silberner Tranchierteller der Millers stolz zur Schau gestellt waren. Hinter sich konnte sie die Geräusche hören, wie Mrs Miller zur Schublade am großen hölzernen Küchentisch ging, sie herauszog und ihren Geldbeutel hervorholte. Dann ihr verärgertes »Ts«, als sie feststellte, dass nicht genug Geld darin war.

»Wartet eine Minute«, sagte sie. »Wartet nur eine Minute.«

»Keine Eile«, kam die freundliche Antwort von Alinor, die in Gedanken weit weg von Mrs Millers Geldbörse war und sich nur der Hitze ihrer Lippen, dem Sehnen in ihrem Leib und ihrem Verlangen nach James hingab.

»Nur einen Moment«, sagte Mrs Miller abermals, doch nun war sie direkt hinter Alinor, und ihre Stimme hatte einen seltsamen, widerhallenden Klang. Überrascht fuhr Alinors Kopf hoch, und sie sah deutlich im silbernen Tranchierteller, dass die Müllersfrau auf dem Herdstein stand, hinter der glimmenden Glut, und einen roten Ledergeldbeutel aus einem Loch im Mauerwerk des Kamins zog. Die Frau drehte sich mit rußigen Fingern um, sah Alinor in die Augen und zuckte angesichts ihres gespiegelten Blicks zusammen. Offensichtlich hatte Alinor ihr Versteck gesehen. Alinor schlug die Augen nieder und hörte, wie der Backstein scharrend an seinen Platz zurückgeschoben wurde.

»Ihr könnt Euch jetzt umdrehen«, sagte Mrs Miller nervös. »Janes Mitgift. In meinem eigenen Geldbeutel habe ich nicht genug. Ich werde einfach etwas von Janes Mitgift borgen.«

»Natürlich«, sagte Alinor kühl, drehte sich um und sah zu Boden, nicht zum Kamin.

»Es ist mein eigenes Geld«, sagte die Frau verlegen. »Ich bin diejenige, die es für sie beiseitegelegt hat. Ich kann ja wohl von der Mitgift meiner eigenen Tochter borgen, die ich seit ihrer Geburt für sie zurückgelegt habe?«

»Ich verstehe«, erwiderte Alinor. »Und ich habe nichts gesehen.«

»Es ist die gleiche Geldbörse, die Eure Mutter bei dem Hausierer bekommen hat. Wir haben sie zusammen gekauft, vor Jahren. Rotes Leder.«

»Das wusste ich nicht«, sagte Alinor. »Ich habe nichts gesehen.«

»Ich weiß, dass Ihr nichts gesehen habt«, log Mrs Miller. »Und es würde mir nichts ausmachen, wenn Ihr es getan hättet. Ich bringe es nicht über mich, das Geld beim Goldschmied aufzubewahren. Ich habe es gern bei mir, wo ich es ansehen kann. Ab und zu bessere ich es auf. Hab ich schon immer getan. Natürlich macht es mir nichts aus, wenn Ihr wisst, wo es aufbewahrt wird. Kenne ich Euch nicht schon, seit Ihr ein kleines Mädchen wart? Hat Eure eigene Mutter nicht bei meiner Geburt geholfen?«

»Das hat sie«, stimmte Alinor ihr zu.

Mrs Miller drückte drei Shilling in Alinors Hand. »Da. Wenn Ihr erlesene Spitze seht, nicht zu verspielt, für einen Kragen und eine Schürze, könnte Ihr bis zu drei Shilling dafür bezahlen.«

Die Münzen waren heiß, weil sie hinter dem Feuer aufbewahrt wurden. Alinor überlegte, dass jeder, der sie berührte, ihr Versteck sofort erraten hätte. Doch sie sagte leichthin: »Ich werde für Euch nach Spitze Ausschau halten und sie morgen Nachmittag vorbeibringen.«

»Sehr gut«, sagte Mrs Miller. »Alys kann Euch jetzt beim Kräuterpflücken helfen und dann mit Euch nach Hause gehen, wenn Ihr wollt. Ich brauche sie heute für sonst nichts mehr.«

»Danke«, sagte Alinor und holte ihre Tochter, um gemeinsam mit ihr in den Kräutergarten zu gehen und Beinwell und Basilikum für Mrs Miller zu pflücken.

In seinem Schlafgemach in der Propstei packte James ein sauberes Hemd und eine saubere Hose mit seiner Bibel und einem Beutel Goldmünzen – alles, was vom Geld der Königin übrig geblieben war, um die Freiheit ihres Ehegatten zu erkaufen – in eine Satteltasche. Sir William stand am Fenster und blickte nach unten in den Obstgarten.

»Ihr könnt Eure heiligen Dinge hierlassen«, sagte er. »Ich werde sie sicher für Euch verwahren, bis Ihr zurückkehrt, um sie zu holen.«

»Danke«, sagte James. »Wenn ich nicht komme, könnt Ihr versichert sein, dass es ein anderer Priester tun wird.« Er versuchte zu lächeln. »Mein Ersatz. Ich bete darum, dass er mehr bewirkt als ich.«

»Nehmt es nicht so schwer«, sagte Sir William. »Ihr habt getan, was Euch aufgetragen worden ist. Ihr seid mit einem guten Plan und einem wartenden Schiff bis zu ihm vorgedrungen. Ihr seid nicht gescheitert. Ihr habt das Gold nicht gestohlen, Ihr habt ihn nicht verraten. Die Hälfte der Leute, die in seinen Diensten stehen, hätte ihn an unsere Feinde verkauft. Wenn er es gewünscht hätte, wäre er jetzt frei, und Ihr wärt der Retter des Königreichs.«

»Ja«, sagte James. »Aber er hat es nicht gewünscht, und ich bin ganz weit davon entfernt, Retter des Königreichs zu sein. Ich bin ein Niemand. Schlimmer noch, ich bin ein Niemand ohne Zuhause und ohne Familie und ohne Glauben. Und auch ohne König.«

»Ach! Als junger Mann nimmt man die Dinge schwer. Aber hört auf mich: Ihr werdet Euch wieder fangen. Ihr seid noch nicht einmal genesen, habt gerade erst das Krankenlager verlassen. Sagt den Patern bei Eurer Rückkehr nach Frankreich, dass Ihr ein wenig Zeit benötigt. Ruht Euch ein Weilchen aus, esst gut und erzählt ihnen erst dann von Euren Zweifeln. Wenn man gesund ist, sieht alles rosiger aus. Vertraut mir. Nach gutem Schlaf und einer guten Mahlzeit sieht alles anders aus. Dies sind schwere Zeiten für uns alle. Wir müssen sie Schritt für Schritt durchstehen. Manchmal fallen wir zurück, manchmal stürmen wir vorwärts. Aber wir gehen immer weiter. Auch Ihr werdet weitergehen.«

James, der die Riemen an seiner Tasche festgestellt hatte, richtete sich auf und sah Sir William an. Die Hoffnungslosigkeit auf seinem blassen, jungen Gesicht fiel sogar dem Grundherrn auf, einem im Allgemeinen heiteren, gedankenlosen Mann.

»Ich wünschte, ich könnte es glauben, aber ich habe das Gefühl, als sei alles, was ich weiß, und alles, was ich bin, aus mir herausgeprügelt worden. Und ich kann nur darum beten, dass es mir vergönnt ist, etwas anderes zu tun und ein völlig anderes Leben zu führen.«

»Nun ja, vielleicht liegt Euer Weg in einer anderen Richtung? Dies sind Zeiten großen Wandels. Wer weiß schon, was passieren wird? Aber Ihr seid hier immer willkommen. Wenn sie Euch zurück nach England schicken, könnt Ihr als Walters Tutor hierher zurückkehren, bis er nach Cambridge geht, und danach jederzeit als willkommener Gast.«

»Was wird aus dem jungen Robert werden?«

»Darum habe ich mich gekümmert. Wir stehen in der Schuld von Mrs Reekie, meint Ihr nicht auch? Sie war zur Stelle, sobald ich nach ihr geschickt habe, und sie ist zu Euch gegangen, als wir nicht wussten, was los war. Sie hätte mit einem sterbenden Mann eingesperrt sein können. Sie ist das Risiko eingegangen, sich mit der Pest anzustecken, und Gott weiß, wie das ausgegangen wäre. Sie hat Euch gut gepflegt, nicht wahr?«

Um sein Gesicht zu verbergen, wandte James sich ab und öffnete eine Schranktür. »Völlig angemessen«, sagte er zu den leeren Regalen.

»Und sie hat mir zu verstehen gegeben, dass sie schweigen wird. Sie hat kein Sterbenswort darüber verloren, dass sie Euch gefunden hat, als Ihr zum ersten Mal hergekommen seid. Ihr ist zu trauen. Ich habe ihr versprochen, dass ihr Junge eine Lehre machen kann. Mr Tudeley wird es in die Wege leiten. Apotheker in Chichester. Billig ist es nicht, aber ihre Diskretion ist es wert, und so wird sie für immer dankbar sein und über all das Stillschweigen bewahren.«

»Das freut mich!«, sagte James, wobei er weiterhin Sir William den Rücken zudrehte. »Das ist großzügig und gut von Euch, Sir. Sie ist eine Frau, die ein wenig Glück verdient hat. Ich habe es Euch nicht erzählt, aber ich bin in Newport zufälligerweise ihrem Ehemann begegnet. Er hat mir gesagt, er werde niemals zu ihr nach Hause zurückkehren.«

»Zachary Reekie.« Seine Lordschaft sprach den Namen seines vermissten Pächters mit aristokratischem Widerwillen aus. »Kein Verlust, wenn Ihr mich fragt. Besser für sie, wenn er ertrunken wäre.«

»Vielleicht, aber es bringt sie in eine heikle Lage.«

»Nein, tut es nicht. Nicht, wenn niemand davon berichtet, ihn gesehen zu haben, dann kann sie ihn in sieben Jahren für tot erklären und sich selbst zur Witwe.«

»In sieben Jahren?«

»So lautet das Gesetz.«

»Ob sie das wohl weiß?«

»Nein! Woher denn? Ich bezweifle, dass sie lesen kann.«

»Sie kann lesen. Aber ich glaube nicht, dass sie das Gesetz kennt. Ich kannte es nicht. Wenn niemand ihn innerhalb von sieben Jahren sieht, ist sie frei?«

»Genau.« Seine Lordschaft tippte sich an die Nase, um ein Geheimnis anzudeuten. »Sieben Jahre von seinem ersten Verschwinden. Er ist also – wann? – letzten Winter, glaube ich, verschwunden, als die Marine immer noch vom Parlament befehligt wurde, bevor wir die Schiffe zurückbekommen haben. Er ist weggelaufen, um ihnen zu dienen, wie es ein Schurke wie er eben tut, und nie mehr zurückgekommen. Also ist er beinahe ein Jahr fort, mindestens. In sechs Jahren wird sie frei sein und kann wieder heiraten. Sie ist eine junge Frau. Wenn sie sechs Jahre ohne einen Makel an ihrem Namen übersteht, dann hat sie eine Chance auf ein Leben. Es gibt mehr als einen Mann, der sie gern hätte. Ich würde meinen, mehr als einer würde sie sogar heiraten.«

»Sie könnte wieder heiraten?«

Sir William zwinkerte ihm langsam mit einem Auge zu. »Solange niemand Zachary lebend gesehen hat. Das solltet Ihr nicht vergessen. Wenn Ihr ihr einen Gefallen tun wollt, solltet Ihr das nicht vergessen.«

»Niemand hat ihn gesehen«, bestätigte James. Bei dem Gedanken, dass sie frei sein könnte, dass er vielleicht von seinem Gelübde entlassen werden würde, dass sie beide trotz all ihrer Einwände eine gemeinsame Zukunft haben könnten, ergriff ihn eine Hochstimmung. »Es hat ihn überhaupt niemand gesehen. Er ist tot, und sie könnte sich in sechs Jahren zur Witwe erklären.«

»Ganz genau«, sagte Sir William. »Hübsche Frau. Schade, dass sie so am Rand des Sumpfes vergeudet wird.«

»Das war mir gar nicht aufgefallen«, sagte James vorsichtig.

»Das muss es aber doch!«, entfuhr es Seiner Lordschaft. »Sie ist von hier bis Chichester als die schönste Frau in ganz Sussex bekannt. Irgendein Narr hat vor ein paar Jahren ein Lied über sie geschrieben: ›Die Schöne von Sealsea‹. Ich hätte sie selbst genommen, wenn Walter nicht im Haus wäre und seine Mutter noch nicht lang genug tot, und wenn nicht jeder auf dieser verfluchten Insel seine Nase in anderer Leute Angelegenheiten stecken würde und so gottselig geworden wäre.«

James beschlich der vertraute Widerwille angesichts der Probleme, die Alinor sogar hier, in höheren Kreisen, zu verfolgen schienen. »Am besten lässt man sie in Ruhe«, riet James, »dann geht sie vielleicht eine gute Ehe ein und wendet ihr Schicksal.«

»Oh, ja«, räumte Sir William ein. »Und ihr Bruder ist ein Mann der Armee und mit seinen Meinungen so freigiebig wie ein Hund mit seiner Pisse, die Zeiten sind so wechselhaft. Es ist nicht mehr wie früher, als man noch wusste, wo man stand. Mein Vater nahm sich regelmäßig die Frau eines Pächters hinter dem Heuhaufen, und keiner hat was gesagt außer: ›Danke, Eure Lordschaft!‹«

»Ja«, sagte James streng. »So wie früher ist es überhaupt nicht mehr.«

»Wie dem auch sei, es heißt, man könne sie nicht zwingen«, vertraute Sir William ihm an. »Es heißt, irgendein Narr habe versucht, sie gegen ihren Willen zu nehmen, als sie vom Markt nach Hause ging, und sie habe ihm etwas zugeflüstert, was ihn völlig entmannte. Er hat gesagt, sein Schwanz sei schlaff geworden, und das Blut sei ihm gefroren. Sie habe ihn ruiniert, hat er gesagt, bevor er sie ruiniert habe.«

»Wirklich?«

»Gerüchte. Die Art Gerüchte, die sich um eine schöne Frau ranken. Es heißt, sie könne alles Mögliche. Danach hat man sie eine Schwanzflüsterin genannt. Es hieß, sie könne einen Mann mit Eis zerschmettern oder ihn hart wie einen Fels werden lassen. Muss schon sagen, ich würde es gern herausfinden.«

Die Aufzählung von Alinors angeblichen unheimlichen Fähigkeiten widerte James an. »Wahrscheinlich war es nichts, als dass sie gottesfürchtige Worte an ihn richtete und seine Lust dadurch verflog«, sagte er.

»Wer weiß, was sie bewirken kann?«

»Sie kennt sich einfach nur mit Heilkräutern aus«, sagte James beharrlich.

»Vielleicht. Auf dieser Insel glauben sie allen möglichen Unsinn. Ihre Mutter war ganz bestimmt eine Halbhexe. Aber sie ist tot und in heiliger Erde begraben, und niemand hat ihr tatsächlich den Prozess gemacht. Ihre Schwägerin ist im Kindbett gestorben, aber natürlich hat ihr Bruder das Ganze vertuscht. Wie dem auch sei ... Es macht für uns keinen Unterschied. Die Frau hat uns einen Gefallen erwiesen, und wir haben sie bezahlt. Und Ihr wisst, dass Ihr jederzeit wieder willkommen seid. Ihr könnt auch jetzt noch bleiben, wenn es Euch beliebt.«

»Ich werde morgen abreisen«, sagte James, der froh war, das Thema wechseln zu können. »Ich muss nach London, und dann werde ich ein Schiff nach Frankreich nehmen. Ich werde mein Seminar aufsuchen und die Beichte ablegen. Wenn sie mich freigeben, kann ich vielleicht nach England zurückkommen. Bei unserer nächsten Begegnung habe ich womöglich wieder meinen alten Namen und mein altes Haus.«

»Das hoffe ich, bei Gott, ich hoffe, dem ist so. Ihr habt es verdient«, sagte Sir William unwirsch. »Denkt dran, dass es nicht Eure Schuld war. Seine Majestät hat seinen eigenen Weg gewählt. Gebe Gott, dass er richtig entschieden hat und es ihn auf den Thron bringen wird. Gebe Gott, dass Ihr beide, sowohl Ihr als auch er, sicher nach Hause kommt.«

Sobald Alinor und Alys vom Kräutergarten des Fährhauses nach Hause kamen, weichten sie ihre besten Hauben und ihre Leinenwäsche in einer Schüssel Wasser mit Urin ein. Sie ließen sie den ganzen Abend bleichen, spülten sie in kaltem Wasser vom Süßwasserteich aus und hängten sie dann zum Trocknen an einer Leine neben den Kräutern auf.

»Ich werde auf keinen Fall einschlafen können«, sagte Alys.

»Das solltest du aber«, ermahnte Alinor sie. »Ich möchte kein bleichgesichtiges Mädchen zu seinen neuen Schwiegereltern bringen.«

»Bleich!«, protestierte Alys.

»Mit dunklen Schatten unter den Augen wie die alte Säuferin Joan.«

»Na schön, ich werde schlafen, das schwöre ich.«

»Ich gehe zum Fährhaus, um mit deinem Onkel zu sprechen. Ich bin nicht lang weg.«

»Na gut«, sagte Alys. Sie zog ihren Arbeitsrock und die Jacke aus und legte sie beiseite. Nur in ihrem Leinenunterkleid, das Haar in einem Zopf gebunden, schlüpfte sie unter die Bettdecke und zog sie bis zum Kinn hoch. Sie sah wieder wie ein kleines Mädchen aus, und Alinor trat ans Bett, um sie auf die Stirn zu küssen. »Bist du dir auch sicher? Du scheinst mir sehr jung zu sein, um von Hochzeit zu reden.«

Alys setzte ein strahlendes Lächeln auf. »Ich bin mir sicher, Ma. Ich bin mir vollkommen sicher. Und ich bin genauso alt wie du, als du meinen Vater geheiratet hast.«

»Eine sehr gute Wahl war es nicht«, sagte Alinor leise.

»Aber ich bin so alt, wie du damals gewesen bist.«

»Ja.«

»Glaubst du, dass er nach Hause kommen wird?«, fragte sie. »Mein Vater. Wenn er von jemandem hört, dass ich heiraten werde, wird er zu meinem Hochzeitstag nach Hause kommen?«

Alinor zögerte. »Alys, ich glaube nicht, dass er jemals wieder nach Hause kommen wird.«

Sogleich schlug Alys sich die Hände über die Ohren. »Sag mir bloß nichts!«, flehte sie ihre Mutter an. »Die Stoneys finden mich gerade einmal so annehmbar, weil sie glauben, mein Vater sei vermisst und werde vielleicht wohlhabend zurückkehren. Wenn ich ihnen sage, dass er sich aus dem Staub gemacht hat, ziehen sie mich niemals für Richard in Betracht.«

Alinor nahm Alys' Hände von ihren Ohren und hielt sie in ihren eigenen, zerschrammten Handflächen. »Na gut, ich werde nichts sagen. Und du kannst sagen, du weißt nichts mit Sicherheit über ihn.«

»Und das ist wahr.« Alys nickte. »Das hier ist Gezeitenland, sicher ist hier gar nichts.«

Alinor zog ihren Umhang über, denn der abendliche Dunst blies feucht und kalt vom Watt herein. Vor der Hütte nach links, als ginge sie zum Fährhaus, wie sie es Alys gesagt hatte, doch dann, als sie den Uferdamm erklommen hatte, bog sie abermals ab und betrat den versteckten Fußpfad, der hinter der Hütte in Richtung Propstei und Meer verlief. Es herrschte Flut, und zusammen mit den Dunstschleiern blies der Geruch von Meersalz landwärts. Als sie nach rechts blickte, landwärts über die tief liegenden Felder hinter dem Uferdamm, konnte sie die weiße Silhouette einer Eule erkennen, die an der Hecke entlang auf die Jagd ging, still wie ein Geist, mit großen, in der Dunkelheit leuchtenden Augen.

Alinor blieb auf dem Flutpfad, der nach unten abfiel und über den schmalen trockenen Strand oberhalb des Wellen schlagenden Wassers führte. Dann ging sie die schlammigen Stufen wieder nach oben auf den Kamm des Uferdamms, wo sie ihren Weg auf grauen Trittsteinen über ein morastiges, in den Sumpf sickerndes Feld fortsetzte: graue Steine in grauem Schlamm unter grauem Himmel. Sie ging um die Landspitze herum, wo der Glockenturm wie ein warnender Wegweiser vor dem sich verdunkelnden Himmel stand, und bog an einem eingesunkenen Vertäupfahl, dessen vor Seetang grüner Fuß in tiefem Gewässer steckte, landeinwärts. Sie überquerte den nassen Strand, wo ihre Stiefel auf den Haufen winziger Muscheln knirschten, und erklomm den Uferdamm zur Küstenwiese der Propstei. Als sie den Blick von den unebenen Stufen hob, erspähte sie ihn sofort. Vor den Propsteifenstern verborgen, wartete er im Schatten eines Heuhaufens, den Blick zum Meerespfad, und hielt nach ihr Ausschau.

Ohne ein Wort fiel sie in seine Arme, und sie hielten sich fest aneinandergeklammert.

»Alinor«, war alles, was er sagte, bevor er sie küsste.

Alinor lehnte sich nach hinten gegen den Heuhaufen, und ihre Knie wurden unter ihr weich, als werde sie zu Boden stürzen. Sie wand sich ein wenig, und er ließ sie los. »Nicht hier.« Mehr sagte sie nicht.

»Willst du in die Propstei kommen?«

»Das wage ich nicht.«

»Können wir zu deiner Hütte gehen?«

»Alys ist zu Hause.«

Er schwieg. »Können wir denn nirgendwohin gehen? Du kennst den Wald, den Sumpf, die kleinen Fußwege?«

»Ich könnte nicht im Sumpf bei dir liegen.« Sie erschauderte leicht, und sofort schloss er sie in die Arme und zog seinen Umhang um sie. »Nicht bei Flut«, erklärte sie. »Könnten wir zur Kapelle gehen? Wir könnten im Portal sitzen.«

Er schüttelte den Kopf. »Ich habe meinen Glauben verloren, aber das ginge zu weit. Ich könnte es nicht – verzeih mir, Liebste.«

»Natürlich.« Ihr ging durch den Kopf, für was für eine unmoralische Dirne er sie halten musste, dass sie es auch nur vorgeschlagen hatte. »Ich habe nicht gemeint …«

»Ich will dich so sehr, ich glaube, mein Herz wird stillstehen«, sagte er. »Irgendwo!«

»Ich glaube, dass es nirgendwo einen Ort für uns gibt«, sagte sie leise, und dann ging ihr die Bedeutung der Worte erst so richtig auf. »Begreifst du? Es gibt nirgendwo einen Ort für uns, nicht auf der Insel Sealsea, nirgends im Watt, nirgends auf der Welt.«

»Es muss einen Ort geben!«

»Und sind wir abgesehen davon nicht hier, um Abschied zu nehmen?«

»Ich ertrage es nicht, mich wieder auf dieser Wiese von dir zu verabschieden!«

»Beim letzten Mal bist du zurückgekehrt, wie du es versprochen hattest«, rief sie ihm scheu ins Gedächtnis.

»Beim letzten Mal wurde mir befohlen zurückzukehren. Beim nächsten Mal werde ich als freier Mann zurückkehren. Ich werde um deinetwillen zurückkehren.«

»Ich glaube nicht, dass das je sein kann.«

»Das wird es. Ich werde von meinem Gelübde befreit sein. Ich suche meine Eltern auf, ich kaufe unser Haus in Yorkshire zurück, und ich komme dich holen.«

Ihre Hände wanden sich in seinen, und sie versuchte, sich ihm zu entziehen. »Du weißt ...«

»Nein, hör mir zu. Ich kann meine Sünden beichten und aus dem Priesteramt entlassen werden.« Er packte sie fester, als sie den Kopf schüttelte. »Das ist meine Entscheidung. Das will ich.«

»Aber du hast für deinen Glauben dein Leben aufs Spiel gesetzt! Du hast mir gesagt, er stünde über allem anderen.«

»Das habe ich. Aber das ist vor Newport gewesen. Liebste, ich habe bei meiner Mission versagt, und ich habe meinen Glauben verloren. Ich habe meinen Glauben an alles verloren: an den König und an Gott. Ich werde das Priesteramt niederlegen, egal, was geschieht, und ich werde nie wieder als Spion nach England kommen. Ich werde dem König nicht noch einmal dienen – Gott segne ihn, möge er bessere Diener als mich haben. Ich habe ihn im Stich gelassen und ertrage es nicht, ihn noch einmal im Stich zu lassen. Dieser Teil meines Lebens ist vorüber.«

»Dennoch ...«

»Alinor, ich werde es mir nicht anders überlegen. Ich habe meinen Glauben verloren, ich habe alles verloren. Ich kann es dir nicht beschreiben, aber wo einst ein brennendes Licht gewesen ist, herrscht jetzt Dunkelheit. Das Einzige, woran mir jetzt liegt, bist du.«

»Oh, Liebster«, flüsterte sie. »So wählt man sich keine Ehefrau.«

»Aber was du nicht weißt, und was ich soeben erfahren habe – es sind gute Neuigkeiten: Du wirst frei von deinem Ehemann sein. Ich werde nie sagen, dass ich ihn gesehen habe. Robert muss ebenfalls schweigen. Ich habe es Walter schon gesagt. Wenn niemand ihn sieht und niemand der Gemeinde meldet, ihn gesehen zu haben, dann wird Eure Ehe in sechs Jahren aufgelöst, als hätte sie nie bestanden. Er gilt als tot, und du bist eine ledige Frau.«

Das hatte sie nicht gewusst. Sie hob die vom Zweifel verschleierten Augen. »Ist das wahr? Wirklich? Kann es wahr sein? Sechs Jahre, und ich bin frei?«

»Laut Gesetz sind es sieben Jahre, und das erste Jahr ist beinahe vergangen.«

»So lautet das Gesetz?«

»Ja. Sir William hat es mir selbst gesagt. Du wirst frei sein, Alinor, das schwöre ich. Du wirst frei sein, um mich zu heiraten. Und ich werde frei sein, um dich zu heiraten.«

»Wir müssen nur sechs Jahre warten?«

»Wirst du warten?«, wollte er wissen.

»Ich würde sechzig Jahre warten!« Sie drückte sich an ihn. »Ich würde sechshundert Jahre warten. Aber du solltest nicht ...«

Er umschlang sie, drückte ihren Rücken gegen den Heuhaufen und, mit seinem Mund auf ihrem, um sie zum Schweigen zu bringen, brachte er sie vor Wonne zum Stöhnen, bis sein Kopf in ihre Halsbeuge hinabsank und sie ihn keuchen hörte: »Ich schwöre. Ich schwöre es.«

In aller Frühe, beim ersten Licht, standen Alys und Alinor auf. Alys war fest entschlossen, so elegant und sauber wie ein Mädchen aus der Stadt auszusehen. Die beiden Frauen nahmen einen Krug mit Seifenkrauttinktur und etwas Lavendelöl und gingen vor Sonnenaufgang zum Fährhaus. Red, der Hund, sprang zu ihrer Begrüßung an die Tür und schnupperte an dem Krug.

»Ihr seid früh auf«, stellte Ned fest, der am Küchentisch saß, einen Laib Brot neben sich und einen Becher Ale in Griffweite.

»Wir sind zum Waschen hergekommen. Wir statten den Stoneys einen Besuch ab«, erklärte Alinor. »Bevor wir auf den Markt in Chichester gehen.«

»Und warum haben sie es verdient, dass man sich für sie wäscht?« Lächelnd blickte Ned zu Alys und sah, dass sie tief errötete. »Oh, ich verstehe. Ich hole den Waschkessel raus.«

Er stand auf und ging in die Spülküche, um den großen Eisentopf für die monatliche Wäsche des Fährhauses zu holen. Er ließ den abgewetzten Stab durch die beiden Trageschlaufen oben am Kessel gleiten, und er und Alys hievten ihn auf die Kochstelle in der Küche, während Alinor zwei Eimer nahm und zum Brunnen an der Hintertür ging. Nachdem die beiden den Kessel auf das kleine Feuer gestellt hatten, goss sie einen Eimer Wasser nach dem anderen hinein und ging immer wieder zurück, um mehr zu holen.

»Wollt ihr was frühstücken, während es aufheizt?«, bot Ned an und schnitt zwei Brotscheiben ab.

»Ich kriege nichts herunter!«, sagte Alys, griff aber dann nach einer Scheibe und aß sie, während sie das Wasser im Auge behielt.

Ned sah seine Schwester mit hochgezogener Augenbraue an. »Liebeskummer«, flüsterte sie. »Gott gebe, dass wir uns auf eine Mitgift einigen können. Sie hat ihn sich in den Kopf gesetzt.«

Er nickte. »Er hat sie seit dem Erntefest jeden Abend zur Fähre begleitet. Sie sitzen auf dem Landungssteg und reden und reden, als gebe es hier irgendwelche Neuigkeiten. Er geht erst, wenn ich ihnen sage, dass es die letzte Überfahrt des Tages ist.«

»Das Wasser ist warm genug«, unterbrach Alys ihn. »Es ist doch bestimmt warm genug!«

Alinor und Ned fädelten den Tragestab abermals durch die Laschen, brachten den schweren Kessel hinaus in die Spülküche und stellten ihn auf dem Backsteinboden ab.

»Bis später«, sagte Ned. »Ihr könnt das Wasser für mich im Waschkessel lassen. Ich kann mich nicht daran erinnern, wann ich mich das letzte Mal richtig gewaschen habe, und euer Wasser duftet immer so süß.«

Er schloss die Tür hinter den beiden Frauen, und sie zogen sich aus, wuschen einander das Haar und wechselten sich dann damit ab, krugweise Wasser über die andere zu gießen. Die Tinktur aus Seifenkraut ließ das Wasser trübe werden, und das Lavendelöl aromatisierte den ganzen Raum. Beim Abtrocknen zitterten sie beide, während sie auf dem kalten Backsteinboden standen, und dann rieben sie sich die Köpfe mit dem Handtuch trocken, zogen sich ihre saubere Leinenwäsche und ausgebürsteten Gewänder an und gingen durch die Küche nach draußen. Das feuchte Haar fiel ihnen über die Schultern.

Ned saß auf der Bank vor der Tür, rauchte seine Pfeife und betrachtete das helle Wasser, das gegen den Landungssteg schlug. Die Flut kam schnell herein, wusch über die Kopfsteine der Furt und schäumte im Fluss gegen das hinausströmende Flusswasser an. »Wird ein schöner Tag«, stellte er fest. »Ihr beide seht frisch wie zwei Margeriten aus.«

Alys und Alinor gingen vorsichtig den Uferdamm zurück und die Stufen zur Hütte hinunter, wobei sie ihre Röcke hochgerafft hielten, damit kein noch so kleiner Schlammspritzer den Saum befleckte. Ihre Leinenhauben waren trocken und auf der irdenen Feuerabdeckung geglättet. Sie flochten einander das feuchte Haar und steckten dann die Hauben darüber fest.

»Wie sehe ich aus?«, fragte Alys, die sich zu ihrer Mutter drehte.

Alinor betrachtete ihre Tochter, die makellose Mädchenhaut, die sich mit Röte überzog, ihr goldenes, von der weißen Haube fast vollständig verborgenes Haar, ihre großen blauen Augen und ihr verschmitztes Lächeln. »Du siehst schön aus«, sagte sie. »Ich glaube nicht, dass dir irgendjemand widerstehen könnte.«

»Seine Mutter ist diejenige, die mir Sorge bereitet. Sein Vater ist sehr nett zu mir, aber sie ist hartherzig. Ma, wir werden sie überreden müssen. Kannst du nicht einen Trank oder so etwas mitnehmen?«

»Einen Liebestrank?« Alinor lachte. »Du weißt doch, dass ich solche Sachen nicht mache.«

»Sie muss einwilligen, dass wir heiraten können«, beharrte Alys. »Sie muss.«

»Er ist der einzige Sohn: Sie wollen zwangsläufig das Beste für ihn. Jeder sagt, er könne sie um den kleinen Finger wickeln. Wird er ihnen gesagt haben, dass wir heute zu Besuch kommen?«

»Ja, und er wollte ihnen auch sagen, warum. Er hat gesagt, es werde Frühstück bei ihnen geben. Wir dürfen nicht zu spät kommen.«

»Zur Morgendämmerung wollen wir aber auch nicht eintreffen. Wir wollen nicht zu begierig wirken.«

»Ich bin begierig!«, sagte Alys mit Nachdruck.

Auf einmal durchzuckte Alinor eine Erinnerung an James' Berührung und den Geschmack seines Mundes, das Klopfen seines Herzens, während er sie gegen den Heuhaufen drückte. »Ich verstehe dich«, sagte sie und wandte sich ab. »Das tue ich.

Aber zuerst müssen wir die Kräuter und das Öl rauslegen, die Hühner füttern und das Feuer abdecken.«

»Ich weiß!«, sagte Alys ungeduldig. »Ich weiß. Ich kümmere mich um die Hühner.«

Während Alys die Hühner aus der Tür scheuchte, zwei Eier aus ihren Nestern holte und sie in den Tontopf legte, goss Alinor Leinsamenöl aus der Kanne in einen großen Glaskrug, in den die letzten frischen Basilikumblätter gestopft waren, und korkte ihn fest zu. Sie bereitete einen weiteren, mit Beinwell gefüllten Krug vor und stellte beide auf ein Regal vor der Hütte, wo die aufgehende Sonne auf sie treffen und den ganzen Tag erwärmen würde, bis die Essenz aus den Kräutern ziehen und in das Öl übergehen würde. Alinor trat zu dem Eckschrank, wo sie ihre Öle destillierte und ihre Kräuter trocknete, nahm ein Dutzend kleiner Flaschen heraus und legte sie in ihren Korb.

»Bist du fertig?«, wollte Alys wissen. »Hast du alles? Können wir jetzt gehen?«

»Ist das Feuer abgedeckt?«

»Ja, ja!«

»Und die Zeichen gegen Feuer?«

Alys bückte sich an der Feuerstelle, griff nach einem Zweig Anzündholz und zeichnete die Runen gegen Hausbrand auf. »Da!«

»Es soll schön sein ...«, setzte Alinor an.

Lachend vollendete Alys den Satz: »... wenn wir zurückkommen.«

»Ich weiß! Ich weiß!«, räumte Alinor die Vorhersehbarkeit ihrer Anweisung ein. »Aber das hat meine Mutter immer gesagt, und es ist immer wahr.«

»Es ist alles wunderbar für unsere Heimkehr. Mrs Miller höchstpersönlich wäre voll der Bewunderung. Gehen wir.«

Die beiden Frauen gingen im Gänsemarsch den Uferdamm entlang zum Fährhaus. Das Wasser stand hoch, ein Bauer führte sein großes Pferd gerade von der Fähre und kletterte vom Aufsteigeblock aus in den Sattel.

»Auf dem Weg zum Markt in Chichester, Mrs Reekie?«, begrüßte er Alinor.

»Ja. Geht es Euch gut, Bauer Chudleigh?«, rief sie zu ihm hoch.

»Ja«, erwiderte er. »Aber ich hätte gern dieses Gänsefett von Euch, wenn mir die Kälte in meine alten Knie schießt.«

»Ich werde Euch ein Glas vorbeibringen«, versprach sie ihm.

»Ihr beide seht so hübsch frisch aus«, machte Ned ihnen ein Kompliment. »So sauber, dass ihr glänzt.«

Kichernd hob Alys den Rock über die dreckigen Hufspuren auf der Landestelle.

»Nehmt ihr keine Wolle mit auf den Markt?«, fragte Ned seine Nichte, während er die Fähre für sie am Landungssteg festhielt.

»Heute nicht«, antwortete sie. »Ma kauft Spitze für Mrs Miller, wenn sie etwas Hübsches sieht, und sie will ein paar von ihren Ölen verkaufen.«

»Und was ist mit Bändern für dich?«, fragte er.

»Eitelkeit ist eine Sünde, Onkel.« Sie warf den hübschen Kopf zurück, was ihn zum Lachen brachte.

Die Flut kam langsam und ruhig herein, aber trotzdem umklammerte Alinor mit beiden Händen die Seite des Boots, und als Red, der Hund, neben ihr aufs Floß sprang, stieß sie ein angstvolles Keuchen aus.

»Dieser Lehrer, James Summer, ist mitten in der Nacht nach Norden aufgebrochen«, erzählte Ned. »Im Mondschein über die Furt auf Sir Williams zweitem Pferd. Er hat mich nicht gerufen, aber ich konnte ihn sehen. Wohl auf dem Weg nach London. Hat nicht nach Licht gerufen. Er redet nicht viel. Unterrichtet auch nicht viel, was?«

»Das weiß ich nicht«, sagte Alinor.

»Weiß Rob, wann er zurückkommt?«

»Er hat nichts gesagt.«

»Er hat besser ausgesehen als bei seiner Ankunft. Er war sterbenskrank, nicht wahr?«

»Fieber«, sagte Alinor knapp, den Blick starr auf den Horizont gerichtet.

»Kannst du mir einen Schafskäse auf dem Markt besorgen?«

»Ja«, sagte Alinor. »Wir werden vor dem Abendbrot zurück sein.«

Am anderen Ufer half er ihr aus dem Boot. »Vielleicht nimmt euch jemand im Wagen mit. Ihr könntet hier auf jemanden warten, der übersetzt.«

»Wir laufen lieber schon mal los«, sagte Alinor, und sie und ihre Tochter gingen die Straße hoch, während Ned die Fähre zurück auf die Inselseite zog, um auf Kundschaft zu warten, die ebenfalls zum Markt in Chichester wollte.

Nach einem kleinen Wegstück bogen die beiden Frauen von der Straße nach Chichester links ab und schlugen den Fußweg nach Birdham ein. Der Boden war morastig, doch der unmarkierte Pfad verlief am Rand der Felder über erhobene Uferdämme und auf Trittsteinen über die Bäche. Sie stiegen über Zaunübertritte, die von einem tief liegenden sumpfigen Feld zum nächsten führten, und erreichten das kleine Dorf, eine Ansammlung von Häusern, die sich um die Straße drängten.

Beide hielten am Grasrand der einspurigen Straße inne. »Sehe ich passabel aus?«, fragte Alys nervös.

Alinor richtete die Haube ihrer Tochter, zog ihren Umhang an den Schultern ein wenig zurecht. »Alles gut«, sagte sie. »Wischen wir noch unsere Stiefel ab.«

Trotz aller Vorsicht waren die Säume ihrer Röcke vom Weg schmutzig und ihre Stiefel schlammbedeckt. Vorsichtig hoben sie die Röcke und streiften die Seiten und Spitzen ihrer Stiefel am Gras ab.

»Ich bin verschwitzt«, sagte Alys nervös. »Und schlammig. Dieser verdammte Ort, ich bin immer schlammig. Er hat mich noch nie in einem sauberen Unterrock gesehen!«

»Du bist schön«, versicherte Alinor ihr. »Der Schlamm kann dir nichts anhaben.«

Die Stoney-Farm lag ein Stück abseits von der Straße. Zwischen dem Haus und dem Weg befand sich eine niedrige Mauer aus gespaltenen Flintsteinen, damit das Vieh nicht frei herumlief. Ein grasbewachsener Weg führte durch einen kleinen Obstgarten zur Haustür, die Apfelbäume tief hängend mit reifem Obst. An einem von ihnen lehnte die Leiter eines Erntehelfers.

Es war ein recht großes Haus, eines der besten in der kleinen Gemeinde, zwei Schlafzimmer und eine Rumpelkammer unter dem Reetdach, darunter eine Küche und zwei weitere Räume: einer wurde als Wohnzimmer, einer als Vorratsraum gebraucht. Die Küche nahm den gesamten hinteren Teil des Hauses ein, das Brauhaus und die Molkerei befanden sich auf der anderen Seite des mit Steinplatten gepflasterten Hofs. Scheune und Ställe bildeten die übrigen Seiten des Quadrats. Als die beiden Frauen auf die Haustür zugingen, kam Richard in einem dunkelbraunen Anzug und guten Reitstiefeln, die vom Stallhof schmutzig waren, um die Hausecke gesprungen und lief auf sie zu.

»Ihr seid da! Oh, Ihr seid wirklich da!« Schlitternd kam er zum Stehen und verwehrte es sich, Alys zu umarmen. Er machte eine kleine Verbeugung vor Alinor. »Mrs Reekie, danke, dass Ihr gekommen seid. Alys...« Er warf ihr einen liebevollen Verschwörerblick zu. »Guten Tag, Alys.«

Sobald Alinor den liebevollen, vertrauten Blick sah, der zwischen ihm und ihrer Tochter gewechselt wurde, war ihr das Geheimnis der beiden so klar, als hätten sie es ihr anvertraut. Sie war sich sicher, dass sie ein Liebespaar waren, dass Alys sich über all ihre Warnungen, alle Lehren aus Schule und Kirche hinweggesetzt hatte, dass sie Mrs Millers argwöhnischem Zornesblick entronnen, ihrem Herzen und nicht ihrem Verstand gefolgt war und bei diesem jungen Mann gelegen hatte.

Nun begriff Alinor, warum Alys so entschlossen war, dass diese Verlobung stattfand. Wenn Richard seine Eltern nicht dazu überreden konnte, der Eheschließung zuzustimmen, dann würden er und Alys getrennter Wege gehen müssen, und seine Eltern würden ihn wahrscheinlich von der Gezeitenmühle wegholen, um das Paar an weiteren Treffen zu hindern. Alys würde als Mädchen bekannt sein, das den Mann seiner Wünsche verloren hatte, und ihre letztendliche Heirat würde allseits als zweite Wahl gelten. Wenn jemals bekannt werden sollte, dass sie ihre Jungfräulichkeit verloren hatte, würde es schwierig werden, überhaupt einen achtbaren Mann als Heiratskandidaten zu finden, und Mrs Miller hätte das Recht, sie zu entlassen.

»Oh, nein«, flüsterte Alinor kaum hörbar.

»Was ist los?« Alys legte die Hand auf Richard Stoneys Arm und drehte sich zu ihrer Mutter um. Aufsässig erwiderte sie den vorwurfsvollen Blick ihrer Mutter, und angesichts ihres Glücks konnte Alinor ihr nicht gram sein. Das junge Paar sah schön aus zusammen, wie füreinander geschaffen in Größe und Aussehen. Sie konnte es ihnen nicht verübeln, dass sie nicht die Zustimmung seiner Eltern hatten abwarten können. Er hatte dunkle, haselnussbraune Augen, und die dunklen Locken fielen ihm auf seinen schlichten weißen Kragen. Alys neben ihm sah hell und zart aus, ihr Haar, das von einem blasseren Gold als das ihrer Mutter war, sittsam unter ihre weiße Haube gesteckt, ihre Gesichtszüge so ebenmäßig und hübsch wie die einer Porzellanpuppe.

»Nichts«, sagte Alinor. »Nichts ist los.«

Alys sah ihr in die Augen und errötete, als habe sie erkannt, dass ihre Mutter ihr Geheimnis erraten hatte. »Ma?«, fragte sie unsicher.

»Wir unterhalten uns später«, entschied Alinor.

Alys errötete tief und drängte sich dichter an Richard, wie um Anspruch auf ihn zu erheben. »Ma, das hier ist der Mann, den ich heiraten werde«, verkündete sie.

Richard wurde wie ein kleiner Junge rot im Gesicht, stand aber stolz da. »Wenn Ihr gestattet«, sagte er höflich. »Ich habe es versprochen. Ich habe mein Wort gegeben. Wir sind verlobt.«

»Sehen wir einmal, was Euer Vater dazu zu sagen hat«, erwiderte Alinor vorsichtig.

Alys an der Hand, führte Richard sie den Pfad zum Haus hoch. Alinor folgte und überlegte mit schlechtem Gewissen, dass Ned recht haben musste und die Wildheit, die er in ihr sah, nun auch aus ihrer Tochter hervorgebrochen war. Sie hatte es nicht geschafft, die Lust zu kontrollieren, die jeder fehlbaren Frau seit Eva innewohnte, und es war ihr nicht gelungen, Alys besser anzuleiten.

Die selten benutzte Haustür knarzte beim Aufgehen, und Mrs Stoney stand im Türrahmen, hinter ihr die Magd.

»Guten Tag, Mrs Reekie«, sagte sie förmlich.

»Euch auch einen schönen guten Tag, Mrs Stoney«, erwiderte Alinor, die um Gelassenheit rang.

Die Frau wandte sich an ihren Sohn. »Geh deinen Vater holen«, sagte sie. »Er ist in der Scheune.«

Richard sah aus, als wolle er Alys nicht zurücklassen, doch er ging gehorsam, während Mrs Stoney Mutter und Tochter in die gute Stube im vorderen Teil des Hauses führte. Sie war spärlich mit massiven dunklen Möbeln eingerichtet; ein gewaltiger Schrank voll teurem Zinn nahm eine ganze Wand ein. Es gab einen großen Stuhl mit geflochtener Rückenlehne und Armlehnen, der offenkundig für den Hausherrn bestimmt war, und einen zweiten Stuhl daneben. Alinor stellte ihren Korb mit Ölen an der Tür ab und wählte taktvoll einen kleineren Stuhl neben dem dunklen Holztisch, auf dem eine Schüssel aus schwerem Zinn ein kleines Stück Gobelingewebe beschwerte.

Mrs Stoney setzte sich auf den zweitbesten Stuhl, Alys stellte sich neben ihre Mutter, ohne auch nur einen Platz angeboten zu bekommen.

Sie hörten die Männer zur Hintertür hereinkommen und das Geräusch von Mr Stoney, wie er sich Erde von den Stiefeln klopfte. Dann betrat er das Zimmer. Er war ein kleiner, gedrungener Mann mit rotem Kopf. Für Alinor, die sich zur Begrüßung erhob, hatte er ein bereitwilliges Lächeln und einen Handschlag.

»Wie geht's?«, erkundigte er sich bei ihr. Dann wandte er sich an Alys. »Und wie geht es heute dem hübschesten Mädchen in ganz Sussex?«

Alys machte einen Knicks, ging auf ihn zu und erhielt einen schmatzenden Kuss auf beide Wangen.

»Möchtet Ihr ein Glas Ale, Mrs Reekie?«, bot er an.

»Bess holt es«, sagte seine Frau.

»Und das junge Paar kann dann wohl im Obstgarten spazieren gehen«, erklärte er.

Bess trat mit einem Tablett voller Zinnkrüge ein, und Richard und Alys entflohen.

»Er geht gern mit ihr über den Hof«, gestand Mr Stoney. »Der Hof ist sein ganzer Stolz. Er ist unser einziges Kind, müsst Ihr wissen.«

»Ich weiß.« Alinor nahm einen Krug und trank. Es war selbst gebrautes Dünnbier, Mrs Stoney hatte es mit Äpfeln aus dem Obstgarten gesüßt. Alinor konnte das Obst herausschmecken. »Das ist sehr gut, Mrs Stoney.«

Die Frau lächelte über das Kompliment. Alinor bemerkte ihre Selbstgefälligkeit und fragte sich, ob sie Alys, die bei ihnen auf dem Hof wohnen und ihr Leben lang das Haus mit dieser Frau teilen würde, eine gütige Schwiegermutter wäre.

»Unsere jungen Leute wollen also den Bund der Ehe schließen«, wandte Bauer Stoney sich an Alinor. »Richard ist nach dem Erntefest zu mir gekommen und hat gesagt, er habe ohne

Rücksprache mit mir die ewige Treue geschworen.« Kopfschüttelnd lachte er in sich hinein. »Jungs, was? Und er hat sie ein paarmal hierher mitgebracht, wir mögen sie sehr gern. Aber eigentlich sollte ich mich mit ihrem Vater unterhalten.«

»Wie Ihr wisst, befindet sich mein Ehemann auf hoher See«, sagte Alinor vorsichtig. »Er ist jetzt beinahe ein Jahr fort. Sämtliche Vereinbarungen obliegen mir.«

»Euer Bruder vertritt Euch nicht?«, erkundigte sich Mrs Stoney.

»Ich entscheide über meine eigenen Kinder«, sagte Alinor mit stiller Würde. »Wenn nötig, berät mein Bruder mich.«

»Weiß er, dass Ihr heute hier seid?«, wollte Mrs Stoney wissen.

»Ja, das tut er.«

»Nun, Ihr seid keine Närrin, das weiß ich«, sagte der Mann aufmunternd. »Aber Euch muss klar sein, dass wir uns für Richard weit oben umschauen könnten. Er ist unser einziger Sohn und wird das hier alles erben, wenn wir einmal nicht mehr sind. Auf dem Hof lasten keine Schulden. Ich habe ihn von meinem Vater bekommen und habe ihn verbessert, und ich werde ihn im Ganzen weitervererben. Es ist ein stattliches Erbe.«

»Ich weiß«, sagte Alinor. »Es ist ein schöner Bauernhof. Aber Alys ist Eurem Sohn schon bei ihrer ersten Begegnung in der Mühle zugetan gewesen, noch bevor sie wusste, wer er war. All das hier hatte sie nicht im Sinn.«

Mrs Stoney schnaubte, wie um zu sagen, dass sie das bezweifelte.

»Es wäre eine Liebesheirat«, fuhr Alinor fort. »Aber natürlich wird sie ihre eigene Mitgift mitbringen.«

»Hat sie ihre eigene Wäsche zurückgelegt?«, fragte Mrs Stoney.

»Nein«, antwortete Alinor, in Gedanken bei der Zimmerecke in der kleinen Hütte, der Schachtel mit den Schätzen, in der sich nichts außer einem Papiervertrag und einer roten Ledergeldbörse mit wertlosen Münzen befand. »Noch nicht. Aber zum Zeitpunkt der Hochzeit werde ich sie mit ein paar Laken ...« Sie sah den missbilligenden Gesichtsausdruck der Frau. »... und Wolle ausstatten können«, fügte sie hinzu.

»Das kommt davon, ihn auf den Hof der Millers zu schicken«, beklagte Mrs Stoney sich flüsternd bei ihrem Ehemann. »Du hast ihn hingeschickt, damit er das Mahlen erlernt, aber alles, was er gelernt hat, ist Ungehorsam.«

»Er kann seine eigene Wahl treffen«, erwiderte ihr Gatte. »Sie ist ein hübsches Mädchen, und sie weiß alles, was sie wissen muss, um als Ehefrau eines Bauern mit anzupacken. Stimmt das nicht, Mrs Reekie?«

»In der Gezeitenmühle erledigt sie alle Arbeiten«, bestätigte Alinor. »Mrs Miller führt ein sehr gutes Haus, und Alys hat dort die Haushaltsführung gelernt. Sie arbeitet in der dortigen Molkerei, sie kann Kühe melken, brauen, Brot backen, kochen, spinnen natürlich und nähen. Außerdem habe ich sie in die Lehre der Kräuter und ihrer Verwendung eingewiesen. Sie kann lesen und schreiben. Ihr werdet feststellen, dass sie sich gut in der Molkerei und der Brauerei, in der Backstube und sogar auf dem Feld auskennt.«

»Würde sie Euer Rezeptbuch mitbringen?«, wollte Mrs Stoney wissen.

Alinor zuckte zusammen. Sie besaß ein von ihrer Mutter geerbtes Rezeptbuch mit Kuren für alle bekannten Leiden und Verletzungen, die richtige Verwendung von Kräutern und wie man sie anbaute, einsetzte und destillierte. Es war ihr größter Schatz und das Fundament ihrer Praxis als Heilerin. »Ich werde die Rezepte abschreiben«, versprach sie. »Ich werde sie für sie abschreiben. Und wenn es irgendwelche Krankheiten oder Probleme geben sollte, würde ich Euch, als Familie, selbstverständlich kostenlos aufsuchen.«

Mrs Stoney war anzusehen, dass das nicht reichte. »Und Ersparnisse?«, erkundigte sie sich. »Welche Mitgift wird sie mitbringen?«

»Ich habe derzeit fünfunddreißig Shilling gespart«, sagte Alinor mit stillem Stolz. Doch offensichtlich reichte das nicht; die Frau hob lediglich die Augenbrauen. »Bis zu ihrem Hochzeitstag werde ich noch einmal zehn haben, falls sie an Ostern heiraten«, fügte Alinor hinzu. »Und mein Sohn, Rob, wird an Lichtmess seinen Quartalslohn aus der Propstei erhalten. Das sind noch einmal fünfzehn Shilling.« Alinor versuchte, gelassen von diesen enormen Geldsummen zu sprechen – so viel mehr, als sie jemals verdient hatte –, doch sie sah, wie Mr Stoney seiner Frau einen Blick zuwarf, ihr energisches Kopfschütteln, ihren herabgezogenen Mund.

»Wir können nicht zulassen, dass er sich wegwirft«, erläuterte er.

»Im Laufe der Zeit kann ich von meinem Verdienst beisteuern«, sagte Alinor. »Ich bin für beinahe alle Entbindungen auf der Insel Sealsea zuständig. Ich könnte eine monatliche Zahlung von meinem Verdienst – sagen wir – im ersten Ehejahr versprechen.«

Mrs Stoney schürzte die Lippen.

»Mein Sohn wird bei einem Apotheker in Chichester in die Lehre gehen«, fuhr Alinor mit fester Stimme fort, obwohl ihr Herz hämmerte. »Er soll im Frühjahrstrimester dorthin, wenn Master Walter zu seiner Universität aufbricht. Ich weiß, er würde wollen, dass seine Schwester glücklich versorgt ist ...«

»Ein Apotheker?«, fragte Mrs Stoney, und als Alinor zu einer Erklärung ansetzte, unterbrach sie sie: »Aber was nützt *uns* das?«

»Sie und Rob werden das Recht auf die Fähre erben, und das Fährhaus ...«

»Es tut mir leid«, sagte Mr Stoney schließlich, »aber wir wünschen eine größere Mitgift, die im Ganzen am Hochzeitstag zu zahlen ist. Vielleicht mit angrenzendem Land, vielleicht einer unserer Nachbarn. Nicht nach und nach ein paar Pennys. Nicht nach und nach, Mrs Reekie. Es ist schade, dass Ihr keinen Ehemann habt, der den Lebensunterhalt für Euch bestreitet. Sehr schade. Aber wir können nicht zulassen, dass Richard sich wegwirft. Auch wenn sie ein reizendes Mädchen ist und wir sie sehr gernhaben. Sie wäre unsere Wahl gewesen, wenn das Geld gestimmt hätte. Um ehrlich zu sein, dachten wir, Ihr hättet mehr. Es tut mir leid. Wir dachten, Ihr stündet besser da.«

Alinor biss die Zähne zusammen, um nicht herauszuschreien, dass sie früher einmal mehr gehabt hatte: das Erbe ihrer Mutter, ihre Mitgift in dem roten Ledergeldbeutel. Doch Zachary hatte alles genommen, wie es das Recht eines Ehemannes war, und verprasst, wie es einem Ehemann zustand. Und nun war Zachary nicht hier, um Rechenschaft abzulegen, und in dem roten Ledergeldbeutel befanden sich nur alte, wertlose Münzen.

»Aber sie hat ihren eigenen Lohn«, insistierte Alinor, zunehmend nervös. »Wenn Ihr wollt, dass sie weiter bei den Millers arbeitet, könnte sie ihren Lohn nach Hause bringen. Und sie kann spinnen.«

»Dann könnte er genauso gut unsere Magd Bess heiraten!«, wandte Mrs Stoney ein. »Der Lohn einer Magd als Mitgift! Nein, nein, sie ist ein reizendes Mädchen, aber wenn sie doch nichts außer fünfunddreißig Shilling und Arbeitslohn von einem Hof hat! Für meinen Sohn bin ich auf mehr aus.«

Mr Stoney schien ihren scharfen Tonfall sichtlich zu bedauern. »Nichts für ungut«, sagte er.

»Was hat Euch denn vorgeschwebt?«, fragte Alinor. »Mein Bruder würde vielleicht ...«

»Keinen Penny weniger als achtzig Pfund«, sagte Mrs Stoney schnell. »Weniger würde ich nicht nehmen.«

»Achtzig Pfund!« Angesichts der unvorstellbaren Summe keuchte Alinor auf.

»Wir werden ablehnen müssen«, sagte Mr Stoney sanft. »Bedauerlicherweise, aber ...«

»Ich habe sechzig Pfund!«, mischte Alys sich auf einmal von der Tür aus ein. Sie trat ins Zimmer, weiß im Gesicht, hinter sich Richard, der ihre Hand umklammert hielt. »Ich habe es«, behauptete sie. »Ich habe eigene Ersparnisse, von denen meine Mutter nichts weiß.« Ein grimmiger Blick zu Alinor ermahnte diese, Stillschweigen zu bewahren.

»Habt ihr an der Tür gelauscht?«, fragte Mr Stoney seinen Sohn mit einem Stirnrunzeln.

»Wir sind am Fenster vorbeigekommen und haben es mit angehört«, erwiderte sein Sohn. »Wir haben nicht gelauscht, Sir, aber meine Mutter hat sehr deutlich gesprochen. Wir müssen heiraten. Wir lieben uns.«

»Wie viel habt Ihr?«, fragte Mrs Stoney das Mädchen.

»Ich habe sechzig Pfund«, sagte Alys forsch. Aus der Tasche ihres Gewands zog sie einen dicken roten Ledergeldbeutel und legte ihn vor ihre Mutter auf den dunklen Holztisch. »Sechzig Pfund«, sagte sie herausfordernd. »Sechzig Pfund als Anzahlung, und der Rest kommt noch. Reicht das?«

Zu ihrem Entsetzen erkannte Alinor auf der Stelle den schweren roten Ledergeldbeutel wieder, den Mrs Miller aus dem Versteck hinter dem Backstein im Kamin des Mühlhauses gezogen hatte: Es war Jane Millers Mitgift. Sie öffnete den Mund, brachte allerdings keinen Ton heraus.

»Reicht das?«, fragte Alys mit bebender Stimme. »Reicht es?«

»Es ist eine Überraschung«, stellte Mr Stoney ernst fest. »Woher hat ein Mädchen wie Ihr mehr Ersparnisse als seine Mutter?« Er wandte sich an Alinor. »Woher habt Ihr ein solches Vermögen? Habt Ihr gewusst, dass sie das hier beiseitegelegt hat?«

»Mein Vater hat es mir gegeben«, sagte Alys rasch, bevor ihre Mutter etwas erwidern konnte. »Sein Prisengeld aus der Marine. Er hat es für seinen Dienst in der Marine bekommen, und als er das letzte Mal nach Hause gekommen ist, hat er es mir für meine Mitgift gegeben. Ich bin schon immer sein Liebling gewesen. Er hat es mir für meine Mitgift gegeben, falls ich vor seiner Heimkehr heiraten möchte.«

»Ich würde meinen, Eure Mutter hätte das Geld im vergangenen Jahr oft gebrauchen können«, sagte Mrs Stoney misstrauisch. »Jeder weiß, wie hart sie arbeitet. Hättet Ihr es ihr nicht sagen sollen? Und es ihr aushändigen?«

»Mein Vater und meine Mutter waren nicht immer einer Meinung«, sagte Alys kühn, ohne auf Alinor zu achten, den Blick nur auf Mrs Stoneys grimmige Miene gerichtet. »Mein Vater hat mir gesagt, ich solle seine Ersparnisse sicher bis zu seiner Rückkehr verwahren und sie nur für meine Mitgift verwenden. Ich muss meinem Vater doch gehorchen, nicht wahr?«

Sie drehte sich zu Mr Stoney, überzeugt davon, dass er das unterstützen würde. Er nickte feierlich. »Eine Anordnung Eures Vaters? Ja, der habt Ihr natürlich Folge zu leisten.«

»Er hat Euch doch nicht verlassen, oder?« Mrs Stoney wandte sich an Alinor. »Sitzen lassen? Wenn er seiner Tochter ihre Mitgift gegeben hat, bevor er losgefahren ist? Hat er vorgehabt, nie mehr zurückzukommen?«

Sofort sah Alys, dass sie den Bogen überspannt hatte. Bevor Alinor etwas antworten konnte, fiel ihr das Mädchen ins Wort: »Oh, nein! Mein Vater würde uns niemals verlassen! Er hat versprochen, nach Hause zu kommen. Er hat mir nur seine Ersparnisse dagelassen, falls ich vor seiner Rückkehr heiraten möchte. Er ist Seemann im Krieg, er hat gewusst, dass er lange Zeit weg sein könnte. Es war unmöglich zu wissen, wie lang er auf Reisen sein würde. Er hat nur versucht, das Beste für mich zu tun.«

»Aber Ihr habt gesagt, sie seien nicht immer einer Meinung gewesen?«

Alinor, die wusste, dass Mrs Stoney sie auf dem Markt in Chichester mit einem blauen Auge, mit einem Bluterguss auf der Wange gesehen haben musste, schüttelte den Kopf. »Ich kann mich nicht über ihn beklagen, und ich weiß, dass er nach Hause kommen wird«, sagte sie mit fester Stimme. »Manchmal waren wir unterschiedlicher Meinung, wie andere Eheleute auch – nichts Ungewöhnliches. Zachary hat sich für eine Fahrt mit einem Küstenhändler verpflichtet, und dann haben wir gehört, dass er gewaltsam von der Marine angeworben wurde. Anschließend ist die Marine zum Prinzen übergelaufen. Aber die Seeleute und Soldaten werden ganz bestimmt freigegeben, sobald Frieden herrscht, mit ihrer Soldnachzahlung und ihrem Prisengeld. Ich hege keinen Zweifel daran, dass er dann nach Hause kommt.«

Alinor hielt ihr Gesicht ganz unbewegt, ausdruckslos und dachte an ihr Versprechen James gegenüber, allen zu erzählen, dass Zachary nicht nach Hause kommen werde und dass sie eine Witwe sei. Und jetzt, gleich am nächsten Tag, behauptete sie das Gegenteil. Doch sie konnte nichts machen, da Alys im Zimmer das Wort hatte und log, dass sich die Balken bogen.

»Und sein Lohn«, fügte Alys hinzu. »Wer weiß, welchen Lohn er nach Hause bringen wird? Wenn er ein Schiff gekapert hat, wird er reich sein!«

»Dann dient er jetzt also dem Prinzen?« Mr Stoney sprach das nächste Problem an. »Wir hier sind ein Parlamentshaushalt.«

Alys schüttelte den Kopf. »Wir wissen nicht, auf welchem Schiff er ist. Vielleicht ist er auf den Schiffen, die dem Parlament treu geblieben sind. Mein Vater ist ein Mann des Parlaments, wie mein Onkel Ned. Ihr kennt doch meinen Onkel!«

»Wir sind auch ein Parlamentshaushalt.« Es fiel Alinor schwer, sich an dem Gespräch zu beteiligen und den Blick von dem alten, roten Ledergeldbeutel zu lösen.

»Sollten sie mit der Heirat dann nicht warten, bis er zurückkehrt?«, wandte Mr Stoney sich an Alinor. »Wenn er nach Hause kommt, sobald Frieden herrscht, und das Parlament derzeit in Gesprächen mit dem König steht?«

»Vielleicht …«

»Nein!«, sagte Alys rasch. »Das wäre überhaupt nicht richtig. Mein Vater hat mir seine Ersparnisse gegeben, damit ich sie für meine Mitgift hernehme und wir nicht auf ihn warten müssen! Er hat mir erklärt, ich solle meine Hochzeit nicht aufschieben. Und es lässt sich überhaupt nicht sagen, wann der König in den Frieden einwilligen wird.«

Alinor nickte, musste allerdings feststellen, dass ihr die Stimme versagte.

»Reicht es also?«, drängte Richard seinen Vater. »Wenn wir beide ohne Bezahlung auf dem Hof arbeiten und euch unseren Lohn von allem anderen geben? Reicht es mit der Mitgift? Zachary Reekies Mitgift?«

Der Bauer betrachtete seinen Sohn und entschied zu seinen Gunsten. »Es reicht«, verfügte er. Er griff nach dem Geldbeutel, wog ihn in der Hand und schätzte den Wert dank langer Erfahrung ab. Er zog das Zugband auf und spähte zu den Münzen aus Gold und Silber hinein. »Sechzig Pfund – damit habe ich nicht gerechnet. Aber ja, es reicht.«

»Wir hätten mehr bekommen können«, rief ihm Mrs Stoney ins Gedächtnis.

»Das hätten wir.« Er lächelte seinen Sohn an. »Aber ich will lieber, dass du glücklich bist.« Mit einem herzlichen Lächeln reichte er Alys den Geldbeutel. »Ich gebe Euch das hier jetzt zurück«, sagte er, »wie es sich geziemt. Und Ihr gebt es an Eurem Hochzeitstag an der Kirchentür Mrs Stoney, mit den Ersparnissen Eurer Mutter und mit Eurem Lohn von jetzt an bis dahin, und Richard wird Euch einen Ring und sein Wort geben. Es ist vereinbart. Ihr werdet bei seinem Tod Euren Anteil des Hofes erhalten und Euer restliches Leben lang Euren Platz an diesem Herd. Und Euer Sohn wird den Hof nach Richard haben, und sein Sohn nach ihm.«

Alys brach in Tränen aus, als Richard sie in seine Arme zog und küsste. Mr Stoney erhob sich und küsste erst Alinor und dann das weinende Mädchen. Mrs Stoney legte ihrem Sohn die Hand zum Segen auf den Kopf und küsste Alys.

»Das wär's dann also«, sagte sie widerwillig zu Alinor. »Er hat sie sich nicht aus dem Kopf schlagen können, und sie hat eine Mitgift aus der Tasche gezaubert, von der niemand geträumt hätte. Man könnte meinen, er sei verhext worden.«

»Ja, ja ...« Alinor fehlten die Worte, da der Anblick von Jane Millers Mitgiftbeutel in Alys' Händen sie immer noch lähmte. Alys steckte ihn wieder in die Tasche, ohne ihre Mutter anzusehen.

»Und Euer Sohn ist so erfolgreich!«, sagte Mrs Stoney, die sich ein wenig Herzlichkeit gestattete. »Lehrling bei einem Apotheker in Chichester! Was für ein Anfang für einen jungen Mann!«

»Ja«, sagte Alinor. Ihr wurde bewusst, dass sie nickte, immer noch sprachlos. »Ja.«

»Wie in aller Welt hat er eine solche Stelle bekommen?«

»In der Propstei schätzt man ihn.« Alinors Lippen waren so steif, dass sie kaum sprechen konnte. »Er leistet Master Walter Gesellschaft, und sie haben für seine Lehre bezahlt. Er beginnt, wenn Walter an der Universität anfängt. Man nennt es das Frühjahrstrimester.«

»Sollen wir uns ein Glas Wein genehmigen? Und wollt Ihr mit uns frühstücken?«, drängte Mr Stoney gastfreundlich. »Da wir nun eine Familie sein werden? Ich werde Euch die Scheunen und Obstgärten zeigen, Mrs Reekie, und ich will wohl meinen, Ihr werdet den Kräutergarten sehen wollen.«

»Oh, ja, bitte«, sagte Alinor matt. »Sehr gern. Sehr gern. Danke.«

Die beiden Frauen winkten der Familie Stoney zum Abschied und gingen schweigend gemeinsam auf der Straße nach Chichester. Alinor verspürte einen krampfenden Schmerz im Magen, den sie für Angst hielt, und hatte einen üblen Geschmack nach Furcht im Mund.

Erst als der Bauernhof eine halbe Meile hinter ihnen lag und nicht mehr in Sicht war, ergriff Alys das Wort. »Sag was. Bitte sag was.«

»Bist du wahnsinnig geworden, Alys?«

»Ich weiß! Ich weiß! Du hast ja recht!«

Schweigend gingen sie ein paar Schritte weiter, dann spürte Alinor, wie sich Alys' kalte Hand verstohlen in ihre schob.

»Hilf mir, Ma.«

»Wie kann ich das? Das ist ein Vergehen, auf das der Strang steht. Das ist Diebstahl.«

»Ich weiß. Ich weiß.«

»Es ist Jane Millers Mitgift, nicht wahr? Im roten Ledergeldbeutel ihrer Mutter?«

»Ja. Natürlich.«

»Was wirst du tun?«

»Den Geldbeutel zurücklegen. Ich musste ihn nur herzeigen. Stehlen werde ich ihn nicht. Was ich für meinen Hochzeitstag brauche, werde ich verdienen. Ich würde niemals dafür stehlen.«

»Bis dahin sind es nur sechs Monate! Wir werden auf gar keinen Fall genug verdienen. Wir würden in sechs Jahren nicht genug verdienen. Und wenn Mrs Miller an ihr Versteck geht und feststellt, dass Janes Mitgift fehlt, wird sie die Mühle auf den Kopf stellen und jeden beschuldigen. Dich und mich als Erstes. Alys, wie konntest du nur?«

»Ich werde den Beutel wieder in sein Versteck legen, bevor sie ihn vermisst. Aber ich muss ihn heiraten.«

»Weil ihr bereits ein Liebespaar seid?«

Das Mädchen stieß ein leises Keuchen aus, das an sich schon ein Eingeständnis war. »Weil ich ihn so sehr liebe. Ich würde lieber an Ostern als Diebin gehängt werden, als ihn zu verlieren.«

»Das will ich aber nicht!«, rief Alinor aus. »Ich habe mein ganzes Leben versucht, dich zu beschützen, und jetzt hast du vor der Ehe bei einem Mann gelegen und gestohlen ...« Sie senkte die Stimme zu einem Flüstern, obwohl sie allein waren unter dem weiten Himmel und sich auf dem Weg vor ihnen in nördlicher Richtung keine Menschenseele befand.

»Ich habe nicht gestohlen. Ich habe geborgt. Er liebt mich. Und sie wird mich nicht erwischen. Es ist das Risiko wert.«

»So denkst du jetzt ... später wirst du anders denken.«

»Ich denke jetzt tatsächlich so. Also habe ich jetzt gehandelt.«

»Du wirst deine Meinung ändern. Du wirst zurückblicken, und das hier wird dir wie Irrsinn vorkommen. Und du wirst denken, dass ich von Sinnen war, weil ich dich nicht aufgehalten habe. Es war falsch von mir, dich nicht aufzuhalten. Ich hätte dir den Geldbeutel abnehmen sollen, und zwar in dem Moment, als du ihn hervorgeholt hast.« Alinor würgte an der aufsteigenden Galle in ihrem Mund. »Ich dachte, es sei mein Geldbeutel! Mein roter Geldbeutel, der mit nichts als meinen kleinen Münzen angefüllt ist! Es hat mich schier in den Wahnsinn getrieben.«

»Dann hätte ich Richard verloren. Du hast sie gehört.«

»Trotzdem. Besser, ihn zu verlieren, als ...«

»Ich habe gewusst, dass du dich nicht gegen mich wenden würdest, Ma. Ich wusste, dass du mich nie im Stich lassen würdest.«

»Ich hätte nicht mitspielen sollen. Das hier ist eine Angelegenheit für den Strang, Alys. Wenn du mit diesem Geldbeutel erwischt wirst, werden sie dich als Diebin hängen.«

»Sie werden mich nicht erwischen. Ich werde ihn zurücklegen. Aber ich schwöre dir, wenn ich ihn nicht heiraten kann, werde ich sterben. Wenn du es mir verbietest, werde ich weglaufen. Sollte er mich verlassen, würde ich mich im Mühlteich ertränken.«

Alinor wusste, sie war die letzte Frau in Sussex, die gegen ein Verlangen anreden durfte, das mehr als das Leben zählte. Wie konnte sie ihrer Tochter, die nichts Schlimmeres als sie selbst getan hatte, ihr Handeln verübeln? Alinor hatte ihr eigenes Leben aufs Spiel gesetzt, indem sie mit James in das abgesperrte Zimmer über den Stallungen gegangen war, und seitdem hatte sie alle Welt belogen.

»Wir gehen jetzt besser zur Gezeitenmühle zurück und legen den Geldbeutel sofort an seinen Platz. Wenn ich sie in den Hof rufe und du ins Haus läufst ...«

»Nein. Ich weiß, wie es zu bewerkstelligen ist, wirklich. Ich weiß, wann. Sie geht immer in der Abenddämmerung raus, jeden Abend, um die Hühner einzusperren. Sie sperrt sie gern selbst ein. Sie hat Angst, ich könnte die tagsüber gelegten Eier stehlen. Sie ist so geizig. Sie geht in der Abenddämmerung hinaus, und dann ist nie jemand in der Küche. Dann kann ich ihn zurücklegen.«

»Woher kennst du ihr Versteck?«

»Ich bin im Hof gewesen, als die Getreidehändler gekommen sind, und sie hat ihnen Getreide verkauft, das an die Armen der Gemeinde hätte gehen sollen. Sie haben den doppelten Preis gezahlt, und die Armen mussten hungern. Es ist schmutziges Geld, Ma. Jedes Mal, wenn sie ein Geschäft macht, von dem sie weiß, dass es Mr Miller nicht gefallen würde, zeigt sie ihm das Geld nicht und steckt es in Janes Mitgiftgeldbeutel. Ab und zu holt sie es heimlich heraus, um sich etwas Besonderes zu kaufen, oder etwas für Janes Aussteuertruhe. Einmal hat sie mich gebeten, ein paar vergoldete Ketten vom Hausierer am Tor zu kaufen, und die Münzen sind heiß gewesen, außerdem hatte sie rußverschmierte Finger. Ich habe nicht gewusst, wo sie den Geldbeutel aufbewahrt, aber ich habe gewusst, dass er im Rauchfang sein musste. Ich habe bloß an den Backsteinen gerüttelt, bis ich den lockeren gefunden habe.«

»Es ist ein schreckliches Risiko.«

»Ich weiß. Aber ich musste es eingehen, Ma. Ich musste die Stoneys daran hindern, heute ›Nein‹ zu sagen. Sie werden nicht wortbrüchig werden, selbst wenn ich das Geld nicht beschaffen kann. Richard wird mir helfen, und Mr Stoney liebt mich – er wird es mir durchgehen lassen. Ich werde den Geldbeutel zurücklegen, Mrs Miller wird nichts merken, und wenn wir zum Markt kommen, werde ich mehr Wolle zum Spinnen besorgen. Ich werde so viel wie möglich vor meinem Hochzeitstag verdienen, und ich werde ihnen alles, was ich habe, an der Kirchentür geben. Sechzig Pfund werden es nicht sein, aber zu dem Zeitpunkt wird es zu spät sein. Sie werden niemals die Hochzeit absagen. Ich werde ihnen dann erklären, dass ich ihnen den Rest schulde.«

Alinor schüttelte den Kopf über diese Lösung. »Es ist ein falsches Spiel. Alys, es ist schlecht für uns, wenn wir als Betrügerinnen dastehen. Wenn du sie an deinem Hochzeitstag betrügst, werden sie es dir bei jedem Streit, den ihr habt, ins Gesicht schleudern. Sie werden dir nie mehr vertrauen.«

»Richard wird es mir niemals zum Vorwurf machen.«

»Seine Mutter schon.«

Alys zuckte mit den Schultern. »Wen kümmert's? Wenn wir erst einmal verheiratet sind, kann sie sagen, was sie will. Mir ist es einerlei. Ihn heirate ich, nicht sie. Und er ist es wert, dass man für ihn stiehlt und dass man für ihn betrügt. Er ist alles wert.«

Alinor legte eine Hand über die Augen, als wäre die Morgensonne unerträglich grell. Vor ihrem geistigen Auge sah sie lebhaft, wie Alys an der Kirchentür einen zu leichten Geldbeutel darbot, den weißlippigen Groll der Stoneys und ihre eigene Schande.

»So beginnt man seine Ehe nicht«, sagte sie niedergeschlagen. »So sollte man sich an seinem Hochzeitstag nicht betragen.«

Alys umschlang ihren Arm. »Ma, ich weiß, dass das hier

schrecklich für dich ist, und es tut mir leid. Es tut mir leid, aber ich kann hier nicht festsitzen und nirgendwohin kommen. Ich muss Richard heiraten. Ich muss mit ihm zusammen sein. Ich bin jung, ich will mein Leben! Ich kann Unglück nicht wie du geduldig ertragen. Ich kann nicht warten und warten, dass unser Vater nach Hause kommt, als würde das irgendetwas besser machen, wenn wir doch wissen, dass es dann nur noch schlimmer würde! Ich kann nicht bescheiden herumkrauchen und hoffen, dass die Nachbarn freundlich vor mir tun, während sie mich hinter meinem Rücken einen Elfenbankert nennen.«

»Das sagen sie nicht!«

»Genau das sagen sie. Schau dir doch an, wie du vor Mrs Miller katzbuckeln musst. Schau dir an, wie du dich vor Mrs Wheatley verbeugst. Schau dir an, wie du dich vor Mr Tudeley duckst, und vor diesem Tutor! Wir stehen ständig knapp davor, Almosen zu bekommen. Wir nutzen ständig jemandes guten Willen aus. Ich ertrage es nicht. Ich wäre lieber ein Dieb als ein Bettler. Ich muss meine Chance jetzt ergreifen. Ich muss mein Leben jetzt leben!«

Beschämt von ihrer eigenen Tochter, verkniff Alinor sich eine Antwort. Sie sah Alys an, fand jedoch nicht die Worte, um sie zurechtzuweisen. »Ich bin nicht feige«, sagte sie mit ganz leiser Stimme. »Ich ducke mich nicht. Ich nutze niemanden aus.«

»Doch, das tust du«, sagte Alys gnadenlos. »Jeder kann sonst was zu dir sagen, solange er nur eine Flasche Pflaumen kauft.«

»Ich habe nicht gewusst, dass du so empfindest.«

»Ich habe es schon immer gehasst, arm zu sein.«

»Rob auch?«

»Rob spielt keine Rolle!«, brach es aus Alys heraus. »Hier geht es endlich einmal nicht um deinen kostbaren Sohn.«

Alys' Eifersucht und ihr Groll zeigten sich Alinor zum ersten Mal, als sähe sie die Einöde von Foulmire in ihrer gewaltigen Leere zum ersten Mal.

»Ich kann es mir nicht leisten, jemanden zu kränken«, sagte Alinor leise, während sich ihr die Worte gewaltsam entrangen. »Wenn ich genug verdienen will, um für euch beide Essen auf den Tisch zu stellen, kann ich mir Stolz nicht leisten.«

»Ich weiß«, sagte Alys.

»Und Rob ist nicht kostbarer als du.« Sie erstickte an ihren Worten. »Nichts in meiner Welt ist kostbarer als du.«

»Ich weiß«, wiederholte Alys. Sie legte den Arm um die Schulter ihrer Mutter und hielt sie eng an sich. »Ich weiß, was du für uns getan hast. Ich ahne noch nicht einmal die Hälfte von dem, was du erlitten hast – für uns. Du bist uns Mutter und Vater gewesen, das weiß ich. Und es war zu viel für eine Frau allein. Ich bin dankbar, das bin ich – wirklich. Aber ich kann nicht wie du sein. Ich kann nicht tun, was du tust. Ich kann nicht ständig den Rücken krümmen. Ich ertrage es nicht. Ich würde lieber alles aufs Spiel setzen, als mich mit einem Leben in Armut zufriedenzugeben, wie du es getan hast.«

»Du glaubst, ich hätte mich mit Armut zufriedengegeben?«

»Ja«, sagte Alys mit der schroffen Grausamkeit der Jugend.

»Ich verstehe«, sagte ihre Mutter leise. »Ich verstehe sehr wohl, wie es ist, stolz sein zu wollen, verliebt zu sein, leichtsinnig zu sein.«

»Tust du das?«

Sie nickte, während sie die Lippen über ihrem Geheimnis zusammenpresste. Erst vergangene Nacht war sie stolz auf ihr Verlangen gewesen, verzückt vom Liebesspiel und leichtsinnig.

»Ich kenne es sehr wohl«, wiederholte sie.

Einen Moment lang standen sie da, hielten einander eng umschlungen, dann wandten sie sich ab und gingen nebeneinander die Straße nach Chichester entlang.

»Es tut mir leid«, sagte Alys leise. »Du weißt doch, dass ich dich liebe. Ich wollte das alles nicht sagen.«

»Ich weiß.«

Ein paar Minuten gingen sie schweigend weiter, dann ergriff

Alinor das Wort: »Dieses Leben ist nicht, was ich für mich geplant habe. Es ist nicht das, was meine Mutter für mich wollte. Sie dachte, Zachary sei ein Mann mit seinem eigenen Boot, der erfolgreich sein würde. Sie dachte, wir würden Nachbarn sein und sie und ich könnten zusammen arbeiten und er würde mir ein besseres Leben verschaffen. Sie dachte, Ned würde die Fähre erben und eine gute Ehefrau haben und ein eigenes Kind, und ich würde dank Zachary Geld haben, und wir würden neben meinem Bruder in unserem Haus wohnen. Sie konnte nicht vorhersehen, dass Mary sterben würde und dass sich dein Vater als schlechter Mann entpuppen würde.«

Sie gingen eine Weile schweigend nebeneinanderher, bis sie von hinten ein Rufen hörten. Als sie sich umdrehten, sahen sie einen Bauern mit einem Wagen, auf dem sich die Schaffelle stapelten, neben ihm seine Frau mit Körben voller Käse.

»Auf dem Weg zum Markt?«, fragte er, als sie am Straßenrand stehen blieben und zu ihm hochblickten. »Ach, Mrs Reekie, ich habe Euch gar nicht erkannt, abseits von Eurem Weg, auf der Straße nach Birdham. Geht Ihr zum Markt in Chichester?«

»Ja«, sagte Alinor mit einem strahlenden Lächeln. »Und das hier ist mein Mädchen, Alys.«

»Wie Unkraut hochgeschossen«, sagte er. »Ich erinnere mich noch an Euch, als Ihr ein Kleinkind wart. Soll ich Euch mitnehmen?«

»Kommt und setzt Euch neben mich auf die Bank«, sagte seine Frau zu Alinor. »Alys kann sich nach hinten auf die Schaffelle setzen, wenn sie nichts dagegen hat.«

»Danke«, sagte Alinor erleichtert, als die Frau sich niederbeugte und ihr eine Hand hinhielt, um ihr auf die Bank des Fahrers hochzuhelfen. Alys stellte einen Fuß auf die Nabe, den anderen auf die Speichen und kletterte nach oben.

»Verkauft Ihr welche von Euren Ölen?«, fragte die Frau und spähte in Alinors Korb.

»Ja«, sagte Alinor. »Und ich kaufe Spitze für Mrs Miller, wenn es etwas Gutes auf dem Markt gibt.«

»Spitze ist schrecklich teuer«, sagte die Bauersfrau. »Es wundert mich, dass sie nicht ihre eigene anfertigt.«

Da Alinor wusste, dass alles, was sie sagte, herausposaunt werden würde, lächelte sie und schwieg.

»Aber es geht ihnen ja wohl so gut, dass sie es sich leisten kann, welche zu kaufen«, sagte die Frau.

»Ich weiß es nicht«, erwiderte Alinor ruhig.

»Oh, seid Ihr denn nicht auf dem Erntefest gewesen? Haben wir nicht alle die beste Weizenernte gesehen, die sie jemals hatten? Und verkaufen sie nicht die Hälfte davon für Gewinn und schicken es aus der Grafschaft heraus? Habt Ihr gesehen, wie sie die ganze Zeit während des Abendessens mit Master Walters Tutor aus Cambridge geplappert hat, als wäre sie von ebensolchem Stand wie er? Als wenn sie ihm irgendetwas zu sagen hätte, was ihn interessieren würde!«

Wieder lächelte Alinor vage.

»Trotzdem, dort wird sie nichts erreichen. Wie ich höre, kehrt er nach Cambridge zurück, sobald Master Walter dorthin geht. Nimmt den jungen Lord mit, um ihm dort alles über das Recht beizubringen, oder was immer sie dort tun.«

»Ich weiß es nicht«, sagte Alinor abermals.

»So ein bildschöner Mann!«

»Das ist mir gar nicht aufgefallen.« Alinor glaubte, das Hämmern ihres Herzens in ihren eigenen Ohren sei so laut, dass es die Frau, die neben ihr saß, ebenfalls hören musste.

»Das muss es aber doch! Er ist nach dem Essen direkt zu Euch gegangen. Wir haben uns alle gefragt, was er Euch zu sagen hatte.«

»Er hat mir von Rob erzählt. Mein Junge erhält zusammen mit Master Walter Unterricht. Er ist sein Diener.«

»Habt Ihr gehofft, sie würden Rob als Gefährten nach Cambridge schicken?«, mutmaßte die Frau. »Seid Ihr deshalb bei dem Abendessen ohne Knicks von ihm fortgegangen? Habt Ihr darum gebetet, dass Rob mitgehen möge, und hat der Tutor es Euch abgeschlagen?«

»Nein, nein«, sagte Alinor. »Nichts dergleichen! Mir war nicht gut. Ich hatte solche Angst, mich in Gesellschaft zu übergeben. Ich musste unbedingt nach Hause. Ich habe mich bei ihm entschuldigt und bin nach Hause gelaufen.«

»Sie räuchert ihre Schinken nicht richtig, ganz gleich, wie stolz sie darauf ist«, erklärte die Frau. »Mir ist selbst unwohl gewesen.«

»Was führt Euch auf diese Straße, Mrs Reekie?«, unterbrach der Bauer seine Frau. »Möchtet Ihr nach dem Markt wieder hierher mitgenommen werden?«

»Nein, wir werden die übliche Straße nach Hause nehmen«, erwiderte Alinor. »Wir sind nur abseits von unserem Weg, weil wir jemanden besucht haben.«

»Wen besucht?«, fragte die Ehefrau neugierig.

»Die Stoney-Farm«, antwortete Alinor.

»Aha!« Die Frau war entzückt, ihr endlich einen Leckerbissen für die Gerüchteküche entlockt zu haben. »Ich habe die beiden auf dem Erntefest tanzen gesehen. Sie haben ein reizendes Paar abgegeben. Soll ich die Ohren nach dem Aufgebot spitzen?«

»Ja«, räumte Alinor ein. »Ja. Alys und Richard werden heiraten.«

»In unserer Kirche in Birdham?«

»In unserer. St. Wilfrid.«

»Nun, da habt Ihr ja einen Fang gemacht!«, erklärte sie mit unbeabsichtigter Unhöflichkeit. »Der Stoney-Junge! Und dieser schöne Bauernhof. Bloß gut, dass sie Eure Schönheit geerbt hat, da Ihr sonst nichts zu bieten habt.«

»Ich glaube, sie werden sehr glücklich sein«, sagte Alinor streng. »Es wird eine Liebesheirat.«

»Besser geht's nicht«, sagte der Mann.

»Ich könnte mir denken, dass Mrs Stoney nicht allzu erbaut ist. Ihr schwebt schon seit seiner Geburt eine reiche Partie für den Jungen vor.«

»Sie ist überaus freundlich gewesen«, sagte Alinor und betete, dass Alys hinten zwischen den Schaffellen nichts mitbekam. »Wir sind alle sehr glücklich.«

In der nächsten Stunde erreichten sie Chichester und sprangen unter Dankesworten vom Wagen.

»So eine fürchterliche Alte!«, sagte Alys, die lächelnd winkte, während der Wagen auf dem Kopfsteinpflaster davonrumpelte. »Und jetzt rieche ich nach Schaf.«

»Pst«, sagte Alinor.

Alys lachte. »Wen kümmert es schon, was sie denkt? Sollen wir zuerst die Spitze kaufen?«

»Nein, zuerst verkaufe ich meine Öle.«

Alinor ging voran zu einer Marktbude, die auf getrocknete Kräuter, Kristalle, Öle, Salben und Glücksbringer spezialisiert war. Sie kannte den Standbesitzer gut, und er begrüßte sie mit einem Lächeln. »Ach, Mrs Reekie, ich habe gehofft, Euch heute zu sehen. Habt Ihr mir was Gutes mitgebracht?«

»Ein Dutzend Flaschen mit verschiedenen Ölen«, sagte Alinor.

Sie stellte ihren Korb auf den Stand und betrachtete seine Waren, während er jede einzelne Flasche heraushob und das handschriftliche Etikett las. »Sehr gut, sehr gut. Ich habe gar nicht gewusst, dass Ihr Wolfswurz habt? Ihr habt mir noch nie welchen vorbeigebracht.«

»Ich habe wild wachsenden gefunden«, sagte Alinor. »Und ich habe mir gedacht, ich sollte Öl daraus machen. Es ist eine nützliche Arznei, aber ich bezweifle, dass es eine große Nachfrage danach gibt, im Watt Wölfe abzuwehren!«

»Es ist ein sehr wirksames Gift«, stellte er fest. »Seltsam, eine weise Frau zu sehen, die am helllichten Tag Gift verkauft!«

»Es ist auch ein Mittel gegen Fieber. Ein Tropfen in einem großen Krug Ale ist eine milde Arznei gegen Fieber. Und man kann es bei einem Skorpionbiss anwenden.«

»Wir leiden in Chichester nicht unter sonderlich vielen Skorpionbissen«, sagte der Mann sarkastisch.

Alinor zuckte mit den Schultern. »Ich nehme es wieder mit nach Hause, wenn Ihr es nicht wollt. Ich kann es zur Behandlung von Fieber benutzen.«

»Nein, nein, ich kaufe es. Es ist gut, es vorrätig zu haben, selbst wenn die Nachfrage nicht groß ist. Was soll ich Euch für das Eisenhutwasser und die anderen Öle geben?«

»Sechs Shilling«, sagte Alinor forsch.

»Nun, nun, ich muss die Miete für den Laden bezahlen, und einen Bediensteten, um den Laden zu führen. So viel kann ich nicht erübrigen. Aber ich will Euch für alles zusammen vier Shilling geben.«

»Sechs Shilling«, sagte Alinor beharrlich. »Für die zwölf Flaschen. Und die Flaschen und Korken bekomme ich wieder.«

»Ihr verhandelt rücksichtslos«, räumte er ein. »Wie es eine schöne Frau tun darf.«

Alinor räumte die Flaschen auf seinen Stand, und er holte leere Flaschen aus einem Korb hinten.

»Hier, ich gebe Euch noch zwei extra Flaschen und Korken dazu«, sagte er. »Für den Wolfswurz.«

»Danke.«

»Bringt mir nächsten Monat mehr auf den Markt«, sagte er. »Und ich werde auch getrocknete Kräuter kaufen.«

»Ich trockne gerade welche.«

Er beugte sich zu ihr. »Könnt Ihr mir etwas zur Wiederherstellung der Männlichkeit machen?«, flüsterte er. »Ich habe einen Kunden, der sich darüber freuen würde.«

»Dafür habe ich kein Rezept«, sagte sie missbilligend.

»Das habt Ihr, ich weiß, dass Ihr es habt. Es wird so etwas sein wie Herrgottsblut und Ochsenpenis, Ingwer und dergleichen, zusammen aufgekocht.«

Sie schüttelte den Kopf. »Ich habe kein Rezept. An solche Zutaten komme ich nicht heran, und wenn ich es täte, würde ich es nicht wollen«, sagte sie. »Dergleichen mache ich nicht.«

Er schnaubte ungläubig. »Erzählt mir bloß nicht, dass Ihr ein gutes Geschäft ablehnt?«

»Doch«, sagte sie mit fester Stimme. »Kräutermittel stelle ich her, weil ich weiß, was sie bewirken. Das Wertvolle, das gottgegebene Wertvolle steckt in der Pflanze, eine Gabe vom Herrgott persönlich. Aber alles mit Zauberformeln und besonderen Worten ist schon halbe Magie. Meine Mutter wollte nie etwas damit zu tun haben, und ich auch nicht. Sie hat mir beigebracht, die Kräuter zu verwenden, die wir alle kennen, und nicht mit Dingen herumzupfuschen, die geheim sind – wenn sie überhaupt funktionieren.«

»Ihr als Hebamme!«, sagte er boshaft. »Ich begreife nicht, warum Ihr auf den Akt herabschaut. Ihr zieht das Kind heraus, warum helft Ihr dann dem Vater nicht, es reinzubringen?«

»Weil ich meine bischöfliche Genehmigung brauche«, sagte Alinor. »Und falls der Bischof jemals zurückkommen sollte, wird er von einer Frau auf der Insel Sealsea, die Liebestränke verkauft und Zauber anwendet, nicht sonderlich angetan sein. Ich bin eine Hebamme und eine Kräuterfrau, und ich mache sonst nichts. Ich muss meinen Ruf schützen: Er ist mein ganzer Reichtum.«

»Von Reichtum kann ja wohl keine Rede sein, meine Liebe. Reichtum beschert Euer Ruf Euch ja wohl nicht gerade! Hört mal, ich werde Euch die Zutaten selbst besorgen und dafür bezahlen, dass Ihr in meinen Destillationsraum kommt und es für mich herstellt. Ihr müsst es keiner Menschenseele verraten. Es kann nur zwischen Euch und mir sein. Unser kleines Geheimnis. Ich glaube nicht, dass Ihr fünf Shilling ausschlagen werdet.«

Schuldgefühle durchzuckten Alinor beim Gedanken an die fünf Shilling für Alys' Mitgift, doch ihre Angst vor allem, was nach Zauberei aussah, war hartnäckig. »Es tut mir leid«, sagte sie abermals. »Aber ich arbeite nur als Kräuterfrau, und zwar mit den Kräutern, die ich kenne. Ich versuche mich nicht in Zauberei.«

Er lachte, um seinen Ärger zu verbergen, und ihr wurde mit einem Mal klar, dass das Heilmittel für ihn selbst war. Er hatte das nervöse Lachen eines Mannes ohne Selbstvertrauen, sein schikanierender Tonfall rührte von seiner Schwäche her. Das ganze Gerede von einem Kunden war ein Vorwand für sein eigenes Bedürfnis. »Oh! Wenn Ihr ein gutes Geschäft von einem festen Kunden ausschlagen wollt ...«

»Es tut mir leid«, sagte sie freundlich. »Aber ich kann Euch nicht helfen.«

»Es ist nicht für mich«, sagte er rasch. »Aber ich könnte es dutzendfach verkaufen.«

»Dann werdet Ihr gewiss jemanden finden, der es für Euch herstellt«, sagte sie.

Er schnitt eine Grimasse. »Eure Kräuter sind so gut – es sind die besten. Ich wollte es von Euch, nicht von jemand anderem. Die Leute fragen immer nach den Ölen von der hübschen Hexe aus Foulmire.«

»Ich hoffe, dass sie mich nicht so nennen«, erwiderte Alinor kühl.

»Nur im Scherz.«

»Für mich ist das kein Scherz.«

»Wie Ihr meint, wie Ihr meint. Ich wünsche Euch einen guten Tag, und wenn Ihr Vernunft annehmt und Eure Meinung ändert, könnt Ihr wieder zu mir kommen.«

Alinor steckte ihr Geld in die Tasche und ergriff den Korb. Auf sein Winken hin lächelte sie mit zusammengebissenen Zähnen und verabschiedete sich.

Mutter und Tochter bahnten sich einen Weg durch die Menge zur nördlichen Seite des Marktkreuzes, zum Wollhändler. Um dessen Tisch hatte sich eine kleine Menschentraube gebildet, Frauen, die Säcke voll Rohwolle zum Spinnen kauften, Frauen, die gesponnene Wolle zurückbrachten und ihre Bezahlung abholten. Alinor kaufte für einen Shilling Schaffelle in einem kleinen Sack. Er nahm das Geld dankend entgegen. »Guten Tag, Mrs Reekie. Wenn Ihr schnell arbeitet, kann ich das Garn selbst bei Euch abholen. Ich komme nächsten Monat auf die Insel Sealsea.«

»Ich hinterlege es bei meinem Bruder im Fährhaus«, versprach ihm Alinor. »Und wenn Ihr den Preis für einen weiteren Sack von meinem Lohn abzieht und ihn mir dalasst, werde ich mehr spinnen.«

»Fleißig am Arbeiten?«, fragte er und zwinkerte ihr zu. »Spart Ihr auf etwas?«

»Nichts Besonderes«, erwiderte Alinor diskret, auch wenn Alys lächelte und errötend den Blick senkte.

Sie ließen den Stand hinter sich und versuchten, trotz des sperrigen Sacks niemanden auf der menschenüberfüllten Straße anzurempeln.

»Und jetzt?«, fragte Alys.

»Ich muss Salz kaufen, um den Fisch einzupökeln«, sagte Alinor und sah sich um.

»Was stimmt mit dem Salz nicht, das wir herstellen?«

»Ich kann nicht genug für ein Fass Fische machen«, sagte Alinor. »Und für eine derart kleine Ausbeute ist es solch harte Arbeit, die kochenden Töpfe umzurühren und das Feuer den ganzen Tag lang am Brennen zu halten.«

Sie ging voran zu dem Stand, wo zwei Männer Salz aus Säcken in kleinere Beutel schaufelten. »Ich nehme zwei«, sagte Alinor und händigte die Pennys aus.

Als sie die Beutel entgegennahm und sich wegdrehte, sagte Alys: »Da ist die Spitzenklöpplerin.«

Es war eine alte Frau, die allein auf einem Schemel saß, ein

Stück Stoff vor sich auf dem Boden ausgebreitet, um ihre Spitzenborten zu präsentieren. Auf dem Knie hatte sie ein Kissen, und ihre geschwollenen Finger waren mit den Klöppeln beschäftigt, während die Spitze von der Mitte des Kissens her größer wurde. Sie zog eine Nadel heraus und steckte eine andere hinein, während die Klöppel herumwirbelten und gegeneinanderklackerten wie eine kleine Armee auf einem verschneiten Feld im Kampfgetümmel.

»Guten Tag, Mistress«, sagte Alinor höflich.

»Auch Euch einen guten Tag«, erwiderte sie, ohne von ihrer Arbeit aufzublicken.

»Ich bin auf der Suche nach etwas Spitze für einen Kragen für Mrs Miller in der Gezeitenmühle«, erklärte Alinor.

»Alles, was Ihr seht, steht zum Verkauf«, sagte die alte Frau. »Und ich würde mich über ein Geschäft mit Euch freuen, meine Liebe. Ich sorge mit meiner Arbeit dafür, dass ich der Gemeinde nicht zur Last falle, müsst Ihr wissen.«

Alys und Alinor knieten nieder und drehten die Stücke aus handgefertigter Spitze um, bis Alys sagte: »Die hier ist am hübschesten, Ma. Sieh sie dir an.« Sie hielt ein breites Spitzenband empor, das sich zum Besetzen eines Kragens eignete. Es war mit einem sich wiederholenden Motiv aus Schmetterlingsflügeln gearbeitet. »Hübsch«, sagte Alys und fügte dann leise hinzu: »Viel zu hübsch für sie.«

»Wie viel kostet das hier?«, fragte Alinor die alte Frau.

»Das macht einen Shilling pro Elle«, sagte sie.

»Könntet Ihr es mir billiger verkaufen?«, fragte Alinor. »Ich soll kein Geld ausgeben, wenn es zu teuer ist.«

»Meine Liebe, alles, was zwischen mir und der Gemeinde steht, ist eine Elle Spitze«, vertraute die Frau ihr an. »Ihr seid zu schön, um zu wissen, was es heißt, eine arme Frau und eine Bürde für die Nachbarn zu sein. Aber sobald ich einmal eine Woche lang nichts verkauft habe, werden sie mir nicht mehr die Tür aufmachen, aus Angst, dass ich mir einen Laib Brot erbettele oder einen Viertelliter Milch, auch wenn sie eine ganze Herde Kühe haben. Innerhalb eines Monats grübeln sie nach, ob sie mich in eine andere Gemeinde schicken können. Sie fragen nach meinen Kindern und warum ich sie nicht besuchen gehe. Sie hoffen, mich ihnen aufzuhalsen. Es ist bitter, alt und arm zu werden. Gott gebe, dass es Euch erspart bleibt.«

»Amen«, flüsterte Alinor.

Die Spitzenklöpplerin wandte sich Alys' entsetztem Gesicht zu. »Glaubt mir! Sie können sich jeden Moment gegen dich wenden. Ein böses Wort, und dann rufen sie nach dem Hexenfänger und bezichtigen dich als Hexe, um dich ein für alle Mal loszuwerden! Es ist ein Verbrechen, in diesem Land arm zu sein, es ist eine Sünde, alt zu sein. Und es ist nie gut, eine Frau zu sein.«

Bei den Worten lief Alinor ein kalter Schauder den Rücken hinunter. »Ich habe nur drei Shilling für Spitze«, sagte sie hastig. »Eure Probleme tun mir leid.«

»Ich werde Euch vier Ellen für drei Shilling verkaufen«, sagte die alte Frau. »Und Ihr werdet mir gewogen sein und wieder bei mir kaufen.«

Sie nahm das Spitzenband, faltete es behutsam, immer wieder, und band es mit einem Faden aus rosafarbener Seide zusammen. »Schöne Arbeit«, sagte sie. »Die Arbeit von zwei Wochen, und ich bekomme drei Shilling dafür. Gott gebe, dass Ihr nie allein zurückbleibt und Euren eigenen Lebensunterhalt verdienen müsst. Es ist eine harte Welt für eine alleinstehende Frau.«

»Amen«, sagte Alinor wieder. »Ich weiß das wohl.«

Sie entfernten sich von dem Stand. »Erbärmliche Alte!«, sagte Alys unbedacht. Sie betrachtete ihre Mutter genauer. »Hör nicht auf sie! Du verdienst sehr ordentlich. Du bist überhaupt nicht wie sie. Mit deinen Kräutern und dem Hebammengeschäft, und jetzt deinem Boot und der Fischerei. Und du hast die Arbeit, die du in der Mühle verrichtest, und deine eigene Arbeit im Garten und im Fährhaus. Wenn sie dich wieder in die Propstei rufen, damit du im Destillationsraum arbeitest, werden sie gut zahlen. Und bald werde ich eine reiche Bauersfrau sein, und Rob wird Apotheker werden. Wir werden dir beide Geld nach Hause schicken!«

»Die Frau verdient im Moment noch ganz gut mit ihrer Spitze«, sagte Alinor. »Aber was ist, wenn sie zu alt ist, um noch zu arbeiten? Du hast doch ihre Hände gesehen – was passiert, wenn sie ihre Finger nicht mehr krümmen kann? Was passiert, wenn sie krank wird? Was isst sie dann? Woher bekommt sie dann ihr Feuerholz? Von ihren Nachbarn, und die werden sich, nur weil sie um Hilfe bittet, gegen sie wenden.«

Sie musste die Stimme erheben, weil es um sie herum lauter wurde, und die beiden sahen sich nach dem Grund um. Es war ein junger royalistischer Anhänger, der aufsässig auf den Stufen des Marktkreuzes stand, um ihn herum ein lärmender Menschenauflauf.

»Bis Weihnachten werden wir Frieden haben, und der König wird wieder auf seinem Thron sitzen!«, rief er.

»Dann werden wir bis Ostern wieder Krieg haben!«, erwiderte ein anderer. »Denn Euer König ist ein Lügner!«

Es wurde gejubelt und gelacht, doch der Großteil der Menge wollte hören, was der junge Royalist sagen würde.

»Gehen wir«, sagte Alinor nervös, als Alys trödelte, um zuzuhören.

»Die Parlamentarier wissen, was sie mit dem König vereinbaren müssen, und sie fahren auf die Insel Wight, um sich mit ihm zu treffen«, erklärte der junge Mann. »Er wird sich nicht zwingen lassen, er wird auf seinen Thron zurückkehren.«

»Freies Ale für alle!«

»Sie werden fordern, dass er die königliche Miliz aufgibt und die Rechte der New Model Army anerkennt.« Der junge Mann legte eine beeindruckende Pause ein. »Damit wird er sich niemals einverstanden erklären. Sie werden eine Kirche ohne Bischöfe fordern. Ihr wisst, wohin das führt!« Wieder funkelte er die Menge zornig an. »Wo ist der Bischof von Chichester heute?«

»In Slough«, sagte jemand hilfreich. »Braucht Ihr ihn? Denn er ist so schnell gelaufen, wie ihn seine Beine tragen konnten.« Würdevoll ignorierte der junge Mann den Zwischenrufer. »Dies ist die Kirche Henrys VIII.«, deklamierte er über das Gelächter hinweg. »Die Kirche der Königin Elizabeth. Ihr wahrer Erbe, König Charles, wird sie niemals aufgeben. Er wird das House of Lords wiederherstellen, die Bischöfe ...«

»Vergesst nicht den Bischof von Rom!«, rief jemand von hinten. »Denn die Königin gehorcht eher ihm als ihrem Ehemann!«

»Komm«, sagte Alinor zu ihrer Tochter. »Bald gibt es eine Schlägerei.«

»Unser König wird niemals auf diese Forderungen eingehen!« Der junge Mann hob die Stimme, während die beiden Frauen forteilten. »Sie können ihn nicht dazu zwingen, und wir sollten sein Recht, König zu sein, verteidigen. Wir sollten unserem Parlamentsabgeordneten sagen ...«

»Können sie den König wirklich zwingen, alles aufzugeben?«, fragte Alys ihre Mutter, als sie die South Street hinunter in Richtung der Straße zur Insel Sealsea gingen.

»Ich weiß es nicht«, erwiderte Alinor. »Vermutlich. Da er sich in ihrer Gefangenschaft befindet.«

»Mein Onkel sagt, der König solle wegen Verrats vor Gericht gestellt werden. Weil er den Krieg wieder begonnen und die Schotten herbeigerufen hat. Das ist Verrat am englischen Volk gewesen.«

»Leicht gesagt«, stellte Alinor fest, »aber andere Leute sagen, ein König könne nicht falschliegen, weil er der König ist.«

»Wer denkt das?«

Alinor dachte an den Mann, den sie liebte. »Manche Leute sagen es.«

»Nun, jedenfalls ist es Unsinn!«, erklärte Alys entschieden.

Die beiden gingen nach Hause und trugen abwechselnd den Sack Wolle und die Salzbeutel. Ein Fuhrmann auf dem Weg zur Gezeitenmühle überholte sie auf der Straße und ließ sie hinten auf den Getreidesäcken in seinem Wagen sitzen. Der Himmel war golden im Licht des Nachmittags, als sie in den Weg zur Mühle bogen. Das Wasser schlug an der Landestelle Wellen, eine Brise ergriff sie und ließ das Wasser wie geraffte graue Seide aussehen.

Alys sprang herunter, um das Hoftor für den Wagen zu öffnen, und trat dann vor ihm in den Hof. Die Schleusentore des Mühlteiches standen offen, die Flut strömte hinein und füllte den Teich, die kleinen Vögel schossen um den Teichrand herum und suchten im hereinkommenden Wasser nach Futter. Beim Geräusch von Rädern auf dem Kopfsteinpflaster des Hofes kam der Müller aus der Scheune, und Mrs Miller trat aus der Küchentür und erblickte Alinor, die gerade vom Wagen stieg.

»Da seid Ihr ja«, sagte sie zu Alinor. »Und dank eines unserer Kunden ohne den beschwerlichen Fußmarsch zurück.«

»Ja«, sagte Alinor. »Wir hatten Glück.«

»Oh, es gibt doch immer ein Mannsbild, das Euch aushilft«, sagte Mrs Miller.

»Nun, heute hatten wir Glück«, wiederholte Alinor. »Und seht, was ich für Euch erstanden habe.«

Der Müller und der Fuhrmann entluden die Säcke und stapelten sie vor dem Tor des Getreidespeichers auf. Sie würden nach oben gehievt werden, wenn der Teich voll war und das Wasser freigegeben wurde, um das Rad zu drehen und die Winde zu betreiben. Alinor reichte Mrs Miller das Päckchen und sah zu, wie diese es aufrollte.

»Nun, das ist sehr erlesen«, sagte sie ungewohnt zufrieden. »Sehr gut. Sagt mir bloß nicht, dass Ihr das alles für drei Shilling bekommen habt?«

»Doch!«, erwiderte Alinor freudestrahlend. »Ich habe gehofft, dass Ihr es als gutes Geschäft betrachten würdet. Meiner

Meinung nach ist es das wirklich. Seht Euch nur die Feinheit des Musters an!«

»Der Markt in Chichester!«, sagte Mrs Miller. »Wer hätte gedacht, dass sich etwas derart Feines auf dem Markt in Chichester finden ließe! Ich hätte gedacht, für so eine Arbeit müsse man nach London fahren.«

»Es ist eine alte Frau gewesen. Sie hat auf einem kleinen Schemel mitten auf dem Markt Spitze geklöppelt. Noch nicht einmal einen Tisch hatte sie«, sagte Alinor. »Aber all ihre Sachen waren sehr schön.«

»Nun, ich bin Euch dankbar«, sagte Mrs Miller mit ungewöhnlicher Freundlichkeit. »Und habt Ihr Eure Öle verkauft?«

»Ja.« Alinor zeigte ihr den Korb mit den leeren Flaschen. »Ich habe auch einen Sack Wolle zum Spinnen gekauft und etwas Salz, um die Fische einzupökeln. Es war ein sehr guter Tag für mich.«

Auf einmal erschien Alys und deutete vor Mrs Miller einen Knicks an.

»Und du hast auch einen netten Tag gehabt!«, schalt die Frau sie auf der Stelle. »Von morgens an auf und davon, und an einem Arbeitstag auf dem Markt herumflanieren.«

»Wir sind zuerst auf der Stoney-Farm gewesen«, sagte Alinor, da sie wusste, dass Mrs Miller davon erfahren würde und es ihr bitter übel nehmen würde, wenn sie die Nachricht von jemand anderem hörte. »Alys und Richard sind verlobt. Sie werden an Ostern heiraten.«

»Unmöglich!«, entfuhr es der Frau, deren Stimmung sich schlagartig verdüsterte.

»Ich war mir sicher, dass Ihr Euch freuen würdet«, sagte Alinor mit Nachdruck. »Da sie sich bei der Arbeit hier kennengelernt haben und König und Königin auf Eurem Erntefest gewesen sind. Ich dachte, dass Ihr Euch für sie freuen würdet.«

Mrs Miller kämpfte mit ihrem Neid über das Glück der anderen. »Kein Grund, sich nicht zu freuen«, sagte sie verärgert. »Es ist ja nicht so, als hätte er mir für Jane vorgeschwebt.«

»Nein, eben«, bestätigte Alinor. »Es besteht kein Grund, weshalb Ihr nicht glücklich für Alys sein könnt.«

»Und dennoch … nun, es ist eine sehr gute Partie für Euer Mädchen. Stoney-Farm! Richard Stoney! Es würde mich nicht wundern, wenn die Leute behaupten, sie habe ihn in die Falle gelockt.«

»Niemand wäre so gemein«, entschied Alinor. »Es ist offensichtlich, dass Richard sie sehr liebt und sie ihn.«

»Bloß dass es so eine gute Partie für sie ist«, murrte Mrs Miller. »Spaziert aus ihrer Fischerhütte und schafft es mit einem Satz zur Stoney-Farm.«

»Es lässt sich nicht abstreiten, dass es eine gute Partie für sie ist«, räumte Alinor ein. »Aber sie wird ihm eine gute Ehefrau sein. Sie hat so viel Hauswirtschaft von Euch gelernt.«

»Heute hat sie nichts gelernt, abgesehen davon, auf dem Markt herumzulaufen und das Geld anderer Leute auszugeben.«

»Sie wird es wiedergutmachen«, versprach Alinor und ergriff Alys' kalte Hand. »Und jetzt müssen wir los.«

»Ich wünsche Euch alles Gute«, sagte Mrs Miller widerwillig. »Ich wünsche Euch viel Glück.«

»Danke. Das weiß ich«, erwiderte Alinor und hob ihre Salzbeutel auf, während Alys den Sack mit der Wolle hochhievte und an der Seite ihrer Mutter vom Hof ging. Sie ließen das Hoftor für den Fuhrmann offen und machten sich gemeinsam auf den Weg zur Fähre.

»Ich habe den Geldbeutel zurückgelegt«, sagte Alys beiläufig.

Alinors Herz setzte kurz aus. »Ich dachte, du hast gesagt, du würdest es am Abend tun. Ich dachte, du würdest zurückkommen, wenn sie die Hühner einsperrt?«

»Ja, aber als ich gesehen habe, wie sie zu dir herausgekommen ist, um sich die Spitze anzusehen, habe ich gewusst, dass sich mir die Gelegenheit bot. Ich bin in die Küche gelaufen, habe den Backstein herausgezogen, den Geldbeutel hineingelegt und den Backstein eine Sekunde später wieder zurückgesteckt. Sie wird nie wissen, dass er fort gewesen ist.«

Alinor geriet vor Erleichterung beinahe ins Taumeln. »Dann ist es also getan, und du bist damit durchgekommen.«

Alys strahlte sie an. »Es ist getan, und ich bin damit durchgekommen.«

»Und du wirst es nie mehr wieder tun«, befahl Alinor. »Versprich's mir, Alys. Es ist ein zu großes Risiko. Nimm nie wieder etwas von ihr. Noch nicht einmal geborgt. Du hättest es auch diesmal nicht tun sollen. Versprich mir, dass du es nie wieder tun wirst. Denk bloß an die Gefahr!«

Das Mädchen lachte, als sei sie gegen jegliche Gefahr gefeit. »Ich will dir versprechen, dass ich mich nie erwischen lasse«, sagte sie vergnügt. »Ich will versprechen, dass ich nicht am Galgen enden werde. Eine Närrin wie Mrs Miller wird mich nie erwischen, und schon bald werde ich viel mehr Geld als Jane Millers Mitgift haben. Wart's nur ab, wenn ich erst einmal Mrs Stoney auf Stoney-Farm in Birdham bin! Mein Geld werde ich nicht in einem Kamin aufbewahren. Ich werde meine eigene Kiste beim Goldschmied in Chichester haben! Ich werde eine vermögende Frau sein!«

Wattenmeer,
September 1648

Den ganzen September hindurch hörte Alinor nichts von James, aber sie rechnete auch nicht damit und brachte die staubigen Tage am Ende des Sommers in einem trägen inneren Frieden hinter sich. Sie stellte fest, dass sie ihm vertraute, sie glaubte, dass er zu jenem Ort fahren würde – diesem unvorstellbaren und geheimnisvollen Ort –, den er sein Zuhause nannte, und dass die Männer, die er seine Brüder nannte, ihn von seinem Gelübde entbinden würden. Alinor, die in einem Land großgezogen worden war, wo Katholiken seit beinahe einem Jahrhundert verbannt waren, konnte sich nicht vorstellen, welche Riten und Schwüre James womöglich ertragen musste, um sich von seiner gotteslästerlichen Vergangenheit zu befreien. Sie konnten ihn vielleicht mit der Androhung ewigen Fegefeuers einschüchtern, überlegte sie. Tränen stiegen ihr in die Augen, wenn sie sich ausmalte, wie er der Herrschaft Roms die Stirn bot. Doch sie vertraute darauf, dass er tapfer und selbstsicher auftrat. Er hatte gesagt, dass er es tun werde und dass er sie liebte, und sie vertraute ihm.

Größere Angst hatte sie vor dem Einfluss seiner Familie, besonders seiner Mutter, da sie sich nur zu leicht vorstellen konnte, was eine Adelsdame zu ihrem geliebten einzigen Sohn sagen würde, wenn er ihr erzählte, dass er den Priesterstand mit keinem ehrgeizigeren Ziel aufgab, als eine sitzen gelassene Frau zu heiraten, eine Kräutersammlerin, die Witwe eines Fischers, die ihren Lebensunterhalt verdiente, indem sie sich an ein schlammiges Wattgebiet in England klammerte.

James' Eltern würden ihn mit Sicherheit eher enterben, als zuzulassen, dass er sich an eine Frau wie sie wegwarf. Doch dann fiel ihr wieder ein, dass auch sie ohne Land waren, dass auch sie sich an alles klammerten, was ihnen nach sechs Jahren Bürgerkrieg noch übrig geblieben war, weit weg von ihrem schönen Zuhause, im Exil mit einer besiegten Königin. Sie waren Papisten und mit Haut und Haaren verdammt. Nach England konnten sie nicht zurückkehren: Sowohl ihr Glaube als auch ihre politische Loyalität galten als Verbrechen. Sie hatten weit über Alinor gestanden, solange ihr König auf dem Thron war und ihr Glaube akzeptiert wurde, aber jetzt taten sie es nicht mehr. Wenn der König von einer bloßen kleinen Reitertruppe der Armee gefangen genommen werden und in einem gewöhnlichen Haus in Newport auf der Insel Wight enden konnte, dann befanden Alinor und James sich nicht mehr an gegenüberliegenden Polen der Gesellschaft mit einer Kluft, so unüberbrückbar wie der Sumpf zwischen ihnen. Seine Eltern mussten wissen, dass die Welt sich verändert hatte, dass die einfachen Menschen von England sich erhoben hatten und dass die Herrscher nicht mehr in ihren Palästen wohnten. Wenn ein Bauer wie Oliver Cromwell England regieren konnte, warum sollte dann eine Fischerswitwe nicht in der Welt aufsteigen und sich etwas Besseres erhoffen?

»Der Prinz ist auf dem Meer besiegt und zurück nach Holland getrieben worden. Hast du es gehört?«, fragte Ned sie eines Abends, während er vor der Tür der Hütte saß und seine Pfeife rauchte, um die Stechmücken zu verscheuchen. Sein Hund lag im Schatten der Bank und hechelte in der Hitze.

Alinor brachte Ned einen Becher Dünnbier und setzte sich neben ihn, um ihr eigenes zu trinken. Den Stab ihres Spinnrockens hatte sie in den Gürtel geschoben, sodass der Strang Wolle auf Höhe ihres Kopfes war. Mit der freien Hand zog und drehte sie den Faden, während sie die Spindel am Ende des Fadens mithilfe sanfter Fußtritte ständig in Bewegung hielt. Der Wollstrang war heiß in ihrer Hand und fettig von dem Lanolin.

»Das hatte ich noch nicht gehört. Aber seit dem Markt in Chichester habe ich auch niemanden mehr gesehen. Ich bin nicht aus dem Brauhaus, dem Destillationsraum oder der Küche rausgekommen.«

»Du und Alys, ihr arbeitet die ganze Zeit. Hast du einen guten Preis für das Fass mit den in Salz eingelegten Fischen bekommen?«

»Zwanzig Shilling! Vom Getreidehandelsschiff. Aber was ist mit dem Prinzen?«

»Ich habe es selbst gerade eben erst gehört. Die Frau von Bauer Gaston hat einen Cousin aus London zu Besuch, und der hat es mir erzählt, als ich ihn über den Fluss gesetzt habe. Hast du gewusst, dass der Prinz von Wales eine Flotte unter seinem Kommando hatte?«

»Ja, das habe ich gehört«, bestätigte Alinor in Gedanken an den Mann, der ihr von der wartenden Flotte erzählt hatte.

»Unsere Marine, die Parlamentsflotte, hat ihn aus der Themse gejagt und den ganzen Weg bis hinüber nach Holland. Er wird nicht noch einmal vor unserer Küste lauern.« Ned lachte. »Er muss gehofft haben, sein Vater werde aus Newport entkommen und dass er ihn auf hoher See aufnehmen und nach Frankreich bringen könne. Sie müssen geglaubt haben, der König werde sein Ehrenwort brechen und wieder die Flucht ergreifen. Das ist also auch fehlgeschlagen. Die Schiffe des Königs sind fort, er sitzt in Newport fest, die Parlamentarier sagen ihm, wie die Dinge laufen sollen, und ihm bleibt nichts übrig, als zuzustimmen.«

»Die Schiffe des Königs haben ihn im Stich gelassen?«, fragte sie.

»Ja. Jetzt kann er nirgendwo mehr hin«, bestätigte Ned voller Genugtuung. »Er wird mit dem Parlament übereinkommen und nach London zurückkehren müssen. Und ich kann dir sagen, dort wird man ihm einen schroffen Empfang bereiten.«

»Aber was wird aus ihm werden? Und was ist mit all den Leuten, die ihm gefolgt sind? Die Leute in Frankreich und Holland, diejenigen, die mit der Königin ins Exil gegangen sind?«

»Wen kümmern die schon?«

»Es ist nur ... ich frage mich, was mit ihnen geschehen wird.«

»Weißt du, ich glaube, sie werden den König in seine Schranken weisen«, sagte Ned nachdenklich. »Ich glaube, sie werden ihn nach London bringen und ihn zu einem König machen, wie ihn noch keiner erlebt hat, ein König, der mit dem Parlament und der Kirche zusammenarbeiten muss, und keinen, der sich darüberstellt. Ich glaube, sie werden ihm sein Haus zurückgeben, aber nicht seinen Thron. Vielleicht machen sie ihn zu Mr King!« Er lachte über seinen eigenen Scherz. »Ich würde einen Shilling darauf wetten, dass sie ihm seinen Thron nicht zurückgeben, und ganz bestimmt wird er nie mehr das Kommando über eine Armee führen. Man kann ihm nicht vertrauen.«

»Wird also die Königin nach Hause kommen, um bei ihm zu sein? Wird sie Mrs Queen sein? Und der Prinz? Und was ist mit den Lords und Ladys und denjenigen, die ihr nach Paris gefolgt sind? Was werden sie tun?«

»Sie werden alle Abbitte beim englischen Volk leisten müssen«, entschied Ned ernst. »Das würde ich sie tun lassen. Eine Strafe zahlen, schwören, dass sie nie wieder gegen Engländer die Waffen erheben werden, und dann im Privaten leben, im Stillen. Ein Ordnungsgeld und die Verbannung aus öffentlichen Ämtern.«

»Aber sie werden nach Hause kommen können?«, hakte sie nach.

»Wenn sie ein Schattenleben führen wollen«, prophezeite Ned. »Aber es wird für sie nie wieder wie früher sein. Nichts wird je wieder wie früher sein.«

Alys trat aus dem Eingang, einen Strang Rohwolle auf ihrem Spinnrocken. Sie nahm neben ihnen Platz, ließ die Spindel mit ihrem Fuß herumwirbeln und begann zu spinnen.

»Du hast Tag und Nacht eine Spindel in der Hand«, stellte ihr Onkel fest.

»Mitgift«, sagte sie nur kurz angebunden.

Er nickte. »Ich werde dir ein paar Shilling an deinem Hochzeitstag geben«, versprach er. »Zehn Stück.«

»Da bin ich dir dankbar«, sagte sie sanft. »Danke, Onkel.«

Sie sah ihre Mutter nicht an, und Alinor hob den Blick auch nicht von ihrer Arbeit. »Wir sind beide dankbar«, fügte Alinor hinzu. »Um die Wahrheit zu sagen: Wir haben mehr versprechen müssen, als wir zusammenkratzen können.«

»Es ist ein schöner Bauernhof«, räumte er ein. »Sie wollen bestimmt eine beträchtliche Summe. Wann soll die Hochzeit stattfinden?«

»Nach Ostern«, sagte Alinor.

»Vielleicht schon früher«, fügte Alys hinzu. »Wenn wir das Geld schon früher bekommen. Vielleicht am Dreikönigsabend. Eine Hochzeit am Dreikönigsabend fände ich schön.«

Ihr Onkel schüttelte den Kopf. »In der Bibel gibt es keinen Dreikönigsabend«, sagte er. »Und keinen Bedarf daran in einer gottseligen Kirche.«

»Und es ist schon zu bald!«, protestierte Alinor. »In der Zeit werden wir die Summe nicht einmal annähernd zusammenbekommen.«

Alys zuckte mit den Schultern. »Dann eben später im Januar. Oder Februar.«

»Dann wirst du schneller spinnen müssen«, erklärte Ned. »Oder spinn Gold, wie das Mädel im Märchen.«

»Wozu die Eile?«, fragte Alinor sie. »Bei schlechtem Wetter und dunklen Nachmittagen? Warum nicht auf den Frühling warten?«

Das hübsche Mädchen zeigte sein verschmitztestes Lächeln. »Weil ich bei schlechtem Wetter und an dunklen Nachmittagen ein warmes Bett haben möchte.«

Alinor runzelte leicht die Stirn und nickte ermahnend in Richtung des Onkels, damit das Mädchen seine Zunge im Zaum hielt.

»Die Ehe ist ein ernster Vertrag, der zum Ruhm Gottes abgeschlossen werden soll«, sagte Ned feierlich. »Nicht aus einer Laune jugendlicher Gelüste heraus. Du tätest besser daran, die Magd des Herrn zu sein und ihn in deinen Gebeten zu befragen, bis er sagt, dass die Zeit dazu gekommen ist.«

»Ja«, stimmte Alys ihm ernst zu. »Aber wie lang soll ich deiner Meinung nach warten, Onkel Ned?«

»Wir werden die Mitgift nie rechtzeitig zusammenbekommen, wenn du die Hochzeit vorverlegst«, warnte Alinor sie.

»Doch«, sagte Alys zuversichtlich. »Denn Richard wird sie für mich aufbessern.«

»Was?«, wollte Ned wissen. »Der Bräutigam bezahlt die Mitgift selbst?«

Alys strahlte vor Stolz. »Er liebt mich so sehr«, sagte sie. »Er möchte nicht, dass ich mir Sorgen mache.«

»Hat er seine eigenen Ersparnisse?«, fragte Alinor. »Hat er ein solches Vermögen?«

»Von seinem Großvater Stoney. Er hat es ihm vermacht. Es gehört alles ihm. Und er wird es mir geben. Er hat versprochen, den Rest wettzumachen, wenn wir nicht genug haben.«

Alinor bewegte die Schultern, als sei eine schwere Last von ihr abgeglitten. »Gott sei Dank«, sagte sie. »Ich habe mir solche ...«

»Ich habe dir doch gesagt, es wird gut ausgehen.«

»Du bist dir deiner sehr sicher«, stellte Ned fest.

Alys blickte verstohlen zu ihm auf. »Ich bin mir dieser einen Sache sicher.«

Douai, Frankreich, September 1648

James erwachte kurz vor der Prim beim Läuten der großen Glocke *La Joyeuse* und wusste sich in der Sicherheit seines Zuhauses, wo er großgezogen und ausgebildet worden war, wo man ihn kannte und liebte. Hier konnte er seinen gottgegebenen Namen verwenden, er konnte von seinen Eltern sprechen, für den König beten. Hier war er Teil einer Gemeinschaft, die leidenschaftlich religiös war, äußerst patriotisch, eine Gemeinschaft aus Spionen, die bereit waren, jeden Moment in ihre englische Heimat zurückzukehren, um ihr Land zu Gott zurückzubringen.

Beim Erwachen durchströmte ihn süße Erleichterung: weil er seine Mission nach England überlebt hatte, wo so viele junge Männer ein anderes Schicksal ereilt hatte. Noch bevor er die Augen aufschlug, dankte er Gott, dass er verschont geblieben und nicht von falschen Freunden denunziert worden war. Er hatte keinen Gerichtsprozess durchmachen oder gar den Tod durchs Feuer erleiden müssen. Jetzt konnte er sich eingestehen, wie viel Angst er ausgestanden hatte. Das ließ ihn an Alinor und ihre unüberlegte Entscheidung, ihn zu beschützen, denken. Just in dem Moment, als sie sich begegnet waren, hatte sie ihn versteckt. Sie hatte ihr Leben aufs Spiel gesetzt, um ihn zu pflegen. Sie wurde von Gott gelenkt, das Richtige zu tun, und obwohl sie eine Ketzerin war, hatte sie durch seine Rettung Gott gedient.

Er verlor sich in der Erinnerung an ihre dunklen Augen, daran, wie sie den Kopf drehte, wie ihr offenes Haar auf ihren nackten Rücken fiel. Sogleich war er wieder auf dem Stallboden und spürte ihre Lippen auf seiner Haut. Doch dann warfen die blassen Wände seiner Zelle auf einmal die vorüberhuschende

Kerze des Bruders zurück, der an seine Tür klopfte und »*Pax Vobiscum*« rief, und den ganzen Korridor hinunter erscholl die Antwort: »Amen«, »Amen«, »Amen«, als sich die Brüder und die Gelehrten in ihren schmalen Betten aufsetzten und das Geschenk eines weiteren Tages begrüßten.

Nur dass James das Gefühl hatte, der Segen sei nicht für ihn. Seine Brüder und Oberen an der Universität und in der Abtei wussten nicht, dass er gescheitert war, und wenn sie es wüssten, hätten sie ihm nicht den Segen erteilt. Er fürchtete, dass sie ihm die Schuld geben würden, und er wusste, dass sie damit recht hätten. Er stieg barfuß aus dem Bett auf den kalten Steinboden und wusch sich mit einem Stück bester kastilischer Seife in einer Schüssel mit kaltem Wasser. Er zog sein Leinenunterhemd an, seine Soutane, knotete den Gürtel um die Taille. Die feuchten Füße schob er in seine neuen Ledersandalen, öffnete die Zellentür und trat in die Reihe aus jungen Männern, Kapuzen über den Köpfen, Augen zu Boden gerichtet, auf dem Weg zum Gottesdienst in der Abtei.

»Gott vergebe mir«, flüsterte er beim Gehen, umgeben von jungen Männern, die Gott lobpreisten, voller Vertrauen in die Welt, die sie betreten würden, sicher, dass sie sie zum wahren Glauben zurückführen würden. »Gott vergebe mir, Gott vergebe mir, Gott vergebe mir meine Sünden.«

Den Gottesdienst hindurch betete er allem Anschein nach voll aufrichtiger Reue, indem er die vertrauten Erwiderungen murmelte und die Psalmen sang. Doch er wusste, dass er kein reumütiger Sünder war, er wusste, dass er mit sich selbst im Widerstreit lag. Er hatte bei seiner Mission versagt, er hatte seinem König gegenüber versagt, und er hatte seinem Gelübde gegenüber versagt. Alinor würde er nicht zu seinen Sünden zählen. Bei ihr war er wahrhaft er selbst gewesen, wie er es seit seiner

Kindheit nicht mehr erlebt hatte. Bei ihr hatte er einen kurzen Blick auf ein gottseliges Leben in der Welt, nicht im Kloster, erhascht. Er glaubte, vielleicht ein besserer Ehemann als Priester sein zu können. Auf jeden Fall wusste er, dass er den Glauben an seine Berufung verloren hatte.

Seine Leidenschaft für sie verlieh seinem Leben Sinn, wohingegen er ansonsten verloren war. Es war ein aufrührerischer Gedanke für einen jungen Mann, der von Kindesbeinen an die Kirche verschrieben gewesen war, aber er konnte nicht anders. Er war von einer Überzeugung beseelt, die er nie zuvor verspürt hatte: dass er nicht hier sein und sich hinter hohen Mauern in Frankreich verstecken wollte; dass er nicht weiterhin einem König treu sein wollte, der nicht herrschen konnte; dass er noch nicht einmal die wahre Religion nach England zurückbringen wollte. Das Einzige, was er wirklich wollte, war, zu seinem Familiensitz in Yorkshire zu fahren, die Frau, die er liebte, in sein Haus zu bringen und dort als Engländer zu leben, der seinen Frieden auf seinen eigenen Feldern fand.

Sobald die Liturgie vorüber war, gingen die Brüder in den Speisesaal, um ihr Fasten unter einem Schweigen zu brechen, das von einer leisen Lesung aus dem lateinischen Evangelium unterstrichen wurde. Dann erhob sich einer der älteren Brüder und verkündete die Pflichten des Tages, die Arbeit, die von den Novizen erwartet wurde, die Namen derer, die studieren, gärtnern, auf dem Feld arbeiten, putzen, kochen oder in den Werkstätten der Kirche dienen würden. James wurde befohlen, den Ordinarius in seinen Gemächern zu besuchen. Ein paar der jungen Seminaristen warfen James neidische Blicke zu und wünschten sich, auch sie könnten nach England geschickt werden, um sich zu verstecken, zu spionieren und dem katholischen Glauben im Geheimen zu dienen. Er beachtete sie nicht.

In seinen Augen waren sie Narren, weil sie sich nach einem Märtyrerschicksal sehnten. Sie würden es sich nicht herbeiwünschen, wenn sie wüssten, wie es war, auf einem dunklen

Hafendamm zu stehen und nach einem Licht Ausschau zu halten, ohne zu wissen, ob es sich um Freund oder Feind handelte. Sie würden es sich nicht herbeiwünschen, wären sie jemals bis knapp eine Sekunde vor dem triumphalsten Sieg im ganzen Krieg gekommen, nur um dann mit anzusehen, wie er aus einer Laune heraus verworfen wurde. Doch er mied ihre Blicke, neigte den Kopf gehorsam und ging zu den Gemächern des Ordinarius.

Er wurde von einem Gehilfen eingelassen und fand Doctor Sean hinter seinem Schreibtisch, die scharlachrote Amtsstola über dem Schwarz seiner Soutane, eine schwarze Amtskappe auf dem Kopf, das schmale Gesicht blass und angespannt. Er erhob sich und kam um den Tisch, um James zu begrüßen, küsste ihn nach der französischen Art auf beide Wangen, schlug dann das Kreuz und segnete ihn. »Nehmt Platz«, sagte er herzlich. »Nehmt Platz, mein Sohn, und erzählt mir alles.«

James, der sich ausgesprochen sicher war, dass er nicht alles erzählen konnte, setzte sich auf die Stuhlkante, während der Professor Platz nahm und nach einem Federkiel griff, um sich Notizen zu machen.

»Ihr seid gestern Nacht zurückgekommen? Und habt mit niemandem über Eure Reise gesprochen?«

»Mit niemandem«, bestätigte James.

»Ihr habt den König in Gefangenschaft zurückgelassen?«

»Gott vergebe mir, ja.«

»Erzählt mir, wie sich das zugetragen hat. Hattet Ihr nicht den Befehl, ihn auf ein Boot zu bringen? Und ihn zum Schiff seines Sohnes in Sicherheit zu schaffen?«

»Ja, Pater Professor.«

»Warum habt Ihr dann versagt?«

Stockend berichtete James von der Reise zur Insel Wight, den Komplizen, die sich mit ihm getroffen hatten, den Jungen, die seine Mission verdeckt hatten, dem Bootsmann, der ihn im Stich gelassen hatte, und dem Ersatz: Zachary. Er erzählte, dass das Haus von Mr Hopkins völlig unbewacht gewesen war und der König mit ihm hätte gehen können, es aber nicht hatte tun wollen.

Der Professor saß da, die Finger wie zum Gebet aneinandergelegt. »Warum wollte er nicht mit Euch fortgehen?«

»Er hat sich mir nicht erklärt.«

»Aber er wollte nicht fort?«

»Er hat gelacht«, sagte James verbittert. »Und er war verärgert, dass irgendjemand daran zweifelte, dass er sich selbst retten kann. Er war zuversichtlich, eine Einigung mit dem Parlament erzielen zu können. Ich habe ihn nicht dazu bringen können, uns ernst zu nehmen.«

»Ihr habt ihm gesagt, Ihr stündet unter dem Befehl seiner Ehefrau und seines Sohnes? Dass es deren Plan sei?«

»Ich habe das Losungswort genannt, und ich habe ihm gesagt, dass sie mich bezahlt und mir das Geld für den Bootsmann gegeben hätten. Er hat gesagt, er werde nicht fahren.« Es fiel James schwer, die Widerspenstigkeit des Königs deutlich zu machen und gleichzeitig den Respekt aufrechtzuerhalten, den er Gottes geweihtem Oberhaupt zu zollen hatte.

»Aber Ihr seid zu Sir William zurückgekehrt, ohne enttarnt zu werden?«

»Da bin ich mir ganz sicher.«

»Und dann seid Ihr erkrankt?«

James errötete.

»Ja. Irgendein Fieber, das es dort auf dem Moor gibt. Es währte nicht lange.«

»Ist es nur eine Krankheit des Körpers gewesen? Oder hat sie Euren Glauben betroffen, mein Sohn?«

James ließ den Kopf sinken. Der ältere Mann konnte kaum die gemurmelten Worte verstehen – dass sein Glaube erschüttert und in der Tat verloren sei.

»Das ist nicht überraschend«, sagte Doctor Sean sanft. »Ihr seid sehr einsam gewesen, ein junger Mann, wochenlang in Lebensgefahr, bevor Ihr die Insel auch nur erreicht habt. Wir haben Euch mit der größten Aufgabe betraut, die jemals einem Mitglied dieses Kollegs auferlegt worden ist, und sie ist misslungen.«

»Es tut mir so leid«, flüsterte James. »Und ich schäme mich.«

»Es hört sich so an, als hätte niemand den König überreden können. Wenn er nicht kommen wollte, konntet Ihr ihn nicht dazu bringen. Ich glaube, dass Ihr Euer Bestes gegeben habt, und ich kann mir vorstellen, dass niemand mehr hätte tun können.«

Es herrschte Schweigen.

»Hättet Ihr mehr tun können, mein Sohn?«

»Die Frage habe ich mir auch gestellt«, gab James zu. »Ich sehe nicht, was ich noch hätte tun können. Ich wünschte, ich hätte ihn fortholen können. Wenn er mit mir mitgekommen wäre, so glaube ich, hätte ich ihn sicher fortgebracht. Ich träume sogar davon. Immer wieder gehe ich es in Gedanken durch. Aber es gibt keine Gewissheit. Es lässt sich nicht sagen, was auf hoher See passiert wäre, oder auch nur am Kai. Ich glaube nicht, dass ich mehr hätte tun können – nicht ohne seine Einwilligung. Aber ich fürchte ... ich fürchte, ich hätte darauf bestehen sollen. Aber wie hätte ich ihm gegenüber darauf bestehen können?«

»Ein Rückschlag mag Euren Glauben erschüttern, ihn aber nicht brechen«, stellte der ältere Mann fest. »Eure Gelübde sind intakt?«

Das Schweigen in dem sonnendurchfluteten, friedlichen Zimmer dehnte sich aus.

»Sind sie nicht«, gestand James, seine Stimme ein Flüstern. »Pater, ich habe gesündigt. Ich bin einer Frau begegnet, und ich liebe sie. Es tut mir so leid, Professor. Ich bin tief in Sünde verstrickt.«

Der ältere Mann nickte. »Wir alle sind in Sünde verstrickt. Wir sind in Sünde auf die Welt gekommen, und wir sündigen jeden Tag. Doch der Herr ist gnädig. Er vergibt uns, wenn wir beichten und zu Gott zurückkehren. Ihr werdet beichten und zu Gott zurückkehren.«

James' Kopf fuhr hoch. »Ich bitte darum, von meinen Gelübden befreit zu werden«, sagte er leise. »Ich werde natürlich beichten und jedwede Buße tun, die man von mir verlangt. Aber ich bitte darum, man möge mich befreien. Pater Professor, ich liebe sie. Ich möchte bei ihr sein.«

Die Glocke der Abtei schlug zur Stunde, und in der Stadt jenseits des Fensters läuteten auch die anderen Kirchen. James lauschte den miteinander wettstreitenden Klängen, die alle in dieser frommen Stadt die Stunde des Gebets verkündeten. Als die letzte Glocke verstummte, blickte Doctor Sean den jungen Mann gütig an. »Geht in die Kirche und beichtet Eure Sünden, und wir werden nächste Woche noch einmal miteinander reden.«

»Nächste Woche!«, entfuhr es James.

Der ältere Mann lächelte geduldig. »Ja«, sagte er. »Selbstverständlich. Habt Ihr gedacht, Ihr würdet morgen fortgehen? Ihr und ich, wir werden nächste Woche wieder miteinander reden. Und in der Zwischenzeit werdet Ihr hiervon nur im Beichtstuhl sprechen, mit dem Beichtvater, den ich ernenne. Nirgends sonst, mit niemandem sonst, und Ihr werdet auch niemandem schreiben. Ihr steht immer noch unter dem Gelübde des Gehorsams, mein Sohn, und dergestalt werdet Ihr Eure Woche verbringen.«

James stand auf, verbeugte sich und ging zur Tür. Doctor Sean neigte den Kopf über sein Papier, wohl wissend, dass James an der Tür zögern würde.

»Pater Professor, ich habe ihr mein Wort gegeben, dass ich zu ihr zurückkehren werde. Sie wartet auf mich.«

Mit gezücktem Federkiel hob der ältere Mann langsam den Kopf. »Mein Sohn, sie wird sich in Geduld üben müssen, genau wie Ihr. Wir dienen einem ewigen Gott, nicht einem, der die

Minuten zählt. Gott hat sich eine Woche Zeit gelassen, um die Welt zu erschaffen, nun verlangt er, dass Ihr diese wichtige Entscheidung eine ähnlich lange Zeit überdenkt. Ich glaube nicht, dass Ihr ihm das abschlagen könnt.«

Verwirrt beugte James das Haupt. »Das kann ich nicht«, stimmte er zu.

»Wenn sie eine gute Frau ist, dann wird sie ebenfalls beten. Sie wird Zeit benötigen, um ihre Situation zu überdenken.«

»Sie ist eine gute Frau.« Er dachte an ihr blasses Gesicht im Kirchenportal, als sie auf die Geister gewartet hatte. »Sie ist nicht von unserem Bekenntnis, nicht von unserem Glauben, aber eine gute Frau ist sie.«

»Was uns jetzt interessiert, ist Euer Glaube«, sagte Doctor Sean bestimmt. »Meditiert darüber. Wendet Euch an unseren Vater.«

»Aber sie ...«

»Sie interessiert uns jetzt nicht. Gott segne Euch, mein Sohn.«

»Amen.«

Wattenmeer, Oktober 1648

Obwohl beide Frauen spannen und beide die letzten Kräuter pflückten, die immer noch im späten Oktobersonnenschein gediehen, obwohl Alinor ihre Öle vom Sommer verkaufte, bei jeder Geburt entband und die Kräuter trocknete, obwohl Alys sämtliche Stunden arbeitete, die man ihr auf dem Hof der Millers bezahlte, kam das Geld nur langsam herein. Mit dem Herannahen des Winters gingen sämtliche Preise in die Höhe: Talg für Seife und Kerzen, Fleisch jeder Art, Käse und Milch, Weizen oder Roggen. Als die eisigen Tage kürzer wurden und die Nächte dunkler, verbrachte Alinor immer mehr Zeit damit, über den Strand zu laufen, der vom gefrorenen Tau zu knacken begann, und Treibholz für ihr Feuer zu sammeln.

Als ob der Winter nicht schon genug Probleme mit sich brächte, wurde Alinor vor Tagesanbruch auch noch krank. Sie fühlte sich erschöpft, und ihr war übel. Sie konnte vor dem Mittag nichts essen, ertrug den Geruch von Käse oder Speck nicht, und als Ned eines Abends einen gekochten Hummer herüberbrachte, eine Bezahlung für Fährgebühren von einem der Fischer aus Sealsea, konnte sie noch nicht einmal mit am Tisch sitzen, während er und Rob und Alys schlemmten.

»Was ist los mit dir?«, fragte Alys verärgert, den Mund voller Hummerfleisch. Ned saß gegenüber von Rob, der aus der Propstei zu Besuch war und mit Grüßen von Mrs Wheatley einen Laib Weißbrot mitgebracht hatte. Alinor setzte sich gegenüber von Alys, genehmigte sich eine Scheibe Brot und einen Becher Dünnbier. Red, der Hund, richtete von unter dem Tisch unverwandt seine braunen Augen auf sie, als glaube er, sie würde ihm vielleicht die Kruste geben.

»Ich weiß es nicht«, sagte Alinor. »Ich habe gedacht, es ist das

Sumpffieber, aber ich habe keine heiße Stirn. Es wird wohl vorübergehen. Vielleicht ist es etwas, was ich gegessen habe.«

»Das geht jetzt schon seit Wochen«, stellte Alys fest. »Es wäre doch mittlerweile bestimmt vorbei, wenn es schlechte Sahne oder verdorbenes Fleisch gewesen wäre.«

»Nicht«, sagte Alinor, den Handrücken am Mund. »Sprich noch nicht einmal davon.«

Ned lachte kurz auf. »Ihr ist schon immer leicht schlecht geworden«, sagte er ohne Mitgefühl. »Ihr hättet sie sehen sollen, als sie euch ausgetragen hat.« Er neigte den Kopf und knackte eine der Scheren auf. »Hier, Rob«, sagte er. »Probier das mal.«

Der Junge und sein Onkel zupften an dem Fleisch. »Es ist gut«, sagte Rob. »Die Schere ist immer das Beste.«

»Bekommt ihr Hummer in der Propstei?«

»Nein«, antwortete Rob.

»Die Leute schauen darauf herab, für sie ist es Fleisch für Arme, aber ich mag es lieber als Rindfleisch«, nuschelte Ned mit vollem Mund.

Alinor hörte die Worte wie aus weiter Ferne. Die gedankenlosen Worte ihres Bruders hallten ununterbrochen in ihrem Kopf wider. Sie vernahm ein Geräusch wie das Strömen des Wassers im Mühlbach, als sie aufblickte und Alys' dunkelblaue Augen auf sich gerichtet sah. Von weit her erklang ein »Ma?«, während sie in die Dunkelheit sank.

Sie erwachte auf dem Bett in der Hütte, Alys an ihrer Seite. Als sie sich auf den Ellbogen schob, hielt Alys ein Glas Ale an ihre Lippen. »Wo ist Rob?«

»Onkel Ned geht mit ihm zurück zur Propstei. Ich habe gesagt, dass bei dir alles in Ordnung ist und dass du ihm morgen eine Nachricht zukommen lässt. Dass es Frauenbeschwerden seien.« Alys musterte forschend das Gesicht ihrer Mutter. »So ist es doch, nicht wahr?«

Stumm nickte Alinor.

»Die schlimmste Sorte? Du bist schwanger?«

Alinor schluckte. »Ich glaube schon.«

»Du glaubst schon?« Alys war gleichzeitig blass und wutentbrannt. »Du musst doch wissen, ob du bei einem Mann gelegen hast oder nicht. Oder willst du mir erzählen, du seist von einem Elfenlord gezwungen worden? Gott bewahre uns, hast du wieder mit den Elfenlords getanzt?«

Tiefe Schamesröte stieg Alinor in die heißen Wangen. »Natürlich weiß ich das. Ich weiß nur nicht, ob ich schwanger bin. Es war mir nicht in den Sinn gekommen, bis Ned gesagt hat ... was er gesagt hat.«

»Und du sagst mir, ich soll mich vor dem Galgen hüten!«

»Ich habe einen Fehltritt gemacht«, gestand Alinor dieser neuen, gebieterischen Tochter. »Einen großen Fehltritt.«

Alys erhob sich von der Bettkante und trat auf die Tür zu, warf sie auf, wie als Einladung an die eisige Meeresbrise, die Worte aus der kleinen Hütte zu blasen. »Du musst verrückt sein«, sagte sie bitter. »Nach allem, was du mir gesagt hast!«

Alinor neigte den Kopf vor Scham.

»Wie konntest du nur?«

»Ich weiß, Alys. Schimpf mich nicht.«

»Und du wagst es, mir von meinem Onkel sagen zu lassen, ich müsse monatelang auf meine Heirat warten? Wenn du noch nicht einmal ein Jahr gewartet hast, seit unser Vater fort ist?«

»Es ist ein Jahr. Es ist fast ein Jahr.«

»Wer ist es? Mr Miller?«

»Nein!«, rief Alinor.

»Dieser grässliche Mann, der den Arzneimittelstand auf dem Markt in Chichester hat?«

»Nein, natürlich nicht.«

»Mr Tudeley, der Rob seine Lehre organisiert? Bekommt Rob deshalb seine Chance?«

»Nein! Nein! Alys, ich lasse mich nicht derart verhören!«

»Doch, das wirst du!«, fuhr das Mädchen seine Mutter an. »Glaubst du, die Gemeinde wird dich auf diese Weise verhören, sobald man deinen Bauch sieht? Meinst du nicht, du wirst den Vater benennen und dann in deinem Unterhemd vor der Kirchengemeinde stehen müssen, in all deiner Schande? Meinst du nicht, Mr Miller wird dich fragen, sämtliche Kirchenmitglieder werden dich fragen, sie werden fordern, dass du es sagst, und sie werden eine Hebamme aus Chichester holen, damit sie ihre schmutzigen Hände überall auf deinen Bauch legen und deine Geschlechtsteile beäugen kann, als wärst du eine Hure mit Verdacht auf Syphilis?«

Alinor schüttelte den Kopf, und ihr goldenes Haar fiel um ihr weißes Gesicht. »Nein, nein.«

»Sie werden dir immer weiter zusetzen, bis du ihnen seinen Namen nennst, und dann werden sie ihn aufspüren und ihn dazu bringen, der Gemeinde seine Strafe zu zahlen. Und du wirst ins Armenhaus gehen, und wenn der Bankert geboren ist, werden sie ihn dir abnehmen und dich als bekannte Hure hierher zurückschicken.«

»Nein«, sagte Alinor. »Nein, Alys, sag nicht so etwas.«

»Hierher zurück!« Alys wies unter wildem Gestikulieren auf das Innere der kleinen Hütte und den gewaltigen, trostlosen Sumpf draußen. »Hierher zurück, als bekannte Hure. Wer wird Rob dann eine Lehrstelle geben? Wer wird mich heiraten? Wer wird irgendetwas von dir kaufen, außer Magie und Liebestränke?«

»Ich muss mich übergeben«, verkündete Alinor. Taumelnd stand sie auf und trat zur offenen Tür. Sie erbrach sich auf ihrer eigenen Türschwelle und schluchzte über den Schmerz in ihrem leeren Magen, der ohne Inhalt weiterwürgte.

Wie einen Segen spürte sie ein kaltes, nach Lavendelöl duftendes Tuch, das sanft auf ihren Nacken gelegt wurde. »Danke«, sagte sie und wischte sich Gesicht und Hände ab. Sie trat zurück und setzte sich aufs Bett, blickte dann zu Alys auf, als sei sie ihre Richterin.

»Bist du gezwungen worden, Ma?«, fragte die junge Frau sanfter. »Ist es so passiert?«

Alinor widerstand der Versuchung zu lügen. »Nein.«

»Sie werden mit ihren Fragen nicht aufhören. Du wirst damit herausrücken müssen. Hast du daran nicht gedacht?«

»Ich habe ... bis zu diesem Moment ... nicht gedacht, dass ich schwanger bin. Ich habe nicht gedacht ...« Sie brach ab. Es war unmöglich, dieser neuen, herausfordernden Alys zu erklären, dass sie gedacht hatte, ihre Übelkeit sei Herzschmerz, ihr Unvermögen zu essen sei das Sehnen nach dem Mann, den sie liebte, dass sie es wie eine Buße angenommen hatte, da er aus Liebe zu ihr vielleicht auch fastete. Sie hatte gedacht, sie beide würden sich einen Weg zueinander erarbeiten, er fastend in Douai, und sie hier, am Rand des Sumpfes, während sie nur Brot aß und Dünnbier trank, ganz krank vor Liebe.

»Nun, dann denke jetzt!«, schleuderte Alys ihr entgegen. »Denk jetzt darüber nach, dass du ruiniert bist. Und ich auch. Du hast mich ruiniert. Denn Richard kann mich nicht heiraten, wenn meine Mutter eine Hure ist. Sie werden unser Geld nicht haben wollen, wenn sie glauben, du hättest es auf dem Rücken hinter einem Heuhaufen verdient. Sie werden sich einen vermissten Schwiegervater und ein Luder als Schwiegermutter nicht bieten lassen. Eine verlassene Frau ist eine Zumutung für sie gewesen, eine schwangere Hure wird zu viel sein. Du bist ruiniert, und ich auch.«

»Alys, ich würde niemals etwas tun, was dir schadet«, sagte Alinor.

»Du hast mich vernichtet! Du hättest nichts Schlimmeres tun können.«

»Ich werde das nicht zulassen.«

»Es ist bereits geschehen.«

»Alys, ich habe mein ganzes Leben für dich gelebt.« Alinor geriet ins Stottern. »Ich habe versucht, Zachary von dir und Rob fernzuhalten. Ich habe Schläge eingesteckt, damit er die Hand nicht gegen euch erhob. Ich habe nichts gewollt als ein gutes Leben für euch beide. Ich habe alles in meiner Macht Stehende getan, um euch ein besseres Leben zu ermöglichen. Ich würde euch niemals zu Fall bringen.«

»Nun, du hast mich zu Fall gebracht.« Das Mädchen sackte am Fußende des Bettes zusammen, sah seine Mutter an, die verzweifelt keuchte. »Es ist sogar noch schlimmer, als du ahnst. Denn ich bin auch schwanger. Im Gegensatz zu dir kann ich meinen Liebsten benennen, und wir sind miteinander verlobt. Wir haben nicht miteinander gelegen, bis wir einander versprochen waren. Aber deshalb bin ich entschlossen, dass wir im Januar heiraten, bevor das Kind im Mai zur Welt kommt.«

»Im Mai?«, fragte Alinor entsetzt.

»Ja. Es ist keine Schande, schwanger vor den Altar zu treten. Wir waren verlobt. Wir wollten es nächsten Monat seinen Eltern und dem Pfarrer erzählen. Aber wenn dir nachgewiesen wird, dass du eine Hure bist, dann wird man Richard nicht gestatten, mich zu heiraten, und seine Familie wird mich niemals akzeptieren! Dann werde ich ebenfalls ruiniert sein.«

»Alys!« Alinor streckte die Hand nach ihrer geliebten Tochter aus, aber Alys schlug sie fort und warf sich aufs Bett, drehte sich zur Holzwand und begann zu weinen.

Alys weinte sich in den Schlaf, während Alinor schlaflos dalag, die Hüttentür weit offen zum klaren Nachthimmel, mit Sternen, die wie Eis glitzerten. Die Flut kam gerade herein und brachte einen Ostwind mit sich, den kältesten aller Winde. Das Geräusch der sanft schlagenden Wellen erfüllte die Hütte, als würde die Flut den Uferdamm hochsteigen, sie beide fortspülen und die ganze Welt in Meer verwandeln.

Um Mitternacht stand Alinor auf, wickelte sich ihr Tuch um die Schultern, achtete nicht auf das protestierende Gackern der schläfrigen Hennen und ging hinaus, um sich auf die Bank an der Wand der Hütte zu setzen, nachdem sie die Tür hinter ihrer schlafenden Tochter geschlossen hatte. Sie betrachtete den Mond hoch oben am Himmel, wie er einen silbernen Pfad aufs Wasser des Watts legte, bis sie glaubte, es sei eine Einladung an sie, eine Botschaft der alten Götter der angelsächsischen Küste, die den Tod nicht fürchteten, sondern ihn bereitwillig als ihre letzte Reise annahmen. Vielleicht wäre es das Beste, was sie für ihre Tochter, für ihren Sohn, für sich selbst und für den Mann, den sie liebte, tun konnte – nach unten an den Strand zu laufen, ihre Taschen mit Steinen zu füllen und diesem glänzenden Pfad zu folgen, immer kälter, immer nasser, bis sich die eisigen Wogen über ihrem Kopf schlossen und das Geräusch von strömendem Wasser in ihren Ohren das Geschrei der schlaflosen Seemöwen dämpfte.

Leise stand sie auf und trat durchs Gartentor, wo ihre Hand auf dem abgenutzten Torpfosten verweilte. Sie sah zurück zu der schäbigen kleinen Hütte und kletterte dann den Uferdamm hinauf zum Hochpfad. Durch den Tunnel aus Dornenbüschen wandelte sie in Mondschein und Schatten, bis sie zum weißen Muschelstrand unter den nach unten hängenden Ästen der Eiche kam. Der Uferdamm war vor Jahren, vor Jahrhunderten errichtet worden, und das Meer hatte ihn unten abgetragen und die vom Wasser abgerundeten Fundamentsteine auf den weißen Muschelstrand stürzen lassen. Alinor hob einen auf und ließ ihn in die Tasche ihres Gewands gleiten, und noch einen, für die andere Seite. Sie spürte, wie das Gewicht der Steine sie nach unten zog. Dann hob sie noch einen auf – den größten, den schwersten –, um ihn fest umklammert zu halten und in das eiskalte Wasser zu gehen, das immer näher herangekrochen kam. Sie dachte darüber nach, dass sie ihr ganzes Leben Angst vor tiefem Wasser gehabt hatte, und jetzt, in ihren letzten Momenten, würde sie dieser Angst die Stirn bieten und sich nicht mehr fürchten. Sie malte sich aus, dass es an ihrem armseligen Rock ziehen, ihren warmen Körper abkühlen, gegen ihren Bauch, ihre Rippen schlagen würde, dass sie erschaudern würde, wenn es ihre warmen Achseln erreichte, ihren Hals, aber dass sie schließlich den Kopf neigen und sein brackiges Salz schmecken würde, wohl wissend, dass sie, ohne Widerstand und ohne Angst, in den schlammigen Tiefen versinken würde.

Sie rührte sich nicht. Sie stand am Meeresrand, der Stein schwer in ihrer Umklammerung, und betrachtete das Spiegelbild des Mondes, silbern auf dem dunklen Wasser, während die Wellen immer näher den Strand hochkrochen. Sie hörte, wie das Wasser gegen ihre Füße schlug, und sie stand reglos während des Gezeitenwechsels da und lauschte, wie es sich zurückzog. Aber sie rührte sich nicht. Sie schritt nicht auf dem silbernen Pfad des Mondes entlang, sie ging nicht ins Wasser. Sie stand still inmitten der leisen Nachtgeräusche, und eine Gewissheit erfasste sie.

Sie weinte nicht für sich, nicht für Alys, noch nicht einmal für Rob. Sie sehnte sich nicht danach, von James gerettet zu werden, sie dachte mit nichts als Liebe an ihn. Sie hatte ihn geliebt und ihm beigewohnt, sie hatte ihm vertraut, aber sie erwartete nicht, dass er ihr in dieser dunklen Nacht half. Langsam erkannte sie jedoch, dass sie an eine Sache glaubte – nur an eine: dass sie diese Nacht überstehen würde, dass sie auch in Zukunft jede Nacht überstehen würde. Sie wusste, dass sie sich nicht ertränken würde. Sie wusste, dass sie an diesem schrecklichen Unglück nicht mehr zerbrechen würde, als sie an Zacharys Grausamkeit oder am Verlust ihrer Mutter zerbrochen war. Es gab eine Sache, die sie in diesem Leben, das so viele Schwierigkeiten und so wenige Freuden barg, gelernt hatte: zu überleben. Ihr ganzes Leben – großgezogen von einer mutigen

Frau unter widrigen Umständen, von einem gewalttätigen Ehemann misshandelt, zwei Kinder, die sie liebte, in Armut heranziehend – hatte ihr diese Lektion erteilt: zu überleben. Es war das Einzige, was sie wirklich konnte. Wie einen in einer Schlammbank untergegangenen Wegweiser hatte sie tief in ihrem Herzen einen starken Überlebenswillen gefunden.

Alys erwachte am Morgen, jugendlich frisch wie ein Kind, ihre Augen klar und ihre Schönheit ungetrübt von der durchweinten Nacht. Ihre Mutter kochte gerade Haferbrei und stellte die Schüsseln auf den Tisch, als sei es ein gewöhnlicher Tag.

»Ma?«
»Ja, Alys?«
»Was wirst du tun?«
»Ich werde frühstücken, und du ebenfalls.«
»Aber ...«
»Iss zuerst, dann werden wir miteinander reden. Du musst essen. Besonders jetzt.«

Alys zog ihren Schemel hervor, setzte sich an den Tisch und tat, wie ihr geheißen. Als sie fertig gegessen hatte und ihre Schüssel wegschob, sagte sie: »Und jetzt sag mir, was du tun wirst. Du kannst niemanden von deiner Sünde wissen lassen.«

»Aber du schon?«

»Das ist nicht das Gleiche. Richard und ich sind vor Gott verlobt gewesen. Er wird mich heiraten. Seine Eltern werden nichts dagegen einzuwenden haben, wenn ich in ihr Haus komme und schon ein neuer Sohn und Erbe unterwegs ist. Sie werden mich willkommen heißen. Früher ist die Hälfte der Mädchen in der Gemeinde mit dickem Bauch verheiratet worden, das weißt du selbst. Und bloß die ganz strengen Leute haben etwas daran auszusetzen, selbst jetzt. Jeder sieht gern, dass eine Braut fruchtbar ist. Mit dir und deinem Ehebruch ist das nicht zu vergleichen.«

Alinor neigte den Kopf. »Du weißt mit Sicherheit, dass seine Eltern keine Einwände haben werden?«

»Sie sind keine Puritaner, und sie wissen, dass ich keine Frau mit lockerem Lebenswandel bin. Wir sind beide jungfräulich gewesen, als wir beieinandergelegen haben, und wir waren miteinander verlobt. Sie wissen, dass er mir seit Monaten den Hof gemacht hat. Mein Kind wird einen guten Namen haben und einen schönen Hof sein Zuhause nennen.« Sie brach ab. »Jedenfalls wäre es so gewesen. Bis jetzt. Bis zu der Sache hier. Jetzt weiß Gott, was geschehen wird. Niemand wird dich für sich arbeiten lassen, niemandem wird im Traum einfallen, dich zur Hebamme zu nehmen. Du wirst niemals deine bischöfliche Genehmigung bekommen, und kein ehrenwertes Geschäft würde Rob als Lehrling einstellen.« Sie ließ ihr Gesicht in die Hände sinken und rieb sich die Augen. »Ma! Denk nach! Noch nicht einmal Onkel Ned wird dir als Freund zur Seite stehen oder dein Bruder sein, wenn er davon erfährt. Er wird dich verleugnen. Und wie wirst du hier ohne ihn als Verwandten zurechtkommen? Wie wirst du auch nur zu essen haben, wenn du nicht auf den Küchengarten des Fährhauses zurückgreifen kannst?«

Alinor schwieg.

»Du wirst nicht hierbleiben können! Sie werden dich martern. Mrs Miller und all ihre Freundinnen, der Gemeinderat, das Kirchengericht ...«

»Ich weiß«, sagte Alinor leise.

»Niemand wird deine Kräuter kaufen. Sie werden höchstens für Liebestränke und Gifte zu dir kommen.«

»Ich weiß.«

Als würde Alinors Reglosigkeit Alys noch entschlossener machen, erhob sie sich und sah auf ihre Mutter hinab. »Es ist unmöglich, dass du dieses Kind zur Welt bringst«, sagte das Mädchen leise. »Du weißt, welche Kräuter du verwenden musst, du weißt, wie es gemacht wird. Du wirst es loswerden müssen. Du weißt, wie. Du musst es loswerden.«

Alinor blickte nach oben in das unnachgiebige Gesicht ihrer Tochter.

»Lang ist es noch nicht, oder?«, fragte das Mädchen. »Dir ist erst seit ein paar Wochen übel?«

Alinor nickte.

»Dann lässt es sich bewerkstelligen, und keiner braucht etwas zu erfahren. Ich werde jetzt zur Arbeit in die Mühle gehen. Heute Nachmittag komme ich früher nach Hause und behaupte, ich sei krank. Du kannst mittags einnehmen, was immer du einnehmen musst, und ich werde mich um dich kümmern. Ich werde tun, was auch immer du brauchst. Ich sorge für dich, Ma, das verspreche ich dir. Du erklärst mir, was du essen und trinken musst, und ich lasse dich nicht allein, bis es vorüber ist. Ich wechsele deine Leinenwäsche und sorge für dich, während es geschieht.«

Alinor sagte nichts.

»Du musst es loswerden«, drängte Alys. »Richard kann mich nicht heiraten, wenn du entehrt bist, und das bräche mir und ihm das Herz, und unser Kind käme unehelich auf die Welt. Du hättest einen Bankert zum Kind und einen Bankert zum Enkel. Das können wir nicht überleben. Dein Kind ist unser aller Ruin: deiner, meiner und Robs. Du musst es beenden. Ich habe dich nie um etwas gebeten, Ma, aber hierum bitte ich dich.«

Ihre Mutter saß schweigend da, mit weißem Gesicht.

»Deine Schande ist meine Schande«, wiederholte das Mädchen. »Wenn die Stoneys hören, dass du schwanger bist, werden sie mich fallen lassen. Ich werde Richard nie mehr wiedersehen. Dann werden wir beide hier festsitzen, wir beide, mit unseren Bankerten, ohne Ehemänner. Glaubst du nicht, dass sie uns wegjagen werden mit unseren dicken Bäuchen? Glaubst du nicht, Mrs Miller und all die braven Ehefrauen wie sie werden uns aus der Gemeinde verjagen, bevor wir ihr zur Last fallen können?«

»Zwei Kinder«, war alles, was Alinor sagen konnte.

»Zwei Bankerte«, verbesserte ihre Tochter sie. »Arme Bankerte. Sie werden gemeinsam im Armenhaus sterben. Niemand wird zulassen, dass wir sie großziehen.«

»Ich denke darüber nach.« Alinor tat einen Atemzug. »Ich denke darüber nach und gebe dir heute Abend Bescheid.«

»Du hättest schon früher nachdenken sollen«, sagte ihre Tochter barsch.

Alinor zuckte zusammen, als sei sie geschlagen worden. »Ich weiß«, sagte sie mit ganz leiser Stimme. »Ich weiß, wie ernst die Sache ist.«

»Wenn du es nicht hier und heute beendest, dann ist mein Leben ruiniert. Robs auch«, redete Alys ihrer Mutter ins Gewissen.

Alinor nickte. »Ich weiß.«

»Bereite die Kräuter vor«, befahl Alys. »Ich komme heute früher nach Hause, und wir machen es heute Abend.«

Sie zog ihre Jacke an, nahm ihren Spinnrocken, ihren Strang Schaffell und ihre Spindel und trat durch die Tür. Sie spann, während sie den Uferdamm in Richtung Fähre erklomm, um zur Mühle zu gelangen, wo sie so schwer wie jeder Mann arbeiten würde, um die Mitgift für die Hochzeit zu verdienen, zu der sie so fest entschlossen war.

Wieder allein, machte Alinor sich an die tägliche Hausarbeit: die Hühner zur Tür hinausscheuchen, die Eier einsammeln, den Boden fegen, die beiden hölzernen Haferbreischüsseln und die Ale-Becher ausspülen. Sie fegte die Glut unter die irdene Feuerabdeckung und machte in der Asche der Feuerstelle die Zeichen gegen Feuer. Sie band sich ihren Umhang um die

Schultern und ging hinaus, um Feuerholz zu sammeln. Und dann stand sie da und betrachtete das Wattland, als hätte sie es noch nie zuvor gesehen, sah zum grauen Horizont und fragte sich, ob sie je wieder ein Schiff den Tiefwasserkanal heraufkommen sehen und hoffen würde, dass es den Mann mit sich brachte, den sie liebte.

Ihr war unbegreiflich, dass sie sich jetzt in einer Notlage befand, dass sie nicht mehr geduldig warten konnte. Sie schaffte es nicht, das Problem zu betrachten, geschweige denn, es zu lösen. Sie sank auf die Bank, und während ein großer Schwarm überwinternder Gänse den Himmel über ihr verdunkelte und sie ihre lauten Klageschreie und das Schlagen ihrer großen Flügel hörte, kroch unwillkürlich ihre kalte Hand unter ihrem Umhang zu ihrem flachen Bauch, als wollte sie das winzige Kind darin beschützen.

Später am Vormittag war Alinor gerade dabei, die Gerste in der Mälzerei zu rechen. Während sie auf dem Rechen lehnte und den warmen Duft der Gerstenkörner einatmete, steckte ein junger Bursche den Kopf durch die Tür und fragte: »Seid Ihr die weise Frau?«

Alinor, die sich alles andere als weise fühlte, erwiderte: »Ja. Wer fragt?«

»Eine Austernfischerin«, sagte er. »Unten in East Beach.«

»Hat ihr Ehemann nach mir geschickt?«, fragte Alinor und schaufelte die Gerstenkörner rasch zu einem Haufen, damit sie sich weiter erwärmen konnten.

»Er ist auf See. Seine Mutter hat mich zu Euch geschickt. Sie hat mir das hier gegeben.« Der Junge reichte ihr ein silbernes Sixpencestück.

»Ich komme sofort«, sagte Alinor, die beruhigt war, dass es Geld für ihre Bezahlung geben würde. Die Fischer von East

Beach waren berüchtigt: Auf einer armen Insel hatten sie ein schweres Los. »Ich muss meine Sachen holen.«

»Ich soll Euch begleiten und beim Tragen helfen«, sagte der Junge. Er war bleich vor Angst, weil er einer weisen Frau zur Hand gehen sollte. Alinor war in East Beach dafür bekannt, eine Meisterin unbekannter Künste zu sein. Beim Trinken mit den Fischern von East Beach hatte Zachary mit den wundersamen Kräften seiner Ehefrau geprahlt. Dann war Zachary verschwunden, sein Schiff war verschwunden, ohne Grund, an einem klaren Tag, und der eine oder andere munkelte, sie habe ihn mit seinem Schiff in die Tiefe geschickt, und ihr Elfenliebhaber habe wie ein Elmsfeuer in der Takelage getanzt.

»Wir werden über den Sumpf nach St. Wilfrid gehen und von dort aus nach East Beach«, entschied Alinor.

Ihm stand der Mund offen. »Durchs Wasser?«

»Wir haben Ebbe. Ich kenne die Pfade.«

Der Junge schluckte seine Angst hinunter und folgte in ihren Fußspuren, als sie die Tür des Malzbodens schloss. Ned, der auf dem Landungssteg ein neues Seil für die Fähre flocht, rief sie eine kurze Erklärung zu und lief am Uferdamm entlang zu ihrer eigenen Hütte, um die Kräuter und Öle zu holen, die sie brauchen würde. Alinor ging vor dem Jungen nach unten zum weißen Kiesstrand und dann auf verborgenen Pfaden tief in den Hafen hinein, während sie hinter sich hörte, wie ihr Begleiter manchmal durch Pfützen platschte, die die zurückweichende Flut hinterlassen hatte.

Sie durchquerten den Friedhof und gingen an den Eisentoren der Propstei vorüber. Als Alinor die Auffahrt hinunterblickte, sah sie Rob und Walter, die den breiten Weg entlanggeritten kamen. Sie winkte ihnen zu, ohne jedoch ihren Schritt zu verlangsamen, und freute sich, als Rob seinem Pferd zuschnalzte und losritt, um sie einzuholen.

»Ma!«

»Gott segne dich, mein Sohn.«

»Hat man dich gerufen?«, fragte er angesichts des Beutels mit Utensilien und ihres entschlossenen Marschtempos.

»Ja, nach East Beach.«

»Wir können euch hinbringen«, bot er sofort an. Er sah Walter an. »Oder? Wir können meine Mutter und diesen Burschen an ihr Ziel bringen, wo auch immer sie hinmüssen?«

»Warum nicht?«, erwiderte Walter leichthin. »Hier, Mrs Reekie, wollt Ihr bei mir aufsteigen?«

Es widerstrebte Alinor, mit Walter zu reiten, doch ihr Sohn brachte bereits sein Pferd zum Stehen und streckte dem Jungen eine Hand hinunter.

»Ich glaube nicht, dass ich da hochkomme«, sagte sie mit einem Blick auf Walters Jagdpferd.

»Ich reite zu der Mauer da drüben«, sagte er. »Wenn Ihr dort hinaufklettert, könnt Ihr aufsteigen. Er ist ein braves Pferd, er wird nicht scheuen.«

Alinor konnte ihm nicht sagen, dass sie das Kind in ihrem Bauch nicht durchrütteln wollte. »Ich habe meine Tasche mit Arzneien. Ist er auch sanft?«

»Ich verspreche Euch, er geht ganz gleichmäßig. Ihr könnt Euch hinter mich setzen und an mir festhalten.«

Alinor kletterte hoch auf die Mauer aus gespaltenen Flintsteinen, während Walter sein Pferd daneben zum Stehen brachte. Sie schwang ein Bein hinüber, um hinter ihm im Herrensitz zu reiten.

»Alle an Bord?«, fragte Walter, als Alinor nach seiner Taille griff, den kostbaren Beutel mit Ölen fest zwischen ihnen.

»Ja.«

»Dann können wir los«, sagte er und ließ das Pferd in sanftem Schritt gehen.

»Möchtet Ihr schneller reiten?«, fragte er über die Schulter.

»Nicht zu schnell«, antwortete Alinor nervös.

Walter trieb das Pferd ein wenig an. Alinor klammerte sich fest, während das grobknochige Jagdpferd den Weg hochpflügte, auf den Pfad nach Sealsea und dann scharf nach links abbog auf einen steinigen Weg zu dem Dörfchen East Beach.

»Ihr könnt mich hier absetzen«, sagte sie schließlich atemlos. »Der Bursche wird mich zu der Hütte führen.«

Walter zügelte sein Pferd, sprang hinunter, empfing sie in seinen Armen und stellte sie auf die Beine.

»Soll ich mitkommen und sehen, ob ich dir etwas holen soll?«, bot Rob ihr an.

»Wenn Master Walter dich entbehren kann«, sagte sie.

»Oh, wir vertreiben uns jetzt nur noch die Zeit mit allerlei Kurzweil«, sagte Walter. »Unser Tutor Mr Summer ist fort und wird zurückkommen, um mich zum Frühjahrstrimester nach Cambridge zu bringen.«

»Fort?«, fragte Alinor mit schmerzlichem Interesse. »Kommt er vorher nicht zurück?«

Sie merkte, dass sie viel zu begierig auf die Antwort war. Das Frühjahr war gefährlich spät für sie. Zu dem Zeitpunkt würde sie beinahe im siebten Monat schwanger sein.

»Nein«, sagte Walter leichthin. »Nicht vor Februar.«

»Alles in Ordnung, Ma?«, fragte Rob, der ihr bleiches Gesicht betrachtete. »Bist du wieder krank?«

»Oh, ich habe einen Anflug von Dreitagefieber«, sagte sie sorglos. »Aber es geht mir gut genug, um mich um die Niederkunft zu kümmern. Wirst du hier warten, Rob, und ich schicke ...«

»Jem«, gab der Junge widerwillig preis, als sei es ihm nicht recht, dass diese seltsame Frau und diese Reiter, die aus dem Nichts erschienen waren, seinen Namen kannten.

»Ich schicke Jem zu dir zurück, falls ich etwas brauchen sollte. Wenn er nicht in ein paar Minuten kommt, kannst du weiterreiten.«

»Können wir wieder mal in Eurem Boot ausfahren?«, fragte Walter. »Das war ein lustiger Tag, nicht wahr?«

Bei der Erinnerung überzog eine warme Röte ihr bleiches

Gesicht. »Es war ein schöner Tag«, sagte sie tonlos. »Aber bis zum Frühling können wir jetzt nicht mehr hinausfahren. Der Wind ist zu stark, an den meisten Tagen ist das Wasser zu stürmisch für mich. Und es ist kalt. Wir fahren wieder hinaus, wenn es sonnig und ruhig ist.«

Die beiden jungen Männer warteten auf ihren Pferden, während Jem Alinor durch die schmalen Pfade zwischen den Fischerhütten hindurchlotste. Jedes kleine Haus hatte einen angrenzenden Netzschuppen, manche hatten angebaute Räucherhütten oder kleine Segelwerkstätten. Ab und zu diente ein gerades Wegstück als Seilerbahn, voller Schnüre, die an jedem Ende an einen Pfosten gebunden waren, während sie zu drei- oder fünfsträngigen Seilen geflochten wurden. Es war ein Wirrwarr aus Behausungen. Die Wände der Hütten waren aus Treibholz und Lehm, die Dächer ein Flickwerk aus alten Segeln und Netzen, die mit getrocknetem Blasentang gedeckt waren. Der Geruch nach altem, verfaultem Fisch, Salzlake und der gelegentlichen fauligen Brise von brennendem Müll hing in der Luft. Noch nicht einmal der Wind vom Meer konnte ihn vertreiben.

Jem führte sie zu einem der besseren Häuser mit einem kleinen, mit Treibholz umzäunten Garten, seitwärts zum Meer gebaut, wo unten am Kiesstrand die Wellen schmatzten. Es hatte ein gutes Schieferdach, einen aus Backstein errichteten Schornstein und robuste, weiß gestrichene Wände aus Schiffsholz und Mörtel.

»Mrs Auster«, sagte er. »Da drin.« Er deutete auf die Haustür.

Alinor trat ein. Das Haus hatte nach vorn hinaus zwei Zimmer, eines zum Essen und für die Hausarbeit, das andere war das Schlafzimmer. Ein angebauter Raum hinten war die Spülküche, und eine Leiter führte nach oben ins Obergeschoss, wo sich eine Abstellkammer befand, in der weitere Familienmitglieder schliefen. Mrs Grace kam gerade die Leiter herunter.

»Ihr seid sehr schnell hergekommen«, sagte sie anerkennend.

»Mein Sohn hat mich auf seinem Pferd hergebracht«, erklärte Alinor. »Er wartet draußen auf mich, um zu holen, was ich noch benötige.«

»Ihr werdet sie sehen wollen«, sagte die ältere Frau und öffnete die kleine Tür, damit Alinor in das ebenerdige Schlafzimmer treten konnte.

Die junge Frau lehnte an der Wand, die Hände über dem Gesicht. Das Nachthemd spannte über ihrem großen Bauch. Bei Alinors Eintreten drehte sie nicht den Kopf, zuckte jedoch beim Knarren der Tür zusammen. »Ich will Joshua«, flüsterte sie.

»Hier ist Mrs Reekie, die hergekommen ist, um dir bei deiner Niederkunft zu helfen.«

»Ich will Joshua«, forderte die junge Frau. »Ma, mir ist hundeelend.«

Alinor durchströmte die beruhigende Ahnung ihres eigenen Könnens. Hier war sie keine verängstigte Frau, die das Leben ihrer Kinder und ihr eigenes ruiniert hatte. Hier war sie die Einzige, die wusste, was zu tun war. Die Einzige, die schon bei vielen Geburten zugegen gewesen war und geholfen hatte. Leise trat sie zu der jungen Frau und legte den kühlen Handrücken an ihre gerötete Stirn.

»Tut Euer Kopf weh?«, fragte sie sie. »Euer Nacken?«

Die Augen der jungen Frau mit dunklen, geweiteten Pupillen huschten kurz zu ihr, und dann schloss sie sie und lehnte den Kopf an die Plankenwand. »Ich halte es kaum aus«, sagte sie.

Auf leisen Sohlen verließ Alinor das Zimmer und ging zu Jem, der im Freien vor der Haustür wartete. »Geh zu meinem Sohn und sag ihm, er soll mir etwas Fieberkraut pflücken«, sagte sie. »Ein großes Bund. Und dann sag ihm, dass ich ansonsten zurechtkomme und er aufbrechen kann.«

Jem nickte und floh den Feldweg entlang. Alinor ging wieder ins Haus, lächelte Mrs Grace zu und griff nach den Händen der jungen Frau.

»So«, sagte sie beruhigend. »Machen wir es Euch erst mal schön bequem.«

Den ganzen Tag hindurch kamen und gingen Frauen aus der Nachbarschaft mit Geschenken wie Ale und Brot, Äpfeln und Käse, Einwickeltüchern und Geburtshauben, die sie in Lavendel aufbewahrt hatten. Sie blieben auf einen Tratsch am Kamin, um ihre besten Wünsche in die Geburtskammer zu schicken, jede in der Hoffnung, eingelassen zu werden. Alinor hielt die Tür vor ihnen geschlossen, damit es um Lisa Auster ruhig blieb. Sie gab ihr das Fieberkraut und schlückchenweise Tee aus getrockneten Himbeerblättern. Erst als das Fieber gesunken war und die Kopfschmerzen nachgelassen hatten, ließ Alinor die Klatschbasen herein, die gekommen waren, um die Gebärende zu sehen, und auch dann nur zwei auf einmal, bis die Wehen zu häufig einsetzten und Alinor urteilte, dass die Zeit nahte. Sie verschloss die Tür, und Lisa ging mit ihrer Mutter, ihrer Schwiegermutter und ihren zwei besten Freundinnen, die ihr die Hände hielten und ihre Tapferkeit lobten, im Zimmer umher. Schließlich ließ sie sich auf dem Bett nieder. Die rauchenden Öllampen wurden angezündet, und der schwere Gestank nach Fischöl durchdrang das Zimmer. Alinor wusch sich die Hände.

»Waschen?« Mrs Grace beobachtete sie nervös.

»Ja«, sagte Alinor ruhig und trat zu der jungen Frau, die ans Bett gelehnt kniete. Sie überredete sie dazu, über der Schüssel in die Hocke zu gehen, damit Alinor sie mit sauberem, mit Lavendel und Thymian aufgebrühtem Wasser waschen konnte.

»Sie ist keine Färse, die aufs Kalben wartet!«, widersprach Mrs Grace.

»Falls ich dem Kind heraushelfen muss, ist es besser so«, sagte Alinor leise.
»Sie wird sich den Tod holen!«, warnte die Frau.
Die junge Frau wurde unruhig und stöhnte immer häufiger vor Schmerz auf. »Ist es so weit?«, fragte sie Alinor.
»Bald«, bestätigte Alinor. »Möchtet Ihr auf dem Bett knien?«
»Ja. Nein. Ich weiß nicht ...«
»Schaut, wo Ihr Euch am wohlsten fühlt«, riet Alinor ihr und sah zu, wie sich die junge Frau bewegte, mal über das Bett lehnte, sich dann wieder hinlegte. Schließlich ließ sie sich auf dem Holzboden mit dem Rücken am Bett nieder. Die älteren Frauen reichten ihr einen entrindeten Holzstab zum Hineinbeißen und boten ihr ein Seil an, an dem sie sich während der Niederkunft hochwuchten konnte. Alinor hielt sich zurück, bis sie anfingen, von der Tortur zu sprechen, die nun käme, dass es Stunden, gar Tage dauern könne, und wie sehr sie selbst gelitten hätten. Da trat sie vor.
»Das Kind kommt gerade«, erklärte sie der jungen Frau. »Lasst es einfach kommen. Es ist nicht nötig, an einem Seil zu ziehen. Die ganze Arbeit erfolgt in Eurem Bauch.«
Mit weit aufgerissenen Augen betrachtete die junge Frau Alinors Gesicht, das ruhige Überzeugung ausstrahlte. »Das hier ist das beste Tagewerk, das wir jemals verrichten werden«, sagte Alinor. »Lasst das Kind kommen.«
Die Frau ging in die Hocke, hielt sich am Bettpfosten fest und stöhnte. Alinor kniete vor ihr, betrachtete ihr verängstigtes Gesicht, beruhigte sie mit einer Hand auf der Schulter. Sie konnte sehen, wie ihr Bauch krampfte, und drängte sie, zu pressen.
»Ich kann es spüren! Ich spüre es ...«
»Das stimmt«, sagte Alinor und beobachtete die junge Frau aufmerksam. Dann sagte sie nach einer Weile: »Wartet, wartet, ich kann den Kopf schon sehen!«
In dem Zimmer wurde wohlig aufgekeucht, und es herrschte freudige Erregung. Alle drängten sich näher heran. »Da bist du

ja«, sagte Alinor voller Entzücken, während sie sanft nach dem Kopf und den rutschigen Schultern des Säuglings griff und, im Einklang mit den Bewegungen der Mutter, sich mit ihr wiegend, das Kind zur Welt brachte. Geschickt hielt sie es an den Füßen wie eine sich windende Makrele, versetzte ihm behutsam einen Klaps auf den Rücken, um die Atmung anzuregen. Dann beugte sie den Kopf, saugte an Nase und Mund des Säuglings und spuckte die Flüssigkeit und das Blut zu Boden. Kurz herrschte erwartungsvolles Schweigen, dann vernahmen alle das gedämpfte Husten und schließlich ein Keuchen, als das Neugeborene zum ersten Mal atmete.

»Ein Mädchen«, sagte Alinor. »Es ist ein Mädchen.« Die Nabelschnur pulsierte noch, und das Kind öffnete den Mund und schrie kräftig. Alinor betrachtete die perfekten Hände, die runzelige, mit weißem Wachs und Blut verschmierte Haut, das dunkle, an den Kopf geklebte Haar und das kleine, gerötete, protestierende Gesicht. Sie spürte, wie ihr Tränen in die Augen traten, und biss sich auf die Lippen. »Ein Mädchen«, sagte sie abermals. »Ein kostbares Mädchen, ein Geschenk Gottes.«

»Mrs Reekie, geht es Euch auch gut?«, fragte jemand, und Alinor wandte sich zu der jungen Mutter. Dann holte sie, die Hand immer noch an der pulsierenden Nabelschnur, die Nachgeburt. Mrs Grace hielt ihr das Tuch hin, das sie für ihr Enkelkind aufgehoben hatte, und Alinor wickelte den winzigen Säugling fest ein. Dann reichte sie das Kind der Großmutter, während sie die junge Mutter mit einem Schwamm wusch und mit Moos verband. Ihre Hände bewegten sich routiniert, während sich in ihrem Kopf die schwindelerregende Erkenntnis breitmachte, dass dieses Kind ein kostbares Geschenk des Lebens war, dass jedes Kind unvorstellbar kostbar war, dass kein Kind verloren werden sollte, wenn es sich retten ließ, wenn es ein Leben haben könnte, in dem es geliebt und geschätzt werden würde.

Alle Frauen drängten sich ums Bett, reichten das Neugeborene von einer zur anderen, bewunderten und liebkosten es. Als der Säugling wieder zu Alinor gelangte, band sie die Nabelschnur ab, durchtrennte sie sauber und reichte das Kind der Mutter. »Hier«, sagte sie. »Euer kleines Mädchen.«

Es war, als sei das Kind in Alinors Hände gekommen, um ihr eine Botschaft zu überbringen. »Gott segne sie und mache sie gesund und kräftig«, sagte Alinor und beobachtete den winzigen kleinen Kopf und die Art, wie die dunkelblauen Augen sich blinzelnd öffneten, um einen allerersten Blick auf die Welt zu werfen.

Die junge Lisa lehnte sich stolz auf dem aufgehäuften Bettzeug zurück.

»Lasst sie uns an die Brust anlegen«, schlug Alinor vor und wartete ab, während die junge Mutter und das Kind sich aufeinander zutasteten. Behutsam legte Alinor eine Hand auf Mrs Grace' Arm, um sie daran zu hindern, sich einzumischen.

»Ist es richtig so?«, fragte Lisa schließlich. »Ich weiß nicht, ob es richtig ist.« Sie verzog das Gesicht, als der Säugling die Brustwarze fand.

»Es ist richtig so!« Alinor strahlte vor Freude. »Ihr werdet spüren, wie die Vormilch einschießt, und Ihr könnt sehen, dass das Kind saugt.«

Sie betrachtete die beiden einen Moment lang, stand still lächelnd da und merkte, dass ihr am Bett dieser Fischersfrau etwas bisher Ungeahntes von großer Bedeutung klar geworden war.

»Es ist ein Geschenk«, flüsterte sie. »Leben. Kostbares Leben.«

»Ich habe gehofft, es würde eine Glückshaube haben«, sagte Mrs Grace. »Wir Fischersfrauen hätten es alle gern, wenn unsere Kinder mit einer Glückshaube geboren werden, um sie vor dem Ertrinken zu schützen.«

Alinor nickte. »Ich weiß.«

»Falls Ihr eine Glückshaube habt oder auch nur einen Teil davon, würde ich sie Euch abkaufen.«

»Nein, ich handle nicht mit solchen Dingen.«

»Ich habe gedacht, Ihr seid eine weise Frau mit Kräutern und heimlichen Dingen?«

»Bloß Kräuter«, sagte Alinor ruhig. »Keine geheimen Dinge.«

»Kein Elfengold? Ich habe gehört, Ihr hättet Elfengold.«

»Ich hebe kleine alte Münzen und hübsche Muscheln auf, wenn ich sie sehe. Nichts weiter. Bloß Andenken, völlig bedeutungslos.«

»Ich habe gedacht, man könnte mit allen möglichen Bedürfnissen zu Euch kommen?«

»Ich habe ein Bedürfnis. Ihr könntet meinem alten Mann einen Trank verabreichen!«, warf eine Frau unter derbem Gelächter ein.

Alinor lächelte, dabei war sie die Frage leid. »Ich habe nur Kräuter gegen Krankheiten. Ich verkaufe Kräuter und kümmere mich um Geburten, und manchmal betreibe ich Krankenpflege. Ich muss aufpassen, Mrs Grace. Ihr werdet Verständnis haben. Ich muss wegen meines guten Namens aufpassen.«

Ungläubig nickte die Frau. »Aber es heißt, Ihr könntet alles Mögliche bewirken. Es heißt, Ihr sprecht mit der anderen Welt. Und bekämt Hilfe von dort.«

Alinor schüttelte den Kopf. »Ich kann nichts anderes als das hier«, sagte sie und deutete auf die junge Frau, die erschöpft im Bett lag, das Gesicht freudestrahlend, während das Kind an ihrer Brust nuckelte. »Ich finde, es gibt nichts Schöneres auf der ganzen Welt. Auf dieser Welt – von einer anderen weiß ich nichts.«

»Ist sie in Ordnung?«, fragte Lisa. »Sie trinkt gut, nicht wahr?«

Alinor lächelte sie an. »Ihr geht es sehr gut, und wenn Euer Ehemann nach Hause kommt, wird er Euch beide lieben. Und jetzt ...« Alinor machte sich daran, die Ölfläschchen einzusammeln, und packte sie in ihren Beutel. »Jetzt werde ich nach Hause in meine Hütte gehen. Und wenn Ihr es wünscht, komme ich morgen zurück und sehe nach, wie es Euch geht.«

»Jem kann Euch mit einer Laterne begleiten«, bot Mrs Grace an und holte ein Sixpencestück hervor. »Und ich werde Euch noch einen Shilling bezahlen, wenn Ihr morgen kommt. Ich bin sehr dankbar, Mrs Reekie. Das sind wir beide. Ich hoffe, wir haben Euer Wohlwollen? Ich hoffe, das Kind hat Eure guten Wünsche?«

»Es ist mir eine Freude. Gelobt sei Gott«, sagte Alinor. Sie wünschte den anderen Frauen eine gute Nacht, hievte ihren Beutel hoch, schlang den Umhang um sich, zog die Kapuze über den Kopf und folgte Jems schwankendem Licht durch die schmalen Wege von East Beach.

Da es zu dunkel war, um bei der hereinkommenden Flut das Watt zu überqueren, gingen sie den langen Weg die Straße nach Chichester hoch, bis sie das Licht aus dem Fenster des Fährhauses erblickten. Jem ging den ganzen Weg vor ihr her, die Laterne hoch an seiner Seite, um den Pfad auszuleuchten. Er hielt erst inne, als sie das Flussufer erreichten und das silberne Spiegelbild des Mondes auf dem Wasser seine Laterne gelblich und schwach wirken ließ.

»Von hier ab kann mir nichts mehr passieren«, sagte Alinor. »Ich kenne den Weg, selbst im Dunkeln. Du kannst nach Hause gehen.«

Er neigte den Kopf, und obwohl sie ihm einen halben Penny hinhielt, wandte er sich ab.

»Hier«, sagte sie. »Das ist für dich. Danke, dass du mich zu Mrs Auster und wieder nach Hause gebracht hast.«

»Ich wage nicht, es anzunehmen.« Er trat zurück und versteckte rasch die Hände hinter dem Rücken.

»Was meinst du damit?« Immer noch hielt sie die Münze ausgestreckt.

»Es ist Elfengold, das weiß ich!«, platzte es aus ihm heraus. »Es freut mich, dass Ihr mit meinen Diensten zufrieden gewesen seid, Eure Ladyschaft. Ich werde jetzt gehen, wenn Ihr mich freigeben wollt.« Er sah aus, als wolle er am liebsten gleich losrennen.

»Wie hast du mich genannt? Junge – Jem –, du weißt doch, dass ich bloß die Witwe des Fischers Zachary Reekie bin«, sagte Alinor. »Du weißt doch, dass ich als Hebamme arbeite. Sonst mache ich nichts. Ich besitze kein Elfengold. Es besteht kein Grund, mich Ladyschaft zu nennen!«

Er ging jetzt rückwärts, den ängstlichen Blick starr auf sie gerichtet, sein Gesicht totenbleich im Laternenschein. »Sie haben mir erzählt«, flüsterte er, »dass Ihr Dinge wisst, die keine sterbliche Frau weiß. Dass Euer Junge in der Propstei wie ein Lord lebt und Eure Tochter den reichsten Bauern in ganz Sussex heiraten wird.«

»Also, nein«, setzte Alinor an.

»Missis, habt Ihr ein Unwetter herbeigepfiffen, das Euren Ehemann fortgeblasen hat?«

Alinor versuchte zu lachen, doch es blieb ihr im Halse stecken. »Das ist Unsinn«, sagte sie mit bebender Stimme. »Und Mrs Grace weiß, dass es Unsinn ist, denn sie hat dich zu einer guten, ehrlichen Hebamme geschickt, und ich bin gekommen.«

»Nein.« Er schüttelte den Kopf. »Ganz und gar nicht. Sie hatten Angst, nach jemand anderem zu schicken für den Fall, dass Ihr uns dann verwünscht. Also habe ich Euch mit gekreuzten Fingern geholt, und dann seid Ihr wie eine Königin zu Pferde zu ihnen gekommen, und Ihr habt Sir Williams eigenen Sohn losgeschickt, auf dass er tat, was Ihr wolltet. Gute Nacht, Mrs Reekie, Euer Ehren. Gute Nacht.«

Alinor ließ ihn gehen, zu aufgewühlt, um ihm die Münze aufzudrängen. Als Zachary ihr ein Bündnis mit den Mächten des Jenseits angedichtet hatte, als es mit der Ehe bergab ging, hatte sie es auf seinen Hass geschoben. Dass er derart gefährliche Verleumdungen bei seinen Saufkumpanen säte und dass sie zu diesen neidischen Fantasien erblühen sollten, hätte sie sich nie träumen lassen.

Natürlich würden sich die Leute über Robs Glück und Alys' Verlobung wundern, doch sie hatte nicht gedacht, dass sie Alinor solch ein Märchen von Zacharys Untergang und ihrer Rache andichten würden. Es war eine düstere Note am Ende eines Tages, der mit dem Gedanken ans Ertrinken und an dunkles Wasser begonnen hatte. Sie wanderte am Uferdamm entlang, und der frostbedeckte Schlamm knirschte unter ihren abgestoßenen Stiefeln. Dann öffnete sie die Tür und betrat das Haus.

Die Hütte lag dunkel da, das Feuer war unter der Abdeckung, die Kerzen gelöscht. Alys schlief auf ihrer Bettseite, und Alinor empfand nichts als Erleichterung darüber, dass sie bis zum Morgen kein Wort mehr würde reden müssen.

Douai, Frankreich, Oktober 1648

James verbrachte eine Woche in bußfertigem Schweigen, schlaflos aufgrund der im Widerstreit liegenden Empfindungen von Schuld und Verlangen. Jeden Tag traf er sich mit seinem Beichtvater, und Schritt für Schritt gingen sie seine erste Begegnung mit Alinor durch, dass sie ihn gerettet hatte und er ohne sie im unkartierten Watt verloren gewesen wäre. Sie war seine Retterin gewesen.

»Aber sie ist nicht Eure Retterin«, sagte Pater Paul leise, als sie Seite an Seite in der Kapelle knieten und zum Altar aufsahen, wo der gekreuzigte Christus auf sie herabblickte. »Sie ist kein Engel. Sie ist eine irdische Frau und neigt von Natur aus zur Sünde.«

James senkte den Kopf. Er konnte nicht leugnen, dass sie zur Sünde neigte. Er sprach von dem Nachmittag im Boot, er sprach von ihrem Verlangen. Er sprach von der Farbe ihres Haars, und wie sich eine Locke aus ihrer Haube befreit hatte und gegen ihr Gesicht geblasen worden war. Er sprach von ihren vernarbten Händen und ihrem groben Leinen.

»Sie ist in Armut geboren worden, von Gott an ihren Platz gesetzt. Es liegt nicht an Euch, Gott zu trotzen und sie zu retten. Hat sie darum gebetet, zum wahren Glauben getauft zu werden?«

»Nein«, sagte James leise.

Mit leiser und verschämter Stimme sprach James davon, wie sich ihr Mund unter seinem angefühlt hatte, von ihrem schönen Körper unter der unförmigen Kleidung. Er sprach von ihrem Lächeln und ihren kleinen Seufzern des Verlangens. Wenn er ihre Hand berühre, ihre Taille, ihre Brust, fühle er, dass er zum ersten Mal ein Mann war. Dass er er selbst wurde, indem er sie liebte.

»Eine Frau kann keine Erkenntnis bringen«, verbesserte Pater Paul ihn. »Ihr kennt Euch nicht, indem Ihr sie kennt. Alles, was sie Euch gelehrt hat, ist Fleischeslust, etwas anderes kennt sie nicht.«

»Aber mehr brauchten wir nicht!«, sagte James einfach. Er sprach nicht von dem Boden über dem Stall und auch nicht von ihrer Schönheit im Morgenlicht, als sie so nackt wie Eva und so unschuldig wie das Paradies gewesen war. »Ich liebe sie, Pater. Sünde oder nicht.«

»Es ist Sünde«, erwiderte der Priester tonlos. »Sprecht nicht von ›Sünde oder nicht‹, als hättet Ihr keine Unterweisung erfahren, als hätte Gott Euch keinen Verstand geschenkt. Es ist Sünde, und Ihr müsst sie von Euch weisen.«

Mit bleichem Gesicht setzte sich James auf die Fersen. »Sie sitzen zu lassen wäre Wortbruch. Ich habe ihr einen Heiratsantrag gemacht.«

»Ihr seid nicht frei, ihr einen Antrag zu machen.«

»Und sie ist nicht frei gewesen einzuwilligen«, räumte James ein. »Man redet schlecht von ihr ...«

»Was wird geredet?«

»Nichts, abergläubischer Unsinn, Boshaftigkeit, alles Boshaftigkeit. Ihr eigener Ehemann hat gesagt, sie sei eine Hure der Elfen.« James versuchte zu lachen. »Ignoranter Unsinn, den närrische Landbewohner ...«

Sein Beichtvater fiel nicht in sein Lachen ein. »Mein Sohn, Ihr und ich, wir wissen nicht, wovon sie sprechen. Ihr könnt nicht behaupten, es sei Unsinn, denn Ihr wisst nicht, was sie getan hat. Wir würden Erkundigungen einziehen müssen. Ein Hexenfänger müsste hinfahren und Fragen stellen. Dies ist eine sehr ernste Angelegenheit. Hat sie Male an sich?«

»Nein!« James war entsetzt.

»Fürchtet sie das Wort Gottes in der Kirche oder die Werke Gottes wie tiefes Wasser oder hohe Klippen?«

James fiel ihre entsetzliche Angst vor Wasser ein, und er zögerte.

»Hat sie einen Begleiter, ein Tier, mit dem sie Zwiesprache hält?«

Er dachte an die Hühner, die um ihre Füße herum gackerten und in der Ecke der kleinen Hütte schliefen, an Red, den Hund, an die Bienen, an das Rotkehlchen in ihrem Garten: »Aber das ist ihr Leben ...«

»Wird es ihr Ehemann, der von ihr verführt wurde, nicht aller Wahrscheinlichkeit nach besser wissen als Ihr? Und wenn sie schön ist, dann nur, weil Satan sie mit einem Zauber belegt hat? Was ist, wenn sie sich nicht nur mit Arzneien auskennt, sondern auch mit Zaubersprüchen? Ihr sagtet, sie habe erwartet, mit den Toten zu sprechen. Was, wenn sie keine hilflose arme Frau ist, sondern eine böse?«

Wattenmeer, Oktober 1648

Alys erwachte beim vertrauten Geräusch von Ale, das aus dem Krug eingeschenkt wurde, und dem Kratzen des Holzlöffels am Boden des Eisentopfes mit Haferbrei. Sie stand vom Bett auf und schob sich das zerzauste Haar aus den Augen, zog sich ihr Hemd über den Kopf und stieg in ihren Rock.

Alinor zog ihren Schemel an den Tisch und neigte den Kopf zum Tischgebet, während Alys auf der anderen Seite Platz nahm und »Amen« sagte.

Nachdem sie schweigend gegessen hatten, stand Alys auf und holte den Kamm für ihr Haar. Wortlos reichte sie ihn ihrer Mutter und setzte sich zu ihren Füßen nieder, als wäre sie wieder ein kleines Mädchen. Alinor entflocht behutsam das lange blonde Haar ihrer Tochter und kämmte es, trennte behutsam verfilzte Strähnen und entfernte den einen oder anderen Zweig oder Strohhalm.

»Was in aller Welt hast du gemacht?«, fragte sie, während sie ein Blatt ins Feuer warf.

»Schlehen gepflückt«, erwiderte Alys. »Seit Mrs Miller erfahren hat, dass Richard und ich heiraten werden, schickt sie mich hinaus auf die Felder. Als könnte sie verhindern, dass wir uns sehen! Als würde es ihr etwas bringen, mich niedere Dienste verrichten zu lassen.«

Alinor kämmte die goldene Haarpracht und beobachtete, wie das Licht auf die dichten Wellen fiel. Dann begann sie mit dem Flechten, vorn angefangen, sodass sich der Zopf um Alys' hübschen Kopf wand.

»Hast du dich entschieden?«, fragte Alys leise und blickte vertrauensvoll zu ihrer Mutter auf. »Ich bin früher nach Hause gekommen, um dir zu helfen, und Onkel hat mir erzählt, man habe dich nach East Beach gerufen. Aber ich habe Mrs Miller gesagt, ich wäre krank. Sie wird heute nicht mit mir rechnen. Ich kann heute zu Hause bleiben und dir helfen, es loszuwerden.«

»Ich habe mich entschieden, was zu tun ist.« Alinor atmete tief durch. »Es ist mir gestern in den Sinn gekommen, beinahe wie eine Vision, als ich Lisa Austers Kind entbunden habe. Ich habe die Kleine in den Armen gehalten. Sie ist nicht größer als ein Kätzchen, und ich habe gesehen, wie kostbar sie ist, ein wahres Wunder. Alles an ihr ist perfekt. So ein winziger Mensch, ihre feinen Wimpern und ihre Nägel so klein wie die kleinsten Muscheln auf dem Strand bei Wittering, und ihre Augen sind dunkelblau, wie deine es waren, als du auf die Welt gekommen bist. Ich konnte das Licht der Welt in ihr erkennen. Ich kann kein derart perfektes Ding zerstören, Alys. Es wäre, als zerbräche man das Ei einer Amsel. Ich habe zum ersten Mal im Leben verstanden, was heilig ist. Dieses Kind ist mir widerfahren, obwohl ich geglaubt habe, ich würde keines mehr bekommen. Und ich werde es nicht umbringen.«

»Aber du weißt, wie es geht?«, fragte Alys beharrlich.

»Ich weiß, wie, ja«, sagte Alinor leise.

»Hat deine Mutter es jemals getan?«

»Ja, hat sie. Wenn sie zu dem Urteil kam, dass es das Beste für die Mutter sei, oder das Beste für das Kind, das arme Ding, schlecht empfangen, elend. Sie hat es immer getan, um Leiden zu verhindern. Ich würde es tun, um einem anderen Menschen Leiden zu ersparen. Ich halte es für richtig, es zu tun – um Schmerz zu ersparen. Wenn es nach mir ginge, hätte eine Frau das Recht, sich zu entscheiden, ob sie empfangen will, ob sie die Wehen durchmachen will, ob sie ein Kind bekommen will oder nicht. Männer sollten es nicht bestimmen, es ist das eigene Leben einer Frau und das ihres Kindes. Aber meinem Kind werde ich es nicht antun.«

»Sind es Kräuter?«

»Zuerst Kräuter, und wenn das Kind nicht abgeht, dann nimmt man eine Spindel oder eine Gerbernadel, ein langes dünnes Messer oder eine Schnürnadel. Man führt sie im Innern der Frau nach oben, um das Kind, wie es dort drinnen eingerollt liegt, zu erstechen«, sagte Alinor, während Alys entsetzt zuhörte, die Hände über dem Mund.

»Sechsmal stößt man die Nadel nach oben, und man weiß nicht, ob man den Kopf des Kindes trifft, durch ein Auge oder ein Ohr oder den Mund sticht, oder ob man damit direkt in den Leib der Frau sticht. Es ist so brutal wie das Schlachten eines Kalbs. Schlimmer. Man ist völlig blind: Man weiß nicht, was man tut. Die Frau kann innerlich verbluten, oder das Kind kann sterben, aber nicht abgehen, und in ihr verfaulen. Oder sie hat eine Fehlgeburt, stirbt aber am Fieber. Es bedeutet den Tod für das Kind und manchmal den Tod für die Mutter. Wünschst du mir das?«

Alys lehnte sich ans Knie ihrer Mutter und schloss die Augen. »Natürlich nicht.«

»Möchtest du eine Ahle nehmen und deiner ungeborenen Schwester ins Gesicht stechen, während sie in mir heranwächst?«

»Natürlich nicht«, flüsterte das Mädchen so leise wie seine Mutter.

»Ich auch nicht«, sagte Alinor. »Ich kann es nicht tun. Ich kann mich nicht dazu überwinden.«

»Aber was sollen wir tun, Ma? Es wird mein Ruin sein, und deiner, und Robs.«

»Ich weiß«, sagte Alinor. »Und es ist meine Schande, nicht deine oder Robs. Ich werde mir etwas einfallen lassen, damit ich sie auf mich nehmen kann, auf mich allein.«

Alys lehnte sich nach hinten an die Knie ihrer Mutter. »Es ist unmöglich. Es sei denn, du gehst fort, gleich jetzt, bevor jemand etwas ahnt, und was wird dann aus Rob und mir werden? Du wirst uns zu Waisen machen. Und wohin würdest du gehen? Und wie kann ich ohne dich heiraten? Und wie kann ich mein Kind ohne dich bekommen?«

»Es tut mir so leid«, sagte Alinor, vor ihrer Tochter gedemütigt. »Das tut es wirklich, Alys. Ich werde um Rat beten, und ich werde alles tun, was ich kann. Alles, außer dieses Kind umzubringen.«

»Wessen Kind?« Alinor drehte sich um und blickte zu ihrer Mutter hoch. »Wessen Kind ist es eigentlich? Ist es von Sir William? Denn er kann dafür bezahlen, dass du fortgehst. Jeder weiß, dass er ...«

»Es ist nicht von Sir William«, unterbrach Alinor sie. »Aber ich kann nicht sagen, von wem es ist. Es ist nicht mein Geheimnis, Alys. Ich habe etwas sehr Falsches getan, aber ich werde es nicht verschlimmern, indem ich ihn verrate.«

»Er ist derjenige, der dich verraten hat«, sagte das Mädchen verärgert. »Er hat uns alle drei ruiniert. Er ist keinen Deut besser als mein Vater.«

Sie verstummte, als sie ihre Mutter zusammenzucken sah.

»Sag das nicht, Alys. Du weißt nicht ...«

»Er ist schlimmer als mein Vater«, fuhr sie beharrlich fort. »Es hätte uns weniger geschadet, wenn er dich geschlagen hätte, wie mein Vater es früher immer getan hat. Du hast Rob und mich vor unserem Vater beschützt. Ich habe mit angesehen, wie du Prügel eingesteckt hast, dass ich schon glaubte, es würde dich umbringen. Du hast zwischen Vater und uns gestanden. Aber hiervor willst du uns nicht schützen. Was hat es zu bedeuten – wenn du uns hiervor nicht schützen willst?«

Douai, Frankreich, November 1648

James hatte das Gefühl, die ganze Zeit unter einer Glasglocke zu wandeln. Er kam sich beobachtet vor, aber zum Schweigen gebracht, ein Echo im Kopf, eine seltsame Luft aus mangelndem Glauben atmend. Er betete darum, dass seiner unaufhörlichen täglichen Tortur etwas Reines und Seltenes und Machtvolles entströmen werde, doch er hatte nicht das Gefühl, gereinigt zu werden, sondern vielmehr zu nichts destilliert zu werden.

Eines Morgens kam Doctor Sean zu James in die kleine Seitenkapelle, wo er nach der Beichte betete, und sagte: »Ich bringe Euch Neuigkeiten, die eine Last von Euch nehmen werden, Bruder James.«

»Das würde mich freuen«, erwiderte James und erhob sich.

»Der König wird seinen Wächtern entkommen. Die Vorschläge, die das Parlament ihm unterbreitet hat, sind zu klein für seine göttliche Größe, die Begnadigungen für seine Anhänger zu kleinlich. Er hat gesagt, er könne keine Einigung mit ihnen erzielen, und er hat im Geheimen geschrieben, er sei bereit, sich der Königin und seinem Sohn Prinz Charles im Exil anzuschließen.«

Die vertraute Angst stieg in James hoch. »Wollt Ihr, dass ich zu ihm fahre?«, fragte er. »Soll ich wieder hinfahren und ihn fortholen?« Zwar stockte seine Stimme nicht, aber er glaubte, dass man ihn diesmal in seinen sicheren Tod schicken würde.

»Nein, nein, ein Mann vor Ort soll ihn fortbringen. Ein Mann aus Newport. Der König darf ins Freie, um Luft zu schnappen, er darf sogar ausreiten. Sie argwöhnen nichts. Sie glauben, er erwöge ihr Angebot. Aber Reiter werden sich mit ihm treffen und mit ihm zur Küste galoppieren. Ein Schiff wird auf ihn warten. Er wird in See stechen und nach Cherbourg segeln. Durch die Gnade Gottes ist er vielleicht bereits dort. Mein Brief ist Tage alt. Gott erbarme sich unser, wir werden ihn vielleicht sogar hier sehen.«

James bekreuzigte sich. »Amen«, flüsterte er. »Amen.« Er schämte sich, weil er merkte, dass ihm vor Angst schwindelte. »Aber so einfach ist es nicht. Sind sie sich des Schiffes sicher? Mit einem vertrauenswürdigen Kapitän? Und wird er es nehmen? Wie vielen Leuten hat er von dem Plan erzählt?«

»Der Mann vor Ort hat alle Vorkehrungen getroffen«, wiederholte der Ordinarius. »Gott sei Dank ist der König endlich bereit, fortzugehen.«

»Aber sie müssen ein zuverlässiges Schiff und einen sicheren Treffpunkt auf See haben. Es ist nicht leicht, zu ...«

»Der König hat es angeordnet. Er hat den Kapitän seines Schiffes selbst ausgesucht. Gott wird ihn lenken.«

»Amen«, sagte James wieder, indem er seine eigenen Zweifel erstickte, da er wusste, dass seine Befürchtungen auf seine eigenen Erfahrungen zurückzuführen waren. Vielleicht wäre ein anderer erfolgreich, wo er so kläglich versagt hatte. Vielleicht wäre es diesmal ganz anders.

Wattenmeer, November 1648

Alys und Alinor gingen gemeinsam den Uferdamm entlang zum Fährhaus, der vereiste Boden hart unter ihren Füßen. Zum Abschied küssten sie sich wortlos am Landungssteg. Mit strahlendem Gesicht zog Ned die Fähre für seine Nichte herüber, während der Hund neben ihm stand und mit dem Schwanz wedelte.

»Guten Tag«, sagte er fröhlich. »Und es ist ein guter Tag für mich und für alle Freunde der Freiheit.«

»Was ist geschehen?«, fragte Alinor, als Alys auf die Fähre stieg. Alinor schüttelte auf Neds ausgestreckte Hand hin den Kopf. »Nein, ich setze nicht über. Ich bin gekommen, um damit anzufangen, die Gerste zum Keimen zu bringen.«

»Die Armee wird den König gefangen nehmen. Das schwöre ich«, sagte er triumphierend.

»Warum? Woher weißt du das?«

»Der Wollhändler ist durchgereist – er hat dir mehr Wolle zum Spinnen dagelassen, sie ist im Lager – und hat mir erzählt, dass die Neuigkeiten in ganz Chichester die Runde machen. Die Parlamentarier haben nicht einmal annähernd eine Vereinbarung mit dem König erzielt. Und jetzt hat sich herausgestellt, dass Seine Majestät kurz davorstand, sein königliches Wort zu brechen und zu fliehen. Der Kommandant von Carisbrooke Castle, Colonel Hammond, ist ins Hauptquartier gerufen worden, um deswegen Rede und Antwort zu stehen. Die Verschwörer sind verhaftet worden. Die Armee hat genug, und jetzt werden sie sich den König selbst holen.«

»Aber woher soll denn der Wollhändler aus Chichester wissen, dass der König die Flucht geplant hat?«, fragte Alys skeptisch.

»Wer ist verhaftet worden?«, mischte Alinor sich ein, atemlos vor Sorge um James. »Wer ist gefangen genommen worden bei dem Versuch, dem König zu helfen?«

»Seine Wächter auf dem Schloss, aber die ganze Insel hat Bescheid gewusst«, sagte Ned verächtlich. »Ein halbes Dutzend Männer war an der Verschwörung beteiligt. Er muss an jeden, den er kannte, einen Brief geschrieben und ihm erzählt haben, dass er sich nicht mit dem Parlament einigen konnte und dass er bereit für die Flucht sei.«

Schwindelig vor Angst, lehnte Alinor sich an den Anlegepfosten. »Nur seine Wächter sind verhaftet worden?«

»Ja, zwei von ihnen. Alinor, ist alles in Ordnung?«, erkundigte sich Ned bei ihr.

»Onkel, ich muss zur Arbeit«, sagte Alys und zupfte am Führungsseil. »Wirst du mich übersetzen? Ma, bis heute Abend. Wir backen heute in der Mühle. Ich werde einen Laib mit nach Hause bringen.«

»Jaja, Gottes Segen«, sagte Alinor zerstreut und wandte sich vom prüfenden Blick ihres Bruders ab zur Mälzerei.

Der Friede in der Mälzerei beruhigte sie, als sie den Gerstenrechen zur Hand nahm, dessen Griff von jahrzehntelangem Gebrauch glatt war. Der Raum mit der tiefen Decke war warm im Vergleich zur winterlichen Kälte draußen und duftete nach dem süßen Geruch von Gerste. Die Körner befanden sich in einem hoch zusammengeschaufelten Haufen, wurden durchwärmt und begannen zu keimen. Ned hatte einen Eimer mit sauberem Wasser vom Süßwasserteich des Fährhauses stehen lassen, geschützt vor dem nächtlichen Frost. Sie rechte die Gerstenkörner auf dem Boden flach und vermischte sie miteinander. Sobald sie ausgebreitet waren, nahm sie eine Bürste und besprenkelte die Körner gründlich mit dem Wasser, rechte sie abermals um und nahm dann die stumpfe Seite der Schaufel, um sie wieder zu einem Haufen zusammenzuschieben. Es ließ sich nicht erkennen, dass jeder Same vor Leben strotzte, aber sie wusste, dass das Wunder des Lebens hier zu Hunderten und Tausenden, zu Millionen vorhanden war. Es war ein Leben im Geheimen, ein winzig kleiner Funke, der in jedem einzelnen Gerstenkorn glomm, aber dennoch so mächtig, dass er den Samen aufbrechen und wachsen würde. Sie lehnte sich auf den Griff der Schaufel und überlegte. Weit weg, irgendwo, vielleicht auf der Insel Wight, vielleicht in seinem Kolleg in Frankreich, dachte James gerade an sie, war auf dem Weg zu ihr, mit dem Wunder seiner Leidenschaft im Innern.

Einst hatte sie nicht gewusst, ob er ein Mann war, der Wort hielt, ob er zu ihr zurückkommen würde. Doch jetzt vertraute sie ihm; sie wusste, dass er kommen würde. Und wenn er kam, würde sie ihm sagen, dass sie sein Kind unter dem Herzen trug, dass in ihrem Innern ein neues Leben heranwuchs. Sie würde sich ihm nicht wieder verweigern, sie würde mit ihm zu seinem Haus in der weit entfernten Grafschaft Yorkshire gehen, nach London, nach Frankreich, wohin auch immer er wollte.

Sie lehnte die Malzschaufel an die Wand, stieß gegen die Tür und schwang sie auf, als werde sie vielleicht das Segel seines Bootes erblicken. Gerade kam die Flut herein, die Möwen schrien über den plätschernden Wellen. Das Wasser war leuchtend blau, der Zischbrunnen ein vertrautes Flüstern in der Ferne, die winterliche Sonne hart und grell. Alinor überlegte, dass alles auf der Welt möglich war: Der König konnte entkommen, James konnte sein Zuhause zurückgewinnen, er würde sie holen kommen, und sie würde einem Kind von ihm das Leben schenken. Warum nicht, in dieser neuen Welt, wo alles geschehen konnte?

»Ich möchte mit dir reden«, sagte Alinor nach tagelangem trübseligem Schweigen zu ihrer Tochter.

Sie bereiteten die kleine Hütte für die Nacht vor, schaufelten die rote Glut des Feuers unter die irdene Abdeckung, scheuchten die Hühner in ihre Ecke, zogen sich bis auf ihre Leinenhemden aus und löschten zum Schluss die Binsenlichter. Der faulige Geruch nach Talgrauch durchströmte den kleinen Raum wie ranziger Speck. Die Hütte war düster, erleuchtet von Streifen aus Mondschein, die durch die Fensterläden fielen.

»Endlich«, sagte Alys gereizt. »Ich habe mich schon gefragt, wie lange es dauern würde. Hast du eine Ahnung, was du machen wirst?«

Alinor neigte den Kopf. »Alys, ich kann nur sagen, dass es mir leidtut. Aber ich habe Gründe zur Hoffnung.«

»Nenn mir einen.«

»Der Vater meines Kindes ist ein guter Mann. Er hat um meine Hand angehalten, und wenn ich es kann, werde ich ihn heiraten.«

»Das kannst du nicht, du bist mit Vater verheiratet.«

»Ich kann sagen, dass er tot ist, und in sechs Jahren steht es mir frei zu heiraten. Es steht im Gesetz. Wenn ein Mann seit sieben Jahren verschwunden ist.«

»Sagen, dass er tot ist?« Alys war entsetzt. »Unseren Vater für tot erklären?«

»Damit wünsche ich ihm nichts Schlechtes!«, rief Alinor.

»Doch! Genau das tust du. Du wirst jedem erzählen, er wäre tot – was? Ertrunken? –, und dich zur Witwe erklären?«

»Alys, dein Vater wird niemals zurückkommen«, sagte Alinor leise. »Er hat es Rob gesagt, er ist ihm in Newport begegnet. Er wird niemals nach Hause kommen.«

»Was? Rob hat ihn gesehen?«

»Euer Vater ist vor ihm davongelaufen, und zum nächsten Treffen ist er nicht erschienen. Er wollte nicht gefunden werden. Er hat dem Tutor gesagt, dass er nicht zurückkommen wird.«

»Und mir hat niemand was davon erzählt?«

»Nein ... Weißt du noch? Du wolltest es nicht wissen. Du wolltest ohne Lüge im Mund zum Hof der Stoneys gehen.«

»Mein Vater wird nicht zurückkommen? Niemals?«
»Nein. Das sagt er.«
Alys legte die Hand über die Augen. »Einfach so? Und mir hat niemand was davon erzählt?«
»Es tut mir leid, Alys.« Alinor breitete die von der Arbeit gezeichneten Hände aus. »Es ist so viel ...« Sie brach ab, als sie sah, dass ihre Tochter sich die Augen heftig mit ihrem Schultertuch rieb. »Es tut mir sehr leid, Alys. Er ist dir und Rob kein guter Vater gewesen. Er ist kein guter Ehemann gewesen. Er ist kein guter Mann. Du hast gesagt, es mache dir nichts aus. Du hast gesagt, du wollest es nicht wissen.« Sie hielt inne. »Weinst du um ihn?«
Das Mädchen zeigte ihr ein trotziges Gesicht, von dem jegliche Tränen fortgewischt waren. »Kein bisschen.«
Alinor sprach weiter. »Du siehst also, ich muss nicht bis in alle Ewigkeit darauf warten, dass er nach Hause kommt.«
»Sieht aus, als hättest du überhaupt nicht gewartet«, sagte Alys gehässig.
Alinor neigte den Kopf vor der Anschuldigung. »Aber in sechs Jahren kann ich den Vater meines Kindes heiraten.«
»Wer sagt, dass du das tun kannst?«
»So lautet das Gesetz.«
»Wer sagt das?«
Alinor senkte unter dem wütenden Starren ihrer Tochter den Blick. »Robs Tutor hat es mir erzählt.«
»Weiß irgendjemand außer mir Bescheid? Weiß es Onkel Ned?«
»Nein! Nur der Tutor, weil er zusammen mit Rob deinem Vater in Newport begegnet ist.«
»Und das Gesetz besagt, du kannst sieben Jahre nach dem Weggang meines Vaters wieder heiraten?«
»Ja, und das werde ich.«
Alys' angespanntes Gesicht ließ keine Erleichterung erkennen. »Das wird deinem sechsjährigen Bankert ein Trost sein.

Aber wir müssen trotzdem erst noch die sechs Jahre durchstehen.«

Alinor biss die Zähne zusammen. »Deshalb werde ich nichts sagen, und niemand wird wissen, dass ich schwanger bin, bis du sicher verheiratet bist. Dann, wenn du glücklich auf der Stoney-Farm bist, werde ich fortgehen.«

»Mich verlassen«, sagte das Mädchen tonlos. »Und Rob.«

Alinors Gesicht war so ruhig wie eine gemeißelte Heiligenstatue, doch ihre Augen füllten sich mit Tränen. »Um euch beide zu verschonen, ja«, sagte sie. »Willst du das denn nicht?«

Seufzend hob das Mädchen den Kopf. »Da kann nichts Gutes draus erwachsen«, prophezeite sie. »Wenn das dabei herauskommt, wenn eine Frau die Freiheit hat, ihre eigenen Entscheidungen zu treffen, dann halte ich nicht sehr viel von Onkel Neds neuem England.«

»Es hat nichts mit Onkel Ned zu tun«, sagte Alinor verblüfft. »Oder dem neuen England.«

»Er sagt, Männer und Frauen können über ihr Schicksal entscheiden, und dass sie nicht von Leuten beherrscht werden sollen, die über ihnen stehen. Aber passiert ist nur, dass du einen schrecklichen Fehler gemacht hast und wir schlimmer leiden werden als zuvor. Denn eigentlich hat sich nichts geändert. Vielleicht sind wir den König losgeworden, aber nicht die Herrschaft der Männer. Du bist immer noch ruiniert, und diesem Mann steht es frei, nach Lust und Laune zu kommen und zu gehen. Und wenn er nicht zu dir zurückkommt, niemals?«

Alinor schüttelte den Kopf, als wolle sie das blanke Elend im Gesicht ihrer Tochter loswerden. »Der Mann, den ich liebe, wird zurückkommen, um mir zu helfen«, versprach sie. »Er wird mich heiraten, sobald er es kann. Ich werde nicht in Schande leben, und du auch nicht. Wir bringen deine Hochzeit hinter uns, und wenn du sicher verheiratet bist, werde ich fortgehen, mein Kind zur Welt bringen, und in sechs Jahren werde auch ich sicher verheiratet sein.«

»Da steckt viel Hoffnung drin«, sagte Alys verbittert. »Und wir sind keine Familie, die mit Hoffnung gut gefahren ist. Wenn ich diejenige wäre, die dir dies erzählte, würdest du mich verprügeln.«

Zum ersten Mal lächelte Alinor ihre geliebte Tochter an. »Ich würde dich niemals verprügeln.«

»Du wärst unglaublich wütend auf mich.«

»Bist du denn nicht unglaublich wütend auf mich?«

Alys erwiderte das Lächeln nicht. Sie wandte den Kopf ab.

Douai, Frankreich, November 1648

James klopfte im Kolleg in Douai an die Tür des Besucherzimmers und machte sich bereit, als er die Stimme seiner Mutter hörte: »Herein! Kommt herein!«

Als er eintrat, drehte sie sich vom Fenster weg, das auf den Marktplatz hinausging, und eilte mit ausgebreiteten Armen auf ihn zu. »Mein Sohn!«, sagte sie herzlich. »Mein Sohn!«

James kniete für ihren Segen, spürte ihre Hand auf dem Kopf, erhob sich dann und küsste sie auf beide Wangen. Sie roch nach Parfüm und sauberer Seide. Sein Vater stand von seinem Stuhl am Tisch auf, wo er in den Seiten eines wunderschön kolorierten Manuskripts geblättert hatte, und James kniete auch vor ihm. Dann erhob er sich, und die drei standen da und sahen von einem zum anderen, als könnten sie ihre Wiedervereinigung kaum fassen.

»Ich habe gehört, Ihr seid zu Hause gewesen?«, fragte sein Vater knapp, und sein durchdringender Blick musterte das trostlose Erscheinungsbild seines Sohnes: von seinem bleichen Gesicht bis hin zu seinen Sandalen.

»Ja«, sagte James. Aus Gewohnheit warf er einen Blick hinter sich, um sich zu vergewissern, dass die Tür geschlossen war. »In England ... nicht ... in unserem eigenen Zuhause.«

»Wie ich gehört habe, hat es Probleme gegeben.«

Der junge Mann nickte, und sein Vater nahm am Kopf des dunklen Esstisches Platz und bedeutete seinem Sohn mit einer Geste, sich ebenfalls zu setzen. Seine Mutter nahm am Fuße des Tisches Platz. James dachte, dass es drei Jahre her war, seitdem sie an ihrer großen Tafel in ihrem eigenen Zuhause gesessen hatten, drei Jahre, die sie von der geschmälerten Pacht ihres englischen Guts gelebt hatten, drei Jahre des Exils von ihrem Zuhause.

»Wie hört Ihr das?«, fragte James. »Denn eigentlich sollte niemand auch nur das Geringste hören.«

»Es ist dieses verflixte Land«, sagte seine Mutter matt. »Jeder weiß alles. Nichts ist privat, niemand ist diskret. Jeder tratscht und denkt sich Dinge aus.«

»Es bringt mich in Gefahr«, stellte James fest. »Und jeden, der nach England fährt, um dem Glauben zu dienen oder dem König. Ist das den Leuten nicht klar? Und unsere Sache gefährdet es auch. Begreifen sie nicht, dass man im Geheimen dienen muss? Stillschweigen bewahren?«

»Seid Ihr in Gefahr gewesen, *cheri*?«, fragte seine Mutter.

»Ja«, sagte James tonlos. »Natürlich. Jeden Tag.«

Seine Mutter erbleichte. »Aber Ihr seid unversehrt?« Sie legte ihre weiße Hand über seine und musterte ihn, als sei möglicherweise eine verborgene tödliche Verletzung zu entdecken.

»Habt Ihr Seine Majestät gesehen?«, fragte ihn sein Vater.

»Ja, ich habe ihn gesehen. Ich hatte eine Fluchtmöglichkeit für ihn organisiert, wie Ihr wohl wissen werdet, da es der Hof der Königin und, wie ich vermute, ganz Paris weiß. Aber er ist nicht mitgekommen. Er wollte nicht mitkommen.«

»Er hat seine Rettung verweigert?«, fragte sein Vater fassungslos.

»Haben die Klatschmäuler Euch das nicht zugetragen?«

»Ich habe nur gehört, dass sie fehlgeschlagen ist. Es tut mir leid, ich dachte, dass ...«

»Ich versagt habe?«, warf James verbittert ein. »Nein. Es trifft zu, dass meine Rettung fehlgeschlagen ist. Aber es lag daran, dass er nicht aus der weit offen stehenden Tür treten und zu dem Boot gehen wollte, das ich für ihn organisiert hatte, zu den Männern, die ihr Leben für ihn aufs Spiel gesetzt haben.«

»Ist es nicht sicher gewesen?«

»Selbstverständlich ist es so sicher gewesen, wie es nur sein konnte! Ich hätte ihn niemals in Gefahr gebracht«, erwiderte James zornig. »Ich hatte es in die Wege geleitet, aber er wollte nicht mitkommen. Er hat geglaubt, er könne das Parlament austricksen. Sie gegen die Armee ausspielen. Ihnen mit den Iren drohen, oder mit einer Invasion aus Frankreich.«

Sein Vater vollführte eine rasche Handbewegung. »Eine Invasion aus Frankreich wird es nicht geben. Es gibt kein Geld, und Gott weiß ...«

James betrachtete seinen Vater. »Gott weiß ...?«, fragte er.

Jetzt war es an dem älteren Mann, einen Blick zur Tür zu werfen, um nachzusehen, ob sie fest geschlossen war. »Keine Führung«, sagte er leise. »Kein gesunder Menschenverstand am Hof der Königin, keine Disziplin am Hof des Prinzen. Niemand, dem man auch nur einen Spaniel anvertrauen würde, ganz zu schweigen von einer Armee. Ein Hof voller Favoriten und Geläster und endlosem Klatsch, Streitereien über Nichtigkeiten, Skandale. Gute Männer, die das, was von ihrem Vermögen übrig ist, für verzweifelte Pläne hinauswerfen. Leute, die von einer Zukunft träumen und schwören, sie würden sich rächen. Nichts Zuverlässiges. Niemand, auf den man sich verlassen kann.«

James' Mutter erhob sich vom Tisch und sah wieder aus dem Fenster, als hätte der kleine Marktplatz in dem Provinzstädtchen ihr irgendetwas Interessantes zu bieten. »Sprecht nicht so«, sagte sie leise. »Nicht, während James sein Leben aufs Spiel setzt.«

»Ist er entkommen?«, fragte James seinen Vater kaum hörbar. »Mir ist zu Ohren gekommen, er sollte wegreiten und dass ein Schiff auf ihn gewartet hat. Befindet er sich in Sicherheit?«

Sein Vater schüttelte den Kopf. »Die Verschwörung ist entdeckt worden.«

»Kaum verwunderlich«, sagte James missmutig.

Seine Mutter drehte sich vom Fenster um. »Seid nicht verbittert«, sagte sie leise. »Lasst Euch nicht von diesen Zeiten verderben.«

»Sie haben mich verdorben«, gestand James. »Ich habe meinen Glauben verloren. Meinen Glauben an die Sache, und auch meinen Glauben an Gott. Aber das wisst Ihr wohl? Ich gehe davon aus, dass Doctor Sean nach Euch geschickt hat? Deshalb seid Ihr hier?«

Sein Vater war ein zu ehrlicher Mann, um seinen einzigen Sohn anzulügen. »Sie haben in dem Moment, in dem Ihr eingetroffen seid, nach uns geschickt«, sagte er. »Sie haben gesagt, Ihr wärt sehr niedergeschlagen. Ist es Euer Glaube an den König und an Gott, der Euch bekümmert? Oder geht es da auch um eine Frau?«

James zögerte, da seine Mutter an den Tisch kam und ihre Hand darauflegte, sodass sich die schöne Spitze ihrer Manschette in dem polierten Holz spiegelte. »Ihr könnt vor mir sprechen«, sagte sie. »Ich bin mir ganz sicher, dass ich in den letzten Jahren Schlimmeres gehört habe. Wir sind lang genug im Exil an einem Hof aus gemeinem Pöbel mit den Moralvorstellungen von Stallkatzen gewesen, ich habe längst alles gehört.«

»Seid Ihr verdorben?«, fragte James sie mit einem schiefen Lächeln.

»Ich bin verhärtet«, räumte sie ein. »Ihr könnt mir alle Neuigkeiten erzählen.«

»Es gibt eine Frau«, gestand er. »Eine Arbeiterin, keine Dame, aber sie ist sehr schön und sehr tapfer und sehr ...« Er versuchte, sich eine Beschreibung einfallen zu lassen, die Alinor gerecht werden würde. »Interessant«, sagte er. »Sie ist interessant. Sie ist eine Kräuterfrau, ohne richtige Bildung. Eine einfache Frau, aber sie hat ihren eigenen Kopf, ihre eigenen Gedanken. Sie lebt ...« Er brach ab, da er dachte, dass er nicht die Hütte am Rand von Foulmire beschreiben konnte oder das Fährhaus und den Bruder aus der Armee. »Sie lebt sehr einfach«, sagte er, um eine Beschreibung ihrer Armut zu vermeiden. »Aber sie hat mir in der Nacht, als sie mir zum ersten Mal begegnet ist, das Leben gerettet und hat mich versteckt.«

»Ihre Familie?«, hakte seine Mutter nach.

»Sie hat zwei Kinder: einen Jungen und ein Mädchen.«

Ihr entgeistertes Gesicht verriet ihm, dass er einen Fehler begangen hatte.

»Das habe ich nicht gemeint! Ich wollte fragen: Entstammt sie einer guten Familie?«

»Sie hat Kinder? Sie ist Witwe?«, erkundigte sich sein Vater.

James antwortete zuerst seiner Mutter. »Sie hat ein wenig Ansehen in ihrem Dorf, bei den Nachbarn. Es gibt Klatschgeschichten – aber es gibt immer Klatschgeschichten in diesen ärmlichen kleinen Orten, das wisst Ihr! Ihr Ehemann ist fort. Wahrscheinlich ist er tot. Es sind arme Leute.« Zögernd wanderte sein Blick zwischen den beiden hin und her. »Ich erkläre das nicht gut. Sie besitzen kein Land oder eine Familie oder einen Namen.«

Er blickte seine Mutter an, als wolle er sie dazu bringen, den Sumpf so zu sehen, wie er ihn sah, als einen Ort von gespenstischer Schönheit, und Alinor als eine Frau dieses Ortes, ebenfalls fremdartig und schön. »Sie sind nicht wie wir«, versuchte er zu erklären.

»Aber sie hatte zumindest einen Ehemann? Sie war einmal verheiratet? Sie ist keine …«

»Nein! Ihre Eltern sind tot, aber sie hat einen Bruder. Er ist ein guter Mann.«

»Ist ihr Ehemann im Krieg gestorben?«, fragte seine Mutter. »Auf unserer Seite?«

»Ähm, nein …«, sagte James betreten. »Er wird nur vermisst.«

»Sie ist eine verlassene Frau?«, wollte seine Mutter wissen. »Sitzen gelassen?«

»Von freien Bauern abstammend?«, fragte sein Vater hoffnungsvoll. »Dieser Bruder? Hat er eigenes Land? Oder ist er Pachtbauer?«

James schüttelte den Kopf und zwang sich zur Aufrichtigkeit.

»Er betreibt die Fähre. Sie haben die Pacht auf die Fähre und das Fährhaus, und sie bauen Gemüse an und Obstbäume und halten Hühner auf einem Acker hinter dem Haus. Sie verkaufen Ale. Es sind arme Leute, Sir, auf schlechtem Boden, ganz am Rand von England, wo es zum Meer wird. Es ist Marschland, Gezeitenland, nichts Halbes und nichts Ganzes. Und es ist wahr, dass sie beinahe nichts besitzt. Man hat ihr ein paar Shilling dafür gegeben, dass sie mich in Sicherheit gebracht hat, und sie hat sich damit ein Boot gekauft.«

Er wusste nicht, dass er beim Gedanken an das Boot und den Mut der Frau, die er liebte, lächelte. »Es hat ihr alles bedeutet. Sie fischt mit dem Boot und verkauft ihren Fang. Sie hat gesagt ...« Er brach ab, als ihm klar wurde, dass er ihnen nicht ihren Scherz erzählen konnte, ihn zu retten sei genauso rentabel gewesen wie der Fang eines fetten Lachses. »Sie baut Kräuter an und stellt Arznei her. Sie ist Heilerin und Hebamme in dem kleinen Dorf. Es ist ein kleines Fischerdorf, sehr arm.«

Seine Mutter war vor Entsetzen bleich. »Eine Fischerin?«, wiederholte sie. »Eine Hebamme? Im Sinne einer weisen Frau?«

»Ja«, sagte er mit fester Stimme. »Bedeutender ist sie nicht.« Er wandte sich an seinen Vater. »Aber sie hat mich gerettet, als ich nirgendwohin gehen konnte. Und dann, später, hat sie mich gepflegt, als ich an der Schwelle des Todes war, wenn jeder andere aus Angst vor der Pest die Türen versperrt und mich im Stich gelassen hätte. Doch sie hat sich entschieden, bei mir zu bleiben und sich mit mir einsperren zu lassen. Und ich habe um ihre Hand angehalten.«

Seine Mutter stieß ein unterdrücktes Ächzen aus und legte die Hand über den Mund, während sie die Augen schloss.

Das Gesicht seines Vaters war düster. »Das ist nicht, was wir für Euch geplant haben«, sagte er kurz angebunden.

»Sir, das weiß ich. Aber wir haben keine solche Welt geplant.«

»Wir sind Exilanten und fast mittellos. In dieser Welt sind wir geschlagen, aber wir sind nicht so tief gesunken, dass Ihr Eure

Gelübde gegenüber der Kirche brechen und eine Dorfhebamme mit einem Paar Kinder von niedriger Geburt heiraten könnt.«

»Es tut mir leid, Sir. Es tut mir leid, Lady Mutter.«

Sie schüttelte den Kopf, die Augen mit der Hand abgeschirmt, als ertrüge sie seinen Anblick nicht.

»Wir haben Euch gestattet, Euch der Kirche zu verschreiben«, sagte sein Vater widerwillig. »Das ist uns nicht leichtgefallen. Wir haben damals all unsere Hoffnungen auf Enkelkinder und eine Schwiegertochter aufgegeben. Es ist Eure Wahl gewesen. Ihr habt erklärt, Ihr würdet eine Berufung verspüren, und wir haben Euch geglaubt. Das war das Schwerste, was ich je getan habe – meinen einzigen Sohn der Kirche zu überlassen. Und jetzt sagt Ihr uns, das war umsonst? Und wir sollen Euch abermals aufgeben? Aber diesmal für etwas ohne den geringsten Wert? Für eine Frau, die – nach Eurer eigenen Beschreibung – ein Nichts ist?«

James vernahm den immer lauter werdenden Zorn seines Vaters. »Ich weiß. Ich weiß. Es war gut von Euch, mich zur Kirche gehen zu lassen. Damals habe ich mich danach gesehnt, in der Kirche zu sein. Ich war mir sicher. Aber … nach England zurückzukehren und die Niederlage von allem, woran wir glauben, zu erleben, und der König so …«

»Der König so was?«, fuhr seine Mutter ihn in kalter Wut an. »Ist all dies – all dies! –, weil Ihr herausgefunden habt, dass der König ein Narr ist? Das hätte ich Euch vor zehn Jahren sagen können!«

Ihr Ehemann machte eine Handbewegung, um sie zum Schweigen zu bringen, doch sie fuhr fort: »Nein! Ich werde sprechen. Der Junge sollte Bescheid wissen. Er weiß es bereits! Ja! Der König ist ein Narr und eine Marionette, und sein Sohn ist durch und durch ein Schurke. Aber trotzdem ist er der König. Das ändert sich nie! Und Ihr seid Priester, und auch das ändert sich nie. Ob er nun ein guter König ist oder ein schlechter, das ändert sich nie. Ob Ihr nun ein guter Priester seid oder ein schlechter, das ändert sich nie! Genau wie Euer Vater Sir Roger Avery von Northside Manor, Northallerton, ist und immer sein wird. Es ändert sich nie. Ob wir nun dort leben, in unserem Haus, oder nicht, ob es nun von Lumpengesindel überlaufen wird oder nicht, ob Ihr dort lebt oder nicht. Es ist trotzdem unser Name, es ist trotzdem unser Haus. England ändert sich nie, und Ihr auch nicht.«

In dem kleinen Zimmer trat Schweigen ein. Sir Roger blickte von seinem Sohn zu seiner Gattin.

»Hat die Frau Euren Antrag angenommen?«, fragte er.

»Warum in aller Welt sollte sie nicht?«, wollte Lady Avery wütend wissen. »Glaubt Ihr, sie zieht es vor, zu bleiben, wo sie ist? Im Nirgendwo? Halb ertrunken im Wattenmeer?«

James hob den Kopf. »Nein, hat sie nicht. Sie hat gesagt, es zieme sich nicht.«

»Sie hat recht!«

»Hat sie das wirklich gesagt?«, fragte sein Vater interessiert.

James nickte. »Ja, ich habe Euch doch gesagt, dass sie ungewöhnlich ist. Aber ich habe ihr erklärt, dass ich von meinem Orden freigegeben werden würde, dass ich Euch fragen würde, ob wir möglicherweise dem Parlament die Strafe bezahlen und nach Northside zurückkehren könnten, und dass ich um Eure Erlaubnis bitten würde, sie zu heiraten und als meine Frau in unser Haus zu bringen. Sie muss warten, bis man sie zur Witwe erklären kann.«

»Dem Parlament die Strafe entrichten und unter seiner Herrschaft leben? Dem König unseren Dienst verweigern?«

»Ja«, sagte James ruhig. »Er will meinen Dienst nicht. Ich möchte mich ihm nie wieder zur Verfügung stellen.«

»Euren Treueschwur ihm gegenüber verraten?«

»Ihn brechen.«

Lady Avery zog ein besticktes Taschentuch aus ihrem spitzenbesetzten Ärmel und betupfte sich die Augen. Ihr Gatte betrachtete unverwandt das gesenkte Gesicht seines Sohnes.

»Kennt sie überhaupt Euren Namen?«, fragte er.

Der junge Mann blickte auf, und zum ersten Mal sah sein Vater sein jungenhaftes Lächeln.

»Nein«, sagte er. »Sie kennt mich als Pater James. Ich gebe mich als Tutor namens Mr Summer aus. Sie hat alles für mich aufs Spiel gesetzt, dabei kennt sie noch nicht einmal meinen Namen.«

Wattenmeer, November 1648

Alinor klopfte an die Tür der Molkerei der Mill-Farm und trat auf Mrs Millers gereiztes Rufen hin ein. Richard Stoney brachte gerade zusätzliche Milcheimer, vor ihm die Magd mit dem Tragjoch auf der Schulter.

»Ich komme wegen zwei Eimern Milch, falls Ihr welche zu verkaufen habt«, sagte Alinor.

»Wir haben mehr, als wir heute verwenden können«, antwortete Mrs Miller. »Bessys Kalb ist in den Graben gefallen und hat sich das Genick gebrochen, aber Bessy gibt immer noch Milch.«

»Oh, das arme Ding«, sagte Alinor.

Mrs Miller sah sie missbilligend an. »Ich Arme«, sagte sie. »Ich habe ein gutes Kalb verloren. Ich werde es schlachten lassen müssen.«

»Ja«, stimmte ihr Alinor zu, die etwas so Kostspieliges wie Kalbfleisch noch nie im Leben gegessen hatte. »Ich habe mir gedacht, ich mache Käse für den Markt in Chichester.«

»Ich werde die Milch für Euch zum Fährhaus tragen, Mrs Reekie«, bot Richard höflich an.

Mrs Miller sah ihn mürrisch an. »Sie ist noch nicht deine Schwiegermutter«, sagte sie kalt. »Und du arbeitest für mich.«

Der junge Mann errötete. »Verzeihung«, sagte er knapp.

»Ich schaffe das schon, wenn ich mir das Tragjoch ausleihen darf«, sagte Alinor. »Wollt Ihr sie von Alys' Lohn abziehen?«

»Ihr bittet um Kredit?«, fragte Mrs Miller boshaft.

»Ich kann Euch jetzt bezahlen, wenn Euch das lieber ist«, antwortete Alinor mit fester Stimme.

»Nein, nein, Eure halben Pennys könnt Ihr behalten. Ich werde es am Ende der Woche von ihrem Lohn abziehen.«

»Danke.« Alinor lächelte und legte das abgenutzte Holzjoch über die Schultern, hob die beiden randvollen Eimer hoch und spannte die Schultern, um ihr Gleichgewicht zu finden. Richard öffnete die Molkereitür für sie.

»Geh du in die Mühle«, befahl Mrs Miller Richard. »Er mahlt heute Vormittag, und die Gezeiten werden nicht warten, noch nicht einmal für deinesgleichen.«

Richard zog den Kopf ein und trottete über den Hof. Als Alinor langsam mit dem Joch über den Schultern losging und beobachtete, wie die Milch in den Eimern hin- und herschwappte, hörte sie den Müller Richard zurufen, er solle die Schleuse öffnen. Einen Moment stand sie am Hoftor, um zuzusehen, wie der Bursche leichtfüßig an der Teichmauer entlanglief, um den großen Eisenschlüssel zu drehen und die Schleuse zu öffnen. Das Wasser aus dem Teich strömte in den Mühlbach, und langsam begann sich das Mühlrad zu drehen. Es gab ein Dröhnen von knarrendem Holz, als das heranstürzende Wasser das Rad immer wieder herumzwang, und dann hörte man den Sturzbach aus Wasser auf der anderen Seite der Gezeitenmühle, als der Mühlbach wie ein Wasserfall nach draußen in das Watt schoss und wie eine Flut aus grünem Schaum herausströmte.

Alinor ging auf die Furt zu, während der Müller die Mahlsteine im Innern der Mühle anstellte und ein ohrenbetäubendes Grollen von Stein auf Stein erklang. Indem sie den Pfützen aus eiskaltem Wasser auswich, durchquerte Alinor auf den nassen Kopfsteinen der Furt den Fluss hinüber zum Fährhaus auf der anderen Seite.

Ned fällte gerade einen alten Apfelbaum im Garten hinter dem Fährhaus. Der Stamm war breit und knorrig, und Ned, den Oberkörper entblößt, schwang die Axt und schlug dann die Keile so hinein, dass die ausladende Baumkrone weg vom Haus fallen würde. Er hob die Hand, als Alinor ums Haus kam und durch die Hintertür der Molkerei trat.

»Der Kessel in der Waschküche kocht für dich!«, rief er ihr zu.

»Danke!«, schrie sie zurück und ging in die Molkerei.

In dem Raum war es eiskalt, und der Boden war noch vom Waschen feucht. Alinor goss einen Eimer Milch und dann den zweiten in den Holztrog und holte anschließend immer wieder irdene Kannen mit kochendem Wasser aus dem Kessel der Waschküche. Sie stellte die Kannen in die Milch, bis sie durch und durch erwärmt war, und goss dann ein klein wenig Lab dazu. Draußen konnte sie das regelmäßige dumpfe Schlagen der Klinge ins Holz hören und ab und zu eine Pause, wenn Ned auf dem Griff lehnte und Atem schöpfte.

Langsam spaltete sich die erwärmte Milch in geronnenen Quark und Molke auf und wurde immer fester. Alinor holte eine Meeresmuschel, die ihre Mutter immer benutzt hatte, um die Dickflüssigkeit des Quarks und der Molke zu testen. Sie ließ sie auf der Oberfläche herumwirbeln, und als sie ruhig blieb, krempelte sie die Ärmel hoch und zog die Hände mit gekrümmten Fingern durch die sich verdickende Mischung. Der Quark wurde allmählich fest. Es war an der Zeit, ihn abzugießen.

Der Gestank der Milch und des Labs drehte Alinor den Magen um, und sie öffnete die Molkereitür, um am Eingang ein paar Atemzüge frische Luft zu schnappen. Red, der Hund, setzte sich hoffnungsvoll auf, um vielleicht in die Molkerei kommen und Rahm stehlen zu können.

»Ist dir schlecht?«, rief Ned aus dem Garten. »Wieder schlecht? Du bist käseweiß!«

»Mir geht es gut«, log Alinor und machte sich erneut an die Arbeit.

Vor dem Haus ertönte das Scheppern der Metallstange an dem aufgehängten Hufeisen, als ein Reisender auf der anderen Flussseite nach der Fähre rief.

»Alinor, kannst du das machen?«, fragte Ned, der auf seine

Nacktheit und den halb gefällten Baum wies. »Es ist Ebbe. Es herrscht völlige Flaute.«

Alinor schüttelte den Kopf. »Vergib mir, Bruder«, sagte sie. »Du weißt, dass ich das nicht kann.«

»Du bist wie eine Katze mit einer Heidenangst vor Wasser«, klagte er, während er sein Hemd über den Kopf zog. »Dabei solltest du wie eine Schiffskatze sein, die lernt, trocken zu bleiben, aber aufs Meer hinauskann.«

»Es tut mir leid«, wiederholte Alinor. »Außerdem stinke ich nach Molke.«

Ned ging ums Haus zum Fluss, sein Hund bei Fuß, und Alinor konnte nicht widerstehen, ihm ein Stück zu folgen, um sich den Reisenden anzusehen. Am anderen Ufer erblickte sie ein Reitpferd und daneben einen Mann. Alinors Hand fuhr zu ihrem Bauch, ihre andere Hand zu ihrem rasenden Herz. Doch noch während sie James' Namen flüsterte, sah sie, dass er es nicht war.

Es war ein Wanderprediger in einem schäbigen Umhang, mit einem erschöpften alten Pferd, auf dem James niemals reiten würde – ein gottseliger Mann, der zur moralischen Unterstützung der Puritaner auf die Insel Sealsea gekommen war. Schweigend drehte sie sich um und kehrte in die Molkerei zurück.

Sie gestattete sich nicht, Enttäuschung zu empfinden. Sie wusste, dass er kommen würde, sobald er konnte. Sie vertraute darauf, dass er zu ihr zurückkehren würde.

Douai, Frankreich, Dezember 1648

James' Eltern verließen das Gästehaus in Douai. Ihre Pferde, die draußen in der feuchten Kälte des frühen Dezembers warteten, stampften mit den Hufen und bliesen Atemwolken in die eiskalte Luft. In einen Reiseumhang mit fellgesäumter Kapuze gewickelt, kam Lady Avery aus dem Haus. Ihr Sohn half ihr die Stufen des Aufsteigeblocks nach oben auf ihr ruhiges Pferd. Sie ritt im Damensitz und drapierte ihr Reitkostüm aus grüner Wolle so, dass es über ihre Lederstiefel fiel. Er selbst stieg auch auf den Block, damit sie auf einer Höhe waren, Kopf an Kopf, und sie sein bußfertiges Flüstern hören konnte.

»Ich flehe Euch an, mir zu vergeben, Lady Mutter«, sagte er, doch sie wollte ihm noch nicht einmal in die Augen sehen. Sie wandte den Kopf ab und streichelte die Mähne ihres Pferdes. »Ich kann mich nicht von dieser Frau zurückziehen. Sie hält mein Herz gefangen. Das tut sie wirklich. Ich kehre zu ihr zurück, und ich werde sie heiraten, wenn sie frei ist. Ich flehe Euch an, mir zu vergeben und mir zu erlauben, sie als Eure Tochter zu Euch zu bringen.«

Sie drehte den Kopf zu ihm, und an ihrem blassen, erschöpften Gesicht und den roten Augenlidern konnte er sehen, dass sie eine schlaflose Nacht durchgemacht hatte. »Ich habe Euch nicht zur Welt gebracht und der Heiligen Kirche übergeben, damit Ihr ein Fischweib beschlaft.«

Er neigte den Kopf zu ihrem Segen und spürte kaum die leichte Berührung ihrer Hand auf seinem dichten Haar.

»Vergebt mir«, sagte er. »Ich bin ihr versprochen.«

»Ihr seid der Kirche versprochen«, sagte sie tonlos. »Ihr habt versprochen, mir und Eurem Vater gegenüber gehorsam zu sein, und wir verbieten es.«

»Ich werde Euch schreiben«, bot er an.

»Nicht, wenn Ihr von ihr schreibt«, sagte sie fest.

Die Tür des Gästehauses der Abtei öffnete sich, und Sir Roger kam rasch heraus, den dicken Umhang schwer auf den Schultern. Doctor Sean eilte hinter ihm her, ein Blatt Papier in der Hand.

»Etwas ist passiert«, sagte Sir Roger kurz angebunden zu seinem Sohn. »Das ändert alles.« Er trat an das Pferd seiner Frau, griff nach dem Zaumzeug und sagte leise zu ihr: »Wir können jetzt nicht abreisen. Steigt ab und kommt ins Haus.«

»Ist es der König?«, fragte sie und stieg sofort ab.

Er nickte, doch seine düstere Miene warnte sie, dass das, was Doctor Sean in der Hand hielt, keine Kunde von einer erfolgreichen Flucht des Königs von der Insel Wight war. Ohne ein weiteres Wort reichte sie James die Hand, kletterte vom Aufsteigeblock herunter, und sie eilten ins Haus.

»Was ist passiert?«, wollte sie wissen, als Doctor Sean die Tür hinter ihnen schloss.

»Die Armee hat das Parlament an sich gerissen«, sagte er. »Ich habe das hier von einem unserer Spione in London. Einer der radikalsten Colonels hat das Tor des House of Commons mit seinem Regiment eingenommen und nur diejenigen Parlamentsabgeordneten eingelassen, die einen Eid auf Cromwell geleistet haben. Solch ein Haus wird niemals eine Vereinbarung mit Seiner Majestät treffen. Die wahren Abgeordneten wurden hinausgeworfen, die Armee hat Besitz vom House of Commons ergriffen.«

Lady Avery wandte sich an ihren Ehemann. »Geschieht dies, um dem König eine Vereinbarung aufzuzwingen?«

»Gott weiß, was sie Übles im Schilde führen!«, entfuhr es Doctor Sean.

Sir Roger nickte. »Meine Liebe, wir kehren besser an den Hof zurück. Die Königin und der Prinz von Wales werden nicht zulassen, dass der König in die Hände der Armee fällt. Dies ist schlimmer als zu der Zeit, als wir aus Hampton Court davongelaufen sind. Damals hatte die Armee ihn zwar in ihrer Gewalt, aber wenigstens konnte das Parlament ihn verteidigen. Jetzt gibt es niemanden mehr, der für ihn sprechen kann. Nichts dergleichen hat sich jemals auf der Welt zugetragen. Ein Parlament, das einen König regiert? Es ist wie die Apokalypse.«

»Es könnte schlimmer kommen. Vielleicht erwägen sie einen Prozess«, warnte James.

Sein Vater ging auf ihn los. »Einen Prozess? Was meint Ihr damit?«

»Als ich in Sussex war, bin ich einem Mann begegnet, einem Veteranen aus Cromwells Armee, der gesagt hat, die Radikalen unter ihnen, Gleichmacher und Männer dieses Schlags, seien der Meinung, dass sie den König für den Krieg zur Rechenschaft ziehen sollten.«

»Das ist undurchführbar!«, sagte sein Vater mit einem Stirnrunzeln. »Wie würden solche Männer jemals eine Anklage gegen den König vorbringen?«

»Wer war dieser Mann?«, wollte seine Mutter in scharfem Tonfall wissen. »Einer ihrer Freunde?«

Beschämt errötete James.

»Werdet Ihr nach England zurückkehren und für uns Bericht erstatten?«, wandte sich Doctor Sean unverblümt an James. Er wies auf das Papier in seiner Hand. »Der junge Mann, der das hier geschickt hat, befindet sich bereits auf dem Rückweg hierher. Er hat sich bei einem der Parlamentsabgeordneten versteckt, dem gerade sein Sitz verweigert wird. Er hat London bereits verlassen, das hier kam aus ...« Er brach ab. »Einem anderen Hafen. Er wird zu uns zurückkehren, sobald er eine Passage bekommt.«

James wurde von heftiger Angst gepackt. Er sah von seiner Mutter und seinem Vater zu seinem Tutor. »Ihr wisst, dass ich meinen Glauben verloren habe«, sagte er. »Ich kann nicht gehen.«

»Dies ist eine Angelegenheit des Königs, nicht Gottes«, sagte sein Vater schroff. »Ihr könnt Eure Pflicht dem König gegenüber erfüllen. Dies sind weiß Gott irdische Schwierigkeiten. Wir müssen wissen, was sie im Schilde führen. Falls Ihr recht habt – falls ein Prozess irgendwie möglich sein sollte –, dann müssen wir ihn befreien.«

»Ich habe ihn beim letzten Mal nicht dazu bewegen können mitzukommen«, rief James ihnen in Erinnerung. »Ich bin gescheitert. Er hat sich mir verweigert.«

»Jetzt wird er mitkommen«, prophezeite Doctor Sean. »Er weiß, dass er nicht in die Gewalt der Armee fallen darf. Abgesehen davon ist alles, was Ihr tun müsst, die Stelle unseres jungen Mannes einzunehmen: etwas Geld abliefern, einen Brief, und hierher Bericht erstatten.«

»Ist es sicher für ihn, nach England zurückzukehren?« Lady Avery wandte sich an ihren Sohn. »Und wenn diese Frau Euch verrät?«

»Sie kommt nicht nach London. Sie verlässt Sussex niemals.«

»Ihr sollt nur nach London reisen, das Geld und die Befehle abliefern, herausfinden, was vor sich geht, und nach Den Haag Bericht erstatten«, sagte Doctor Sean.

»Geht nicht zu ihr«, fügte seine Mutter hinzu. »Nicht, wenn Ihr in Angelegenheiten des Königs unterwegs seid, nicht, wenn Ihr in Gefahr schwebt. Ich traue ihr nicht.«

»Ich werde Euch die Briefe, die Adresse des geheimen Unterschlupfes in London und das Gold besorgen.« Doctor Sean eilte in sein Privatgemach. »Ich werde alles in der nächsten Stunde fertig haben.«

»Ihr könnt mein Pferd nehmen«, sagte James' Vater. Er trat auf seinen Sohn zu und umarmte ihn fest. »Lasst es im Gasthof in Dunkirk zurück. Hier, nehmt auch meinen Umhang. Es ist ein kalter Tag, und auf See wird es schlimmer sein. Geht, mein Sohn, ich bin stolz auf Euch. Erfüllt Eure Pflicht gegenüber dem König, dann werden wir weitersehen. Ihr seid ein junger Mann, und dies sind Zeiten, die sich mit jeder Tide ändern. Versprecht niemandem etwas. Wir wissen nicht, wo wir nächstes Jahr sein werden! Kommt sicher zurück.«

James spürte den schweren Umhang seines Vaters wie eine zusätzliche Last auf seinen Schultern, sah das bekümmerte Gesicht seiner Mutter.

»Kommt zurück«, sagte sie nur. »Geht nicht zu ihr.«

Wattenmeer, Dezember 1648

Alinor und Alys gingen schweigend zum Fährhaus. Sie neigten ihre mit Tüchern bedeckten Köpfe gegen den eisigen Wind, der den Sumpf hinabwehte. Beide trugen einen großen Korb, der mit kleinen Ölfläschchen und getrockneten Kräutern gefüllt war. Beim Fährhaus öffnete Alinor die Seitentür, betrat die Vorratskammer und belud noch einen Korb mit Gläsern voll eingemachter Pflaumen, getrockneter Äpfel, getrockneter Schwarzer und Roter Johannisbeeren und Brombeeren.

Ned erschien im Türrahmen, Red bei Fuß. »Ich werde mit euch kommen«, sagte er schroff. »Diesen Kram werde ich für euch tragen. Ich bin auf dem Weg nach London.«

»Was?«, fragte Alinor. Ihr erster Gedanke war, dass er irgendwie von ihrer Schwangerschaft erfahren haben musste und sie für immer verließ. »Was? Ned? Was meinst du damit? Du kannst doch nicht fort?«

»Colonel Pride hat das House of Commons eingenommen«, stammelte er aufgeregt. »Gott segne ihn, er ist einer der besten Männer des Kommandanten, also muss es auf seinen Befehl hin sein. Auf jeden Fall. Jetzt heißt es, Krieg gegen das Parlament, wie zuvor Krieg gegen den König geherrscht hat.«

»Auf wessen Befehl?«

»Cromwells persönlich! Oliver Cromwell persönlich!«

»Was hat er jetzt getan?« Alys tauchte neben ihrer Mutter auf und schob sich den Schal aus dem Gesicht.

»Die Parlamentshäuser eingenommen, als seien sie ein königlicher Palast – was sie ja auch waren! Die Armee hat den Posteninhabern des Königs den Zutritt versperrt, die Verräter unter den Abgeordneten hinausgeworfen. Sie werden keine Abmachung mit dem König über unsere Köpfe hinweg zulassen! Sie werden ihn nicht wieder mit irgendeinem zusammengeschusterten Eid, den er so bald wie möglich brechen wird, auf den Thron setzen. Wir Armeemänner haben seine Lügen von Anfang an durchschaut, wir, die wir dort waren bei der Schlacht von Marston Moor, bei der Schlacht von Naseby.«

Alinor stellte ihren Korb ab und nahm die kalten Hände ihres Bruders in ihre, um zu versuchen, ihn zu beruhigen. »Pst, Ned. Ich verstehe dich nicht. Du kannst nicht nach London gehen. Wer wird dann die Fähre übernehmen?«

»Das musst du machen«, sagte er schroff. »Hör mal, ich flehe dich an. Es tut mir leid, aber ich *muss* dorthin. Ich kann mir das nicht entgehen lassen. Colonel Pride hat die Parlamentshäuser eingenommen, gottlob. Die Armee wird ihre eigenen Männer einsetzen, und sie werden gegen all diese leeren Vereinbarungen mit dem König stimmen! Ich muss dort sein. Wenn sie einen alten Soldaten brauchen, muss ich an ihrer Seite stehen. Ich muss es sehen. Ich kann nicht hier unten sein, am Rand des Sumpfes, Nachrichten drei Wochen zu spät bekommen und mich die ganze Zeit fragen, was gerade passiert. Ich kann nicht die letzten Tage meines Krieges in Foulmire feststecken wie ein im Schlamm eingefrorenes Schaf. Alinor! Dies ist die letzte Schlacht. Es waren die größten Tage meines Lebens. Nun brechen die letzten Tage des Königreiches an. Ich muss dort sein. Ich bin am Anfang dort gewesen, ich muss das Ende sehen.«

Alinor schloss die Augen, um sein gerötetes Gesicht nicht mehr ansehen zu müssen. »Ich kann die Fähre nicht übernehmen«, sagte sie. »Ich kann es nicht. Du weißt, dass ich es nicht kann.«

»Niemand wird in den Tagen vor Weihnachten mit der Fähre fahren wollen«, log er. »Nach dem Weihnachtsmarkt in Chichester wird niemand mehr die Insel Sealsea verlassen. Gott weiß, es wird niemand herkommen. Sie werden alle über die Feiertage zu Hause bleiben.«

»Doch! Doch!« Alinors Bedrängnis wuchs. »Keiner will im Winter durch die Furt laufen. Sie werden alle mit der Fähre fahren wollen, selbst bei Ebbe, und bei Flut werden sie Pferde aufladen. Ich kann es nicht tun, Bruder. Nicht auf kaltem Wasser. Nicht bei den Gezeiten im Winter. Zwing mich nicht dazu! Ich kann es nicht – ich schwöre, dass ich es nicht kann.«

»Aber ich kann«, meldete sich auf einmal Alys hinter ihr zu Wort. »Ich werde die Fähre für dich übernehmen, Onkel Ned.«

»Du?«

»Ja, aber du musst mich bezahlen. Du weißt doch, dass ich noch nicht meine ganze Mitgift beisammenhabe. Ich werde die Fähre für fünf Shilling übernehmen. Ich meine, fünf Shilling zusätzlich zu dem Geld, das du mir als Geschenk versprochen hast. Fünf Shilling, und die Fährgebühren behalte ich.«

»Das kannst du nicht.« Alinor drehte sich zu ihrer Tochter um. »Du kannst nicht auf dem Wasser sein. Es wäre mir unerträglich. Du bist nicht stark genug, wenn die Flut hoch ist ...«

»Doch, das kann sie«, widersprach Ned. »Was soll ihr schon passieren? Und Rob kann von der Propstei zurückkommen und ihr helfen.«

Alinor schloss gequält die Augen, als sie sich ihre Kinder auf den dunklen Wassern des winterlichen Sumpfes vorstellte. »Bitte«, sagte sie leise. »Bitte tu's nicht. Du weißt, dass ich sie nicht entbehren kann.«

»Fünf Shilling für meine Hochzeit«, feilschte Alys. »Und ich behalte sämtliche Einnahmen.«

Ned streckte die Hand aus. »Abgemacht.« Zu seiner Schwester sagte er: »Es tut mir leid. Ich muss gehen. Ich weiß, dass die Armee den König nach London bringen wird. Ich bete darum, dass sie ihn wegen Verrats an uns, dem Volk, anklagen werden. Er ist schuldig, und ich möchte sehen, wie er für seine Verbrechen geradesteht. Er hat den Frieden Englands zerstört und Tausenden braven Männern den Tod gebracht – es ist alles umsonst gewesen, es sei denn, wir ringen ihm unsere Freiheit ab.

Und er hat eine Bestrafung genauso verdient wie eine Hexe das Ertränken. Dies ist das Ende der Tyrannen in England und der Beginn unseres neuen Landes. Ich muss dort sein, um zu sehen, wie er erniedrigt wird. Schwester, ich muss dort sein.«

Mit einem sorglosen Strahlen reichte Alys ihrem Onkel den Korb mit den Ölen. »Die kannst du für Ma tragen«, sagte sie, »da ihr gemeinsam nach Chichester geht. Und ich werde hierbleiben. Ich fange gleich heute an.«

Er grinste wie ein Schuljunge. »Dann zieh uns hinüber.«

»Einen halben Penny für euch beide«, sagte sie, streckte die Hand aus und ließ die Münze, die er ihr gab, in die Tasche ihres Kleids gleiten. Ned nahm Alinors Arm und half ihr auf die Fähre. Sie umklammerte das Holzgeländer mit ihren narbigen Händen.

»Keine Angst«, sagte er zu ihr. »Ihr wird auf dem Wasser nichts zustoßen. Wie denn auch? Es gibt nichts zu befürchten außer deinen Ängsten vorm Ertrinken. Und ich werde bald wieder da sein.«

»Wann?«, wollte sie wissen.

»Wenn es vorüber ist«, sagte er mit strahlendem Gesicht. »Wenn der König beim Volk von England um Verzeihung gebeten hat.«

Alinor und Ned trennten sich am Markt Chichester, wo das steinerne Kreuz die Straßen markierte, die von Nord nach Süd, von Ost nach West verliefen. Ned wollte nach London laufen, zuversichtlich, dass ihn jemand unterwegs mitnehmen würde, da die Wagen auf den gefrorenen Straßen problemlos rollten.

»Es wird viele von unseren Soldaten geben, die aufgrund der Neuigkeiten nach London gehen«, sagte er vertrauensvoll. »Viele von uns warten hierauf nun schon seit Jahren.«

»Aber du wirst zurückkommen, wenn alles vorbei ist?«, fragte Alinor und legte die Hand auf seinen Arm. »Du wirst nicht wieder in die Armee eintreten? Noch nicht einmal, wenn sich die Iren gegen uns erheben oder die Schotten wieder einfallen? Du wirst nicht mit Cromwells Armee davonziehen?«

»Das ist vorüber«, sagte er voller Überzeugung. »Es wird keine Kriege mehr geben, es wird keine Aufstände mehr geben. Der König wird bei seinem Leben schwören müssen, in Frieden zu leben, und all die armen Männer, die auf der einen oder der anderen Seite marschiert sind, werden nach Hause gehen können, und die tapferen Frauen, die die Häuser gegen ihre Feinde gehalten haben, werden endlich in Frieden leben können.«

»Ich frage dich, weil ich Schwierigkeiten habe, von denen ich dir nichts erzählt habe.« Alinor wählte ihre Worte sorgfältig. »Ich werde dich zu Hause brauchen, Bruder. Ich werde deine Hilfe brauchen.«

Sofort horchte er auf. »Ist Zachary wieder da? Hast du von ihm gehört?«

»Nein, gottlob nicht«, erwiderte sie rasch. »Aber ich muss dafür sorgen, dass Alys heiratet und Rob mit seiner Arbeit anfängt, und ich habe ein Problem, ein persönliches Problem. Ich werde deine Hilfe benötigen.«

Er legte seine breiten, rauen Hände auf ihre. »Alys verdient in diesem Moment ihre Mitgift«, beruhigte er sie. »Kein Grund, dir Sorgen um sie zu machen. Und Rob ist seine Stelle versprochen worden, die Peacheys bezahlen sein Lehrgeld. Ich werde zurückkommen, aber du hast auch so nichts zu befürchten. Bist du krank? Ist es das?«

Sie zwang sich, ihn anzulächeln. »Ich werde es dir sagen, wenn du wieder da bist«, antwortete sie. »Das reicht.«

Allein seiner Aufregung war es geschuldet, dass er ihre Blässe nicht bemerkte. »Ihr solltet besser im Fährhaus wohnen, während Alys die Fähre betreibt.«

»Ja, das machen wir.«

»Kümmert euch um den Hund. Er wird allmählich alt. Er spürt die Kälte.«

»Ich lasse ihn neben dem Feuer schlafen.«

»Und wenn ich nach Hause komme, kannst du bleiben. Es ist sinnlos, dass du allein in deine Hütte zurückkehrst, wenn Alys verheiratet ist und Rob fort. Wir werden allen sagen, dass Zachary nie mehr nach Hause kommt, und du kannst mir den Haushalt führen. Du kannst in dein altes Zuhause zurückkehren.«

Wie eine Vision sah Alinor vor ihren Augen ihr Elternhaus wieder als ihr eigenes Zuhause, und den Mann, den sie liebte, wie er die Straße zur Fähre heruntergeritten kam, genau wie er es schon einmal getan hatte. Er würde sie am Gartentor des Fährhauses stehen sehen, und er würde wissen, dass sie eine freie Frau war, die auf ihn wartete. Wenn er auf der Fähre übersetzte und ihre Hände ergriff, so dachte sie, würde sie ihm sagen, dass sie sein Kind unter dem Herzen trug.

»Ja«, sagte sie. »Sehr gut.«

London, Dezember 1648

An einem kalten Dezembermorgen stach James von Frankreich aus in See, und ein Westwind blähte die Segel des Themse-Frachtkahns, der ihn in den Pool of London brachte. Er ging mit Papieren von Bord, die ihn als Weinhändler auswiesen, der gekommen war, um mit der Vintners' Company of London Handel zu treiben. Er wurde von einem Steuereinnehmer an Land empfangen, dessen Hauptsorge der Überprüfung des Schiffsladeraums galt und der keine Zeit für jemanden hatte, der keinen Klatsch von den Königshöfen im Exil in Frankreich und den Niederlanden zu erzählen hatte.

»Nein, ich habe nichts gehört.« James antwortete ihm mit einem leichten französischen Akzent. »Könnt Ihr mir den Weg zur Vintners' Hall weisen?«

»Hinter der Schleuse und dem Drei-Kräne-Kai.« Der Mann winkte mit der Hand.

»Und woran erkenne ich den Drei-Kräne-Kai?«

»An den drei Kränen«, sagte der Mann mit übertriebener Geduld.

Zufrieden, dass der Steuereinnehmer sich an den französischen Weinhändler würde erinnern können, hievte James seine Tasche über die Schulter und erklomm die feuchten Stufen, die in die Kaimauer von Queenhithe eingelassen waren. Auf der Uferstraße wimmelte es von Verkäufern kleiner Waren, Gepäckträgern, Straßenhändlern und Hausierern. James verschwand zwischen den Leuten, die versuchten, ihm Dinge zu verkaufen, die er nicht haben wollte. Er ging durch die Trinity Lane den Hügel hinauf und dann auf einem Umweg zu seinem Ziel: einem kleinen Kontor in einer Seitenstraße der Bread Street. Als er die Tür mit dem seltsam geschmiedeten

Türklopfer erreichte, betätigte er ihn zweimal und trat dann ein.

Im Dunkeln sah er, dass eine Frau mittleren Alters vom Tisch aufstand, an dem sie gerade im trüben Licht der vergitterten Fenster kleine Münzen abwog. »Guten Tag, Sir. Kann ich etwas für Euch tun?«, fragte sie.

»Ja«, erwiderte er. »Ich bin Simon de Porte.«

»Herzlich willkommen«, sagte sie. »Seid Ihr Euch sicher, dass Euch niemand von den Docks gefolgt ist?«

»Ich bin mir sicher«, antwortete er. »Ich bin um mehrere Ecken gebogen, stehen geblieben und zweimal wieder zurückgegangen. Da war niemand.«

Sie zögerte, als habe sie Angst, ihm zu vertrauen. »Habt Ihr so etwas früher schon einmal gemacht?«, fragte sie, doch dann erkannte sie, wie erschöpft er aussah. Sein schönes junges Gesicht war von müden Falten durchzogen. Offensichtlich hatte er so etwas schon einmal gemacht; offensichtlich hatte er es schon zu viele Male gemacht.

»Ja«, sagte er knapp.

»Ihr könnt Eure Tasche in den Keller stellen.« Sie wies zu einer Luke im Boden unter ihrem Stuhl. Gemeinsam schoben sie Tisch und Stühle beiseite, und sie reichte ihm eine Kerze, damit er auf dem Weg die hölzerne Leiter hinunter Licht hatte. Am Fuß befanden sich ein kleines Bett, ein Tisch und noch eine Kerze.

»Falls es eine Durchsuchung gibt, verriegelt die Luke von innen. Es gibt einen Geheimgang in den Keller nebenan, hinter dem Weinregal«, sagte sie. »Und von dort, in der gegenüberliegenden Wand, führt eine niedrige Lieferantentür nach draußen in die nächste Gasse. Wenn jemand kommt, dann geht schnell und leise dorthin, und Ihr entkommt vielleicht.«

»Danke«, sagte er und blickte hoch in ihr abgespanntes Gesicht, das von grauem, unter ihre Haube zurückgestecktem Haar gerahmt wurde. »Ist Master Clare zu Hause?«

»Ich werde ihn holen«, sagte sie. »Er ist in seiner Werkstatt.«

James kletterte wieder nach oben, sie ließ die Luke zufallen, und zusammen zogen sie den Tisch zurück. James bemerkte ihre ausgesprochen schlichte Aufmachung, ein graues Kleid mit einer einfachen Schürze, ganz anders als die wohlhabenden Unterstützerinnen des Königs, die ihn in der Vergangenheit versteckt hatten.

»Ein Becher Ale?«, bot sie ihm an.

»Sehr gern.«

Sie goss das Ale aus einem Krug auf der Anrichte ein und schlang sich dann ihr Tuch um den Kopf. »Ich werde den Meister holen«, sagte sie. »Wartet hier.«

James setzte sich an den Tisch und hatte das seltsame Gefühl, als bewege sich der Boden unter seinen Füßen, als reite er immer noch auf dem Pferd zur Küste, als schaukle er immer noch auf den Meereswogen auf und nieder. Es war nur die Reisekrankheit, doch er glaubte, sie werde ewig andauern: Nie wieder würde der Boden unter seinen Füßen fest sein. Dann ging die Tür auf, und ein schmächtiger Mann in der ordentlichen, bescheidenen Tracht eines Londoner Handwerkers trat ein. Er schüttelte James' Hand mit festem Griff.

»Ihr werdet nicht lang bleiben.« Im Grunde war es keine Frage, sondern eine Feststellung.

»Nein«, versprach James ihm. »Ich bin Euch dankbar für die Zuflucht.«

Der Mann nickte.

»Ihr seid nicht vom alten Glauben?«, fragte James zögerlich.

»Nein«, sagte der Mann. »Ich bin Presbyterianer, auch wenn ich glaube, dass es einem Menschen freistehen sollte, auf seine eigene Weise zu beten – genau wie Cromwell es tut. Aber im Gegensatz zu den Radikalen finde ich, dass das Land am besten von einem König und den Lords regiert wird. Ich sehe nicht, wie ein Mann tagsüber ein Pflüger und abends ein Abgeordneter sein soll. Wir alle haben unser Gewerbe und sollten dabei bleiben.«

»Ist der König ein guter Bruder in der Zunft der Monarchie gewesen?«, fragte James ihn mit einem leichten Lächeln.

»Nicht der beste«, sagte der Mann offen. »Aber wenn mein Goldschmied eine schlechte Arbeit abliefert, beschwere ich mich und fordere ihn dazu auf, sich noch einmal daranzusetzen. Ich hole nicht den Bäcker an seine Stelle.«

»Gibt es viele in London, die wie Ihr denken?«

»Ein paar«, sagte der Mann. »Nicht genug für Eure Ziele.«

»Mein Ziel sind Informationen für die Königin und den Prinzen, und ein Brief an ihre Freunde«, sagte James vorsichtig. »Das ist alles.«

»Das ist nur die halbe Arbeit. Euer Ziel sollte es sein, ihn zurück auf den Thron zu bringen und Euch zurück in Euer Zuhause, wo auch immer das sein mag. Wir alle gehören an den Platz, der uns laut Geburt zusteht. Wir alle sollten in dem Gewerbe arbeiten, das man uns beigebracht hat.«

James nickte. Kurz dachte er an sein Zuhause und den Kräutergarten seiner Mutter, und an seinen Traum von Alinor, die am Tor stand. »Ich hege Hoffnungen«, gab er zu. »Aber im Moment muss ich erst einmal wissen, was vor sich geht.«

»Ich werde Euch nach Westminster bringen«, sagte sein Gastgeber. »Ihr könnt es Euch mit eigenen Augen ansehen. Die Armee hält das Tor zu den Parlamentshäusern, und dem König wird befohlen, dort Rechenschaft abzulegen.«

Wattenmeer, Dezember 1648

In den kalten, dunklen Dezembertagen betrieb Alys die Fähre, zog sie hinüber zur Nordseite, sobald sie das Scheppern der Eisenstange am Hufeisen hörte, und reagierte auf jedes Klopfen an der Tür oder Rufen von der Straße. Sie war den Reisenden gegenüber höflich und stets gut gelaunt, und mehr als ein Fuhrmann bezahlte ihr zusätzlich zu seiner Gebühr von drei Pennys einen halben Penny Trinkgeld für ihr hübsches Lächeln.

Die beiden Frauen zogen umgehend ins Fährhaus. Es war die einzige Möglichkeit, wie Alys sich in der Dunkelheit um die Fähre kümmern konnte, und sie waren beide froh, in dem größeren, wärmeren Haus zu sein, als der Ostwind Frost über das Watt brachte und sich der Regen in Eis verwandelte.

Alinor, die in ihrem Bett aus Kindertagen aufwachte und wieder einmal die vertrauten gestrichenen Balken an der getünchten Decke sah, hatte das Gefühl, als wäre sie nie verheiratet gewesen und hätte nie ihr Zuhause verlassen, um mit Zachary in der kleinen Hütte zu leben. Manchmal glaubte sie beim Erwachen, ihre Mutter sei noch da und ihr Bruder Ned schnarche im Bett neben ihrem, doch dann spürte sie, wie sich das Kind in ihrem Bauch bewegte, und ihr fiel wieder ein, dass sie kein junges Mädchen mehr war. Sie hatte zwei Kinder zur Welt gebracht und war jetzt mit einem dritten schwanger.

Die beiden Frauen arbeiteten den Großteil des Tages Seite an Seite, jäteten Unkraut im winterlichen Garten, brauten Ale und verkauften es durchs Küchenfenster an Leute, die auf der Fähre übersetzten, buken Brot mit der Bierhefe aus dem Ale-Schaum, tauchten Binsen in Bienenwachs, um Kerzen herzustellen, und sortierten Samen fürs Frühjahr. Dass sie beide schwanger waren, ließ sich leicht verbergen. Die zunehmende Wölbung von

Alinors Bauch wurde von ihrem weiten Winterrock und den Schürzen kaschiert, und Alys war den ganzen Tag in den Segeltuchumhang ihres Onkels Ned gewickelt, um sich auf dem Wasser warm und trocken zu halten.

In den Wintermonaten gab es auf der Mill-Farm wenig anstrengende körperliche Arbeit. Die Männer übernahmen den Großteil der Arbeit an den Hecken und Gräben. Das Pflügen und Eggen würde erst wieder im Frühling beginnen. Alinor übernahm die Stelle ihrer Tochter in der Mühle und arbeitete in der Küche und der Molkerei: Brotbacken, Brauen und Käseherstellung.

Vor Sonnenaufgang am Morgen und bei Sonnenuntergang kam Richard Stoney den Weg von der Mühle hergelaufen, um mit Alys in der Küche des Fährhauses zu sitzen oder um die Fähre für sie zu ziehen, damit sie im Haus bleiben und spinnen konnte. Alinor traf die beiden eng umschlungen an, wenn es an der Zeit war, dass Richard nach Hause aufbrach.

»Bald werdet ihr nicht mehr getrennt werden«, sagte sie.

»Und dann werden wir nie wieder getrennt werden«, versprach Richard.

Alinor kochte gerade zum Abendessen einen Fischeintopf aus Alys' Fang aus dem Broad Rife, da erklang ein scharfes Bellen von Red, dem ein lautes Klopfen an der Hintertür des Fährhauses folgte. Ihr erster Gedanke galt James, doch als sie die Tür aufriss, war es einer der Bauern von der Insel Sealsea, der da auf der Türschwelle stand.

»Es ist meine Mutter«, sagte er. »Großmütterchen Hebden. Es geht rapide bergab mit ihr.«

»Gott segne sie«, sagte Alinor sofort.

»Wir möchten, dass Ihr bei ihr sitzt, und dann ... alles andere.«

»Ist sie krank?«, wollte Alys über die Schulter ihrer Mutter wissen. »Hat sie Fieber?«

»Ich komme«, sagte Alinor. Zu ihrer Tochter sagte sie: »Es ist die falsche Jahreszeit für die Pest, aber ich muss hingehen und es mir ansehen. Sie ist eine alte Frau. Wahrscheinlich geht es mit ihr nur zu Ende.«

»Ich kann nicht erlauben, dass du hier Krankheiten einschleppst«, sagte Alys stur. »Du weißt, warum.«

»Ich würde es um meinetwillen nicht riskieren«, erwiderte Alinor mit einem matten Lächeln. »Du weißt, warum!«

»Ich hole deinen Korb«, sagte Alys, und während ihre Mutter sich ein Tuch umlegte und den Umhang um die Schultern zog, holte das Mädchen Alinors Korb mit ihren Kräutern und Ölen. »Ich werde dir etwas von dem Eintopf übrig lassen.«

»Vielleicht komme ich heute Nacht nicht zurück«, warnte Alinor sie. »Willst du zur Propstei gehen und Rob holen?«

»Richard wird bei mir bleiben«, sagte Alys zuversichtlich.

Alinor trat hinaus in die Dunkelheit. Der junge Mann hatte eine Laterne aus Horn, und er hielt sie vor sich gestreckt. Während sie die Tür schloss, schlüpfte der Hund hindurch, entschlossen, sie zu begleiten.

Mit Red bei Fuß, den Pfad von dem schaukelnden Licht erhellt, eilten Alinor und der Bauer in Richtung Süden. Die Straße war gefroren, die Spurrillen vom Frost weiß, der Wintermond am wolkenlosen Himmel von einem gelben Dunst umgeben. Der Weg war gut sichtbar, und sie gingen raschen Schrittes, ihre Atemzüge als neblige Rauchwolken vor ihren Mündern, bis sie ein Tor erreichten und der Bauer sagte: »Da sind wir.« Alinor folgte ihm durch den Obstgarten zu dem kleinen Haus.

Er öffnete die Tür, und sie betraten die Diele des Bauernhauses. Auf Alinors Befehl legte der Hund sich vor die Schwelle.

Alinor ging auf die Kaminecke zu, wo eine Greisin, vom Alter ganz gekrümmt, auf einem Schemel neben dem Feuer saß.

Die Bäuerin erhob sich von der anderen Seite der steinernen Feuerstelle.

»Wie geht es ihr?«, fragte der Bauer seine Frau.

»Unverändert.«

»Hier ist Mrs Reekie, um dich zu sehen.«

»Ich glaube nicht, dass sie sie erkennen wird.«

»Ich werde mit ihr reden«, sagte Alinor sanft. »Lasst mich mit ihr reden.«

Sie kniete sich auf den Steinboden vor die alte Frau und wartete, während sich die milchigen Augen auf sie richteten und die Alte lächelte. »Oh, Alinor, meine Liebe. Warum haben sie nach Euch geschickt?«

»Hallo, Großmütterchen Hebden. Sie sagen, es gehe Euch nicht so gut?«

Die alte Frau streckte die Hände aus. »Oh, nein, meine Liebe, sie täuschen sich gewaltig. Mir geht es ausgezeichnet: Ich bin nur am Sterben.«

»Ach ja?«

»Ja. Aber ich möchte hier ableben, vor dem Feuer, im Warmen. Ich habe über achtzig Jahre in diesem Haus gelebt, müsst Ihr wissen.«

»Tatsächlich?«, fragte Alinor behutsam. Sie konnte sehen, dass die alte Frau kein Fieber hatte: Ihr Gesicht war blass, ihre Hände kühl. Doch ihr Atem ging schwer, bei jedem keuchenden Zug geriet er ins Stocken.

»Oder länger. Die haben ja keine Ahnung.«

»Natürlich haben sie das nicht«, flüsterte Alinor. »Ich weiß noch, wie ich mit meiner Mutter hergekommen bin, um Euch zu besuchen, als ich noch ein ganz kleines Mädchen war.«

»Und mit Eurer Großmutter. Sie hat Euch mitgebracht, als ich mir bei einem Sturz vom Apfelbaum das Bein gebrochen habe. Drei Generationen weiser Frauen in Eurer Familie, und Elfenblut gewiss auch. Hat Eure Tochter das Zweite Gesicht?«

»Heutzutage sprechen wir nicht darüber.«

Eine Grimasse zeigte, was die alte Frau von der jüngeren Generation hielt. »Es ist großartig, Elfenkünste in der Familie zu haben. Aber heutzutage – nun, da ist alles verboten, nicht wahr?«

»Der Pfarrer muss uns lenken«, sagte Alinor taktvoll.

Die alte Frau zuckte verärgert mit den Schultern. »Was weiß der denn schon?«, fragte sie. »Es ist ja nicht so, als wenn er ein richtiger Priester wäre. Er hält noch nicht einmal die Messe ab.«

»Pst, Großmütterchen«, sagte Alinor eindringlich. »Ihr wisst doch, dass er der Pfarrer ist, der dazu ernannt wurde, uns zu führen. Alles andere verstößt gegen das Gesetz.«

»Ich denke, mit meinen letzten Atemzügen kann ich sagen, was ich will.«

»Schmerzt Euch das Atmen?«, fragte Alinor.

»Mich drückt schon seit Jahren etwas im Bauch«, sagte die alte Frau. »Es hat mir das Leben aus dem Leib gepresst.«

»Warum habt Ihr nicht schon früher nach mir geschickt?«

»Was hättet Ihr schon tun können, meine Liebe?«

Alinor nickte. Wenn die Frau eine Geschwulst im Bauch hatte, dann ließ sich nichts machen. Ein Arzt wagte vielleicht, einen tapferen Mann oder eine tapfere Frau wegen eines Gallensteins aufzuschneiden, ein Wundarzt würde vielleicht eine Zungenverwachsung durchtrennen oder das Zahnfleisch aufschneiden, um einen verfaulten Zahn herauszuziehen. Alinor selbst hatte einst ein lebendes Kind aus dem Bauch seiner toten Mutter geschnitten. Doch ein Geschwulst tief im Bauch einer lebendigen Patientin war etwas ganz anderes.

»Ich hätte Euch etwas gegen die Schmerzen geben können.«

»Ich nehme ein wenig Brandy«, sagte die alte Frau mit schlichter Würde. »Und dann nehme ich manchmal ein Schlückchen von dem schottischen Whisky. Und manchmal – an schlechten Tagen – nehme ich beides zusammen.«

Alinor lächelte sie an. »Hättet Ihr jetzt gern ein paar Kräuter, um die Schmerzen zu lindern?«

»Ich werde ein wenig Brandy zu mir nehmen«, antwortete die Greisin. »In heißem Wasser. Mit Euren Kräutern. Und Ihr könnt das Mädchen – wie heißt sie gleich? – fragen, ob der Pfarrer dieser Tage Hausbesuche macht, und ob es Gebete für die Sterbenden gibt, denn ich glaube, ich bin bereit.«

»Ich werde Mrs Hebden, Eure Schwiegertochter, fragen«, rief Alinor ihr ins Gedächtnis.

»Ja, so heißt sie.« Die alte Frau nickte. »Fragt sie, was der Pfarrer für die Sterbenden tut, ob er heutzutage irgendetwas tut? Oder ob sich das auch alles geändert hat?«

Alinor erhob sich und stellte fest, dass William Hebden an der Tür zur Waschküche wartete. »Sie möchte etwas Brandy in heißem Wasser«, sagte sie.

»Wir haben ein Fässchen Brandy«, erwiderte er. »Es ist ein Geschenk gewesen.«

Alinor begriff sofort, worum es sich handelte: um geschmuggelten Brandy. »Mir egal«, versicherte sie ihm. »Und sie möchte wissen, ob der Pfarrer kommen wird, um die Sterbegebete zu sprechen?«

»Nicht zu unsereinem«, sagte er kurz angebunden. »Wir sind ihm nicht vornehm genug. Wir zahlen beim Zehnten nicht genug, als dass er bei uns Hausbesuche machen würde. Der Kaplan der Propstei, dieser Mr Summer, der wäre auf Anfrage gekommen. Er ist sogar ohne Bezahlung hergekommen, ist zweimal da gewesen.«

Bei seinem Namen lief Alinor tiefrot an. »Ach ja?«, fragte sie. Sie glaubte, dass die Liebe in ihrer Stimme für jedermann zu hören sein müsse. »Hat er Leute kostenlos zu Hause besucht?«

»Er ist hergekommen und hat mit ihr gebetet.« William trat von einem Fuß auf den anderen. »Alte Gebete«, sagte er. »Diejenigen, die sie mag. Jetzt sind sie wahrscheinlich nicht mehr erlaubt. Aber sie war so krank ...«

»Wie dem auch sei, Mr Summer ist fort«, sagte Alinor.

»Ja. Aber er hat sein Gebetbuch hiergelassen. Er hat gesagt, sie kann es in der Hand halten, wenn es niemanden geben sollte, der ihr daraus vorlesen kann. Er hat gesagt, wir sollen es verstecken, aber dass sie es halten kann, wenn es ihr Trost spendet.«

»Ach ja?« Alinor wurde von dem Verlangen gepackt, alles zu sehen, was einmal James gehört hatte.

»Er hat gesagt, jeder kann ihr die Gebete vorlesen. Ihr seid eine Hebamme, Ihr könntet sie aufsagen, nicht wahr? Es wäre so gut wie ein Pfarrer.«

»Ich kann sie aufsagen«, bot Alinor an. »Ich könnte sie auch aus seinem Buch vorlesen. So gut wie von ihm wäre es nicht, aber es sind seine Gebete.«

Sie kehrte mit etwas Brandy in einem irdenen Becher an die Feuerstelle zurück, fügte eine Fencheltinktur hinzu und goss aus dem Topf, der auf einem Dreifuß neben dem Feuer stand, heißes Wasser darauf.

Begierig nahm die alte Frau den Becher in die Hände und schlang ihre kalten Finger darum. »Jetzt«, sagte sie. »Jetzt bin ich bereit.«

Alinor griff nach James' Messbuch und fing an, die schönen alten Worte auf Latein zu entziffern, ohne zu wissen, was sie bedeuteten. Doch beim Klang der Gebete, wissend, dass er sie auswendig gekannt hätte, dass dies seine Religion und sein Gott waren und dass sein Kind in ihrem Bauch die Laute vielleicht hören konnte, fühlte sie sich ihm jetzt, da sie einer alten Frau das Totengebet vorlas, näher, als sie es in den langen Wochen seiner Abwesenheit je getan hatte.

London,
Dezember 1648

Ohne zu wissen, dass seine Gebete von der Frau, die er liebte, geflüstert wurden, ging James leise durch die dunklen Straßen der Londoner City, immer in der Mitte der Straße, wo er sich seinen Weg durch den gefrorenen Dreck und Abfall bahnte, um sich von den gefährlichen dunklen Eingängen und ihren Schatten fernzuhalten. Er bog in eine prächtige Einfahrt, nickte dem schweigenden Wächter zu und ging dann an der Seite des Hauses entlang, wo an einem krummen Nagel vor einer schmalen Tür eine einzelne Laterne hing.

Die Tür ließ sich öffnen, als er an der Klinke drehte, und er betrat einen mit Steinen gefliesten Flur, der in der einen Richtung zur Küche führte und in der anderen zur großen Eingangshalle des Hauses. Vor ihm befand sich eine kleine Vorratskammer mit einer brennenden Kerze auf dem Tisch. James trat ein und nahm an dem sauberen Tisch Platz.

»Ihr seid John Makepeace?« Der Mann kam so leise herein, dass James seine Schritte nicht hörte.

»Ja.«

»Losungswort?«

»Geh mit Gott.«

»Gott wird uns nicht im Stich lassen«, erwiderte der Mann. »Kommt Ihr von der Königin?«

»Ja. Ich habe das hier.« James überreichte ihm einen dicken Brief.

Der Mann erbrach das Siegel. »Er ist verschlüsselt«, sagte er verärgert. »Wisst Ihr, was darin steht?«

»Ja, mir wurde befohlen, ihn für den Fall, dass ich ihn vernichten müsste, auswendig zu lernen. Er instruiert Euch, den König zu holen und ihn nach Deptford zu bringen. Dort wartet ein Schiff auf ihn, ein Küstenhändler, der ihn nach Frankreich bringen wird. Sie heißt die *Dilly*. Wenn Ihr mir den Zeitpunkt nennt, kann ich eine Botschaft an die Flotte Seiner Hoheit schicken und dafür sorgen, dass Ihr von ihnen empfangen werdet, für eine sichere Überfahrt übers Meer.«

»Und die beiden königlichen Kinder?«

»Für sie habe ich keine Instruktionen.«

Überrascht blickte der Mann von dem versiegelten Brief auf. »Was? Begreifen sie, dass die Armee die Kinder niemals außer Landes lassen wird, falls er entkommt? Er wird sie niemals wiedersehen! Sollen sie inmitten ihrer Feinde zurückgelassen werden? Sollen wir sie einfach hierlassen?«

»So lauten die Anweisungen«, sagte James ungerührt.

Der Mann ließ sich auf einen Stuhl fallen und sah James zornig an. »Er sollte in Newport entkommen.«

»Das weiß ich.«

»Es ist gescheitert.«

»Niemand weiß das besser als ich.«

»Und aus dem Hurst Castle.«

»Hurst?«

»Ja, dort auch. Das ist auch gescheitert. Und in Bagshot sollte er das schnellste Pferd in ganz England bekommen, aber an dem Tag, an dem er losreiten sollte, erlahmte es, und niemand hatte ein zweites Pferd. Oder einen zweiten Plan.«

James zwang sich dazu, sich seine Verachtung für diese unausgegorenen Komplotte nicht anmerken zu lassen. »Ihr sprecht, als sei es hoffnungslos.«

»Ich glaube, das ist es. Meine Hoffnung ist Monat für Monat geschwunden. Alles, was wir jetzt tun können, ist beten, dass sie ihm einen gerechten Prozess gewähren und sich anhören, was er zu sagen hat. Dass er alles, was er getan hat, erklären kann.«

»Und dann?«

»Gott weiß. Das ist das Verrückte daran, dass er nicht weggebracht wurde. Wir wissen nicht, was sie vorhaben, oder auch nur, ob sie irgendwelche Absichten hegen, abgesehen davon, ihn zu entehren. Werden sie seine Macht nach Gutdünken beschränken? Oder wird er einwilligen, den Thron an Prinz Charles zu übergeben? Werden sowohl König als auch Prinz schwören, niemals eine Armee aufzustellen, außerhalb des Königreiches oder im Innern? Das Parlament wird sich mit nichts Geringerem zufriedengeben.«

»Das bedeutet, die königliche Macht aufzugeben. Für ihn – und für seine Söhne. Für alle Könige überall?«

»Ich glaube, ihm bleibt keine Wahl. Jetzt ist die Armee an der Macht, nicht das Parlament, und sie haben nichts übrig für einen Mann, der ihre Kameraden umgebracht hat und dann wieder hinausmarschiert ist. Sie sind Männer der Tat, nicht vieler Worte. Die Armee ist eine ganz eigene Sache. Sie sprechen eine andere Sprache, die Männer kommen aus anderen Welten.«

»Eure Befehle lauten, ihn zu retten«, sagte James mit Nachdruck. »Komme, was wolle. Ich muss eine Antwort erhalten. Was soll ich ihnen sagen, wenn ich Bericht erstatte?«

»Sagt ihnen, dass ich es versuchen werde«, antwortete der Mann niedergeschlagen. »Aber ich werde Euch keine Botschaft schicken, um Euch über den Zeitpunkt zu unterrichten. Ich werde keinen Termin festschreiben. Je weniger Männer Bescheid wissen, desto besser.«

»Ihr werdet doch wohl nicht riskieren, dass er ohne den Schutz der Flotte auf hoher See ist?«

»Welcher Schutz? Welche Flotte? Wer kann schon sagen, ob die Seeleute des Prinzen ihn nicht entführen und direkt nach London zurücksegeln würden, um das Lösegeld einzusacken? Sie haben schon einmal einen anderen Ton angeschlagen. Sie werden es wieder tun, nicht wahr?«

James schauderte vor dem verbitterten Zynismus des Mannes. »Ihr traut der königlichen Flotte nicht? Unter dem Kommando des Prinzen von Wales?«

»Glaubt Ihr, Ihr wärt der einzige Mann in England, der seinen Glauben verloren hat?«

»Ich habe nie gesagt, dass ich meinen Glauben verloren habe!«

»Es steht in Euer Gesicht geschrieben«, sagte der Mann verächtlich. »Ihr seht aus wie wir alle – besiegt.«

Wattenmeer, Dezember 1648

Alys und Alinor gingen am ersten Weihnachtsfeiertag am Hafendamm entlang zur Kirche. Heftiger Frost färbte die Auen landwärts zu ihrer Rechten weiß wie Schnee, und auf der anderen Seite ließ er das Watt wie Eis erstarren. Sie waren in etliche Lagen Winterkleidung gehüllt, aber an ihre Umhänge waren keine besonderen Bänder oder Schleifen geheftet. Das neue Parlament hatte bestimmt, dass Weihnachten mit keinem Festschmaus oder Vergnügungen begangen werden sollte, sondern ein Tag wie jeder andere zu sein hatte. Red trottete vor ihnen her und kam dann zurück, als Einziger in ausgelassener Stimmung.

Alinor betrachtete die Wintersonne, die den Uferdamm, die Pfützen und das Schilf in trübes Licht hüllte. Sie fragte sich, ob James bei seiner Familie war, ob er an sie dachte. Sie hoffte, dass er an einem warmen und fröhlichen Ort war. Ihre Liebe für ihn war so groß, dass sie ihm sogar ohne sich selbst Glück wünschte.

Die Kirche war kalt, nichtssagend und kahl, es gab keine Gesänge und keine Weihnachtslieder. Der Pfarrer hielt eine Predigt, in der verkündet wurde, dass es die Geburt Jesu Christi sei und der Tag voll stiller Reflexion sein solle und dass Trinkgelage, Weihnachtsfeiern und besondere Nachspeisen und Braten zum Essen nichts als weltliche Prahlerei und Gier seien. Die Geburt unseres Herrn solle ehrfürchtig und nachdenklich reflektiert werden. Gottselige Arbeit könne und solle getan werden. Es sei kein Feiertag für Besuche und Tanz und Zechereien. Wie wäre der Geburt Gottes ein Dienst erwiesen, indem die Leute sündigten? Wie wollte der Herr begrüßt werden, wenn nicht durch stille Reflexion und emsige Arbeit?

Die Gebete für Gemeindemitglieder, die krank waren oder im Sterben lagen, dauerten viele Minuten lang. Das kalte Wetter traf die Armen der Insel Sealsea immer hart. Alinor neigte den Kopf und dankte Gott, dass Alys und sie gut im Fährhaus untergebracht waren und Rob in der Propstei. Der Pfarrer betete für die Seele der alten Mrs Hebden, die im frosthartem Boden begraben lag, und rief Gottes Hilfe an für andere Männer und Frauen, die die kalte Jahreszeit nicht überleben würden und hungerten, um ihre Wintervorräte nicht aufzubrauchen. In der Kirche war es bitterkalt, der Gottesdienst zog sich immer weiter in die Länge, und als die Gemeinde endlich entlassen wurde und aus dem Portal strömte, begann es zu schneien.

»Der Hund sucht nach Euch«, beklagte der Pfarrer sich bei Alinor, als sie an ihm vorüberging. »Er sitzt im Kirchenportal und hält nach Euch Ausschau.«

»Er tut keinem was, er ist ein braver Hund, der Hund meines Bruders.«

»Es fällt den Leuten auf«, sagte er.

»Es hat nichts zu bedeuten«, versicherte Alinor hastig. »Bloß ein Hund, der sein Herrchen vermisst.«

»Es ist gottlos, wie er an Euch hängt«, beschwerte sich der Mann.

»Nächsten Sonntag lasse ich ihn zu Hause. Ich bitte um Verzeihung. Er sehnt sich nach meinem Bruder.«

»Ist Edward immer noch in London?«, fragte der Pfarrer.

»Ja, Sir.« Sie war froh, nicht mehr über das gefährliche Thema eines anhänglichen Tieres, eines Begleiters, sprechen zu müssen.

»Er wollte wohl in diesen wichtigen Zeiten bei seinem alten Regiment sein?«

»So lautete sein Plan.«

»Gottselige Arbeit«, sagte er. »Zeuge der Endzeit.«

»Ja«, pflichtete Alinor ihm bei. »Er ist sehr fromm. Lobet den Herrn!«

Dann ging Alinor zum Haushalt des Grundherrn. Sie machte einen Knicks vor Sir William und Walter und küsste anschließend Rob. »Frohe Weihnachten«, flüsterte sie ihm zu.

»Ihr solltet besser mit zur Propstei kommen«, lud Mrs Wheatley sie ein. »Bei uns wird es ein gutes Essen geben: Weihnachten hin oder her.«

»Kommt doch«, ergänzte Rob.

»Besser nicht«, sagte Alinor. »Mein Bruder sähe es nicht gern. Und Alys ist für die Fähre zuständig.«

»Nur zum Essen«, drängte Rob sie. »Ich werde mit euch zurückkommen und die Fähre bei der Flut am Abend übernehmen.«

»Komm schon«, sagte Alys.

»Oh, na schön«, lenkte Alinor ein. »Aber wir müssen zur Flut heute Nachmittag wieder bei der Fähre sein. Ihr wisst doch, dass Weihnachten kein Feiertag mehr ist.«

»In der Propstei schon«, flüsterte Rob ihr zu. »Wir halten uns an die alten Bräuche. Du solltest sehen, was Mrs Wheatley alles gekocht hat!«

Alinor griff nach seinem Arm, und sie liefen nebeneinander dem Haushalt der Peacheys hinterher auf das große Haus zu, während Red hinter ihnen hertrottete, sein wedelnder Schwanz wie eine Standarte.

»Dies wird mein einziges Weihnachten in der Propstei sein«, rief Rob ihr in Erinnerung. »Nächstes Jahr werde ich in Chichester sein.«

»Und ich werde verheiratet sein«, fiel Alys auf der anderen Seite ihrer Mutter ein.

Alinor, glücklich, zwischen ihren beiden Kindern zu sein, umklammerte Robs Arm, griff nach Alys' Hand und fragte sich, wo sie nächstes Jahr sein und ob sie mit James zur Kirche gehen würde, ihr gemeinsames Kind in den Armen.

Den Haag, Niederlande, Dezember 1648

James verbrachte Weihnachten in Den Haag bei den Beratern des Prinzen von Wales und versuchte, sie davon zu überzeugen, dass die Flucht des Königs zur Vermeidung eines Prozesses keineswegs ausgemacht war.

»Warum nicht? Es ist sein Wunsch«, sagte einer der Lords ungeduldig zu James. Sie saßen zu zehnt um einen großen Holztisch. Zu viele, fand James: zehn Männer, die jedes Wort dieses Gesprächs ihren Ehefrauen, ihren Dienstboten, ihren Geliebten und ihren Kindern weitererzählen würden. Einst hatten sie ein Land beherrscht – sie konnten nicht widerstehen, ihre Bedeutung zur Schau zu tragen.

Einer von ihnen beugte sich vor. »Früher hat Seine Majestät geglaubt, man könne unsere Feinde möglicherweise zu einer Vereinbarung bringen. Jetzt wissen wir, dass sie durch und durch falsch sind, also ist er bereit, das Land zu verlassen. Ihr habt unsere Anweisungen übergeben?«

»Es geht nicht darum, Anweisungen zu erteilen.« James unterdrückte seine Ungeduld. »Ich habe die Botschaften übergeben, aber der Mann hat mir nichts anvertraut. Er wollte mir nicht trauen, und sonst auch niemandem. Er wollte nicht mit mir oder mit Euren anderen Gesandten zusammenarbeiten. Viele sind nicht mehr übrig. In London stehen sämtliche Freunde Seiner Majestät unter Beobachtung. Viele von ihnen haben aufgegeben. Erst vor einem halben Jahr habe ich mich mit Männern getroffen, die mir jetzt nicht mehr die Tür öffnen wollen.«

»Sir William Peachey?«, wollte einer von ihnen wissen.

James warf einen Blick zur Tür. »Ich werde keine Namen nennen«, sagte er.

»Nun, Ihr wisst, wen ich meine. Wird er nicht helfen? Er hat einen schönen kleinen Hafen auf seinen Ländereien, nicht wahr?«

»Nichts weiter als eine Landestelle bei Flut«, sagte James und dachte an die Gezeitenmühle und Alinors Hütte, die auf der anderen Seite des Sumpfes lag. »Wie dem auch sei, er hat genug getan.«

»Ihr habt Geld«, stellte einer der Männer verbittert fest. »Wir haben uns an den Bettelstab gebracht, um Geld aufzutreiben. Könnt Ihr niemanden anheuern?«

»Ich habe getan, was Ihr mir aufgetragen habt. Ich habe Euch über die Unterbringung Seiner Majestät und die Vorkehrungen für seinen Prozess aufgeklärt. Ich habe Euer Gold dem Mann gegeben, der eingewilligt hat, einen Rettungsversuch zu unternehmen. Aber ich warne Euch, dass er vielleicht nicht erfolgreich sein wird. Seine Majestät wird gut bewacht, und die Männer, die ihn bewachen, sind nicht käuflich. Früher haben die einfachen Soldaten das Königtum respektiert, aber jetzt nicht mehr. Ich glaube nicht, dass sie sich bestechen lassen. Also weiß ich nicht, ob die Flucht gelingen wird. Ich flehe Euch an, in Verhandlungen mit der Regierung Cromwell einzutreten. Das ist der einzige Weg, um sicherzugehen, dass Seine Majestät freikommt.«

»Freikommt? Mit ihrer Einwilligung?«, fragte ein Mann fassungslos. »Vergesst Ihr, dass er der König von England ist? Ich werde nicht mit Verbrechern feilschen!«

»Mit Cromwell verhandeln?« Einer der Lords zog eine schön gezupfte Augenbraue in die Höhe. »Mit Cromwell? Oliver Cromwell aus Ely?«

Noch ein Mann lachte spöttisch. »Wo würden sie ihn ins Gefängnis werfen? In den Tower? Das ist ohnehin ein königlicher Palast! Ihr vergesst, dass es sich hier um eine Majestät handelt. In dem Moment, wenn sie ihm von Angesicht zu Angesicht gegenübertreten, werden sie auf die Knie fallen.«

James nickte, während er seinen Zorn zügelte. »Aber was,

wenn nicht? Sie könnten ihn sehr wohl gefangen nehmen. Es wäre nicht das erste Mal. Die Zeitungen und Skandalblätter in London sind voll von Geschichten über Henry VI. und Edward II., und dass sie gefangen genommen und ihnen ihr Thron weggenommen wurde.«

»Henry VI.!« Ein Mann lachte. »Wer schert sich schon um Henry VI.?«

James ließ nicht locker. »Falls sie sich entscheiden, ihn im Tower unterzubringen, wird es sehr schwierig sein, ihn fortzuschaffen.«

»Herrgott noch mal!« Einer der Männer sprang vom Tisch auf. »Brauchen wir einen Priester, der herkommt und uns Geschichtsunterricht erteilt? Ihr! Summers oder Avery oder wie auch immer Euer Name lautet, haben wir Euch gebeten, herzukommen und uns zu enttäuschen?«

»Es tut mir leid, dass ich keine besseren Nachrichten für Euch habe«, sagte James, wobei er seine ansteigende Wut bezähmte. »Ich habe mich freiwillig für diese Arbeit gemeldet, und es ist eine undankbare Aufgabe. Wenn Ihr mich entlasst, werde ich ohne ein weiteres Wort gehen. Ich bitte lediglich darum, dass Ihr nicht von mir, meinem Namen oder denjenigen, mit denen ich zusammengearbeitet habe, sprecht.«

»Nein, geht nicht, geht nicht«, sagte der erste Berater. »Übereilt nichts. Fühlt Euch nicht angegriffen. Wir arbeiten alle für die Sicherheit Seiner Majestät. Es ist sicher, wenn wir hier Namen nennen. Dies ist unser Palast, alle Diener sind loyal. Ihr versteht unsere Lage nicht. Wir tun alles, was wir können. Genau wie Ihr vorschlagt, redet die Königin mit all ihren königlichen Verwandten, darunter dem französischen König; und Prinz Charles ruft sämtliche gekrönten Häupter Europas dazu auf, Seine Majestät zu beschützen. Wir verlangen zudem die Befreiung der königlichen Kinder: Prinzessin Elizabeth und Prinz Henry. Vor allem müssen wir den Prinzen aus England herausschaffen.«

»Beide Kinder«, sagte James mit Nachdruck. »Sie hätten niemals zurückgelassen werden dürfen. Sie ist erst dreizehn und lebt wie eine Gefangene, während sie versucht, sich um ihren kleinen Bruder zu kümmern. Beide Kinder sollten wieder zu ihrer Mutter gebracht werden.«

»Nur der Prinz ist von Bedeutung. Und wenn sie ihm die Krone auf den Kopf setzen und einen Marionettenkönig aus ihm machen? Man kann nicht darauf vertrauen, dass er den Thron seines Vaters nicht an sich reißt. Wirklich, Ihr solltet zu Prinz Henry gehen und ihm sagen, er solle jegliches Angebot ablehnen ...«

»Er ist acht!«, rief James. »Meint Ihr, Ihr könnt einem Achtjährigen Befehle erteilen? Was erwartet Ihr von einem Kind? Er hätte nie in ihrer Gewalt zurückgelassen werden dürfen.«

»Wir tun hier alles, was wir können«, wiederholte der Hauptberater. »Und wir machen uns natürlich ebenfalls Sorgen um die Kinder. Erst die Flucht des Königs, dann ihre. Wir wollen, dass Ihr hinfahrt, für uns die Augen offen haltet und Bericht erstattet.«

»Ich habe versprochen hinzufahren, Gold abzuliefern, mich mit Eurem Mann zu treffen und zurückzukommen, um Euch Bericht zu erstatten. Ich bin zu nichts anderem verpflichtet«, sagte James kalt.

Kurz herrschte Schweigen. »Ich bitte um Verzeihung«, sagte der Mann, der ihn Summers oder Avery genannt hatte. »Ich hätte Euch nicht mit Namen nennen noch mich darüber beklagen sollen, was Ihr getan habt. Denn ... um die Wahrheit zu sagen ... wir haben keinen anderen. Keinen anderen, der fahren kann. Wir sind darauf angewiesen, dass Ihr es tut.«

»Ihr seid nicht als Spion enttarnt worden?«, fragte der Hauptberater.

»Nein«, antwortete James widerwillig. »Ich glaube nicht.«

»Dann müssen wir es Euch abverlangen. Dies wird das letzte Mal sein.«

James ließ den Blick durch die Runde am Tisch schweifen und betrachtete die nervösen Gesichter, spürte die vertraute Mischung aus Ärger und Verzweiflung. »Wie Ihr wünscht.«

»Kehrt nach London zurück und schickt uns Nachricht. Wir müssen wissen, wo sie ihn festhalten und was sie mit ihm vorhaben. Wir werden Eure Berichte dem Prinzen persönlich zukommen lassen, und er wird sich damit an den König von Frankreich wenden. Wir werden auf Grundlage Eurer Berichterstattung eine Rettungsaktion planen.«

James neigte den Kopf. »Wie Ihr wünscht. Ich werde hinfahren und Bericht erstatten.« Er stand auf.

Der Hauptberater erhob sich ebenfalls und kam um den Tisch herum, um dem jungen Mann eine Hand auf die Schulter zu legen. Dann geleitete er ihn zur Tür. »Ich bin Euch sehr dankbar. Ihr werdet belohnt werden. Prinz Charles wird Euren Namen erfahren und was Ihr für seinen Vater tut.«

James blickte zur Seite, sein Gesicht angespannt und verschlossen. »Ich danke Euch, aber es wäre mir lieber, wenn mich niemand beim Namen nennt«, sagte er. »Nicht, während ich in England bin und mich als Franzose ausgebe. Es ist sicherer für meine Mutter und meinen Vater und auch für unsere Ländereien, wenn mein Name geheim gehalten wird.«

»Wie Ihr wünscht. Berichtet uns. Täglich, wenn nötig. Und gebt uns in dem Augenblick Bescheid, wenn Ihr glaubt, dass es schlecht um ihn steht.«

»Oh, das kann ich gern tun«, sagte James bitter. »Der Augenblick ist jetzt. Es steht schlecht um ihn.«

Wattenmeer,
Januar 1649

An den ersten kalten Januartagen drang ein Fuchs nachts in die Scheune des Fährhauses ein und fiel drei Hühner an, bevor das aufgeregte Gackern der Schar Alinor weckte. Als sie barfuß in ihrem Hemd angelaufen kam und das Tor aufriss, flitzte ein rotbrauner Schatten an ihr vorbei. Ein Huhn lag tot am Boden, ein anderes war nicht mehr zu retten. Alinor hob es hoch und drehte ihm den Hals um. Das dritte war verletzt und blutverschmiert, und Alinor steckte es in einen Korb und nahm es mit ins Haus. Dort wusch sie die Bisswunde aus und ließ es in einem Korb neben der Feuerstelle stehen. In der kalten, dunklen Jahreszeit legten die Hühner ohnehin kaum Eier, aber für den Kleinbauernhof war es dennoch ein Verlust. Doch selbst wenn sie es sich hätten leisten können, drei Hühner zu verlieren, wäre Alinor bekümmert gewesen. Sie kannte jeden Vogel beim Namen und war stolz auf die glänzende Gesundheit ihres Federviehs.

»Ich weiß, dass es dumm ist, um ein Huhn zu weinen, aber ich kann diesem Fuchs nicht vergeben«, sagte sie zu Alys.

»Sag Peacheys Jägern, wo der Bau ist«, erwiderte Alys. »Sie würden sich über eine schöne Jagd freuen.«

»Oh, ich könnte kein Tier an die Jäger verraten.«

Alys lachte. »Dann wirst du bis zur Wiederauferstehung und bis zum ewigen Leben immer über etwas trauern, das von etwas anderem umgebracht worden ist. Ich kann es kaum erwarten, die Hühner zu essen. Wirst du Hühnereintopf kochen?«

»Ja, natürlich«, sagte Alinor. »Ich bin nicht so närrisch, frisches Fleisch nicht zu essen, wenn es sich uns darbietet. Aber du bist Mrs Hoppy gegenüber sehr hartherzig.«

»Ich habe Hunger«, sagte Alys. »Ich habe ständig Hunger. Du nicht?«

»Doch«, sagte Alinor, der auffiel, dass ihre Tochter zum ersten Mal seit fünf Monaten bereit war, sich über ihre Schwangerschaft zu unterhalten. »Und ich muss ständig pinkeln.«

Das Mädchen lachte. »Ich wünschte, es wäre Sommer«, sagte sie. »Ich habe schon zu Richard gesagt, es würde mir nichts ausmachen, zum Misthaufen rauszugehen, wenn es nicht so kalt wäre.«

»Er weiß also Bescheid?«, fragte Alinor. »Du hast es ihm gesagt?«

»Ich habe es ihm gesagt, sobald ich mir sicher war«, erklärte die junge Frau. »Er freut sich.«

»Wird er es seiner Mutter und seinem Vater erzählen?«, fragte Alinor nervös und dachte an die Respekt einflößende Frau, die Alys' Schwiegermutter werden würde.

»Er hat es ihnen schon erzählt«, sagte Alys selbstbewusst. »Und sein Vater geht ganz nach den alten Bräuchen.« Sie rümpfte ein wenig die Nase. »Er macht Witze darüber. Er mag eine fruchtbare Braut.«

Alinor lachte über Alys' gekränkte Miene. »Nun, wenigstens haben sie keine Einwände.«

»Solange ich meine Mitgift habe. Das ist alles, was ihr wichtig ist.« Sie hielt inne. »Sie haben gesagt, du sollst kommen und bei mir bleiben, wenn die Zeit meiner Niederkunft naht. Du wirst bei mir sein müssen, Ma, wenn ich mein Kind bekomme.«

»Das hoffe ich«, sagte Alinor langsam. »Ich bete darum, Alys. Ich hoffe und bete für uns beide, die ganze Zeit.«

»Warum schickst du diesem Mann keine Botschaft? Warum kommt er nicht und bringt alles in Ordnung, wenn er dich liebt, wie du sagst?«

»Er wird kommen«, sagte Alinor mit fester Stimme. »Ich muss nicht nach ihm schicken. Er wird so schnell wie möglich herkommen.«

Am Morgen kam Red, der Hund des Fährhauses, nicht wie gewöhnlich aus seiner Ecke und setzte sich auf den Landungssteg, um der Fähre zuzusehen.

»Und wir hatten einen Fuchs«, schalt Alinor ihn. »Wirst du allmählich faul?«

Der Hund sah sie mit seinen braunen Augen an und drehte sich weg. Alinor legte ihm eine Hand auf den Kopf. »Oh, nein, Red«, sagte sie leise. »Was fehlt dir?«

Er seufzte, als wolle er ihr etwas sagen. Alinor nahm seinen breiten Kopf in beide Hände und betrachtete ihn, als wäre er einer ihrer Patienten.

»Willst du nicht warten, bis Ned nach Hause kommt?«, flüsterte sie.

Er bewegte den fedrigen Schwanz, drehte sich dann dreimal im Kreis und legte sich hin. Alinor streichelte seine weiche Stirn und ließ ihn in seinem Korb liegen.

Während Alys sich um die Fähre kümmerte, überquerte Alinor bei Ebbe den Sumpf, um in der Mühle zu arbeiten. Es war bitterkalt, der Boden rutschig vom Frost. Die Sandbänke im Sumpf waren schneeweiß.

Alinor fing in der Scheune an, wo die Kühe geduldig in ihren Verschlägen warteten. Sie holte einen dreibeinigen Schemel vom Haken und stellte ihn neben die erste Kuh, lehnte die Stirn an die warme Flanke, redete leise mit ihr, während sie abwechselnd mit den Händen an den Zitzen zog und die Milch zischend in den Eimer floss. Es war so kalt in der Scheune, dass die Milch dampfte. Als Alinor den satten Sahnegeruch einatmete, sehnte sie sich danach, sie zu trinken. Sie trug den schweren Eimer in die Molkerei und goss die Milch in eine Schüssel, um sie später zu Butter zu verrühren.

»Ich wäre Euch dankbar, wenn Ihr im Taubenschlag nach Eiern sehen würdet.« Mrs Miller steckte den Kopf in die eiskalte Molkerei. »Und anschließend könnt Ihr nach Hause gehen. Heute Nachmittag brauche ich Euch nicht.«

Alinor zog sich wieder ihr Tuch über den Kopf, griff nach dem schweren Korb und ging hinaus auf den Hof.

Richard Stoney, der Weizen in die herabhängende Schale des Wiegebalkens in der Scheune schaufelte, sah sie durchs Scheunentor, als sie vorsichtig über den gefrorenen Hof ging. »Ich werde etwas Stroh ausstreuen, damit Ihr nicht ausrutscht.« Er eilte zu ihr ins Freie.

Sie drehte sich zu ihm. Das Tuch über ihrem Kopf war vom Frost ihres gefrorenen Atems ganz steif. »Das geht nicht«, sagte sie rasch. »Sie streuen den Hof nie. Nur wenn die Kühe herauskommen.«

»Damit die Kühe nicht hinfallen, aber Ihr schon!«, rief er. »Dann nehmt wenigstens meinen Arm.«

Sie schüttelte den Kopf. »Sie wird vom Fenster aus zusehen. Lasst mich meine Arbeit machen, Richard. Ich werde nicht erfrieren, und ich werde nicht hinfallen.«

»Ihr steigt auf keinen Fall die Leiter hoch!«

Bevor Alinor antworten konnte, ging die Küchentür des Bauernhauses auf, und Mrs Miller rief in den Hof: »Richard Stoney, wiegst du Korn oder machst du einen Spaziergang?«

»Los«, sagte Alinor. »Zurück an die Arbeit.«

»Kann ich auf meinem Heimweg zum Fährhaus kommen? Geht es Alys heute gut?«, flüsterte er eindringlich, während er eine Hand hob, um Mrs Miller ein Zeichen zu geben.

»Es geht ihr gut. Natürlich könnt Ihr kommen!«, rief Alinor auf dem Weg zum Taubenschlag. In dem runden Turm griff sie unter ihre Schaffelljacke und rollte ihren Rocksaum hoch, damit er über die Knie geschürzt war und sie beim Erklimmen der Leiter nicht über den Saum strauchelte.

Sie legte die Hände auf die Sprosse und blickte die Innenwand des Taubenschlags nach oben. Es wirkte hoch, und die Leiter war alt und wacklig, aber sie konnte eine Taube auf einem Nest hocken sehen. Alinor schob die Leiter zu der nistenden Taube, überprüfte ihren festen Stand, hängte sich den Korb an den Arm und begann hochzuklettern. Jede Sprosse fühlte sich eiskalt an und war vom Frost rutschig. Immer weiter stieg sie nach oben, einen Schritt nach dem anderen, ohne hinunterzublicken und dem unheilvollen Knarren des alten Holzes Beachtung zu schenken. In einem Teil ihres Hirns dachte sie, dass ein Sturz und eine Fehlgeburt all ihre Probleme lösen würde. Dann lächelte sie über sich selbst, als sie gewahr wurde, dass sie beim Gedanken an den Verlust des Kindes die Leiter sofort fester packte und die Füße vorsichtig auf die Sprossen stellte.

Eine Taube nistete in ihrem Loch. Sie rührte sich nicht, als Alinor in Reichweite hochgeklettert kam. Sanft schob Alinor die Hand unter die warme, weiche Brust. »Es tut mir leid, Frau Taube«, sagte sie leise. »Aber man hat mich geschickt, damit ich die hier hole. Leg du mehr für dich selbst.«

Ohne auf die Schnabelhiebe des Vogels an ihren kalten Händen zu achten, hob sie alle Eier außer einem aus dem Nest und legte sie vorsichtig in den Korb. Es waren kleine weiße Eier, warm vom Brustgefieder der Mutter. Alinor stieg vorsichtig die Leiter hinunter und blickte nach oben, um zu sehen, ob noch ein Vogel nistete. Viermal verrückte sie die Leiter und stieg für Eier nach oben und wieder herunter, und dann kehrte sie vorsichtig mit einem Dutzend Eier im Korb zum Haus zurück. Mrs Miller öffnete ihr die Tür und brachte ein schmales Lächeln zustande.

»Ich hätte gedacht, Ihr würdet Alys schicken, damit sie an einem so kalten Tag die Arbeit erledigt«, sagte sie. »Mittlerweile zu fein für Taubeneier, was? Da sie nun vorhat, so gut zu heiraten? Spielt sie die große Dame?«

»Oh, nein«, sagte Alinor freundlich. »Aber sie betreibt immer noch die Fähre für Ned.«

»Wer wird denn schon bei diesem kalten Wetter übersetzen? Wie ich höre, ist der Fluss in London gefroren, und sie laufen von einer Seite zur anderen. Ihr werdet keine Gebühren einnehmen, wenn das hier passieren sollte!«

»Es fühlt sich kalt genug an, dass es gefrieren könnte«, stimmte Alinor ihr zu. »Und das Süßwasser im Fluss ist hart gefroren, aber die Flut kommt weiterhin rein.«

»Und Ned ist noch immer nicht zu Hause? Es überrascht mich, dass er die Zeit und das Geld für einen Ausflug nach London hat.«

»Es ist ihm sehr wichtig.«

Mrs Millers gute Laune wurde ein Stück weit wiederhergestellt, als sie die Eier aus dem Korb holte und in den Tontopf legte. » Möchtet Ihr zwei Eier für Euer Abendessen?«

»Danke«, erwiderte Alinor. »Vielen Dank für die Eier.«

Als sie, in ein freundschaftliches Gespräch mit einer Bauersfrau von der Insel Sealsea vertieft, zum Fluss kam, wartete die Fähre auf sie.

»Red ist verschwunden«, sagte Alys, als Alinor vorsichtig an Bord kletterte, während die Fähre auf der zurückweichenden Flut schaukelte. »Er ist heute Morgen nicht zum Landungssteg rausgekommen, und zur Mittagszeit war er nicht in seiner Ecke.«

»Ja, ich weiß«, sagte Alinor unüberlegt. »Armer Red. Ich habe mich heute Morgen von ihm verabschiedet.«

»Ihr habt gewusst, dass der Hund verschwinden würde?«, wollte die Bauersfrau wissen. »Woher habt Ihr das gewusst?«

»Sie hat es nicht gewusst«, unterbrach Alys sie unwirsch. »Er ist bloß ein alter Hund, und heute Morgen war er zu faul zum Aufstehen. Sie hat es nicht gewusst.«

Alys' schroffer Tonfall ließ Alinor überrascht aufblicken.

»Niemand könnte so etwas wissen«, entschied Alys.

Die Bauersfrau erklärte, dass sie selbst manchmal Vorahnungen habe und ihre Mutter schrecklich von Träumen heimgesucht worden sei. »Und natürlich hat Eure Großmutter das Zweite Gesicht gehabt«, rief sie Alys in Erinnerung.

»Aber wir nicht«, erklärte diese mit Nachdruck. Während Alinor ausstieg, brachte Alys die Fähre an den Landungssteg und drehte sich um, um der Frau an Land zu helfen. »Wir glauben nicht an solches Zeug. Gute Nacht!«, rief sie. »Bis morgen.«

»Ich habe sehr wohl über Red Bescheid gewusst«, stellte Alinor sanft fest, als Alys die Fähre vertäute und die Stufen hochkam.

»Das weiß ich, aber wir können so etwas nicht sagen«, erwiderte Alys barsch. »Noch nicht einmal zu Mrs Bellman. Wie dem auch sei, ich schätze mal, er ist irgendwo unter einer Hecke«, sagte sie.

»Wir suchen nach ihm«, versprach Alinor ihr. »Und ich habe ein Ei für dein Abendessen. Ein Taubenei.«

»Herrgott, sie übertrifft sich selbst!«, entfuhr es Alys. »Was sind wir nur für Glückspilze! Zwei winzige Eier! Sie verwöhnt uns. Geh du da entlang, ich gehe hier lang. Wir werden ihn finden.«

Der Hund war nicht weit vom Haus entfernt. Er hatte sich leise fortgeschlichen, wie es weise alte Hunde tun, um allein zu sterben. Alinor fand ihn zusammengerollt, als schliefe er. Doch sein Körper war kalt, und seine Augen waren geschlossen.

»Der Boden ist zu hart, als dass wir ihn begraben könnten«, sagte Alys. »Was sollen wir machen? Es scheint mir nicht richtig, ihn zu verbrennen oder ihn auf den Misthaufen zu werfen.«

»Ich werde ein Loch im weichen Schlamm im Sumpf graben«, sagte Alinor. »Geh du und kümmere dich ums Abendessen. Lang werde ich nicht brauchen.«

Sie holte eine Schaufel aus dem Schuppen im Obstgarten und ging einen der kleinen Kiespfade entlang, die in den tiefen Sumpf hinausführten. Bei Flut stünde er unter Wasser, aber jetzt, während der Mond aufging und der kalte Wind quer übers Wasser blies, war er so trocken, dass sie darauf gehen und am Rand des Pfades ein tiefes Loch in den weichen Schlamm graben konnte.

Als die Grube breit und tief genug war, hob sie den immer steifer werdenden Körper hoch und legte ihn auf den Boden des Lochs. Sie wusste, dass Ned fragen würde, ob sein Hund anständig begraben worden war, und dass er ihr vertrauen würde. Dann füllte sie das Grab mit Kies vom Pfad, um die Hundeleiche tief unter dem sich bewegenden Schlick des Hafenbodens zu halten. »Auf Wiedersehen, Red«, sagte sie zärtlich. »Du warst ein sehr guter Hund.«

Sie schaufelte einen Haufen Schlick auf und wollte ihn festdrücken, da erregte ein silbernes Glitzern ihre Aufmerksamkeit, hell wie ein Stern am dunklen Nachthimmel. Sie kniete nieder und fand eine winzige Münze, abgehobelt und dünn, aber im Schlamm hell funkelnd. Es war Elfengold, eine Münze von den alten Menschen, aus den alten Zeiten, mit einem Wappen auf der einen Seite und einer Krone auf der anderen, zu abgerieben und mitgenommen, um sich entziffern zu lassen, zu alt, um noch gültig, und zu leicht, um von Wert zu sein.

»Danke«, sagte Alinor zu Red. Unwillkürlich akzeptierte sie, dass dies seine Bezahlung für die Beerdigung war, die er ihr aus dem Jenseits, einem Land, so weit entfernt und neblig wie die andere Seite des Sumpfes, geschickt hatte. »Vergelt's Gott, guter Hund. Geh mit Gott.«

Sie steckte die Münze in ihre Tasche, legte die Schaufel über die Schulter und ging schweren Herzens den gefrorenen Kiespfad nach oben, wo die Lichter des Fährhauses über dem kalten Wasser schimmerten.

Westminsterpalast, London, Januar 1649

Die beiden Männer gingen durch die menschenüberfüllten Straßen, stiegen über die schmutzigen Rinnsteine im Kopfsteinpflaster, suchten sich einen Weg durch die verdreckten Gassen, bis sich die hohen Palastmauern vor ihnen erhoben und sie die Soldaten der New Model Army an den Toren sehen konnten. Vor den Wachen hatte sich eine kleine Menschenmenge versammelt.

»Wo ist der König jetzt untergebracht?«, fragte James mit gesenkter Stimme.

»Im St.-James-Palast. Sie haben einhundertfünfunddreißig Richter nach London berufen, die ihm den Prozess machen sollen. Aber ich schwöre, die Hälfte von ihnen wird es nicht wagen herzukommen. Und selbst wenn sie es tun, wird er ihnen keine Rechenschaft ablegen. Wie wollen sie ihn auch nur in den Gerichtssaal bringen?«

»Aber wenn sie kommen, und wenn er ihnen Rede und Antwort steht ...«

Der namenlose Mann unterbrach ihn. »Das wird er nicht«, behauptete er fest. »Mit welchem Recht sollten sie ihn vorladen? Man kann keinen König vorladen. Niemand hat jemals einen König vorgeladen. Hätte sein Vater, König James, nach der Pfeife des Parlaments getanzt? Wäre Königin Elizabeth gehorsam herbeigetrottet? Kein Land auf der ganzen Welt hat je seinen König vor Gericht gestellt. Kein englischer Monarch hat je dem Parlament gehorcht.«

James nickte. Es war unfassbar, dass sich der Konflikt zwischen König und Parlament so schnell zu diesem unvorstellbaren Szenario entwickelt hatte. »Aber angenommen, sie tun es«, sagte er. »Haben sie einen Tag und eine Zeit genannt?«

»Morgen.«

»Was?«

»Ja.«

»Kann ich die Namen der Richter bekommen?«

»Ihr könnt die Namen derer bekommen, die herbestellt worden sind. Aber niemand weiß, wer kommen wird. Sie werden es selbst nicht wissen. Mehr als einer wird heute Nacht nicht schlafen können, während er mit der Entscheidung ringt.«

»Ist es möglich, dass keiner von ihnen kommt und der Prozess in sich zusammenfällt?«

James' Führer spuckte in den gefrorenen Rinnstein. »Weiß der Teufel. Aber ich würde meinen, dass Cromwell dort sein wird, meint Ihr nicht? Und Männer, die ihm treu ergeben sind.«

»Die Gerichtsverhandlung ist öffentlich zugänglich?«

»Ja, aber glaubt bloß nicht, Ihr könnt aus der Menge hervorstürzen und ihn retten. Er wird so streng bewacht werden, dass keiner in seine Nähe gelangen kann. Sie rechnen mit einem Rettungsversuch. Risiken werden sie keine eingehen.«

»Die beste Zeit, ihn fortzuschaffen, wird sein, wenn er aus seinen Gemächern in St. James hierher nach Westminster kommt.« James dachte laut. »Wahrscheinlich auf einer Barke ...«

Der Mann zog den Kopf ein. »Sagt es mir nicht, ich will es nicht wissen. Und ich habe keine Meinung.«

»Ich auch nicht«, sagte James. »Besorgen wir uns die Namen der Richter.«

Wattenmeer, Januar 1649

Im Morgengrauen wurde Alinor vom Geräusch knackenden Eises und Pferden geweckt, die durch das Wasser ritten. Eine Kutsche schlitterte die Furt hinunter und durchquerte die zurückgehende Flut. Sie blickte aus dem Schlafzimmer und spähte nach links. Im Dämmerlicht erkannte sie die rumpelnden Umrisse der Peachey'schen Kutsche.

»Alys! Die Kutsche der Peacheys fährt über die Furt«, sagte sie zu dem Mädchen, das noch im Bett hinter ihr schlief.

»Ist egal«, erwiderte Alys, ohne sich zu rühren. »Er bezahlt nicht.«

»Ich frage mich, ob Rob bei ihnen ist. Und wohin sie fahren.«

»Nach London, denke ich, um dem König hinterherzujagen, wie alle anderen auch.«

»Dann werden sie Rob in der Propstei gelassen haben«, sagte Alinor. »Sie würden ihn doch gewiss nicht mitnehmen?«

Das Klappern an der Haustür beantwortete ihre Frage. »Das wird er sein!«, rief Alinor erleichtert. Sie rief die steile Treppe hinunter: »Bist du das, Rob?«

»Jawohl, Mutter!«, schrie er fröhlich. »Ich soll bis Lichtmess bei euch bleiben, und dann soll Mr Tudeley mich nach Chichester bringen. Ich soll zu Mr Sharpe gehen, dem Apotheker von Chichester. Meine Lehrzeit bei ihm fängt dann an.«

Alinor band sich ihr Tuch um die fülliger werdende Taille und kletterte die Stufen hinunter. Sie umarmte Rob und trat zurück, um ihn zu begutachten. »Ich schwöre, du bist schon wieder gewachsen.«

»In den drei Wochen seit Weihnachten?«, neckte er sie.

»Du wirst zum Mann«, sagte sie. »Denk nur, du als Lehrling!«

Er sank für ihren Segen aufs Knie und fragte beim Aufstehen: »Habt ihr schon gefrühstückt?«

»Natürlich nicht. Alys ist noch nicht einmal aufgestanden. Hast du Hunger?«

»Ich bin am Verhungern«, antwortete er.

»Setz dich, dann mache ich es uns schön warm.« Alinor drückte ihn in den Stuhl am Feuer, hob die Abdeckung von der Glut und legte zum Anzünden Treibholz und Zweige auf das glühende Rot.

»Fährt Sir William wegen des Königs nach London?«, fragte sie.

»Ja, er ist dazu berufen, Richter zu sein. Dann bringt er Walter weiter nach Cambridge.«

»Wird dem König wirklich der Prozess gemacht?«

»Alle sagen es, aber ich glaube nicht, dass Sir William bei Gericht erscheinen wird. Er wird sehen, ob er sich entschuldigen kann.«

»Wie wird der König eine gerechte Gerichtsverhandlung bekommen, wenn die einzigen Männer, die über ihn richten, Parlamentsleute sind?«, fragte Alys, die die Treppe herunterkam.

»Das ist der Punkt«, sagte Rob. »Er wird sie nicht bekommen.«

»Nicht?«, wiederholte Alinor.

»Er wird keine gerechte Gerichtsverhandlung bekommen«, prophezeite Rob. »Das sagt Sir William. Wenn es ihnen überhaupt gelingt, ihn vor Gericht zu bringen, wird es keine Gerechtigkeit für ihn geben.«

»Also werden die Royalisten nicht dort sein?«, fragte Alinor in Gedanken an James.

»Sie werden sich fernhalten.«

London,
Januar 1649

Als James die Liste der Männer las, die als Richter berufen worden waren, sah er Sir Williams Namen und ging, den Hut tief übers Gesicht gezogen, zum Golden Cross, dem Gasthof, den der Landadel aus Sussex bei seinen Londonreisen gern aufsuchte. Der Wirt, in Eile wegen der Ankunft so vieler Herren vom Land, rief: »Ja! Er ist oben im privaten Salon!«, und ging weiter, ohne sich einen Namen nennen zu lassen. James konnte die Treppe nach oben gehen und an die Tür klopfen, ohne dass ihn jemand bemerkt hätte.

»Gott segne Euch«, sagte Sir William kurz bei James' Eintreten. »Ich habe nicht damit gerechnet, Euch hier zu sehen.« Er warf einen Blick auf die Tür. »Ihr seid Euch sicher, dass Euch niemand gefolgt ist? Dies sind schreckliche Zeiten. Jedermann ist ein Spion.«

»Ich bin mir sicher, dass ich nicht verfolgt werde. Auf dieser Reise gebe ich mich als Französischlehrer aus, und ich besuche keine unserer alten Freunde. Ich sammle nur Neuigkeiten auf der Straße. Seine Gattin und ihre Freunde – Ihr wisst, wen ich meine – möchten wissen, was vor sich geht.«

»Als ob das – verdammt noch mal – irgendwer wüsste, oder?«, fragte Sir William. »Oh, nehmt Platz, nehmt Platz, wir werden uns ein Gläschen genehmigen. Walter ist mit meinem Verwalter unterwegs und sieht sich die Stadt an. Wir sind allein.«

»Habt Ihr Robert Reekie mitgebracht?«

»Nein, den Burschen hab ich auf der Insel Sealsea bei seiner Mutter gelassen.«

»Habt Ihr sie gesehen?«

»Nein.« Sir William wunderte sich über die Frage. »Nein, warum?«

»Nichts«, versuchte James, sich herauszureden. »Ich hoffe nur, sie hat sich nicht bei mir angesteckt.«

»Ich glaube nicht. Das wäre mir zu Ohren gekommen.« Sir William öffnete die Tür und rief die Treppe hinunter nach einer Flasche Rotwein und zwei Gläsern. »Nun«, sagte er, während er die Tür sorgfältig schloss, »wisst Ihr, was mit dem König geschehen wird?«

»Ich glaube, das weiß nur ein Mann: Cromwell«, erwiderte James. »Er steckt hinter der ganzen Sache. Und wenn niemand etwas unternimmt, um ihm Einhalt zu gebieten, so glaube ich, dass alles nach seiner Nase gehen wird.«

»Er ist ein gerechter Mann, dieser Cromwell. Er würde kein Unrecht walten lassen.«

»Er hält das hier für Gerechtigkeit. Und er muss die Armee zufriedenstellen, wie auch das Parlament.«

»Kann er genügend Richter zusammentrommeln, um den König schuldig zu sprechen?«

James nickte. »Das muss seine Absicht sein. Er hat über einhundert Gentlemen einberufen. Werdet Ihr Euren Dienst leisten?«

»Wie denn? Soweit die Leute wissen, habe ich die Farbe gewechselt. Ich bin jetzt ein Mann des Parlaments. Ich habe meine Strafe entrichtet und meinem Sohn versprochen, dass sein Erbe sicher ist. Ich kann nicht wieder überlaufen und mich der Seite des Königs anschließen. Ich habe zu viel zu verlieren.«

Auf ein Klopfen an der Tür hin trat der Junge aus der Schankstube mit einer Weinflasche und zwei Gläsern ein. Die Männer schwiegen, während er die Gläser und die Flasche auf den Tisch stellte und das Zimmer wieder verließ.

»Aber was, wenn sie ihn für schuldig erklären?«, fragte James leise und überprüfte, dass die Tür ganz geschlossen war.

»Welchen Verbrechens denn?«, fragte Sir William spöttisch. »Und dann was? Ihn ins Exil schicken? Ich bezweifle, dass die Franzosen ihn haben wollen, und die Schotten haben ihn das letzte Mal zurückgegeben. Ihn irgendwo einsperren? Wieder in Carisbrooke Castle? Sie haben sechs Jahre lang gegen ihn gekämpft und hatten ihn zwei Jahre unter Arrest – sie müssen alles verändern, wenn sie überhaupt etwas verändern wollen.«

»Ich weiß es nicht.« James griff nach einem Glas Wein. »Ich weiß es wirklich nicht.«

Sir William hielt sein Glas in die Höhe. »Auf Seine Majestät, den König«, sagte er sehr leise, und die beiden Männer stießen mit den Gläsern an und tranken. James kam in den Sinn, dass der Toast so leise und feierlich wie bei einer Totenwache war.

»Sir, ich bin mir sicher, dass niemand außer Cromwell weiß, was geschehen wird. Aber offensichtlich plant er einen Prozess, und er muss auf eine Schuldigsprechung hoffen. Warum sonst sollte er es tun?«

»Der Prozess wird nie stattfinden«, sagte Sir William entschieden voraus. »Und ich werde nicht daran teilnehmen. Ich werde ihm noch nicht einmal beiwohnen. Ich bringe Walter nach Cambridge, damit er das Frühjahrstrimester beginnen kann. Ich werde dem Prozess nicht beiwohnen, und ich werde nicht richten. Kein guter Mann wird ihm beiwohnen und richten, also werden sie ihren Prozess nicht bekommen, denn sie werden ihre beauftragten Richter nicht bekommen. Kein Engländer kann seinen König vor Gericht stellen. Ihr tätet besser daran, mit uns nach Cambridge zu kommen und Walter dort zu unterrichten.«

»Ich muss bleiben«, sagte James leise. »Seine Gattin und ihre Freunde haben mich hergeschickt, damit ich Bericht erstatte.«

»Ihr werdet nichts zu berichten haben«, versicherte Sir William ihm. »So weit wird es nicht kommen. Aber kommt zu mir, wenn das Ganze vorüber ist. Kommt Ihr in die Propstei, bevor Ihr wieder ins Ausland fahrt?«

James zögerte, da er seiner Mutter versprochen hatte, Alinor nicht aufzusuchen. »Ich soll direkt zu meinem Seminar zurückkehren.«

»Ihr könnt von der Landestelle bei der Gezeitenmühle aus in See stechen«, versicherte Sir William ihm. »Ihr könnt von dort aus ein nach Frankreich fahrendes Küstenschiff nehmen, wenn Ihr zu Besuch kommen wollt?«

»Ja«, sagte James. Er sehnte sich danach, Alinor zu sehen. »Ja, das will ich.«

James drängte sich in die Westminster Hall, bezahlte eine Gebühr für einen Platz auf der Tribüne, damit er über die Köpfe der Hellebardiere sehen konnte, die einen freigeräumten Platz in der Hallenmitte säumten. Die Gewölbedecke ließ den Lärm der Menschen widerhallen, die sich unter Gezänk und Gedränge auf die Stehplätze schoben. Oben, in den Galerien, setzten sich die Leute und nötigten einander nachzurücken, um Platz auf den Bänken zu schaffen. In der Mitte des geräumten Bereiches stand ein großer, mit einem Gobelingewebe verhangener Tisch mit einem Schwert und einem Amtsstab, die vor dem Präsidenten des Gerichtshofes aufgestellt waren. Hinter ihm standen Bänke voller Richter, achtundsechzig an der Zahl, die feierlich als außerordentlicher Gerichtshof tagten, auch wenn über einhundert einberufen worden waren, sich aber zu kommen geweigert hatten. Vor dem Präsidenten stand ein roter Samtstuhl mit einem Beistelltisch mit Papier, Federhalter und Tinte, umgeben von einer geschnitzten Holzbalustrade. James konnte nicht glauben, dass der König, dem ganz England gehört hatte, wie ein gemeiner Mann in diesen Gerichtshof seiner Feinde gebracht werden würde. Obwohl Richter eingeschworen, Zeugen vorbereitet und der Gerichtssaal hergerichtet worden waren, war die Hälfte der Menschen in der Erwartung gekommen, zu sehen, wie der Prozess abgesagt wurde.

Auf einmal stieg der Lärmpegel, und dann breitete sich ehrfürchtiges Schweigen von den Richtern aus, die alle gleichzeitig, wie Spieler bei einem Maskenspiel, die Köpfe drehten und in Richtung des Eingangs blickten. Sofort verstummte das ohrenbetäubende Geplapper in der steinernen Halle, da sich jeder vorbeugte und den Hals reckte, um zum Eingangstor zu sehen. Charles, der König, stand in der gewaltigen Türöffnung, wie ein Tänzer, der vor einem großen Auftritt innehielt, ganz in Schwarz gekleidet, mit einem Kragen aus erlesenstem weißen Leinen mit aufwendiger Spitzenbordüre. Er kam langsam herein, als wolle er seine Anwesenheit spürbar machen, den Hut auf dem Kopf, seinen Stock in der Hand, ging auf den Stuhl in der Einzäunung zu und blieb davor stehen. Er wartete darauf, dass ihm jemand das Gatter öffnete; er ließ den Blick durch die Halle schweifen, zu den Richtern, dem Präsidenten, den Soldaten, den Zuschauern, der Galerie und den Tribünen. Es herrschte eine lange, betretene Pause, und als sich niemand rührte, um ihm das Gatter zu öffnen, schwang er es selbst auf und setzte sich ohne Einladung auf den Samtstuhl, so ruhig und gelassen, als wäre er in seinem Bankettsaal in Whitehall. Den Hut nahm er vor dem Gericht nicht ab. Er würde ihn vor niemandem ziehen. Er behielt ihn auf, als wäre es seine Krone.

James sah auf der Stelle den Unterschied zwischen dem Mann, der so ruhig vor den starrenden Richtern saß, und dem Mann, den er angefleht hatte, aus Newport zu fliehen. Der König war gealtert. Sein dichtes dunkles Haar wies silberne Strähnen auf, sein Gesicht war rundlicher und erschöpft, von tiefen Falten gezeichnet. Er war längst nicht mehr der unbeschwerte Mann, der sich sicher war, seine Feinde überlisten zu können. Jetzt sah er wie ein Heiliger aus, der sich etwas auf seine Verfolgung einbildete. Der König, dem das Doppelspiel mit seinem Parlament ein Vergnügen gewesen war, der damit geprahlt hatte, sie hereinzulegen, hatte seine sorglose Partie zu Ende gespielt. Jetzt genoss er die Niederlage. Die Komödie war vorbei, und er erwartete die Tragödie.

»Gott, steh uns bei«, sagte James leise, da er die Anzeichen eines Mannes gewahrte, der sich nach der krankhaften Bedeutung des Märtyrertums sehnte.

Ein beunruhigtes Rascheln erklang, als der König jäh aufstand, als wolle er wieder gehen. James und jeder um ihn herum erhob sich aus gewohntem Respekt. Wenn der König so stolz hinausgehen würde, wie er hereingekommen war, würde niemand wagen, ihn aufzuhalten, überlegte James. Der Prozess würde vorüber sein, bevor er begonnen hatte.

Doch der König wandte der Richterbank den Rücken zu und sah sich in der ganzen Halle um, sah die Leute auf den Tribünen an, die Richter, die Menschen, die für ihre Sitzplätze bezahlt hatten, darunter manche, die sich bei seinem Eintreten erhoben hatten, nun wieder standen und verlegen wirkten. Er sah sie alle an, als inspiziere er eine Ehrengarde. James zog den Kopf ein, als der melancholische Blick durch die Halle schweifte. Er vertraute nicht darauf, dass der König keinen Schrei des Wiedererkennens ausstoßen würde. Er vertraute ihm nicht im Geringsten.

Der König drehte sich wieder nach vorn und nahm abermals Platz, und jeder, der zusammen mit ihm aufgestanden war und den Hut abgenommen hatte, sank ebenfalls auf seinen Sitz zurück.

Ein Mann erhob sich, um das Wort an den Gerichtshof zu richten.

»Wer ist das?«, fragte James seinen Nachbarn, einen betuchten Londoner Kaufmann.

»John Cook«, kam die gemurmelte Antwort. »Ankläger.«

Cook erhob sich und begann, eine Liste mit Anklagepunkten vorzulesen, dem Präsidenten und dem Tisch mit dem prunkvollen Gobelin zugewandt, den Rücken dem König zugekehrt.

»Einen Moment«, sagte der König. Er hatte seit dem Tod seines Vaters James, des vorherigen Königs, niemals hinter jemandem gesessen. Die Hofetikette verlangte, dass jeder dem König zur Verbeugung zugewandt war und rückwärtsging, sich nochmals an der Tür verbeugend. Er hatte seit dreiundzwanzig Jahren keinen Hinterkopf mehr zu Gesicht bekommen.

»Einen Moment«, sagte der König mit erhobener Stimme zu Cooks Rücken.

Doch Cook las weiter die Anklagepunkte vor, als hätte er nichts gehört, ein wenig atemlos und gehetzt, um alle durchzubekommen.

»Einen Moment«, unterbrach der König abermals und beugte sich dann nach vorn, hob seinen schwarzen Ebenholzstock und stieß den Ankläger fest in den Rücken.

»Herrgott, nein«, flüsterte James vor sich hin.

Cook holte Luft, fuhr allerdings mit den Anschuldigungen fort, und der König stieß ihn noch einmal, und noch einmal, und dann, wie die langsame Entfaltung eines Albtraums, fiel die Silberspitze am Ende des Stocks mit einem satten, dumpfen Geräusch zu Boden und rollte geräuschvoll weiter, bis sie schließlich liegen blieb. Cook schenkte dem keine Aufmerksamkeit, auch nicht den Einwürfen des Königs, doch als der Silberring zum Stillstand kam, erstarrte er, so reglos wie der Ring, als fürchte er sich davor, sich umzudrehen und zu sehen, was der König als Nächstes tun würde. Er nahm einen tiefen Atemzug, als wolle er mit der Anklageschrift fortfahren. Doch er sprach nicht.

Niemand rührte sich. James merkte, dass er sich an seinem hölzernen Sitz festklammerte, um nicht aufzustehen und den Silberring für den König aufzuheben. Die Hälfte der Zuschauer verharrte reglos, um nicht verräterischerweise aufzustehen und dem Mann zu dienen, der noch niemals etwas hatte selbst tun müssen. Niemand schenkte dem Ankläger noch die geringste Aufmerksamkeit. Jeder blickte von der glänzenden Spitze des Stocks auf dem Boden zum König, der noch nie im Leben etwas aufgehoben hatte.

Der Silberring lag auf dem Boden neben den polierten Schuhen des Anklägers, während der Ankläger wie eine Statue danebenstand. Die Richterbank war still, der Präsident erstarrt. Niemand wusste, was zu tun war, und jeder hatte das Gefühl, als sei die Angelegenheit seltsam wichtig.

Langsam erhob sich Charles unter dem langen Schweigen von seinem Stuhl, öffnete das kleine Gatter seiner Einfriedung, kam heraus, bückte sich und hob die schwere Stockspitze auf, um sie wieder an ihren Platz an dem schönen Stock zu schrauben. Er sah vom Präsidenten zum Ankläger, als sei ihm unbegreiflich, dass sie nicht alles unterbrochen hatten, um ihm zu Diensten zu sein. Sein ganzes Leben hatte sich jemand für ihn gebückt und hatte Dinge geholt und getragen, doch hier, mit über tausend Untertanen im Raum, hatte sich niemand gerührt. Er lächelte leicht, neigte den Kopf ein wenig, als habe er etwas Wichtiges und Unliebsames erfahren, und dann kehrte er unter einer so tiefgreifenden Stille zu seinem Stuhl zurück, dass James der Gedanke kam, eben sei ein Todesurteil verhängt worden.

James verließ die Halle, als die Anhörung für den Tag zu Ende war. Er kehrte in seinen Unterschlupf zurück und schrieb unter pochenden Kopfschmerzen seinen Bericht, übersetzte ihn in den von ihnen vereinbarten Code und brachte den Brief nach Queenhithe hinunter. Ein Schiffskapitän wartete bereits auf ihn.

»Wir laufen bei Flut aus«, warnte er.

»Fahrt nur«, sagte James. »Dies ist alles, was ich zu schicken habe. Jemand wird beim Anlegen auf Euch warten. Man wird nach den Schriftstücken von Monsieur St. Jean fragen.«

»Ich gehe einmal davon aus, dass es sich nicht um gute Nachrichten handelt«, sagte der Kapitän mit einem Blick auf James' düsteres Gesicht.

»Gebt ihm einfach den Brief«, sagte James erschöpft und kehrte dem Fluss, den auf und ab schaukelnden Schiffen und seinem eigenen Verlangen, mit ihnen zu segeln, den Rücken zu.

Alinors Bruder Ned befand sich in der Menge, die sich am ersten Prozesstag in die Westminster Hall drängte, doch er sah James nicht. Ebenso wenig bemerkte James, der den Kopf geneigt und den Hut tief ins Gesicht gezogen hatte, den Fährmann. Die beiden Männer hielten, ohne es zu wissen, eine gemeinsame Wache ab, beide ungläubig, dass die Gerichtsverhandlung überhaupt stattfand, beide skeptisch, dass es einen Schuldspruch geben könnte. Ned hegte Zweifel daran, dass die Richter lange genug die Nerven behalten würden, um ihren König des Verrats schuldig zu befinden. Und selbst wenn sie es täten, war er sich sicher, dass ihnen der Mut zu einem Todesurteil fehlen würde. Wie konnten Untertanen ein Todesurteil über ihren König verhängen? Sämtliche Gerichte des Landes waren von ihm ernannt worden und daran gebunden, die Gesetze des Königs aufrechtzuerhalten. Wer hatte die Befugnis, den Gesetzgeber zu verurteilen? An jenem kalten Tag im Januar sah Ned zum ersten Mal seinen König in dessen halbgöttlicher Leibhaftigkeit, wie er auf einem Samtkissen saß, mit dem hohen Hut wie eine Krone auf dem Kopf. Der Fährmann dachte verwirrt, dass ein Mann, der sich durch seine arrogante Weigerung, sein gegebenes Wort zu halten, vor Gericht brachte, es verdient hatte, dass man gegen ihn vorging. Doch gleichzeitig wurde er den Gedanken nicht los, dass ein solch edler Mann, der so erlesen gekleidet und von solch trauriger Schönheit war, tatsächlich sein musste, was zu sein er behauptete: halb Gott, und gänzlich über dem Gesetz stehend.

Samstag. Es ist unwahrscheinlich, dass ein gewaltsamer Rettungsversuch Erfolg haben würde. Er wird vor dem Betreten von Westminster auf dem Fluss zu einem Privathaus gebracht und streng bewacht. Ich glaube, seine einzige Chance auf Freiheit besteht im Beharren der Prinzen von Europa, besonders wenn sie diesem halbherzigen, halb vollständigen Parlament mit Krieg drohen. Viele Abgeordnete sind vom Parlament ausgeschlossen worden, weniger als die Hälfte der einberufenen Richter ist anwesend, das Volk ruft nicht nach einer Verurteilung des Königs. Die Entscheidung des Gerichts ist in keinster Weise sicher, der König weigert sich, ihm Rechenschaft abzulegen, und behauptet, es verfüge über keinerlei Autorität. Meiner Meinung nach könnte der Prozess ohne Urteil vertagt werden, wenn andere Monarchen und die Verwandten des Königs es verlangen. Falls der Prozess weitergeht, besteht eine reelle Gefahr, dass er »schuldig« gesprochen wird, und obwohl ein Schuldspruch noch keine Strafe ist, wäre Seine Königliche Hoheit der Prinz von Wales gut beraten, eine Zusicherung zu verlangen, dass man nicht von einem Urteilsspruch zu einer Strafe in Form von Exil oder Gefangenschaft übergeht.

Man wird Zeugen aufrufen, die aussagen sollen, Seine Majestät habe Friedensverträge gebrochen, sein Ehrenwort nicht gehalten und das Parlament belogen; und dies kann nur noch mehr Zwist heraufbeschwören. Die Stimmung in der Halle wird immer düsterer. Der König ist verhängnisvoll schlecht beraten worden, nichts zu sagen. Da er keine Erklärung gibt oder sich verteidigt, hat es den Anschein, als habe er keine Verteidigung. Schlimmer noch, er sieht aus, als genieße er die Anschuldigungen. Doch das hält sie nicht auf. Im Moment haben wir nur einen Vorteil: dass sie sich bis Montag vertagt haben. Es bleibt Euch Zeit, Forderungen zu stellen und diesen Prozess zu beenden.

James schickte seinen verschlüsselten Beraterbrief in die Dunkelheit, in den Händen eines Schiffskapitäns, der die stürmischen, winterlichen Gewässer des Kanals überquerte. Er erhielt keine Antwort, rechnete aber auch nicht damit. Es bestand kein Grund, weshalb die Lords im Exil ihn über ihre Schritte zur Rettung des Königs unterrichten sollten. Am Sonntag ging er in die Kirche zum leeren Gottesdienst der protestantischen Kommunion und betete danach inbrünstig auf seinem eigenen Zimmer weiter. Er ging dreimal nach Queenhithe hinunter für den Fall, dass ein Schiff mit einem Brief für ihn eingetroffen war. Noch nicht einmal sein Vater hatte geschrieben.

Am Montag schrieb er abermals seinen Dienstherren in Den Haag, dass das Gericht getagt habe und der König immer noch nicht Rede und Antwort stehen wolle.

Morgen werden sie ohne die Anwesenheit Seiner Majestät tagen, um Zeugen anzuhören. Es ist unbedingt erforderlich, dass jemand ihren Aussagen widerspricht. Kann einer von Euch Lords oder Gentlemen erscheinen, um die Zeugen ins Kreuzverhör zu nehmen? Falls sie sagen, der König sei ein Lügner, ist es nicht von Belang, dass der Gerichtshof verfassungswidrig ist – es ist etwas, das niemals gesagt werden sollte. Wenn wir dies nicht infrage stellen, bringen wir dem englischen Volk bei, dass es alles sagen und tun kann.

Während die Tage verstrichen und James tägliche Berichte verschickte, jedoch keine Antwort erhielt, bekam er immer mehr das Gefühl, dass er, genau wie der König, vergessen worden war, und dass der König und er für immer in diesem seltsamen Leben gefangen bleiben würden, in dem jedes geäußerte Wort den Unterschied zwischen Leben und Tod ausmachte.

Ned, der so aufmerksam wie möglich lauschte, ganz hinten im Raum in eine Ecke gedrängt, fand es unfassbar, dass die Richter den Mut aufbrachten, über ihren König zu richten, aber nicht, ihn zum Antworten zu zwingen. Während der bitterkalte Januar sich dem Ende zuneigte, fürchtete Ned, dass der König mit der einfachen Strategie, dass niemand das Recht habe, über ihn zu richten, jeglicher Gerechtigkeit entgehen werde. Indem er schwieg, leugnete er ihr Recht, von ihm zu sprechen, ihr Recht, ihn anzuhören, ihr Recht zu existieren.

»Es ist, als wäre keiner von uns hier«, beklagte er sich am Abend bei seiner Wirtin in dem beengten kleinen Gasthaus. »Es ist, als wäre nichts davon je geschehen. Er hört sich keine Zeugenaussagen gegen ihn an. Jetzt ist er noch nicht einmal anwesend. Sie haben ihn von seinem eigenen Prozess beurlaubt. Er macht – nun, ich weiß nicht, was er macht. Spielt Golf im St. James's Park?«

»Für ihresgleichen sind wir nichts«, sagte sie.

»Ich bin kein Nichts«, sagte Ned. »Auf meiner Fähre, auf dem Sumpf. Dort bin ich kein Nichts.«

Am Samstagabend des 27. Januar schrieb James seinen letzten verschlüsselten Brief und schickte ihn dem namenlosen Mann, der ihm aufgetragen hatte, Bericht zu erstatten, ihm aber nicht gesagt hatte, was er im Falle einer Katastrophe tun sollte. Nun war die Katastrophe eingetreten, und James schrieb langsam, mit dem Gefühl, dass die Zeit für Dringlichkeit vorüber war: Entweder verfügten sie über einen Ausweg, ohne sich die Mühe gemacht zu haben, ihn einzuweihen, oder sie hatten seine Warnungen gehört und nichts unternommen. So oder so waren die Höllenqualen seines Elends völlig vergeudet gewesen.

Mit Bedauern berichte ich, dass sie ihn für schuldig befunden und, mit dem Urteil, die Todesstrafe verhängt haben. Sie haben festgehalten, sie befänden ihn zum Tyrannen, Verräter, Mörder und Staatsfeind des braven Volkes der Nation, zu Tode zu bringen durch die Abtrennung seines Hauptes vom Rumpf.

Falls Ihr Einfluss oder Erbarmen oder eine Begnadigung oder einen Fluchtplan haben solltet, wäre jetzt der rechte Zeitpunkt. Sie haben noch keinen Termin für die Hinrichtung anberaumt, aber er soll seine Kinder, Prinzessin Elizabeth und ihren kleinen Bruder Henry, am Montag sehen. Seine Hinrichtung wird folgen, es sei denn, Ihr habt sie verhindert.

James hielt inne, weil er glauben wollte, dass sein Anteil an der Sache so unwichtig gewesen war, dass die ganze Zeit über ein Verschwörer mit großem Namen, ein Mann mit einem gewaltigen Vermögen, der französische Botschafter oder der Prinz von Wales persönlich mit den Richtern oder mit Oliver Cromwell gesprochen hatte und eine Vereinbarung über die Rettung des Königs getroffen worden war. Vielleicht wurde just in diesem Moment eine Geheimtür im Whitehall-Palast zum Fluss hinunter geöffnet, ein Schiff hisste die Segel und brachte ihn fort.

Ich glaube wahrlich, dass sie beabsichtigen, ihn innerhalb von Tagen hinzurichten. Selbstverständlich flehe ich Euch an, dass Ihr ihn rettet und diesen schrecklichen Märtyrertod verhindert. Schickt mir Befehle, was ich tun kann. Gebt mir wenigstens Bescheid, dass Ihr diese Nachricht erhalten habt.

Wattenmeer, Februar 1649

Die Eisenstange schepperte laut gegen das Hufeisen. Alys erhob sich vom Frühstückstisch, wischte sich mit dem Handrücken über den Mund und ging an die Tür. Die kalte Winterluft wirbelte herein, als sie die Tür hinter sich zuschlug. »Herrgott, bist du's, Onkel Ned?«, hörte Alinor sie rufen. »Ich habe gedacht, du würdest nie mehr nach Hause kommen!«

Alinor riss die Haustür auf, um hinauszusehen, und schirmte ihre Augen gegen die grelle Wintersonne ab, die gerade über dem Watt aufging. Vor der gleißenden Helligkeit konnte sie nur den Umriss eines Mannes ausmachen, Rucksack auf dem Rücken, Hut auf dem Kopf, Soldatenstiefel, doch sie erkannte ihren Bruder wieder, als er nach unten in die Fähre stieg, seine Nichte küsste und sich von ihr hinüberziehen ließ, während er voller Ernst sein Fahrtgeld entrichtete.

»Willkommen in deinem Zuhause, Bruder«, sagte Alinor, als Ned an Land stieg. Sie fiel in die warme Umarmung seines Umhangs. Er roch nach London, nach fremden Ställen, nach feuchten Betten, nach Bier statt Ale, Feuerstellen mit Kohle, nicht Holz. »Du bist so lang fort gewesen. Wir hatten keine Nachricht. Was ist passiert? Haben sie den Prozess zu Ende geführt? Wir haben nur gehört, er habe begonnen.«

»Jawohl, haben sie«, erwiderte er, als er sich auf seinen Schemel setzte und die Stiefel auszog.

»Niemals!«, entfuhr es Alys. »Ich habe geschworen, dass sie es nicht wagen würden.«

»Sie haben noch viel mehr gewagt«, sagte Ned. »Den ganzen Heimweg habe ich darüber gerätselt. Aber sie haben mehr getan, als ihm nur Treuebruch vorzuwerfen, sie haben ihn des

Verrats angeklagt, mit einem Todesurteil. Und es ist vollstreckt. Er ist tot, wir sind ein Königreich ohne König.«

Alinor stieß ein Keuchen aus und legte die Hand unten an ihren Hals, wo sie ihren Puls hämmern spürte. »Wirklich? Wahrhaftig? Er ist tot? Der König ist *tot*?«

»Ja. Ihr seid wie alle anderen, denen ich es erzählt habe, den ganzen Weg auf der Straße von London. Jeder benimmt sich, als sei es ein Schock, dabei stand er angeklagt vor einem Gericht, vor den Augen des Volkes, und verdient hat er es seit Nottingham. Warum sollte irgendwer überrascht sein, wenn seine Zeit doch abgelaufen war?«

»Weil er der König ist«, sagte Alinor schlicht.

»Aber wie sich herausgestellt hat, steht er nicht über dem Gesetz, wie er glaubte.«

»Wie haben sie es getan?«, fragte Alys neugierig.

Alinor ging zum Fuß der Treppe und rief Rob zu, aufzuwachen und herunterzukommen, sein Onkel sei zu Hause. Sie goss ihrem Bruder einen Becher Ale ein und nahm neben ihm Platz. Sie ertrug es kaum, ihm zuzuhören, da sie wusste, was dies für James bedeuten würde. Ein Königreich ohne König war ein Rätsel, das das Volk Englands würde lösen müssen. Und wie würden so grundverschiedene Menschen wie der Pfarrer oder Mrs Wheatley oder der Apotheker von Chichester sich darauf einigen, wie sie regiert werden sollten? Oder würde das Ganze von Sir William und seinesgleichen entschieden werden und sich im Grunde überhaupt nichts ändern?

»Sie haben es völlig rechtmäßig getan«, antwortete Ned seiner Nichte. »In einem Gerichtshof, auch wenn er ihn bis zum Schluss nicht anerkannt hat.«

»Ich meine die Hinrichtung? Wir haben gewusst, dass er vor Gericht stand. Aber niemand hat geglaubt, er werde hingerichtet. Wir haben nach dem ersten Tag ein Nachrichtenblatt zu Gesicht bekommen und dann nichts mehr.«

Er seufzte. »Ich war froh, dass es getan wurde, es musste getan werden, und es war gerecht, dass es getan wurde. Aber Gott weiß, es ist immer ein trauriger Anblick, wenn ein Mensch stirbt.«

Rob, der die Bänder an seiner Kniehose zuband, kam die Treppe herunter, schüttelte seinem Onkel die Hand und nahm am Tisch Platz, um zuzuhören.

»Wo ist Red?«, fragte Ned auf einmal und sah unter dem Tisch nach, eine Abwesenheit spürend, wo sein Hund sein sollte.

Alinor legte die Hand auf seine. »Es tut mir leid, Ned«, sagte sie. »Er ist gestorben. Schmerzen hat er keine gelitten. Eines Morgens war er einfach sehr müde, und am Abend war er eingeschlafen.«

Er schüttelte den Kopf ein wenig. »Ach«, sagte er. »Mein Hund.«

Einen Moment schwiegen sie, und Alinor schnitt Ned eine Scheibe vom Frühstückslaib ab und legte sie vor ihn auf einen Holzteller.

»Was ist mit dem König?«, drängte Rob.

»Sie haben ihn geköpft?«, bohrte Alys nach.

»Sie haben ihn geköpft. Schnell und gut, an einem kalten Morgen. Er trat aus einem gläsernen Fenster, das so hoch und so breit war, dass es wie eine Tür zu seinem Whitehall-Palast war. Er ist also nie in einer Zelle gewesen, obwohl sie ihn schuldig gesprochen haben. Er ist nie in Ketten gelegt worden, obwohl sie ihn einen Verbrecher genannt haben. Er hat kurz gesprochen, aber niemand konnte ihn hören – es waren Tausende von uns dort, auf der überfüllten Straße. Dann hat er sich hingelegt, und der Scharfrichter hat ihm den Kopf abgeschlagen. Ein Schlag. Er hat gesagt, er sei ein ›Märtyrer fürs Volk‹. So viel habe ich gehört.« Ned hustete und spuckte ins Feuer. »Er ist mit einer Lüge im Mund gestorben, passenderweise. Wir waren es, die Märtyrer für ihn waren. Er hat bis ganz zum Schluss gelogen.«

»Gott, vergib ihm«, flüsterte Alinor.

»Ich werde es niemals tun«, sagte Ned standhaft. »Und genauso wenig wird es irgendein anderer Mann tun, der jemals gegen ihn gekämpft hat, immer wieder, nachdem er längst Frieden erklärt und seine Niederlage eingeräumt hatte. Vergesst das nie.«

»Gott, vergib ihm«, wiederholte Alinor.

»Was geschieht jetzt, Onkel?«, fragte Rob. »Wird sich alles für uns ändern?«

»Das ist die Frage«, sagte Ned. »Alles hat sich geändert, alles muss sich ändern. Aber wird es das? Und wie?«

London, Februar 1649

James wartete einen Tag und eine Nacht für den Fall, dass es Anweisungen für ihn geben würde. Doch als er weder etwas aus Paris noch aus Den Haag, vom Anführer seines Spionagerings, seinem Professor oder seinem Vater hörte, kam er zu dem Schluss, dass seine Arbeit getan war und es nichts mehr für ihn zu tun gab. Missmutig dachte er, dass es nie etwas für ihn zu tun gegeben hatte, außer den König zu begraben, und dafür gab es andere. Voller Verbitterung überlegte er, dass ihm wenigstens jemand hätte mitteilen können, dass sie die Briefe erhalten hatten und dass sie dankbar für seine Dienste waren. Doch dann fielen ihm wieder die Worte seiner Mutter ein, der König sei ein Narr und der Prinz ein Schurke, aber ob er nun ein guter König sei oder ein schlechter, das ändere sich nie.

Er ging durch die stille Innenstadt, die wie eine Stadt in Trauer war, wie eine unter Schock stehende Familie. Er nahm eine Fähre zur Südseite des Flusses, mietete in Lambeth ein Pferd und machte sich auf den Weg die lange Straße nach Chichester entlang, und dann zur Insel Sealsea.

Das alte Pferd war langsam, doch es machte James nichts aus, in schlurfendem Schritt zu reiten. Er war froh, eine Auszeit vom Schrecken dieser letzten Tage zu haben, als Worte den König nicht retten konnten, und zu überlegen, wie seine Zukunft vielleicht aussehen könnte, wie sein Leben aussehen könnte in dieser neuen Welt, in die alle Engländer gestolpert waren. Er würde kein Mann der Worte mehr sein. Er wusste, dass sich alles für ihn verändert hatte. Alles hatte sich von dem Tag in Newport an geändert, als der König sich geweigert hatte, mit ihm fortzukommen, obwohl ein Boot auf ihn wartete und auf hoher See die Flotte seines Sohnes.

James versuchte, sich zu überlegen, was dieses neue England für ihn bedeuten könnte, für seine Eltern, für Alinor. Er bezweifelte, dass seine Eltern am Hof der Königin in Frankreich bleiben würden, da sie nun niemals eine Botschaft von ihrem siegreichen Gemahl erhalten würde, da sie nun niemals in einem Siegeszug nach Hause zurückkehren würde. Er bezweifelte, dass ihre Treue nun auf Prinz Charles übergehen würde, der sich vielleicht Charles II. nennen mochte – auch wenn sich schwerlich vorstellen ließ, wie er jemals in der Westminsterabtei gekrönt werden würde, in unmittelbarer Nähe zur Westminster Hall, wo sein Vater zum Tode verurteilt worden war. England konnte gewiss nie wieder einen König haben.

Würden James' Eltern wissen, dass sie geschlagen waren? Würden sie nach Hause kommen, statt zu träumen und zu hoffen? James glaubte, dass sie es tun würden. Menschen, die dem König die Treue geschworen und ihr Leben und ihr Vermögen für ihn aufs Spiel gesetzt hatten, würden ihr Vertrauen nicht unbedingt seinem Sohn schenken, zumal einem Mann mit nichts als dem verblassenden Zauber eines Prinzen im Exil, umgeben von Favoriten, bestechlichen Beratern und leichtsinnigen Frauen, den Mund voll leerer Versprechen, die er bestimmt niemals erfüllen würde. Da er nun Anwärter auf den Königsthron war, würde sein Hof sogar noch verzweifelter, sogar noch fatalistischer werden. Nur solche, die nichts Besseres zu erhoffen hatten, würden ihn unterstützen. Nur die Heimatlosen würden seine Reisegefährten sein.

Es bestand kaum eine Chance, dass seine Mutter, Lady Avery, sich einem solchen Hof anschließen würde, um einem ungekrönten König zu dienen. Sein Vater würde niemals mit korrupten Abenteurern um Ämter buhlen, und wenn sie nicht vom König im Exil eingesetzt waren, warum sollten sie im Exil bleiben? Sie würden nach Hause kommen, dachte James. Sie mussten nach Hause nach Northallerton in Yorkshire zurückkehren, und James würde mit ihnen zu ihren eigenen Ländereien, dem Elternhaus seiner Kindheit zurückkehren können. Er würde wieder spüren, wie die Winde von den Mooren herwehten, und den Schrei des Kiebitzes vernehmen, wenn dieser mit seinen spatenförmigen Flügeln durch den klaren Himmel stürzte.

Er würde Alinor seinen Eltern als die Frau vorstellen, die er liebte und zu heiraten gedachte, und bestimmt würden sie ihm gestatten, mit ihr zu leben, in einem neuen Haus, das er erbauen würde, vielleicht in den Feldern unterhalb des großen Hauses. Ein kleineres Herrenhaus in einem mauerumfassten Garten für ihre Kräuter, mit einem Obstgarten dahinter. Er würde sie dem Dorf und der Gemeinde als seine Frau vorstellen, einräumen, dass sie nach dem Gesetz noch nicht heiraten könnten, sie aber seine Verlobte nennen und für sie den Respekt verlangen, den ein Avery auf dem Landgut Northside genoss. Und obwohl die Leute hinter vorgehaltener Hand tuscheln würden, obwohl seine Mutter es missbilligen würde, war er sich sicher, dass in einer Welt von derart weitreichenden Veränderungen, in der alles auf den Kopf gestellt worden war, die Tatsache, dass die zukünftige Lady Avery noch nicht mit dem Sohn und Erben verheiratet war, schnell in Vergessenheit geraten würde.

Während sich die Straße über die Anhöhe der South Downs schlängelte, so blass und grau und dunstig am bitterkalten Morgen, dachte James, dass er nur eines zu tun hatte: Alinor überreden, ihre kleine Fischerhütte, ihre geliebte Tochter und ihren abgöttisch geliebten Sohn zu verlassen und mit ihm in den Norden zu kommen. Zuversichtlich ging James davon aus, dass ihm das gelingen würde. Sie könnte ihre Tochter und ihren Sohn mitnehmen, wenn sie wollte, wenn das der Preis für ihre Einwilligung sein würde. Oder die beiden könnten zu Besuch kommen. Alles, überlegte James leidenschaftlich, jegliche Bedingung, die sie stellen wollte. Wenn sie nur mit ihm käme.

Wattenmeer,
Februar 1649

Ned, Rob, Alinor und Alys gingen auf der Wattseite am Uferdamm entlang, an Alinors alter Hütte und dem Netzschuppen vorbei, durch den Weißdorntunnel, der nach unten zum Kiesstrand abfiel, zogen die Köpfe unter den niedrigen Ästen der Eiche ein und kletterten dann die groben, in den Deich gehauenen Stufen zum Pfad zur Kirche hinauf. Das Dröhnen der Mühlsteine quer über dem Sumpf und das heranstürzende Wasser des Mühlbachs erklangen laut in der kalten Luft, und Alinor wandte den Blick zurück, als fürchtete sie, hinter ihnen könne das Wasser ansteigen. Ned half den beiden Frauen über den Zauntritt in den Friedhof, und sie gingen schweigend hintereinander den Pfad entlang, der sich durch die Grabsteine schlängelte. Ned und Alinor hielten vor dem schmucklosen Stein inne, der das Grab ihrer Eltern markierte.

»Ich wünschte, er hätte leben und diesen Tag miterleben können«, sagte Ned über seinen Vater. »Er hätte es niemals für möglich gehalten.«

Alinor neigte schweigend den Kopf. »Ich vermisse Mutter«, war alles, was sie sagte.

Die vier drehten sich um und betraten die Kirche. Alys und Alinor stiegen die Treppe zur hölzernen Galerie hoch, wo die Arbeiterinnen der Gemeinde schweigend standen, Ned und Rob stellten sich auf die linke Seite des Kirchenschiffs, wo die Männer der Gemeinde mit bloßen Häuptern darauf warteten, dass der Peachey'sche Haushalt eintrat und Sir William Platz nahm. Erst beim Eintreffen des Adels würde der Gottesdienst beginnen. Ned murmelte Rob zu, dass sich im Watt nie etwas ändern würde, ganz gleich, was sich andernorts ereignete.

Es gab nur einen Stuhl: den Seiner Lordschaft, der wie ein

Thron vor den Stufen zum Altarraum aufgebaut war. Walter war in Cambridge, und es gab keine Gäste in der Propstei, die in deren Bänken sitzen könnten. Der Haushalt stand hinter den leeren Sitzplätzen. Alinor, die, während Seine Lordschaft langsam in die Kirche schritt, von der Galerie aus auf seinen schönen dunklen Filzhut, verziert mit dunkler Feder und einer silbernen Nadel, hinabschaute, fragte sich, ob er Kunde vom ehemaligen Tutor seines Sohnes hatte. Ihr war klar, dass sie ihn auf keinen Fall danach würde fragen können und auch niemanden in seinem Haushalt. Sie legte das dicke Wintertuch fester um ihren runden Bauch und beobachtete, wie der Pfarrer auf das Rednerpult zuging, sich tief vor Seiner Lordschaft verbeugte und anfing.

Der Gottesdienst – der neue Gottesdienst, wie er vom Parlament entworfen und von der Kirche, die ihm unterstand, gepredigt wurde – beinhaltete die üblichen Gebete und Lesungen. Doch als es zur Predigt kam, blickte der Pfarrer zu den Männern im hinteren Teil der Kirche und sagte: »Edward Ferryman, seid Ihr da?«

»Anwesend!«, erwiderte Ned mit der Promptheit eines alten Soldaten beim Appell.

»Wollt Ihr uns erzählen, was Ihr in London mit angesehen habt, damit wir alle erfahren, was dem König, der sein Volk verraten hat, widerfahren ist?«

Die Männer zu beiden Seiten von Ned wichen auseinander, um ihm den Weg zu den Stufen zum Altarraum frei zu machen. Vorsichtig trat er vor.

»An irgendwelchen Beratungen oder Erklärungen war ich nicht beteiligt«, sagte er. »Ich kann Euch nur erzählen, was ich gesehen habe.«

»Die Sicht eines ehrlichen Mannes. Der Bericht eines ehrlichen Mannes ist alles, was wir von Euch wollen«, versicherte der Pfarrer ihm, und manche der besonders gottseligen Gemeindemitglieder sagten: »Amen.«

Alinor merkte, dass sie im Schutz ihres Tuches die Hände fest umklammert hielt. Sie wusste nicht, was Sir William von Neds Bericht halten würde; ob Ned, auf diese Ermunterung hin, die Grenze des Respekts überschreiten würde. Rob warf einen Blick über die Schulter hinauf zur Galerie, wo seine Mutter stand, und sie wusste, dass ihm das Gleiche durch den Kopf ging. Seine Lehre in Chichester fing erst am folgenden Tag an. Diese einmalige Chance könnte im Keim erstickt werden.

Ned ging zum Pfarrer und wandte sich dann zu den Menschen in der Kirche. Er verbeugte sich leicht vor Sir William, der ihm mit einem Wink bedeutete, er solle sprechen.

»König Charles stand acht Tage lang vor Gericht«, sagte Ned. »Ich war am ersten Tag in der Westminster Hall, als sie ihn hereinbrachten, und bin bis zum letzten geblieben.«

Alinor sah, wie sich Sir William leicht auf seinem Platz zurechtsetzte.

»Mehr als sechzig Richter waren auf der Richterbank, um sich anzuhören, wie der König auf den Vorwurf der Tyrannei und des Verrats am Volk reagieren würde.«

Die Tür an der Rückseite der Kirche ging für einen Nachzügler auf, doch niemand drehte sich zu dem kalten Luftstoß um. Die Aufmerksamkeit der Gemeinde galt einzig und allein Neds Bericht.

»Der König hat nichts gesagt, als sie die Anklagepunkte verlasen, und als er dann doch etwas sagte, hat er sich geweigert, sich schuldig oder unschuldig zu bekennen.«

»Warum?«, rief jemand. »Warum hat er nicht gesprochen?«

»Er hat gesprochen«, erläuterte Ned. »Er hat gesprochen. Aber er wollte nicht plädieren.«

»Warum nicht?«

»Mit Sicherheit weiß ich es nicht«, gab Ned zu. »Es war ein Juristenargument.«

Da ertönte ein leises, missbilligendes Grollen. »Aber warum haben sie den König nicht antworten lassen?«

»Er war es, der nicht mit ihnen gesprochen hat. Sie haben Zeugen gegen ihn aufgerufen, in einem kleineren Raum, aber er ist noch nicht einmal hingegangen. Männer, die gesehen hatten, wie er auf dem Schlachtfeld gegen sein eigenes Volk zu den Waffen gegriffen hat. Dazu gab es viele Zeugen. Ich habe es mit eigenen Augen gesehen.«

»Darf ich sprechen?«

Jeder in der Kirche drehte sich zu dem Nachzügler am Eingang um, doch er stand unter der öffentlichen Galerie, und weder Alinor noch Alys konnte sehen, um wen es sich handelte.

»Auch ich bin bei dem Prozess gewesen. Auch ich bin direkt von London hergekommen.«

Alinor erkannte seine Stimme sofort wieder, und sie drückte die Faust gegen den Mund, um nicht aufzuschreien, biss sich gegen den unvermittelten Schwächeanfall in die Finger.

»Wer ist es?« Alys stieß ihre Mutter an.

»Ich weiß es nicht«, flüsterte Alinor.

Er ging das Hauptschiff der Kirche entlang. Der Kragen seines dunklen Reiseumhangs saß breit auf seinen Schultern, der Saum strich gegen die obere Kante seiner polierten Reitstiefel. Alinor, die von der Galerie aus nach unten blickte, konnte nur seinen Hut erkennen, und als er ihn zog, seinen dunklen Lockenschopf. Von ihrer Warte aus sah sie nur seinen selbstsicheren Gang zu den Stufen des Altarraums und das Wirbeln seines teuren Umhangs.

»Seid Ihr das?, Mr Summer?«, fragte der Pfarrer.

James verbeugte sich vor Sir William und stand dann vor dem Pfarrer. »Ich bin's, James Summer, Tutor von Sir Williams Sohn Walter. Ich bin geschäftlich in London gewesen, und ich habe dem Prozess des Königs beigewohnt. Nun bin ich auf einen kurzen Besuch bei Sir William hier. Ich berichte Euch gern, was ich mitbekommen habe, und stelle mein Zeugnis dem von Edward Ferryman an die Seite.«

Der Prediger lud James mit einer Handbewegung ein, Kunde

zu geben. James wandte sich zur Gemeinde um und nickte Ned zu. Zum ersten Mal sah Alinor sein Gesicht. Er war blass. Seine entschlossene Miene ließ ihn älter wirken als bei ihrer letzten Begegnung, als er vor Verlangen trunken, über alle Maßen verliebt gewesen war. Sie legte die Hand auf ihren Bauch und spürte, wie sich das Kind bewegte, als wisse es, dass sein Vater zu ihm gekommen war.

»Es ist genau, wie Edward Ferryman sagt«, bestätigte James. »Der König wollte aus zwei Gründen nicht plädieren. Er sagte, das Gericht sei nicht rechtmäßig eingesetzt worden: Es hat noch nie einen vom Parlament einberufenen Gerichtshof gegeben. Es hat nur von Königen ernannte Gerichtshöfe gegeben. Und er hat gesagt, niemand könne einen König, der von Gott geweiht ist, vor Gericht stellen.« James hielt inne. »Juristisch war sein Argument wohl richtig. Aber das würde bedeuten, dass kein König jemals vor seinem Volk Rechenschaft ablegen müsste.«

»Er hat Krieg gegen uns geführt«, unterbrach Ned ihn. »Und als er Frieden versprochen hat, hat er sein Versprechen gebrochen. Er hat die Schotten auf uns gehetzt und hatte vor, die Iren gegen uns ins Feld zu schicken. Was, glaubt Ihr, macht seine Frau, seine Papistenfrau, in Paris, es sei denn, die Franzosen zu einer Invasion anzustacheln? Was, glaubt Ihr, macht sein Sohn in Den Haag, es sei denn, sich mit unseren Feinden zu treffen? Alles Feinde der Engländer! Sagt mir eines: Wenn er mit den Engländern Krieg führte, mit unseren Feinden verbündet war, das Kommando über unsere Feinde hatte, wie konnte er dann unser König sein?«

Durch die Kirche ging ein zustimmendes Raunen. Jeder hatte während der Kriege gelitten, viele hatten ihre Väter, Brüder und Söhne verloren, die Sir William in die katastrophale Schlacht von Marston Moor gefolgt waren.

»Ich halte es für eine Tragödie«, sagte James offen. »Ich glaube, er war von Anfang an schlecht beraten, aber letzten Endes wünschte ich, dass er sich schuldig bekannt hätte und ins Exil gegangen wäre.«

»Ja, aber wäre er im Exil geblieben?«, wollte Ned hitzig wissen. »Er war jahrelang im Gefängnis, er wollte nicht mehr ins Gefängnis gehen.«

James neigte den Kopf und hob dann den Blick zu Neds zornentbrannten Augen. »Vielleicht nicht«, sagte er gelassen. »Aber ich weiß, dass er gute Männer verloren hat, als er die Treue von Männern wie Euch verloren hat.«

»Das hat nichts mit mir zu tun!«, schüttelte Ned das Kompliment ab. »Es hat nichts damit zu tun, was Ihr von mir haltet oder was Ihr von ihm haltet. Es ist falsch von einem König, seinem Volk ein Tyrann zu sein, und wir haben ihm Einhalt geboten. Von diesem Tag an wird es nie wieder einen Tyrannen geben, der über Engländer herrscht. Wir werden frei sein.«

James nickte wortlos. Sir William setzte sich auf seinem Stuhl zurecht und senkte den Kopf, als sei er in Gedanken.

»Hat er ein gottseliges Ende gefunden?«, fragte der Pfarrer.

Ned warf James einen Blick zu, antwortete jedoch für beide. »Ja, das hat er. Auf der Straße vor dem Palast haben Tausende zugesehen. Es hieß, er habe die Nacht im Gebet verbracht. Er trat äußerst mutig heraus, legte den Kopf auf den Block und gab das Zeichen, dass er bereit sei. Der Scharfrichter hat ihn mit einem Schlag hingerichtet.«

Durch die ganze Kirche ging ein Seufzen. Irgendwo in der Galerie weinte eine Frau.

»Jetzt wird Gott ihn richten«, sagte James. »Und das ist ein Gericht, vor das wir alle treten müssen.«

»Amen«, sagte der Pfarrer. »Und nun habe ich zum dritten und letzten Mal das Aufgebot für eine Eheschließung zu bestellen.«

Die beiden Männer, Alinors Bruder und ihr Geliebter, drehten sich um, ohne einander noch einmal anzusehen. Ned nahm seinen Platz im hinteren Teil der Kirche zwischen den Arbeitern ein, während sich James neben Sir Williams Stuhl stellte.

»Ich verkünde das Aufgebot für die Hochzeit von Alys Reekie, Jungfer dieser Gemeinde, und Richard Stoney, Junggeselle aus Sidlesham«, verkündete der Pfarrer.

Alinor spürte, wie sich Alys' Hand in ihre schob, und sie drückte sie und brachte für ihre Tochter ein Lächeln zustande.

»Dies ist das dritte und letzte Mal für das Aufgebot.«

Es ging ein leises Raunen des Interesses und der Freude durch die Gemeinde, und der junge Richard Stoney, der nur deshalb die Kirche St. Wilfrid besuchte, um die Bestellung seines Aufgebots zu hören, blickte zur Frauengalerie hoch und zwinkerte Alys zu.

»Wenn jemand einen gerechtfertigten Grund vorbringen kann, warum dieses Paar nicht im heiligen Bund der Ehe vereint werden soll, der möge jetzt sprechen.«

»Steht jemals einer auf und nennt einen Hinderungsgrund?«, flüsterte Alys ihrer Mutter zu.

»Nein«, erwiderte Alinor. »Wer würde schon versuchen, auf der Insel Sealsea, wo jeder über die Angelegenheiten der anderen Bescheid weiß, eine Doppelehe einzugehen?«

»Die Hochzeit wird nächsten Sonntag stattfinden«, erklärte der Pfarrer.

Auf dem Weg aus der Kirche wusste Alinor, dass sie zur Bezeugung ihres Respekts unter den neugierigen Blicken der gesamten Gemeinde zu Sir William gehen und James begegnen musste. Mit Alys und Rob links und rechts von ihr und dem widerwillig folgenden Ned im Schlepptau ging sie über das vereiste Gras und machte einen Knicks vor dem Grundherrn, den Blick auf sein ausdrucksloses Gesicht gerichtet.

»Mrs Reekie.« Er nickte ihr und Ned zu, hatte für Rob allerdings ein Lächeln übrig. »Wie geht's, Robert?«

»Mir geht es gut, Sir. Morgen gehe ich nach Chichester.«

»Ist alles vereinbart, ja?« Sir William blickte über die Schulter zu Mr Tudeley.

»Ja, der Junge wird erwartet, und ich werde morgen persönlich hinfahren, um das Lehrgeld zu entrichten, wenn seine Mutter den Vertrag unterschreibt.«

»Wir sind sehr dankbar«, sagte Alinor.

»Und hier ist Euer Patient. Findet Ihr, dass er gut aussieht?«

Alinor machte einen Knicks vor James und drehte sich endlich zu ihm. Sein herzliches Lächeln und die Intensität seines Blicks gingen ihr durch Mark und Bein. Sie war wie erstarrt, konnte weder vortreten noch davonlaufen. Ohne ein Wort zu sagen, schluckte sie. Sie spürte sein Kind schwer in ihrem Bauch und konnte nicht glauben, dass er von dem Kind unter ihrem Herzen, das er gezeugt hatte, nichts ahnte. Um ihren schwellenden Leib zu verhüllen, wickelte sie ihr Tuch fest um sich. »Ich bin froh, Euch bei so guter Gesundheit zu sehen, Mr Summer«, brachte sie schließlich heraus.

»Guten Tag, Mrs Reekie«, sagte er. »Es freut mich, Euch wiederzusehen. Und wie geht es meinem Schüler?«

Rob grinste. »Ich lerne weiter Latein«, antwortete er. »Sir William lässt mich Bücher aus seiner Bibliothek ausleihen. Habt Ihr Walter gesehen, Sir?«

»Er ist jetzt, da er in Cambridge ist, sehr herrschaftlich.« James lachte. »Aber ich werde ihn hoffentlich besuchen, wenn das Trimester begonnen hat.«

»Und Ihr werdet heiraten?« Seine Lordschaft nickte Alys zu. »Ein junger Mann aus der Gemeinde Sidlesham?«

Alys drehte sich um und winkte Richard herbei, der kam und eine respektvolle Verbeugung vor Sir William machte. Alinor bemerkte die sorgsam abgestufte Ehrerbietung: Richard Stoney war der Sohn eines Grundbesitzers, kein Pächter der Peacheys, und er würde den Unterschied niemals vergessen.

»Ich wünsche Euch viel Glück«, sagte Sir William ohne sonderliches Interesse. Er bedeutete Mr Tudeley, Alys einen Shilling zu geben, und wandte sich dann wieder Rob zu: »Du kannst zum Abendessen kommen.« Bewusst weitete er die Einladung nicht auf Alinor oder Alys aus, die als Frauen im Haushalt eines Anhängers des Parlaments in Ungnade waren. Es war offensichtlich, dass er Ned, der mit dem Hut in der Hand abseits stand und sich stur nicht verneigte, keinerlei Beachtung schenken würde.

»Danke«, sagte Rob schnell. »Und ich werde Euch schreiben, Sir, wenn ich in Chichester mit der Arbeit anfange.«

Seine Lordschaft nickte und wandte sich ab, ohne auf Ned zu achten. James warf einen Blick zurück auf Alinor und folgte dann Seiner Lordschaft, während sich die Kirchengemeinde um Ned drängte, um mehr über den Prozess zu erfragen, über die Hinrichtung und über das Parlament, und was sei denn nun mit London selbst, da es jetzt eine Königsstadt ohne König war?

Alinor und Alys gingen entlang des Uferdamms des Watts zurück zum Fährhaus, zusammen mit Ned, der ihnen folgte und von Leuten begleitet wurde, die einen Teil des Weges mitliefen, um sich nach weiteren Einzelheiten des Prozesses und der Hinrichtung zu erkundigen. Ned antwortete jedem geduldig. Sein eigener Stolz darauf, Zeitzeuge großer Ereignisse geworden zu sein, führte dazu, dass er seine Geschichte gern immer wieder erzählte. Nichts dergleichen war je im Watt vernommen worden. Nichts dergleichen war je in England vernommen worden. Es war das Ende der einen Welt und der Beginn einer anderen.

Da das Meer hereinkam, wollten die Leute vom Festland, die vorher über die gefrorene Furt zur Kirche gegangen waren, jetzt die Fähre über den Fluss nehmen. Alys überließ Ned die Gebühren und den Fährbetrieb.

»Weißt du noch, wie es geht?«, neckte sie ihn. »Sind deine Hände nicht zu weich für das Seil geworden?«

»Ich schwöre, ich hatte vergessen, wie kalt es ist«, erwiderte er.

Beim Betreten des Hauses blies er auf seine Finger und stellte sich ans Feuer, während Alinor die Glut zusammenharkte und ein großes Scheit Treibholz auflegte.

»Bevor ich fortgegangen bin«, sagte er leise, sodass es Alys nicht hören würde, »hast du gesagt, du bräuchtest meine Hilfe und würdest es mir bei meiner Heimkehr sagen.«

Alinor wusste nicht, was sie sagen sollte. Auf jeden Fall musste sie zuerst mit James sprechen. Sie würden gemeinsam entscheiden, was zu tun war und wie die Neuigkeiten öffentlich gemacht werden sollten.

»Es geht um Alys«, sagte sie. »Sie ist schwanger.«

Ned war überhaupt nicht entsetzt. Auf dem Land, besonders in abgelegenen Gegenden wie dem Watt, heirateten viele Paare auf die alte Art: ein Eheversprechen, und dann eine lange Zeit der Brautwerbung und der Liebelei, während man ein Haus suchte oder auf die Hochzeit sparte. Viele Bräute hatten an ihrem Hochzeitstag einen dicken Bauch. Hinter manchen liefen ein oder sogar zwei Kinder zum Altar.

»Sie haben sich verlobt und zusammen gebetet? Ist es ein gottseliger Bund? Sie ist nicht leichtlebig oder schamlos gewesen? Er hat ihr keine Gewalt angetan?«

»O nein«, versicherte Alinor ihm. »Sie sind einander sicher, offiziell verlobt. Und er hat ihr einen Ring geschenkt. Gewartet wird nur noch auf die Mitgift. Das ist meine Sorge. Die Eltern bestehen darauf. Deshalb haben wir in solcher Eile alles Mögliche zusammengekratzt.«

»Warum die Eile?«

»Alys möchte das Kind auf dem Hof der Stoneys, der sein

Erbe sein wird, zur Welt bringen. Sie möchte, dass es in die Familie geboren wird, mit dem Namen seines Vaters.«

»Es tut mir leid, dass ich nicht reicher nach Hause gekommen bin«, sagte Ned. »London ist ein schrecklich kostspieliger Ort. Aber sie hatte die Gebühren von der Fähre. Sie kann alles zusammenzählen und uns Bescheid geben, falls sie nicht genug haben sollte. Falls nötig, werde ich morgen mit euch zur Stoney-Farm gehen und mit ihnen reden. Und hat der junge Richard nicht sein Erbe versprochen?«

»Ja. Mir wäre es lieber, wir würden es nicht annehmen müssen, aber sie sagt, Richard werde uns unter die Arme greifen.«

Ned lachte vergnügt. »Herrgott! Dieses Mädchen! Sie leiht sich ihre Mitgift von ihrem Verlobten?«

»Es ist ihre einzige Möglichkeit. Sie haben ein Vermögen gefordert. Wir haben alles zusammengekratzt, was wir können. Er gleicht den Unterschied aus. Sie ist fest entschlossen, dass die Hochzeit am nächsten Sonntag stattfindet.«

Er lächelte. »Nun, es ist gut, dass bei uns ein neues Leben auf die neue Welt kommt, die wir gerade erschaffen. Wenn es ein Junge ist, könnte sie ihn nach dem alten Cromwell ›Oliver‹ nennen!«

»Könnte sie«, pflichtete Alinor ihm bei und überlegte, dass James ihr das niemals gestatten würde.

»Bist du gern wieder in deinem alten Zuhause?«

»Natürlich«, bestätigte Alinor. »Aber falls du je eine Ehefrau findest, die du hierherbringen willst, kehre ich gern in meine Hütte zurück. Oder an einen anderen Ort.«

Er lachte sie an. »Ich doch nicht! Und überhaupt, an welchen anderen Ort würdest du denn gehen?«

Alinor lächelte. »Oh, ich weiß nicht.«

James dachte, die einfachste Möglichkeit, Alinor zu sehen, sei, Rob nach dem Abendessen, während der Himmel sich in der frühen Winterdämmerung verdunkelte, auf den verborgenen Pfaden durch das Watt zurückzubegleiten. Er gab vor, Kräuter gegen eine Wiederkehr seines Fiebers zu benötigen.

»Sie wird an einem Sonntag keine Kräuter verkaufen«, rief Rob ihm ins Gedächtnis.

»Ich kann ihr sagen, was ich brauche, und sie kann sie in die Propstei bringen, wenn sie gelegentlich vorbeikommt«, fabulierte James.

Über ihnen, in den dichten grauen Wolken, konnte er die Schwärme von Wintergänsen hören, die vom Meer her kamen, um auf den Kiesstränden draußen im Watt zu schlafen, und einmal auch das überirdische Geräusch von Schwanenflügeln. Es war zu dunkel, um etwas außer dem Pfad zu ihren Füßen und gelegentlich dem schmalen Mond im Wirrwarr der Wolken zu erkennen. Rob ging sicheren Fußes auf den wohlbekannten, sich schlängelnden Pfaden, doch James musste ihm vorsichtig folgen. Er konnte den Weg, dem der Junge folgte, noch nicht einmal erahnen.

»Und deiner Mutter geht es gut?«, fragte er, während er versuchte, Schritt zu halten.

»Der Winter ist auf dem Sumpf immer schwer«, antwortete Rob. »Und Alys musste jeden Tag auf der Fähre arbeiten, selbst an den kältesten Tagen, und meine Mutter hatte jeden Moment Angst, wenn sie draußen auf dem Fluss war. Als ich dort war, um sie mal abzulösen, war es sogar noch schlimmer für sie. Sie hat eine Heidenangst vor tiefem Wasser. Aber es geht ihr ganz gut. Im Fährhaus zu leben ist angenehmer als in der alten Hütte.«

»Sie sind im Fährhaus? Warum sind sie aus der Hütte ausgezogen?«

Rob wandte den Blick von seinem Tutor ab, weil er sich schämte, dass sie von seinem Vater im Stich gelassen worden waren. »Wir werden allen sagen, dass wir meinen Vater für tot halten«, sagte er. »Nach Alys' Hochzeit. Aber damit meine Mutter ihre Arbeit und ihren guten Namen behält, darf niemand mitbekommen, dass sie als alleinstehende Frau lebt.« Er strauchelte, blieb stehen und drehte sich zu seinem Tutor um. »Es ist besser für sie, wenn man sie als Witwe betrachtet, unter dem Schutz ihres Bruders, besonders wenn Alys und ich von zu Hause ausziehen. Es tut mir leid zu lügen, Sir. Aber es bleibt uns wirklich nichts anderes übrig.«

James ließ die Hand auf Robs hochgezogene Schulter sinken. »Ihr tut das Richtige«, sagte er. »Es ist weder eine Schande für dich noch für sie, dass dein Vater sich entschieden hat, nicht nach Hause zu kommen. Und es ist keine Lüge zu sagen, dass ihr ihn nicht zurückerwartet. Ich werde niemandem erzählen, dass ich ihm in Newport begegnet bin. Für mich ist er auch tot.«

Robs Stimmung hellte sich sichtlich auf. »Es ist so eine kleine Insel. Sie kann hier nicht ohne guten Namen leben.«

»Und Alys wird heiraten?« James lenkte das Gespräch vom Unbehagen des Jungen fort, während sie ihren Weg wieder fortsetzten.

»Nächsten Sonntag. Sie hat jeden Penny für ihre Mitgift zusammengespart.«

»Deine Mutter muss sich für sie freuen.«

»Es hat sie ihre gesamten Ersparnisse gekostet.«

James dachte, dass es töricht von ihm gewesen war, kein Geld zu schicken. Aber wie hätte sie es erklärt? Und er hätte Geld gestohlen, das für seine Arbeit für den König bereitgestellt worden war. Eigenes Geld besaß er keines. Wie hätte er die Sache berauben können, auf die er eingeschworen war, für die Frau, die zu lieben ihm verboten war? Doch beim Gedanken an Alinor in Not stieg ihm die Schamesröte ins Gesicht.

»Dein Onkel Ned hätte sie niemals so lang allein lassen sollen«, sagte er gereizt.

»Alys ist diejenige gewesen, die die Fähre übernommen hat. Ma wollte nichts damit zu tun haben. Glaubt Ihr wirklich, dass mein Vater nicht mehr nach Hause kommt, Sir?«

James war froh, den Uferdamm hochzuklettern, der auf den Fluss zuführte, und das hoch aufragende dunkle Fährhaus zu erblicken. »Das hat er gesagt. Und es ist besser für deine Mutter, wenn er es nicht tut, findest du nicht?«

Er zögerte einen Moment.

»Ist es auch besser für dich?«

Rob errötete. »Der Apotheker würde mich nicht zum Lehrling wollen, wenn er meinem trunksüchtigen Vater begegnen würde.«

»In sechs Jahren wird deine Mutter eine freie Frau sein«, sagte James.

»Das ist so eine lange Zeit«, sagte Rob, ganz der junge Mann, und James – selbst erst ein junger Mann von zweiundzwanzig Jahren – konnte ihm nicht widersprechen.

Sie erreichten die Tür des Fährhauses. Rob drehte am Riegel, und die Tür gab nach. »Mr Summer ist mitgekommen«, rief er beim Eintreten, und James ging hinter ihm ins Haus.

Nach der Dunkelheit des Watts war das Zimmer hell, obwohl es nur von dem Feuerschein und Binsenlichtern erleuchtet war. Ned wetzte am Tisch ein Taschenmesser, Alinor und Alys saßen zu beiden Seiten des Feuers beim Spinnen. Die Spinnrocken lehnten neben ihnen, und zu ihren Füßen wirbelten ihre Spindeln im Kreis. Als James eintrat, sprang Alinor auf, und ihre Spindel rutschte unter die Bank.

»Ihr seid herzlich willkommen«, sagte sie, sobald sie sich wieder fing.

»Ich habe mir gedacht, ich begleite Rob hierher«, sagte James verlegen. »Ich habe mir gedacht, ich bitte Euch um ein paar Kräuter gegen mein Fieber … falls es wiederkommen sollte. Ich wollte hier niemanden stören.«

Ned hob kaum den Blick von seiner Arbeit, bewegte jedoch den Kopf zu einem Nicken.

»Wollt Ihr ein Glas Ale?«, fragte Alinor. »Bitte, Sir.« Sie wies auf ihren Schemel an der Feuerstelle.

»Danke, und dann werde ich auf der Straße nach Hause gehen.«

»Es ist eine dunkle Nacht«, stellte Ned fest.

»Ja, in der Tat.«

Es herrschte Schweigen, während Alinor in die Vorratskammer im rückwärtigen Teil des Hauses ging, James und Rob je ein Glas Ale einschenkte und dann noch eines für Ned brachte. Rob setzte sich neben sie auf die Bank an der Wand.

»Ist es seltsam, zu Hause zu sein?«, fragte James Ned.

Ned zuckte mit den Achseln. »Es ist nicht das Leben, das ich mir ausgesucht hätte, aber keiner von uns kann das Leben leben, das wir uns ausgesucht hätten.« Er hielt inne. »Vielleicht könnt Ihr es«, sagte er. »Vielleicht Seine Lordschaft.«

»Nicht mehr«, sagte James aufrichtig. »Ich habe nie gedacht, dass dies passieren würde, und ich habe nie gedacht, dass es auf diese Weise enden würde.«

Ned steckte sorgfältig sein Messer in die abgenutzte Lederscheide und legte den Wetzstein beiseite. »Es hätte schon vor Jahren beendet werden können«, sagte er barsch.

»Dem stimme ich zu«, sagte James, der versuchte, Gemeinsamkeiten zu finden. »Ich denke schon lange, dass wir einen Weg hätten finden sollen, ohne in den Bürgerkrieg zu treten. Dass wir eine Vereinbarung hätten treffen sollen, um gemeinsam einen Weg zu finden, unsere Differenzen beizulegen und zusammenzuleben.«

»Nun, das haben wir jetzt«, sagte Ned mit einem kleinen Lächeln. »Wenn auch vielleicht nicht die Vereinbarung, die Ihr Euch gewünscht hättet. Könnt Ihr in diesem neuen England leben?«

»Das hoffe ich«, sagte James. »Ich hoffe, mein Zuhause wiederzuerlangen, und ich hoffe, dort leben zu können, zusammen mit meiner Familie, und zu helfen ...«

»Wobei zu helfen?«

»Beim Beherrschen und Regieren des Königreiches ... des Landes.«

Ned hob den Kopf und starrte James an, als könne er die leisen Worte nicht glauben. »Und warum solltet Ihr und Euresgleichen über uns herrschen und uns regieren, wenn Ihr unseren Frieden seit beinahe zehn Jahren gestört habt?«

James schluckte. »Weil ich Engländer bin und ich in Frieden leben möchte.«

»Ich bin mir sicher, dass wir alle Frieden wollen«, mischte Alinor sich ein.

Ned lächelte sie an. »Jawohl. Und ich hoffe, dass wir ihn jetzt haben werden. Wie sollte das Land deiner Meinung nach geführt werden?«

Alinor errötete leicht. »Ach, Ned, du weißt doch, dass ich nur mein Handwerk kenne. Ich finde, Hebammen sollten offiziell zugelassen werden, und Frauen sollten nach dem Wochenbett kirchlich geläutert werden. Was den Rest betrifft – woher soll ich das wissen?«

James musste an den hellsichtigen Verstand seiner Mutter denken, der ihre Familie durch Jahre der Veränderungen hindurch geleitet hatte. Sie kannte die Welt ebenso gut wie ihr Gatte und konnte politische Vorteile schneller als jeder Mann kalkulieren.

»Seid Ihr für ein Frauenregiment?«, fragte James Ned und versuchte, ein Lächeln zustande zu bekommen.

»Ich würde mich lieber von gutherzigen Frauen beherrschen lassen als von all den Royalisten, die ihr Fähnchen nach dem Wind hängen und wieder in Scharen zu ihren Häusern strömen werden, da sie nun verloren haben.«

James stieg die Zornesröte ins Gesicht. »Ich kann Euch nicht zustimmen«, sagte er kurz angebunden. »Ich denke, da werden wir unterschiedlicher Ansicht sein müssen.«

Ned stand vom Tisch auf. »Hört auf«, riet er James. »Es ist, wie ich dachte. Ihr seid, was ich dachte. Wenn Ihr nicht in Sachen der Royalisten oder in Sachen der Papisten unterwegs gewesen seid, dann war es in geheimer Sache, und zwar in keiner guten. Was mich betrifft, ist mir gleich, was Ihr getan habt, solange Ihr jetzt damit aufhört.«

»Mr Summer war mein Tutor«, ergriff Rob Partei für ihn. »Ohne seinen Unterricht hätte ich keine Chance auf eine Lehrstelle gehabt.«

Ned nickte und legte die Hand auf die Schulter des Jungen. »Ich weiß. Ich weiß, dass er dich gut behandelt hat.« Er legte eine Pause ein. »Ich werde zu Bett gehen«, sagte er. »Manche von uns müssen morgens früh arbeiten. Und dieser Bursche hier muss morgen früh in Chichester anfangen, das ist ein großartiger Anfang für ihn. Er sollte früh ins Bett und früh aufstehen.«

»Ja.« James erhob sich. »Ich werde gehen. Ich bin nur wegen der Kräuter hergekommen, gegen das Fieber. Es tut mir leid, dass wir uns nicht einigen können.«

»Ich werde Euch hinausbegleiten«, sagte Alinor, die rasch zur Haustür ging. »Ich bringe Euch bis zur Straße.«

»Nicht dass er in den Fluss fällt und ertrinkt«, erklärte Ned mit einem bitteren Lächeln, das seine Worte eher nach einer Drohung als einem Scherz klingen ließ. »Das wäre ein Verlust für die zukünftige Regierung. Gute Nacht, Mr Summer. Oder werdet Ihr Euch anders nennen, wenn Ihr Eure Ländereien wieder in Besitz nehmt? Ist das überhaupt jemals Euer Name gewesen?«

James drehte sich wieder zu Ned um und streckte ihm die Hand entgegen. »Ich werde einen anderen Namen tragen, es tut mir sehr leid, Euch gegenüber unter falscher Flagge gesegelt zu sein. Ich habe vor einiger Zeit meinen Glauben verloren, und wir sind beide Zeugen des Todes meines Königs gewesen. Ich habe darauf gewartet, Frieden mit all meinen Landsleuten und mit Euch zu schließen. Ich hoffe, dass Ihr mir eines Tages meine

Sünden vergeben werdet, wie ich diejenigen vergebe, die Ihr mir angetan habt.«

Ned war so überrascht, dass er die Hand des Mannes ergriff und sie schüttelte. »Ja, schön«, sagte er. »Und keine falschen Händel in Zukunft?«

»Keine«, sagte James. »Der Krieg ist für uns beide zu Ende, und für den König auch.«

»Jawohl«, sagte Ned mit stiller Genugtuung. »Für den ist er ganz bestimmt zu Ende.«

Alinor wartete an der Eingangstür mit einem Tuch über dem Kopf. »Ich werde die Hühner einsperren!«, rief sie in das vom Feuerschein erleuchtete Zimmer zurück.

Als sie nach draußen in die stille kalte Luft traten, konnte James im Licht des Halbmonds den blassen Umriss ihres Gesichts und ihre dunklen Augen erkennen. Er glaubte, noch nie im Leben etwas Schöneres gesehen zu haben als diese Frau in dieser Landschaft, hinter ihr das Wattwasser, das wie eine Fläche aus Zinn glänzte, und über ihr am Himmel das Silber eines eisigen, weißen Mondes.

»Ist Euch nicht kalt?«, fragte er und legte die Arme um sie, als wolle er nur ihr Tuch richten, nahm sie jedoch unwillkürlich in seine Arme, so leicht und natürlich, als wären sie nie voneinander getrennt gewesen. Doch sofort nahm er den Unterschied an ihr wahr. Durch die Schichten aus selbst gesponnenem Stoff konnte er ihren Körper spüren, der sich seltsam anfühlte. Etwas an ihrer Berührung war anders als zuvor, als sei sie eine Gestaltwechslerin, und er zuckte zusammen, trat zurück und betrachtete sie. Er sah, dass die Bleiche ihres Gesichts nicht nur vom Mondschein herrührte.

»J-James«, sagte sie, über seinen Namen strauchelnd.

»Was ist, Liebes?«

»Du bist wegen mir zurückgekommen?«

»Wie versprochen, sobald ich konnte.«

Sie seufzte, und ihm wurde klar, dass sie von dem Augenblick an, als er über die Schwelle getreten war, die Luft angehalten hatte. Ihre Nervosität beunruhigte ihn nun noch mehr. Er sah zum dunklen Eingang zurück, und sie nahm ihn bei der Hand und führte ihn um die Ecke des Hauses durch ein Tor in den Gemüsegarten, der an der verlassenen Straße lag.

»Ich muss dir etwas sagen«, erklärte sie.

»Zuerst muss ich dir etwas sagen«, sagte er rasch. »Ich habe mich mit meinen Eltern getroffen, mit meiner Mutter und meinem Vater. Ich habe ihnen von dir erzählt. Ich habe ihnen gesagt, dass ich meine Strafgebühr ans Parlament zahlen und unser Haus zurückerlangen werde. Ich werde dich dorthin bringen, und in sechs Jahren, wenn du zur Witwe erklärt bist, werden wir heiraten.«

Beim Anblick ihrer bleichen, bebenden Lippen hatte er Angst, sie wolle Widerspruch einlegen. Doch zu seiner Überraschung willigte sie sofort ein: »Ja«, sagte sie leise. »Ja, ich werde dich heiraten und leben, wo immer du wünschst. Ja. Und ich habe dir auch etwas zu sagen.«

»Du wirst mit mir mitkommen?« Er konnte ihre Worte kaum glauben.

»Ja. Aber ich muss ...«

»Mein Liebes! Mein Liebes! Du wirst mit mir mitkommen!«

»Ich muss dir etwas sagen.«

»Alles! Alles!«

»Pst«, sagte sie und zog ihn vom Hühnerstall weg. »Ich muss dir etwas sagen ...«

Er ergriff ihre Hand. »Natürlich. Was ist los, mein Liebes?«

Sie atmete erneut ein, als könne sie nicht sprechen. Dann waren ihre Worte so leise, dass er sich zu ihr beugen musste, um sie zu verstehen. »Ich erwarte ein Kind von dir«, hauchte sie.

Im ersten Moment begriff er nicht, was sie da sagte, er konnte die Worte nicht begreifen. Jedes einzelne Wort ergab Sinn, aber zusammen ergaben sie nicht den geringsten Sinn, und er begriff sie nicht – aus ihrem Mund, an ihn gerichtet.

»Was?«

»Ich erwarte ein Kind – *dein* Kind.«

»Wie denn das?«, fragte er noch einmal begriffsstutzig.

Sie brachte den Anflug eines Lächelns zustande. »Wie es eben üblicherweise geschieht. Als wir zusammen auf dem Heuboden waren.«

»Aber wie?«, fragte er abermals. »Wie konnte es passieren?«

»Was hätte es verhindern sollen?«

»Ich dachte, du würdest es verhindern!«, entgegnete er achtlos.

»Pst«, sagte sie abermals und führte ihn weiter den Pfad entlang zum unteren Tor, damit man sie vom Haus aus nicht würde hören können.

Ihre Hand in seiner war rau. »Bist du dir sicher?«

Jetzt lächelte sie. »Natürlich bin ich mir sicher.«

»Ich begreife tatsächlich recht gut«, fuhr er sie an. »Es ist nicht so, als hätte ich keine Ahnung. Es ist nur so, dass ich gedacht hätte, dass du – eine verheiratete Frau, eine weise Frau – sichergestellt hättest, dass es nicht passiert.«

Sie schüttelte den Kopf. »Solche Arbeit mache ich nicht.«

»Es ist keine Arbeit, wenn es für dich selbst ist!«, argumentierte er. »Es wäre Arbeit und eine Sünde, wenn du das Kind einer anderen verhinderst: einer sündigen Frau, einer Ehebrecherin. Aber für dich selbst ist es keine Sünde, wenn eine Frau sich entscheidet, ein paar Kräuter zu sich zu nehmen oder einen Trank zu trinken, sobald du es gewusst hast. Oder besser noch, bevor du zum Akt geschritten bist!«

»Zum Akt geschritten?«, wiederholte sie, als begreife sie seine Worte nicht.

»Dann wäre es überhaupt keine Sünde. Begreifst du nicht? Wenn es keine böse Absicht gibt, dann ist da keine Sünde. Warum hast du die Kräuter nicht an dem Morgen eingenommen, an dem wir uns voneinander getrennt haben?«

»Ich habe an nichts als an uns beide gedacht, an nichts als uns und den Heuboden, als wäre es eine Zeit jenseits der Zeit«, gab sie zurück. »Ich habe mich nach dem Abend gesehnt, an dem ich dich wiedersehen würde. Dann warst du fort, und ich habe mich nur noch gesehnt.«

Sie schlang das Tuch fester um ihren sich wölbenden Bauch. »Als ich es wusste, habe ich mir natürlich überlegt, was ich tun sollte. Ich habe die ganze Nacht darüber nachgedacht. Es war eine lange Nacht, und eine kalte ...« Ihre Stimme verlor sich.

Am liebsten hätte sie ihm erzählt, wie hell der Strand aus Muscheln im Mondschein gewesen war, von den schweren Steinen, die sie sich gesucht hatte, von dem Gedanken, in den Sumpf zu gehen, der Gewissheit des Todes durch Ertrinken und ihrer Offenbarung, dass das Leben ihres gemeinsamen Kindes sie beglückte.

Dann sah sie den Zorn in seinem verschlossenen Gesicht. »Aber ich hätte es niemals getan. Ich würde keine Kräuter verwenden, um ein Kind zu vergiften. Ganz gewiss würde ich nicht mein Kind vergiften. Und ich würde lieber sterben, als ein Kind von dir und mir zu vergiften.«

Sie sah, wie er die Schultern hochzog. »Es ist noch kein Kind«, sagte er. »Nicht vor dem Gesetz. Nicht, bis es sich regt. Nicht in den Augen Gottes. Hat es sich schon geregt? Nein?«

Verwundert blickte sie von seinen wütenden Augen zu seiner verhärteten Mundpartie. »Doch«, sagte sie leise. »Natürlich. Wir haben ihn im September gezeugt. Ich habe Weihnachten gespürt, wie er sich bewegt hat. Ich weiß, dass Leben in ihm steckt. Er schläft und wacht in mir auf, ich kann ihn spüren. Vielleicht träumt er.«

»Es ist kein Junge!«

Wieder betrachtete sie ihn mit ihrem ruhigen, dunklen Blick.

»Natürlich kann das niemand mit Sicherheit sagen. Aber es ist ein Kind, und ich spüre, dass es ein Junge ist.«

»Ist es nicht. Es ist nichts. Es ist nicht zu spät …«

»Wofür zu spät?«

»Dass du das Kraut oder den Trank zu dir nimmst oder was immer dir geläufig ist. Dafür ist es nicht zu spät.«

»Nicht zu spät, als dass ich mir eine Durchziehnadel in den Bauch rammen könnte, um es im Mutterleib zu töten«, stellte sie fest.

Er schluckte. »Selbstverständlich würde ich nicht wollen, dass du so etwas tust. Aber Alinor, …«

»Ja?«

»Alinor, ich möchte dich zu mir nach Hause bringen, ich möchte, dass du dort als meine Frau lebst. Du wirst die nächste Lady Avery sein.«

Sofort war sie abgelenkt. »Lautet so dein Name?«

»Ja, so lautet er. Aber darum geht es nicht. Was ich damit sagen will, ist, dass ich dich nicht zu meiner Mutter und meinem Vater bringen kann, wenn du schwanger bist und immer noch die Frau eines anderen Mannes. Wenn du zulässt, dass es zur Welt kommt, wird es Zacharys Namen erhalten. Ich kann kein Kind mit dem Namen Reekie in meinem eigenen Heim großziehen! Schlimm genug, dass meine Mutter Alys und Robert als Enkel haben wird! Ich kann es nicht, Alinor. Du musst begreifen, dass ich es nicht kann. Es würde Schande über dich bringen, und Schande über mich und meinen Namen.«

»Ich habe nicht gewusst, dass das dein Name ist«, wiederholte sie. »Avery! Bist du Lord Avery?«

»Nein. Mein Vater ist Baronet. Nicht, dass es von Belang wäre.«

»Aber ich habe dich die ganze Zeit über als James Summer im Kopf gehabt. Lautet dein Vorname nicht James? Wie soll ich dich je anders nennen?«

Sie war so erregt, dass er sie an den Schultern packte. Sofort zuckte sie zurück, um einem Schlag auszuweichen. Damit handelte sie nach einer alten Lektion, wonach einem Schütteln ein Schlag folgte, und wenn sie zu Boden geworfen würde, handelte sie sich einen Tritt in den Bauch oder ins Gesicht ein. Augenblicklich ließ er sie entsetzt los, ließ die Hände von ihren Schultern gleiten und breitete sie weit aus, wie um zu zeigen, dass er ihr nichts tun würde.

»Lass das!«, sagte er. »Um Himmels willen, lass das! Ich bin nicht dieser Rohling. Ich würde dir niemals wehtun. Verzeih mir, verzeih mir! Aber Alinor, du musst mir zuhören.«

»Ich höre zu.« Sie fing sich schneller wieder, als es ihm gelang. »Ich höre zu. Aber ich kann nicht tun, worum du mich bittest.«

»Verzeih mir ...« Er versuchte, das wilde Hämmern seines Herzens zu beruhigen. »Es ist ein schrecklicher Monat gewesen, ein schreckliches Jahr. In ebendem Moment, als ich mich mit meinen Eltern getroffen habe – und sie sind so wütend gewesen –, haben wir von der Verhaftung des Königs erfahren. Also konnte ich mein Seminar nicht verlassen, worauf ich mich gerade vorbereitet hatte, sondern musste in den königlichen Dienst zurückkehren. Seitdem bin ich in London und Den Haag gewesen, dann wieder in London, und habe verzweifelte Versuche unternommen – du hast ja keine Ahnung –, habe mich mit Männern getroffen, die keine Hoffnung hatten, habe Geld von ihnen erbeten, sie zum Handeln aufgefordert, habe Botschaften verschickt und keine Antwort erhalten, und jetzt – Gott vergib uns –, jetzt ist er tot, und es ist alles vorbei. Wir haben schlimmer denn je verloren, und ich muss mir den Hohn deines Bruders anhören ...«

»Ned hat dich nicht verhöhnt.«

»Doch. Du verstehst das nicht. Es war etwas zwischen Männern. Es ging um unser Land, unseren Krieg.«

»Auch meinen Krieg«, stellte sie fest. »Auch mein Land.«

Rasch trat er einen Schritt von ihr zurück zum Tor, als wolle er in seinem Zorn hinaus auf die Straße stürzen. »Darum geht es nicht! Du hörst mir nicht zu!«

Sie stand so reglos und still da wie ein Reh, wenn es Gefahr wittert, aber nicht weiß, was herannaht. So unschuldig und aufmerksam wie ein Reh, das in den Wind witterte. Er trat zu ihr zurück und rang nach Worten. »Du hast mir einen schrecklichen Schock versetzt. Ich weiß nicht, was ich sagen soll.«

Eine Schleiereule mit weit ausgebreiteten weißen Schwingen flog an der Hecke des Weges entlang auf sie zu, erhob sich weit über das Buschwerk und verschwand in das Feld auf der anderen Seite des Gartens. James sah, wie Alinor sie beobachtete, als würde die Eule sie warnen oder etwas in der Art, und ihm kam der Gedanke, dass es für einen Mann wie ihn – einen gebildeten, einen spirituellen Mann – unmöglich war, eine Frau wie sie an einem solchen Ort zu verstehen.

»Was?«, wollte er wissen, und sie richtete ihren Blick wieder auf ihn.

»Ich habe nur der Eule nachgesehen«, sagte sie leise, wissend, dass er gereizt war, aber ohne zu wissen, warum. »Ich habe auf dich geachtet. Ich habe ihr nur nachgesehen.«

»Dir ist kalt«, sagte er, doch er war derjenige, der zitterte. »Und Ned wird sich fragen, wo du bleibst.«

»Er weiß, wo ich bin. Ich habe ihm gesagt, dass ich die Hühner einsperre.«

»Was ich meine, ist, wir können jetzt nicht reden. Wir können hier nicht reden. Wir müssen morgen reden. Wir müssen uns morgen irgendwo treffen und miteinander reden.«

»Morgen muss ich Rob nach Chichester bringen.«

»Kann Edward ihn nicht hinbringen?«

»Oh, nein!« Sie war entsetzt, dass er es auch nur vorschlug. »Ich möchte Robs Meister und sein Zuhause sehen, und wo er arbeiten wird. Mr Tudeley wird das Geld bezahlen. Ich muss Robs Lehrvertrag unterschreiben. Sie werden die Unterschrift einer Frau akzeptieren. Ich habe einen guten Namen in Chichester.«

Er versuchte, Ruhe zu bewahren. »Ja, in der Tat. Dann werde ich auch nach Chichester kommen und mich dort mit dir treffen.«

Sie nickte wortlos und öffnete ihm das Gartentor. Ihre Gelassenheit verblüffte ihn.

»Alinor, wir müssen zusammen sein, wir müssen wieder ein Paar sein. Ich werde dich zu meiner Frau machen. Ich werde dir meinen Namen geben – meinen echten Namen. Du wirst ehrbar sein! Ich liebe dich, ich will dich. Mehr als alles andere auf der Welt. Du bist alles, was ich noch habe! Alles andere habe ich verloren. Du bist alles, was mir noch geblieben ist.«

Sie nickte, ohne etwas zu sagen.

Eine Mischung aus Zorn und Verlangen brachte ihn zum Schwitzen. »Wo sollen wir uns treffen?«

»Am Marktkreuz?«, fragte sie. »Vor der Mittagsstunde?«

»Ich werde dort sein. Niemand weiß hiervon, oder?« Er wies mit der Hand in Richtung ihres Bauches. »Du hast es niemandem erzählt?«

Ohne auch nur richtig nachgedacht zu haben, belog sie ihn zum ersten Mal. »Niemandem.«

»Dann wird es schon werden«, versuchte er, sie zu beruhigen, auch wenn er derjenige war, der panisch aussah.

»Es wird schon werden«, stimmte sie ihm durch blasse Lippen zu. Sie schloss das Tor hinter ihm und wandte sich wieder zu dem gefrorenen Garten um.

Alys wollte ihre Mutter und Rob nach Chichester begleiten, Robs neuen Arbeitgeber kennenlernen, mehr Wolle fürs Spinnen abholen und vielleicht sogar ein Band kaufen, um ihr Hochzeitskleid zu verzieren.

»Es ist nur der Montagsmarkt«, sagte Alinor abwehrend. »Der Stand mit den Bändern ist am Samstag viel besser. Und der Wollhändler bringt, wenn er nächste Woche vorbeikommt, Wolle mit und lässt sie hier.«

Alys verzog das Gesicht. »Ich sollte wohl sowieso in der Mühle arbeiten«, sagte sie.

»Das solltest du«, pflichtete Alinor ihr bei.

»Ich würde fast lieber auf der Fähre arbeiten als den Tag bei Mrs Miller verbringen.«

»Du könntest deinen Onkel Ned bitten, eine Schicht in der Molkerei zu übernehmen?«

Widerwillig musste Alys lachen.

»Ach, so schlimm ist sie auch wieder nicht«, erklärte Alinor ihrer Tochter. »Und heute ist Backtag. Die anderen Frauen werden zum Befeuern des Ofens da sein, und du kannst uns einen Laib backen.«

Alys wickelte sich ein Tuch um die Schultern und band ihre Schürze fester um die breite Taille. »Nach der Arbeit gehe ich zur Stoney-Farm. Ich werde dort zu Abend essen und später hierher zurücklaufen.«

»Jaja«, sagte Alinor geistesabwesend. Sie ging zum Fuß der Treppe, rief nach Rob und vernahm seine Antwort.

»Hilfst du mir mit dem Waschkessel aus der Spülküche für Rob?«

Die beiden Frauen ließen den Stab durch die Trageringe gleiten und hievten den mit heißem Wasser gefüllten Kessel in die Zimmermitte. Dann küsste Alinor ihre Tochter und brachte sie zur Haustür, drehte sich zum Fuß der Treppe um und rief abermals nach Rob.

Er kam in seinem Hemd nach unten und zog sich aus, wusch sich mit der Seife, während Alinor Krüge mit warmem Wasser über seine Schultern und seinen Kopf goss.

Dann stieg er, dünn und schlaksig, wie er war, aus dem Wasser auf eine kleine Matte, die Alinor ihm hinlegte, und trocknete sich mit einem Leinenlaken ab. In das Laken gewickelt, saß er auf einem Schemel vor dem Feuer, während Alinor ihm das dichte braune Haar schnitt, es mit ihrer eigenen Mischung aus Olivenöl und Apfelessig trocken rieb und dann mit einem Läusekamm auskämmte. Rob zog sich die saubere Leinenwäsche an, die man ihm in der Propstei gegeben hatte, und eine Kniehose, die von Walter Peachey stammte.

»Frühstücke etwas«, drängte Alinor ihn und stellte etwas Brot und dünnes Ale vor ihn auf den Küchentisch.

Als er fertig war, hob er den Waschkessel mit ihr hoch und trug ihn zurück in die Spülküche. »Soll ich ihn auskippen?«, fragte er sie. »Er ist zu schwer für dich.«

»Ich werde später die Böden damit wischen«, entgegnete sie. »Lass ihn dort stehen.«

Alinor hatte ihm auf dem Markt in Chichester gute getragene Strumpfwaren gekauft, und er kam immer noch in die Schuhe hinein, die er in der Propstei zu Weihnachten geschenkt bekommen hatte, auch wenn sie an den Zehen eng waren. Er schlüpfte in die abgelegte Jacke, die früher Walter gehört hatte.

Alinor streichelte die dicke Wolle des Ärmels. »Sie ist sehr edel«, sagte sie.

»Das ist noch gar nichts. Es ist seine alte. Für seine Reise nach Cambridge hat er Samt getragen.«

»Es tut mir leid...«, setzte sie an.

Rob grinste sie an. »Es tut dir leid, dass ich keine Samtjacke habe? Ma, ich bin derjenige, dem es leidtut, dass meine Einkünfte aus der Propstei versiegt sind und Alys nicht genug für ihre Mitgift bekommt und dass du rund um die Uhr arbeiten musst. Ich weiß, was für ein Glückspilz ich bin. Ich weiß, wie gesegnet wir sind. Und sobald ich meinen ersten Lohn verdiene, sollst du alles davon haben.«

Alinor streckte die Arme nach ihm aus, und er gestattete ihr, ihn zu umarmen. Allerdings klammerte er sich nicht mehr an sie, wie er es früher getan hatte, als er noch ihr kleiner Junge gewesen war.

»Du wirst allmählich erwachsen«, sagte sie.

»Ich bin jetzt ein Lehrling!«, erwiderte er stolz.

»Ich habe das Gefühl, als verlöre ich dich«, sagte sie. »Als entglittest du mir.«

»Es ist nur Chichester«, rief er ihr ins Gedächtnis. »Ich fahre nicht zur See oder so.«

»Nein, und wenigstens dafür danke ich Gott«, erwiderte sie. »Ich werde vorbeischauen, wenn ich auf den Markt komme, und du wirst zu Alys' Hochzeit am Sonntag nach Hause kommen, und dann an Mariä Verkündigung.«

Sanft löste er sich aus ihrer Umarmung. »Natürlich. Du wirst mich noch diese Woche sehen.«

»Bist du fertig?« Halb hoffte sie, er werde Nein sagen und ihnen bliebe mehr Zeit zusammen.

»Ja, Mutter ich hole nur noch eben meinen Sack«, erwiderte er.

Er lief die Leiter hoch zu seinem Schlafzimmer unterm Dach und kam mit dem Sack wieder herunter. Darin befanden sich etwas saubere Leinenwäsche, sein Löffel, sein Becher, sein Messer, Ersatzstrümpfe und – ein Geschenk von Sir William – ein Notizbuch mit leeren Seiten, in dem er sein eigenes Buch mit Rezepten und Heilmitteln, die er von dem Apotheker lernen würde, anfangen konnte. Außerdem hatte er seinen eigenen Stift, ein Messer, um ihn zu spitzen, und ein kleines Tintenfass aus dem Schulzimmer der Propstei.

»Alles?«, fragte Alinor ihn.

»Ja.«

»Nun, wenn du etwas brauchst, kannst du immer eine Nachricht schicken.«

Sie verließen das Haus und schlossen sorgsam die Tür hinter sich. Ned hängte gerade das Hufeisen neu auf, das auf der anderen Seite des Sumpfes als Glocke diente, doch als er die beiden sah, zog er die Fähre herüber und hielt sie still, während Alinor an Bord ging.

»Bereit?«, fragte er Rob. »Du bist der Erste von uns Ferrymans, der eine Lehre macht. Der Erste, der auf dem Weg ist, sich bei der Arbeit nicht die Hände schmutzig zu machen. Der Erste, der drinnen arbeiten wird.«

»Ich bin bereit«, sagte Rob.

»Unsere Mutter wäre vor Stolz geplatzt«, sagte Ned zu Alinor. »Schade, dass sie das nicht mehr erlebt«, fügte er hinzu.

»Rob ist schon immer gescheit gewesen, selbst als Säugling«, sagte Alinor. »Mutter hat das in ihm gesehen, auch wenn sie sich den heutigen Tag niemals erträumt hätte. Und er hat die Gunst der Peacheys verdient, anständig und ehrlich. Er hat genug in der Schule gelernt, um an Master Walters Seite zu studieren. Und sie sind Freunde geworden, echte Freunde.«

»Zum Lord geboren?«, neckte Ned sie, während er die Fähre festmachte und ihre Hand ergriff, um ihr von Bord zu helfen.

»Natürlich nicht«, sagte sie. »Aber es hat etwas zu sagen, dass er und Master Walter Seite an Seite studiert haben und Walter jetzt dazu taugt, Anwalt zu werden oder jedenfalls ein Gentleman.«

»Es hat zu sagen, dass es immer Posten für Posteninhaber geben wird und sich nichts ändert«, sagte Ned.

»Alles ändert sich gerade«, mischte sich überraschend Rob ein, der von der Fähre auf den Landungssteg sprang und Alinor auf festen Boden half. »Alles ändert sich. Wir haben ein Parlament statt eines Königs. Wir können mit unseren Herren auf unseren eigenen zwei Beinen sprechen, wir müssen nicht knien. Ich werde einen Lohn verdienen und nicht in Pennys bezahlt werden. Wir werden nie wieder hungern.« Er drehte sich zu seinem Onkel, und die beiden Männer umarmten sich. »Danke, Onkel Ned«, sagte Rob. »Ich komme am Sonntag wieder.«

»Nimm das hier bis dahin«, sagte sein Onkel und drückte

ihm ein Sixpencestück in die Hand. »Nimm's, vielleicht wirst du es brauchen. Vielleicht geben sie dir nicht genug zu essen, und dann kannst du dir eine Pastete oder einen Laib Brot kaufen. Und falls sie dich nicht gut behandeln, musst du uns Bescheid geben. Du hast recht: Wir sind nicht so arm, dass jeder alles mit uns machen kann. Und wir lassen uns von niemandem verprügeln.«

»Mir wird es gut gehen«, versprach Rob.

Alinor ergriff seinen Arm, sie wandten dem Sumpf den Rücken zu und gingen gemeinsam auf der Straße in Richtung Chichester.

»Geh mit Gott, Neffe!«, rief Ned. »Gott behüte dich.«

Sie wurden von einem Köhler mitgenommen, der im Wald auf der Insel Sealsea arbeitete und auf dem Weg war, die Küchen von Chichester zu beliefern. Er ließ die beiden auf der Sitzbank neben sich Platz nehmen, damit sie ihre saubere Kleidung nicht auf den verrußten Säcken beschmutzten. Beim Marktkreuz stiegen sie ab, während der Köhler weiter zum Osttor zu den Werkstätten der Nadelmacher fuhr.

Alinor und Rob gingen die North Street hinauf zum Haus des Apothekers. Wie viele der Händler benutzte er die Wohnstube vorn im Haus als Geschäft, mit Holzläden an den Fenstern, die als Marquise dienten, wenn er geöffnet hatte. Im hinteren Teil des Geschäfts, hinter dem großen Ladentisch, hatte er ein paar kleine Flaschen, Destillationsgläser und einen Ofen zum Trocknen der Kräuter und Gewürze. Seine Ehefrau, elegant in einer weißen Haube und Schürze, bediente die Kundschaft, rief ihren Mann für Beratungsgespräche nach vorn und packte selbst Pillen ein und füllte Arzneitränke ab. Sie stellte die stärkenden Mittel her und fertigte Kleinigkeiten nach Rezept an. In einem Brauhaus im Hinterhof stellte sie Ales in besonderen Geschmacksrichtungen her, mit Kräutern und Gewürzen gebraut, um der Verdauung förderlich zu sein, um Hitze zu steigern oder Müdigkeit vorzubeugen.

Alinor klopfte an die Tür und trat ein. Rob folgte ihr blinzelnd, da das Hausinnere im Vergleich zur grellen Straße draußen so düster war.

»Ach, Mrs Reekie«, sagte der Apotheker.

»Guten Tag, Mrs Reekie«, sagte seine Frau. »Und das ist Euer Junge?«

Alinor musste Rob nicht nach vorn schubsen, wie sie es noch vor einem Jahr getan hätte. Er trat von allein mit dem Selbstvertrauen vor, das er sich in der Propstei angeeignet hatte, und machte eine kleine Verbeugung vor der Herrin und seinem neuen Meister. »Ich heiße Robert Reekie«, stellte er sich vor. »Danke, dass Ihr mich zum Lehrling nehmt.«

Alinor sah, wie Robs gutes Aussehen und seine Manieren Mrs Sharpe zum Lächeln brachten, während Mr Sharpe die Hand ausstreckte und Rob sie schüttelte. Die Glocke des Ladens ertönte, und Mr Tudeley, der Verwalter aus der Propstei, betrat das Geschäft.

»Ach, guten Tag, guten Tag«, sagte er. »Schön, dass Ihr pünktlich seid, Mrs Reekie, Robert. Guten Tag, Mr und Mrs Sharpe. Habt Ihr Roberts Lehrvertrag?«

»Gleich hier.« Mr Sharpe zog einen Lehrvertrag seiner Gilde hervor, Roberts Name und sein eigener bereits in schöner Schrift eingetragen. Er beschwerte die Ecken des Pergaments mit den Messinggewichten von der Waage, damit sie alle das beeindruckende Dokument mit roten Siegeln und Bändern unten sehen konnten. Rob trat an den Schreibtisch und griff nach dem Federkiel. Alinor sah gerührt und stolz zu, wie er mit seinem Namen unterzeichnete, ohne zu zögern oder einen Tintenklecks, kein »x« auf die Seite schabend wie sein ungebildeter Vater. Dann unterschrieb Mr Tudeley als Roberts Gönner, und Mr Sharpe unterzeichnete mit seinem Namen als sein Meister und der Zunftgenosse, der Rob in die Apothekergilde von Chichester einführen würde, sobald er seine Zeit gedient hatte.

Anschließend trat Alinor vor und unterschrieb als Witwe Reekie, Robs Mutter und Vormund. Als ihren Beruf gab sie Hebamme an.

»Erledigt«, sagte Mr Tudeley. »Robert, ich erwarte von dir, dass du der Propstei und deiner Mutter alle Ehre machen wirst.«

»Das werde ich, Mr Tudeley«, antwortete Rob. »Bitte richtet Seiner Lordschaft meinen Dank dafür aus, dass er mir eine solche Chance im Leben gewährt.«

»Ihr wollt bestimmt sein Zimmer sehen«, sagte Mrs Sharpe zu Alinor.

»Sehr gern«, sagte Alinor.

Die Hausherrin führte Alinor und Rob die Treppe hoch zu den beiden Zimmern über dem kleinen Geschäft. Vom Treppenabsatz führte eine Dachbodenleiter nach oben, wo die Dienstmagd auf der einen Seite schlief und sich das kleine Zimmer, das Rob gehören sollte, unter dem Dachvorsprung auf der anderen Seite befand.

Zu dritt drängten sie sich in den kleinen Raum, und Alinor bückte sich, um durchs Fenster nach unten auf die Straße zu sehen.

»Er wird an unserem Tisch essen«, sagte die Meisterin. »Und an einem Sonntag im Monat hat er den Nachmittag frei.«

»Und darf ich ihn besuchen kommen?«, fragte Alinor. »Wenn ich nach Chichester auf den Markt komme?«

»Ihr könnt ins Geschäft kommen, wenn er nicht mit Kundschaft beschäftigt ist. Aber er kann nicht raus, um sich mit Euch zu treffen. Wir hatten früher schon Lehrjungen. Sie müssen sich einleben.«

»Er hat schon außer Haus gewohnt«, beruhigte Alinor sie. »In der Propstei während der letzten beiden Quartale. Aber ich bin dankbar, dass Ihr ihn am Sonntag nach Hause lasst, denn da ist die Hochzeit seiner Schwester.«

»Sie wird den Stoney-Jungen heiraten, nicht wahr?«

»Ja«, antwortete Alinor.

»Mr Tudeley hat es mir erzählt, als er wegen Robs Lehre da gewesen ist. Ihr müsst stolz auf Eure beiden Kinder sein!«

Sie stiegen die Leiter und dann die Treppe hinunter und betraten wieder den kleinen Laden. Mr Tudeley war bereits gegangen, mit einem Beutelchen voll Rosenblättern als Geschenk. Alinor machte einen Knicks vor Mr Sharpe und küsste Mrs Sharpe auf beide Wangen. Rob begleitete sie zur Ladentür und trat ins Freie, um sich zu verabschieden.

Alinor wandte sich ihrem Sohn zu. Sein Kopf reichte ihr mittlerweile bis an die Schulter. Sie überlegte, dass er immer noch ihr kleiner Junge war, fest in ihrem Herzen, doch gleichzeitig war er beinahe ein junger Mann: Sie konnte sehen, wie selbstbewusst er dastand. Längst besaß er Bücherweisheit, von der sie nie eine Ahnung haben würde, längst verfügte er über Manieren, die ihr selbst niemand beigebracht hatte. Er würde in der Welt aufsteigen, fort von ihr, und sie sollte sich freuen, ihn gehen zu sehen. Ihre Aufgabe als Mutter bestand nun nicht mehr darin, für seine Sicherheit zu sorgen und ihn ans Herz zu drücken, sondern ihn freizugeben und fliegen zu lassen, als sei sie ein Falkner, der einen schönen Habicht zurück in die Wildnis entließ.

»Gott segne dich, Rob.« Ihre Stimme war tränenerstickt. »Du weißt, dass du ein braver Junge sein und mich wissen lassen sollst, wie es dir geht. Eine Nachricht schicken, ob alles in Ordnung ist?«

»Mach du dir keine Sorgen um mich«, sagte er fröhlich. »Ich werde am Sonntag für die Hochzeit zu Hause sein!«

Rob wartete darauf, dass sie ging, und die Sharpes im Ladeninnern ebenso. Alinor wusste, dass ihr nichts anderes übrig blieb. Dennoch rührten sich ihre Füße nicht vom Fleck.

Rob küsste sie. »Geh schon«, sagte er, eher wie ein Mann als wie ihr Junge. »Geh schon, Ma. Es wird gut werden. Du wirst schon sehen.«

Alinor lächelte unsicher, drehte sich um und ging.

Das Marktkreuz war die Mitte der Stadt, und auf den Straßen wimmelte es von Stadtbewohnern und Händlern, die ihre Stände aufbauten oder einfach nur mit Körben an den Armen oder Straßenhändlerkisten zu ihren Füßen dastanden und ihre Waren feilboten. Alinor, die Kapuze über den Kopf gezogen, um ihr Gesicht zu verbergen, ging zu den Stufen des Kreuzes und fand, wie aus dem Nichts, James Summer an ihrer Seite.

Er griff wortlos nach ihrer Hand und zog sie zum vorderen Zimmer des in der Nähe gelegenen Gasthauses. Sie zögerte an der Tür.

»Ich kann hier nicht hineingehen«, sagte sie entsetzt. »Und wenn mich jemand sieht?«

»Es ist keine Schenke«, verbesserte er sie. »Es ist ein Gasthof. Reisende Damen können hier essen oder etwas trinken. Es ist völlig …«

»Niemand würde mich für eine ehrbare Frau halten, wenn er mich hier mit dir sähe.«

»Aber was sagst du da! So hör doch …« Eine Familiengesellschaft kletterte aus ihrer Reisekutsche und ging durch die Diele zu ihrem privaten Esszimmer, ohne Alinor einen Blick zuzuwerfen. »Meine eigene Mutter speist in Gasthöfen«, erklärte er ihr. »Es ist völlig in Ordnung.«

»Ich habe noch nie einen Fuß in ein solches Haus gesetzt«, widersprach sie ihm.

Ihm wurde klar, dass eine arme Frau vom Land niemals die Herberge einer Poststation von innen sehen würde und sich keinen Begriff vom Unterschied zwischen einer schmutzigen

Dorfbierstube und der respektablen Herberge der Poststation einer Kleinstadt wie Chichester machen konnte. Er musste lernen, geduldig mit ihr zu sein – und sie langsam mit seiner Welt bekannt zu machen. »Alinor, bitte, wir brauchen einen Ort, wo wir miteinander reden können. Komm. Ich verspreche dir, dass dich niemand sehen wird, und es ist völlig in Ordnung, wenn man es doch tut. Du musst mir vertrauen, jetzt und in Zukunft.«

Er nahm sie bei der Hand und führte sie an einen Tisch, den er in der Ecke des Speisesaals reserviert hatte, mit einem Krug Warmbier für sie beide und einem Teller mit Brot und Aufschnitt.

Sie setzte sich auf die Kante des Stuhles, den er für sie hervorzog, und sah sich nervös um. Diese Alinor war nicht die entrückte Fremde, der James auf dem Friedhof begegnet war, oder die freie Landbewohnerin, die Fisch an Stöcken gebraten hatte. Hier war sie eine arme Frau, die sich vor dem Urteil anderer fürchtete.

»Hat Robert mit seiner Lehre begonnen? Bist du mit dem Haus zufrieden gewesen?«

Sie nahm den Becher mit dem warmen Ale und schlang ihre kalten Hände darum. »Ja, ja«, antwortete sie. »Ich glaube, er wird sich dort sehr gut machen. Sie haben ein schönes Geschäft, und die Hausherrin braut ihre eigenen Ales.« Ihre Stimme verlor sich, als sie sein düsteres Gesicht bemerkte und ihr klar wurde, dass er gerade anderes im Kopf hatte.

»Wir müssen entscheiden, was wir tun werden.«

Sie nickte, stellte den Becher ab und faltete die Hände im Schoß.

»Du bist entschlossen, dir keine Sorgen zu machen?«

»Natürlich mache ich mir Sorgen.« Alinor brachte ein mattes Lächeln zustande. »Ich habe Tag und Nacht an dich gedacht. Wenn ich dir eine Nachricht hätte schicken können, hätte ich es getan. Ich habe nicht schlafen können, weil ich mich gefragt habe, was du davon halten würdest. Damit überrumpeln wollte ich dich nicht, aber was blieb mir anderes übrig? Ich habe gewartet und gehofft, dass du zurückkehrst.«

»Mein Liebes, geliebte ...« Da er sich nun ihrer Schönheit gegenübersah, die ihre armselige Kleidung überstrahlte, hier so fehl am Platz wie im Watt, verlor er die Worte, die er sich über Nacht zurechtgelegt hatte, in den schlaflosen Stunden, als er um Rat gebetet hatte, wohl wissend, dass seine eigenen Gebete eine Sünde waren. »Ich kann mir meine Zukunft mit dir vorstellen, aber nicht mit einem Kind. Es ist unmöglich.«

Er sah, wie sie langsam die Bedeutung seiner Worte begriff. Im ersten Moment blieb sie ihm eine Antwort schuldig. Ihre dunkelgrauen Augen richteten sich nach unten auf ihre abgetragenen Schuhe und dann wieder auf sein Gesicht. »Kein Kind? Was soll ich dann deiner Meinung nach tun?«

»Ist es für dich nicht möglich, etwas einzunehmen, das es verschwinden ließe?«

»Nein«, sagte sie schlicht. »Es gibt nichts auf der Welt, was ein Kind verschwinden ließe.«

»Du weißt, was ich meine.«

»Ich weiß, dass ich nichts mit Worten beschönigen werde.«

Er griff nach seinem Becher Ale und nahm einen Schluck von der heißen Süße, um seine aufkommende Wut zu verbergen. »Ich will nichts mit Worten beschönigen. Es ist nur ...«

»Es ist schrecklich, davon zu sprechen. Noch schlimmer, es zu tun«, sagte sie.

»Aber es ist nicht zu spät, etwas zu tun?«

Ernst schüttelte sie den Kopf. »Es ist nie zu spät, etwas zu tun.«

»Was meinst du?«

»Manche Frauen ersticken das Neugeborene gleich nach der Geburt und behaupten, es wäre eine Totgeburt gewesen. Willst du, dass ich das mache?«

»Nein!« Er hatte die Stimme erhoben und sah sich verlegen

um. Niemand war auf sie aufmerksam geworden. »Aber würdest du jetzt etwas machen? Für uns? Für unser Leben zusammen?«

»Wenn ich es täte, hätten wir dann noch ein Leben zusammen?«

»Ich schwöre es. Ich werde auf der Stelle mit dir in die Kathedrale gehen und es schwören.«

»Du willst es töten.«

Er betrachtete ihre starre Miene. »Nur, damit ich mit dir zusammen sein kann.«

Sie atmete schaudernd ein, und dann schüttelte sie langsam den Kopf, als könnten ihre bleichen Lippen nicht sprechen. »Das ist ein schrecklicher Handel. Nein. Nein. Ich könnte es nicht tun.«

»Weil du es für eine Sünde hältst? Ich kann dir erklären ...«

»Nein«, fiel sie ihm ins Wort. »Weil ich es nicht ertragen könnte. Ob es nun eine Sünde vor Gott ist oder nicht. Was auch immer du vorbringen könntest. Es wäre ...«, sie suchte nach dem Wort, »... für mich wäre es ein Unrecht.« Sie warf ihm einen kurzen Blick zu. »Für mich wäre es ein großes Unrecht, gegen mich selbst und gegen das ungeborene Leben.«

»Wir werden andere Kinder haben.«

»Das würden wir nicht«, widersprach sie ihm. »Kein Kind würde in meinen Mutterschoß kommen wollen, wenn ich seinen Bruder vergiftet hätte.«

Er versuchte zu lachen. »Das ist Aberglaube und Unsinn! Das ist Torheit!«

Sein künstliches Lachen erstarb, als sie nichts erwiderte, und sie saßen schweigend da und warteten darauf, dass der andere das Wort ergriff.

»Du weißt, was du damit sagst? Du wirst nicht zu mir kommen, meine Liebe und meine Ehefrau sein? Du entscheidest dich für dieses – dieses Nichts – statt für mich? Statt des Lebens, das wir leben würden, und dessen, was wir für Rob und

Alys tun könnten? Du wirst zulassen, dass man von ihnen als Kindern eines verschwundenen Vaters spricht oder Schlimmeres. Wenn sie Stiefkinder eines Baronets sein könnten? Du gibst diesem Nichts ihnen gegenüber den Vorzug? Und auch mir gegenüber?«

Alinor war so bleich geworden, dass er glaubte, sie werde gleich in Ohnmacht fallen.

Doch als sie sprach, war ihre Stimme fest, und sie war weit davon entfernt, ohnmächtig zu werden. »Ja, das tue ich.«

Sie schwiegen beide angesichts der Ungeheuerlichkeit ihrer Worte. Noch nicht einmal beim Tod des Königs, so dachte er, hatte er diesen ungläubigen Schmerz empfunden. »Alinor, ich kann kein Kind, das den Namen deines Mannes trägt, in mein ehrbares Haus holen. Selbst wenn ich wollte. Ich könnte dich nicht zur Frau nehmen.«

Sie nickte. Er sah, wie sie versuchte, nach dem Becher Ale zu greifen, und ihm wurde klar, dass sie blind vor Tränen war, aber den Kopf gesenkt hielt, um es vor ihm zu verbergen. Ihr Kummer ließ ihn nur noch weiter verhärten.

»Ich werde mein Zuhause zurückerlangen und dort ohne dich leben, und wir werden uns nie mehr wiedersehen. Du verdammst mich dazu, wo ich doch geglaubt hatte, dass wir zusammen glücklich sein würden. Wo du meine Ehefrau sein würdest.«

Ihre Hand fand den Becher, und sie hielt ihn. Selbst ihre Hände waren weiß.

»Ich liebe dich mehr als alles andere auf der Welt, und doch werde ich den Rest meines Lebens ohne dich verbringen«, sagte er.

Stumm nickte sie.

»Und ich werde eine andere heiraten, damit mein Name fortbesteht, damit ich einen Sohn habe. Aber ich werde sie niemals so lieben, wie ich dich geliebt habe, und ich werde dich mein restliches Leben lang vermissen.«

Ihre Hand zitterte so heftig, dass das warme Ale auf den Rock ihres Kleids verschüttet wurde.

»Ist das dein Wunsch?«, fragte er ungläubig. »Ist es das, was du für mich willst?«

Die Magd des Gasthofes kam auf sie zu. »Alles in Ordnung hier?«, fragte sie und brach damit den Bann. »Noch einen Krug Ale?«

»Nichts, nichts.« James winkte sie fort.

»Sag mir, dass du mich heiraten wirst«, flüsterte er. »Sag mir, dass du mich liebst, wie ich dich liebe – mehr als alles andere auf der Welt.«

Nach einer Weile blickte Alinor zu ihm auf, und er sah, dass die ungeweinten Tränen ihre Augen verdunkelt hatten. »Ich würde mich nicht dazu hergeben, einen Mann zu heiraten, der sein eigenes Kind umbringen würde«, sagte sie. »Was du mir anbietest, ist keine Ehre. Wenn du der Mann bist, der sein eigenes Kind im Mutterleib vernichten würde, dann bist du nicht der Mann, für den ich dich gehalten habe, dann bist du nicht der Mann für mich.«

James war so erschüttert, als hätte sie ihm ins Gesicht geschlagen. »Wag es nicht, mich zu verurteilen!«, brach es aus ihm hervor.

Ganz ohne Furcht schüttelte sie den Kopf. »Ich verurteile dich nicht. Ich sage dir lediglich, dass ich mit dir übereinstimme. Du willst mich nicht mit dem Kind, das ich unter dem Herzen trage, und ich will dich nicht ohne es.«

Sie erhob sich von ihrem Stuhl, und sofort stand er auf und legte die Hand auf ihren Arm. »So kannst du nicht gehen!«

»Bleiben kann ich nicht«, erwiderte sie leise.

»Ich meine ...« Es war unvorstellbar für James, dass sie sich für ein Leben in Armut und Schande mit einem vaterlosen Kind entscheiden würde statt für die Behaglichkeit und den Wohlstand, die er ihr zu bieten hatte, und seinen Namen.

»Aber ich liebe dich!«, platzte es aus ihm heraus.

In dem Lächeln, das sie ihm schenkte, schwang eine ganze Welt der Traurigkeit mit. »Oh, und ich liebe dich«, erwiderte sie. »Das werde ich immer. Das wird mir ein Trost sein, wenn du fortgegangen bist zu deinem schönen Haus.«

Ohne ein weiteres Wort drehte sie sich um und ging fort, ohne sich noch einmal umzusehen, und ließ ihn allein zurück an dem zum Frühstück gedeckten Tisch in der besten Herberge von ganz Chichester.

Alinor wandelte wie im Traum nach Hause. Sie hielt keinen vorüberfahrenden Wagen an, um sich mitnehmen zu lassen. Nur einer fuhr an ihr vorbei, und sie sah ihn nicht und hörte ihn nicht. Während sie ging, setzte Schneefall ein, kleine Körnchen wie kalter Staub, die um sie herumwirbelten. Sie zog die Kapuze ihres Umhangs hinunter und ließ die Flocken auf ihren Kopf fallen. Sie spürte keine Kälte, merkte nicht einmal, dass es schneite.

Nach einer Stunde ließ sie sich auf einem Meilenstein nieder, um wieder zu Atem zu kommen, und beobachtete, wie der Schnee auf ihr braunes, wollenes Gewand fiel. Beim Aufstehen klopfte sie sich ab und schüttelte den Umhang aus, wickelte ihn wieder um sich und ging weiter.

Neds Fähre war an der anderen Flussseite festgemacht, also schlug sie mit dem Stab gegen das baumelnde Hufeisen und beobachtete, wie er die Fährhaustür öffnete und dann herauskam, ein Stück Sackleinen über Kopf und Schultern. Er legte eine Hand vor die andere, bis die Fähre auf ihrer Seite war, und hielt das Floß gegen die verebbende Flut fest, während Alinor an Bord ging.

»Du hast Schnee mitgebracht«, stellte er fest.

»Den ganzen Weg«, sagte sie, als sie auf die schaukelnde Fähre stieg.

Ihm fiel auf, dass sie nicht seine Hand packte oder sich an die Seite der Fähre klammerte, wie sie es gewöhnlich tat. Sie musste wohl aus der Fassung sein, weil Rob fort war.

»Wie geht es unserem Burschen? Ist es dort in Ordnung gewesen?«

»Bestens«, antwortete sie. »Es sind gute Menschen.«

»Hast du ihn gern zurückgelassen?«

»Bestens«, sagte sie abermals. Sie schenkte ihm ein klägliches Lächeln. »Er hat sich nicht an mich geklammert und mich angefleht, nicht zu gehen.«

»Braver Bursche«, sagte er. »Er wird seine Sache ordentlich machen.«

»Daran zweifle ich nicht.«

Ned zog die Fähre zurück zur Inselseite und hielt sie am Landungssteg fest, während Alinor von Bord ging. Er machte die Fähre fest, und gemeinsam gingen sie ins Haus. Sie nahm den Umhang ab, schüttelte den Schnee und die Nässe ab und hängte ihn dann an den Haken. Nachdem sie den Korb abgestellt hatte, wärmte sie ihre Hände an dem kleinen Feuer. Jede Handlung war so vertraut, dass sie sich bewegte, als hätte sie beschlossen, nicht nachzudenken.

»Soll ich dir etwas Ale erhitzen?«, bot er mit einem Blick auf ihr gleichmütiges Gesicht an und fragte sich, ob sie gleich in Tränen ausbrechen würde oder ob sie wahrlich so gelassen war, wie sie wirkte.

»Das wäre gut«, sagte sie. »Ich friere am ganzen Leib.«

»Konntest du dich denn von niemandem mitnehmen lassen?«, fragte er, weil er dachte, sie sei vielleicht vom Gehen erschöpft.

»Nein. Ich habe niemanden gesehen, der in meine Richtung gefahren wäre.«

»Dann wirst du müde sein.« Er lud sie zu einer Erklärung ein, aber sie verriet ihm immer noch nichts.

Der Schürhaken zischte, als er ihn in den Krug mit dem Ale

tauchte, um es zu erwärmen. Er goss ihr einen Becher ein und nahm sich dann selbst einen. »Das wird ein wenig Farbe in deine Wangen bringen«, sagte er.

Sie antwortete nicht, sondern schlang die kalten Hände um den Becher und trank einen Schluck, ihre Augen auf die züngelnden Flammen des Feuers gerichtet.

»Alinor, stimmt etwas nicht?«, fragte er.

Sie seufzte, als werde sie ihm ihr Herz ausschütten. Doch als sie ihn durch den Dampf des Ales ansah, sagte sie lediglich: »Alles in Ordnung, mir geht es gut.«

Richard begleitete Alys spät am Montagabend von der Stoney-Farm nach Hause. Am Dienstagmorgen war Alys noch schläfrig, als Alinor sie weckte. Schweigend saß sie beim Frühstück, den Kopf über ihre Schüssel mit Haferbrei gebeugt, und starrte ihren Onkel missmutig an, als er sagte, er hoffe, sie habe den frühen Gezeitenwechsel nicht verpasst, als sie noch Fährmann gewesen war.

»Kommst du mit mir zur Mühle?«, fragte Alys ihre Mutter. »Sie macht heute die Wäsche.«

Waschtage in der Mühle waren berüchtigt für Mrs Millers schlechte Laune. »Herrgott«, sagte Alinor lächelnd, »kein Wunder, dass du dir Begleitung wünschst.«

»Außerdem sollen wir ihr Eier mitbringen. Sie hat nicht genug. Noch nicht einmal ihre Hühner können sie ertragen.«

Ned ließ sich auf seinem Schemel am Kopfende des Tisches nieder. »Und hast du deine Mitgift zusammen?«, fragte er.

»Das meiste«, sagte Alys.

»Ich habe die fünf Shilling, die ich dir versprochen habe«, bot er an. »Und ich werde noch einmal fünf drauflegen.«

»Die nehme ich!« Sie lächelte. »Und am Samstag bekommen wir unseren Wochenlohn.«

»Du nimmst nicht nur deinen eigenen Lohn, sondern auch den deiner Mutter?«

»Onkel, das muss ich«, sagte Alys ernst. »Und außerdem bekommt sie ihn zurück. Wenn ich Mrs Stoney von der Stoney-Farm bin, bekommt sie jeden Tag ein Geschenk von mir.«

»Rosenöl«, nannte Alinor die eine Zutat, die sie sich beim Kräuterhändler auf dem Markt in Chichester nie leisten konnte. »Ich werde in Rosenöl baden.«

»Ach, die eine so verrückt wie die andere«, sagte Ned. »Kommt, ich werde euch mit der Fähre übersetzen.«

Am Freitag war Käsereitag in der Gezeitenmühle, und Alinor verbrachte den Tag in der eiskalten Molkerei, rührte die Butter, schöpfte Rahm ab und presste Käse, während Alys die harte Arbeit im Freien erledigte. Alles sollte am Freitagabend fertig sein, und Mrs Miller würde die Sachen am Samstagmorgen selbst auf den Markt in Chichester bringen.

Zur Mittagsstunde läutete Mrs Miller die Glocke im Hof. Alle gingen in die Küche und setzten sich zum Essen an den Tisch: Brot aus dem Mühlenofen und geronnene Milch vom Käse. Während Mr Miller Gott für sein eigenes gutes Mittagessen dankte, saßen Richard Stoney und der andere Müllersbursche ihnen gegenüber, die Gesichter vor Kälte ganz rot. Mrs Miller, die am Kopf des Tisches saß, auf der einen Seite ihre Tochter Jane, den kleinen Peter auf der anderen, hatte gutes Weißbrot und Weichkäse zu essen. Mr Miller saß schweigend am Tischende vor einer einzelnen Lammkeule. Sobald er gegessen hatte, verließ er das Haus, damit die Arbeiter draußen nicht zu lang Pause machten. Richard zwinkerte Alys zu, nickte in Richtung von Mrs Miller und Alinor und folgte ihm zusammen mit dem anderen Burschen.

»Ihr werdet Hochzeitsale brauen?«, fragte Mrs Miller.

»Ich werde es morgen abseihen«, erwiderte Alinor. »Ich glaube, es wird sehr gut. Mr Stoney holt es am Sonntagmorgen auf dem Weg zur Kirche ab.«

»Auf der Stoney-Farm wird immer gut aufgetischt. Du bist ein Glückspilz«, sagte Mrs Miller zu Alys, die sich zu einem Lächeln und einem Nicken zwang. Dann wandte sich Mrs Miller an Alinor. »Ich bezweifle, dass sie die Hochzeit überhaupt gestattet hätten, wenn sie nicht so lange schon hier gearbeitet hätte. Sie wissen, dass ich sie gut angelernt habe.«

»Sie wären sich noch nicht einmal begegnet, wenn sie nicht hier gearbeitet hätte«, fiel Jane mit ein.

»Ja.« Alinor lehnte sanft die Schulter an Alys, damit diese schwieg. »Wir sind beide sehr dankbar.«

»Die Stoneys hätten keinem sonst ihren Richard anvertraut«, fügte Mrs Miller hinzu. »Es gibt in ganz Sussex keine andere Mühle, die ihnen gut genug wäre.«

»Ich werde Euer Erntefest nie vergessen«, wechselte Alinor das Gesprächsthema. »Als die beiden zusammen die Ernte eingebracht haben. Das war ein Freudentag.«

Eigentlich hatte Alinor Mrs Miller ablenken wollen, doch versehentlich hatte sie bei sich selbst eine lebhafte Erinnerung an James Summer heraufbeschworen.

Sie neigte den Kopf, als danke sie Gott für ihr Essen, aber in Wirklichkeit verbarg sie ihren Schmerz, der so heftig war, dass sie das Gefühl hatte, ihr bräche das Herz. Sie tat einen tiefen, schaudernden Atemzug und richtete ihre Gedanken auf die Molkerei und die noch vor ihnen liegende Arbeit. Sie hatte sich geschworen, dass sie nicht über James' Verlust nachdenken würde und auch nicht darüber, wie sie ohne ihn zurechtkommen sollte. Sie würde an gar nichts denken, bis Alys' Hochzeit vorüber wäre. Erst dann, wenn Alys verheiratet war und in Sicherheit, würde sie sich gestatten, ihr ruiniertes Leben klar ins Auge zu fassen.

»Ich veranstalte immer ein gutes Erntefest«, sagte Mrs Miller selbstgefällig. »Sir William sagt das jedes Mal. Er sagt, er sei lieber auf meinem Erntefest als irgendwo sonst in der Grafschaft. Wisst Ihr noch, er hat diesen Tutor mitgebracht, nicht wahr? Mr Summer?«

»Ja«, erwiderte Alinor gleichmütig. »Mr Summer. Möchtet Ihr die Butter sehen, bevor ich sie portioniere?«

Mrs Miller erhob sich vom Tisch und überließ das Abräumen Jane und Alys. »Ihr könnt die Teller abwaschen«, sagte sie über die Schulter und ging mit Alinor in die Molkerei.

»Das sieht gut aus«, sagte sie und spähte ins Butterfass, wo die Butter blass und sämig war und begann, sich von der Buttermilch zu trennen. »Bei Euch geht es immer so schnell, Alinor.«

Alinor lächelte. Sie wusste, dass es daran lag, dass sie sich mehr anstrengte und schneller butterte als Mrs Miller, doch zugeben würde die Frau das niemals.

»Ihr müsst einen Zauberspruch in die Milch wispern«, fuhr Mrs Miller fort. »Natürlich einen guten Zauberspruch. Etwas anderes würde ich niemals ...«

»Es ist gute, fette Milch«, sagte Alinor leichthin. »Zauberei ist da nicht nötig. Wenn Ihr damit zufrieden seid, mache ich Stücke für den Markt.«

»Macht sie nicht zu groß«, verlangte Mrs Miller. »Jedes nur ein Pfund. Es ist sinnlos, etwas zu verschenken.«

»Genau«, sagte Alinor geduldig.

»Wenn es ein bisschen drunter wiegt, ist das besser als drüber. Auf dem Markt wird nicht nachgewogen.«

»Gewiss. Und ich werde sie einwickeln.«

»Und Ihr kommt am Samstagmorgen, um den Wagen für mich zu beladen?«

»Ja«, sagte Alinor. »Und Alys wird auch kommen. Braucht Ihr uns den ganzen Tag?«

»Ihr könnt Euch um den Hof und um die Mühle kümmern, während wir auf dem Markt sind.«

Alinor lächelte zustimmend, als die Tür zur Küche aufging. »Soll ich nach den Hühnereiern sehen?«, fragte Alys.

»Hast du das noch nicht getan?«, fragte Mrs Miller verdrießlich. »Geh und mach es jetzt.«

Am Samstag war Alinor im Morgengrauen auf, um das Hochzeitsale zum letzten Mal abzuseihen. Alys half ihrer Mutter, und beide schnupperten das satte, hefige Aroma.

»Es wird gut schmecken«, stellte Alinor zufrieden fest.

Ned steckte den Kopf um die Brauhaustür. »Ich hoffe, dass es nicht zu stark ist?«

»Es ist Hochzeitsale«, erwiderte Alinor. »Es ist, wie es sein soll.«

»Ich will keine Trunkenheit und kein unzüchtiges Treiben«, erläuterte Ned.

»Für was für eine Frau hältst du mich?«, wollte Alinor wissen.

»Du bist eine, die die alten Bräuche mag, und das weißt du auch. Aber dies soll eine gottselige, stille und maßvolle Hochzeit werden.«

»Kein Hochzeitsale?«, fragte Alinor. »Soll ich das hier in den Fluss kippen?«

»Nun, jedenfalls keinen Branntwein«, gab er vor.

»In dem Fall«, sagte Alinor bedauernd, »werde ich Mrs Stoney bitten müssen, ausnahmsweise einmal nüchtern zu bleiben.«

Ned konnte sich ein glucksendes Lachen nicht verkneifen. Mrs Stoney hatte ihn bereits mit ihrem verbissenen Puritanismus beeindruckt. »Sie ist eine gottselige Frau«, tadelte er seine Schwester. »Man sollte keinen Spott mit ihr treiben.«

»Ich weiß!«, erwiderte Alinor und rührte das Hochzeitsale ein letztes Mal um, bevor sie ihren Umhang anlegte, um zur Mühle zu gehen.

Als Alinor und Alys den Hof der Mühle betraten, stand der Wagen an der Tür und war am Boden mit sauberem Stroh ausgelegt. Dank des leichten Schneefalls war es kalt genug, sodass die Butterstücke in ihren Körben aufgeladen werden konnten, ohne dass zu fürchten war, dass sie weich wurden. Alinor, Alys und Jane luden auch Körbe mit großem rundem Käse und Eiern auf, bis Mrs Miller aus dem Haus kam, bis über die Nasenspitze in Pelze gehüllt, als fahre sie nach Russland, und ihren Platz auf dem Wagensitz einnahm. Peter und Jane kletterten nach oben neben ihre Mutter.

Mr Miller beeilte sich, die Zügel in die Hand zu nehmen. Er wusste, dass seine Frau keine Verzögerung duldete. »Guten Tag!«, sagte er zu Alinor, mit einem Lächeln für Alys. »Ihr seid nun verantwortlich, ja? Wir werden zur Essenszeit wieder zu Hause sein!«

Ohne die ständigen kritischen Kommentare von Mrs Miller war es, als würden sie auf ihrem eigenen Hof arbeiten. Richard und der Müllersbursche säuberten die Scheune, wo die Pflugochsen untergebracht waren, und Alys und Alinor fütterten und tränkten sie. Die Frauen trieben die Pferde für ein paar Stunden nach draußen auf die gefrorene Weide, während die jungen Männer die Ställe ausmisteten. Alinor pumpte die Eimer voller Wasser, und Alys trug sie. Sie fegten die Hundehütten und die Hühnerställe aus, den Verschlag für die Gänse und die Kuhställe. Die beiden Frauen molken die Kühe und trugen die Eimer in die Molkerei. Sie sammelten im Hühnerstall Eier ein und sahen in den kleinen, warmen Schlupfwinkeln in den Scheunen nach, wo die Hühner auch manchmal Eier legten. Doch Mrs Miller war im Morgengrauen herumgegangen und hatte jedes Ei, das sie finden konnte, mit zum Markt genommen.

Sie heizten den Backofen für diejenigen Dorfbewohner ein, die bei Sonnenuntergang ihr Brot herbringen würden, um den großen Ofen zu benutzen, und Alys knetete Teig für ihr eigenes. Sie arbeiteten den ganzen Tag, bis die Sonne über dem westlichen Sumpf zu sinken begann und Alinor erleichtert sagte: »Zeit, nach Hause zu gehen.«

»Nicht ohne unseren Lohn«, sagte Alys. »Ich brauche ihn für morgen.«

»Alys, wie viel von deiner Mitgift hast du genau? Denn morgen darf nichts fehlen. Sie werden es nicht wegen eines Shillings abblasen, aber es darf nicht aussehen, als würden wir sie ausgerechnet an deinem Hochzeitstag vor dem Kirchenportal übers Ohr hauen.«

»Richard wird mir geben, was auch immer fehlt. Aber ich würde gern so viel geben, wie ich kann. Ich will meinen Lohn für heute, da wir so hart gearbeitet haben. Und Richard wird mir seinen geben.«

Alinor wollte schon etwas erwidern, da hörten sie vom Tor einen Ruf und das Donnern von Rädern. Alys rannte los, um es zu öffnen, und dann rief sie ihrer Mutter zu: »Schau, wen sie aus Chichester mitgebracht haben!«

Im ersten Moment fuhr Alinors Kopf in der Gewissheit hoch, dass es James Summer war, der gekommen war, um vor allen um ihre Hand anzuhalten. »Wen denn?«

»Es ist Rob!«

Alinor eilte zum Tor. »Oh, Rob! Oh, Rob!«

»Nun also«, sagte Mr Miller freundlich. »Man könnte meinen, er wäre in Afrika gewesen. Er war nur eine Woche fort.«

»Aber ich habe nicht damit gerechnet, dass er vor morgen früh zur Hochzeit seiner Schwester herkäme!«, rief Alinor. »Wie geht es dir, mein Sohn? Wie war deine erste Woche?«

Rob, elegant gekleidet und mit einem Grinsen im Gesicht, sprang vom Müllerwagen und umarmte seine Mutter, neigte sich für ihren Segen und küsste dann seine Schwester. »Mrs Miller ist in den Laden gekommen, um Rattengift zu kaufen, und hat gefragt, ob sie mich nach Hause mitnehmen könne, und es hat ihnen nichts ausgemacht, mich früher gehen zu lassen«, sagte er. »Ich soll am Montagmorgen um acht Uhr wieder zur

Arbeit da sein, also kann ich für die Hochzeit und über Nacht bleiben.«

»Wie gütig von Euch.« Alinor wandte sich freudestrahlend an Mrs Miller. »In der Tat gutnachbarlich. Ich danke Euch.«

»Ach, schon gut«, sagte die Frau mit untypischer Großzügigkeit. »Er ist ein feiner junger Mann und macht Euch alle Ehre. Hat hier alles seine Ordnung?«

»Oh, ja«, antwortete Alinor. »Wir haben Euch zum Abendessen eine Fleischpastete gemacht. Ich wusste nicht, was Ihr auf dem Markt bekommen würdet.«

»Er hat recht gut zu Abend gegessen.« Mrs Miller nickte in Richtung ihres Ehemannes, dessen rotes Gesicht und fröhliches Lächeln auf einen langen Besuch in der Markttaverne hindeuteten, während seine Frau und die Kinder Käse, Butter und Eier verkauft hatten. »Aber wir freuen uns über etwas zu essen.«

»Ich freue mich auf eine von Mrs Reekies Pasteten«, sagte Mr Miller aufgekratzt. »An Mrs Reekies Fleischpasteten kommt niemand heran.«

Missbilligend schüttelte Alinor den Kopf, während Mrs Miller an ihr vorbei in die Küche rauschte. Alys und Alinor machten das Pferd vom Wagen los, führten es in den Stall und hängten das Zaumzeug an den Haken, während Richard und der Bursche den Wagen an seinen Platz schoben und die Güter abluden. Mrs Miller hatte Säcke voller Wolle zum Spinnen, einen neuen Melkschemel, ein paar Holzschüsseln und zwei Daunenkissen erworben.

»Sie hat alles ausgegeben, was sie verdient hat«, vertraute Mr Miller Alinor an.

»Schämt Euch!«, sagte Alinor loyal. »Mrs Miller ist eine der besten Hausfrauen auf der ganzen Insel.«

»Und was ist mit Eurem Mädchen hier?«, fragte Mr Miller und versetzte Alys einen beiläufigen Klaps aufs Gesäß. »Wird sie Richard Stoney eine gute Hausfrau abgeben?«

»Das hoffe ich«, sagte Alinor und zog Alys aus Mr Millers Reichweite.

»Habt Ihr das Pferd weggebracht?«, brüllte Mrs Miller in dem Moment aus der Küchentür.

»Ja!«, brüllte Mr Miller zurück. »Ich habe mein Tagewerk vollbracht. Und sie das ihre. Werden sie heute bezahlt?«

Mrs Miller verschwand wieder im Haus und kam mit dem Lohn zurück, einem Shilling für beide.

»Vielen Dank«, sagte Alinor. Während Mrs Miller wieder ins Haus zurückkehrte, wandten sich Alys und Alinor zum Hoftor.

»Stimmt das so?«, fragte auf einmal Mr Miller. »Ein Shilling für die Arbeit eines Tages, wo Ihr heute alles auf dem Hof erledigt habt?«

»Es stimmt«, sagte Alinor steif. Sie hätte hinzufügen können, dass es nicht gerade großzügig war für ein Mädchen, das morgen heiratet, doch sie verbiss sich jeglichen Kommentar. Rob neben ihr versteifte sich, und sie legte ihre Hand unter seinen Arm und drückte ihn leicht.

»Es ist nicht richtig«, sagte Mr Miller mit der verärgerten Hartnäckigkeit eines angetrunkenen Mannes. »Hier! Betty Miller! Komm hierher nach draußen!«

»Wirklich«, sagte Alinor. »Es stimmt so, Mr Miller. Ein Shilling für den ganzen Tag, weil wir bei Sonnenuntergang aufgehört haben.« Sie versetzte Rob einen leichten Schubs in Richtung Hoftor.

Mrs Miller kam aus der Küchentür. »Und wer ruft mich da raus, als wäre ich ein Milchmädchen?«, wollte sie wissen.

Rob nickte Mr Miller zu. »Danke, dass Ihr mich auf dem Wagen mitgenommen habt, Mr Miller«, sagte er. »Guten Abend, Mrs Miller.« Taktvoll ging er zum Hoftor und wartete außer Hörweite auf seine Mutter, während Mrs Miller, die Hände in die Hüften gestemmt, dastand und ihren Ehemann und Alinor wutentbrannt anstarrte.

»Was soll das?«, wollte sie wissen.

Alinor schüttelte den Kopf. »Nichts«, sagte sie. »Wirklich, nichts.«

»Du hast den Reekies zu wenig bezahlt«, sagte Mr Miller eigensinnig. »Mutter und Mädchen.«

»Jede bekam Sixpence, wie ich es von jeher getan habe.«

»Alleinige Verantwortung!«, sagte er wie ein Mann, dem ein Losungswort eingefallen ist. »Alleinige Verantwortung. Sie hatten heute die alleinige Verantwortung für den Hof, das macht sie also zu so etwas wie einem Stallarbeiter. Oder wie einem Verwalter. Alleinige Verantwortung. So gut wie ein Mann. So gut wie zwei Männer.«

»Du willst einer Frau und einem Mädchen so viel wie zwei Stallarbeitern bezahlen?«, wollte Mrs Miller vernichtend wissen.

»Nein«, antwortete er, »natürlich nicht. Aber das hübsche Mädel heiratet doch …«

Alinor bemerkte den fatalen Fehler, als er Alys seiner versteinerten Frau gegenüber als »hübsch« bezeichnete.

»Wer bezahlt sie?«, wollte Mrs Miller auf einmal von ihm wissen, während sie näher trat und ihn an seinem Leinenkragen packte, als wolle sie ihn erdrosseln.

»Wieso? Du!«

»Und wer wacht über sie und sorgt dafür, dass sie keinen Unsinn anstellen?«

Alinor ließ ihren Blick weg zu dem rosafarbenen Himmel über dem Watt schweifen, sah zu ihrem Sohn Rob, der am Tor wartete, und wünschte sich nach Hause, mit ihren Kindern beim Abendessen.

»Du«, sagte Mr Miller schmollend.

»Also glaube ich, dass die Angelegenheit am besten mir überlassen bleibt, nicht wahr? Ohne dass irgendein Mann daherkommt und mehr Geld für ›hübsch‹ haben will?«

Schon vor zwanzig Jahren hatte Mr Miller vor der eisernen

Entschlossenheit und chronisch schlechten Laune seiner Frau kapituliert. »Ich habe nur gesagt ...«

»Am besten sagst du nichts«, riet ihm Mrs Miller.

»Das Pferd muss gefüttert werden«, sagte er wie zu sich selbst, und drehte sich zum Stall um.

»Und wir müssen los«, sagte Alinor sanft.

»Er ist nun einmal ein alter Narr«, sagte Mrs Miller.

»Guten Abend, Mrs Miller. Wir sehen Euch morgen in der Kirche«, erwiderte Alinor.

»Guten Abend, Mrs Reekie«, antwortete sie. Da sie gewonnen hatte, hob sich ihre Laune nun wieder. »Und Gottes Segen morgen, Alys.«

Alinor und ihre Kinder gingen den Pfad entlang zur Anlegestelle der Fähre, wo Rob vorauslief, um zu läuten.

Wattenmeer, Februar 1649

Die Hochzeit sollte einfach sein. Alys und Richard würden vor der üblichen Sonntagmorgengemeinde in St. Wilfrid heiraten, Alys in ihrem besten Gewand mit ihrer neuen weißen Schürze und einer neuen weißen Leinenhaube. Richard würde seine beste Jacke tragen, und Ned würde die Braut zum Altar führen. Der Gottesdienst sollte nach der neuen Manier ablaufen, wie vom Parlament befohlen. Nach der Hochzeit in St. Wilfrid würden sie alle den Fluss überqueren, bei der Gezeitenmühle auf das Paar trinken und dann für die Hochzeitsfeier weiter zur Stoney-Farm fahren. Es würde gutes Essen geben, man würde auf die Gesundheit anstoßen, und schließlich würden die jungen Leute in dem großen Schlafzimmer unter dem reetgedeckten Dachvorsprung zu Bett gehen.

Alys schlief erst ein, als der krähende Hahn von der Scheune ihr verriet, dass die Nacht beinahe vorüber war. Da drehte sie sich auf die Seite, seufzte voller Vorfreude und schlief kurz darauf tief und fest.

Der Morgen ihres Hochzeitstags war eiskalt, aber klar. Das Eis auf dem Watt war so weiß, dass die darüber fliegenden Seemöwen vor dem blauen Himmel hell und im nächsten Moment vor der erbleichten Landschaft unsichtbar waren. Alys, die spät erwachte und die Treppe herunterpolterte, schwor, dass sie nicht ihren Umhang tragen, sondern in ihrem Kleid und der neuen Schürze und Haube in die Kirche gehen werde.

»Du wirst erfrieren«, sagte ihre Mutter. »Du musst deinen Umhang tragen, Alys.«

»Lass sie frieren«, riet Ned. »Es ist ihr Hochzeitstag.«

Alinor gewährte Alys die eine Freiheit, die ihr so am Herzen lag. »Also, na schön. Das hast du von deiner Winterhochzeit. Und keine Blumen zu bekommen, außer einem Strauß getrockneter Kräuter!«

»Solange ich meine Schürze tragen kann«, verlangte Alys.

»Oh, trag sie nur!«, sagte Alinor. »Aber du wirst deinen Umhang anlegen, wenn du im Wagen nach Hause zur Stoney-Farm fährst.«

»Mach ich! Mach ich!«

Rob kam vom Dachboden die Treppe herunter, in seiner neuen Jacke und den guten Festtagsschuhen.

»Wie fein siehst du denn aus, mein Junge?«, fragte Ned und klopfte ihm auf den Rücken. »Heute ist ein stolzer Tag für die Ferrymans.«

Die Kinder erwähnten nicht den Namen ihres Vaters, und Alinor, die ihren Umhang fester um ihre ausladende Taille schlang, überlegte, dass sie den Namen Zachary Reekie vielleicht nie wieder zu hören bekommen hätte, wenn sie keinen Namen für ihr Kind bräuchte.

»Alles in Ordnung, Ma?«, fragte Rob sanft.

Sie lächelte ihn an. »Mir geht es gut.«

»Sie vermisst Alys schon, bevor wir sie losgeworden sind«, erklärte Ned, doch Robs braune Augen waren unverwandt auf das blasse Gesicht seiner Mutter gerichtet.

»Ist wirklich alles in Ordnung?«

Alinor stockte der Atem. Von Kindesbeinen an hatte Rob die Fähigkeit besessen, unter die Oberfläche der Dinge zu sehen, bis hin zu Krankheit und Kummer. Sie fragte sich, ob er ihren großen Liebesschmerz sehen konnte, fragte sich, ob er ihr ungeborenes Kind, seinen Halbbruder, spüren konnte.

Lächelnd schüttelte sie den Kopf. »Es ist, wie dein Onkel sagt«, log sie. »Ich sehe mit an, wie du und Alys das Haus verlasst, beide in derselben Woche, und komme mir wie eine Henne vor, der man alle Eier gestohlen hat.«

»Ich werde morgen mit dir in der Mühle arbeiten«, stellte

Alys fest. »Du wirst mich beim ersten Licht sehen. Und Rob wird an Mariä Verkündigung nach Hause kommen.«

»Ich weiß, ich weiß«, sagte Alinor. »Und ich freue mich unbändig für euch. Nun komm schon, Rob, und frühstücke etwas. Alys, hast du gegessen?«

»Ich kann nicht«, sagte sie sofort. »Ich habe keinen Appetit.«

»Nicht, dass du uns vor dem Altar in Ohnmacht fällst«, warnte Ned.

»Nimm etwas Dünnbier und ein wenig Brot zu dir«, drängte Alinor sie. »Und ich habe auch Eier.«

Alys setzte sich wie befohlen an den Tisch, ihr Onkel auf der einen Seite und ihr Bruder auf der anderen, und lächelte ihrer Mutter zu. »Mein letztes Frühstück hier«, sagte sie. »Mein letztes Frühstück als Alys Reekie.«

»Hör auf«, riet Ned rasch. »Oder du bringst deine Mutter zum Weinen.«

Familie Stoney auf ihrem Wagen läutete just in dem Moment nach der Fähre, als die Familie das Frühstück beendet hatte, und Ned ging hinaus, um sie über die Flut zu setzen. Sobald sie sich auf der Inselseite befanden, rollte Alinor die Fässer mit dem Hochzeitsale für sie hinaus, und die beiden Männer luden sie auf den Wagen. Alinor brachte zwei gewaltige runde Käse und zwei Brotlaibe, die sie im großen Ofen in der Mühle gebacken hatte.

»Seid Ihr bereit?«, fragte Mr Stoney Alys. »All Eure Habseligkeiten gepackt?«

»Ich bin bereit, ich bin bereit!«, sagte sie atemlos.

Richard sprang hinten vom Wagen herunter, sein Gesicht rosa vor Kälte und Aufregung. Er nahm ihre Hände und küsste jede, und dann küsste er sie auf den Mund.

Mrs Stoney kletterte vom Sitz an der Vorderseite des Wagens herunter, und Alys machte einen Knicks vor ihr und küsste ihre Schwiegermutter. Während die Erwachsenen sich begrüßten, ließ sie ihre Hand in Richard Stoneys warmen Griff gleiten.

»Ich hole ihre Sachen«, sagte Ned zu Alinor. »Ist alles fertig?«

Alinor und Ned gingen ins Haus und brachten einen kleinen Stapel guter Leinenwäsche, die beste, die das Fährhaus hatte, und einen Beutel mit Alys' persönlicher Habe. Mrs Stoneys Augen huschten über die kleine Tasche, aber sie sagte nichts. Richard reichte Alinor die Hand, um ihr hinten auf den Wagen zu helfen, und hob dann Alys hinein.

»Wir werden über den Sumpf laufen«, erklärte Ned für sich und Rob. »Wir sehen uns an der Kirchentür!«

»Trödelt nicht!«, warnte Alys ihn. »Und macht Eure Schuhe nicht dreckig – geht am Uferdamm entlang!«

»Wir werden noch vor euch da sein!«, neckte Rob sie.

Mr Stoney schnalzte dem Pferd zu, und sie fuhren los in Richtung Süden, während Ned die Abdeckung über das Feuer legte, die Hintertür schloss und mit Rob auf den kleinen Pfaden quer über das geflutete Watt zur Kirche ging.

Die ganze Gemeinde hatte sich eingestellt, um der Hochzeit des hübschen Reekie-Mädchens mit dem reichen Bauernsohn beizuwohnen. Viele von ihnen freuten sich, dass Alinors Tochter eine derart gute Partie machte, ein paar murmelten, es sei schade, dass sie die Insel verließ. Aufgrund seines langen Dienstes auf der Fähre war Ned auf der ganzen Insel Sealsea bekannt, und sein Vater vor ihm, und die meisten Frauen hatten Alinor in Gesundheitsfragen oder für eine Entbindung zurate gezogen. Die Heirat war ein außergewöhnlicher Sprung nach oben für die Familie, die seit Urzeiten die Fähre der Insel betrieben hatte, doch jeder räumte ein, wenn irgendein Mädchen aufgrund seines Aussehens eine gute Partie machen würde, dann Alys.

Es gab etliche Kommentare zu Rob, als er seinen Platz hinten in den Kirchenbänken der Männer einnahm. Manche Leute, die im Sommer mit angesehen hatten, wie er mit den Peacheys zum vorderen Teil der Kirche marschiert war, freuten sich, dass er wieder an seinen Platz zurückgekehrt war. Doch die jungen Leute, besonders die jungen Frauen, stellten einen Unterschied fest zwischen ihrem ehemaligen Spielgefährten Rob, Sohn des vermissten Fischers Zachary Reekie, und diesem neuen Rob mit seinen Lateinkenntnissen, seiner Lehre in Chichester und seiner gut geschnittenen Jacke.

Niemand sagte laut, dass das Glück der beiden Reekie-Kinder eigentlich nur von etwas anderem als ihren außergewöhnlichen Fähigkeiten herrühren konnte. Niemand wiederholte die alte Geschichte, dass sie von Elfen abstammten, dass ihr eigener Vater es geschworen hatte und dass ihr gutes Aussehen und ihr Glück die Gaben ihrer Mutter waren – eines Lieblings der unsichtbaren Welt und von dieser geleitet. Doch fast jeder dachte: Wie bloß konnten die Reekie-Kinder so unverdient gesegnet sein? Wie sonst konnte ihre Mutter hocherhobenen Hauptes und ohne die geringsten Spuren aus einer Ehe voller Gewalt hervorgehen? Wie sonst war Zachary auf so praktische Weise verschwunden? Niemand würde dergleichen an Alys' Hochzeitstag sagen, doch etliche Leute dachten es, sahen einander an und merkten, dass andere es ebenfalls dachten.

Alys stand im Begriff, in die Kirche zu gehen, und Alinor wollte ihr folgen, als Mrs Stoney sie vor dem Kirchenportal aufhielt. »Habt Ihr die Mitgift?«, fragte sie. »Ihr solltet sie mir hier aushändigen.«

Alinor blieb stehen und wandte sich zu ihrer Tochter. Alys errötete ein wenig und griff in die Tasche ihres Kleides unter ihre Schürze.

»Wenn was fehlt, sagt Ihr es mir besser jetzt«, sagte Mrs Stoney schroff. »Bevor Ihr auch nur einen Schritt weiter geht.«

»Es fehlt nichts«, erwiderte Alys.

Alinor versuchte zu nicken, als sei sie zuversichtlich, dass Alys das ganze Geld hatte. Sie hatten rund um die Uhr in der Mühle gearbeitet und gesponnen, doch selbst mit dem Fährgeld und Robs Lohn ging sie davon aus, dass Richard sein gesamtes Erbe hatte opfern müssen.

Triumphierend reichte Alys Mrs Stoney den Geldbeutel, und diese wog ihn in der Hand, öffnete ihn dann und spähte hinein. Alys' Gesicht war wie das einer steinernen Skulptur, während sie ihre Schwiegermutter betrachtete. Die Frau schüttete die Münzen in die Hand: Goldkronen, Silbershillings, keine kleinen Münzen, überhaupt keine Kupfermünzen: Es war ein Vermögen.

»Ihr habt sie«, sagte sie, als sei es einfach unfassbar.

»Natürlich«, sagte Alys.

»Natürlich«, wiederholte Alinor.

Mrs Stoney steckte den Geldbeutel in die Tasche ihres Umhangs. »Dann können wir reingehen«, sagte sie. »Ich werde das hier heute Abend in unsere Schatztruhe in der Stoney-Farm legen.«

Sie drehte sich um und ging in die Kirche, vorbei an den Stehplätzen der Arbeiter im hinteren Teil der Kirche, und nahm in einer Kirchenbank weit vorn Platz. Alys ergriff die Hand ihrer Mutter und stellte sich hinten in die Kirche, um zu warten, bis sie zum Altar gerufen wurde. Richard wartete vorn in der Kirche.

»Am nächsten Sonntag werde ich dort sein«, flüsterte Alys ihrer Mutter zu und nickte in Richtung von Mrs Stoneys entschlossener Inbesitznahme der angesehenen vorderen Reihe. »Und du sollst neben mir sitzen. Das war es wert, dafür unsere Pennys zusammenzukratzen, nicht wahr? Wir werden unsere eigene Kirchenbank haben.«

»Das waren keine Pennys«, sagte Alinor, immer noch verblüfft, dass Alys einen Geldbeutel mit der vollständigen Mitgift hatte.

Ihre Tochter lächelte zu ihr hoch. »Richard«, flüsterte sie. »Ich habe dir doch gesagt, er würde nicht riskieren, mich zu verlieren.«

Die Tür der Kirche hinter ihnen ging auf, und Sir William schlenderte den Mittelgang der Kirche entlang, wobei er seinen Pächtern zu seiner Linken und Rechten zunickte. In seinen Gesichtszügen spiegelte sich wie üblich gelassene Gleichgültigkeit wider. Seine Augen huschten über die Männer im rückwärtigen Teil der Kirche, und er ignorierte Ned und andere bekannte Anhänger des Parlaments. Hinter ihm kam, wie immer, in der Reihenfolge der Rangordnung sein Haushalt. Davor schritt sein Gast: James Summer.

Alinor, die bei Alys hinten in der Kirche stand, schloss die Augen. Sie spürte, wie sie erstarrte. Sie hatte nicht damit gerechnet, dass sich James immer noch in der Propstei befand. Es war ihr nicht in den Sinn gekommen, dass er an Alys' Hochzeitstag in die Kirche kommen würde. In einem Schwächeanfall umklammerte Alinor die Rücklehne der Kirchenbank. Sie biss sich auf die Lippe und hielt die Luft an.

Der Pfarrer verkündete die erste Hymne, die Gemeinde stolperte durch ein unvertrautes Lied, während die Musiker auf Einhandtrommel und Geige herumsägten. Alinor schlug die Augen wieder auf und bewegte den Mund, als sänge sie ebenfalls.

Ihr Herz hämmerte vor Erleichterung, dass sie sich Alys, die ohne Interesse zum Haushalt der Propstei blickte, nicht anvertraut hatte. Wenn ihre Tochter gewusst hätte, dass James der Vater des Kindes war, das sie unter dem Herzen trug, und mit angesehen hätte, wie er an ihr vorüberging, ohne ihr einen Blick zuzuwerfen, wären die Schmach und Erniedrigung unerträglich gewesen.

Alinor merkte, dass die Hymne zu Ende war, und sank für die Gebete auf die Knie. Sie konnte den Mann, der sie verraten hatte, nicht daran hindern, der Hochzeit ihrer Tochter beizuwohnen. Am besten versuchte sie, Alys' Freude an diesem Tag zu teilen, ohne sich von ihrem eigenen Kummer ablenken zu lassen. Sie schloss die Augen und neigte den Kopf. Doch sie fand keine Worte für ein Gebet, sondern konnte sich nur wünschen, dass der Tag zu Ende gehen würde, ohne dass sie sich verriet.

Vorn in der Kirche spürte James Alinors Gegenwart hinter sich und musste die Versuchung niederkämpfen, einen Blick nach hinten zu werfen, um zu sehen, ob sie nach ihm Ausschau hielt. Er hatte nicht geglaubt, dass er es erträge, an ihr vorüberzugehen; er glaubte nicht, den langen Kirchengottesdienst durchhalten zu können. Er hatte vergessen, dass es Alys' Hochzeitstag war, und für Sir William war es nicht von Bedeutung. Die Köchin, Mrs Wheatley, hätte es ihm sagen können, und dass sie einen herrlichen Kuchen gebacken hatte, um ihn für die Hochzeitsfeier zur Stoney-Farm zu bringen, doch sie wusste nichts von seinem Interesse an Alinor. Während er niederkniete, den Kopf auf die Hände legte und zu Gott betete, zitterte er vor Verlangen.

Als der Gottesdienst endlich vorbei war, blieb der Pfarrer vorne stehen.

»Heute feiern wir eine Hochzeit«, verkündete er. »Diejenigen unter Euch, die nicht daran teilnehmen möchten, dürfen gehen. Bitte verweilt nicht auf dem Friedhof und erlaubt Euren Kindern nicht, um die Grabsteine herum zu spielen. Diejenigen unter Euch, die der Hochzeit beiwohnen, treten bitte näher«, sagte er.

James, der sich umsah, erhaschte aus dem Augenwinkel einen Blick auf Alinors blasses Gesicht. Er wartete darauf, dass Sir William endlich seinen Haushalt hinausführte, wurde allerdings im nächsten Moment angstvoll gewahr, dass Seine Lordschaft auf seinem prächtigen Stuhl sitzen blieb, um die Hochzeit mit seiner Gegenwart zu beehren.

Richard Stoney trat an seinen Platz am Fuß der Altarstufen gleich vor dem Abendmahlstisch, der jetzt schmucklos und kahl dastand.

Alinor konzentrierte sich auf die Hochzeit und löschte jegliche Gedanken an James aus ihrem Kopf. Liebevoll lächelte sie Alys an. »Gott segne dich«, sagte sie. »Nun geh.«

Ned kam von der Männerseite der Kirche und bot Alys den Arm, so förmlich wie ein Lord. Alys, die ganz blass war, aber lächelte, glättete die Vorderseite ihrer neuen Schürze über der Rundung ihres Bauches und legte die Hand auf seinen Arm. Alinor, die Alys' Umhang hielt, ging hinter den beiden her, während sie den Gang hinunter auf den Abendmahlstisch zuschritten. Ned und Alys blieben vor dem Pfarrer stehen, sodass sich Alinor, die hinter ihnen stand, direkt neben der Kirchenbank der Propstei mit James befand. Es war fast so, als stünden sie beide an ihrem eigenen Hochzeitstag vorn in der Kirche. James starrte unverwandt nach vorn, seine Augen blind für das hölzerne Pult vor ihm, auf dem die Bibel lag. Alinor betrachtete die Rückseite der Haube ihrer Tochter, wo die kleine Schleife zitterte.

Der Pfarrer verlas die frisch genehmigten Worte des Traugottesdienstes, und Richard und Alys wiederholten ihre Gelübde. Ned reichte Alys' Hand an Richard, und dieser schob den Trauring an ihren Finger. Es war getan. Im Schutz von Alys' Umhang, den Alinor vor dem Bauch hielt, löste sie ihre fest ineinander verkrallten Finger. Erleichterung durchströmte sie. Es war getan, und Alys war jetzt Mrs Stoney, eine verheiratete Frau. Was auch immer aus ihrer Mutter wurde, Alys' guter Name war gesichert, ihre Zukunft war garantiert. Alinor spürte heiße Tränen hinter den Augenlidern: Alys war eine verheiratete Frau; sie war Mrs Stoney von der Stoney-Farm. Alys war in Sicherheit.

»Amen«, sagte Sir William laut, und jeder wiederholte es.

Richard küsste seine Braut, und alle strömten nach vorn, um dem jungen Paar zu gratulieren. Alys, rosig und lächelnd, küsste jeden. Richard bekam auf den Rücken geklopft, und man gratulierte ihm. Die beiden hielten vor Sir William inne, der die Braut küsste. James lächelte zum Glückwunsch und schüttelte Richards Hand. Dann teilte sich die Menge aus Gratulanten auf einmal, und James sah sich Alinor gegenüber. Für sie fühlte es sich an, als wären sie auf einmal ganz allein, als würde alles plötzlich still um sie herum.

»Ich gratuliere Euch zum Glück Eurer Tochter, Mrs Reekie.« Er konnte kaum sprechen, wie er feststellen musste, als hätte er einen Schlag auf den Mund erhalten und als wäre sein Gesicht taub.

»Danke.«

Über dem Geplapper der Menschen, die dem jungen Paar gratulierten, dem Knarren der Kirchentür und Menschen, die nach draußen auf den eiskalten Kirchhof traten und angesichts der Kälte kleine Schreie ausstießen, konnte er sie kaum hören. Er versuchte, andere Worte des Wohlwollens zu äußern, doch seine Stimme versagte ihm den Dienst. Alinor warf ihm einen Blick zu und sah dann zu Boden.

»Wir werden beim Hochzeitsessen erscheinen«, verkündete Sir William jovial. »Wir reiten ohnehin nach Chichester.«

»Hocherfreut!«, sagte Mrs Stoney, die vortrat und vor Stolz errötete. »Wir würden uns so freuen.«

Alinor sah James nicht mehr an, machte einen Knicks vor dem Grundherrn und vor dem Vater ihres Kindes. Dann wandte sie sich ohne ein weiteres Wort ab und folgte Alys nach draußen in den kalten Wintersonnenschein.

Ned und Rob waren bereits nach Hause zurückgekehrt, um für die vielen Leute, die zu Fuß zur Stoney-Farm gingen, die Fähre zu bedienen. Bauer Stoney wartete vor dem Friedhofstor auf dem Sitz seines Wagens.

»Das ist ein gutes Tagewerk gewesen, Mrs Reekie«, sagte er erfreut, als Alinor durch das Tor kam.

»Ja, in der Tat«, sagte Alinor lächelnd.

»Ich hätte nie gedacht, dass Ihr die Mitgift zusammenbekommen würdet«, sagte er mit einem Funkeln im Auge. »Ihr müsst den jungen Rob nach Virginia verkauft haben, statt ihn in die Lehre zu schicken.«

Alinor versuchte zu lachen. »Sie ist ein braves Mädchen«, sagte sie. »Sie hat jeden Tag gearbeitet und die ganze Nacht gesponnen.«

»Trotzdem«, sagte er. »Ich weiß, das kann es nicht abgedeckt haben. Ich hoffe, Ihr habt Euch nicht verschuldet.«

»Alys hatte das Geschenk ihres Vaters, und mein Bruder hat uns geholfen«, sagte Alinor, indem sie Richards Anteil verheimlichte.

»Dann hoch mit Euch.« Er half ihr auf den Wagen. »Und hier ist unsere kleine Braut.«

Alys saß auf dem Ehrenplatz neben Mr Stoney auf der Sitzbank. Mrs Stoney quetschte sich neben sie, Alinor und Richard saßen hinten, und ein paar Nachbarn der Stoneys kletterten herauf, um sich den Fußmarsch zu sparen. Mrs Wheatley, die einen großen Früchtekuchen trug, kam mit Stuart, dem Lakaien aus der Propstei. Man half ihr auf den Wagen, und sie hielt den Kuchen auf den Knien.

»Alle an Bord?«, fragte Mr Stoney und schnalzte dem Pferd zu. Alinor, die den Blick nach hinten die Straße entlangschweifen ließ, sah, dass James bereits aufgesessen war, Sir William jedoch aufgehalten worden war. Er saß auf seinem Pferd und unterhielt sich mit einem seiner Pächter, der ernst etwas erläuterte, seine Mütze in der Hand. Nach der nächsten Straßenbiegung waren sie nicht mehr zu sehen. Sie hoffte inständig, dass Sir William und James aufgehalten wurden und sich daraufhin entscheiden würden, gar nicht mehr zu kommen. Sie wusste nicht, wie sie Alys' Hochzeitsessen überstehen sollte, falls James dort sein würde, ohne sie anzusehen, ohne mit ihr zu sprechen – schlimmer als ein Fremder: ein Mann, der sich entschieden hatte, sie loszuwerden, und keinerlei Anzeichen von Reue zeigte.

An der Furt hatte die Ebbe eingesetzt, sodass Mr Stoney den Wagen durchs Wasser fahren konnte. Diejenigen, die zu Fuß unterwegs waren, setzten auf der Fähre über, während Ned am Seil zog. An Alys' Hochzeitstag forderte er von niemandem Geld, und es gab viele Witze, dass er ihnen den doppelten Preis abnehmen würde, wenn sie wieder nach Hause wollten. Ned würde bei der Fähre bleiben, bis alle Gäste den Fluss überquert hatten, und dann wollten Rob und er der Hochzeitsgesellschaft zur Gezeitenmühle folgen.

»Bis gleich!«, rief Alys ihm zu. »Kommt nicht zu spät!«

Ned winkte und zog die Fähre zurück zur Insel, während der Wagen zur Mühle weiterfuhr. Mr Miller stand bereits am Hoftor mit den fünf Latten. »Herein! Herein! Lasst uns auf die Braut anstoßen!«, rief er. »Und wir haben einen Schinken für Euch für die Hochzeitsfeier.«

»Vielen Dank«, sagte Mr Stoney und lenkte das Pferd auf den Hof der Mühle.

»Lang können wir nicht bleiben«, warnte Mrs Stoney ihn, als sie von der Sitzbank herunterstieg. »Wir müssen vor Sir William zur Stoney-Farm zurückkehren. Sir William kommt zum Hochzeitsschmaus zu uns nach Hause.«

»Ihr werdet ihn vorbeireiten sehen«, versicherte Mr Miller ihr. »Er wird auch für ein Glas von meinem Ale anhalten, da hege ich keinen Zweifel. Ich habe noch nie erlebt, dass er an meiner Tür vorbeigeritten wäre.«

Richard Stoney reichte die Zügel des Pferdes seines Vaters dem Stallburschen. Mrs Wheatley stellte ihren Kuchen behutsam auf dem Boden des Wagens ab und kletterte hinten herunter.

»Ich wüsste nicht, dass ihr Ale so erlesen wäre«, sagte sie leise zu Alinor. »Ich glaube auch nicht, dass Sir William das Haus verlassen muss, um gutes Ale zu trinken.«

»Natürlich nicht«, erwiderte Alinor loyal. »Aber ich bin froh, dass Mrs Miller auf Alys anstößt. Sie lässt sie so schwer arbeiten!«

»Eine verrauchte Küche«, flüsterte Mrs Wheatley die alte Beschreibung für eine zänkische Hausfrau.

Alinor lächelte. Sie spürte, wie sich das Kind in ihrem Bauch bewegte, und einen Moment lehnte sie sich an den Torrahmen und überlegte, wie erschöpft sie bereits war und was für ein langer Tag noch vor ihr lag.

»Ist alles in Ordnung?«, fragte Mrs Wheatley.

»Oh, ja«, erwiderte Alinor heiter. »Ich freue mich für Alys, aber es ist anstrengend gewesen, wisst Ihr?«

Die beiden gingen in die Küche und weiter in die Wohnstube, wo Alinor bisher immer nur zum Putzen und Polieren gewesen war. Doch heute stand die Wohnstube offen, und die Mitglieder der Hochzeitsgesellschaft waren geladene Gäste. Der runde Holztisch war mit Gläsern und Keksen gedeckt, und Mrs Miller trug ihre beste Schürze und weiße Haube. Mr Miller erhitzte das Ale am Feuer, und Jane schenkte jedem einen kleinen Becher ein.

»Wo ist Peter?«, fragte Alinor Jane.

»Zum Spielen bei den Smith-Jungen«, sagte sie.

»Auf die Gesundheit der Braut, der neuen Mrs Stoney!«, sagte Mr Miller und hielt seinen Zinnbecher hoch. »Und auf das Glück des jungen Paares!«

»Auf die Gesundheit!«, erwiderten alle und hoben die Gläser. »Gesundheit und Glück!«

Alys, die Hand auf Richards Arm, lächelte in die Runde. »Danke«, sagte sie.

»Gott segne uns alle«, fügte Richard hinzu.

Mr Miller, freudig erregt, das Wort zu haben, weil Mrs Miller in die Küche hinausging, stand im Begriff, mehr zu sagen. »Ich erinnere mich noch gut an meinen eigenen Hochzeitstag …«, setzte er an, als auf einmal ein lauter Schrei aus der Küche drang.

»Diebe, Diebe!«, rief Mrs Miller. »Diebe in meiner …«

Sie stürzte in die Stube, den roten Ledergeldbeutel für Janes Mitgift in der Hand, rußverschmierte Finger von den Kaminziegeln, das Gesicht vor Entsetzen kreidebleich.

»Gott bewahre uns«, sagte Mrs Wheatley. »Setzt Euch, Mrs Miller. Setzt Euch. Was ist los?«

Mrs Miller stieß sie beiseite. »Seht nur!« Sie hielt den Geldbeutel von sich gestreckt. »Seht nur!«

»Was ist das, meine Liebe?«, fragte Mr Miller. »Gewiss nicht …«

»Mein Geldbeutel mit den Ersparnissen«, schnatterte Mrs Miller. »Janes Geld für ihre Mitgift. Ich habe es gerade eben herausgeholt, um dem Mädchen ein Halbkronenstück zu seinem Hochzeitstag zu schenken. Nicht, dass ich ihr einen Penny schulde. Aber ich wollte ihr etwas schenken, an ihrem Hochzeitstag … und …«

»Sag bloß nicht, dass du bestohlen worden bist!«, wollte ihr Ehemann wissen.

Zur Antwort schüttelte sie den Geldbeutel vor seinen Augen. Es erklang ein beruhigendes Klirren von Münzen, der Geldbeutel war schwer. Offensichtlich steckte er voller Münzen.

»Dir fehlt nichts«, widersprach er. Er nahm ihn aus ihrer Hand und wog ihn. »Da werden vierzig, vielleicht fünfzig Pfund drin sein«, sagte er. »Das merke ich am Gewicht und am Klirren der Münzen. Man lernt das …«

»Ich bin nicht bestohlen worden«, sagte sie wütend. »Nicht bestohlen. Ich wäre lieber bestohlen worden als das hier … Ich bin verhext worden.«

Die abergläubische Angst der Anwesenden in der Stube tat sich in einem Zischen kund.

»Was?«, fragte Mr Miller.

»Was?«, erklang es jetzt auch von Mrs Wheatley. »Hier, Mrs Miller, setzt Euch. Ihr wisst ja nicht, was Ihr da sagt.«

Mrs Wheatley half Mrs Miller auf einen Stuhl. Alinor trat vor und betastete ihre Stirn nach Fieber. Sie warf einen Seitenblick auf Alys. Die Braut war so weiß, als hätte sie ein Gespenst gesehen. Sie wandte sich zu ihrer Mutter, als wolle sie ihr etwas sagen, gab aber keinen Ton von sich.

Alinor spürte, wie ihr schrecklich kalt wurde. Sie ließ die Hand von Mrs Millers Stirn sinken. »Was ist geschehen?«, fragte sie leise. »Was ist geschehen, Mrs Miller?«

»Ma ...«, flüsterte Alys.

Ohne ein weiteres Wort schnappte Mrs Miller ihrem Ehemann den Geldbeutel weg und öffnete ihn. »Seht Ihr das? Schaut, was hier drin ist! Schaut es Euch an. Ich werde es Euch zeigen!« Sie wies auf Alinor, die unwillkürlich mit den Händen eine Schale bildete. Mrs Miller schüttete den Inhalt des Geldbeutels hinein. Die Münzen waren heiß von ihrem Versteck und seltsam leicht. Alinor hielt zwei Hände voll Elfengold, die abgeschabten und angeschlagenen Münzen, die sie gern sammelte, die verlorene Währung der Alten, die uralten Münzen der angelsächsischen Küste. Im Innern des Geldbeutels hatten sie wie Münzen geklirrt, wie Münzen gewogen, aber hier, in Alinors Hände geschüttet, waren sie offensichtlich unecht. Die Hände voll mit ihren eigenen Münzen, betrachtete Alinor das blanke Entsetzen auf dem Gesicht ihrer Tochter und wusste sofort, was diese getan hatte.

»Elfengold«, sagte Mrs Miller angstvoll. »In meinem Haus. Ein untergeschobener Schatz. Ich hatte hier einen Geldbeutel voll von gutem Gold und Silber, Janes Mitgift. Ich rühre sie kaum je an. Ich habe ihn sicher in meinem Versteck verwahrt. Aber irgendeine Hexe hat meine Ersparnisse durch Elfengold ersetzt. Damit ich nicht merke, dass etwas fehlte! Sollte ich es herausnehmen und in meinen Händen wiegen, würde ich glauben, alles sei in Ordnung. Ich bin verzaubert worden und habe es noch nicht einmal bemerkt. Irgendeine Hexe hat alles genommen. Mein ganzes Geld!«

»Ich habe es schon hundert Mal gesagt: Es war ein dummes Versteck«, setzte Mr Miller an.

»Und was ist mit der Kiste?«, fuhr sie ihn an. »Die Kiste unter dem Bett?«

Er erbleichte, wirbelte auf dem Absatz herum und stürzte aus dem Zimmer. Sie hörten, wie seine schweren Füße die Treppe zum Schlafzimmer hinaufstampften, das Knarren der Schlafzimmertür, die beiden raschen Schritte über den Holzboden, und dann das Geräusch der Kiste, die unter dem Bett hervorgezogen wurde.

Alinor, die Hände voller Elfengold, stand so reglos wie alle anderen da und lauschte.

»Gott schütze uns, Gott bewahre uns«, flüsterte Mrs Miller in das stille Zimmer. »Das ist alles, was wir auf der Welt besitzen. Wir sind ruiniert, wenn das auch verhext ist.«

Sie hörten, wie er mit den Schlüsseln herumhantierte, und dann das Knarzen des Deckels. Es folgten sein erleichtertes Aufseufzen und das Klimpern von Münzen, in denen gerührt wurde. Dann hörten sie ihn den Deckel zuknallen, absperren und langsam die Treppe herunterkommen, während er die Schlüssel in seine Westentasche steckte.

»Gott sei Dank ist es da«, sagte er, aschfahl im Türrahmen. »Das Geld der Gezeitenmühle ist in Sicherheit. Es sind deine Ersparnisse, die verschwunden sind. Janes Mitgift. Wie viel ist es gewesen?«

Selbst in den Klauen dieses schrecklichen Verlustes wollte Mrs Miller ihrem Ehemann nicht verraten, wie viel sie über die Jahre beiseitegelegt hatte. »Pfundstücke hatte ich«, sagte Mrs Miller boshaft. »Über vierzig Pfund. Wie werde ich es von einer Hexe zurückbekommen?«

»Es könnte ein Gelegenheitsdieb gewesen sein«, versuchte es Mrs Wheatley. »Jemand, der vom Hof hereingekommen ist?«

»Welcher Dieb lässt Hände voller Elfengold zurück? Niemand ist hier hereingekommen, niemand weiß, wo ich mein Geld verstecke. Es ist eine Hexe. Es muss eine Hexe sein. Sie hat meine Ersparnisse weggezaubert und mir dafür ihre dagelassen. Das hier ist Hexengeld. Das hier ist Hexenwerk.«

Der ganze Raum schwieg. Das Schweigen verdichtete sich, geronn. Langsam, so langsam wie ein dämmernder Gedanke, drehten sich alle herum zu Alinor. Jeder sah Alinor an, die seit ihrer Kindheit für Mrs Miller gearbeitet hatte, die als weise Frau mit Fähigkeiten bekannt war, die nicht von dieser Welt waren. Alinor, die Gold für die Mitgift ihrer Tochter brauchte, für die Lehrstelle ihres Sohnes, Alinor, über die ihr eigener Ehemann gesagt hatte, sie sei eine Hure des Elfenlords. Langsam sahen alle zu Alinor, die dastand, ihr Gesicht ganz blass, ihre Hände voller Elfengold.

»Ihr habt gesehen, wie ich den Geldbeutel an dem Tag, als Ihr für mich zum Markt gefahren seid und mir meinen Spitzenkragen gekauft habt, aus dem Kamin geholt habe«, sagte Mrs Miller.

Alinor erinnerte sich daran, wie sie den Kopf abgewandt und das Spiegelbild von Mrs Miller beim Hervorholen des Geldbeutels in dem glänzenden silbernen Tranchierteller gesehen hatte.

Sie schluckte. »Das ist vor Monaten gewesen«, sagte sie. »Im Herbst. Letztes Jahr.«

»Aber Ihr habt von ihrem Versteck gewusst?«, fragte Mrs Wheatley.

Alinor wandte sich zu ihrer Freundin um. »Ja. Das haben viele, möchte ich meinen.«

»Aber Ihr habt es gekannt, Alinor?«

»Und Ihr habt Geld gebraucht«, stellte Mrs Stoney fest. »Ich hätte niemals gedacht, dass Ihr die Mitgift zusammenbekommen würdet.«

»Wir haben gearbeitet«, meldete Alys sich vehement zu Wort. »Jeder hat uns gesehen. Wir haben beide gearbeitet. Hier in der Mühle, jeder hat uns hier arbeiten gesehen, und wir haben gesponnen, und ich habe die Fähre betrieben. Und mein Vater hat mir Geld gegeben ... und mein Onkel hat uns etwas geliehen ...«

»Ich hätte nie geglaubt, dass es reichen würde«, warf Mr Stoney ein. »Ich habe gedacht, Ihr müsst Euch etwas von jemandem geliehen haben.«

»Nein!«, sagte Alinor stolz, und überlegte dann, dass sie »Ja« hätte sagen sollen.

»Ich habe Alys geholfen«, mischte Richard sich ein und erntete einen wütenden Blick von seiner Mutter.

»Das war nicht deine Angelegenheit«, sagte sie scharf.

»Und dennoch«, sagte Mr Stoney, »du hattest nur deinen Lohn.«

»Seine Erbschaft?«, fragte Alinor. In ihren zitternden Händen glitzerte das Elfengold.

»Welche Erbschaft? Er hat keine Erbschaft«, widersprach Mr Stoney.

Alys sah ihre Mutter an, die Augen riesengroß in ihrem blassen Gesicht, und schüttelte wortlos den Kopf. Es gab keine Erbschaft.

»Mrs Reekie, sagt, dass es nicht wahr ist!«, wandte Mr Miller sich leise an sie. »Ich kenne Euch seit Jahren. Sagt, dass es nicht wahr ist.«

»Natürlich ist es nicht wahr!«, wiederholte Alinor. Selbst in ihren eigenen Ohren klang ihre Stimme schwach, das Leugnen nicht überzeugend. Sie streckte die Hände zu Mr Millers beruhigender Leibesfülle hin aus, als wolle sie ihm das Elfengold geben.

»Nein, ich will es nicht!« Er trat zurück und zog die Hände schnell hinter den Rücken. »Ich will es nicht in meinem Haus.«

»Dann lasst es mich aus der Tür werfen!« Alinor wandte sich

zur Küche und der offenen Tür in den Hof. Doch Mrs Miller versperrte ihr auf einmal den Weg.

»Nicht so schnell«, sagte sie. »Ihr werdet hierfür Rechenschaft ablegen müssen. Kein Davonlaufen. Ihr haltet das gefälligst, bis Ihr bewiesen habt, dass es nicht Euch gehört!«

»Und wo ist meine Mitgift?«, wollte Jane wissen.

Alinor versuchte zu lachen, ihre Hände klebrig von Elfenmünzen. »Mrs Miller, ich bin schon mein ganzes Leben lang Eure Nachbarin gewesen. Meine Mutter hat Euch entbunden ...«

»Und alle haben gesagt, dass auch sie eine Hexe war.«

»Nein, haben sie nicht.«

»Sie hat Zaubermittel hergestellt. Sie ist eine weise Frau gewesen. Sie konnte Dinge finden. Sie konnte Dinge wegnehmen«, rief Mrs Miller ihr in Erinnerung. »Sie konnte verhexen ...«

»Aber ich nicht. Ihr wisst, dass ich so etwas nicht mache.«

»Eure Hände sind voller Elfengold! Woher stammt es denn sonst?«

»Ich habe Euer Geld nicht genommen!«, rief Alinor. »Ich habe es niemals hiermit vertauscht!«

»Packt sie!«, sagte Mrs Miller mit Nachdruck, als ändere Alinors erhobene Stimme alles. »Sie verflucht uns. Und du ...«, befahl sie ihrem Ehemann, »... hol du den anderen Gemeindevorsteher oder den Pfarrer. Sie wird angeklagt werden müssen.«

»Zurück zur Kirche?«

»Willst du mit mir streiten?«, schrie Mrs Miller ihn an. »Eine Hexe ist in unserem Haus mit ihren Händen voller Elfengold, und du stehst rum und streitest mit mir?«

Mr Miller warf Alinor einen fassungslosen Blick zu und ging durch die Stube in die Küche, wo er seinen Winterumhang anzog. Er stieß die Tür zum Hof auf, und alle Anwesenden vernahmen das Geräusch eines Pferdes. »Sir William«, sagte Mr Miller mit offenkundiger Erleichterung. »Seine Lordschaft kommt gerade. Er ist ein Magistrat. Er kann entscheiden, was zu tun ist.«

Alle in der Wohnstube drängten sich um Alinor und führten sie durch die Küche nach draußen auf den Hof der Mühle, um den einzelnen Reiter zu begrüßen. Doch es war nicht Sir William. Es war James Summer.

»Seine Lordschaft ist auf dem Weg.« Er lächelte, doch dann verstummte er, als er Alinor erblickte, ihre Hände voller Münzen, umringt von verängstigten Menschen. »Was ist los? Was geht hier vor sich?«

»Es geht um Mrs Reekie, die für eine Hexe gehalten wird«, sagte Mrs Wheatley nüchtern, während sie an den Kopf des Pferdes trat und zu James hochsah. »Mrs Miller hier sind ihre Ersparnisse in Elfengold verwandelt worden, und sie beschuldigt Alinor Reekie, die keine Verteidigung vorbringen kann.«

»Was?«, wollte James fassungslos wissen.

Alinor brachte es nicht über sich, ihm gegenüberzutreten.

»Es stimmt nicht«, sagte Alys, die sich vordrängte. »Natürlich stimmt es nicht.«

»Wie sind dann meine Ersparnisse in Elfengold verwandelt worden und die echten Münzen verschwunden?«, wollte Mrs Miller wissen. »Wer würde das tun, wenn nicht eine Hexe? Wer könnte so etwas tun? Und weiß nicht ein jeder, dass Alinor das Elfengold schon immer geliebt hat? Selbst als Mädchen hat sie es gesammelt und aufgehoben!«

»Ich habe Euer Geld nicht gestohlen! Natürlich habe ich gewusst, wo Ihr es versteckt hattet. Ich habe es seit Monaten gewusst – wahrscheinlich tut das jeder. Aber ich habe es nicht gestohlen. Ich würde nicht von Euch stehlen oder von sonst jemandem! Ich bin mein ganzes Leben in Eurem Haus und auf Eurem Hof ein und aus gegangen. Es gibt nicht viele Häuser auf der Insel Sealsea, denen ich keinen Besuch abgestattet habe, und ich habe noch niemals etwas an mich genommen. Ich bin eine zugelassene Hebamme ...«

»Jetzt hat sie keine Genehmigung mehr«, stellte ein Mann fest, woraufhin Alinor abbrach und ihn ansah.

»Das ist nicht meine Schuld!«, erwiderte sie. »Wie könnt Ihr das gegen mich vorbringen?«

»Was ist mit der Frau von Ned und ihrem Kind?«

Alinor keuchte auf. »Sie hat ihr Kind verloren. Ich habe alles getan, was ich konnte ...«

Weitere Hochzeitsgäste waren James auf den Hof gefolgt. Alinor ließ den Blick in die Runde ihrer Nachbarn schweifen und sah verwirrte und ängstliche Gesichter.

»Ihr kennt mich doch. Ihr alle kennt mich. Ich würde niemals ...« Alinor konnte kaum sprechen, noch nicht einmal zu ihrer eigenen Verteidigung.

»Nun, jemand hat es getan«, sagte Mr Miller schwer und sah zu James auf, der immer noch auf dem Pferd saß, vor Unschlüssigkeit erstarrt, während sich alle zu ihm wandten, um zu hören, was zu tun sei. »Was meint Ihr, Sir?«

»Mrs Reekie wird vor einen Magistrat treten müssen, um ihren Namen reinzuwaschen«, sagte James zögerlich.

»Folgt Sir William Euch?«, fragte Mr Stoney.

»Ja«, sagte James. »Er ist auf dem Weg.«

»Er ist Magistrat. Das reicht. Er kann sich den Fall anhören, sobald er kommt«, sagte Mr Miller, der Gemeindevorsteher war und das Gesetz kannte. Er trat ein wenig näher an James heran und griff nach den Zügeln seines Pferdes. »Wir wollen nicht, dass sie ins Gefängnis in Chichester gebracht wird«, murmelte er rasch. »Sie ist eine brave Frau. Wir wollen nicht, dass ihr als Diebin der Prozess gemacht wird. Sie wird gehängt werden, wenn mehr als drei Pfund fehlen, und in dem Geldbeutel waren vierzig Pfund. Am besten halten wir die Sache hier, im Dorf. Am besten richtet Seine Lordschaft hier, wo es unter uns bleiben kann. Wir fangen besser an, Sir, damit keinem Chichester als Gerichtsort in den Sinn kommt.«

Vor Schreck wurde James bleich. Er stieg von seinem Pferd

ab, und der Stallbursche brachte es in die Scheune. »Ich werde die Zeugen hier vernehmen«, sagte er laut genug, dass es jeder hörte. »Sir William und ich werden uns bei seinem Eintreffen beraten.«

Er versuchte, einen Blick mit Alinor zu wechseln, doch sie sah von ihm weg, zu ihrer Tochter. Alys war weiß. Sie klammerte sich an Richards Arm, ihren Blick starr auf das Gesicht ihrer Mutter gerichtet.

»Wo ist der Bruder der Angeklagten?«, fragte James, der glaubte, Ned werde eine starke Stimme in dieser verängstigten Gemeinde haben.

»Wir brauchen ihn nicht«, fiel ihm Mrs Miller ins Wort. »Er hat überhaupt keine Kontrolle über sie. Sie macht, was sie will. Er konnte noch nicht einmal seine eigene Ehefrau retten. Sie hat keinen Vater, und jetzt behauptet sie, sie hätte keinen Ehemann, obwohl Zachary Reekie kein Grab hat.«

»Einfach verschwunden«, sagte jemand hinten in der Menge. »Hat eines Tages etwas gegen sie gesagt, und am nächsten Tag war er verschwunden.«

»Mr Ferryman ist ein wichtiger Zeuge«, wies James ihren Einspruch zurück. »Schickt nach ihm.«

James' ruhige Stimme und sein Respekt einflößender Tonfall hielten die allgemeine Panik in Schach. Mr Miller, der den Blick über die Menschen schweifen ließ, die sich auf seinem Hof drängten, spürte, dass die Aufregung, das Verlangen nach Gewalt nachließ.

»Ja, das ist das Beste. Geh und hol ihn, Bursche«, sagte er zum Stalljungen. Dann wandte er sich wieder an James. »Ihr werdet einen Tisch wollen, und Papiere, Sir«, sagte er mit leisem Respekt. »Am besten setzt Ihr Euch in die Küche, wenn es Euch beliebt. Es ist das größte Zimmer, und wir haben dort den Tisch und den großen Stuhl.«

James nickte, und Mr Miller ging voraus in die Küche. Er befahl, dass der große Küchentisch in den rückwärtigen Teil des

Raumes geschoben wurde, stellte den Stuhl mit der hohen Lehne dahinter und bedeutete James, den Richterplatz einzunehmen, während Mr Miller als behelfsmäßiger Gerichtsschreiber neben ihm stand.

»Ich besitze keine Amtsgewalt«, murmelte James, als er Platz nahm.

»Könnt Ihr Latein?«

»Ja, selbstverständlich.«

»Das wird reichen.«

James setzte sich gerade auf seinem Stuhl zurecht und legte die Hände vor sich auf den Tisch, während sich alle in das Zimmer drängten und Alinor, die immer noch die alten Münzen hielt, mit sich schoben. Mrs Miller legte ein Blatt Papier vor James, und Jane stellte ein Tintenfass und eine Feder vor ihn. Als sähen die Hochzeitsgäste einem Mysterienspiel zu, strömten sie in das Zimmer, schubsten Alinor vorwärts, bis sie allein vor dem Tisch stand. Alys wäre zu ihr gegangen, doch Richard ergriff ihre Hand und zog sie sanft zu seinem Vater und seiner Mutter an die Seite des Zimmers.

»Ich will ...«, flüsterte sie ihm zu.

»Warte besser hier«, flüsterte er zurück. »Schau, wie es läuft. Warum hat sie geglaubt, ich hätte eine Erbschaft?«

»Oh, ich weiß nicht«, sagte Alys und verstummte.

James tauchte die Feder in die Tinte und hoffte, dass Ned und Sir William bald kommen würden. Jetzt lag ihm einzig und allein daran, Zeit zu schinden.

»Name«, sagte er wie zu einer Fremden.

Es ertönte ein leises, zufriedenes Seufzen. Der tiefe Schrecken der Hexerei befand sich unter der Kontrolle einer Autorität. Die Leute mussten sich nicht mehr abmühen, um sich gegen die unbekannten Mächte der anderen Welt zu verteidigen: Ein Gentleman, der Latein konnte, übernahm nun die Verantwortung.

»Ihr kennt meinen Namen«, erwiderte Alinor verdrossen.

Ihre Aufsässigkeit rief ein Murmeln hervor.

»Sie heißt Mrs Alinor Reekie«, mischte sich Mrs Miller ein. »Schwester von Edward Ferryman vom Fährhaus.«

James senkte den Blick und schrieb den Namen seiner Geliebten oben auf das Blatt Papier.

»Alter?«, fragte er.

»Ich bin siebenundzwanzig«, erwiderte Alinor.

»Beruf?«

»Ich bin zugelassene Hebamme und Heilerin.«

»Sie hat keine bischöfliche Genehmigung«, rief jemand hinten im Zimmer noch einmal allen ins Gedächtnis.

Alinor hob den Kopf. »Ich bin Hebamme und Heilerin«, änderte sie ab. »Von unbescholtenem Ruf.«

»Und die Beschuldigung?«

Mrs Miller trat vor Zorn bebend vor, ihre Stimme tief und leidenschaftlich. »Ich bin Mrs Miller von der Mill-Farm, Sidlesham. Ich verwahre meine Ersparnisse, die Mitgift meiner Tochter Jane, in einem Versteck in meiner Küche.« Theatralisch deutete sie auf die Feuerstelle. »Da! Genau da! Hinter einem losen Backstein im Kamin.«

Sämtliche Blicke huschten zu der Stelle, wo der Backstein am Kaminvorsprung fehlte, und zurück zu Alinors weißem Gesicht.

»Vor Monaten, im Herbst, im September war's, hat sie auf dem Freitagsmarkt in Chichester etwas für mich erledigt. Ich habe ihr vertraut, dass sie etwas für mich einkauft. Ich habe ihr vertraut!«

Gedämpft wurde Mrs Millers berüchtigt misstrauisches Wesen kommentiert. Sie fuhr fort: »Ich habe von ihr verlangt, mir den Rücken zuzukehren, als ich meinen Geldbeutel mit den Ersparnissen aus meinem Versteck holte. Mein Geheimversteck. Doch sie hat mich gesehen. Sie hatte mir den Rücken zugekehrt, aber trotzdem hat sie mich gesehen!«

Erstauntes Raunen ging durch die Menge.

»Wie war das möglich?«, fragte James skeptisch, die Feder bereit.

»Mit ihrem Zweiten Gesicht hat sie mich gesehen, obwohl ihr Kopf weggedreht war. Als sie sich umgedreht hat, konnte ich an ihrem Gesicht ablesen, dass sie mein Geheimnis herausgefunden hatte. Ich habe es einfach gewusst. Sie hat mich gesehen mit ihren Hexenaugen.«

Es wurde gemurmelt. Alle außer Mrs Wheatley und der Familie Stoney stimmten überein, dass dies der Beweis sein müsse. Mr Miller schüttelte den Kopf.

»Ihr dürft sie nicht Hexe nennen, bis es erwiesen ist«, rügte James sie, und seine ruhige Stimme durchschnitt das Gerede. Er wandte sich an Alinor. »Habt Ihr dieses Versteck gesehen?«

»Ich habe ihr Spiegelbild im Tranchierteller gesehen«, erwiderte sie knapp. Sie wies auf den silbernen Teller, der protzig auf der großen hölzernen Anrichte ausgestellt stand. »Sie hat mir befohlen, mich dem großen Servierteller zuzuwenden, und ich konnte sie sehen wie in einem Spiegel. Ich habe nicht nach ihr Ausschau gehalten, aber gesehen habe ich sie, genauso, wie sie mich gesehen hat. Allerdings wissen viele Leute, dass sie ihre Ersparnisse hier aufbewahrt hat. Manchmal hat sie mit heißen Münzen bezahlt, und ihre Finger sind rußverschmiert gewesen. Es war wirklich kein Geheimnis.«

Zwei Ährenleserinnen der Millers murmelten, sie seien tatsächlich schon mit warmen Münzen bezahlt worden.

»Ist das der Fall?«, fragte James ein wenig zu eifrig. »Das Versteck ist allgemein bekannt gewesen?«

»Nur eine Hexe hätte dieses Spiegelbild sehen können«, sagte Mrs Miller standhaft. »Niemand sonst hätte mich erkennen können.«

Mrs Wheatley schob sich durch das volle Zimmer zur Anrichte und blickte in den silbernen Servierteller. »Man kann darin sehen«, berichtete sie James. »Man kann deutlich darin sehen.«

»Warum habt Ihr Euer Versteck nicht gewechselt?«, fragte James. »Wenn Ihr geglaubt habt, es sei entdeckt worden?«

Mrs Miller zögerte. »Ich habe es nicht getan«, räumte sie ein. »Ich habe es eben nicht getan.«

Ihre Worte klangen ein wenig hohl, und es fiel ihr schwer, ihre Glaubwürdigkeit wiederzuerlangen. »Weil sie mich verhext hat!«, erklärte sie. »Ich hatte es bis jetzt völlig vergessen. Ich hatte es einfach bis jetzt vergessen, und ich habe ihr immer wieder vertraut, weil ich vergessen habe, dass sie mich gesehen hatte. Was ist das, wenn nicht Zauberei?«

»Streitet Ihr das ab?«, drängte James Alinor, doch sie sah ihn nicht an. Sie blickte durch den Raum auf Alys' weißes Gesicht, sah, dass Richard Stoney sie umklammerte, sie von ihr fernhielt. Alinor hörte James kaum, sie betrachtete ihre Tochter, ihre geliebte Tochter. Sie überlegte, wozu sie vielleicht gezwungen sein würde, um Alys zu beschützen.

»Ihr müsst mir antworten«, hakte James nach.

Sie drehte den Kopf und sah ihn gleichgültig an. »Ja, ich habe ihr Spiegelbild gesehen«, bestätigte sie. »Aber ich habe deswegen nichts unternommen. Ich bin kein Dieb. Es ist mir einerlei, wo sie ihr Eiergeld aufbewahrt.«

»Eiergeld! Da waren über vierzig Pfund drin!«, schrie Mrs Miller.

»Meine Mitgift!«, rief Jane allen in Erinnerung.

Alinor zuckte die Schultern, so verächtlich wie eine Hofdame. »Ich weiß es nicht. Ich habe nie gesehen, was in dem Geldbeutel war. Ich habe den Geldbeutel nie in Händen gehalten. Ich weiß nicht, wie viel Euer Zusammengespartes wog. Ich habe den Geldbeutel nur einmal in Eurer Hand gesehen, als Ihr mir Geld gegeben habt, damit ich Eure Spitze kaufe. Ich habe ihn noch nicht einmal berührt, nicht wahr?«

Alinors Verachtung war mehr, als Mrs Miller ertragen konnte. »Ich bezweifle nicht, dass Ihr das Geld in Elfengold umgetauscht habt, ohne es zu berühren! Ohne den Geldbeutel aus seinem Versteck zu holen!«, rief sie. »Ich zweifle keine Minute daran! Ich zweifle nicht, dass Ihr ihn nie berührt habt, sondern denke, dass Ihr es um Mitternacht vom Sumpf aus getan habt, wo Ihr immer allein seid, im Mondschein herumlauft, auf Pfaden, denen sonst niemand folgt, und mit wem auch immer redet.«

Die Gehässigkeit in der Stimme der Frau ließ Alinor ein Stück zurücktaumeln.

»Sie hat es nicht genommen!«, ergriff auf einmal Alys das Wort, indem sie durch den anschwellenden Lärm rief, vortrat und sich ihrem neuen Ehemann entzog. »Ich weiß, dass sie es nicht getan hat!«

Alinor hob den Kopf und sah ihrer Tochter in die Augen. »Alys, sag jetzt nichts«, befahl sie. Sie blickte an ihr vorbei zu Richards angespanntem Gesicht. »Bringt sie fort«, sagte sie leise. »Es ist ihr Hochzeitstag. Sie sollte nicht hier sein. Bringt sie nach Hause. Bringt sie in ihr neues Zuhause.«

Er nickte, sein junges Gesicht verzerrt vor Schreck, und versuchte, Alys zur Tür zu führen, doch sie widersetzte sich ihm.

»Ich werde nicht gehen«, erklärte sie ihm.

»Dann schweig«, sagte Richard. »Wie deine Mutter es dir befiehlt.«

Alys drehte sich zu ihrer Mutter. »Ma«, sagte sie verzweifelt. »Du weißt ...«

»Ja, ich weiß.« Alinor nickte. »Ich weiß. Geh einfach, Alys.«

»Ränkeschmiede!«, rief Mrs Miller. »Es sind also zwei!«

Zu seiner Erleichterung erblickte James Ned, der die Küche betrat und sich verwirrt umsah. Rob trat hinter ihm ein. »Was soll das alles?«, fragte Ned. »Was ist hier los?«

»Mrs Reekie ist angeklagt worden, Mrs Millers Ersparnisse durch Hexerei gestohlen und an ihrer statt Elfengold zurückgelassen zu haben«, erklärte James.

Ned schob sich durch die Menge zu dem Tisch. »Himmelherrgott, Leute«, sagte er verächtlich. »Könnt ihr noch nicht einmal auf eine Hochzeitsfeier gehen, ohne einen Streit vom Zaun zu brechen?« Er trat an die Seite seiner Schwester, und sie drehte sich zu ihm, die Hände voller Münzen. Sofort hielt er inne, bei dem Anblick vollkommen erstarrt. »Was ist das?«, fragte er mit ganz anderer Stimme. »Was machst du da mit deinen Münzen, Alinor?«

»Sind das ihre Münzen? Ihre eigenen Münzen? Kennt Ihr sie?«, wollte Mrs Miller wissen, ihre Stimme scharf vor freudiger Erregung.

»Erkennt Ihr sie wieder?«, fragte Mr Miller.

»Ja«, sagte Ned schlicht. »Ich glaube schon. Aber für mich sieht eine wie die andere aus. Ich interessiere mich nicht dafür. Alinor – was geht hier vor?«

Rob trat an die Seite seiner Mutter, und sie versuchte, aufmunternd zu lächeln, ihre Hände voll von den erdrückenden Beweisen.

Alle wandten sich James zu. Niemand hegte jetzt noch Zweifel an den Anschuldigungen. Ned hatte die Schuld seiner Schwester voll und ganz bestätigt.

»Mrs Reekie, wie sind Eure Münzen in Mrs Millers Geldbeutel gelangt?«, fragte James leise.

Stumm schüttelte Alinor den Kopf. Ned nahm den Hut vom Kopf, und sie schüttete die Münzen hinein. Bei zweien handelte es sich um so dünne Silberreste, dass sie an ihren verschwitzten Handflächen klebten und sie sie abwischen musste. Es erklang ein entsetztes Aufkeuchen, weil sie scheinbar Elfengold von ihrer eigenen Haut schälte. Ned legte den Hut auf den Tisch vor James, als handele es sich um ein Beweisstück, das er nicht berühren wollte.

»Ich weiß es nicht«, sagte Alinor ruhig. »Ich habe keine Ahnung.«

»Ich denke, wir sollten auf Sir Williams Eintreffen warten«, sagte James.

Alys warf ihm einen verzweifelten Blick zu. »Ihr sitzt dort,

Ihr entscheidet«, sagte sie. »Das hier ist offensichtlich ein Irrtum. Lasst meine Mutter nach Hause gehen. Lasst uns alle auf die Hochzeit gehen.«

»Still, Alys«, flüsterte Alinor ihr zu.

»Meine Mutter ist völlig unschuldig, Sir«, sagte Rob betreten. »Bitte wascht ihren Namen rein.«

»Oh, um Himmels willen«, sagte Mrs Wheatley leise. »Die armen Kinder.«

»Es ist ihr eigenes Elfengold«, sagte Mrs Miller tonlos. »Wie ihr Bruder sagt. Verwandelt aus meinen guten Münzen. Wie Alchemie. Gold zu Schrott. Was könnte das anderes sein als Zauberei? Sie muss eine Hexe sein.«

»Macht die Nadelprobe«, sagte jemand aus dem hinteren Teil des Zimmers, und sofort redeten alle durcheinander.

»Und sucht sie nach Malen ab.«

»Zieht sie aus.«

»Lasst die Frauen nachsehen ...«

»Teufelszitzen ...«

»Stellt sie mit einer Bibel auf die Probe!«

»Muttermale auf der Haut ...«

»Der Teufel hinterlässt seine Spuren ...«

Alinor war so weiß wie ihr Kragen, reglos erstarrt.

»Sir«, sagte Rob eindringlich zu seinem Tutor, »sie haben kein Recht. Lasst nicht zu, dass sie sie ergreifen. Lasst sie nicht ...«

James versuchte, sich über dem anschwellenden Lärm Gehör zu verschaffen. »Ich nehme hier immer noch Beweise auf«, behauptete er. »Und ich werde eine Entscheidung fällen.«

»Schriftlich«, unterstützte ihn Mr Miller. »Eine schriftliche Entscheidung.«

»Lasst sie schwimmen!«, sagte jemand und erntete auf der Stelle Zustimmung. »Lasst sie schwimmen.«

»Anders geht's nicht!«

»Sucht sie ab, und dann lasst sie schwimmen.«

Zum ersten Mal blickte Alinor zu James. Ihre Augen waren vor Entsetzen schwarz. »Ich kann nicht schwimmen«, sagte sie tonlos. »Das kann ich nicht.«

»Sie hat große Angst vor Wasser.« Ned redete hastig auf James ein. »Sehr große. Sie hat sogar auf meiner Fähre Angst. Man kann sie nicht schwimmen lassen.«

»Aufhören!«, verlangte Alys, ihre Stimme schrill vor Panik. »Aufhören!«

»Sir?« Robs junges Gesicht war gepeinigt. »Mr Summer?«

James erhob sich. »Dies ist weder der rechte Zeitpunkt noch der Ort«, bestimmte er. »Ich werde ihre Verhaftung anordnen ...«

»Sie ist bereits verhaftet!«, rief jemand von hinten. »Sie soll auf die Probe gestellt werden!«

»Jetzt auf die Probe gestellt!«

»Im Wasser!«

Die Menge strömte vorwärts, und Ned und Rob mussten sich gegen zugreifende Hände und eine Mauer von Leibern stemmen. Ned versuchte, die Arme um Alinor zu legen und sie zu sich zu ziehen, und Rob stand nach außen zu den Menschen gewandt, die sich immer näher um sie drängten. Er schlug ihre Hände von seiner Mutter weg und versuchte, zwischen sie und die anderen zu kommen, doch sie drängten von allen Seiten des Zimmers heran, und er konnte sie nicht alle abwehren. Richard Stoney hielt Alys gepackt, zog sie von ihrer Mutter fort, schleifte sie weg, folgte seiner eigenen Mutter und seinem Vater, die sich voller Sorge über die Ereignisse einen Weg durch die Menge bahnten, nach draußen auf den Hof zum Hochzeitswagen.

»Aufhören!«, rief James, doch seine Autorität schmolz in der ansteigenden Hitze der Menschenmenge dahin. »Ich befehle Euch, Euch nicht mehr zu rühren!«

Ned bekam Alinor um die Taille zu fassen und zog sie von der Menge in der Küche fort in Richtung der Tür zur Wohnstube. Alinor, umgeben von Leuten, die an ihrem Gewand zogen, an ihrer Schürze zerrten, ihr die Haube heruntterrissen, sodass ihr Haar um ihr verängstigtes Gesicht fiel, kämpfte, um mit ihm zu gehen, schubste, so fest sie konnte, um in seinen Armen zu bleiben und in die Wohnstube zu gelangen. James, der sah, was die beiden taten, trat hinter dem Tisch hervor und öffnete die Tür zur Stube, packte Neds Jacke und riss ihn nach hinten, die drei dicht beieinander, als er spürte, wie Ned auf einmal zusammenzuckte und zurückwich: »Du hast einen dicken Bauch!«

Alinor, weiß wie entrahmte Milch, die Jacke von den Schultern gerissen, ihre Haube verloren, ihre Schürze beiseitegezerrt, sodass jeder die schwellende Rundung ihres schwangeren Leibes sehen konnte, blickte ihrem Bruder inmitten des ganzen Lärms ins Gesicht und sagte: »Ja, Gott vergebe mir.«

»Ein dicker Bauch?«

»Nicht jetzt«, sagte James rasch, doch es war zu spät: Jemand vorn in der Menge hatte es mit angehört.

»Die Hexe ist trächtig!«

»Nein!«, rief Mrs Wheatley. Sie drängte sich durch die Menge an Alinors Seite. Ein Blick auf ihr erbleichtes Gesicht und ihren schwellenden Leib bestätigte ihre Schuld. »Oh! Alinor! Gott vergebe Euch. Was habt Ihr nur getan?«

»Schwanger?«, fragte Mr Miller ungläubig. »Alinor Reekie?«

Vor Verblüffung schwiegen alle und standen reglos da. Alinor stellte sich den entsetzten und feindseligen Blicken. Rob sah seine Mutter völlig verdutzt an. »Was? Ma?«

»Wessen Kind ist es?«, wollte Mrs Miller wissen, ihre Stimme scharf. »Das will ich wissen! Wer ist der Vater? Was ist der Vater? Was hat sie jetzt wieder getan?«

In der furchtsamen Stille hörten sie Sir William auf den Hof reiten und das Klappern, als er abstieg und zur Küchentür kam.

Er erfasste die Szene mit einem kurzen Blick: Alinor zwischen ihrem Bruder und James Summer festgehalten, ihre Haube fort, das herabfallende Haar, die zerrissene Schürze, und ihr runder Bauch, der unter ihrem Kleid spannte. Niemand sagte etwas.

»Mr Summer«, befahl Seine Lordschaft eisig. »Kommt hier heraus und erklärt mir, was zum Teufel vor sich geht.«

Alle sprachen durcheinander, doch Sir William ließ eine Hand hochschnellen, um sie zum Schweigen zu bringen. »Mr Summer, wenn ich bitten darf.«

James warf einen gequälten Blick auf Alinor, ließ sie los und ging nach draußen, während die Menge sich schweigend teilte, um ihn gehen zu lassen. Ned stand zwischen seiner Schwester und ihren Nachbarn, aber jetzt bestand keine Notwendigkeit mehr, sie zu schützen. Niemand wollte sie mehr anrühren. Niemand bewegte sich oder sagte auch nur einen Ton. Alle spitzten die Ohren, um die gedämpfte Unterhaltung zwischen den beiden Männern an der Türschwelle zu hören, dann das Schnippen von Sir Williams Fingern, das den Müllersburschen herbeirief, und das Getrappel von Sir Williams Pferd, als es zu einem Stall weggeführt wurde. Alinor blickte starr zu Boden. Lange Momente verstrichen, eine für die Jahreszeit ungewöhnliche Biene summte am Fenster der Wohnstube. Von dem Geräusch abgelenkt, drehte Alinor den Kopf und machte Anstalten, sie hinauszulassen.

»Lass das«, befahl Ned knapp.

Sir William erschien in der Tür. »Gute Leute, nun zerquetscht Euch nicht. Kein Grund, sich hier drinnen zu drängen. Am besten kommt Ihr alle raus auf den Hof«, sagte er zu niemand Bestimmtem.

Alles drängte in den grellen Wintersonnenschein des Hofes. Es herrschte Ebbe, und über dem Sumpf schrien Möwen. Durch den Druck des tiefen Wassers im Mühlteich schlugen die Torflügel geschlossen zusammen. Ein Rinnsal floss oben über das Tor.

»Mrs Reekie, diese braven Frauen werden Euch untersuchen müssen, das wisst Ihr«, bestimmte Sir William.

Alinor verneigte den Kopf vor ihrem Pachtherrn.

»Mrs Wheatley, würdet Ihr drei Frauen auswählen, die Mrs Reekie vertraulich ins Haus bringen und sie gründlich nach Hexenmalen untersuchen, sie auffordern, den Vater ihres Kindes zu benennen, und wann sie damit rechnet, das Wochenbett zu hüten.«

Mrs Wheatley blickte mit zusammengepressten Lippen zu der Menge aus Nachbarn, alten Freunden und ein paar alten Feinden. Mrs Stoney wich zu ihrem Wagen zurück. Höflich überging Mrs Wheatley sie. »Mrs Jaden, Mrs Smith, Mrs Huntley«, sagte sie, indem sie ihre Cousine, ihre Freundin und eine Frau benannte, die als Hebamme im Süden der Insel arbeitete. Sir William winkte die vier Frauen in Richtung des Hauses, und sie gingen wieder hinein. Alinor schritt langsam zwischen ihnen.

»Ich will sie nicht in meinem Haus haben!«, sagte Mrs Miller zornentbrannt. »Ihr solltet es im Hof machen. Zieht sie hier draußen nackt aus!«

»Ihr werdet mir den Gefallen tun, Mrs Miller, da bin ich mir sicher«, sagte Seine Lordschaft. »Wir sind keine vollkommenen Heiden.« Er drehte sich beiseite und sprach leise mit James. Alys versuchte, näher heranzukommen, um etwas zu hören, doch Richard hielt sie fest gepackt. Er umklammerte sie, als wolle er sie vor dem Ertrinken retten, während seine Mutter und sein Vater ein Stück abseitsstanden und das weiße Gesicht der Schwiegertochter betrachteten, die sie nie für gut genug gehalten hatten.

Mrs Stoney wandte sich an ihren Ehemann, den Mund an seinem Ohr. »Die Mitgift«, sagte sie leise. »Ich habe sie in meiner Tasche. Sollten wir ...«

»Sei still«, flüsterte er. »Wir sehen sie uns an, sobald wir nach Hause kommen und das hier alles vorüber ist. Sie sind getraut, es ist die Mitgift, die sie mitgebracht hat. Du hast sie gesehen, es waren gute Münzen. Lass es vorerst auf sich beruhen.«

Sie nickte und wartete schweigend wie all die anderen Nachbarn. Nach einer Viertelstunde kamen die Hexenbeschauerinnen wieder aus dem Haus, Alinor bei ihnen, ohne Haube, das goldene Haar zerzaust, als seien die Frauen auf der Suche nach Zeichen mit den Fingern hindurchgefahren. Seitlich an Alinors Hals waren ein schmaler wunder Kratzer und ein Rinnsal aus Blut von ihrem Ohr zu ihrem weißen Kragen, der eingerissen war. Rob rief: »Ma!«, und sie warf ihm einen müden Blick zu. »Es ist nichts«, versuchte sie, ihn zu beruhigen. »Nichts.«

Mrs Wheatley ging zu ihrem Arbeitgeber und stellte sich vor ihn.

»Habt Ihr Mrs Reekie untersucht?«, fragte er sie.

»Das haben wir.«

»Ist sie schwanger?«

»Ja, Sir. Sie glaubt, dass ihr Wochenbett im Monat Mai sein wird.«

Von den Stoneys erhob sich ein gemurmelter Ausruf. Richard sah Alys an, als wollte er sie etwas fragen, erntete jedoch einen derart zornigen Blick aus ihren blauen Augen, dass er nichts sagte.

»Gezeugt wurde das Kind also …?«

»Im August oder im September, Sir.«

»Hat sie den Vater ihres Kindes benannt?«

James räusperte sich, wie um zu sprechen, doch Mrs Wheatley fuhr mit ihrem Bericht fort. »Nein, Sir, sie ist unverbesserlich. Als wir sie angefleht haben, um Gottes willen und für ihren eigenen guten Ruf seinen Namen preiszugeben, hat sie nichts gesagt.«

Sir William nickte. »Ist es das Kind ihres vermissten Ehemanns?«, schlug er vor.

Mrs Wheatley antwortete rasch. »Niemand hat Zachary, den Fischer, seit über einem Jahr gesehen, Sir. Aber natürlich hätte er heimlich zurückkommen und ihr einen Besuch abstatten können.«

»Ist es so gewesen?«, fragte Sir William Alinor, indem er ihr einen Weg eröffnete, der sie vor der Anschuldigung der Hurerei bewahren würde. »Denkt nach, bevor Ihr sprecht, Mrs Reekie. Denkt sehr sorgfältig nach. Ist es so gewesen?«

»Nein«, sagte sie kurz angebunden.

Seine Lordschaft betrachtete sie einen Moment. »Seid Ihr Euch sicher?«

Alys flüsterte: »Ma!«

Alinor sah in ihre Richtung. »Nein«, sagte sie abermals.

Sir William wandte seine Aufmerksamkeit wieder den Hexenbeschauerinnen zu. »Habt Ihr sie der Nadelprobe unterzogen?«

»Das haben wir«, antwortete Mrs Wheatley. »Mit der Stopfnadel, die wir im Nähkästchen in der Wohnstube gefunden haben.« Sie wandte sich höflich an Mrs Miller. »Wir haben sie auf dem Tisch liegen lassen, falls Ihr sie wegwerfen wollt.«

Mrs Miller erschauderte übertrieben. »Nehmt Ihr sie mit. Sie wird verflucht sein.«

»Und hat sie geblutet?«, fuhr Sir William mit seiner Befragung fort.

»Sie hat wie eine Sterbliche geblutet, und sie hat den Schmerz gespürt. Nicht sehr viel, aber rotes Blut, wie jede andere Frau auch.« Sie wies auf den Kratzer an Alinors Hals. Alinor stand wie eine Statue da, den Blick zu Boden gerichtet.

»Und habt Ihr sie nach Hexenmalen untersucht?«

»Das haben wir«, erwiderte Mrs Smith. »Zusätzliche Zitzen haben wir keine sehen können, aber sie hat ein Muttermal in der Form eines Mondes, sehr ungewöhnlich und sehr verdächtig, an den Rippen.«

»In Form eines Mondes?«

»Eine Mondsichel. Ein Hexenmond.«

Es kam ein tiefes, zufriedenes Seufzen von der Zuhörerschaft, und Sir William schwieg angesichts dieses belastenden Beweises. Die Menge, die Alinor anstarrte, wartete darauf, dass er das Wort erhob, zufrieden damit, seiner Entscheidung zu harren, da es nur eine einzige Entscheidung von ihm geben konnte. Es war, als genössen sie die Pause vor dem letzten Akt eines Mysterienspiels, die Gelegenheit, das gewiss kommende Urteil auszukosten, auf die Gewalt wartend, die gleich losbrechen würde.

»Der Geldbeutel«, sagte Sir William zu Alinor. »Habt Ihr das Geld gestohlen? Habt Ihr die alten Münzen anstelle von Mrs Millers Ersparnissen hineingelegt?«

»Das habe ich nicht«, sagte Alinor.

»Diese alten Münzen und Bruchstücke von Münzen. Gehören sie Euch?«

Alinor sah zum Hut ihres Bruders, den eine der Hexenbeschauerinnen Mr Miller reichte. Er hielt ihn eine Armeslänge von sich weg, als versengten ihn die kleinen Silbermünzen.

»Sie sehen wie meine Münzen aus.«

»Ihr bewahrt sie im Fährhaus auf?«

Alinor warf Ned einen Blick zu.

»Das tut sie«, sagte er unglücklich.

»Wie sind sie dann von dort hierhergelangt?«

Alinor erstickte an ihrer Antwort. Sie blickte zum Himmel über Sir Williams hartherzigem Gesicht auf, betrachtete den Boden unter seinen polierten Stiefeln. Es herrschte langes Schweigen.

»Sir William ...«, setzte Alys an, ihre Stimme dünn und bebend. »Eure Lordschaft ...« Sie löste sich aus Richards Griff und trat einen Schritt vor.

»Ich habe es getan«, unterbrach Alinor ihre Tochter.

»Hexerei!«, rief Mrs Miller. »Genau wie ich gesagt habe. Hexerei.«

»Oh, Alinor, Gott vergebe Euch!«, fiel Mr Miller mit ein.

»Wollte sie ihr Kind als unseres ausgeben?« Mit glühendem Blick zog Richard Alys fest an seine Seite. »Bist du wirklich schwanger? Mit unserem Kind? Wolltet ihr mich zu einem zweifachen Hahnrei machen – ein Elfenkind in meine Krippe legen, und meine Ehefrau ist gar nicht die Mutter?«

»Was?«, wollte Mr Stoney wissen.

Sir William und James wechselten entsetzte Blicke, doch die Ereignisse entfalteten sich zu schnell für sie.

»Nein, nein!« Alys drehte die Hand in seinem Griff, doch er hielt sie fest. »Um Himmels willen, nein!«

»Aber du hast gewusst, dass deine Mutter auch ein Kind erwartet? Zur gleichen Zeit gezeugt? Wie ist das möglich?«

Alys blickte verzweifelt zu ihrer bleichen Mutter. »Es hat nichts mit uns zu tun, Richard. Und das Geld ...«

»Sei bloß still«, sagte Alinor entschlossen zu ihrer Tochter. Sie war jetzt gelassen, als hätte das Kratzen mit der Nadel sämtliche Scham ausbluten lassen. Sie nickte Richard zu. »Bringt sie weg«, sagte sie. »Ich habe es Euch vorhin schon gesagt. Bringt sie zu Euch nach Hause. Ich will sie hier nicht.«

»Ma! Ich muss es ihnen sagen ...«

»Auf keinen Fall«, sagte Alinor mit Nachdruck. »Du hast nichts zu sagen, was mir helfen kann. Geh einfach.«

»Wir müssen Euch nicht Folge leisten!«, polterte Mr Stoney.

»Um Himmels willen, schafft sie fort«, bat Alinor schlicht, und Richard nickte, und teils zog er, teils hob er Alys in Richtung Wagen. Sein Vater und seine Mutter folgten, hin- und hergerissen zwischen ihrem Verlangen, zusammen mit ihren Nachbarn einem Hexenprozess beizuwohnen, und dem Grauen, weil die Hexe nun Teil ihrer Familie war.

Sie kletterten in den Wagen und trieben gerade das Pferd an, als jemand hinten aus der Menge das Wort ergriff: »Macht die Wasserprobe mit ihr!«

»Ich habe es nicht mithilfe von Hexenkunst getan, es ist ein Tausch gewesen«, sagte Alinor hastig zu Sir William. »Es ist ein Darlehen gewesen. Deshalb habe ich alles, was ich besitze, dort gelassen zum Zeichen, dass ich es zurückzahlen würde. Als Zeichen, dass ich es gewesen bin und dass ich es zurückzahlen würde.«

»Elfengold«, sagte jemand. »Es würde sich in Luft auflösen, wenn ein anderer als sie es hielte.«

»Und wer ist der Vater ihres Kindes?«, wollte ein anderer wissen.

»Wir sollten sie zum Henker nach Chichester bringen!«, schlug jemand vor.

»Es ist Satans Kind«, kam ein tiefes Zischen aus dem hinteren Teil der Menschenmenge. »Ein von den Elfen gezeugter Junge.«

»Ihr Ehemann hat immer gesagt, dass Rob nicht von ihm stammt«, erinnerte sich jemand.

Rob sah seine Mutter entsetzt an.

»So ist es nicht!«, rief Alinor aus. »So ist es nicht! Rob ist ein guter Junge von einem schlechten Vater!« Sie wandte sich an Sir William und plapperte in ihrer Not drauflos: »Eure Lordschaft, lasst sie nicht schlecht von Rob sprechen! Ihr wisst, was für ein braver Junge er ist.« Sie drehte sich zu Ned. »Bring ihn weg«, flehte sie ihn an. »Schaff ihn fort.«

»Genug!«, rief Sir William durch die lauter werdenden Schreie, Alinor solle nach Chichester gebracht und gehängt werden. »Wir werden die Wasserprobe machen«, entschied er, in die jähe, begeisterte Stille hinein. »Im Mühlteich. Wenn sie lebendig hochkommt, ist sie in allen Anklagepunkten unschuldig, und niemand sagt je wieder etwas gegen sie. Sie zahlt Mrs Miller das Geld zurück, wie sie sagt, dass sie es vorgehabt hat. Ja? Wir unterziehen sie der Wasserprobe, um Gottes Willen zu erkennen! Das ist mein Urteilsspruch und meine Entscheidung!«

»Wasserprobe«, stimmte ein halbes Dutzend Stimmen zu.

»Ganz recht«, wurde gesagt. »Taucht sie ein.«

Ausdruckslos vor Entsetzen drehte Alinor sich zu ihrem Bruder Ned, doch der blickte zu Boden, sich vor aller Welt schämend.

»Ned, bring Rob fort«, flüsterte sie ihm zu. »Ned!«
Bei ihrem eindringlichen Tonfall fuhr sein Kopf hoch.
»Bring Rob fort!«
Ihr Flüstern weckte ihn aus seinem Elend. »Ja«, murmelte er. »Komm, Rob. Verschwinden wir von hier. Es wird alles gleich vorüber sein.«

»Sie sollen sie nicht anrühren!«, rief Rob, der sich zwischen seine Mutter und die Menschenmenge schob, obwohl die Hexenbeschauerinnen sie packten und nicht zuließen, dass er nach ihr griff.

James fasste ihn am Arm. »Besser das, als wenn sie des Diebstahls angeklagt wird«, sagte er eindringlich. »Das hier wird gleich vorüber sein. Aber wenn man sie nach Chichester bringt, wird man sie wegen Diebstahls an den Galgen knüpfen.«

»Sir, sie kann das nicht! Der Teich ist tief. Sie kann das nicht! Ihr wisst doch ...«

»Doch, ich kann es«, unterbrach Alinor ihn. Ihr Gesicht war kalkweiß, ihre Augen vor Angst riesengroß in dem aschfahlen Gesicht. »Aber geh du, Rob. Ich ertrage es nicht, dass du das hier mit ansiehst.«

Leute gingen bereits zum Mühlteich, um Seile zu holen und sie zu fesseln, voller Angst, sie zu berühren, aber sie wurden von weiteren Leuten hinter ihnen vorwärtsgedrängt. Sir William beobachtete sie finster und nickte Ned zu. »Bringt den Burschen fort«, sagte er. »Das ist ein Befehl. Er sollte es nicht mit ansehen.«

Ned packte Rob an der Schulter und zwang ihn durch das Hoftor in Richtung der Fähre, die während der Ebbe auf und ab schaukelte. »Wir werden einfach hier warten, neben der Fähre«, sagte Ned mit schroffer Stimme. »Dann werden wir zurückgehen und sie holen, wenn es vorbei ist.«

»Wie kann sie nur schwanger sein?«, flüsterte Rob seinem Onkel zu.

Ned schüttelte den Kopf. »In Schande«, war alles, was er kurz angebunden sagte.

»Aber wie kann sie es sein?«

Ned umarmte den Jungen und schob das junge Gesicht an den rauen Stoff seiner Jacke. »Bete«, riet er ihm. »Und frag mich nicht, ich ertrage es nicht. Meine eigene Schwester! Unter meinem Dach!«

James sah den beiden nach. »Wie können wir das hier verhindern?«, wollte er eindringlich wissen.

»Das können wir nicht«, erwiderte Sir William. »Lasst sie machen. Es über die Bühne bringen.«

Alinor sah keinen der beiden Männer an, als die Menschenmenge sie umzingelte und ihre Hände hinter ihrem Rücken zusammenband. Dann trieben die Leute sie auf die Mühle zu. Sie ließ sich ohne Widerstand führen, ihr Gesicht so grünlich, dass sie bereits halb ertrunken aussah. Mrs Wheatley folgte ihnen kopfschüttelnd, Mrs Miller stürmte wütend voran.

Sie erreichten das Ufer des Mühlteiches und blickten in die grünen, unkrautbewachsenen Tiefen. Der Teich war voll, das Tidentor geschlossen; es hielt das Wasser vom Sumpf zurück, wo das Meer abfloss. Die Torflügel rieben unter dem Druck der tiefen Wassermassen aneinander, und das feuchte Holz quietschte. Der Teich war klar, wie eine tiefe Schüssel, die man neben das schlammige Watt gestellt hatte. Die alten Mauern waren glitschig und grün, am Wassertor hing Seetang, als wäre es Haar. Doch es gab keine Stufen, um in den Teich zu gelangen, und er war zu breit, um sie mit einem Seil von einer Seite zur anderen zu ziehen. Niemand wagte sich in die Nähe des Randes: Das Wasser allein war bedrohlich, seine dunklen Tiefen jetzt, im Winter, tödlich kalt.

»Wir brauchen mehr Seil!«, sagte jemand.

»Werft sie einfach so, wie sie ist, vom Ufer aus rein«, schlug jemand vor. »Und schaut, ob sie allein herauskommen kann?«

»Das Mühlrad.« Mrs Miller hatte eine boshafte Eingebung. »Bindet sie ans Mühlrad.«

Fassungslos blickte ihr Ehemann sie an. »An mein Rad?«, wollte er wissen.

»Zwei Umdrehungen!«, sagte jemand hinten in der Menge. »Bindet sie fest und dreht es zweimal im Mühlbach. Das ist eine gerechte Probe.«

»Mein Rad?«, sagte Mr Miller abermals. Entsetzt blickte er Sir William an.

»Es dreht sich schnell?«, fragte Seine Lordschaft leise. »Ihr könnt sie eintauchen und wieder herausholen?«

»Es kann sich schnell drehen, wenn nicht gemahlen wird«, sagte der Mann. »Wenn der Stein nicht angeschlossen ist, dreht es sich so schnell, wie das Wasser hineinströmt.«

»Zwei Umdrehungen«, bestimmte Seine Lordschaft, indem er die Stimme über das aufgeregte Gemurmel erhob. »Und wenn sie lebendig hochkommt, ist sie keine Hexe. Sie zahlt das Geld zurück und wird freigelassen. Einverstanden?«

»Jawohl. In Ordnung, ja. Einverstanden«, riefen die Leute, aufgeregt angesichts der Aussicht auf eine Hexenprobe, und blickten von der schmalen Frau zu dem gewaltigen Rad, das reglos stand, die unteren Schaufeln tief im Mühlbach, die oberen Schaufeln weiß vor Frost in der eiskalten Luft.

Alinors Knie gaben nach, und sie schwankte, halb ohnmächtig vor Angst, auf den Beinen. Ihre Stimme versagte. Sie wusste kaum, wo sie war. James konnte nicht zu ihr hinsehen, während zwei der Hexenbeschauerinnen ihre gebundenen Arme an den Ellbogen ergriffen und sie vom Ufer des Mühlteiches wegschleiften, hin zur Rampe an der Seite des Rads. Die Frauen umwickelten ihre Brüste und ihren schwellenden Leib immer wieder mit einem Seil, banden ihre Röcke unten an ihren Beinen fest und fesselten sie abschließend an den Fußknöcheln.

»Es ist besser als Erhängen«, rief Sir William James in Erinnerung, als sie die Rampe neben dem Rad betraten.

»Sie hat eine Heidenangst vor Wasser«, flüsterte James.

»Trotzdem ist es besser als Erhängen.«

Mit völlig erschlafftem Körper musste sie von den Männern ans Mühlrad gehoben werden.

»Legt sie auf die Schaufeln des Rads«, schlug Mrs Miller an der Spitze der Menge vor. »Und bindet sie schön fest, damit sie nicht runterrutscht.«

Mr Miller gab dem Müllersburschen ein Zeichen, und der hielt das Rad still, indem er mit beiden Füßen darauf stieg, sich an den grünen Schaufeln festhielt und sich als Gegengewicht zurücklehnte, während man Alinor an Schultern und Beinen hochhob und sie auf eine der Schaufeln des Rads legte. Mit einem weiteren Seil wurde sie daran festgebunden.

»Stellt sicher, dass sie richtig festgebunden ist«, befahl Sir William. Zu James gewandt, sagte er: »Wir wollen nicht, dass sie herunterfällt und unter dem Rad eingeklemmt wird.«

James konnte ihren gewölbten Bauch sehen, da sie nun mit dem Rücken auf eine Schaufel gelegt worden war, die zweite Schaufel nur Zentimeter über ihrem Gesicht, ihre goldenen, zerzausten Haare lose über dem Grün der unkrautüberwucherten Holzschaufeln. Sie schrie nicht oder rief um Hilfe. Seit sie Rob fortgeschickt hatte, hatte sie überhaupt keinen Ton mehr von sich gegeben. Ihm wurde bewusst, dass ihr der Schrecken die Sprache verschlagen hatte.

»Los«, sagte Sir William zu Mr Miller. »Dann macht mal.«

Der Müller drehte sich ruckartig um. »Ich öffne jetzt die Hauptschleuse«, sagte er laut, um Alinor vor dem jähen Donnern des Wassers zu warnen, als er den großen Metallschlüssel drehte, der das Tor vom Teich zum Mühlbach unter dem Rad anhob.

Die Wasserkaskade, die in den Bach stürzte, entrang Alinor ein leises Schluchzen, doch niemand außer James hörte sie. Jetzt konnte sie das eisige Wasser riechen, das rasch unter dem Rad anstieg, den grünen Unkrautgeruch des Sumpfes, den kriechenden kalten Atem der heranstürzenden eiskalten Wassermassen. Sie spürte, wie das Wasser unter ihr immer höher anstieg. Bald schon würde der Mühlbach voll sein, und dann würde der Müller den Abfluss zum Sumpf öffnen und die Bremse des Rads lösen. Das Wasser würde durch den Mühlbach hinaus in den Sumpf strömen, und das Mühlrad würde sich drehen und sie nach unten ins Wasser mitnehmen.

»Bereit!«, rief Mr Miller aus dem Innern der Mühle.

Der Müllersbursche nahm sein Gegengewicht vom Rad, und es bewegte sich ein wenig, ließ Alinor in Richtung des Wassers absacken. Die Menge stieß aus lauter Vorfreude ein leises Raunen aus.

»Macht schon«, sagte jemand.

»Dreht das Rad!«, rief Sir William Mr Miller in der Mühle zu. Sie vernahmen seine gerufene Antwort. »Ich drehe jetzt!«

»Nein!«, sagte James. Er trat auf die Schaufel des Rads zu, wo sich ihr helles Haar im Wind hob. »Alinor!«, rief er ihr zu.

Zum ersten Mal an dem Tag drehte sie den Kopf und sah ihn direkt an, doch er erkannte an ihrem gequälten Gesicht, dass sie ihn nicht hören, ihn nicht sehen konnte. An das Mühlrad gefesselt und mit der größten Angst ihres Lebens konfrontiert, war sie blind für ihn und hörte weder die Kaskade hereinströmenden Wassers noch das Knarren des Rads, als es sich zu drehen begann und sie nach oben hob.

Gelähmt beobachtete James ihre unaufhaltsame Fahrt zum Scheitel des Rads und dann ihren Abstieg auf der anderen Seite. Er ging zwei Schritte zur Rückseite und sah ihren verängstigten Blick, als sie auf das strömende Wasser unter sich zusteuerte. Dann fuhr sie nach unten, in den schmalen, schäumenden Mühlbach, und er sah, wie sich ihr Haar um ihr weißes Gesicht schlängelte, während sie immer weiter nach unten absank. Dann knarrte das Rad auf grauenhafte Weise und blieb stehen. Es drehte sich nicht mehr, sondern hielt sie unter Wasser. Für einen langen Moment trat Schweigen ein.

»Gottes Wille«, flüsterte jemand ehrfürchtig. »Gott hat das Rad angehalten, um die Hexe zu ertränken.«

»Nein! Nein! Es ist das Gewicht!«, rief der Müller aus dem Innern der Mühle. »Es ist ihr Gewicht unten am Rad.« Er kam aus der Mühle gesprungen, während sich alle drängten, um einen Blick auf ihre goldenen Haare in dem strömenden Wasser zu erhaschen, das an dem Rad vorbei nach draußen ins Meer floss.

James begriff und stürzte sich hinten auf das Rad, hielt sich mit den Händen fest, während seine Füße abrutschten. Er klammerte sich verzweifelt an die Schaufeln, die es kreisen ließen. Er spürte, wie das Rad nachgab, und dann drehte es sich langsam wieder, im steten herumwirbelnden Strom des Wassers, und hob dann eine Schaufel nach der anderen. Langsam stieg die ertrinkende Frau aus den Tiefen empor.

Er trat zurück. Jetzt gewann das Rad an Fahrt. Sie passierte die Oberseite des Rads und fuhr wieder an ihm vorbei, und er sah kurz ihr weißes, von der Wasserpest gestreiftes Gesicht, das Wasser, das aus ihrer Kleidung, ihren Stiefeln, ihrem offenen Mund strömte. Über dem schrecklichen Brüllen des Rads vernahm er ihr würgendes Husten und ihr verzweifeltes Japsen, und dann wurde sie wieder unter Wasser getaucht und verschwand.

Das sich im schäumenden Wasser schneller drehende Rad riss sie auf der anderen Seite hoch, der Müllersbursche schloss die Schleuse, um das Wasser zurückzuhalten, und Mr Miller, im Innern der Mühle, klemmte den Mahlstein fest, um das Rad mit Alinor auf halber Umdrehung zum Stillstand zu bringen. In ihrem Haar war Seetang, Meereswasser strömte aus ihrem offenen Mund, ihre Augen waren schwarz vor Entsetzen, ihr Kleid an ihren spannenden Bauch geklatscht. Mr Miller kam aus der Mühle, sein Gesicht düster vor Zorn. Er zog ein kräftiges Arbeitsmesser aus seinem Stiefel und durchschnitt die Stränge, die sie an die Schaufel des Rads fesselten. Wie ein Sack Mehl zog er sie zu sich, warf sie sich über die Schultern und trat von dem Rad zurück. Die in Ehrfurcht erstarrte Menge teilte sich, um ihm Platz zu machen, als er sie von dem Rad zum Hof der Mühle wegtrug und wie einen durchnässten Sack mit dem Gesicht nach unten auf die Kopfsteine fallen ließ.

Mrs Wheatley schlang eine Stalldecke um Alinor, während diese würgte und dreckiges Wasser erbrach, immer wieder würgte, zu ersticken drohte und um Luft rang.

»Sie ist also keine Hexe.« Sir William kletterte von der Mühlenrampe, um über der würgenden Frau zu stehen. In seinem herrischsten Tonfall wandte er sich an seine Pächter. »Sie hat die Probe überlebt. Was den Diebstahl betrifft: Ich bestimme, dass sie Mrs Millers Ersparnisse geliehen hat, in der Absicht, sie zurückzuzahlen, und ihr zum Pfand Münzen dagelassen hat. Dies wird sie tun, und ich werde es garantieren. Es ist bewiesen worden, dass Mrs Reekie der Hexerei unschuldig ist. Wir haben sie einer gerechten Probe unterzogen, sie ist keine Hexe.«

»Amen«, sagten die Leute, so fromm, wie sie zuvor verängstigt gewesen waren.

»Was ist mit dem Kind?«, wollte Mrs Miller wissen. »Sie ist zweifellos eine Hure.«

»Kirchengericht«, bestimmte Sir William rasch. »Nächsten Sonntag.«

Das Geräusch eines Wagens lenkte alle ab. Es war der Wagen der Stoneys mit Alys auf der Sitzbank, ihr Bruder Rob neben ihr, Ned hinten. Alys fuhr den Wagen auf den Hof zu der Stelle, wo ihre Mutter lag, zusammengeschnürt auf den Kopfsteinen, in die Pferdedecke gewickelt, klitschnass und umgeben von Nachbarn, die sie nicht anfassen wollten. Alys reichte die Zügel Rob, sprang vom Wagen und stürmte an Sir William vorbei, als wäre er ein Niemand. Sie kniete sich an die Seite ihrer Mutter und hob sie an. Alinor konnte nicht stehen, aber Mr Miller ergriff einen Arm, und Alys nahm den anderen. Niemand sonst regte sich. Zusammen schleiften sie sie, während sie immer noch würgte und grünes Wasser erbrach, zu dem wartenden Wagen hinüber, wo Ned die Hände nach ihr ausstreckte und sie wie einen gestrandeten Fisch hinten hochlud und auf die Seite legte, damit sie Wasser ausspucken konnte.

»Mrs Reekie ist von der Hexerei freigesprochen«, erklärte Sir William laut. »Sie ist unschuldig.«

Alys sah ihn und James mit ihren vor Wut lodernden blauen Augen an. »Einverstanden«, zischte sie durch die Zähne, dann schnalzte sie dem Pferd zu, und sie fuhren vom Hof.

Als James in der frühen winterlichen Dämmerung zurück zur Propstei ritt, erspähte er einen schmalen Streifen Feuerschein durch die geschlossenen Fensterläden des Fährhauses. Er hielt sein Pferd an, band die Zügel ans Tor und klopfte an die Küchentür. Alys machte auf, eine Hornlaterne in der Hand.

»Ihr«, sagte sie kurz angebunden.

»Wie geht es Eurer Mutter?«

»Sie hat aufgehört, Wasser zu erbrechen. Aber sie stirbt vielleicht an Vergiftung durch das dreckige Wasser, oder sie wird möglicherweise eine Fehlgeburt erleiden und verbluten.«

»Alys, es tut mir so leid, dass ...«

Der hasserfüllte Blick, den sie ihm zuwarf, hätte jeden Mann zum Schweigen gebracht. Zuerst sagte er nichts, dann: »Bitte richtet Ihr meine guten Wünsche für ihre Genesung aus. Ich werde morgen kommen und ...«

»Das werdet Ihr nicht. Ihr werdet mir einen Geldbeutel mit Gold für sie geben«, sagte sie leise. »Sie wird von hier fortgehen. Ich gehe mit ihr. Wir gehen nach London und werden ein Fuhrgeschäft eröffnen. Ihr kauft uns ein Lagerhaus mit einer Wohnmöglichkeit. Ich habe den Wagen und das Pferd von der Familie meines Ehemannes genommen. Morgen in der Dämmerung werden wir aufbrechen, wir werden ein Geschäft gründen und unseren Lebensunterhalt selbst bestreiten.«

Die Autorität der jungen Frau verblüffte ihn. »Ihr verlasst Euren Ehemann?«

»Das ist eine Sache zwischen ihm und mir. Ich bin Euch keine Erklärungen schuldig. Wir werden nie wieder zurückkommen. Ihr werdet sie nie mehr wiedersehen.«

»Ihr wisst, dass es mein Kind ist.«

Sie schüttelte den Kopf. »Eure Rechte habt Ihr verwirkt, als Ihr zugelassen habt, dass man die Mutter Eures Kindes ans Mühlrad bindet und sie unter Wasser taucht.«

»Ich muss ihr sagen ...«

»Nichts. Ihr habt ihr nichts zu sagen. Ihr habt zugesehen, wie Eure Geliebte der Hurerei angeklagt und wegen Hexerei der Wasserprobe unterzogen wurde. Euch bleibt nichts zu tun, als mir das Geld zu geben, das ich verlange, oder ich werde der ganzen Welt sagen, dass Ihr der Mann seid, der ihr Gewalt angetan hat. Ich werde Euch als Schänder von Frauen bezeichnen, und Ihr werdet in Ungnade fallen, genau wie sie in Ungnade gefallen ist. Ich werde bekannt geben, dass Ihr ein papistischer Spion seid, und ich werde dafür sorgen, dass Ihr vor der Kathedrale von Chichester verbrannt werdet.«

»Es war besser, dass sie einer Wasserprobe als Hexe unterzogen wurde, als als Diebin gehängt zu werden!«

»Ich bin diejenige, die als Diebin hätte erhängt werden sollen!«, fuhr sie ihn zornig an. »Ich schulde ihr mein Leben, genau wie Ihr ihr Eure Ehre schuldet. Sie hat mein Geheimnis und Eures bewahrt, und es hat sie beinahe das Leben gekostet.«

Bei dem Gedanken, welche Geheimnisse sie für ihn bewahrt hatte, atmete er tief durch.

»Aus Liebe zu uns«, sagte Alys durch die Zähne. »Weil sie Euch und mich so sehr liebt, hat sie sich für uns ihrer größten Angst gestellt, und sie ist beinahe für uns gestorben. Ich werde es ihr mit meiner Liebe vergelten. Und Ihr werdet auch bezahlen. Ihr werdet für das Kind bezahlen, dass sie aus Liebe zu Euch unter dem Herzen trägt, Ihr werdet für Euren Verrat bezahlen, und Ihr werdet für unser Schweigen bezahlen. Das ist einen Beutel Gold wert. Und Ihr werdet jetzt gehen und es auf der Stelle herbringen.«

»Ich muss sie wiedersehen«, sagte er verzweifelt.

Das Mädchen war wie eine Furie. »Ich würde Euch eher die Augen ausstechen und Euch blenden, als dass Ihr sie wiedersähet«, versprach sie. »Geht und holt das Geld! Legt es vor die Tür und verschwindet!«

»So viel Geld habe ich nicht.«

»Dann stehlt es«, fuhr sie ihn an. »Das habe ich auch getan.«

Es war eine kalte Morgendämmerung im Watt, die Flut kam rasch über die verschneiten Schilfgräser und vereisten Pfützen herein, die Möwen schrien weiß vor dem grauen Licht. Eine Schleiereule im Pirschflug zeichnete sich hell vor der dunklen Hecke ab und wurde dann unsichtbar vor dem gefrorenen Uferdamm. Ein paar Schneeflocken rieselten aus den zinnfarbenen Wolken, als Alys ihrer Mutter auf den Sitz des Wagens half und neben sie kletterte.

Alinor zitterte vor Kälte, und sie hustete ununterbrochen in den Saum ihres Umhangs. Auf ein Schnalzen von Alys setzte sich das Pferd in Bewegung, und sie brachen nach London auf.